SYLVIA KLINZMANN

DIE STICKERIN VON SEVILLA

Sylvia Klinzmann

Die Stickerin von Sevilla

Historischer Roman

AAVAA VERLAG

1. Auflage 2013

Umschlaggestaltung: AAVAA Verlag, Berlin
Coverbild: Portrait von Eleonora di Toledo, gemalt von Agnolo Bronzino

Printed in Germany

ISBN 978-3-8459-0475-7

AAVAA Verlag
www.aavaa-verlag.com

Personenverzeichnis

(Mit * gekennzeichnete Namen: Historisch verbürgte Personen)

Familie Bensinior

Ezra Bensinior	jüdischer Tuchhändler aus Sevilla
Lea Bensinior	Stickerin und Ezras älteste Tochter
Sara Bensinior	Leas jüngere Schwester
Aaron Bensinior	Leas jüngerer Bruder
Ester	Leas verstorbene Mutter
Inés Halevi	Haushälterin im Hause Bensinior

Familie de Salvatierra

Pedro de Salvatierra	christlicher Marqués aus Toledo
Maria del Mar Vargas	Pedros Gemahlin und Alvaros Mutter
Alvaro de Salvatierra	Pedros und Marias Sohn, wird Sekretär am Hof der Königin
Pedro-Luis	Alvaros ältester Bruder
Pablo Alvaros	zweitältester Bruder
Dolores	Pablos Gemahlin

Familie Toledano

Jehuda Toledano	jüdischer Weinhändler aus Sevilla
Manuel Toledano	Jehudas Sohn und Leas Verlobter

Königliche Familie

*Isabel I.	Königin von Kastilien und Leon, von 1474 bis 1504
*Juan II.	Isabels Vater, König von Kastilien und Leon, von 1406 bis 1454

*Enrique IV.	Isabels Halbbruder, König von Kastilien und Leon, von 1454 bis 1474
*Isabel von Portugal	Mutter von Isabel I.
*Juana, la Beltraneja	Tochter von König Enrique
*Fernando II.	Gemahl der Königin Isabel I.; König von Aragon, Sizilien und Neapel, von 1479 bis 1504
*Juan II.	Fernandos Vater, König von Aragon
*Isabelita	erste Tochter von Isabel und Fernando
*Juan	Sohn von Isabel und Fernando
*Juana, La Loca	zweite Tochter von Isabel und Fernando
*Maria	dritte Tochter von Isabel und Fernando
*Beatrix de Breganza	Isabels Tante
*Alfonso V.	König von Portugal, von 1438 bis 1481

Kirchliche Würdenträger

*Alonso de Carrillo	Erzbischof von Toledo, von 1446 bis 1482
*Pedro Gonzalez de Mendoza	Kardinal, Erzbischof von Sevilla und nach Carrillos Tod 1482 auch Erzbischof von Toledo und engster Vertrauter der Königin Isabel I.
*Hernando de Talavera	Hieronymitenmönch, Beichtvater der Könige
*Tomás de Torquemada	Prior des Klosters Santa Cruz in Segovia, Isabels Beichtvater in deren Kindertagen, Inquisitor
*Alonso de Hojeda	Prior des Klosters San Pablo von Sevilla, forderte die Könige zur Einführung der Inquisition auf
*Miguel de Morillo	Inquisitor
*Martín de San Juan	Inquisitor

Sonstige Personen

*Juan Pacheco	Adeliger, der zunächst Isabel I. bei ihrem Kampf um den Thron unterstützte und später die Seiten wechselte

*Beatríz de Bobadilla	Isabels Freundin seit Kindertagen
*Andres de Cabrera	Stadthalter von Segovia, Beatríz' Ehemann
*Gutierre de Cardenas	königlicher Hauptbuchhalter
Catalina de Mendoza	Nichte des Kardinals Mendoza, Hofdame, liebt Alvaro
Leonor de Velasco	Catalinas Cousine
*Abraham Senior	oberster Richter und Rabbi aller jüdischen Gemeinden des Königreiches, Schatzkanzler der Hermandad, Steuereintreiber
Samuel ben-Chabib	jüdischer Arzt, der Leas Schwester behandelt
*Diego de Susán	reicher *converso* von Sevilla, der eine Verschwörung gegen die Altchristen plant
*Susona de Susán	Diegos Tochter
*Bartolomé de Taurala	Mitglied der Verschwörung
*Manuel Sauli	Mitglied der Verschwörung
*Juan de Benadeva	Mitglied der Verschwörung
Judith und Jona	jüdische Nachbarn der Bensiniors
*Diego de Merlo	Statthalter von Sevilla
Ana Sanchez Rubio	Leas Konkurrentin beim Stickwettbewerb
Leticia de Montecastel	Leas Konkurrentin beim Stickwettbewerb
Pedro de Espinosa	Anwalt in Sevilla und Alvaros Freund
* Abu Al-Hasan Ali ben Saad - genannt Mulay Hasan,	Emir von Granada
* Abu Abdallah Muhammad ben Ali	Mulay Hasans Sohn, auch Boabdil genannt
*Aischa	Mulay Hasans erste Frau
*Soraya	ehemals Isabel de Solis, zweite Frau von Mulay Hasan, Christin, die zum Islam übertreten ist
Abu Abdallah	genannt El-Zagal, Mulay Hasans Bruder
*Beatríz Galindo	Adelige aus Zamora, unterrichtet die Königin in Latein
Isaak Abramino	jüdischer Bauer in Andalusien
Miriam Abramino	Isaaks Frau

Prolog

Sevilla, 26. Juli im Jahre des Herrn 1482

In wenigen Minuten würde ihr Leben auf tragische Weise enden. Obwohl man ihr das gelbe Büßergewand vom Leib gerissen hatte, und sie außer einer spitzen, mit Flammen und Dämonen bemalten Papiermütze, nichts mehr trug, war ihr Stolz nicht gebrochen. Mit aufrechtem Blick betrachtete Lea die Menschenmenge, die sich in der Ebene von La Tablada vor den Toren Sevillas versammelt hatte – Männer und Frauen, die mit neugierigen, erwartungsvollen Mienen den Beginn des Hinrichtungsschauspiels verfolgten. Einige hatten sogar ihre Kinder mitgebracht.

Sie sah die wuchtigen Gipsfiguren, die an den Ecken des Plateaus thronten und die vier Propheten verkörperten. Sie erschienen ihr wie mahnende Wächter. Dann wanderte ihr Blick zum Banner der Inquisition, mit dem grünen Kreuz zwischen Schwert und Olivenzweig, zu den Ordensbrüdern mit ihren brennenden Fackeln und schließlich zu der Tribüne der Obrigkeiten, auf der unter einem Baldachin Kardinal Pedro Gonzales de Mendoza und Bruder Tomás de Torquemada saßen. Trotz der Entfernung zwischen den Scheiterhaufen und der Zuschauerbühne konnte Lea das zu einer grotesk lächelnden Fratze verzogene Gesicht des Inquisitors erkennen.

Vorsichtig versuchte sie eine andere Haltung einzunehmen, doch die Stricke an ihren Hand- und Fußgelenken waren fest angezogen und schnitten in ihre Haut ein. Sie schaute zu ihrem Bruder hinüber, der am Holzpfahl zu ihrer Rechten angebunden war. Mit versteinerter Miene starrte der junge Mann vor sich hin, bis er ihren Blick auf sich spürte und sein Gesicht in ihre Richtung wandte. Als sie die Furcht in seinen Augen las, wollte es ihr schier das Herz brechen.

„Ich habe Angst, Lea. Hoffentlich geht es schnell vorbei." Aarons Stimme zitterte.

„Du musst tapfer sein! *Jehova* wird uns beistehen", versuchte sie, ihm Mut zu machen.

Wie selbstverständlich war ihr die jüdische Bezeichnung Gottes über die Lippen gekommen, obwohl sie schon vor drei Jahren ihrem einstigen Glauben abgeschworen hatte. In der Stunde des nahenden Todes wollte sie jedoch wieder eine *sephardim*, eine Jüdin Spaniens, sein. Traurig dachte die junge Frau an ihr ungeborenes Kind, das ebenfalls in den Flammen umkommen und niemals seinen Vater kennenlernen würde. Sie sah nach unten auf ihren Bauch, der schon eine sanfte Wölbung erahnen ließ. Ob ihr Geliebter von ihrer Verhaftung und Verurteilung erfahren hatte? Fast glaubte sie, seine Hand zu spüren, die zärtlich über ihre tränennassen Wangen strich, vermeinte, seine Stimme zu hören, die sie mit süßen Worten tröstete. Ihre Lippen formten einen letzten Kuss, den sie ihm in Gedanken sandte.

Das laute Geräusch der Fanfarenstöße riss Lea in die grausame Wirklichkeit zurück. Sie sah in den Himmel hinauf. Eine dunkle Wand bedeckte nun die Sonne, die kurz zuvor noch über der Stadt gestrahlt hatte. Am anderen Ende des Plateaus, das in der Ebene errichtet worden war, zündeten die Büttel die ersten *braseros* an. Gelblicher, nach verbranntem Fleisch stinkender Rauch, stieg empor und schien eins zu werden mit den Wolken. Die Zuschauer starrten mit offenem Mund auf das Geschehen. Manche hatten ihre von Entsetzen gezeichneten Gesichter abgewandt, andere wiederum wollten sich nicht das Geringste entgehen lassen und weideten sich an den Qualen der Verurteilten. „Tod den jüdischen Bastarden, den Gottesmördern", brüllten sie fanatisch.

Die Hitze der brennenden Scheiterhaufen wurde immer unerträglicher. Funken stieben nach allen Seiten. Lea spürte, wie ihr der Schweiß zwischen den Brüsten entlang rann. Die Henkersknechte kamen näher. Nur noch wenige Schritte trennten sie von Aaron, auf dessen Gesicht sich ein entsetzter Ausdruck ausgebreitet hatte. Dann war es soweit. Einer der Büttel hielt die Fackel an das trockene Holz, das sofort Feuer fing. Verzweifelt wand sich ihr Bruder hin und her und versuchte, sich loszureißen.

„Nein", schrie er gellend. „Beim Gott unserer Väter, nein, ich will nicht sterben!"

Lea schluchzte laut auf. Dann schloss sie die Augen. Und während um sie herum Flammen knisterten, Menschen kreischten und Paukenschläge erklangen, begann sie das *Schm´a Jisrael*, „Höre Israel" zu beten.

I. Teil

In der *judería*
1474-1475

1. Kapitel

September 1474

Kastilien

Gemächlich rollten die zehn Fuhrwerke der sevillanischen Händlergruppe einer nach dem anderen zum nördlichen Stadttor Toledos hinaus. Die aufgehende Sonne hatte ein wunderschönes Farbenspiel über der Stadt gezaubert. Lea, die neben ihrem Vater, dem jüdischen Tuchhändler Ezra Bensinor, auf dem vierten Wagen saß, drehte sich noch einmal um und betrachtete die schwarzen Silhouetten der Kathedrale und des Alcazars. Majestätisch ragten sie aus dem Häusermeer heraus und zeichneten sich vor dem rot-orangen Hintergrund ab. Die auf dem hohen Felsen ruhende, vom Tajo umflossene Stadt, faszinierte die junge Frau bei jeder ihrer Reisen aufs Neue.

„Ein zauberhafter Anblick. Das wäre ein schönes Motiv für meinen nächsten Wandbehang", wandte sie sich begeistert an ihren Vater.

Lea war schon als Kind von ihrer Mutter Esther in die Kunst der Stickerei eingewiesen worden und im Laufe der Jahre hatte sie sich eine Vollkommenheit angeeignet, die ihresgleichen suchte. Sie beherrschte jede erdenkliche Stichart sowie die Technik der Schwarzstickerei, die erst seit Kurzem Verbreitung fand. Neben der Verzierung von Kleidungsstücken fertigte sie zudem wunderschöne Wandbilder an, deren Farbwahl so naturgetreu und deren Stiche so genau gesetzt waren, dass man meinte, ein Gemälde zu betrachten.

Ihr Vater warf nun ebenfalls einen kurzen Blick auf das Naturschauspiel. „Das stelle ich mir aber sehr schwierig vor, mein Kind."

„Ja, das wird es auch sein, aber du weißt doch, ich liebe solche Herausforderungen." Lea lächelte verschmitzt. In ihrem Inneren sah sie bereits den Entwurf der Stickerei vor sich. Doch ihr Vorhaben würde noch eine Weile auf seine Ausführung warten müssen, da sich Vater und Tochter auf dem Weg nach Medina del Campo befanden, wo in wenigen Tagen, wie in jedem Herbst, der größte Jahrmarkt Kastiliens beginnen würde.

„Jetzt begleitest du mich schon zum vierten Mal, Lea", stellte Ezra fest. „Wie die Zeit vergeht. Bei unserer ersten gemeinsamen Reise warst du erst zwölf Jahre alt und nun bist du eine junge, hübsche Frau." Er drückte ihre Hand. „Ich bin froh, dass du mir Gesellschaft leistest."

„Und ich bin froh, dass ich dich begleiten darf."

Lea war guter Dinge. Auch wenn die Reise anstrengend war, wollte sie unter keinen Umständen darauf verzichten. Sie freute sich auf die Stadt, die während des Jahrmarktes voller Leben war. Nicht nur Kaufleute aus aller Herren Länder boten ihre Waren feil, sondern es waren auch eine Menge Gaukler und Artisten dort, die an jeder Ecke eine andere Attraktion darboten. Lea liebte es, durch die Gassen zu schlendern und die verschiedenen Güter der Händler zu bestaunen: exotische Gewürze und Früchte aus dem Orient, feine Tuchwaren aus Italien oder Flandern, die Erzeugnisse der Gold- und Silberschmiede und vieles mehr. Außerdem konnte sie es kaum erwarten, ihre eigenen Stickarbeiten auszustellen. Im letzten Jahr hatte sie einige neue Aufträge erhalten. In ihrer Heimat war der Ruf ihrer Fähigkeiten schon über die Grenzen der *judería* von Sevilla hinausgelangt und hatte ihr des Öfteren Aufträge von christlichen Adeligen eingebracht, die einen Wandbehang in Auftrag gaben oder ihr Kleider, Wämser und Umhänge überließen, damit sie diese mit feinen Mustern verzierte.

Der Zug der jüdischen und christlichen Kaufleute, die sich an diesem sonnigen, aber kühlen Morgen auf den Weg gemacht hatten, kam zunächst nur langsam vorwärts, da es an den Tagen zuvor geregnet hatte und sich der ehemals festgetretene Weg in eine Schlammhalde verwandelt hatte. Immer wieder blieben die Fuhrwerke im Morast stecken und mussten von den Männern und Lasttieren mit vereinten Kräften herausgezogen werden.

Es war windig, und obwohl Lea sich in einen warmen Umhang gehüllt hatte, zitterte sie. Ihr dunkles, üppiges Haar, ein Erbe ihrer vor drei Jahren verstorbenen Mutter, war unter einem Tuch verborgen. Eine Lockensträhne hatte jedoch in die Freiheit zurückgefunden und umwehte die weichen Konturen ihres Gesichts, in dem als erstes die funkelnden grünen Augen auffielen. Eine runde Nase, ein Mund mit herzförmigen Lippen und eine schlanke Figur mit festen Brüsten vervollkommneten das Bild einer hübschen, jungen Frau.

Ezra war ebenfalls zum Schutz gegen die Kälte gewappnet. Er trug einen dicken Mantel über seinem Kaftan, ein Turban bedeckte seinen Kopf. Lea wusste, dass er auf Reisen die bequeme, maurische Kleidung bevorzugte.

Stolz betrachtete sie ihren Vater, der die Zügel der Maultiere fest in den Händen hielt. Er hatte soeben das einundvierzigste Lebensjahr überschritten. Auch, wenn sich ein Bauchansatz unter seinem Gewand abzeichnete und sein schwarzes Haar von Silberfäden durchzogen wurde, war er immer noch eine stattliche Erscheinung. Der Spitzbart, der unterhalb seiner Nase ansetzte, stand ihm gut. Schon oft hatte Lea beobachtet, wie die eine oder andere Frau ihm begehrliche Blicke zugeworfen hatte. Doch der Witwer war noch nicht bereit, sich ein neues Eheweib zu nehmen. Zu sehr schien ihn Esthers Verlust zu schmerzen. Lea kam es stattdessen so vor, als ob er seine ganze Aufmerksamkeit auf sein Geschäft und die Erziehung seiner drei Kinder lenkte, denen er bis jetzt zwar ein strenger, aber gerechter Vater gewesen war. Er hatte sie und ihre Schwester sogar im Lesen und Schreiben sowohl der kastilischen als auch der hebräischen Sprache unterrichtet und ihrem Bruder den Besuch der Chederschule ermöglicht, in der man die Thora und den Talmud studierte.

Es fing zu dämmern an, als der Weg in einen Pinienwald hineinführte. Die dicht miteinander verwobenen Äste ließen nur wenig Tageslicht in den Wald eindringen. Von dem modrigen, mit Nadeln bedeckten Boden, stieg ein feuchter Geruch auf. Wie von unsichtbarer Hand geführt, verringerten die Wagen den Abstand zueinander.

Lea rückte näher an ihren Vater heran. „Hier gefällt es mir überhaupt nicht. Man könnte denken, hinter den Bäumen lauern Dämonen, die nur auf uns gewartet haben."

„Keine Dämonen, aber Wegelagerer." Ezra schüttelte besorgt den Kopf.

Kaum hatte er die Worte zu Ende gesprochen, als eine Horde zerlumpter Gestalten aus dem Dickicht hervorstürzte und die Reisenden umstellte. Lea schrie vor Schreck auf, Ezra griff nach dem Dolch, den er unter seinem Kaftan verborgen hatte.

„Sofort alle von den Wagen herunter!", brüllte einer der Straßenräuber und schwang ein Schwert durch die Luft. Er schien der Anführer der Bande zu sein. „Stellt euch hier an die Seite!"

Ezra versteckte den Dolch wieder unter seinen Kleidern und sprang zu Boden. Lea ergriff seine Hand und stieg ebenfalls ab. Rasch schob Ezra sie hinter sich.

„Bleib ruhig und rühr dich nicht!", raunte er ihr zu. „Hätte ich dich diesmal nur zu Hause gelassen!"

„Ihr werdet jetzt euer Geld und den Schmuck, den ihr bei euch tragt, hier hineinwerfen!", forderte das Oberhaupt der Räuber die Kaufleute auf und schwenkte einen dunkelbraunen, groben Leinensack. Lea zitterte vor Angst. Nervös rieb sie die Hände aneinander. Dabei fiel ihr Blick auf den Ring, den sie an ihrer linken Hand trug, ein Andenken an ihre verstorbene Mutter. Auf keinen Fall würde sie den Schurken das Schmuckstück freiwillig übergeben. Doch wo sollte sie es verstecken? Schnell zog sie den Ring vom Finger, steckte ihn sich in den Mund und schob ihn mit der Zunge auf die rechte Seite. Der metallene Geschmack, der sich kurz darauf ausbreitete, verursachte ihr ein Würgegefühl, doch sie versuchte, sich nichts anmerken zu lassen.

Während einer der Wegelagerer die Wertsachen der Kaufleute einsammelte, durchsuchten andere die Wagen und Packtiere.

„Nein, das bekommt ihr nicht! Das ist alles, was ich besitze!", erklang eine aufgeregte Stimme, die Lea sofort dem Gewürzhändler Carlos García zuordnete.

„Das werden wir sehen! Lass sofort los!"

Ein Schrei ertönte. Carlos García fiel von seinem Wagen herunter und blieb regungslos auf dem Boden liegen. Ein dunkelroter Fleck breitete sich auf seinem hellen Wams aus. Entsetzt hatten die Kaufleute den Vorgang verfolgt, aber niemand getraute sich, einzugreifen.

„Vater!", schluchzte Lea, „Ist er tot?"

„Pst!" Der Angesprochene drehte sich zu seiner Tochter um. „Schweig still!"

Er wollte auf keinen Fall, dass die Banditen auf sie aufmerksam wurden. Doch das war bereits geschehen.

„Was haben wir denn hier für ein süßes Täubchen?"

Einer der Schurken hatte die hinter Ezra stehende Lea gesehen.

Er zog das Mädchen mit einem Ruck hinter dessen Rücken hervor und riss ihr das Tuch vom Kopf. „Schaut mal, wen ich entdeckt habe!", brüllte er seinen Kameraden zu.

„Die nehmen wir mit, da werden wir alle unseren Spaß haben", grölte der Anführer.

„Lass mich los, du Scheusal!" Die Arme versuchte, sich aus dem Griff des Banditen zu befreien, sodass dieser alle Mühe hatte, sie festzuhalten.

Ezra zückte seinen Dolch und stürzte sich mit einem Aufschrei auf den Peiniger seiner Tochter. Die anderen

Kaufleute, durch das mutige Vorgehen des Tuchhändlers aus ihrer Erstarrung erwacht, taten es ihm gleich und machten sich ebenfalls daran, die Plünderer anzugreifen. Ein wilder Kampf entbrannte, von Schreien und Flüchen begleitet.

Lea wich hinter die Fuhrwerke zurück und flehte Gott um Hilfe an. Mittlerweile konnte sie den ekelhaften Geschmack des Ringes in ihrem Mund nicht mehr ertragen. Sie spuckte ihn in ihre Hand, wischte ihn an ihrem Kleid trocken und streifte ihn wieder so gut es ging über ihren zitternden Finger. Ängstlich beobachtete sie, wie Ezra mit einem der Männer rang, dem es gelungen war, ihm den Dolch aus der Hand zu schlagen. Nun hielt der Schurke von hinten seinen Arm um den Hals des Tuchhändlers und schnürte ihm die Luft ab. Entsetzt sah Lea, wie sich ihr Vater hin und her wand. Sein Gesicht war feuerrot und es kam ihr so vor, als ob seine Augen aus den Höhlen hervortraten. Sie musste ihm helfen, sonst würde er ersticken. Rasch blickte sie sich um und hob einen dicken Ast auf. Mit voller Kraft schlug sie ihn gegen den Kopf des Angreifers. Ein erstaunter Ausdruck erschien auf dessen Gesicht. Er lockerte seinen Griff und fiel nach hinten um. Lea blickte bestürzt auf den Mann. Hatte sie ihn getötet?

Ihr Vater kniete auf dem Boden und hielt sich röchelnd den Hals. „Danke, mein Kind. Du hast mich gerettet." Er wollte soeben nach seinem Dolch greifen, als sich ein weiterer Bandit auf ihn stürzte. „Geh in Deckung, Lea", schrie er seiner Tochter zu.

Schnell verkroch sie sich wieder hinter den Wagen, unschlüssig, wie sie sich verhalten sollte. Da vernahm sie plötzlich Hufgetrappel und sah durch die Bäume einen Lichtschein, der rasch an Helligkeit gewann. Es war eine Reitergruppe, die sich in zügigem Galopp näherte. Kurz vor den Fuhrwerken hielten die Männer an und stiegen ab. Lea erkannte zwei kostbar gekleidete Edelleute mit ihrer bewaffneten Eskorte.

„Was geht hier vor?", rief der Ältere.

Lea stürzte aus ihrem Versteck hervor.

„Wir wurden überfallen, Herr. Bitte, helft uns! Mein Vater, er... Ich habe solche..."

„Nur keine Angst, Mädchen!", unterbrach er ihr Gestammel und zog sein Schwert. „Vorwärts, Männer!"

Mit Geschrei stürzten sich die Soldaten auf die Straßenräuber, deren Todesschreie kurz darauf durch den Wald hallten. Nicht einer von ihnen wurde verschont. Lea harrte weiterhin hinter den Wagen auf dem feuchten, lehmigen Waldboden aus. Immer noch spürte sie einen Rest des metallenen Geschmacks. Sie versuchte zu schlucken, doch ihr Mund war vor Nervosität ganz trocken. Während sie mit ineinander verkrampften Händen den Kampf beobachtete, fragte sie sich, was aus ihr werden würde, wenn ihr Vater umkäme? Dann müsste sie sich ganz alleine um ihre Geschwister kümmern? Tränen schossen ihr in die Augen und sie flehte erneut Gott an, Ezras Leben zu schützen.

Bald darauf hatten die Soldaten alle Banditen zur Strecke gebracht und Lea konnte ihren Vater wieder in die Arme schließen. Glücklicherweise hatte er außer den Würgemalen an seinem Hals keine weiteren Verletzungen davongetragen. „Jehova sei Dank! Meine Gebete sind erhört worden. Dir ist nichts passiert." Lea gab ihrem Vater einen innigen Kuss.

„Und dir ebenfalls nicht, mein Kind. Nicht auszudenken, wenn diese Schurken dir irgendet…"

„Verdammt, Pedro Vazquez hat es erwischt. Ich glaube, er atmet nicht mehr!", ertönte eine Stimme. Eilig umringten die Händler den auf dem Boden Liegenden, der aus einer tiefen Kopfwunde blutete. Ezra beugte sich zu ihm hinab und tastete mit seinen Fingern den Hals des Mannes nach dessen Pulsschlag ab. Doch der Tuchhändler konnte nichts mehr für seinen Gefährten tun, Pedro Vazquez war bereits tot. Carlos Garcia war ebenfalls seinen Verletzungen erlegen und zwei weitere Männer hatten sich tiefe Stichwunden zugezogen, die in der nächsten Stadt von einem Bader behandelt werden mussten. Schweigend stand die Gruppe beieinander und gedachte der Verstorbenen. Der Gewürzhändler ließ eine Frau und zwei kleine Kinder zurück. Obwohl sie tiefes Mitleid für die beiden Toten und deren Angehörige empfand, war Lea froh, dass ihrem Vater nichts geschehen war.

Ezra hielt nach den *caballeros* Ausschau, die etwas abseits neben ihren Pferden standen.

„Komm, wir wollen unsere Retter begrüßen!", forderte er Lea auf, nahm sie bei der Hand und ging mit ihr zu der Gruppe der Männer hinüber. „Vielen Dank für Eure Hilfe!" Er verbeugte sich. „Mein Name ist Ezra Bensinior, Tuchhändler aus Sevilla. Dies ist meine Tochter Lea. Wir sind auf dem Weg zum Jahrmarkt nach Medina del Campo. Darf ich fragen, wer Ihr seid?"

Die anderen Kaufleute, die sich in der Zwischenzeit um Ezra geschart hatten, blickten neugierig auf die Edelmänner.

„Seid gegrüßt! Ich bin Pedro, Marqués de Salvatierra", stellte sich der Älteste der Truppe vor. „Dies hier ist mein Sohn Alvaro." Er deutete auf den jungen Mann neben sich. „Wir reiten nach Segovia. Wenn ihr wollt, könnt Ihr Euch uns eine Weile anschließen."

„Das werden wir gerne tun, nicht wahr?" Fragend blickte Ezra sich zu seinen Mitreisenden um, die zustimmten.

Während des Gespräches hatte Lea fasziniert auf den Sohn des Marqués gestarrt. Er mochte einige Jahre älter sein als sie selbst. Wie Don Pedro trug auch er einen pelzverbrämten Samtumhang. Nur war dieser nicht scharlachrot, sondern von dem gleichen dunklen Blau wie seine Augen. Unter einem Barett schauten braune Haare hervor, die ein bartloses, mit einer geraden Nase und einem eckigen Kinn versehenes Gesicht umrahmten. Schwarze, eng anliegende Beinkleider betonten seine muskulösen Oberschenkel.

Auch Alvaro hatte sie heimlich gemustert, und an der Art, wie er sie ansah, vermutete Lea, dass ihm ihre großen grünen Augen, mit denen sie ihn ohne Scheu ansah, ihre zierliche Gestalt und schließlich die langen, dunklen Locken, die ihr bis zur Taille reichten, gefallen mussten. Während sie ihn weiterhin verstohlen betrachtete, ertappte sie sich bei dem Gedanken, wie es sein würde, ihn zu küssen. Schnell wandte sie sich ab.

Nachdem die Kaufleute ihr Geld und die Wertgegenstände zurückgeholt und auf den Fuhrwerken verstaut hatten, huben sie zwei Gräber aus, in die sie die Leichen legten. Zusammen mit dem Marqués und seinem Sohn sowie den Soldaten verweilten sie hernach mit ernsten Mienen vor den Erdhügeln. Lea schmiegte sich fest an ihren Vater, der seinen Arm um ihre Schultern gelegt hatte, ihrer beider Lippen formten stumm die Worte des *Kaddischs*. Garcia und Vazquez waren Katholiken gewesen, und so sprach einer der christlichen Kaufleute ein Gebet für die Verstorbenen. Er erklärte sich zudem bereit, die Packesel nach Medina und danach wieder zurück nach Sevilla zu führen, um sie dort den Hinterbliebenen zu übergeben.

Ein leichter Wind war aufgekommen und ließ die Flammen der Pechfackeln, die einige Männer in den Händen hielten, unruhig flackern. Lea schaute unauffällig zu Alvaro, der ihr gegenüber neben seinem Vater stand. Ihre Blicke trafen sich und dieser Augenblick genügte, um das Mädchen erschaudern zu lassen. Selbst Ezra hatte ihr Zittern bemerkt und zog seine Tochter noch enger an sich. Er schien anzunehmen, dass sie in der Abendbrise fror. „Gleich kannst du dich am Feuer aufwärmen", flüsterte er ihr zu.

Bevor die Nacht gänzlich hereingebrochen war, schlugen die Reisenden ihr Lager auf. Dies wurde nicht wie sonst von lautem Gerede und Lachen begleitet, sondern ein jeder verrichtete stumm seine Arbeit. Alle waren immer noch von den schrecklichen Ereignissen, die den Tod in ihre Mitte gebracht hatten, wie gelähmt. Bevor man sich zur Ruhe niederlegte, luden Ezra und Lea die Edelleute ein, sich zu ihnen ans Feuer zu setzen. Lea tischte kaltes Lammfleisch, Brot und Schinken auf, Pedro seinerseits bot ihnen Wein an, den er in Lederschläuchen mit sich führte. Während sie aßen, unterhielten sie sich über die unsicheren Zustände Kastiliens, die sie auf die lasche Regierung König Enriques von Kastilien zurückführten. Lea schaute immer wieder zu Alvaro, der ihr gegenüber saß. Noch nie hatte ihr ein Mann so gut gefallen, wie der Sohn dieses Edelmannes. Sie freute sich, dass sie nun eine zeitlang gemeinsam reisen würden.

Später, als sie neben ihrem Vater lag und in den Sternenhimmel hinaufblickte, waren es nicht die hellen Himmelskörper, die sie sah, sondern zwei dunkelblaue, von dichten Wimpern umrandete Augen.

Am nächsten Morgen setzten sie ihren Weg fort. Die Leichen der Straßenräuber ließen sie am Wegesrand liegen. Im nächsten Ort würden sie den Vorfall der *Hermandad* melden, einer Vereinigung, die im vorherigen Jahrhundert ins Leben gerufen worden war, einer Art Bürgerwehr, die auf den Straßen für Ordnung sorgte.

Da die Kaufleute von den beiden Salvatierras und deren bewaffneter Eskorte begleitet wurden, fühlten sie sich sicher.

Alvaro ritt die meiste Zeit neben Ezras Wagen und unterhielt sich mit dem Tuchhändler und seiner Tochter. Der Sohn des Marqués verfügte über einen ausgesprochen trockenen Humor, mehr als einmal brachen sie in schallendes Gelächter aus. Lea genoss es, die hochgewachsene, schlanke Gestalt Alvaros auf dem Araberhengst neben sich zu wissen, zumal seine Blicke ihr eine Gänsehaut verursachten.

Vor den Toren Torrijos machte die Gruppe erneut halt. Ezra und zwei weitere Männer brachten die Verletzten in die Stadt, um einen Bader aufzusuchen, der ihre Wunden behandeln konnte. Die übrigen Reisenden und die Soldaten ruhten sich derweil unter den umliegenden Bäumen im Schatten aus.

Lea blieb bei den Fuhrwerken zurück. Sie versorgte gerade die Maultiere, als Alvaro sich zu ihr gesellte.

„Erzähl mir ein wenig von dir, Lea", bat er sie lächelnd.

Die beiden jungen Leute setzten sich nebeneinander ins Gras.

„Wo soll ich anfangen? Meinen Namen kennst du ja schon. Wir kommen aus Sevilla, dort wohnen wir in der *judería* von Santa Cruz. Ich habe einen Bruder, Aaron, und eine Schwester. Sie heißt Sara." Lea blickte auf. „Unsere Mutter ist vor einigen Jahren gestorben."

„Oh, das tut mir leid!" Alvaro ergriff ihre Hand und drückte sie mitfühlend.

„Wie du weißt, ist mein Vater Tuchhändler", fuhr sie fort, „und ich liebe es, zu sticken. Darin hat mich meine Mutter unterwiesen."

„Das ist doch ein netter Zeitvertreib für ein junges Mädchen", fand Alvaro und streichelte Leas Finger.

„Es ist nicht nur ein netter Zeitvertreib. Ich verdiene damit Geld!", erwiderte die junge Frau selbstbewusst und entzog Alvaro ihre Hand. „Komm mit! Ich zeige dir ein paar meiner Arbeiten."

Damit sprang sie auf und lief zu Ezras Wagen. Dort schlug sie die Abdeckung zurück und zog einen feinen, weißen Leinenstoff hervor, auf den sie mit schwarzem Garn verschiedene Formen aufgestickt hatte. Sie erinnerten an die arabischen Friese, die in den maurischen Bauwerken zu finden waren. Des Weiteren hatte das Mädchen eine blaue Seide mit goldenen Blumenranken und einen grünen Stoff mit einem Fantasiemuster verziert.

„Das ist wunderschön, Lea. Dein Vater muss sehr stolz auf dich sein."

Die junge Frau lächelte und öffnete nun eine Kiste, der sie eine eingewickelte Rolle entnahm. Vorsichtig enthüllte sie einen Wandbehang, dessen Anblick dem Sohn des Marqués einen Ausruf des Erstaunens entlockte.

„Lea, noch nie habe ich ein solches Kunstwerk gesehen." Er fuhr die Konturen der Landschaft nach, die die Stickerin auf dem Teppich verewigt hatte. Es war ihre Heimatstadt Sevilla. Im Vordergrund hatte sie den Guadalquivir und den Anlegesteg der Flussschiffe dargestellt, dahinter das Häusermeer mit dem Turm der Kathedrale. Der Himmel, der die Stadt überspannte, war in den leuchtendsten Blautönen gehalten. Die Arbeit war sehr sorgfältig ausgeführt und musste seine Herstellerin viel Zeit gekostet haben.

„Es freut mich, dass es dir gefällt." Leas Wangen hatten sich gerötet.

Nun hob sie den Wandteppich hoch und gab den Blick auf ein weiteres Werk frei, das Adelige bei einer Jagdszene zeigte.

Wiederum fielen die naturgetreuen Farben und Formen ins Auge. „Wenn mein Vater dies sieht, wird er dir sofort einen Auftrag erteilen", war sich der junge Mann sicher. „Meine Mutter versucht schon seit langem ihn davon zu überzeugen, die Wände unseres Anwesens zu verschönern."

Vorsichtig rollte Lea die Arbeiten wieder zusammen. „Dann sollte ich sie ihm vor Ende unserer Reise einmal zeigen."

Gerade als sie alles wieder ordnungsgemäß verstaut hatte, kamen Ezra und die anderen Männer aus der Stadt zurück. Zum Glück hatten sie einen Bader ausfindig machen können, der die Wunden der Verletzten versorgt und ihnen Anweisungen sowie Medizin für die weitere Behandlung mitgegeben hatte.

Kurz darauf setzte der Trupp seine Reise fort. Alvaro ritt weiterhin in der Nähe von Ezras Wagen. Selbst wenn die Gruppe Rast hielt, wich er nicht von Leas Seite. Erst am späten Abend gesellte er sich zu seinem Vater und dessen Männern. Sobald er sich von dem Tuchhändler und seiner Tochter verabschiedet hatte, begann Lea bereits, ihn zu vermissen und den Morgen herbeizusehnen. Sie träumte jede Nacht von dem jungen Edelmann und stellte sich vor, wie sie in seinen Armen liegen und er sie küssen würde. Wenn sie ihn dann nach Sonnenaufgang hoch zu Ross erblickte und er sie anstrahlte, nahmen ihre Wangen eine zarte Rötung an und ihr Herz raste. Sie musste sich schon bald eingestehen, dass sie sich in den Sohn des Marqués verliebt hatte. Ihrem Vater schien es allerdings nicht zu gefallen, dass sie soviel Zeit mit Alvaro verbrachte. Es war Lea nicht entgangen, wie Ezra sie hin und wieder mit einem missbilligenden Blick bedachte, wenn sie Alvaro versonnen anschaute oder sie zusammen lachten.

Ob ihr Vater bereits ahnte, dass sie weit mehr für den jungen Mann empfand als Freundschaft? Lea seufzte, denn sie wusste, er würde ihr niemals erlauben, die Gemahlin eines Christen zu werden.

Vor Escalona gönnten sie sich eine weitere Pause. Der Tuchhändler legte sich zu einem Nickerchen auf dem Wagen nieder und kurz darauf war die Luft von seinen Schnarchgeräuschen erfüllt. Lea gab den Maultieren Wasser und setzte sich dann in die Sonne. Sie schloss die Augen und genoss die warmen Strahlen auf ihrem Gesicht.

„*Hola belleza*", vernahm sie eine Stimme, deren Klang ihr Herz schneller schlagen ließ.

Sie schaute auf und erblickte Alvaros schlanke Gestalt.

„Möchtest du mich auf einen Spaziergang begleiten?", fragte er.

„Ja, gerne." Das Mädchen erhob sich und sah vorsichtshalber noch einmal nach Ezra, doch ihr Vater schlief tief und fest. So liefen sie nebeneinander einen Hügel hinauf. Als sie sicher sein konnten, dass man sie von den Wagen aus nicht mehr sehen konnte, ergriff Alvaro Leas Hand. Zwischen ein paar Olivenbäumen setzten sie sich nieder.

Von hier oben hatte man einen freien Blick auf die Stadtmauern Escalonas und die Zinnen des Kastells.

Alvaro lehnte mit dem Rücken an einen Baumstamm, Lea ruhte zwischen seinen ausgestreckten Beinen, ihr Kopf lag auf seiner Brust.

Er hörte nicht auf, ihre Hände zu streicheln. „Du bist das hübscheste Mädchen, das mir je begegnet ist."

Lea lachte verlegen. „Das glaube ich dir nicht. Gewiss gibt es in Toledo viele schöne Frauen."

„Aber keine hat solche grünen Augen und so weiches, Haar. Ich bin froh, dass wir uns getroffen haben." Seine Stimme klang rau, er räusperte sich.
„Ich auch." Lea richtete sich auf und wandte sich ihm zu, sodass sie Alvaro ins Gesicht blicken konnte. Ein Ausdruck von Wärme und Zärtlichkeit war darin zu lesen. Der junge Mann hob die Hand und fuhr mit seinen Fingerspitzen behutsam die Konturen ihrer Wangen und Lippen nach, danach streichelte er ihren Hals. Ein wohliger Schauer überzog das Mädchen.
„Darf ich dich küssen?", fragte er, und als Lea zustimmend nickte, beugte er sich hinab, sodass sich ihre Lippen berührten, erst vorsichtig und dann voller Leidenschaft. Im Kopf der jungen Frau drehte es sich, alles schien weit weg zu sein - Ezra, der Jahrmarkt, ihr jüdischer Glaube. Es gab nur noch sie, Alvaro und ihre Liebe. Der Kuss schien kein Ende zu nehmen. Immer wieder trafen sich ihre Münder. Lea war überwältigt von den Gefühlen, die Alvaro in ihr erweckte. Noch nie hatte sie etwas Ähnliches erlebt. Sie seufzte wohlig, barg ihr Gesicht in seiner Halsbeuge und atmete den herben Duft ein, den seine Haut verströmte.
„Eigentlich müssten wir uns bei den Wegelagerern bedanken", bemerkte Alvaro nach einer Weile. „Hätten sie euch nicht überfallen, dann wären wir uns nie begegnet."
Lea stimmte lächelnd zu, erwiderte aber nichts darauf. Sie wollte nicht reden, wollte einfach nur diesen unbeschreiblichen Augenblick in seinen Armen genießen. Doch sie konnten nicht ewig dort oben verweilen.
„Ich glaube, wir sollten wieder zurück zu den anderen gehen", brachte Lea nach einer Weile schweren Herzens

hervor. Schließlich wollten sie vermeiden, dass ihre Abwesenheit auffiel. Nach einem letzten innigen Kuss liefen sie den Abhang wieder hinunter.

Lea wurde bereits von Ezra erwartet, der in der Zwischenzeit seinen Schlaf beendet hatte.

„Wo bist du gewesen?", fragte er.

„Ich habe mir die Beine vertreten."

„Alleine?"

„Nein, ich… Alvaro hat mich begleitet."

Lea sah, wie ihr Vater ablehnend die Stirn runzelte. Es schien ihm nicht Recht zu sein. Sicher würde er sie nun noch weniger aus den Augen lassen.

Aber trotz seiner Bewachung gelang es den jungen Leuten ab und zu, einen Augenblick der Unaufmerksamkeit auszunutzen und sich heimlich davonzustehlen, um ein paar ungestörte Momente der Zweisamkeit zu genießen. Lea mochte nicht daran denken, wie es weitergehen sollte, wenn sie ihr Ziel erreicht hätten.

Die Landschaft fing an sich zu verändern, wurde hügeliger und kahler. Im Nordwesten waren bereits die schneebedeckten Berge der *Sierra Gredos* zu erkennen, deren Ausläufer die Reisenden überqueren mussten. Je weiter sie nach Norden kamen, umso kälter wurde es, sodass sie nun nicht mehr im Freien nächtigten, sondern in Herbergen, die auf ihrem Weg lagen. Alvaro ritt seit ein paar Tagen wieder in vorderster Linie neben seinem Vater. Lea war sehr traurig darüber, doch der Marqués hatte seinen Sohn dazu aufgefordert, da auch ihm aufgefallen war, dass dieser stets Leas Nähe suchte. Er hatte Alvaro klar und deutlich zu verstehen gegeben, dass in ihren

Kreisen an eine solche Verbindung nicht einmal zu denken wäre und er die Zukunft seines Sohnes bereits genau geplant hätte. Für eine Frau gab es dort keinen Platz.

So wurde es für die beiden Verliebten immer schwieriger, eine flüchtige Berührung oder gar einen verstohlenen Kuss auszutauschen.

Ungefähr einen halben Tagesritt von Avila entfernt kehrte die Gruppe am Abend zum letzten Mal gemeinsam in einem Gasthaus ein, wo sie ein stärkendes Mal und eine Schlafgelegenheit zu finden hofften. Der Wirt, ein korpulenter Geselle mit schütterem, braunem Haupthaar, sagte ihnen beides zu und so nahmen sie zunächst an den aus grobem Holz gezimmerten Tischen und Bänken in der Schankstube Platz. Ein flackerndes Feuer im Kamin sorgte für wohlige Wärme und wenig später drangen verheißungsvolle Gerüche zu ihnen vor. Nachdem der Wirt die Edelleute im Gefolge der Händler erblickt hatte, fuhr er alles auf, was seine Küche zu bieten hatte. Schon bald verzehrten die Gäste bei munterem Geplauder die Köstlichkeiten, die die Frau des Herbergsbesitzers ihnen servierte. Ezra, Lea und die anderen Juden gaben darauf acht, nur koschere Speisen zu essen. Alle waren froh, den größten Teil der Reise hinter sich gebracht zu haben und so herrschte eine ausgelassene Stimmung, die zweifelsohne dem Rotwein zu verdanken war, den der Wirt aus einem hölzernen Fass hinter dem Haus in reicher Fülle herbeischaffte. Nur einmal war ein Hauch von Bedrücktheit zu spüren, als sie erneut der verstorbenen Kaufleute gedachten.

Zu fortgeschrittener Stunde holte der Schankwirt seine Laute hervor und fing an zu spielen. Die Gäste rückten das Mobiliar beiseite und schwangen ausgelassen das Tanzbein. Ezra war sogar so gut gelaunt, dass er nichts sagte, als Alvaro Lea aufforderte und mit ihr durch die Stube wirbelte.

Eine Stunde nach Mitternacht beendeten sie das fröhliche Beisammensein und begaben sich in die Schlafkammern.

Der Sohn des Marqués zog Lea vorher in eine Nische. „Hast du den Johannisbrotbaum draußen hinter den Ställen gesehen?", flüsterte er ihr ins Ohr, ohne ihre Hand loszulassen. „Ich werde in einer halben Stunde dort sein."

„Ich muss erst warten, bis mein Vater eingeschlafen ist", wisperte Lea.

Schon kam Ezra zurück, um nach seiner Tochter zu schauen. In der Stube wollte der Tuchhändler jedoch nicht zur Ruhe kommen. Immer wieder sprach er von dem bevorstehenden Jahrmarkt und den Geschäften, die er zu tätigen hoffte. Endlich verrieten Lea gleichmäßige Schnarchtöne, dass er vom Schlaf übermannt worden war. Sie schlich sich auf leisen Sohlen aus der Kammer.

Als sie sich dem alten Baum näherte, hatte sich der Mond hinter ein paar Wolken verzogen. Sie musste sehr vorsichtig gehen, um nicht über Pflanzen oder Wurzeln zu stolpern. Die nächtliche Brise lies sie frösteln.

„Alvaro, bist du da?", raunte sie, um gleich darauf erschreckt aufzuschreien, als jemand ihren Arm ergriff.

„Keine Angst! Ich bin es." Der Sohn des Marqués kam hinter dem *algarobo* hervor und drückte ihr einen zärtlichen Kuss aufs Haar.

„Morgen müssen wir uns wieder trennen." Traurig blickte die Stickerin in Alvaros Gesicht, das sie nur schemenhaft wahrnehmen konnte.

„Aber nur für kurze Zeit. Ich werde meinen Vater nach Segovia begleiten, wo wir seinen Freund, den Statthalter Andres de Cabrera besuchen wollen", erklärte der junge Edelmann mit leiser Stimme. „Dort werde ich die erstbeste Gelegenheit ergreifen, auf dem schnellsten Wege zu dir nach Medina zu reiten. Es wird mir schon gelingen, euren Stand zu finden."

„Das wäre zu schön, um wahr zu sein. Ich werde jeden Tag nach dir Ausschau halten und erst beruhigt schlafen können, wenn du wieder bei mir bist."

Die Stickerin schmiegte sich in die Arme ihres Liebsten. Sie genoss die Wärme, die sein Körper ausstrahlte und dachte mit Schrecken an den morgigen Tag, an dem sie sich für eine ungewisse Zeit trennen mussten.

„Wird dein Vater dich nicht daran hindern, zu mir zu kommen?", fragte sie und das Zittern in ihrer Stimme verriet ihre Furcht. „Was ist, wenn du das Haus eures Freundes nicht unbemerkt verlassen kannst?"

Der Gedanke, dass etwas oder jemand ihre Pläne durchkreuzen könnte, war ihr unerträglich.

„Keine Sorge, *cariñó*! Ich werde mein Versprechen einlösen und dann werden wir für immer zusammen sein." Er nahm ihr Gesicht in seine Hände und küsste sie voller Leidenschaft auf den Mund.

„Ich wünsche mir von ganzem Herzen mich nie wieder von dir trennen zu müssen", flüsterte Lea, „aber ich bin eine Jüdin und du bist ein Christ und außerdem der Sohn eines Marqués. Unsere Familien werden unsere Liebe niemals billigen."

„Als jüngster Sohn habe ich so gut wie keine Rechte", bemerkte Alvaro. „Den Titel und die Güter erbt mein ältester Bruder. Mir bleibt nur übrig, eine Anstellung anzunehmen oder ins Kloster einzutreten."

Lea ergriff seine Hände und verflocht ihre Finger mit den seinen. „Mein Vater würde mir nie erlauben, einen Mann zu heiraten, der nicht unserem Glauben angehört. Er wird sich bald in den jüdischen Familien Sevillas umschauen, um einen geeigneten Bräutigam für mich zu finden." Sie verschwieg, dass er diesen bereits im Auge hatte.

„Dann gehen wir zusammen weg, irgendwohin, wo uns keiner kennt und wo der Glaube keine Rolle spielt."

Eine Zornesfalte erschien zwischen Alvaros schön gewachsenen Augenbrauen.

Lea seufzte und lehnte ihren Kopf an seine Schulter.

„Ich will niemals mehr von dir getrennt sein", flüsterte der junge Edelmann.

Abermals berührten sich ihre Lippen. Ein Schauer durchfuhr die junge Frau, als Alvaros Hand ihre linke Brust umschloss und diese sanft zu streicheln begann. Ihr Herz klopfte so heftig, als ob es augenblicklich zerspringen wollte und sie spürte, wie ihr Blut in ihrem Kopf rauschte. Eine unbekannte Kraft schien von ihr Besitz zu ergreifen, sodass sie keinen klaren Gedanken mehr fassen konnte. Erst als eine empörte Stimme ihren Namen rief, erwachte sie aus ihrer Verzückung. Im Licht des hoch stehenden Vollmondes erkannte sie die sich schnell nähernde Gestalt. Es war ihr Vater.

Das junge Paar ließ augenblicklich voneinander ab, doch es war zu spät. Der Tuchhändler hatte sie bereits in ihrer innigen Umarmung gesehen.

„Lea! Wie kannst du nur! Komm sofort her!", rief er außer Atem, da er die letzten Schritte gerannt war. Fest umfasste er den Arm seiner Tochter. „Wir unterhalten uns später!", drohte er Alvaro und zog Lea mit sich fort.

„Ich bin tief enttäuscht von dir", warf der Jude der jungen Frau wenig später in ihrer gemeinsamen Kammer vor. „Ich hätte dir wirklich mehr Vernunft zugetraut."

Sie saß auf der Schlafstätte und blickte nach unten auf ihre gefalteten Hände.

„Hat er dich bereits entehrt, dieser christliche Schurke?"

„Nein! Wir haben uns nur geküsst." Ihre Stimme klang trotzig. „Wir lieben uns, Vater. Alvaro will mich heiraten." Sie hob ihren Kopf und schaute Ezra an. Tränen glitzerten in ihren Augen, die wie zwei Smaragde glänzten.

Ezra zuckte hilflos mit den Schultern. Lea wusste, dass er ihr nie lange böse sein konnte.

„Du weißt doch selbst, dass das nicht möglich ist." Er setzte sich neben sie auf das Bett und legte seinen Arm um ihre Schultern. „Er ist kein Jude und noch dazu der Sohn eines Marqués. Sein Vater würde einer solchen Verbindung niemals zustimmen. Und ich auch nicht", fügte er hinzu. „Außerdem gibt es in Sevilla schon jemanden, der dir den Hof macht und mehr als gut zu dir passt!"

Mit Widerwillen dachte Lea an den unscheinbaren Sohn des jüdischen Weinhändlers Jehuda Toledano, der in den Wochen vor ihrer Abreise immer wieder ihre Nähe gesucht hatte. Er war zwar mit seinem langen, lockigen Haar und dem dunkelblonden Bart nicht unbedingt hässlich zu nennen, doch Lea konnte seiner verweichlichten, ruhigen Art nichts abgewinnen.

„Aber ich liebe Manuel nicht. Mein Herz gehört von nun an Alvaro", brach es aus ihr hervor.

„Mein Kind, du weißt, ich kann dir selten eine Bitte abschlagen, trotzdem werde ich diesmal hart bleiben." Ezra umschloss ihr Gesicht mit seinen Händen. „Du musst dir diesen Salvatierra wieder aus dem Kopf schlagen! Es kann keine Zukunft für euch geben, hörst du? Schau mich an, Lea!"

Sie blickte ihn ablehnend an.

„Versprich mir, dass du ihn vergessen wirst!", beharrte der Tuchhändler.

Lea kannte ihren Vater gut genug, um zu wissen, wie zwecklos es gewesen wäre, weiterhin aufzubegehren. So versprach sie, was er von ihr forderte. Doch tief in ihrem Herzen wusste sie, dass sie dieses Gelöbnis schon bald wieder brechen würde.

Das Gespräch mit seiner Tochter hatte Ezra beruhigt. Trotzdem beschloss er, am nächsten Morgen Alvaros Vater über das Geschehene zu informieren. Als er den Marqués etwas abseits neben seinem Pferd stehen sah, trat er auf ihn zu und berichtete ihm mit wenigen Worten, was sich in der Nacht abgespielt hatte. Pedro de Salvatierra missbilligte eine solche Beziehung ebenso wie der Tuchhändler.

„Sorgt Euch nicht, Ezra! Mein Sohn wird nach unserer Rückkehr aus Segovia sein Studium des kanonischen

Rechts beenden und danach in ein Kloster eintreten. Es ist bereits alles in die Wege geleitet."

„Das ist gut! Ich habe ebenfalls Pläne mit meiner Tochter." Erleichterung war aus der Stimme des Juden herauszuhören.

Der Marqués klopfte ihm besänftigend auf die Schulter. „Bald werden sie sich sowieso wieder trennen. Ihr werdet weiter nach Medina del Campo reisen und wir nehmen die Abzweigung in Richtung Segovia. Danach werden sie sich niemals wiedersehen und einander schnell vergessen."

Ezra nickte zustimmend. „Wollen wir es hoffen." Dann ging er zu seinem Wagen, auf dem Lea mit verschlossener Miene Platz genommen hatte. Sie hatten seit dem Morgen nur das Nötigste miteinander gesprochen, da die einsilbigen Antworten seiner Tochter dem Tuchhändler alsbald die Lust an einer Unterhaltung vergällt hatten.

Kurz darauf ging die Reise weiter. Der Sohn des Marqués ritt wieder am Anfang des Zugs neben seinem Vater.

Ein paar Stunden später hielt der Tross an. Man hatte die Kreuzung erreicht, an der die Salvatierras und ihr Gefolge eine andere Richtung einschlagen mussten.

„Vater, erlaube mir wenigstens, mich von Alvaro zu verabschieden!", bat Lea.

„Gut, aber beeile dich", antwortete der Tuchhändler, während er selbst vom Wagen abstieg, um ihren Helfern eine gute Weiterfahrt zu wünschen.

Er ging vor, wo der Marqués soeben von seinem Pferd absaß.

Alvaro kam Lea entgegen und ergriff ihre Hände. „Ich liebe dich, *mi corazón*! Wir werden uns wiedersehen, ich gebe dir hier und jetzt mein Wort darauf."

„Ich wünschte, ich könnte es glauben, Alvaro." Das Mädchen blickte ihn traurig an. „Ich liebe dich auch von ganzem Herzen. Wie soll ich nur ohne dich sein?" Eine Träne löste sich aus ihrem Augenwinkel.

„Sobald wir Segovia erreicht haben und sich eine Gelegenheit ergibt, komme ich nach Medina. Dann bleiben wir für immer zusammen."

Wie gerne wäre Lea jetzt mit Alvaro alleine gewesen, um ein letztes Mal seine Umarmung zu spüren. Sie schaute ihn an, um sich noch einmal genau seine Züge zu verinnerlichen. Sie wollte seinen Worten so gerne Glauben schenken, doch tief in ihrem Inneren spürte sie, dass ihre Liebe auf Grund ihrer unterschiedlichen Stellungen und Religionszugehörigkeit keine Erfüllung finden würde.

„Komm, mein Kind, wir fahren weiter", ertönte Ezras Stimme. Sanft ergriff er Leas Schultern und zog sie von Alvaro fort. „Lebt wohl und habt nochmals Dank für Eure Hilfe!", verabschiedete er sich von dem Sohn des Marqués.

Dieser hob stumm die Hand zum Gruß und verfolgte jede Bewegung seiner Liebsten, während sie auf den Karren kletterte. Noch einmal drehte sie sich um und hauchte ihm einen Kuss zu.

„Ich liebe dich Lea, vergiss das niemals!", rief er, doch seine Worte wurden von dem Hufgetrappel und den Geräuschen der anfahrenden Fuhrwerke verschluckt.

Lea zog sich den Umhang fest um ihren Körper und starrte mit finsterer Miene vor sich hin. Ob Alvaro sein Versprechen einlösen und sie in Medina del Campo aufsuchen würde?, überlegte sie. Und wie sollte es danach weitergehen? Bei dem Gedanken an seine Küsse, wurde es ihr warm ums Herz. Wann würde sie seine Lippen wieder auf den ihren spüren? Sie hätte am liebsten laut geweint, doch sie wollte sich vor ihrem Vater keine Blöße geben und so schluckte sie die aufsteigenden Tränen tapfer hinunter. Allerdings musste Ezra gespürt haben, wie es in ihrem Inneren aussah, er nahm ihre Hand und drückte sie sanft.

Schon bald hatten sie das hügelige Bergland Avilas hinter sich gelassen und durchquerten eine großflächige Ebene. So weit das Auge reichte, erstreckten sich Getreide- und Weinfelder, dazwischen blitzte immer wieder der rotbraune, sandige Boden dieser Gegend auf. Ab und zu stießen sie auf einsame Gehöfte oder kleine Dörfer, eine Handvoll Häuser, die sich um eine Kirche scharten. Mühlen aus weißgetünchtem Mörtelstein mit gitterartigen Holzflügeln thronten wie Wächter auf sanft ansteigenden Hügeln. Die Bauern der umliegenden Höfe ließen dort das geerntete Getreide mahlen.

Lea nahm von all dem nichts wahr. Ihre Gedanken weilten bei Alvaro. Immer wieder klangen seine Worte in ihren Ohren: „Wir werden uns wiedersehen! Ich gebe dir hier und jetzt mein Wort darauf."

2. Kapitel

Oktober 1474

Segovia

Die Gruppe um Pedro und Alvaro ritt ohne weiteren Halt, bis sie endlich am zweiten Oktober Segovia erreichte. Eingebettet zwischen den Flüssen Eresma und Clamores, bot sich die Stadt dem Ankommenden dar. Im Nordwesten erhob sich, einer mächtigen Galionsfigur gleich, auf einer Anhöhe der Alcazar, dessen Türme sich stolz in die Lüfte reckten. Alvaro konnte diesem Anblick jedoch nichts abgewinnen, denn er sah immer nur Lea vor sich, ihr liebliches Gesicht mit den funkelnden, grünen Augen und den Locken, die im Wind auf und ab tanzten. Auch wenn ihnen ihre Väter jeglichen Kontakt untersagt hatten, er würde Lea wieder sehen, dachte er trotzig. In seinen Gedanken schmiedete er bereits einen Fluchtplan. Sobald sie sich im Palast des Statthalters häuslich eingerichtet hätten, würde er sich auf den Weg nach Medina del Campo machen. Sein Vater würde sicherlich viel Zeit mit Andrés de Cabrera verbringen, da sich die Gefährten lange nicht gesehen hatten. So musste er nur einen geeigneten Augenblick ausnutzen, um heimlich sein Pferd zu satteln und Segovia zu verlassen. Alvaro malte sich schon aus, wie er seine Liebste bald wieder in die Arme schließen und ihren Mund mit seinen Küssen bedecken würde.

Kurz darauf ritten sie durch die Puerta de San Juan ein. Gleich neben dem Tor stand das Festungshaus des Statthalters, im so genannten *barrio de los Caballeros,* dem Viertel, in dem die Adeligen lebten. Andres de Cabrera war seit vielen Jahren mit den Salvatierras befreundet, die beiden Familien besuchten sich hin und wieder. So waren Pedro, seine Frau und seine drei Söhne auch bei Andres' Hochzeit mit Beatríz de Bobadilla, einer Jugendfreundin der kastilischen Thronfolgerin Isabel, zugegen gewesen.

Als Pedro und Alvaro im Innenhof des Palastes von ihren Pferden absaßen, kamen Andrés und Beatríz ihnen bereits entgegen. Herzlich begrüßten sie ihre Freunde.

„Seid willkommen in Segovia! Wir hoffen, ihr hattet eine angenehme Reise."

Der Statthalter schloss zuerst seinen Freund und danach dessen Sohn in die Arme. Der Edelmann war hochgewachsen und von kräftiger Statur. Sein leicht gewelltes Haar fiel ihm auf die Schultern und an seinem Gesicht bemerkte man zu allererst die spitze Nase und das markante Kinn. Seine Frau hatte ihr schwarzes Haar unter einer Haube verborgen. Auch sie war von beachtlicher Größe. Ein dunkelbraunes Samtkleid betonte die schlanke Taille und harmonierte gut mit ihrem olivefarbenem Teint.

„Es gab einen unangenehmen Zwischenfall. Doch das erzählen wir euch bei einem guten Schluck Wein. Meine Kehle ist wie ausgedörrt." Pedro klopfte Andrés freundschaftlich auf die Schultern.

„Ich werde sofort Anweisungen geben, etwas zu eurer Stärkung anzurichten", sagte Beatríz beflissentlich und lief ins Haus.

Die Männer trugen den Stallburschen die Versorgung der Pferde auf, wiesen der Eskorte des Marqués de Salvatierra ein Quartier zu und begaben sich dann ebenfalls ins Innere des Palastes. Schon bald saßen sie alle zusammen bei Wein, Schinken und Käse vor dem flackernden Kaminfeuer im Empfangssaal.

„Nun, was habt ihr auf eurer Reise erlebt, Pedro?", wollte der Statthalter wissen. „Du erwähntest vorhin einen unangenehmen Zwischenfall."

Auch seine Frau blickte die Besucher neugierig an.

„Wir sind unterwegs auf eine Gruppe Kaufleute gestoßen, die gerade von Straßenräubern angegriffen wurden und sich gegen die Halunken zu wehren versuchten. Mit der Hilfe unserer Eskorte haben wir die Banditen zur Strecke gebracht."

„Ich hoffe doch, es ist niemand ernsthaft zu Schaden gekommen", rief Beatríz besorgt aus.

„Zwei Händler kamen leider ums Leben. Von den Schurken hat keiner überlebt."

„Solche üblen Gesellen verdienen nichts Besseres!", behauptete Andrés ohne Mitleid.

„Da sehe ich auch so. Sag, mein Freund, was ist denn hier bei euch in der Zwischenzeit passiert?", wollte der Marqués de Salvatierra nun wissen.

„In der Stadt herrscht ein unruhiges Klima. Immer wieder gibt es Angriffe auf die *conversos*. Ich weiß bald nicht mehr, wie ich die konvertierten Juden schützen soll."

Der Statthalter stammte ebenfalls aus einer jüdischen Familie, die im vergangenen Jahrhundert zum Christentum übergetreten war.

„Von wem werden sie denn attackiert, Andrés, von den Altchristen?" vermutete Pedro.

Er saß in einem gepolsterten Sessel und nahm den Pokal entgegen, den Beatríz soeben mit herb schmeckendem Rotwein gefüllt hatte und ihrem Gast nun überreichte.

„Ja", kam sie ihrem Gemahl zuvor. „Sie machen noch nicht einmal vor unschuldigen Weibern und Kindern halt." Sie seufzte und setzte sich neben Pedro. „Wo soll das alles noch hinführen? Hoffentlich kommt es nicht hier bei uns in Segovia zu einem ähnlichen Aufstand gegen die *conversos*, so wie damals bei euch in Toledo, unter Alvaro de Luna. Die Altchristen müssen ein grausames Blutbad angerichtet haben."

„Wollen wir hoffen, dass alle bald wieder Vernunft annehmen", bemerkte der Marqués de Salvatierra.

„Was sagt Ihre Majestät dazu?"

„Ich weiß es nicht. Der König ist in Madrid. Ich habe gehört, es soll ihm gar nicht gut gehen." Besorgnis spiegelte sich in den Zügen des Statthalters wieder. „Seine Schwester Isabel ist übrigens gerade hier in der Stadt. Ihr werdet sie gewiss während eures Aufenthaltes bei uns treffen."

„Alvaro, hast du gehört?" Pedro blickte zu seinem Sohn, der sich bislang nicht an der Plauderei beteiligt hatte und mit ernstem Gesicht in die Flammen starrte. „Andrés wird uns der Thronfolgerin vorstellen."

„Was ist los mit dir, Alvaro? Du bist so schweigsam. So kennen wir dich gar nicht", wandte sich Beatríz an den jungen Mann und lächelte ihn freundlich an.

„Es ist nichts. Ich bin ein wenig erschöpft von der Reise", gab dieser zurück.

„Ich werde euch gleich eure Schlafkammern zeigen, dann kannst du dich ausruhen", sagte sie verständnisvoll.

„Wie kommst du mit dem Lernen voran, Alvaro?", fragte Andrés in der Zwischenzeit.

„Er hat bald sein Studium des Kanonischen Rechts abgeschlossen", kam Pedro seinem Sohn zuvor. „Ich habe vor unserer Reise bereits Kontakt mit dem Prior von San Pedro Mártir in Toledo aufgenommen, damit er bald in das Kloster eintreten kann."

„Nein!", rief Alvaro entrüstet und sprang auf. „Ich gehe nicht in ein Kloster! Ich werde Lea zu meiner Gemahlin nehmen und mir eine Anstellung suchen!" Er warf seinem Vater noch einen wütenden Blick zu und verließ den Raum, ohne ein weiteres Wort zu verlieren.

Der Statthalter und seine Frau schauten ihren Freund verwundert an. Dieser zuckte nur ratlos mit den Schultern.

„Wer ist diese Lea?", fragte Beatríz neugierig.

Der Marqués de Salvatierra fuhr sich mit einer fahrigen Bewegung durch die Haare. „Er hat die junge Frau unterwegs kennengelernt. Sie ist die Tochter eines der Kaufmänner, denen wir bei dem Überfall zu Hilfe gekommen sind. Die beiden jungen Leute haben sich ineinander verliebt."

„Und was wäre so schlimm daran?", fragte die Gemahlin des Statthalters weiter.

„Sie ist eine Jüdin. Eine solche Verbindung werde ich auf keinen Fall dulden. Sie hat dem Jungen den Kopf verdreht. Er muss sie so schnell wie möglich wieder vergessen! Ich hoffe, er findet hier in Segovia ein wenig Ablenkung."

„Das wird er gewiss, Pedro." Andrés nickte seinem Gast aufmunternd zu.

„Bitte entschuldigt das unhöfliche Betragen meines Sohnes. Er hat euch noch nicht einmal eine gute Nacht gewünscht." Pedro war Alvaros unschickliches Benehmen äußerst peinlich. „Ich werde dafür sorgen, dass er euch morgen um Verzeihung bittet."

„Lass es gut sein, mein Freund", beschwichtigte Andrés den Marqués. „Wir waren doch alle einmal jung und unglücklich verliebt."

Sie plauderten noch eine Weile, bis sie die Müdigkeit übermannte und sie sich in ihre Schlafkammern zurückzogen.

Während der nächsten Zeit ließ Pedro seinen Sohn nicht aus den Augen. Er kannte ihn gut genug und wusste, dass dieser dazu fähig wäre, sich auf ein Pferd zu schwingen, um zu der Tochter des jüdischen Tuchhändlers zu reiten. Das musste er verhindern.

Tagsüber beaufsichtigte er Alvaro höchstpersönlich, des Nachts stellte er eine Wache vor dessen Kammertür auf. Der junge Edelmann fand schon bald heraus, dass er gleichsam der Gefangene seines eigenen Vaters war. Ein paar Tage nach ihrer Ankunft in Segovia, wollte er sich in der Tat, nachdem sich alle zur Ruhe begeben hatten, aus seinem Schlafgemach schleichen, um nach Medina del Campo zu reiten.

Zwei Stunden nach Mitternacht erhob er sich von seiner Bettstatt, kleidete sich an und öffnete leise die Tür, die auf den Gang hinausführte. Sobald er den Flur betreten hatte, vernahm er aber eine Stimme: „Wo wollt Ihr zu so später Stunde hin, junger Herr?"

Erschrocken wandte sich Alvaro um und erblickte einen der Soldaten seines Vaters. „Das geht Euch gar nichts an", stotterte er.

Bevor er zu einer weiteren Reaktion fähig war, hatte der Untergebene Pedros schon seinen Arm ergriffen und wollte ihn zurück in die Kammer führen.

„Lasst mich sofort los! Was fällt Euch ein?", rief der Ertappte und versuchte sich zu befreien.

„Seid doch vernünftig, Don Alvaro! Ich führe ja nur den Befehl Eures Vaters aus."

„Mein Vater hat nicht das Recht, mich einzusperren! Ich fordere Euch nochmals auf, lasst mich los!"

Am Ende des Ganges öffnete sich nun eine Tür und der Marqués de Salvatierra, in einen braunen Schlafrock gekleidet, kam eiligen Schrittes den Korridor entlang.

„Alvaro, was geht hier vor? Wo willst du hin?" Verschlafen rieb er sich über die Augen.

„Warum lässt du mich in meinem eigenen Zimmer wie einen Verbrecher bewachen?" Der junge Mann warf seinem Erzeuger einen aufgebrachten Blick zu.

„Beruhige dich, mein Sohn, du weckst sonst noch Andrés und Beatríz auf. Komm, lass uns in deine Schlafkammer gehen! Da werde ich dir den Grund für mein Vorgehen erklären."

Nachdem die Tür hinter den beiden Männern geschlossen war und sie auf dem Bett Platz genommen hatten, forderte Alvaro seinen Vater erneut auf, ihm zu erläutern, warum er einen Soldaten vor seinem Zimmer postiert hätte.

„Ich will nur dein Bestes", rechtfertigte sich der Marqués. „Ich wusste, du würdest irgendwann versuchen, zu der Tochter des jüdischen Tuchhändlers zu gelangen. Du musst sie dir aus dem Kopf schlagen! Ich werde nie meinen Segen zu einer solchen Verbindung geben, genauso wenig wie der Vater des Mädchens. Weder der christliche noch der jüdische Glaube erlauben Mischehen."

„Aber wir lieben uns!", protestierte Alvaro.

„Ihr seid vielleicht im Augenblick ineinander verliebt, ja, aber von Liebe kann nach einer so kurzen Zeit wohl kaum die Rede sein." Pedro legte seinem Sohn den Arm um die Schulter. „Wenn du nicht in ein Kloster eintreten willst, werden wir bestimmt eine andere Lösung finden, aber versprich mir, dass du die Jüdin vergessen wirst!"

„Das kann ich nicht, Vater. Mein Herz schlägt nur noch für sie." Der junge Mann berührte mit der Hand seine linke Brust. „Ich kann ohne sie nicht mehr sein!"

„Red nicht so einen Unsinn, Sohn! Und lass dir gesagt sein, ich werde diese Verbindung mit allen mir zur Verfügung stehenden Mitteln zu verhindern wissen!" Schäumend vor Wut angesichts Alvaros Halsstarrigkeit erhob sich der Marqués und verließ das Zimmer.

Alvaro blieb noch eine Weile sitzen und starrte unglücklich vor sich hin. Wie sollte er es nun anstellen, heimlich zu Lea zu reiten? Sein Vater würde ihn gewiss noch schärfer bewachen. Doch es musste ihm auf irgendeine Weise gelingen, koste es was es wolle. Er hatte Lea sein Wort gegeben, das sie sich bald wiedersehen würden.

Zur gleichen Zeit in Medina del Campo

Die weitere Reise der Kaufleute aus Sevilla verlief nun friedlich. Die letzte Wegstrecke führte sie am Ufer des Flusses Zapadiel entlang, dessen Pegel nach den heftigen Herbstregen stark angestiegen war. Wie geplant erreichten sie Medina del Campo Anfang Oktober. Am Horizont zeichneten sich die Umrisse der Burg La Mota ab, die auf dem gleichnamigen Hügel errichtet war.

Ezra und Lea suchten zunächst den *aposentador* auf, den Beamten, der die erforderlichen Lizenzen erteilte und die Unterkünfte zuwies. Auch diesmal würden sie wieder in einem kleinen Haus in der Nähe der Rúa Nova-Gasse wohnen, einer der Straßen, die von der Plaza Mayor abgingen. Dort hatten neben den Tuch-, Woll-, Seiden- und Tapisseriehändlern auch die Geldwechsler ihren Platz.

Am nächsten Morgen richteten Ezra und Lea ihren Stand ein. Die Stadt stellte aus Holz gezimmerte, mit buntem Tuch überspannte Buden zur Verfügung, in denen die Teilnehmer ihre Waren feilbieten konnten. Ezra stapelte die verschiedenen Stoffballen nebeneinander. Lea legte ihre Wandbehänge aus.

Während ihr Vater alte Bekannte begrüßte, machte sich die Stickerin zu einem Spaziergang auf. Die Plaza Mayor war ebenfalls von Verkaufsständen übersäht. In einem äußeren Kreis hatten die Sattler, Waffenschmiede, Juweliere und Gewürzhändler die Ihrigen aufgebaut, in der Mitte die Hausierer und Barbiere. Sämtliche Straßen, die von hier abzweigten, waren einem bestimmten Gewerbe zugeordnet. Lea begegnete neben dem allgemeinen Besuchervolk maurischen Händlern mit ihren farbigen Turbanen, jüdischen Kaufleuten in schwarzen Kaftanen, einfach gekleideten Landarbeitern und baskischen Hirten. Sie passierte verschiedene Buden, an denen man alles nur Erdenkliche erstehen konnte: Früchte, Datteln, Zucker, Honig, Öl, Pfeffer, Safran, Nelken, Indigo, Weihrauch, Geschirr, Spiegel, Teppiche, Knöpfe, Nähnadeln, Garne, Hüte, Kämme, Schmuck, Schwerter und vieles mehr. Doch nichts von alledem nahm sie tatsächlich wahr, weder das Stimmengewirr der zahlreichen Nationen noch die Spiele der Gaukler, die mit Bällen jonglierten und ein dressiertes Äffchen allerlei Kunststücke vorführen ließen. Selbst die verführerischen Gerüche, die in der Luft lagen, wie das Aroma der orientalischen Gewürze oder der Duft gerösteter Mandeln und gebackener Küchlein, vermochten es nicht, ihre Sinne zu erfreuen.

Zu groß war die Angst, die sich in ihrem Inneren breit gemacht hatte, die Angst davor, Alvaro vielleicht niemals wiederzusehen. So kehrte sie schließlich in die Rúa Nova-Gasse zu ihrem Vater zurück, der ihr stolz berichtete, er habe soeben mit ein paar Ankäufern aus Flandern ein gutes Geschäft getätigt.

Die Tage vergingen und Lea wurde immer missmutiger. Wann würde Alvaro ankommen? Sie versuchte sich zu beruhigen. Schließlich war er erst einmal nach Segovia gereist. Von dort hätte er erneut die Strecke bis nach Medina del Campo zurücklegen müssen. Vielleicht war es ihm unmöglich gewesen, sich gleich nach seiner Ankunft wieder auf den Weg zu machen. Ihr blieb nichts anderes übrig, als geduldig zu warten.

Ezra hatte seinerseits beachtliche Gewinne erzielt und war guter Dinge. Natürlich war ihm die schlechte Laune seiner Tochter nicht entgangen. Der Tuchhändler hatte alle Mühe, sie dazu zu bewegen, die Kunden freundlich zu bedienen. An einem Morgen, als er mit einer Händlergruppe aus dem italienischen Lucca beschäftigt war, die sich für seine Seidenstoffe interessierte, und aus den Augenwinkeln heraus beobachten musste, wie Lea andere Kunden einfach ignorierte, war das Maß voll. Empört nahm er das Mädchen beiseite.

„So kann das nicht weitergehen. Was ist los mit dir? Ich werde nicht zulassen, dass unsere Arbeit durch dein Verhalten leidet."

„Kannst du dir nicht denken, was in mir vorgeht?" Lea blickte ihrem Vater traurig ins Gesicht. „Ich vermisse Alvaro. Ich muss immerzu nur an ihn denken."

„Aber Kind! Der junge Mann hat dich doch längst vergessen", erwiderte er.

Leas Augen füllten sich mit Tränen. „Nein! Er hat es mir versprochen! Wir werden uns wiedersehen! Ich glaube an sein Wort."

„Selbst wenn es so wäre, du könntest ihn niemals heiraten. Sieh das doch endlich ein!

„Ich könnte zum Christentum übertreten oder Alvaro unseren Glauben annehmen", beharrte die junge Frau.

Ezra schüttelte entsetzt den Kopf. „Du wärst bereit zu konvertieren? Deine Mutter würde sich im Grabe umdrehen."

„Dann muss er eben ein Jude werden", erwiderte Lea.

„*Corazón*!" Der Tuchhändler legte die Hände auf die Schultern seiner Tochter. „Das geht nicht so, wie du denkst. Du darfst auch seine Stellung nicht außer Betracht lassen. Er ist immerhin der Sohn eines Marqués und wir sind nur eine einfache Kaufmannsfamilie." Zärtlich strich er ihr über die Wange. „Du musst ihn vergessen, *cariño*! Bestimmt wird es dir leichter fallen, wenn wir erst einmal nach Hause zurückgekehrt sind und du Manuel Toledano wiedergesehen hast. Das ist ein Bursche nach meinem Herzen. Er wird einmal den Weinhandel seines Vaters übernehmen und dich ausreichend versorgen können."

Lea verdrehte die Augen, während Ezra mit seiner Lobeshymne fortfuhr.

„Er ist ein frommer Jude, der noch nie gegen die Gesetze Moses verstoßen hat. Er wäre dir ein guter Ehemann, und außerdem scheint er bereits Gefallen an dir gefunden zu haben."

Lea seufzte und nickte wortlos. Zum Glück blieben in diesem Moment zwei kostbar gekleidete Damen vor dem Stand stehen, sodass Ezra seine Aufmerksamkeit wieder dem Geschäft zuwenden musste. Ach Alvaro, wandte sich das Mädchen in Gedanken an ihren Liebsten, bitte vergiss mich nicht! Das könnte ich nicht verkraften.

Alcazar von Segovia

Isabel, die Halbschwester König Enriques und Thronfolgerin Kastiliens, hatte das blonde Haar und die helle Haut ihrer Trastámara-Vorfahren geerbt. Sie war nicht besonders groß und ihre Figur hatte noch dazu durch die Geburt ihrer Tochter Isabelita vor vier Jahren an Fülle gewonnen. Der Blick aus ihren blaugrünen Augen, deren Farbe an das Wasser eines kühlen Bergsees erinnerte, konnte zuweilen Sanftheit, aber manchmal auch Entschlossenheit und Härte ausdrücken.

Während der dreiundzwanzig Jahre ihres jungen Lebens hatte sie es nicht immer leicht gehabt, denn genau drei Monate nach ihrem dritten Geburtstag war ihr Vater, König Juan II. von Kastilien, gestorben. Zusammen mit ihrer Mutter, die stets mehr dem Wahnsinn verfiel, und ihrem Bruder Alfonso verbrachte sie also ihre Kindheit in der düsteren Festung von Arévalo, bis schließlich ihr Halbbruder Enrique IV., der neue König von Kastilien, seine Geschwister an den Hof nach Segovia holte. Doch auch hier sollte ihr das Glück nicht lange hold sein. Sie verlor ihren Bruder Alfonso und musste hart um ihre Rechte als Thronfolgerin kämpfen, da Enrique, obwohl angeblich impotent, eine Tochter von seiner zweiten Gemahlin bekommen hatte. Das Kind wurde nach seiner Mutter Juana genannt. Gegen den Willen des Königs hatte Isabel schließlich Fernando geheiratet, den Thronfolger von Aragon und Herrscher über Sizilien. Seit seiner Hochzeit im Oktober 1469 war das junge Paar ruhelos umhergezogen. Nun endlich weilte die Infantin wieder in Segovia, da sie sich dank der Hilfe ihrer

Jugendfreundin Beatríz, der Gemahlin des Statthalters Andrés de Cabrera, mit Enrique ausgesöhnt hatte. Um dessen Gesundheit stand es bekanntlich nicht zum Besten, immer wieder wurde er von Magenschmerzen und Schwächeanfällen geplagt. Isabel ahnte daher, dass es in nicht all zu weiter Ferne große Veränderungen in ihrem Leben geben würde.

Sie erhob sich von ihrem Bett und ließ sich von einer Zofe den mit Marderfellen gefütterten Umhang bringen, den sie auf ihrem Fußmarsch zur Kirche von San Miguel zu tragen gedachte. Der Herbst hatte seit einiger Zeit Einzug in der Stadt gehalten und das buntgefärbte Laub der Bäume leuchtete jetzt in der Abendsonne. Die Infantin wollte zusammen mit Andrés und Beatríz an der Messe teilnehmen und danach im Hause des Statthalters speisen. Ihr Gemahl war vor ein paar Tagen nach Aragon abgereist, wo er seinen Vater bei dem Niederschlag eines Aufstandes unterstützen musste, wie dies bereits des Öfteren geschehen war.

Bevor sich die Infantin auf den Weg machte, suchte sie die Kinderstube auf, in der ihre Tochter friedlich in ihrem Bettchen schlummerte. Isabelita hatte vom Schlaf gerötete Wangen und lutschte an ihrem Daumen. Zärtlich strich die Thronfolgerin über die blonden Locken des Mädchens. Es war an der Zeit, der Kleinen endlich einen Bruder zu schenken, dachte sie. Doch wie sollte ihr dies gelingen, wenn Fernando so selten bei ihr weilte? Sie rückte die Decke zurecht, gab Isabelita noch einen Kuss und verließ auf Zehenspitzen den Raum.

Zusammen mit ihrer Leibgarde passierte die Prinzessin wenig später die Zugbrücke, die gleich hinter dem Eingangsportal des Schlosses einen tiefen Graben überspannte. Ein schneidender Wind wehte ihnen entgegen. Fröstelnd zog sie den Umhang fester um ihren Körper und schlug die Richtung zur Plaza Mayor ein, in dessen Mitte die Kirche San Miguel stand. Sie hätte sich auch zu Pferde auf den Weg machen können, aber sie ging gerne zu Fuß, um währenddessen ihren Gedanken freien Lauf zu lassen. Bald darauf erreichte sie den Platz und betrat das Innere des Gotteshauses.

Nach der Messe hielt sie sich zusammen mit Beatríz, Andrés und deren Freunden, den Salvatierras, noch eine Weile vor der Kirche auf. Sofort wurde die Thronfolgerin von einer ihr zujubelnden Menge umringt. Unermüdlich nahm sie die Huldigungen der Menschen entgegen, beantwortete Fragen und strich kleinen Kindern über die Köpfe. Diese Nähe zum Volke zeichnete die Infantin aus und hatte im Laufe der letzten Jahre viel zu ihrer Beliebtheit beigetragen. Endlich kam sie dazu, auch Pedro und Alvaro zu begrüßen, die vor ihr niederknieten und ihre Hand küssten.

„Es ist uns eine ganz besondere Ehre, Euch vorgestellt zu werden, Hoheit", verkündete der Marqués.

„Die Freunde der Cabreras sind mir immer willkommen." Isabel lächelte sie freundlich an.

Neugierig betrachtete Alvaro die Halbschwester des Königs, während sie sich mit seinem Vater unterhielt. Er schätzte sie auf vielleicht drei oder vier Jahre älter als sich selbst. Ihm gefiel die offene Art, mit der sie zuvor ihren Untertanen begegnet war und dabei trotzdem Würde ausgestrahlt hatte.

Als sich die Bewohner Segovias wieder auf den Heimweg machten und sich der Platz zu leeren begann, brachen Isabel, die Cabreras, Pedro, Alvaro und ihr Gefolge zum Palast des Statthalters auf. Obwohl der Mond mittlerweile rund am Himmel stand und die Gassen erhellte, führten die Männer des Begleitschutzes zusätzlich Fackeln mit sich. Kurz vor dem Festungshaus vernahmen sie einen Tumult, der aus der Gegenrichtung kam. Die Geräusche gewannen rasch an Lautstärke, schon bald war eine sich schnell nähernde Menschentraube zu erkennen. Sie entpuppte sich als aufgebrachter, Schwerter, Sensen, Stöcke und Heugabeln schwingender, Pöbel, der eine Anzahl von Männern und Frauen vor sich hertrieb. Sofort stellten sich die Soldaten der Infantin vor Isabel und zogen ihre Waffen.

„Hilfe, zu Hilfe, man will uns umbringen!", ertönten aufgeregte Schreie.

Vor dem Palast hielt die Gruppe inne.

„*Marranos*! Christusmörder! Ihr habt nichts anderes verdient!", brüllte einer der Verfolger.

„Ich will umgehend wissen, was hier vor sich geht!", rief Cabrera. „Was haben diese Leute verbrochen?"

Ein großer, kräftiger Mann drängte sich nach vorne und ergriff das Wort. „Sie sind falsche Christen, Euer Gnaden, die mit scheinheiligen Gesichtern die Messe besuchen und danach in ihren Häusern ihre widerwärtigen, jüdischen Bräuche ausführen." Er spuckte verächtlich vor den *conversos* aus.

„Das ist nicht wahr! Wir sind gute und ehrliche Katholiken, wahrscheinlich bessere, als du, *cabrón*!", entgegnete ein Konvertierter, woraufhin inmitten des Pöbels abermals laute Rufe zu vernehmen waren.

„Was glaubt ihr, warum unser feiner Statthalter diese *marranos* verteidigt?", hörte man eine andere Stimme. „Er ist doch selbst einer von ihnen!" Seine Kumpane pflichteten ihm begeistert bei und applaudierten.

Alvaro, der das Geschehen bisher von der Seite aus beobachtet hatte, konnte sich nun nicht mehr zurückhalten. Er zog sein Schwert, sprang nach vorne und hielt es demjenigen, der die letzte Bemerkung geäußert hatte, an die Brust.

„Zügle deine Zunge, du Schurke! Auch wenn diese Leute", er wies auf die verfolgten Männer und Frauen, die sich dicht zusammendrängten,

„tatsächlich noch ihrem alten Glauben nachgehen sollten, ist es nicht eure Aufgabe, sie zu bestrafen."

Der Mann erblasste. Er spürte, wie sich die Schwertspitze durch sein Wams bohrte.

Die aufgebrachten Leute fingen an, allesamt durcheinander zu rufen. „Wenn wir es nicht tun, macht es keiner!"

„Wir müssen uns wehren, sonst wird Kastilien bald von diesen heimlichen Gottesmördern überschwemmt sein."

Aus den Augenwinkeln heraus nahm Alvaro eine Bewegung neben sich wahr. Blitzschnell fuhr er herum und schlug einem der Altchristen einen Stock aus der Hand, mit dem dieser ihn hatte angreifen wollen. Der Mann schrie vor Schmerz auf.

Nun trat Isabel aus dem Hintergrund neben den Sohn des Marqués de Salvatierra.

„Haltet ein!", rief sie mit gebieterischer Stimme.

Als die Unruhestifter erkannten, wen sie vor sich hatten, verstummten sie augenblicklich und fielen auf die Knie.

„Ich stehe vor euch als Vertreterin eures Königs und ich befehle euch, sofort von diesen Menschen abzulassen. In unserem Reich obliegt es einzig und alleine Ihrer Majestät, über seine Untertanen zu richten, und zwar, nachdem man ihnen ein Vergehen nachgewiesen und sie verurteilt hat." Die Thronfolgerin betrachtete die Männer, die ihren Blick zu Boden gerichtet hatten. „Kehrt in eure Häuser zurück und dankt Gott dem Herrn, dass ich euch nicht alle festnehmen und in den Kerker werfen lasse!"

Die *conversos* brachen in Jubelschreie aus.

Isabel hob die Hand. „Schweigt!", rief sie. „Ich werde euch in der nächsten Zeit sehr genau beobachten und überprüfen lassen, ob ihr euren Pflichten als gute Christen nachkommt."

Alvaro, der immer noch neben der Infantin stand, schaute sie bewundernd an. Sie würde einmal eine gute und gerechte Herrscherin über Kastilien sein.

„Ihr werdet sehen, Hoheit, die Vorwürfe entsprechen nicht der Wahrheit", führte ein Konvertit an. „Unsere Familien sind schon vor vielen Jahren zum Christentum übergetreten, und wir alle hier verehren Jesus und die Heilige Mutter Gottes."

„Dann habt ihr nichts zu befürchten!", lenkte Isabel ein.

Die Männer und Frauen machten sich schweigsam auf den Rückweg in ihre Wohnstätten. Dieses Mal war die Angelegenheit ohne Blutvergießen ausgegangen, doch es würde nicht der letzte Vorfall dieser Art bleiben!

Wie tapfer sich der Sohn des Marqués de Salvatierra der aufgebrachten Menge entgegen gestellt hatte, dachte Isabel, während sie in den Palast hineingingen. Eine solch mutige Person hätte sie gern an ihrer Seite. Sie brauchte dringend einen Sekretär, der sie als ihre rechte Hand unterstützen würde. Vielleicht wäre der junge Edelmann geeignet.

Am übernächsten Tag machten sich Alvaro und Pedro, der darauf bestanden hatte, seinen Sohn zu begleiten, auf den Weg in das königliche Schloss. Am Morgen hatte nämlich ein Bote eine Nachricht der Thronfolgerin überbracht, in der sie den jungen Salvatierra aufforderte, sie im Alcazar aufzusuchen.

„Was mag sie wohl gerade von dir wollen?", wunderte sich der Marqués zum wiederholten Male.

„Ich weiß es nicht. Vielleicht will sie mir noch einmal für mein Eingreifen während des Tumults danken", mutmaßte Alvaro.

Sie überquerten die Plaza Mayor, auf der ein geschäftiges Treiben herrschte. Marktschreier boten Obst und Gemüse feil. Frauen, mit gefüllten Körben bepackt, eilten über den Platz. Kinder und streunende Hunde liefen zwischen den Menschen umher. Hier und dort saßen Bettler und versuchten, den Bürgern ein paar *maravedis* zu entlocken.

Vater und Sohn trugen ihre besten Gewänder, Beinkleider und Wämser aus Samt, mit goldenem Brokat verfeinert und pelzverbrämte, ungegürtete Mäntel mit weiten Ärmeln. Ihre Pferde hatten sie mit kostbarem Zaumzeug geschmückt. Schon bald sahen sie die Kathedrale und dahinter den von Enriques Vater erbauten viereckigen Wehrturm des Alcazars, den Torre de Homenaje vor sich.

Ein Bediensteter, der die Besucher am Eingangsportal empfing, führte sie zunächst durch die Sala del Trono. Staunend betrachteten sie die maurischen Stuckfriesen und die hohe Decke, die eine schöne Holztäfelung mit vergoldeten Ornamenten zierte. Danach gelangten sie durch die Sala Galera in das Zimmer, in dem die Thronfolgerin sie kurz darauf begrüßte. Die Sala de las Piñas war, wie die Infantin ihnen später erklärte, jüngst neu ausgestaltet worden und verdankte seinen Namen dem mit 392 Pinienzapfen geschmückten Deckengewölbe.

Die Prinzessin saß hinter einem Schreibtisch, auf dem sie verschiedene Papiere ausgebreitet hatte. Sie war in ein einfaches, dunkelgraues Gewand gekleidet. Das blonde Haar bedeckte ein weißer Schleier, dessen Enden von einem mit Rubinen besetzten Kreuz oberhalb ihrer Brust zusammengehalten wurden. Auf ihr Geheiß nahmen die beiden Männer ihr gegenüber auf zwei gepolsterten Stühlen Platz. Freundlich lächelte die Prinzessin sie an, bevor sie das Wort an Alvaro richtete. „Euer Verhalten bei dem Vorfall vor zwei Tagen hat mich sehr beeindruckt. Ihr habt Euch den Aufwieglern entgegengestellt, ohne jegliche Furcht und ohne darüber nachzudenken, welcher Gefahr Ihr Euch aussetzen würdet. Ich muss sagen, das hat mir gefallen!"

Alvaro errötete vor Stolz ob des Lobes der Thronfolgerin. „Ich konnte es nicht ertragen, wie diese Schurken den Freund meines Vaters beleidigt haben. Wenn es erforderlich gewesen wäre, hätte ich auch mein Schwert benutzt."

„Könnt Ihr gut damit umgehen?", fragte Isabel.

Alvaro nickte.

„Ich nehme an, Ihr könnt auch Lesen und Schreiben."

„Aber ja, Hoheit", mischte sich nun Pedro beflissentlich in das Gespräch ein. „Alle meine Kinder haben eine gute Ausbildung erhalten. Alvaro ist auch in Latein und Griechisch bewandert. Er hat das Studium der sieben Künste absolviert und steht kurz vor dem Abschluss in kanonischem Recht."

Isabel nickte zufrieden. „Ich benötige einen Sekretär, jemanden, der mir zur Seite steht. Ich denke, Euer Sohn wäre dafür geeignet."

Der Marqués de Salvatierra blieb für einen Moment sprachlos. Mit diesem Vorschlag hatte er nicht gerechnet. Auch Alvaro war sichtlich verdutzt.

„Hoheit, welch eine Ehre für unsere Familie", brachte Pedro schließlich hervor.

Alvaro durchdachte rasch die Vorteile, die ein solcher Posten gegenüber dem bevorstehenden Eintritt in ein Kloster aufwiese. Gewiss bekäme er einen guten Lohn, außerdem könnte er somit wie versprochen Lea zu seiner Gemahlin machen und mit ihr bei Hofe leben. Bei dem Gedanken an seine Liebste durchströmte ihn ein warmes Gefühl. Er musste sie baldigst in Medina del Campo aufsuchen.

„Ich würde sehr gerne Euer Sekretär werden, Hoheit, wenn Ihr mich für befähigt haltet", erklärte er hastig und blickte der Infantin fest in die Augen.

„Sehr gut, dann sei es hiermit besiegelt." Lächelnd erhob sich die Prinzessin und reichte ihrem neuen Sekretär die Hand, die dieser zum Kuss an seine Lippen führte. „Findet Euch bitte morgen früh wieder hier im Alcazar ein, dann werden wir alles Weitere besprechen."

Die beiden Salvatierras konnten ihr Glück kaum fassen, als sie das Schloss verließen. Schweigend gingen sie nebeneinander her. Pedro hoffte, sein Sohn würde sich auf diese Weise die Jüdin aus dem Kopf schlagen. Zudem malte er sich aus, wie er selbst bei seinen Verwandten und den Adeligen Toledos prahlen konnte. Alvaro seinerseits war froh, dass ihm nun der Eintritt in ein Kloster erspart bleiben würde und träumte glücklich davon, wie er bald Lea zu sich holen würde.

Andrés und Beatríz freuten sich ebenfalls über die Neuigkeiten. Sie ließen sofort den besten Tropfen ihres Weinvorrates auftragen und stießen gemeinsam auf Alvaros Zukunft an.

Am folgenden Morgen fand sich Alvaro zur gewünschten Stunde im Alcazar ein. Isabel lud ihn zunächst zu einem Rundgang durch die Burg ein. Im nördlichen Teil lagen die Säle, in denen Empfänge, Bankette und Tanzveranstaltungen abgehalten wurden. Wie am Vortag bewunderte der Sohn des Marqués die schönen Malereien, Arabesken, Stuckarbeiten, Wandteppiche und kostbar verzierten Möbel, mit denen die Räume ausgestattet waren.

Besonders faszinierte ihn die Sala de los Reyes, in dessen Wandfries goldene Statuen aller kastilischen Könige eingearbeitet waren. Es war der Ort, an dem die *cortes,* der Reichstag, zusammenkam und wo der König Botschafter sowie hochgestellte Persönlichkeiten empfing. Enrique verbrachte allerdings wenig Zeit in der Festung. Er bevorzugte einen Palast nahe der Plaza San Martin, den er dort hatte errichten lassen.

Der mittlere Bereich des Alcazars diente der Unterbringung der Höflinge. Dort würde auch Alvaro in Zukunft während des Aufenthaltes der Prinzessin in Segovia wohnen.

Nach ihrem Rundgang suchten Isabel und ihr neuer Sekretär wieder die Sala de las Piñas auf. In den nächsten Stunden erklärte sie ihm seinen Aufgabenbereich und legte ihm die Situation dar, in der sie und ihr Gemahl Fernando sich derzeit befanden. Sie zählte die Personen auf, die sie unterstützten.

Da war zunächst Alfonso Carrillo. Der Erzbischof von Toledo, einer der wichtigsten Berater der Infantin, hatte ihre Hochzeit mit Fernando eingefädelt und war dem jungen Thronfolgerpaar in den ersten Jahren ihrer Ehe, als sie meist mittellos von Festung zu Festung gezogen waren, eine große Hilfe gewesen.

Pedro Gonzalez de Mendoza, Erzbischof von Sevilla und seit dem letzten Jahr im Besitz eines Kardinalhutes, war der jüngste Sohn des Grafen von Santillana, des Oberhauptes einer der mächtigsten Adelsfamilien Kastiliens. Hatten die Mendozas auch zunächst auf der Seite Enriques und dessen Tochter Juana gestanden und sogar versucht, Isabels Hochzeit mit Fernando zu verhindern, so waren sie vor nicht langer Zeit in das Anhängerlager des Thronfolgerpaares übergelaufen und diesem seither treu ergeben.

Ein weiterer, der Infantin wohlgesonnener Mann war Gutierre de Cardenas, ein Angehöriger des Hochadels und der aragonesischen Partei. Er hatte seinerzeit Fernandos Vater, König Juan II., das Einverständnis der Prinzessin zur Hochzeit mit dessen Sohn überbracht und im Gegenzug das Verlobungsgeschenk – ein kostbares Rubinhalsband - sowie Geld eingefordert.

Selbstredend fand die Prinzessin auch lobende Worte für Andrés de Cabrera und Beatríz de Bobadilla.

„Und wen zählt Ihr zu Euren Feinden, Hoheit?", wollte Alvaro schließlich wissen.

„Die Familie des Juan Pachecos. Sie hat von Anfang an die Sache des Königs und Juanas gefördert und meine eigene hintertrieben. Seit dem Tod des Marqués vor wenigen Monaten hat sein Sohn Diego seinen Platz eingenommen. Zweifellos ist der Speichellecker bereits in Madrid und kriecht zu Füssen meines Bruders." Die Infantin schob eine Haarsträhne wieder unter ihre Kopfbedeckung. „Alvaro, ein Grund, warum ich so dringend einen Sekretär benötigte, ist der besorgniserregende Gesundheitszustand meines Bruders. Erst heute Morgen habe ich wieder einmal eine Nachricht von Kardinal Mendoza erhalten. Dem König geht es sehr schlecht. Die Ärzte befürchten, er werde nicht mehr lange zu leben haben. Ihr könnt Euch gewiss ausmalen, was dann geschehen wird."

Alvaro nickte. „Ihr werdet Königin von Kastilien werden, Hoheit."

Die Thronfolgerin richtete ihren Blick versonnen aus dem Fenster über die Ebene des Eresmatales. Ihre blaugrünen Augen funkelten und ihre Wangen röteten sich.

„Ja", sagte sie leise. „Königin und Besitzerin Kastiliens."
Damit drehte sie sich wieder ihrem Sekretär zu.
„Es wird viel Arbeit auf uns zukommen, Alvaro."
„Ich bin bereit, Hoheit! Ihr könnt Euch auf mich verlassen"!, schwor der junge Edelmann mit fester Stimme.

3. Kapitel

November 1474

Alvaro gewöhnte sich rasch an seinen neuen Tagesablauf. Er erledigte die Korrespondenz seiner Arbeitgeberin, stimmte mit ihr die Audienzen der Gesandten, Adeligen und Bittsteller ab und geleitete diese in den Empfangssaal. Dort hielt er die Gespräche, die die Prinzessin mit ihren Besuchern führte, schriftlich fest. Isabel erkannte schon bald den Wert ihres neuen Sekretärs, und es kam mehr und mehr vor, dass sie zu gewissen Themen nach seiner Meinung fragte.

Da sie einander besser kennengelernt hatten und ein großes Vertrauen zwischen ihnen herrschte, nahm Alvaro eines Morgens seinen gesamten Mut zusammen und wandte sich zögerlich an die Thronfolgerin: „Hoheit, darf ich Euch um etwas bitten, was mir sehr am Herzen liegt?"

„Nur zu, Alvaro!", ermunterte sie ihn.

„Ich habe eine persönliche Angelegenheit in Medina del Campo zu erledigen und würde Euch daher bitten, mir die Erlaubnis zu geben, eine kleine Reise dorthin zu unternehmen." Mit klopfendem Herzen blickte er die Infantin an.

„Das hieße, Ihr würdet mindestens zwei Wochen unterwegs sein", überlegte sie laut. „Es tut mir leid, Alvaro, aber solange kann ich nicht auf Eure Dienste verzichten. Ihr wisst, wie es um die Gesundheit des Königs steht. Falls er sterben sollte..." Sie ließ den Satz unvollendet. „Könntet Ihr nicht stattdessen einen Boten dorthin schicken, damit er die Sache für Euch regelt?"

Enttäuschung machte sich auf dem Gesicht des jungen Mannes breit. Er hatte fest mit Isabels Einverständnis gerechnet. „Ich muss selbst dorthin fahren, Hoheit. Die Angelegenheit ist überaus wichtig für mich. Ich habe schon viel zu lange gewartet", fügte er noch leise hinzu.

„Ich kann es Euch nicht erlauben, Alvaro." Die Prinzessin ließ sich nicht umstimmen. „Nicht jetzt. Ihr müsst Euch noch gedulden." Sie griff nach ein paar Papieren, legte diese jedoch gleich wieder nieder. „Wie ich bereits erwähnt habe, Ihr dürft gerne die Dienste eines königlichen Kuriers in Anspruch nehmen. Das ist alles, was ich Euch anbieten kann. Und nun sollten wir uns wieder der Arbeit zuwenden!"

Der junge Edelmann vermochte seine Enttäuschung kaum zu verbergen. Auf keinen Fall konnte er es wagen, ohne Isabels Erlaubnis zu reisen. Es blieb ihm also nichts anderes übrig, als das Angebot der Infantin anzunehmen und einen Boten mit einer Nachricht nach Medina zu schicken. Zum Glück wusste er, dass Lea des Lesens und Schreibens mächtig war. Sie würde gewiss schon sehnsüchtig auf die Einlösung seines Versprechens warten. Hoffentlich dachte sie nicht, er hätte sie vergessen.

Als Alvaro mehr schlecht als recht seine Aufgaben erledigt hatte, begab er sich in seine Schlafkammer und setzte einen Brief an die junge Frau auf.

Meine liebste Lea,

wie geht es dir? Ich hoffe, ihr habt Medina del Campo sicher erreicht. Es vergeht nicht ein Tag, an dem ich nicht an dich denke. Ich liebe dich von ganzem Herzen.

Cariño, ich will dir nun schildern, warum ich dich bisher noch nicht aufgesucht habe. Kurz nachdem wir in Segovia bei unseren Freunden, dem Statthalter Andrés de Cabrera und seiner Gemahlin ankamen, trafen wir die Thronfolgerin, die Infantin Isabel. Stell dir vor, ich habe wohl großen Eindruck auf sie gemacht, sodass sie mich als ihren Sekretär eingestellt hat. Ich habe sehr viel zu tun und bis jetzt noch nicht die Möglichkeit gehabt, zu dir nach Medina zu reisen. Bald werde ich das nachholen, und wir werden uns wiedersehen, entweder in Medina oder später in Sevilla.

Dann trotzen wir der Religion und der Meinung unserer Väter und du wirst als meine Frau mit mir zusammen bei Hofe leben.

Meine geliebte Lea, bitte behalte mich in deinem Herzen. Ich zähle die Tage, bis ich dich endlich wieder in meine Arme schließen kann.

Ich küsse dich.

Dein Alvaro

Er überflog seine Worte noch einmal, bevor er den Brief versiegelte und den königlichen Boten aufsuchte. Dieser hatte schon entsprechende Anweisungen der Thronfolgerin erhalten. Alvaro erklärte dem Kurier, wohin er sich zu begeben und wem er das Schreiben auszuhändigen hätte. Der Mann brach umgehend auf.

Die Zeit des Wartens auf die Rückkehr des Gesandten erschien Alvaro endlos lange. Da ihn die Prinzessin mit Arbeit überhäufte, fand er jedoch Ablenkung. Nur des Nachts, wenn er sich nach vollbrachtem Tageswerk in seinem Zimmer niederlegte, kam er nicht zur Ruhe. Immer wieder wälzte er sich auf der Bettstatt hin und her und wenn er endlich in einen unruhigen Schlaf fiel, wurde er von Alpträumen heimgesucht, in denen er Lea in den Armen eines anderen Mannes vorfand.

„Warum hast du dein Versprechen gebrochen und bist nicht zu mir gekommen?", hörte er sie mit trauriger Stimme fragen. „Nun ist es zu spät, ich glaubte, du hättest mich vergessen."

In einem anderen Traum, schleuderte sie ihm hämisch lachend ins Gesicht, dass sie niemals daran gedacht hätte, ihn, einen Christen, zu heiraten.

Jedes Mal wachte Alvaro schweißgebadet auf und hoffte, dass der Bote ihm bald eine gute Nachricht aus Medina del Campo brächte.

Während Alvaro täglich auf das Erscheinen des Kuriers wartete, beschloss der Marqués de Salvatierra, dass es an der Zeit wäre, Segovia zu verlassen und nach Toledo zurückzukehren. Am Morgen seiner Abreise suchte er seinen Sohn in dessen Arbeitszimmer auf, um sich zu verabschieden.

Noch einmal redete er Alvaro ins Gewissen, der Thronfolgerin treu zu dienen und die Stickerin zu vergessen.

„Sorge dich nicht, Vater. Ich werde unserer Familie keine Schande bereiten." Der junge Mann kam hinter dem Schreibtisch hervor und schloss den Marqués in die Arme. „Richte bitte Mutter und meinen Brüdern einen herzlichen Gruß aus. Sobald der Hof sich einmal nach Toledo begibt, komme ich Euch besuchen."

„Das hoffe ich doch, mein Sohn." Pedro drückte Alvaro noch einmal an sich und verließ dann den Raum.

Der Sekretär setzte sich wieder an seinem Arbeitsplatz nieder. Einen Moment lang musste er an seine Mutter denken. Er vermisste die feinfühlige, verständnisvolle Frau. Wie gerne hätte er ihr von seinen Gefühlen für Lea erzählt und sie um ihren Rat gebeten.

Endlich hatte das Warten ein Ende. An einem kühlen Morgen kehrte der Kurier nach Segovia zurück und suchte den Sekretär unverzüglich auf.

„Habt Ihr die junge Frau entdeckt? Hat sie Euch eine Nachricht für mich mitgegeben?", bestürmte ihn Alvaro.

„Es gelang mir sofort, den Stand des jüdischen Tuchhändlers ausfindig zu machen", berichtete der Mann. „Das Mädchen war aber nicht da. Als ich ihrem Vater mitteilte, dass ich eine Nachricht für sie hätte, wollte er wissen von wem, und so nannte ich ihm Euren Namen."

Alvaro verdrehte die Augen.

„Er sagte, seine Tochter fühlte sich nicht wohl und wäre deshalb in der Unterkunft geblieben. Noch bevor ich mich versah, riss er mir Euer Schreiben aus den Händen und öffnete es. Ich protestierte, aber der Tuchhändler gab es nicht wieder her."

„Wie konntet Ihr das zulassen? Der Brief war für Lea bestimmt." Der Sekretär schüttelte fassungslos den Kopf.

„Es tut mir leid, aber es war mir nicht möglich, es zu verhindern", versuchte sich der Gesandte zu verteidigen. „Der Jude bat mich, am nächsten Tag wiederzukommen. Dies hat er mir dann ausgehändigt." Er überreichte seinem Auftraggeber einen verschlossenen Brief.

„Habt dank für Euren schnellen Dienst!" Alvaro streckte dem Kurier die Hand hin und verabschiedete sich von dem Mann.

Dann suchte er umgehend seine Kammer auf und öffnete die Mitteilung. Während er die Worte überflog, rötete sich sein Gesicht. Lea bat ihn um Verzeihung, aber sie hätte während ihres Aufenthaltes in Medina einen anderen Mann, einen Juden, kennengelernt, dem sie nun in aufrichtiger Liebe zugetan wäre und dessen Frau sie mit der Erlaubnis ihres Vaters bald werden würde. Sie forderte ihn abschließend auf, sie für immer zu vergessen.

Obwohl der Brief mit Leas Namen unterzeichnet war, wollte Alvaro nicht glauben, was dort geschrieben stand. Es konnte nur zwei Möglichkeiten geben: Entweder hatte Ezra seiner Tochter den Inhalt diktiert oder ihn gar selbst verfasst. Der Sekretär vermutete eher letzteres. Gewiss hatte Lea seine Botschaft niemals zu Gesicht bekommen. Mit einem Male wurde Alvaro von einer unbändigen Wut erfasst. Er zeriss den Papierbogen in kleine Fetzen und warf ihn auf den Boden. Dann ließ er sich erschöpft auf sein Bett sinken und starrte zur Decke hinauf. Wenn er Gewissheit haben wollte, musste es ihm auf irgendeine Weise gelingen, persönlich mit Lea zu sprechen. Während er darüber nachdachte, wie er dies wohl anstellen sollte, übermannte ihn die Müdigkeit, und er fiel in einen unruhigen Schlaf.

Ein paar Tage später erreichten beunruhigende Nachrichten aus Madrid Segovia. Nach einer kurzen Genesung hatte der König einen erneuten Rückschlag erlitten und lag kränker danieder denn je zuvor. Kardinal Mendoza, der nicht von Enriques Seite wich, unterrichtete die Thronfolgerin fortwährend über dessen Zustand. Der Kirchenfürst rechnete täglich mit dem Ableben des Monarchen. So war Isabel von einer stetigen Unrast erfüllt.

Dann erreichte zur Mittagsstunde des zwölften Dezembers 1474 ein erschöpfter Bote die Stadt. Es war Rodrigo Ulloa, ein Gehilfe Pedro Mendozas. Der Mann hatte die Strecke von Madrid nach Segovia, die immerhin sechzehn *leguas* betrug, in weniger als zwölf Stunden zurückgelegt. Er überließ das nass geschwitzte Pferd, von dessen Maul weißer Schaum tropfte, einem Stallburschen und verlangte, umgehend zu der Infantin vorgelassen zu werden.

Isabel saß gerade mit Andrés de Cabrera, Gutierre de Cardenas und Alvaro in ihrem Arbeitszimmer, als ein Bediensteter den Kurier des Kardinals hereinführte. Neugierig betrachteten die Anwesenden den schmutzigen, erschöpften Mann, der einen versiegelten Brief in seinen Händen hielt.

„Hoheit, ich bringe traurige Nachrichten aus Madrid." Er reichte der Thronfolgerin die Depesche.

Ohne sie geöffnet zu haben, ahnte sie, wie die Worte lauten würden. Ein Schauer überzog sie. Für einen kurzen Moment zitterten ihre Hände. Sie brach das Siegel und las Mendozas Botschaft.

Als sie wieder aufschaute, lag Entschlossenheit in ihrem Blick. Mit fester Stimme verkündete sie: „Meine Herren, Ihre Majestät, der König, ist gestern Nacht gestorben. Es ist kein Testament vorhanden, und als Kardinal Mendoza, der bei meinem Bruder wachte, ihn fragte, ob er seine Tochter Juana als die rechtmäßige Erbin des kastilischen Thrones betrachten würde, gab Ihre Hoheit darauf keine Antwort."

Zunächst wagte es keiner der Anwesenden zu sprechen, doch dann sprang Cardenas von seinem Stuhl auf und rief: „Hoch Isabel, Königin und Besitzerin Kastiliens! Hoch Fernando, ihr königlicher Gemahl! Hoch Kastilien!"

Alle drei Männer fielen vor ihr auf die Knie und küssten ihr die Hand. Auch Alvaro war sichtlich berührt. Vor nicht allzu langer Zeit war ihm noch eine triste Zukunft in einem Kloster beschieden gewesen und nun war er Zeuge der Sternstunde der neuen Königin und zudem der Sekretär Ihrer Gnaden. Wenn doch nur Lea jetzt an seiner Seite hätte sein können!

Isabel wies einen Bediensteten an, dem Boten eine Stärkung zu geben und ihm eine Schlafstätte zuzuweisen, damit er sich von seinem beschwerlichen Ritt erholen konnte. Dann wandte sie sich wieder an Cabrera, Cardenas und Alvaro. „Bitte, zieht Euch eine Weile zurück! Ich möchte für das Seelenheil meines Bruders beten. Findet Euch zur Nachmittagsstunde wieder hier ein! Wir haben viel zu besprechen."

Kurz darauf kniete Isabel in der kleinen Kapelle, die Enrique einst für sie eingerichtet hatte, vor der schlichten Statue der Mutter Gottes nieder. Sie stützte den Kopf auf ihre gefalteten Hände und bewegte die Lippen im Gebet für ihren toten Bruder. Enrique, der jeglichen Glanz und Gepränge verabscheut und einfache, ärmlich wirkende Kleidung bevorzugt hatte, war ein milder Regent gewesen. Diese Schwäche hatten die Granden seit jeher ausgenutzt, deswegen war seine Regierungszeit von politischen Machtkämpfen und Unruhen geprägt gewesen.

Lächelnd erinnerte sich Isabel daran, wie Enrique sie und Alfonso aus dem düsteren Schloss von Arévalo an den fröhlichen Hof von Segovia geholt hatte. Dafür würde sie ihm immer dankbar sein. Sie wischte sich eine Träne aus dem Augenwinkel. Dabei hatte es auch unangenehme Zeiten gegeben, in denen sie durch die Schuld des Königs gelitten hatte. Sie dachte daran, wie er sie im Pakt von *Toros de Guisando* zur Thronfolgerin ernannt hatte, um ihr diese Rechte wenig später abzuerkennen und sie stattdessen seiner angeblichen Tochter Juana zuzusprechen, über die hinter vorgehaltener Hand gemunkelt wurde, dass nicht Enrique, sondern der Adelige, Beltrán de la Cueva, ihr Vater sein sollte.

Isabel hatte auch die Bittbriefe nicht vergessen, in denen sie Enrique vergeblich angefleht hatte, ihr zu verzeihen, da sie gegen seinen Willen den Thronfolger von Aragon geehelicht hatte. Was auch in der Vergangenheit geschehen war, sie hatte nie aufgehört, ihren Bruder zu lieben. Wie froh war sie gewesen, als sie sich im letzten Jahr doch noch mit Hilfe der Cabreras versöhnt hatten.

Während Isabel weiterhin auf dem kalten Steinboden der Kapelle kniete, wanderten ihre Gedanken zurück zu jenem Tag, an dem sie sich heimlich in die Stadt geschlichen und im Palast von Andrés auf ihren Bruder gewartet hatte. Sie sah sich wieder dort sitzen, Stunde um Stunde nervös ausharrend, bis endlich Stimmen und Fußgetrappel zu vernehmen gewesen waren. Das Blut war ihr in den Kopf geschossen, ihr Pulsschlag hatte in den Schläfen zu hämmern begonnen.

Die Tür wurde aufgerissen und der König stürmte in den Raum. Er trug noch seine Jagdkleidung. Die Prinzessin erhob sich aus dem Sessel. Auf einmal waren all ihre Unsicherheit und ihre Angst verschwunden. Aufrecht, mit gestrafften Schultern stand sie da und blickte ihm in stolzer, abwehrender Haltung in die Augen. Dessen zunächst ärgerlicher Ausdruck verschwand plötzlich, er schritt mit ausgestreckten Armen auf seine Halbschwester zu.

„Isabel, mein Kind, wie lange ist es her?" Der König versuchte nicht, seine Gerührtheit zu verbergen.

In jenem Moment fiel aller Groll von der Infantin ab und sie sank in Enriques Arme. „Es tut mir leid", schluchzte sie. „Wir dürfen es niemals mehr so weit kommen lassen."

Immer wieder versicherten die Geschwister sich, einander zu verzeihen und einen neuen Anfang zu wagen. Nach ungefähr einer Stunde kamen sie Hand in Hand aus dem Zimmer. Isabel hatte vom Weinen gerötete Augen, doch sie strahlte über das ganze Gesicht. Draußen vor dem Gebäude hob Enrique seine Schwester auf ein Pferd und ergriff die Zügel. Gefolgt von seinen Jagdgefährten und dem Statthalter machten sie sich in Richtung des Alcazars auf. Die Menschen, denen sie unterwegs begegneten, hielten neugierig inne und blickten auf den sonderbaren Zug.

„Aber das ist doch Isabel dort auf dem Pferd", riefen sie, als sie die Infantin erkannten. „Seht nur, Seine Majestät führt sie."

„Sie haben sich versöhnt!"

Und wie einst klangen der Infantin die Jubelrufe des Volkes im Ohr: „Hoch lebe der König! Hoch lebe die Thronfolgerin!"

Die Tränen der Prinzessin versiegten, während ihr Ausdruck wieder an Härte gewann. Langsam erhob sie sich vom Boden und strich ihr Kleid glatt. Sie wollte eine gute und gerechte Herrscherin über Kastilien werden, mit Fernando an ihrer Seite. Sie bedauerte die Abwesenheit ihres Gemahls. Oder war es vielleicht besser, dass weder er noch ihre engsten Vertrauten, der Erzbischof von Toledo und Kardinal Mendoza, in dieser Stunde bei ihr weilten? So musste sie niemandem Rechenschaft ablegen und konnte entscheiden, was sie für richtig hielt. Isabel bekreuzigte sich noch einmal und verließ die Kapelle.

Am Nachmittag empfing sie, nun in ein weißes Trauergewand gekleidet, erst Cabrera, Cardenas und ihren Sekretär und wenig später die wichtigsten Vertreter des Stadtrates. Die Monarchin teilte den Anwesenden mit, dass sie nicht die Absicht hätte, auf die Ankunft der Granden oder ihres Gemahls Fernando zu warten, sondern vorhatte, sich selbst schon am nächsten Tag zur Königin von Kastilien und Leon zu proklamieren. Sie trug Cabrera und Alvaro auf, den Bau eines Podestes auf der *Plaza de Mayor* zu veranlassen. Dann legten sie den Ablauf der Zeremonie fest.

Am Abend ließ Isabel in allen Kirchen Segovias Totenmessen für den verstorbenen König lesen. Die Banner Kastiliens und des Hauses Trastámara wehten auf Halbmast und waren mit einem schwarzen Trauerflor versehen. Die zukünftige Herrscherin Kastiliens besuchte zusammen mit den Cabreras und den Mitgliedern des Hofes die Andacht in der Kathedrale. Mit verschlossener Miene, die Hand ihrer Freundin Beatríz haltend, lauschte sie den Klängen der ernsten, liturgischen Gesänge, deren Echo emporstieg und sich in den Weiten der schönen Kuppel verlor. Umgeben vom Geruch des Weihrauchs und des flackernden Lichtes der Altarkerzen, betete sie für ihren verstorbenen Bruder.

Sevilla

Ein paar Tage, nachdem Ezra Alvaros Brief abgefangen hatte, bereitete er die Heimreise vor. Der Jahrmarkt, der insgesamt fünfzig Tage gedauert hatte, war in zweierlei Hinsicht erfolgreich verlaufen. Zum einen hatte der Tuchhändler gute Geschäfte abgewickelt, zum anderen hatte er dem jungen, christlichen Edelmann im Namen seiner Tochter eine Nachricht geschickt. Somit sollte dieser verstanden haben, dass es für ihn und Lea keine gemeinsame Zukunft geben würde. Das Mädchen wusste nichts davon. Sie hoffte immer noch, irgendwann etwas von ihrem Liebsten zu hören, obwohl ihr Vater wiederholt betonte, der Sohn des Marqués hätte sie schon lange vergessen.

Sie brachen am 20. November mit denselben Kaufleuten auf, mit denen sie die Hinfahrt angetreten hatten. Da alle noch den schrecklichen Überfall vor Augen hatten und die Geldbeutel jetzt gefüllt waren, heuerten sie einige bewaffnete Männer als Begleitschutz an. Außer den Herbststürmen, die zu Beginn die Reise verlangsamten, kamen sie gut voran. Mitte Dezember erreichte der Tross Sevilla, das friedlich in der weiten, fruchtbaren Ebene des Flusses Guadalquivir lag. Hier endete die gemeinsame Fahrt.

Obwohl Traurigkeit Leas Gemüt nach wie vor wie ein Schleier bedeckte, verspürte sie eine freudige Erregung, als Ezra den Wagen durch die Puerta Minhoar in die Stadt hineinlenkte. Sie konnte es kaum erwarten, ihre Geschwister wiederzusehen, die während ihrer Abwesenheit in der Obhut der Hausangestellten Inés zurückgeblieben waren. Sie fuhren die parallel zur Stadtmauer verlaufende Straße entlang. Danach überquerten sie die Plaza Santa Cruz, auf der eine der drei Synagogen stand, um endlich in die Calle del Agua einzubiegen.

Hier befand sich die Wohn- und Wirkstätte des Tuchhändlers, ein dreigeschossiges Gebäude mit gelblichem Putz und schmiedeeisernen Balkonen. Im obersten Stockwerk lagen die Schlafkammern der Familienmitglieder und in der mittleren Etage der Hauptwohnraum und die Küche. Im Erdgeschoss bewahrte Ezra seine Stoffe auf und empfing Kunden, entweder in seinem Arbeitszimmer oder im *patio*, dem begrünten Innenhof, der mit üppigen Pflanzen und einem Springbrunnen ausgestattet war.

Lea liebte es, dort mit ihren Stickarbeiten im Schatten des alten Olivenbaums zu sitzen und dem Plätschern des Wassers zu lauschen. Der Boden und die Wände waren mit bemalten Fliesen belegt, deren arabische Ornamente sie des Öfteren bei ihrer Arbeit beflügelt hatten.

Als der Wagen des Tuchhändlers vor dem Haus anhielt, erblickte sie Sara auf einem der Balkone. Die beiden Schwestern sahen sich sehr ähnlich. Sie hatten beide die gleichen grünen Augen, den schön geschwungenen Mund sowie lange, dunkle Haare, die jedoch bei der Jüngeren nicht in Locken, sondern glatt bis zur Taille reichten. Fröhlich winkte das Mädchen den Ankömmlingen zu und verschwand im Inneren des Hauses.

Kurze Zeit später stürzte sie, gefolgt von Aaron, zur Eingangstür heraus. Stürmisch umarmten sie Lea und Ezra.

„Endlich seid ihr wieder da! Wir haben euch so vermisst", rief sie. „Im nächsten Jahr fahre ich aber mit!" Ihr heiteres Lachen ging in ein Husten über.

„Hast du dich erkältet?", fragte Ezra besorgt. Es schien ihm auch, als ob Sara ein wenig an Gewicht verloren hätte.

„Ich weiß nicht. Ich habe den Husten schon seit ein paar Wochen."

„Jetzt sind wir ja wieder da. Wir werden uns schon gut um dich kümmern", sagte Lea mütterlich.

Ezra war froh, wieder zu Hause zu sein. Während er sich daran machte, die Maultiere auszuspannen, beobachtete er schmunzelnd, wie die Geschwister sich aufgeregt unterhielten. Endlich schien Lea ihr Lachen wieder gefunden zu haben.

Bis zum Abendessen blieb noch genug Zeit, den Wagen auszuladen. Die beiden Mädchen halfen ihrem Vater die Stoffballen, die nicht verkauft worden waren, wieder im Lager zu verstauen. Danach deckten sie in der Wohnstube den Tisch für das Nachtmahl. Inés hatte ein besonders reichhaltiges Willkommensessen zubereitet, das sich die Familie wenig später gemeinsam schmecken ließ. Sara konnte nicht umhin, immer wieder zu ihrer Schwester hinüberzuschauen.

Sie kannte sie gut genug, um zu wissen, wann deren Fröhlichkeit aufgesetzt war. Jedes Mal, wenn sich Lea während des Abendessens unbeobachtet gefühlt hatte, war ihr Gesichtsausdruck wieder von Traurigkeit überschattet gewesen.

Später, als die Familie zu Bett gegangen war, schlich sich Sara in Leas Kammer. „Schläfst du schon?"

„Nein. Komm her, leg dich zu mir!", forderte ihre ältere Schwester sie auf und hielt die Bettdecke einladend hoch.

Das Mädchen schlüpfte neben sie und kuschelte sich an ihren warmen Körper, wobei sie erneut von einem Hustenanfall geschüttelt wurde.

„Das gefällt mir gar nicht. Außerdem hast du beim Abendessen kaum einen Bissen angerührt. Vielleicht sollte dich der Bader einmal anschauen."

„Sorge dich nicht, Lea! Es geht mir gut. Ich habe eben derzeit nicht so viel Appetit. Erzähle mir lieber, was mit dir los ist? Mir kannst du nichts vormachen. Du bist so anders. Sag, was ist unterwegs geschehen?"

„Ich habe etwas Kostbares gefunden", flüsterte die Ältere in die Dunkelheit, „und es gleich wieder verloren."

Schon bald kehrte im Hause des Tuchhändlers der Alltag ein. Ezra bearbeitete die Bestellungen, die er auf dem Jahrmarkt entgegengenommen hatte, und Lea widmete sich ihren Stickarbeiten. Sie hatte zu ihrer Freude zwei große Aufträge erhalten. Zum einen sollte sie einen Wandbehang für einen jüdischen Kaufmann aus Cáceres herstellen und zum anderen das Kleid einer christlichen Adeligen mit Goldstickereien verzieren. Somit hatte sie für die nächsten Monate genug zu tun und würde von ihrem Liebeskummer abgelenkt sein. In zwei Wochen sollte außerdem die Bar-Mitzwa Feier ihres Bruders Aaron stattfinden, seine endgültige Aufnahme in den Kreis der religionsmündigen Männer der jüdischen Gemeinde. Es mussten Verwandte, Freunde und Bekannte eingeladen und die Zeremonie in der Synagoge sowie das anschließende Festessen vorbereitet werden.

Einige Tage nach ihrer Rückkehr aus Medina rief Ezra seine Tochter in den Verkaufsraum. Lea arbeitete gerade an einem schwierigen Muster, das ihre vollste Aufmerksamkeit erforderte. Nur widerwillig legte sie das Kleid beiseite und begab sich in den unteren Stock.

„Schau nur, wer hier ist!", rief der Tuchhändler freudig.

Zu ihrem Entsetzen erblickte sie den Weinhändler Jehuda Toledano und seinen Sohn Manuel, die sich beim Erscheinen des Mädchens sofort von den Stühlen erhoben hatten. Lea setzte ihre hochmütigste Miene auf, als erst der Vater und dann der Sohn sie begrüßten. Manuels Händedruck war schlaff und fühlte sich verschwitzt an. Ungeniert musterte er die junge Frau.

„Jehuda und sein Sohn haben uns gerade eingeladen, morgen Abend mit ihnen den Beginn des Sabbats zu feiern."

Ezra schaute seine Tochter erwartungsvoll an. Sie stimmte ihm zum Schein zu und gab außerdem vor, sich über den bevorstehenden Besuch bei den Toledanos zu freuen.

„Ich habe noch etwas Geschäftliches mit Jehuda zu bereden. Führe du doch Manuel in den *patio* und biete ihm eine Erfrischung an!", bat der Tuchhändler.

Das Mädchen seufzte innerlich, kam aber dem Ersuchen ihres Vaters nach.

Der Innenhof war zu der fortgeschrittenen Mittagsstunde sonnig und selbst im Winter angenehm warm. Die Blüten des weißen Jasmins, der an einer der Wände hochrankte, verbreiteten einen süßlichen Geruch. Sie bat den jungen Mann, Platz zu nehmen und einen Moment auf sie zu warten, während sie etwas zu trinken und eine Schale mit Oliven holen wollte.

Kurz darauf genossen sie kühlen, herben Weißwein. Über den Rand des Bechers hinweg musterte die Stickerin Manuels längliches Gesicht mit der hohen Stirn. Die Lider seiner runden, dunklen Augen waren an den äußeren Seiten nach unten gezogen, sodass sein Ausdruck stets ein wenig traurig wirkte. Der von dem dunkelblonden Vollbart eingerahmte Mund war zwar klein, aber die Lippen an sich voll, ja geradezu wulstig.

„Hattet Ihr eine angenehme Rückkreise?", versuchte er ein Gespräch zu beginnen.

„Ja, nur das schlechte Wetter unterwegs war hinderlich. Ich bin froh, endlich wieder die Wärme der Sonne genießen zu können." Die junge Frau griff nach einer Olive.

„Ich habe gehört, Ihr wurdet auf der Hinfahrt von Banditen überfallen?"

„Erinnert mich bitte nicht daran! Es waren die schrecklichsten Augenblicke meines Lebens. Ich hatte solche Angst um meinen Vater."

Manuel ergriff die Hand der Stickerin und streichelte sie. „Wäre ich dort gewesen, dann hätte ich alles getan, um Euch zu verteidigen."

Das Mädchen lächelte gequält und blickte auf die schlanken, feingliedrigen Finger des jungen Mannes, die ihre Hand noch immer liebkosten. Vergeblich versuchte sie, sie ihm zu entziehen.

„Dem Gott unserer Väter sei gedankt, dass Ihr wohlbehalten zurückgekehrt seid", fuhr Manuel fort. „Lea, ich habe Euren Vater gebeten, Euch den Hof machen zu dürfen. Er ist einverstanden, und ich hoffe, Ihr seid es auch!"

Im selben Moment betraten zum Glück der Tuchhändler und Jehuda den Innenhof. Daher konnte die junge Frau ihrem Gegenüber zunächst eine Antwort schuldig bleiben. Vater und Sohn mussten noch einen weiteren Kunden besuchen und brachen daher sogleich auf.

Ezra verabschiedete sich überschwänglich von den Besuchern und geleitete sie nach draußen. Einige Minuten später richtete er freudestrahlend das Wort an seine

Tochter:„Eine nette Familie, findest du nicht auch? Ich schätze, wir werden den jungen Mann in nächster Zeit oft bei uns begrüßen können. Ich habe sie gleich zu Aarons Bar Mitzwa- Feier eingeladen.“

„Wie du meinst, Vater.“ Leas Stimme klang gleichgültig. Sie nahm den Weinkrug mit den beiden Bechern und ging ins Haus hinein.

Ezra blieb noch einen Moment allein zurück und runzelte nachdenklich die Stirn. Wie sollte er es anstellen, dass seine Tochter Gefallen an dem Sohn des Weinhändlers finden und den christlichen Adelsprössling endlich vergessen würde?

Segovia

Am Morgen des 13. Dezembers 1474, dem Tag der Heiligen Lucía, hatte sich die Sonne hinter einer grauen Wolkenwand versteckt. Nebelschwaden schwebten über dem Tal der beiden Flüsse Eresma und Clamores und stiegen bis in die Gassen der Stadt herauf. Schon seit geraumer Zeit läuteten die Kirchenglocken. Königliche Herolde zogen durch die Stadt und riefen mit lauter Stimme: „Kastilien! Kastilien! Für den König Don Fernando und für die Königin Doña Isabel, seine Gemahlin und Besitzerin dieses Reiches!“

Auf der Plaza Mayor vor der Kirche San Miguel stand das von Isabel gewünschte Holzpodest, über das ein mit den königlichen Wappen bestickter Brokatbaldachin gespannt war. Der Boden war mit kostbaren Teppichen ausgelegt. Seitlich wehten die Fahnen Kastiliens, Segovias und der verschiedenen Adelshäuser. Von den ungewöhnlichen Vorgängen am frühen Morgen angezogen, verließen die Bewohner der Stadt nach und nach ihre Häuser, um sich vor dem Alcazar und auf der Plaza zu versammeln.

Andrés und Beatríz hielten sich seit dem Abend in der Festung auf, damit sie Isabel bei den letzten Vorbereitungen zur Hand gehen konnten. Auch Alvaro war kaum zur Ruhe gekommen.

Das Volk vor dem Schlosseingang wurde immer unruhiger. Dann endlich ertönten Fanfarenstöße, die Flügel des mächtigen Holzportals öffneten sich. Ein Raunen ging durch die Menge, als die Thronfolgerin auf einem prächtig aufgezäumten, hellen Zelter erschien.

Über einem weißen, wallenden Gewand trug sie einen Hermelinmantel. Das Haar, das sie einem goldenen Schleier gleich umwehte, war ebenso wie ihre Kleidung mit den Juwelen aus der Schatzkammer des Alcazars geschmückt. Die Mitglieder des Stadtrates, mit weißen Wämsern und Hosen angetan, gaben ihr einen würdigen Rahmen. Zwei Männer gingen vorneweg und führten das Pferd; vier andere, unter ihnen Alvaro, trugen einen goldenen Baldachin über Isabels Haupt, zwei weitere hielten die lange Schleppe ihres Mantels. Dahinter schritt der einzige Vertreter des Hochadels, Gutierre de Cardenas, neben dem Statthalter. Schließlich folgten die in Segovia wohnenden Adeligen mit prächtigen Roben, die kirchlichen Würdenträger und Angehörige der ansässigen Orden sowie die übrigen Mitglieder des Hofstabs. Ganz am Ende führte Beatríz de Bobadilla die Infantin Isabelita an der Hand.

Die Bewohner Segovias brachen in Begeisterungsrufe aus. Aufgeregt schlossen sie sich dem Zug an, der sich langsam in Richtung der Plaza Mayor fortbewegte.
Alvaro trug den Baldachin mit feierlicher Miene. Stolz erfüllte ihn, wenn er in die freudigen Gesichter blickte, die seiner Herrin zujubelten.

Bald darauf erreichte die Prozession den Platz vor der Kirche. Auch hier hatten sich schon viele Schaulustige versammelt. Fanfaren und Paukenschläge erklangen. Ehrfurchtsvoll traten die Menschen beiseite und bildeten einen Korridor, durch den der königliche Zug bis zum Podest gelangte.
Isabel glitt von ihrem Pferd und erklomm majestätisch die Stufen. Augenblicklich herrschte Stille. Die Thronfolgerin blickte in die Gesichter der Bürger, Soldaten, Geistlichen und Adeligen, in denen Neugierde, Hoffnung, aber auch Zweifel zu lesen waren. Obwohl sie gefasst wirkte und Entschlossenheit ausstrahlte, so zitterte sie doch innerlich. War sie den Anforderungen ihrer Untertanen gewachsen? Würde sie ihnen eine gütige und gerechte Herrscherin sein?, fragte sie sich.
In der Mitte des Holzpodiums war ein thronartiger Sessel aufgestellt. Dahinter standen in Reih und Glied eine Anzahl königlicher Soldaten. Isabel nahm Platz und nickte Andrés de Cabrera zu, der am Ende des Podestes wartete. Der Statthalter begab sich an ihre Seite und kniete nieder. Die Menschenmenge hielt den Atem an, als die Thronfolgerin aus seinen Händen die Krone Kastiliens entgegennahm und sie sich selbst auf das Haupt setzte. Wiederum ertönte ein Fanfarenstoß.

„Hoch Kastilien!“, schallte Andrés’ Stimme über die Köpfe der Zuschauer hinweg. „Hoch Isabel, Königin und Besitzerin des Reiches! Hoch Fernando, ihr königlicher Gemahl!“

Seine Worte waren kaum verklungen, da brach ein ohrenbetäubender Jubel los und vermischte sich mit den Tönen der Klarinetten, Trompeten und Schalmeien. Die Menschen streckten ihrer neuen Herrscherin die Hände entgegen und fielen sich glücklich in die Arme.

Alvaro, der links an der Seite der Tribüne neben Beatríz stand, betrachtete das Geschehen mit glänzenden Augen. Ein Herold hisste das königliche Banner. Zusammen mit den übrigen Fahnen und Standarten der Adelshäuser flatterte es im Wind. Alle zusammen schienen ein magisches Quadrat leuchtender, bunter Farben zu bilden, aus dem Isabel wie ein überirdisches Fabelwesen hervorstach.

Nun trat die Königin an den Rand des Podestes und hob gebieterisch ihren Arm. Augenblicklich verstummten die Menschen. Gutierre de Cardenas stieg mit einem Evangelienbuch und einem Kreuz die Stufen hinauf und stellte sich neben die Monarchin. Diese legte ihre rechte Hand auf die Insignien und sprach mit lauter, klarer Stimme: „Ich, Isabel, Königin von Kastilien und Leon, schwöre bei Gott, dem Heiligen Kreuz und den Evangelien, die Gebote der Heiligen Kirche zu befolgen, ihre Vertreter zu ehren und mit all meiner königlichen Macht zu verteidigen. Außerdem gelobe ich, die Privilegien, Freiheiten und Besitztümer der Städte und der Noblen zu erhalten und zu schützen, für das Wohlergehen meiner Untertanen zu sorgen und auf gerechte Weise über sie zu herrschen, so wie es Gott mir in jedem Moment zu verstehen geben wird."

Die Adeligen, Kleriker und Stadträte, die in erster Reihe standen, verneigten sich. „Wir und alle, die unter unserem Schutz stehen, erkennen Isabel, Prinzessin von Asturien, als Herrscherin und Besitzerin dieses Königreiches an", sprachen sie im Chor, „weil sie die legitime Schwester des Königs ist und somit die rechtmäßige Erbin des kastilischen Throns. Wir erkennen ebenfalls Fernando an, als königlichen Gemahl dieser Lande."

Die Monarchin dankte ihnen für die Worte und nahm wieder auf dem Thron Platz. Jetzt überreichte der Statthalter von Segovia ihr, wie es die Tradition verlangte, auf einem silbernen Tablett die Schlüssel der Stadt und der Schatzkammer. Isabel nahm sie entgegen und ernannte Andrés offiziell zu ihrem Burgvogt. „Als weiterer Beweis meiner Dankbarkeit für die Treue, die Ihr mir in der Vergangenheit erwiesen habt, werde ich von nun an in jedem Jahr am Tag der Heiligen Lucía aus einem goldenen Becher trinken, der dann Eurer Familie gehören soll."

Der Statthalter war tief gerührt. Ehrerbietig kniete er nieder und küsste Isabel die Hand.

Abermals erschallte Applaus, der sich noch verstärkte, als Beatríz de Bobadilla Isabelita auf das Podest führte. Die blondgelockte Vierjährige war wie ihre Mutter ganz in weiß gekleidet. Andrés und Gutierre hoben sie empor, während ein Herold ein Hoch auf die neue Prinzessin von Kastilien aussprach.

Voller Stolz blickte die Königin auf ihre Tochter, die keine Miene verzog. Sodann nahm sie sie auf den Arm und stieg die Stufen des Podiums hinunter. Sie gab dem Mädchen noch einen Kuss, bevor sich Beatríz wieder seiner annahm.

Die Königin schritt nun, gefolgt von den Adeligen und den Statträten, zu den Klängen des *Te deums* in das Innere des Gotteshauses, wo sie bereits vom Oberhaupt San Miguels erwartet wurden. Auch Alvaro hatte die Monarchin in die Kirche begleitet. Er lehnte an einer der Seitenwände und blickte auf seine gefalteten Hände. Wie schön wäre es jetzt, wenn er Lea hierher geführt hätte, um mit ihr vor Gott das Ehegelöbnis abzulegen, dachte er.

Als der Gesang verstummte, kniete die Königin vor dem Hochaltar nieder. Einen Moment lang genoss sie die erhabene Stille und versuchte ihre aufgewühlte Seele mit einem Gebet zu beruhigen, nahm dann die königliche Standarte und legte sie in die Hände des Geistlichen, um sie auf diese Weise dem Heiligen Vater darzubringen.

„So nehmt als Vertreter Gottes auf Erden das Banner Kastiliens", sprach sie. „Meine Regentschaft soll kein anderes Ziel haben, als unserem Herrn zu dienen. Möge dieser mir seinerseits genügend Weißheit schenken, damit ich mein Reich vor allem Bösen beschützen kann."

Der Geistliche legte das Banner auf dem Altar nieder und segnete die Königin.

Als Isabel sich wieder auf der Plaza zeigte, hatte es angefangen zu schneien. Einen Moment lang war sie von der blütenreinen, weißen Pracht geblendet, die die Dächer der Häuser, die Barette und Gebende ihrer Untertanen bedeckte.

Die Zeremonie war beendet. Isabel bestieg ihren Zelter und abermals bildete sich eine lange Prozession, um die neue Monarchin zurück zum *Alcazar* zu geleiten. Diesmal führte Gutierre de Cardenas den festlichen Zug hoch zu Ross an. In seiner Rechten trug er das Schwert der Justiz, mit der Spitze nach unten und dem Griff nach oben gerichtet. Gemäß der spanischen Tradition sollte somit jedem, auch dem weit Entferntesten, zu verstehen gegeben werden, dass nun die Person nahte, die kraft ihres königlichen Amtes dazu berechtigt war, Schuldige zu strafen. Noch niemals war vor einer Frau dieses würdige Symbol getragen worden.

Bei der Ankunft des Aufmarsches vor dem Schloss wurde die neue Herrscherin von Kanonenschüssen begrüßt. Als Infantin hatte Isabel am Morgen die mächtige Festung verlassen, als Königin von Kastilien war sie nun zurückgekehrt.

4. Kapitel

Mitte Dezember 1474

Am Abend des 13. Dezembers hatte im Alcazar, in der Sala de los Reyes zu Ehren der neuen Königin ein großes Bankett stattgefunden, an dem sowohl der Adel Segovias, als auch die Geistlichen und die wohlhabende Geschäftsleute teilgenommen hatten.

Erst lange nach Mitternacht war Alvaro erschöpft auf die Kissen seines Bettes gesunken, um sich nach kaum ein paar Stunden Schlaf bei Sonnenaufgang bereits wieder zu erheben.

Es gab viel zu erledigen an diesem ersten Tag unter der Herrschaft der neuen Königin von Kastilien. Nachrichten bezüglich Isabels Thronbesteigung mussten verfasst und an die Städte des Landes geschickt werden sowie all die Untertanen empfangen werden, die Isabel huldigen wollten. Dann würde die Monarchin die Mitglieder des Rates und die wichtigsten Vertreter des sevillanischen Klerus' willkommen heißen, um ihnen die Privilegien und Freiheiten zu bestätigen, die sie der Stadt zu gewähren gedachte.

Als Alvaro ihr in der Sala de las Piñas gegenübertrat, wirkte ihre helle Haut blasser denn je und die blaugrünen Augen waren von zarten Schatten umrandet. Der junge Mann kniete nieder und führte ihre Hand zum Kuss an seine Lippen. Ihnen blieb nur wenig Zeit, um einige persönliche Worte zu wechseln, bevor sie von den

Pflichten und Aufgaben eingenommen wurden, die der Tag mit sich brachte.

Als Erstes diktierte Isabel ihrem Sekretär die Rundschreiben an die Städte Kastiliens. Darin unterrichtete sie den jeweiligen Rat über Enriques Tod und forderte, eine Versammlung einzuberufen, bei der ihre Ernennung zur neuen, rechtmäßigen Herrscherin und Besitzerin des Landes proklamiert werden sollte. Des Weiteren befahl sie, Abgeordnete nach Segovia zu schicken, um ihr den Treueid zu leisten.

Die Königin wusste, dass sie ein Wagnis eingegangen war, indem sie ihre Untertanen mit ihrer unverzüglichen Krönung überrascht hatte. Doch sie war davon überzeugt, richtig gehandelt zu haben.

Nachdem sämtliche Schriftstücke unterzeichnet und versiegelt waren, verteilte Alvaro sie an die königlichen Kuriere, die umgehend in alle Richtungen des Landes aufbrachen.

Erst am nächsten Tag schickte Isabel eine Nachricht an ihren Gemahl, in der sie ihn über die Ereignisse in Kenntnis setzte und ihm mitteilte, sie würde seine Anwesenheit in Segovia begrüßen. Sie überlasse ihm jedoch die Entscheidung, da sie nicht wisse, ob die politische Lage in Aragon seine unverzügliche Abreise erlauben würde.

Als der Bote in Saragossa bei Fernando vorsprach, war dieser keinesfalls überrascht, da er die Thronbesteigung seiner Gemahlin schon in Erfahrung gebracht hatte. Zuerst war ihm eine Eilstafette Carrillos, des Erzbischofs von Toledo, zugetragen worden und wenig darauf eine weitere des Kardinals. Doch Fernando fühlte sich in seinem Mannes- und Königsstolz gekränkt. Wie war es nur möglich, dass Isabel ohne sein Wissen den kastilischen Thron bestiegen hatte? Niemals konnte eine Frau die Regierung ausüben, das war seine tiefste Überzeugung. Die Krone stand alleine ihm zu, als nächstem männlichen Verwandten des verstorbenen Enriques und der Trastámara-Linie. Er kam sich verraten vor und war keineswegs bereit, das Geschehen tatenlos zu akzeptieren.

Unverzüglich nach dem Erhalt der Nachrichten beriet er sich mit seinen Vertrauten, dem Literaten Alfonso de Palencia und dem Juristen Alfonso de Caballería, die ihn in seiner Meinung bestärkten. Schon am nächsten Tag brach Fernando bei strömendem Regen in Richtung Kastilien auf, fest entschlossen, für die Rechte zu kämpfen, die ihm seiner Ansicht nach zustanden.

Währenddessen hatte Isabel in Segovia mit Alvaro, Cabrera und Gutierre de Cardenas an ihrer Seite, von morgens bis abends Gesandte, Abgeordnete und Geistliche empfangen. Immer neue Nachrichten über die Zeremonien, die in einigen Städten zur Feier ihrer Thronbesteigung stattfanden, erreichten den Hof, Nachrichten über Freudenfeste, öffentliche Proklamationen und Messen, bei denen das *Te deum laudamus* zur ihren Ehren gesungen worden war. Stets betraten weitere Delegierte den Alcazar, um der Herrscherin zu huldigen.

Am 21. Dezember kam endlich Kardinal Mendoza am Hof an. Zusammen mit Alonso Pimentel, dem Conde de Benavente, gelobte auch er Isabel seine Gefolgschaft. Am nächsten Tag taten Carrillo, der Erzbischof von Toledo, Alonso Enríquez, der Admiral von Kastilien, und der Konnetabel, Pedro Fernandez de Velásgo, es ihnen nach.

„Mein lieber Kardinal, ich danke Euch dafür, dass Ihr meinen Bruder in seinen letzten schweren Stunden begleitet habt", richtete die Königin das Wort an Mendoza, als sie ihn am Tag nach seinem Treueschwur nochmals empfing. „Ich hoffe, er hat nicht zu sehr leiden müssen."

„Die Ärzte haben alles versucht, um sein Leben zu retten, Hoheit, aber am Schluss hat ihn die Kraft verlassen." Traurigkeit überschattete die sanften Züge des Kirchenmannes und spiegelte sich in seinen rehbraunen Augen wider.

Mendoza war von großgewachsener Gestalt. Unter der purpurroten Robe zeichnete sich eine Figur ab, die er seinem Hang zu reichhaltigem Essen verdankte. Ein dunkelbrauner Haarkranz zog sich um die Tonsur herum. Obwohl er den Zenit der Jugend schon lange überschritten hatte, war sein Gesicht immer noch nahezu faltenfrei.

Auch wenn er ein Vertreter des Klerus war, so hatte der Kardinal nie seiner Vorliebe für das weibliche Geschlecht entsagen können. Er hatte im Laufe der Zeit einige Mätressen unterhalten, wobei aus einer dieser Beziehungen sogar Söhne hervorgegangen waren, die zusammen mit ihrer Mutter auf dem Familiensitz der Mendozas in Manzanares el Real lebten. Der Kirchenfürst war stolz auf seinen Nachwuchs und hatte Isabel seine Kinder sogar bei einer ihrer ersten Begegnungen als „seine hübschen Sünden" vorgestellt.

„Wie Ihr wisst, hat der König sein Leben lang nicht auf seine Gesundheit geachtet", fuhr der Kardinal fort. „Irgendwann musste sich sein leichtfertiger Lebenswandel rächen."

Isabel nickte zustimmend. „Und Ihr seid sicher, es könnte nicht doch irgendwo ein Testament existieren?"

Mendoza runzelte die Stirn. „Es heißt, Seine Majestät hätte eines aufsetzen lassen, aber niemand weiß, durch wen und wo es aufbewahrt wird." Er blickte Isabel eindringlich an. „Seid ohne Sorgen, Hoheit! Ich versichere Euch, der letzte Wille des Königs wird für immer unauffindbar bleiben. Ihr habt also nichts zu befürchten."

Isabels Züge entspannten sich.

„Ihr müsst als erstes versuchen, die wichtigsten Männer des Landes auf Eure Seite zu ziehen", riet Mendoza. „Ihr könnt ja bereits auf den Erzbischof von Toledo und auf meine Wenigkeit zählen. Für die Vertreter des Hochadels ist es wichtig, so schnell wie möglich Gewissheit darüber zu erlangen, ob sie ihre Rechte, Privilegien und die Vorherrschaft ihrer Ländereien behalten können und Ihr müsst sicher sein, dass Ihr als rechtmäßige Herrscher anerkannt werdet. Daher schlage ich vor, eine Art Bündnis zu schließen, in dem alles festgehalten wird."

„Daran habe ich auch schon gedacht, Eminenz." Isabel erhob sich und begann, auf und ab zu gehen. „Aber ich muss die Machtansprüche der Feudalherren stark einschränken. Sie müssen mit fester Hand geführt werden." Mit einer fahrigen Bewegung zog sie ihre weiße Haube zurecht. „Ihr habt gesehen, was passiert, wenn ein Land zu nachlässig regiert wird, so, wie es mein Halbbruder getan hat: Anarchie und rohe Gewalt waren die Folge, die Feudalherren machten, was sie wollten, und das einfache Volk musste darunter leiden."

„Richtig", stimmte Mendoza zu. „Aber ich denke, Ihr werdet die Adeligen mit einigen Versprechungen locken müssen."

„Daran soll es nicht liegen, mein lieber Kardinal!

„Wenn man etwas erreichen will, muss man Opfer bringen." Entschlossenheit war im Blick der Königin zu lesen. „Ich muss Euch nun leider bitten zu gehen, Eminenz. Ich habe noch viel zu erledigen."

Sie ging auf Mendoza zu und reichte ihm die Hand, die der Kirchenfürst an seine Lippen führte, bevor er den Raum verließ.

Zwischen den Weihnachtsfeiertagen führte die Monarchin im Beisein von Alvaro harte Verhandlungsgespräche, bei denen vieles von ihr gefordert wurde und sie nicht umhin kam, den Granden einige Zugeständnisse zu gewähren. So verlieh sie Ämter und Privilegien, vergab sogar Herzogtümer. Am 27. Dezember, nachdem ihr Sekretär bis in die Nacht hinein an der Ausarbeitung des Konföderationsvertrages zwischen den Majestäten und den Adeligen gesessen hatte, unterschrieben der Conde de Benavente, der Konnetabel, Admiral Enriquez sowie Kardinal Mendoza und besiegelten auf diese Weise ihr Bündnis.

Ein paar Tage später traten noch weitere Adelige dem Zusammenschluss bei. Isabel war zufrieden. Nun konnte sie ihrem Gemahl, der, wie ihr berichtet worden war, schon kastilischen Boden betreten hatte, zur Begrüßung mit ersten politischen Ergebnissen aufwarten.

Seitdem die Bensiniors gemeinsam mit den Toledanos den Sabbat gefeiert hatten, tauchte Manuel immer wieder im Hause des Tuchhändlers auf und begann, Lea ungeschickt den Hof zu machen. An einem Tag brachte er eine Weinprobe seines Vaters, an einem anderen bat er Ezra darum, dessen Tochter zu einem Spaziergang ausführen zu dürfen. Nach den Besuchen der Synagoge wartete er solange, bis die Stickerin die Frauenempore verlassen hatte und bestand darauf, sie bis zu ihrem Haus zu begleiten. Einmal hatte er sogar versucht, sie zu küssen.

Glücklicherweise stand Aarons *Bar Mitzwa* ins Haus. So konnte Lea die Vorbereitungsarbeiten für die Feier vorschieben. Die letzten Gäste mussten eingeladen werden, das Festmahl hergerichtet und an eine Unterbringung für die anreisenden Verwandten gedacht werden. Zudem hatte sie Ezra versprochen, den *Tallith,* den Gebetsschal, den ihr Bruder von nun an zu seinen Gebeten anlegen durfte, zu verzieren. Daher saß sie bis spät in die Nacht und vollführte Stich um Stich, bis ihre Augen in dem trüben Dämmerlicht des Kienspans tränten.

Der Tag der *Bar-Mitzwa,* der auch gleichzeitig Aarons Geburtstag war, fiel auf den 22. des Monats *Teweth,* das heißt, auf den 29. Dezember. Einige Gäste kamen schon am Vorabend in Sevilla an und nahmen das Abendessen im Hause der Bensiniors ein.

Am Morgen des Festtages, noch vor Sonnenaufgang, schlüpfte der Junge in die Schlafkammer seiner ältesten Schwester.

„Lea, bist du wach?", flüsterte er.

Vorsichtig näherte er sich dem Bett und berührte den Arm des Mädchens. Endlich erwachte diese und setzte sich auf. „Ist etwas passiert?"

„Nein, keine Sorge!", beruhigte er sie. „Ich bin nur so aufgeregt und kann nicht mehr schlafen. Hoffentlich verspreche ich mich nicht, wenn ich aus der Tora vorlese. Ich will doch, dass Vater stolz auf mich ist!"

Aaron musste wie jeder *Bar Mitzwa,* jeder Sohn des göttlichen Gebots, während des Gottesdienstes in der Synagoge einen Auszug aus der Tora und den Propheten in Hebräisch vortragen.

„Du schaffst das schon!", machte Lea ihrem Bruder Mut. „Wenn dir ein Fehler unterläuft, dann lies einfach weiter. Komm einen Augenblick zu mir ins Bett! Du erkältest dich sonst noch." Sie rutschte zur Seite und hielt die Decke hoch.

Aaron legte sich neben seine Schwester und verschränkte die Arme hinter dem Kopf.

„Und außerdem", fuhr sie weiter fort, „werden Sara und ich dich von der Empore aus beobachten und in Gedanken bei dir sein. Jetzt versuch ein wenig zu schlafen. Dir steht ein langer Tag bevor."

So sehr sich Aaron auch bemühte, an Schlaf war dennoch nicht zu denken. Durch das Fenster kündete ein blassroter Schein das baldige Aufgehen der Sonne an. Er dachte noch einmal an das Gespräch, das er einige Tage zuvor mit seinem Vater geführt hatte. Ezra hatte ihn genau darüber aufgeklärt, was die *Bar Mitzwa* Ernennung für einen jüdischen Jungen bedeutete.

„Mit dreizehn wirst du ein vollwertiges Mitglied unserer Gemeinde. Von da an zählst du zum *Minjan,* also zum Kreis der zehn religionsmündigen Männer, die anwesend sein müssen, damit ein Gottesdienst durchgeführt werden kann. Aber du hast auch gewisse Verpflichtungen. Du musst die Gebote, die uns die Tora lehrt, die *Mitzwot,* einhalten und fortan beim Morgengebet die *Tefillin,* die Gebetsriemen und beim gemeinschaftlichen Gebet den *Tallith* anlegen."

Aaron hatte eifrig genickt. Er wollte ein guter Jude sein.

Über diesen Gedanken fielen dem Jungen die Augen zu, und Lea hatte alle Mühe, ihn eine Stunde später aufzuwecken und aus dem Bett zu scheuchen. Danach ging sie in Saras Zimmer.

Mit einem Ruck öffnete sie die Vorhänge und beugte sich über ihre schlafende Schwester, deren geschlossene Lider unruhig flatterten. Besorgt stellte sie fest, dass Saras Gesicht und Haar feucht waren. Sie legte ihr die Hand auf die Stirn, um zu prüfen, ob sie Fieber hätte. Doch ihre Haut fühlte sich kühl an. Als sie die Bettdecke wegzog, erschrak sie. Auch der Körper ihrer Schwester war schweißnass. Es musste einen Grund geben für all diese Anzeichen. Endlich schlug das junge Mädchen die Augen auf.

„Was ist mit dir, *cariño*? Du bist ganz verschwitzt. Hattest du einen schlechten Traum?" Lea strich ihr eine feuchte Haarsträhne aus dem Gesicht.

„Nein, aber das geschieht in letzter Zeit oft." Sara setzte sich im Bett auf.

„Ich werde mit Vater reden, er wird wissen, was zu tun ist. Aber beeile dich jetzt! Aaron ist schon ganz aufgeregt." Damit gab sie ihrer Schwester noch einen Kuss auf die Wange und verließ den Raum.

Nach dem Morgenmahl überreichte Ezra seinem Sohn stolz den an allen vier Ecken mit Schaufäden versehenen Tallith und die *Tefillin.* Diese bestanden aus zwei ledernen Kapseln, die an langen Riemen befestigt waren. Ezra hatte sie bei einem jüdischen Gerber in Auftrag gegeben, der nur Leder von koscheren Tieren verarbeitete. Später hatte der Tuchhändler dann auf ebensolchem Pergament die erforderlichen vier Bibelstellen geschrieben, die in den Kapseln aufbewahrt wurden.

Als die Familie zur Synagoge von Santa Cruz aufbrach, schien die Sonne von einem wolkenlosen Himmel, ihre Strahlen drangen bis in die engen Gassen der *judería* vor. Beim Verlassen des Hauses berührten alle, wie es der Brauch verlangte, die am rechten oberen Drittel des Türpfosten befestigte *Mesusa,* ein silberziseliertes Gehäuse, in dessen Inneren sich Bibelausschnitte aus dem *Schm´a Jisrael* - Höre Israel - befanden. Danach küssten sie ihre Fingerspitzen und sprachen dabei: „Gott schütze mich bei meinem Fortgehen und bei meinem Ankommen, jetzt und in Ewigkeit!"

An der Synagoge stiegen die Frauen auf die erhöhte Galerie, während die Männer im unteren Bereich Platz nahmen. Lea und Sara, deren Haare von goldenen Netzen gebändigt waren, trugen zur Feier des Tages ihre schönsten Kleider. Das Gewand der jüngeren Schwester war aus dunkelblauem Taft, das der älteren aus smaragdfarbenen Samt, mit einem engen Mieder und einem weitfallenden geschlitzten Überrock, dessen Saum sie mit Stickereien versehen hatte. Die grüne Farbe des Stoffes harmonierte vorzüglich mit ihren Augen.

„Sieh mal, da unten ist dein Verehrer", kicherte Sara und zeigte auf Manuel, der neben seinem Vater saß.

Lea stöhnte. „Wenn ich nur daran denke, später während des Festessens neben ihm am Tisch sitzen zu müssen, wird mir ganz schlecht. Warum hat mich Alvaro vergessen?", jammerte sie. „Ich kann nicht glauben, dass seine Worte nur leere Versprechungen gewesen sein sollen."

Lea hatte sich ihrer Schwester in der Zwischenzeit anvertraut und in dieser eine eifrige Trösterin gefunden.

„Gewiss hatte er bisher noch keine Gelegenheit, dich zu suchen, weil ihn sein Vater daran gehindert hat", versuchte Sara sie zu beruhigen, wobei sie schon wieder husten musste.

Die Stickerin schüttelte besorgt den Kopf. „Wahrscheinlich hast du Recht", seufzte sie. „Vielleicht sollte ich dann zu ihm nach Toledo reisen."

„Auf keinen Fall! Das wäre viel zu gefährlich. Wenn du das wagst, Lea, würde ich dich bei Vater anschwärzen, aus Angst, dir könnte etwas zustoßen." Das junge Mädchen blickte seine Schwester ernst an.

„Das würdest du tun?", wunderte sich Lea. „Na ja, ich werde schon keine Dummheiten begehen." Doch während sie Saras Hand zärtlich drückte, kam ihr die Idee, den Sohn des Marqués aufzusuchen, gar nicht so abwegig vor.

Unten hatte indessen der Gottesdienst angefangen. Aaron war aufgeregt. Immer wieder wischte er die feuchten Handflächen an seinem Gewand ab. Schließlich rief man ihn nach vorne und er stieg auf die *Bima*. Sobald er auf dem erhöhten Holzpodest stand, war seine Nervosität verschwunden. Er sah die Menge der Gläubigen, die ihn erwartungsvoll anschauten, seinen Vater, seinen Onkel, Nachbarn, Freunde der Familie. Sogar Abraham Senior, der Oberrabbiner der Juden Kastiliens, ein guter Freund Ezras, war aus Segovia angereist.

Zunächst musste Aaron einen Abschnitt aus der Tora vorlesen. Der Rabbi hatte die Gesetzesrolle zuvor aus dem Schrein geholt und von ihrem goldbestickten Mantel befreit. Der Junge hatte seit Wochen geübt und hoffte, dass ihm der hebräische, vokallose Singsang gut gelingen würde. Der jüdische Gelehrte zeigte mit dem *Jad*, dem silbernen Stab, an dessen Ende sich eine Hand mit einem ausgestreckten Zeigefinger befand, auf die Stelle, die der *Bar-Mitzwa* Absolvent lesen sollte. Der Junge berührte sie mit den *Zizijot*, den Schaufäden, küsste sie und begann, mit sicherer Stimme den Text vorzutragen.

Danach las er noch einen Abschnitt aus den Prophetenbüchern vor, die *Haftara*. Ab und zu blickte er auf die Anwesenden hinunter und sah seinen Vater, der mit der Darbietung seines Sohnes zufrieden zu sein schien. In dessen Gesicht spiegelten sich Anerkennung und Stolz wieder. Auch seine beiden Schwestern sparten nicht mit Lob, als sie ihn wenig später vor der Synagoge umarmten und ihm gratulierten.

„Ich wusste, du würdest es gut machen", flüsterte Lea ihm ins Ohr und küsste ihn anschließend auf die Wange.

Aaron strahlte vor Glück und genoss es sichtlich, im Mittelpunkt zu stehen. Nachdem der Junge die Segenswünsche der Gemeindemitglieder entgegengenommen hatte, machte sich die Familie zusammen mit den geladenen Gästen auf den Rückweg in die Calle del Agua.

Wie Lea befürchtet hatte, wich ihr Manuel nicht mehr von der Seite, nachdem sie das Gotteshaus verlassen hatten. Unterwegs hielt er sie am Arm fest und zog sie beiseite.

„Ich habe eine Überraschung für Euch", verkündete er mit geheimnisvoll klingender Stimme. „Ihr müsst Euch aber noch ein wenig gedulden."

Lea setzte ein gequältes Lächeln auf. Was hatte der Sohn des Weinhändlers nur vor?, fragte sie sich. „Wenn Ihr mir nicht verraten wollt, was es ist, sollten wir weitergehen", forderte sie ihn auf.

Inés, die Hausangestellte, hatte in der Zwischenzeit eine lange Tafel im *patio* vorbereitet. In dem windgeschützten Innenhof war es zur Mittagszeit angenehm warm. Trotz der winterlichen Jahreszeit gab es immer noch einige blühende Pflanzen.

Sobald alle ihre Plätze eingenommen hatten, servierte Inés die Köstlichkeiten, die sie seit den frühen Morgenstunden zubereitet hatte. Das geschmorte Lamm mit in Honig und Safran geschwenktem Maronengemüse, das gebratene Korianderhühnchen mit Couscous und Kichererbsen, der gedünstete Fisch und schließlich der mit kandierten Früchten belegte Mandelkuchen zum Nachtisch mundeten den Gästen vorzüglich. Dazu gab es koscheren Wein und frisches Quellwasser. Später tischte die gute Seele des Hauses Bensinior noch ihre berühmten süßen Teigtaschen auf, ein mit Nüssen, Rosinen und Honig gefülltes Gebäck.

„Köstlich", lobte Abraham Senior. „Um Eure Inés seid Ihr zu beneiden, Ezra."

Manuel, der sich neben Lea gesetzt hatte, versuchte während des Essens immer wieder, sie zu berühren. Manchmal streifte er wie zufällig ihr Bein, oder er griff zur selben Zeit wie sie nach einer Schüssel. Die junge Frau fühlte sich unbehaglich, dennoch gab es keine Möglichkeit, sich der Nähe des jungen Mannes zu entziehen, dessen aufkeimende Unruhe ihr nicht entging.

Bevor die ersten Gäste aufbrachen, ergriff Jehuda Toledano das Wort. „Liebe Anwesenden, ich möchte heute an Aarons Ehrentage die Gelegenheit nutzen, Euch noch eine erfreuliche Nachricht zu verkünden, die meinen Sohn und Don Ezras Tochter betrifft. Aber lassen wir Manuel selbst sprechen." Er drehte sich zu diesem um und nickte ihm aufmunternd zu.

Lea war bei seinen Worten ein kalter Schauer über den Rücken gelaufen. Sie ahnte, was nun folgen würde.

Manuel erhob sich mit vor Aufregung geröteten Wangen und nahm ihre Hand. „Lea, seit einiger Zeit ist mein Herz in Liebe zu Euch entbrannt", begann er mit zitternder Stimme. „Ich glaube, bemerkt zu haben, dass auch ich Euch nicht einerlei bin. Daher möchte ich mit Euch den Bund der Ehe schließen."

Die Angesprochene spürte, wie ihr das Blut in den Kopf schoss und entzog dem Sohn des Weinhändlers ihre Hand. Nervös biss sie sich auf die Lippen.

„Unsere Väter sind einverstanden. In den nächsten Tagen werden sie die *Ketubba,* den Ehevertrag, aufsetzen und das Hochzeitsdatum festlegen. Ihr werdet in meinem Haus leben und Euch um unserer zukünftigen Kinder kümmern. Ich hoffe inbrünstig, Jehova wird unsere Ehe mit vielen Nachkommen segnen."

Die Arme saß stumm da, unfähig zur geringsten Bewegung. Nun war das Schlimmste eingetreten, was sie sich hätte vorstellen können.

Manuel zog eine kleine Schachtel unter seinem Gewand hervor und entnahm ihr einen Ring. Erneut ergriff er Leas Hand, streifte das goldene, mit einem Bernstein versehene Schmuckstück über ihren Zeigefinger und blickte sie an. „Mit diesem Ring seiest du mir angelobt, entsprechend dem Gesetz von Mose und Israel!"

Da sie den Kopf wegdrehte, streifte sein anschließender Kuss nur ihr Ohr.

Die Anwesenden ließen das zukünftige Brautpaar hochleben. Nur Sara hielt sich zurück, sie ahnte genau, was in ihrer Schwester vorgehen musste. Sie empfand tiefes Mitleid mit ihr, die jetzt Manuels Frau werden sollte, obwohl sie einen anderen liebte. Warum war der Sohn des Marqués bloß noch nicht erschienen? Ein Hustenanfall unterbrach ihren Gedankengang. Sie krümmte sich zusammen und hielt sich mit der linken Hand an einer Stuhllehne fest. Die rechte drückte sie an die schmerzende Brust. Zu ihrem Glück hatte es in der allgemeinen Aufregung niemand bemerkt. Sie wollte ihrer Familie weiteren Kummer ersparen.

Lea bewahrte Haltung, bis die Gäste gegangen waren. Ezra erwartete von ihr, dass sie alle persönlich verabschiedete und die Dankesworte für die gelungene Feier entgegennahm. Manuel und Jehuda wollten in den nächsten Tagen wiederkommen, damit das Hochzeitsdatum endgültig festgelegt werden konnte.

Nachdem sich die Tür hinter dem letzten Besucher geschlossen hatte, lief sie sofort hinauf in ihre Kammer, zog sich den Ring vom Finger und warf sich auf ihr Bett. Vater hat davon gewusst, ohne mir etwas zu sagen, dachte sie wütend. Sie hätte ihn gerne unverzüglich zur Rede gestellt. Doch der Tuchhändler hatte das Haus verlassen, um Abraham Senior zu dessen Unterkunft zu begleiten. Sogar die aufrichtenden Worte ihrer Schwester, die wenig später ins Zimmer kam und sich neben sie auf das Bett setzte, konnten sie nicht beruhigen.

Sie ließ ihren Tränen freien Lauf. „Niemals werde ich Manuel heiraten", schluchzte sie. „Eher stürze ich mich in den Fluss!"

„Lea, bitte, sag so etwas nicht! Du machst mir Angst." Auch Saras Augen schimmerten feucht. „Rede mit Vater! Er kann doch nicht wollen, dass du unglücklich wirst."

„Er hat hinter meinem Rücken bereits alles mit Manuel und seinem Vater abgesprochen." Bitterkeit war aus Leas Stimme herauszuhören.

Sara seufzte und strich ihr über das Haar. Rasch schlüpfte sie zu ihrer Schwester unter die Decke.

Es dauerte lange, bis diese endlich in ihren Armen einschlief.

Am nächsten Morgen fing die Stickerin ihren Vater ab, bevor der Tuchhändler sich zu einem Kunden aufmachte.

„Vater, ich habe etwas mit dir zu besprechen.

„Nicht jetzt, Lea! Ich werde erwartet."

„Bitte, die Sache duldet keinen Aufschub", beharrte sie.

Sie gingen in Ezras Arbeitszimmer.

„Warum hast du mir nicht gesagt, dass Manuel Toledano um meine Hand angehalten hat, Vater? Ich werde ihn nicht heiraten!"

„Es ist bereits alles abgemacht. Du wirst seine Frau werden. Glaube mir, mein Kind. Es ist das Beste für dich. Er wir dir ein guter Ehemann sein", versuchte Ezra seine Tochter zu beschwichtigen.

„*Seid fruchtbar und mehret euch und füllet die Erde*!", zitierte er aus dem Ersten Buch Mose. „Es ist Gottes Wille, durch Nachkommen für den Fortbestand des Glaubens zu sorgen. Du verstößt gegen das göttliche Gebot, wenn du nicht heiraten willst. Das werde ich nicht zulassen!"

„Aber ich mag ihn nicht!", begehrte Lea trotzig auf. Ihre grünen Augen funkelten vor Zorn.

„Was hast du nur gegen ihn?", erwiderte ihr Vater. „Er ist ein fleißiger, gläubiger Mann. Außerdem wird er schon bald das Familiengeschäft übernehmen, das heißt, er wird in der Lage sein, dich gut zu versorgen. Du trauerst hoffentlich nicht immer noch diesem christlichen Adeligen hinterher?"

„Doch! Ich habe Alvaro nicht vergessen, auch wenn er nicht mehr an mich zu denken scheint. Bitte, Vater, überdenke deine Entscheidung, ich flehe dich an! Du willst doch nicht, dass deine Tochter unglücklich wird." Lea suchte Ezras Blick. „Außerdem steht im Talmud geschrieben, dass ein Vater seine Tochter nicht verheiraten darf, solange sie klein ist, sondern erst wenn sie groß ist, und dann auch nur, wenn sie sagt: ‚Diesen Mann will ich'. Und ich will diesen Mann nicht!"

„Meine Entscheidung ist gefallen, Lea. Es ist alles abgesprochen. Wir müssen uns nur noch auf ein Datum einigen. Glaube mir, mit der Zeit wirst du lernen, deinen Gemahl zu lieben."

Entmutigt schüttelte Lea den Kopf und kämpfte mit den Tränen. Sie warf ihrem Vater noch einen eisigen Blick zu, bevor sie sich entfernte und die Tür mit einem lauten Knall ins Schloss fallen ließ.

Segovia

Es war noch früh am Morgen, als Catalina de Mendoza die Augen aufschlug. Sie hatte schlecht geschlafen während dieser ersten Nacht in der fremden Umgebung. Wehmütig dachte sie an das Schloss ihrer Familie in Manzanares El Real, das sie vor zehn Tagen verlassen hatte. Der Ort lag nordwestlich von Madrid, zu Füssen der Sierra Guadarrama. Sie würde den wunderschönen Blick auf die Cabezas de Hierro, den sie aus dem Fenster ihres Schlafgemachs genoss, vermissen.

Die junge Frau entstammte einer der mächtigsten Adelsfamilien des Landes. Seitdem die Mendozas im vorherigen Jahrhundert aus dem Baskenland gekommen waren, hatten sich die männlichen Mitglieder in den Dienst der kastilischen Herrscher gestellt.

Sie hatte es ihrem Onkel, Erzbischof Pedro Gonzalez de Mendoza, zu verdanken, dass sie sich jetzt in Segovia befand, wo sie von nun an zum Kreise der Königin gehören sollte. Der Kirchenfürst hatte Catalina der neuen Monarchin ans Herz gelegt, und Isabel hatte sich einverstanden erklärt, das Mädchen in ihrem Hofstaat aufzunehmen. So war die Nichte des Kardinals mit ihrer Zofe und einer bewaffneten Soldateneskorte am Tag zuvor in der Stadt angekommen, wo ihr Onkel sie zusammen mit ihrer Base Leonor de Velasco, die ebenfalls eine Hofdame der Königin war, herzlich empfangen hatte.

Das Zimmer, das man ihr zugewiesen hatte, war geräumig. An seiner Stirnseite hatte es ein bis zum Boden reichendes Fenster, das von braunen Samtvorhängen eingerahmt wurde. Aus dem gleichen Stoff war auch der Baldachin gearbeitet, der das Bett überspannte. In einer Ecke stand ein Kohlebecken, das neben dem Kamin als zusätzliche Wärmequelle diente. Ein Mahagonisekretär, ein Tisch mit zwei kleinen Sesseln und eine Truhe mit Schnitzarbeiten stellten das restliche Mobiliar dar.

Catalina verspürte eine leise Erregung, als sie an das dachte, was sie erwartete - Hofdame Ihrer Majestät, Isabel von Kastilien. Auch der König sollte von angenehmer äußerlicher Erscheinung sein und, wie man sich erzählte, dem weiblichen Geschlecht sehr zugeneigt.

Sie seufzte tief. Zweifellos stand ihr eine aufregende Zeit bevor. Die junge Frau war sich ihrer Wirkung schon seit einiger Zeit bewusst. Der Anblick ihrer runden Hüften, ihres wohl geformten Hinterteils und des üppigen Busens, den sie oft und gerne betonte, hatte, wie sie vermutete, schon manchem Mann eine schlaflose Nacht bereitet. Besonders stolz war sie auf ihr langes, lockiges Haar, dessen Farbe an den satten Rot-Ton schimmernder Rubine erinnerte, zu dem ihr heller Teint, die dunkelgrauen Augen mit den geschwungenen Wimpern und den fein gezeichneten Brauen einen reizvollen Gegensatz bildeten. Nur ihre gebogene Nase und die kleinen

Flecken, die sich in ihrem Gesicht zeigten, wenn sie es nicht vor jedem noch so schwachen Sonnenstrahl schützte, gefielen ihr nicht.

Sie schlug die schwere Felldecke zurück und stieg aus dem Bett. Der Fliesenboden war eiskalt. So schlüpfte das Mädchen schnell in ihre Hausschuhe, legte sich ein wollenes Tuch um die Schultern und ging zum Fenster. Der Blick über die Dächer der Stadt war wunderschön. Sie konnte sogar, wie zuvor in Manzanares El Real, am Horizont Berge ausmachen. Es war Zeit, sich anzukleiden. Sie öffnete die große Holztruhe, in welche die Zofe gestern nach der Ankunft ihre Gewänder gelegt hatte. Was sollte sie tragen, um den besten Eindruck bei der Königin zu hinterlassen?, überlegte sie. Das silbergraue Kleid mit dem engen, spitzenbesetzten Mieder, das die Farbe ihrer Augen betonte? Oder lieber doch das Bordeauxrote aus feinem Samt? Sie entschied sich für das erste und rief dann nach ihrer Zofe, damit diese ihr beim Anziehen und Frisieren behilflich sein konnte.

Zwei Stunden später führte Kardinal Mendoza seine Nichte zur Sala de la Chiminea, wo die Königin im Beisein ihrer Hofdamen in einem thronartigen Sessel saß. Ein Kaminfeuer verbreitete angenehme Wärme. Das Zimmer wies, wie fast alle Räume des Schlosses, holzvertäfelte Decken auf. Die Wände waren zur Hälfte mit bunten Kacheln gefliest. Darüber hingen Gemälde und Wandteppiche. Die Frauen beschäftigten sich entweder mit Stickarbeiten oder spielten *fierges*, bei dem jeweils zwei Gegner flache, schwarze und weiße Steine auf einem Schachbrett hin und her bewegten. Ein munteres

Geplapper war zu vernehmen, untermalt von den Klängen eines Klavichords, an dem Lea ihre Cousine Leonor ausmachte.

Als die Ankömmlinge das Zimmer betraten, wandten sich unverzüglich alle Blicke in ihre Richtung. Die Gespräche und die Musik verstummten. Obwohl Catalina nicht schüchtern war, spürte sie, wie sie errötete und ärgerte sich darüber. Um ihre Unsicherheit zu überspielen, setzte sie eine hochmütige Miene auf. Der Erzbischof legte den Arm um ihre Taille und ging mit ihr auf die Königin zu.

„Hoheit, darf ich Euch meine Nichte, Catalina de Mendoza, vorstellen?", sagte er stolz, woraufhin die junge Frau in einen tiefen Hofknicks versank.

Isabel betrachtete das Mädchen neugierig. Sie hat ein ansprechendes Äußeres, dachte sie bei sich. Trotzdem bemerkte sie auch sofort ihren überheblichen Blick. „Ich heiße Euch an meinem Hof willkommen und hoffe, Ihr werdet Euch bei uns wohlfühlen."

„Vielen Dank, Majestät", antwortete Catalina und erhob sich wieder. „Es ist mir eine große Ehre, von nun an Eurem Gefolge angehören zu dürfen."

„Hoheit, da ich meine Nichte nun in guten Händen weiß, bitte ich Euch, mich zurückziehen zu dürfen", ergriff der Kardinal das Wort. „Die Arbeit ruft mich wieder an meinen Schreibtisch!"

Isabel nickte und hielt Mendoza gleichzeitig ihre behandschuhten Finger hin.

Nachdem er diese geküsst hatte, verließ er den Raum.

Isabel forderte indessen Leonor de Velasco auf, vor den Thron zu treten. Die beiden Basen begrüßten sich förmlich. Obwohl sie aus derselben Familie stammten, waren sie sich nicht ähnlich. Im Gegensatz zu Catalina war ihre Verwandte groß gewachsen und schlank, hatte dunkelblonde, glatte Haare, ein schmales Gesicht mit engstehenden, braunen Augen und einer spitzen Nase.

„Doña Leonor, stellt bitte Eure Cousine den anderen Damen vor", trug Isabel ihr auf.

„Gerne, Hoheit." Die Angesprochene gehorchte unverzüglich.

Da waren Beatríz de Bobadilla, die erste Ehrendame der Königin, Teresa Enriquez, die Gemahlin Gutierre de Cardenas sowie dessen Mutter Teresa Chacón, Maria Alvarez De Toledo, die Tochter des Duques von Alba, zudem weitere weibliche Angehörige der achtbarsten Adelsfamilien Kastiliens. Wie zu erwarten gelang es Catalina nicht, sich alle Namen einzuprägen. Sie nickte den Damen freundlich zu und betrachtete heimlich deren Aussehen.

Schon bald hatten die Frauen sie in ein nettes Geplauder mit einbezogen und fragten sie über ihre Familie und ihre bisherigen Lebensumstände aus.

Die Königin beobachtete ihre neue Hofdame mit Argwohn. Wieder einmal würde sie auf der Hut sein müssen, wenn ihr Gemahl nach Kastilien zurückkehrte. Sie war sich sicher, dass das Mädchen Fernando gefallen würde. Kurz nach ihrer Hochzeit hatte Isabel herausgefunden, dass sie einen Schwerenöter geheiratet hatte, der in der Tat vor ihrer Ehe schon Vater geworden war. Zudem unterhielt er in Aragon, wo er immer wieder seinen Vater, König Juan, bei der Regierung des Landes unterstützen musste, weiterhin Mätressen. Solange sie selbst oder Kastilien keinerlei Nachteile davontrugen, sah die Königin allerdings großzügig über diese Charakterschwäche ihres Gemahls hinweg. Sie liebte ihn, und wenn er mit ihr das Bett teilte, tat er dies voller Leidenschaft, sodass sie ihm seine Liebschaften jedes Mal aufs Neue verzieh.

In die angeregte Unterhaltung hinein klopfte es an die Tür und Alvaro trat mit einem Stapel Papieren vor Isabel.

Catalina starrte mit offenem Mund auf den schlanken, jungen Mann, der in seinen engen Beinkleidern und dem samtenen Wams sogleich ihre Aufmerksamkeit erregte.

„Wer ist das?", wisperte sie ihrer Cousine zu.

„Alvaro de Salvatierra, der Sekretär Ihrer Majestät. Er sieht fabelhaft aus, nicht wahr?", schwärmte Leonor.

Catalina nickte stumm. Sie konnte ihre Augen nicht von dem Höfling abwenden. „Kannst du uns miteinander bekanntmachen?"

„Nein!", wies Leonor die Bitte empört zurück. „Das schickt sich nicht."

Catalina musste ihrer Base insgeheim Recht geben. Dann würde sie eben eine andere Gelegenheit ergreifen, um mit dem jungen Mann ins Gespräch zu kommen.

Während sie ihn weiterhin betrachtete, vernahm sie ihren Namen. Die Königin forderte sie auf, vor den Thron zu treten und zu ihrer großen Freude stellte sie ihr nun Alvaro vor.

Der Sekretär lächelte die junge Frau an und drückte einen Kuss auf ihre Hand. „Ich freue mich, Euch kennenzulernen. Eine weitere schöne Blume im Garten der

Königin", sagte er poetisch und musterte Catalina mit seinen dunkelblauen Augen.

Sie bedankte sich für das Kompliment und streckte ihren Busen vor.

„Hoheit, wenn Ihr mich jetzt bitte entschuldigen wollt! Ich werde dafür sorgen, dass diese Papiere hier an ihren Bestimmungsort gelangen." Er verbeugte sich vor der Monarchin, nickte der jungen Hofdame zu und verließ den Raum.

Diese knickste vor der Königin und begab sich wieder zu ihrer Verwandten. Dort setzte sie sich auf den nächstbesten Stuhl und holte tief Luft. „Genauso habe ich ihn mir vorgestellt, denjenigen, den ich einmal heiraten möchte", seufzte sie. „Diese blauen Augen und die muskulöse Figur. Weißt du, ob er schon einer anderen den Hof macht?"

„Das kann ich dir nicht sagen. Er ist erst seit ein paar Wochen hier", antwortete Leonor. „Sein Vater ist ein Marqués. Die Familie stammt aus der Nähe von Toledo und soll mit dem Statthalter Andrés de Cabrera befreundet sein", fügte sie hinzu, bevor sie wieder am Klavichord Platz nahm und mit ihrem Spiel fortfuhr.

Catalina lauschte der lieblichen Melodie, lächelte zufrieden vor sich hin und dankte im Stillen ihrem Oheim, der sie nach Segovia geholt hatte.

5. Kapitel

Januar 1475

Nach einer beschwerlichen Reise, die immer wieder auf Grund von heftigen Schneefällen unterbrochen werden musste, erreichte Fernando schließlich mit seinem Gefolge Turégano, einen Ort in der Nähe Segovias. Als man Isabel darüber unterrichtete, sandte sie ihrem Gemahl eine Nachricht, er solle sich noch ein paar Tage dort aufhalten, damit alles für seinen feierlichen Einzug in die Stadt gerichtet werden konnte. So verbrachten die Eheleute den Beginn des neuen Jahres getrennt voneinander. Während die Königin die letzten Vorbereitungen traf, begaben sich der Admiral von Kastilien sowie der Konnetabel nach Turégano, um dem Thronfolger zu huldigen und ihn anschließend nach Segovia zu begleiten.

Am Morgen des 2.Januars 1475 war die Landschaft weiß überzogen, da es die ganze Nacht über geschneit hatte. Die Schneekristalle und Eiszapfen leuchteten wie kostbare Diamanten im Sonnenlicht. Fernando, der bisher auf seiner Reise zu Ehren des verstorbenen Herrschers ein Trauergewand getragen hatte, war nun mit kostbarer Seide und Goldbrokat herausgeputzt. Mit dem wertvollen Umhang aus Zobelfellen bot er seinen Untertanen, die in großer Zahl erschienen waren, das Bild eines wahren Königs.

Den Bürgern Kastiliens war ein solcher Anblick schon lange nicht mehr geboten worden, da der verstorbene

Monarch, Enrique, stets Prunk und Pracht verschmäht hatte. Fröhlich riefen sie ihrem neuen Gebieter zu: „Hoch Kastilien! Hoch Don Fernando und Doña Isabel, die rechtmäßigen Herrscher unseres Landes!"

Der Thronfolger von Aragon ritt auf einem festlich aufgezäumten Araberhengst, flankiert vom Admiral und dem Konnetabel; dahinter folgten die aragonesischen Adeligen, bewaffnete Soldaten, die Dienerschaft sowie die Wagen mit dem Reisegepäck. Trompeten, Schalmeien und Fanfarenklänge ertönten, als der Tross Turégano verließ, angeführt von zwei Fahnenträgern, die die Banner Kastiliens und Aragons in die Höhe hielten.

Das Volk verabschiedete den hohen Besuch mit Jubelrufen. Einige schlossen sich sogar dem Zug an, um Zeugen des feierlichen Empfangs in Segovia zu werden.

Mit Einbruch der Abenddämmerung erreichte Fernando mit seinem Gefolge die Stadt. Auch hier hatten sich Schaulustige versammelt. Zwei Reiter lösten sich aus dem Pulk und näherten sich in zügigem Galopp. Es waren Kardinal Mendoza und Erzbischof Carrillo, die nun von ihren Pferden abstiegen. Der König begrüßte die beiden Kirchenfürsten, die sich ehrfürchtig vor ihm verneigten und seine Hand küssten.

„Hoheit, wir heißen Euch herzlich willkommen in Segovia", kam Carrillo dem Kardinal zuvor. „Eure Reise war hoffentlich angenehm". Die feisten Wangen des Erzbischofs hatten durch die Kälte den gleichen violetten Farbton seines Chormantel, der *Pluviale,* angenommen. Mit den hervortretenden Augen, unter denen sich im Laufe der Jahre dicke Tränensäcke gebildet hatten, musterte er die kostbare Ausstattung des Königs.

„Eure Gemahlin erwartet Euch schon ungeduldig im Alcazar", beeilte sich Mendoza zu versichern. „Heute Abend wird es Euch zu Ehren ein Festbankett geben." Auch der Kardinal trug dem Anlass gemäß sein kostbarstes Ornat, eine rote Soutane, darüber ein knielanges, mit Spitzen versehenes Leinen-*Rochett* und die purpurne *Mozetta,* einen bis zu den Ellbogen reichenden, mit üppiger Stickerei versehenen Schulterumhang. Ein flacher, scharlachroter Hut mit breiter Krempe und rechts und links herunterhängenden Quasten bedeckte seine Tonsur. „Exzellenz, Eminenz, ich danke für den Empfang, den Ihr mir bereitet habt." Fernando nickte den beiden Kirchenmännern freundlich zu. „Ich habe ebenfalls mit Ungeduld dem Wiedersehen mit meiner teuren Gemahlin entgegengesehen. Zwei Monate sind eine lange Zeit. Ich kann es außerdem kaum erwarten, meine Tochter in die Arme zu nehmen."

Mendoza konnte des Königs Sehnsucht nach der Kleinen durchaus verstehen, ihm ging es bei seinem eigenen Nachwuchs ähnlich.

„Hoheit, man erwartet uns bereits an der Puerta de San Martin." Carrillo blickte Fernando an, woraufhin dieser seinem Gefolge unverzüglich ein Zeichen zum Aufbruch gab.

Wenig später kam der Zug am Stadttor an, wo sie von den Adeligen, Klerikern und den Räten Segovias begrüßt wurden. Fanfaren und Schalmaien erklangen, Fahnen wehten im Wind und einige der Geistlichen hielten Holzkreuze in die Luft. Auch die einfachen Bürger sowie jüdische und muslimische Stadtbewohner hatten sich in reicher Zahl eingefunden. Zu Ehren der Ankömmlinge führten letztere einen Schwerttanz auf. Herolde priesen den Namen des neuen Monarchen.

Unter den Granden befand sich auch Alvaro. Er stand neben Andrés de Cabrera und betrachtete neugierig Isabels Gemahl. Fernando war ein großer, kräftiger Mann. Seine schwarzen Augen blickten interessiert umher, sein üppiger Mund mit der wulstigen Unterlippe zog sich immer wieder zu einem Lächeln nach oben. Er schien eine starke Persönlichkeit zu sein, und hinter der hohen Denkerstirn vermutete Alvaro einen klaren Verstand.

Bevor der Tross das Tor durchquerte, baten die Stadtobersten den Gemahl der Königin die Privilegien und Freiheiten Segovias zu bestätigen, was dieser mit lauter Stimme tat. Mittlerweile war es völlig dunkel geworden. So traten sie den weiteren Weg bis zur Kathedrale im Licht unzähliger Fackeln an. Wie schon bei Isabels Krönungszeremonie wurde auch über Fernando ein goldener Brokatbaldachin getragen. Musikanten spielten fröhliche Melodien, die Menschen auf den Straßen tanzten dazu. Nachdem der König an einer kurzen Dankesmesse teilgenommen hatte, erreichte er den Alcazar.

Isabel erwartete ihren Gemahl im Innenhof des Schlosses, der von zahlreichen Talglichtern erhellt war. Um sie herum standen ihre Damen, einige Höflinge und ihr Beichtvater Hernando de Talavera, ein Hieronymitenmönch, der ein paar Tage zuvor in Segovia angekommen war. Sie trug ein karmesinrotes Gewand mit weiten Ärmeln, dessen Ausschnitt und Säume mit Perlen und Smaragden verziert waren. Ihr offen fallendes Haar war von einem durchsichtigen Gazetuch bedeckt, darüber befand sich das kostbarste Kleinod Kastiliens: die Krone.

Catalina, die neben ihrer Base stand, drückte aufgeregt deren Hand. Auch die Nichte des Kardinals war nett anzusehen. Das perlgraue Kleid mit dem engen Spitzenmieder brachte ihren Busen gut zur Geltung. In den roten Locken schimmerte ein silbernes, mit glitzernden Steinchen versehenes Haarnetz. Immer wieder schaute sie sich nach Alvaro um. Bisher hatte sie ihn noch nicht entdeckt. Als sie schließlich sah, wie er den *patio* betrat, fing ihr Herz an, schneller zu schlagen. Der Sekretär der Königin stellte sich zu den anderen Höflingen. Dabei trafen sich für einen kurzen Moment ihre Blicke. Gerade als sie ihm kokett zulächeln wollte, ertönten Fanfarenstöße. Ein Hofdiener, angetan mit einer Tunika, worauf die Wahrzeichen Kastiliens – Türme und Löwen – gestickt waren, verkündete die Ankunft des Thronfolgers von Aragon und seines Gefolges.

Mit zügigen Schritten ging Fernando auf Isabel zu, die ihrem Gemahl erwartungsvoll entgegensah. Sie hatten ihr Ziel erreicht, der kastilische Thron war der ihre. Ob Fernando stolz auf sie war?, fragte sie sich. Sie hatte ihn vermisst. Ein warmes Gefühl durchflutete sie, als sie daran dachte, wie sie nach dem Festessen in ihrem Gemach in seinen Armen liegen würde.

Der König von Sizilien kniete vor seiner Gemahlin nieder, ergriff ihre Hand und berührte sie mit seinen Lippen. Ein kühles Lächeln umspielte seine Mundwinkel.

Alvaro betrachtete die Szene stirnrunzelnd. Das edle Paar hielt sich bei seiner Begrüßung gewissenhaft an die Hofetikette. Wie anders würde sein eigenes Wiedersehen mit Lea sein, dachte er sehnsüchtig. Er würde ihr entgegen laufen, sie in seine Arme schließen, sie im

Kreis herumwirbeln und dabei ihren Mund mit nicht enden wollenden Küssen bedecken. Ein tiefer Seufzer kam über seine Lippen, während er den anderen Gästen in den Hauptsaal des Alcazars folgte.

An den Wänden des festlich geschmückten Raumes hingen lebensgroße Behänge, die Fliesenböden waren mit kostbaren Teppichen ausgelegt. Am Morgen hatten die Bediensteten die Tische mit weißen Tüchern und Silbergeschirr eingedeckt, das nun im Schein der vielen Kerzen glänzte. Im hinteren Teil des Saales stand ein unförmiges, riesiges Gebilde. Es war mit einem dunklen Stofflaken verhüllt. Alvaro gehörte zu den wenigen Personen, die wussten, dass es sich hierbei um die Kulisse für das Theaterstück handelte, das nach dem Essen zur Unterhaltung der Gäste aufgeführt werden sollte.

Mit ausladenden Bewegungen ließ der Zeremonienmeister zweimal hintereinander seinen Holzstab auf den Boden krachen und verkündete die Ankunft des königlichen Paares. Alle Augen richteten sich zum Eingang. Ein Raunen ging durch die Reihen der Gäste, als Isabel und Fernando erschienen. Die seidenbehandschuhten Finger der Monarchin ruhten auf dem ausgestreckten Arm ihres Gemahls, der sie langsam durch den Saal führte.

Wie alle anderen Anwesenden war auch Alvaro von ihrem Aussehen verzaubert. Wieder einmal erfüllte es ihn mit Stolz, solch eine wichtige Stellung am Hofe innezuhaben. Ehrfürchtig verbeugte er sich, als die Majestäten an ihm vorbei schritten, um schließlich an der Längsseite eines erhöhten Tisches Platz zu nehmen. Dort gesellten sich sogleich der Erzbischof, der Kardinal sowie einige andere Granden hinzu. Sobald Isabel und

Fernando sich niedergelassen hatten, ertönten die Klänge von Lauten, Schalmeien und Zimbeln, die die Gäste während des Essens unterhalten sollten. Unermüdlich brachten die Bediensteten Schüsseln und dampfende Platten mit den erlesendsten Speisen aus der Hofküche und verteilten sie auf den Tafeln. Wildbret, Spanferkel, geröstete Tauben, gegrilltes Zicklein, gesottener Fisch, Fasane, die nach der Zubereitung wieder in ihr Federkleid gesteckt worden waren, dazu allerlei Gemüse und frisch gebackenes Weißbrot – Isabel wollte ihrem Gemahl einen einzigartigen Empfang bereiten.

Fernando überlegte derweil, ob er Isabel jetzt schon auf die Thronfolge ansprechen sollte. Da er seine Gemahlin gut genug kannte, wusste er, dass sie durchaus in der Lage wäre, ohne Rücksicht auf die Anwesenden lauthals mit ihm zu diskutieren und zu streiten. Deshalb beschloss er, das Thema erst am nächsten Tag in aller Ruhe anzugehen. Zudem wollte er ihr in der Nacht noch beiwohnen, und wenn sie zornig war, würde sie sich ihm vielleicht verweigern.

Catalina saß zu ihrer großen Freude neben Alvaro. Sollte dies ein Wink des Schicksals sein? Nachdenklich betrachtete sie die schlanken, wohlgeformten Hände des jungen Mannes, der Fleischstückchen von einem Fasanenknochen zupfte, und überlegte, wie sie am besten mit ihm ins Gespräch kommen könnte.

„Was für ein schönes Paar", versuchte sie es schließlich. „Findet Ihr nicht auch?"

„Wen meint Ihr, die Könige?" Alvaro legte den Knochen beiseite und wischte seine Finger an einem Damasttuch ab. „Ja, sie passen gut zueinander", bestätigte er, ohne ihre Antwort abzuwarten. „Zumindest sind sie im gleichen Alter, was bei solchen Ehen selten der Fall ist."

„Da habt Ihr Recht. Hätte man Isabel damals mit Alfonso V. verheiratet, dann wäre der König von Portugal älter als ihr eigener Vater gewesen." Catalina schnitt ein Stück von dem Wildbret ab und steckte es sich in den Mund.

„Vielleicht wies sie ihn deshalb zurück, als er offiziell um ihre Hand anhielt. Zwei weitere Bewerber hat sie ebenfalls abgelehnt", wusste Alvaro zu erzählen.

„Seid Ihr verheiratet?", traute sich die Hofdame zu fragen.

Für einen Moment verdüsterte sich das Antlitz ihres Tischnachbarn. „Nein", gab er schroff zurück und wandte sich sogleich wieder den Speisen auf seinem Teller zu.

Catalina unternahm keinen weiteren Versuch, das Gespräch fortzuführen. Sie hatte fürs Erste genug erfahren. Alvaro war noch zu haben. Früher oder später würde er ihren Verführungskünsten erliegen, dachte sie siegesgewiss.

Nach dem Essen räumten die Diener Tische und Bänke beiseite, um Platz für die Mummerei, also die kostümierte Tanzaufführung, zu schaffen. Sie rückten die Kulisse in die Mitte vor die hintere Wand des Saales und entfernten die Abdeckung. Darunter kam eine aus Blech und bemaltem Pappmaché angefertigte Burg zum Vorschein. Die Musikanten, die zuvor eine Pause eingelegt hatten, fingen wieder zu spielen an. Aus dem Fenster der Festung schob sich ein maskiertes Gesicht heraus, von langem, wallendem Haar umrahmt. Gleichzeitig traten zwei als Barbaren verkleidete Männer hinter dem Schloss hervor, gefolgt von einem dritten, der einen Löwen darstellte. Sie begannen, vor dem Bühnenbild zu den Klängen der Musik auf groteske Art und Weise zu tanzen. Derweil rief die maskierte Frauengestalt um Hilfe und schluchzte erbarmungsvoll. Nun öffnete sich eine der Türen des Saales und vier Ritter auf Steckenpferden bewegten sich auf die Tanzenden zu. Sie waren offenbar gekommen, um die Holde aus den Händen der Wilden zu befreien.

„Ein großartiges Schauspiel, Isabel", raunte Fernando seiner Gemahlin zu und drückte ihre Hand. „Ich glaube, ich habe bereits einige unter den Darstellern erkannt."

„Es freut mich, dass es dir gefällt, mein Lieber. Am Ende des Festes, nach dem Tanz, werden die Masken fallen", versicherte ihm die Königin.

Die vier Ritter hatten in der Zwischenzeit ihre Schwerter gezogen und vollführten einen Schaukampf gegen den Löwen und die Barbaren. Die hatten sich mit Holzkeulen bewaffnet und stießen grauenvolle Laute aus, während sie den Hieben der Soldaten geschickt auswichen. Auch der Löwe gab ein wildes Gebrüll von sich.

Die Gäste unterhielten sich vorzüglich. Immer wieder feuerten sie die *caballeros* an, die schließlich den Sieg über die Scheusale und das Raubtier davontrugen. Mit lautem Jubelgeschrei befreiten sie die Dame aus dem Kastell.

Kurz darauf erhoben sich auch die geschlagenen Kreaturen wieder vom Boden und alle zusammen tollten sie durch den Saal, begleitet vom Applaus der Zuschauer. Schon bald zogen sie die weiblichen Gäste von den Stühlen und führten sie auf die freie Fläche in der Mitte des Saales. Die Musikanten spielten zur Pavane auf. Immer mehr Paare reihten sich in die lange Linie der Tanzenden ein.

Alvaro schwitzte unter dem pelzigen Gewand und der Löwenmaske. Er war froh, dass nun langsame Schreitschritte gefragt waren. Obwohl ihm die Teilnahme an der Aufführung großen Spaß bereitet hatte, konnte er es kaum erwarten, endlich wieder seine eigenen Kleider anzulegen. Doch er würde sich noch eine Weile gedulden müssen.

Nachdem er seine erste Tanzpartnerin zurück zu ihrem Platz begleitet hatte, ging er auf die neue Hofdame der Königin zu. Er nahm sie bei der Hand und führte sie auf das Parkett. Während sie die Sprünge der Galliarde, einer lebhafteren Tanzart, ausführten, versuchte die Nichte des Kardinals herauszufinden, wer sich unter dem Löwenkostüm verbarg. Sie hoffte, dass es Alvaro war. Der Sekretär hatte vor Beginn der Vorführung den Saal verlassen und war seitdem nicht zurückgekehrt. Doch ihr Gegenüber gab nicht einen Laut von sich, der ihn hätte verraten können. Als Antwort auf ihre Fragen zog er lediglich die Schultern nach oben, schüttelte den Kopf oder nickte.

Sie tanzten eine ganze Weile miteinander. Zwischendurch gönnten sie sich immer wieder einen kühlen

Schluck Weißwein, um ihre erhitzten Körper zu erfrischen.

Dann, kurz vor Mitternacht, forderte der Zeremonienmeister die Darsteller auf, sich nebeneinander in einer Reihe aufzustellen.

Catalina nahm wieder neben ihrer Base Platz. „Jetzt werde ich gleich erfahren, mit wem ich den ganzen Abend über getanzt habe", wisperte sie Leonore zu. Mit glänzenden Augen betrachtete sie den Mann im Löwenkostüm.

Die Königin selbst lüftete unter dem begeisterten Applaus der Festgäste die Masken der Schauspieler. Catalinas Herz schlug schneller vor Freude, als sie erkannte, dass ihre Vermutung richtig gewesen war. Alvaro winkte ihr sogar zu. Lächelnd erwiderte die Hofdame den Gruß. Es war ein erfolgreicher Abend für sie gewesen.

Nachdem der König seiner Gemahlin mit ein paar abschließenden Worten für die gelungene Willkommensfeier gedankt hatte, zogen sich die Majestäten in ihre Gemächer zurück. Catalina hoffte, noch einige Worte mit Alvaro wechseln zu können, doch der Sekretär verließ gleich nach den Königen den Festsaal. So suchte die Hofdame ebenfalls ihre Schlafkammer auf und gab sich ihren süßen Träumen hin.

Als auch die letzten Gäste gegangen waren, löschten die Bediensteten die Kerzen und verschlossen die Türen.

Am nächsten Morgen suchte Alvaro wie gewohnt zunächst das Arbeitszimmer der Königin auf, um mit ihr den Ablauf des Tages zu besprechen. Schon auf dem Gang konnte er aufgeregte Stimmen vernehmen. Je näher er kam, umso besser konnte er verstehen, was in der Sala de las Piñas gesprochen wurde.

„Wie konntest du es wagen, dich einfach ohne mein Wissen der Krone zu bemächtigen?", sagte die erregte Stimme Fernandos. „Ich bin der Mann im Haus und beanspruche den kastilischen Thron."

„Was hätte ich denn machen sollen?", gab Isabel zurück. „Wenn ich auf deine Ankunft gewartet hätte, hätte man vielleicht in der Zwischenzeit Enriques Tochter Juana zur Herrscherin ausgerufen."

„Meine Meinung bleibt bestehen: Du hattest kein Recht, so zu handeln", beharrte er.

„Was ist in deinen Augen so falsch daran?", unterbrach sie ihn. „Ich bin die Herrscherin und du mein königlicher Gemahl."

„Aber du bist eine Frau, und Frauen sind nicht in der Lage, ein Land so zu regieren, wie es ein Mann täte. Ich bin der nächste männliche Verwandte Enriques und gehöre zur Nebenlinie der Trastámaras, also gehört der Thron mir. Es ist außerdem ein Affront, dass man vor dir das Schwert der Justitia hergetragen hat. So eine Ehre gebührt nur einem männlichen Herrscher!"

Alvaro stand unschlüssig auf dem Flur, drückte schließlich die Tür auf, um in das Arbeitszimmer hineinzugehen. Unverzüglich richteten die beiden Streitenden ihre Blicke auf den Sekretär. Isabels blaugrüne Augen funkelten, Fernando musterte ihn mit verkniffener Miene.

„Verzeiht die Störung, Hoheiten!" Alvaro verbeugte sich. „Ich habe hier einige Dokumente, die Eurer Unterschrift bedürfen."

„Kommt nur näher!", forderte ihn die Königin auf. „Mein Gemahl hat mir soeben zu verstehen gegeben, dass mir die Krone Kastiliens nicht zusteht. Wie denkt Ihr darüber?"

Der junge Edelmann legte die Papiere, die er in den Händen hielt, auf den Schreibtisch und räusperte sich. Was sollte er antworten? „Eure Gemahlin ist die Halbschwester des Königs. Er selbst hat sie im Pakt von Toros de Guisando zu seiner Nachfolgerin ernannt", begann er.

Isabel nickte zustimmend.

„Es mag vielleicht sein, dass Frauen in Aragon die Krone nicht erben dürfen", fuhr er fort. „Doch hier in Kastilien gilt das Salische Recht, das die weibliche Thronfolge verbietet, nicht".

„Schlecht konzipierte Gesetze kann man ändern!", widersprach Fernando. „Ich werde mich auf keinen Fall damit zufrieden geben, nur der Prinzgemahl zu sein. Auch wenn ich Kastilien beim ersten Mal als Maultiertreiber betreten habe, der bin ich längst nicht mehr." Der Aragonese war von seinem Sessel aufgesprungen. An seiner Schläfe trat eine Ader hervor, in der das Blut pulsierte. „Sollte ich nur an zweiter Stelle stehen, dann werde ich Kastilien verlassen! Ich reise wieder ab!" Aufgebracht rannte er hinaus.

„Fernando, so bleib doch! Wir können über alles reden!", rief ihm Isabel hinterher.

Vergebens, ihr Gemahl kam nicht zurück. Seufzend ließ sie sich wieder hinter ihrem Schreibtisch nieder.

„Was wollte Fernando mit der Anspielung auf den Maultiertreiber sagen?", fragte ihr Sekretär neugierig.

„Damals waren mein Bruder und seine Verbündeten gegen unsere Heirat. Sie wollten verhindern, dass Fernando nach Kastilien gelangte. Deshalb überschritt er die Grenze in der Verkleidung eines ärmlichen Bauern. Ach, Alvaro… Wie soll ich Fernando nur davon überzeugen, dass ich die alleinige Besitzerin des Landes bin?"

Der Sekretär setzte sich auf einen Stuhl und dachte nach. „Könntet Ihr nicht einige neutrale Personen zu Rate ziehen?", schlug er vor. „Vielleicht den Kardinal und den Erzbischof?"

Ein hoffnungsfrohes Lächeln erhellte für einen Augenblick den Gesichtsausdruck der Monarchin, der sich aber sogleich wieder verdüsterte. „Bei Mendoza wird Fernando mir vorhalten, jemanden ausgewählt zu haben, der ohnehin meine Interessen vertritt."

„Aber dafür gehört Carrillo der aragonesischen Partei an, also gleicht es sich wieder aus."

„Einen Versuch wäre es wert", beschloss sie. „Ich werde gleich zu Fernando gehen, bevor er die Stadt tatsächlich verlässt." Die Königin erhob sich und verließ ohne ein weiteres Wort zu verlieren den Raum.

Alvaro legte noch rasch die Papiere, die die Königin hätte unterschreiben sollen, auf dem Schreibtisch ab und folgte der Monarchin nach draußen.

Auf dem Rückweg zu seinem eigenen Arbeitszimmer kam Alvaro an dem Zimmer vorbei, in dem die Hofdamen sich die Zeit vertrieben. Die Tür stand weit offen. So steckte er kurz seinen Kopf hinein und rief den Frauen einen freundlichen Gruß zu. Als er schon fast am Ende des Ganges angelangt war, rief jemand seinen Namen. Er drehte sich um und sah Catalina auf sich zukommen. Seufzend lehnte er sich gegen die Wand.

„Guten Morgen, Alvaro. Ich hoffe, Ihr habt gut geschlafen." Lächelnd blieb die Hofdame vor ihm stehen.

„Ja, das habe ich, danke der Nachfrage." Der Sekretär musste sich erneut eingestehen, dass die junge Frau mit den glänzenden, grauen Augen, den geröteten Wangen und den ungestümen Locken einen gewissen Reiz besaß.

„Ich wollte Euch noch einmal sagen, wie sehr ich den gestrigen Abend in Eurer Gesellschaft genossen habe." Sie blickte ihn beherzt an. „Eure Vorstellung als wilder Löwe war beeindruckend. Obwohl ich Euch auch gerne als tapferen Ritter gesehen hätte."

„Vielleicht beim nächsten Mal", gab Alvaro zurück.

„Wo habt Ihr gelernt, so gut zu tanzen?"

„Auf unserem Familiensitz in Toledo. Meine Mutter hat großen Wert darauf gelegt, dass meine Brüder und ich alle gängigen Tanzarten beherrschen", erklärte er.

„Wie viele Brüder habt Ihr denn?" Catalina drehte eine ihrer langen, kupferroten Locken um den Zeigefinger und blickte ihr Gegenüber fragend an. „Sehen sie ebenfalls so blendend aus wie Ihr selbst?"

Alvaro fühlte sich sichtlich unwohl ob dieser Schmeichelei. „Ich habe noch zwei ältere Brüder", antwortete er daher knapp. „Jetzt entschuldigt mich bitte, ich habe noch zu tun."

Bevor Catalina etwas erwidern konnte, eilte er davon.

Na warte, du wirst mir schon bald aus der Hand fressen, dachte das Mädchen, während sie zu den anderen Hofdamen zurückkehrte.

Isabel gelang es tatsächlich, ihren Gatten davon zu überzeugen, Mendoza und Carrillo als Schiedsrichter zu Rate zu ziehen. Insgeheim dachte Fernando, in dem Erzbischof einen Verbündeten zu haben, der seine Gemahlin dazu anregen würde, ihm die Krone zu überlassen. So traute er seinen Ohren nicht, als dieser jedoch genau wie Mendoza Isabels Rechte als legitim erklärte.

Fassungslos schüttelte der König den Kopf. „Ich kann und will es nicht zulassen, die Regierung Kastiliens in die Hände einer Frau zu legen. Daher ziehe ich die Konsequenzen und reise zurück nach Aragon."

Während er schon Anstalten machte, wie bei ihrem vorherigen Gespräch den Raum zu verlassen, zog die Königin ihren letzten Trumpf aus dem Ärmel. „Bist du dir darüber bewusst, dass du mit deiner Einstellung auch die Zukunft deiner eigenen Tochter zerstörst?", rief sie aufgebracht. „Wer weiß, ob Gott uns die Gnade erweist, noch einen Sohn zu bekommen. Wenn dem nicht so ist, stünde Isabelita nach unserem Tod die Krone Kastiliens zu. Aber du schließt sie von der Thronfolge aus, wenn du dagegen bist, dass Frauen die Krone erben." Fernando hielt inne. Dann drehte er sich um und blickte seiner Gemahlin ins Gesicht. „Daran habe ich nicht gedacht", sagte er mit leiser Stimme. „Aber kannst du mich nicht auch ein wenig verstehen? Was glaubst du, wie sich ein Mann fühlen muss, wenn er weiß, dass er hinter seiner Frau zurücksteht."

„Meine Herren, bitte lasst uns allein!", forderte Isabel die Anwesenden auf, die ihrem Befehl sofort nachkamen.

Sie ergriff die Hände ihres Gatten. „Fernando, Lieber, du wirst nicht hinter mir zurückstehen. Wir werden in jeder Hinsicht gleichberechtigt sein, das verspreche ich dir!"

Der Thronfolger von Aragon zuckte resigniert mit den Schultern.

„Was hältst du davon, wenn Mendoza und Carrillo eine Art Vertrag ausarbeiten, in dem alle Angelegenheiten, die unsere gemeinsame Regierung betreffen, festgehalten werden? Du wirst den Titel eines Königs von Kastilien tragen, und wenn du willst, dann soll auf Dokumenten dein Name vor meinem genannt werden." Sie sah ihn um Zuspruch heischend an. „Allerdings muss das Wappen Kastiliens vor dem Aragons kommen! Das siehst du doch hoffentlich ein."

„Gut, Isabel!", stimmte Fernando nach kurzer Überlegung zu. „Der Erzbischof und der Kardinal sollen das Schriftstück aufsetzen. Und in Aragon wollen wir es genauso halten, wenn es eines Tages soweit ist."

Die Königin nickte. Ihre Lippen näherten sich den seinen, dann besiegelten sie das soeben Beschlossene mit einem innigen Kuss.

6. Kapitel

Ende Januar 1475

Sevilla

Lea saß im *patio* und arbeitete an dem Wandbehang, den der Kaufmann aus Cáceres bei ihr in Auftrag gegeben hatte. Da der Händler im Sommer geschäftlich in Sevilla zu tun haben würde, wollte er den Wandteppich persönlich abholen. Die Hälfte des Kaufpreises hatte er bereits auf dem Jahrmarkt als Anzahlung geleistet.

Es war ein sonniger Vormittag. Die Stickerin genoss die Stille, die im Innenhof herrschte und nur ab und zu von dem Gezwitscher eines Vogels, der sich hierher verirrt hatte, unterbrochen wurde.

Sie war allein zuhause. Aaron begleitete ihren Vater, der eine Bestellung auslieferte. Sara und Inés kauften Obst und Gemüse auf dem Markt ein. In der Nacht hatte ihre Schwester wieder heftig gehustet. Es konnte nicht so weitergehen, dachte Lea besorgt. Sara wurde immer blasser und aß kaum noch etwas. Zudem wurde sie des Öfteren abends von leichtem Fieber heimgesucht. Lea beschloss, noch heute mit ihrem Vater zu reden, damit er das Mädchen zum Medikus brachte. Erst dann würde sie beruhigt sein.

Sie konzentrierte sich wieder auf ihre Stickerei. Vor ein paar Tagen hatte sie mit der Arbeit an dem Wandbehang begonnen. Sie liebte es, wenn vor ihren Augen langsam ein buntes, lebendiges Bild entstand. Hierbei war es wichtig, die richtigen Farben auszusuchen und diese so ineinander fließen zu lassen, dass keine harten Übergänge entstanden. Man nannte dies Nadelmalerei. Der Name passte gut, denn von Weitem konnte man die fertigen Stickereien in der Tat für Gemälde halten.

Mit flinker Hand setzte sie Stich um Stich auf das helle Leinen und dachte dabei an die Zukunft. Nach langem Bitten und Betteln hatte sie ihren Vater dazu bewegen können, die Verlobungszeit mit Manuel um ein paar Monate zu verlängern. Während dieser Zeit hoffte sie irgendetwas von Alvaro zu hören, da sie sich beim besten Willen nicht als Manuels Gemahlin sehen konnte. Sie empfand nichts für den jüdischen Weinhändler, ihr Herz gehörte nach wie vor dem Sohn des Marqués. Wie schon so oft bat sie Gott in Gedanken, sie vor der Ehe mit dem ungeliebten Mann zu bewahren.

Fast im selben Augenblick klopfte es an der Haustür. Sie erwartete niemanden. Als sie sich kurz darauf Manuel Toledano gegenüber sah, hätte sie ihm die Tür am liebsten vor der Nase zugeschlagen. Doch sie riss sich zusammen und begrüßte ihn.

„Was führt dich hierher?", fragte sie.

„Ich hatte in der Nähe zu tun und wollte schauen, wie es dir geht. Ich habe dich hoffentlich nicht gestört?".

„Nein… Das heißt… eh… Es ist niemand zuhause", stammelte sie.

„Willst du mich nicht hereinbitten?" Er schaute sie mit seinem gewohnt traurig wirkenden Blick an.

„Ich glaube, es schickt sich nicht, wenn ein Mädchen Besuch von einem Mann empfängt, wenn niemand im Haus ist", gab sie zu bedenken.

Manuel ließ sich trotzdem nicht abweisen. „Wir sind verlobt, das ist etwas anderes."

Resigniert trat sie beiseite, schloss die Tür hinter ihm zu und führte ihn in den Innenhof, wo sie wieder vor dem Holzrahmen Platz nahm.

„Lea, ich kann es kaum erwarten, dich zu heiraten. Wir werden sehr glücklich sein, und dann brauchst du dir auch nicht mehr deine zarten Finger mit den Nadeln zu zerstechen." Er wies mit dem Kopf in die Richtung des aufgespannten Stoffes. „Wenn du erst einmal bei mir lebst, musst du dich nur noch um unser Haus und später um unsere Kinder kümmern."

„Aber ich liebe die Stickerei!", brauste das Mädchen auf. „Niemals werde ich sie aufgeben."

„Doch, das wirst du, Lea!", beharrte Manuel. „Als mein Eheweib werde ich es nicht dulden, dass du für andere Leute Arbeiten verrichtest."

Die junge Frau kochte innerlich. Nur mit Mühe konnte sie die Worte unterdrücken, die sie ihm gerne ins Gesicht geschleudert hätte.

In der Zwischenzeit war Manuel hinter sie getreten.

„Du wirst schon sehen, es wird wundervoll werden", flüsterte er ihr ins Ohr.

Während seine Lippen ihre Wange berührten, glitt seine Hand hinunter bis zu ihrer Brust. Mit einem Satz sprang Lea auf und schaute ihn entrüstet an. Bevor sie irgendetwas sagen konnte, waren erneut Klopfgeräusche zu vernehmen. Sie schickte ein Dankesgebet zum Himmel und hastete zur Tür. Vor dem Eingang stand ein ärmlich gekleideter Junge.

„Seid Ihr Lea Bensinior?", fragte er.

Die Stickerin nickte. „Was willst du?"

„Eure Haushälterin Inés schickt mich. Eure Schwester Sara ist auf dem Markt zusammengebrochen. Sie brauchen dringend Eure Hilfe."

Lea schlug entsetzt die Hände vor den Mund. Manuel, der hinter ihr erschienen war und die letzten Worte des Jungen gehört hatte, bot seiner Verlobten unverzüglich an, sie mit seiner Kutsche zum Marktplatz zu fahren. Ohne lange zu überlegen, stimmte sie zu. Als sie wenig später ihre Schwester blass und mit geschlossenen Lidern neben einem Gemüsestand in Inés' Armen liegen sah, konnte sie die Tränen nicht zurückhalten. Einige Frauen und Männer standen um die beiden herum und wetteiferten gegenseitig, wie der Kranken am besten zu helfen wäre.

Die Stickerin sprang vom Wagen hinunter und kniete sich neben Sara.

„Doña Lea, dem Gott unserer Väter sei gedankt, dass Ihr hier seid. Eure Schwester hat einen schlimmen Hustenanfall bekommen. Ich glaubte, sie würde jeden Moment ersticken. Dann ist sie in Ohnmacht gefallen."

„Sara, *mi corazón*! Was ist nur mit dir?", murmelte Lea.

Das Mädchen hatte mittlerweile das Bewusstsein wiedererlangt. „Es tut mir leid. Der Husten, ich konnte gar nicht mehr aufhören. Dann ist mir schwindelig geworden, ich kann mich an nichts mehr erinnern."

Die Stickerin versuchte sie zu beruhigen und strich ihr eine feuchte Haarsträhne aus der Stirn. „Es wird alles gut. Wir bringen dich jetzt nach Hause und bald wird dich der Arzt untersuchen."

Manuel trug Sara zum Wagen. Er wartete solange, bis sich Lea zwischen zwei Weinfässer gesetzt hatte, und legte die Kranke vorsichtig nieder, sodass ihr Kopf auf dem Schoß ihrer Schwester ruhte. Dann half er Inés auf den Kutschbock aufzusteigen, kletterte selbst hinauf und ergriff die Zügel der beiden Mautiere, die auf sein Kommando hin sofort lostrabten.

Als sie in der Calle del Agua ankamen, trafen sie auf Ezra und Aaron, die ihre Bestellung ausgeliefert und soeben nach Hause zurückgekehrt waren.

Nachdem Lea ihnen die Situation erklärt hatte, machten sich Vater und Sohn auf, um den Medikus zu benachrichtigen. Der Weinhändler trug indessen Sara in ihr Zimmer. Die Wangen des Mädchens waren gerötet und ihre Stirn glühte vor Fieber. Lea und Inés betteten sie auf die Schlafstätte.

„Kann ich noch irgendetwas tun?", fragte Manuel, der an der Tür stand.

„Nein, jetzt muss erst einmal der Arzt kommen." Die Stickerin ging auf ihren Verlobten zu und nahm seine Hände in die ihren. „Ich danke dir für deine Hilfe. Das war sehr nett von dir." Tränen schimmerten in ihren Augen.

„Wenn du etwas brauchst, du weißt, wo du mich findest." Manuel beugte sich vor, gab ihr einen Kuss auf die Wange und stieg die Treppe hinunter.

Obwohl sie ihn nicht lieben konnte, empfand Lea zum ersten Mal eine gewisse Zuneigung für den jungen Mann. Sie rechnete es ihm hoch an, dass er ihrer Schwester sofort geholfen hatte.

Während sie auf den Arzt warteten, versuchten die beiden Frauen Saras Fieber zu senken. Sie zogen ihr ein feuchtes, kühles Nachtgewand an, darüber ein trockenes und hüllten sie in eine warme Decke. Die alte Haushälterin, die sich ein wenig mit Heilkräutern auskannte, bereitete einen Aufguss aus Weidenrinde zu, den sie dem Mädchen einflößten. Immer wieder wurde die Arme von Hustenanfällen heimgesucht. Als Lea den Auswurf in dem Leinentüchlein betrachtete, das sie ihrer Schwester zuvor gereicht hatte, stellte sie mit Schrecken fest, dass der gelbe, zähe Schleim mit Blut durchzogen war.

Wo blieb nur der Medikus?, fragte sie sich. Sie ließ Sara einen Moment lang in der Obhut der Haushälterin und ging nach unten, um nachzuschauen, ob Ezra und Aaron schon zurück waren. Die beiden betraten gerade das Haus.

„Der Arzt kommt, sobald er kann", berichtete der Tuchhändler, während er seinen Umhang ablegte. „Er ist noch unterwegs, aber seine Frau wird ihn nach seiner Rückkehr sofort zu uns schicken. Wie geht es Sara?"

Lea blickte Ezra mit ernster Miene an. „Wir haben alles versucht, damit das Fieber fällt. Das Schlimmste sind die Hustenanfälle. Sie spuckt bereits Blut. Ach Vater", schluchzte sie, „wir hätten sie eher zum Arzt bringen sollen. Ich könnte es nicht ertragen, wenn ihr etwas passiert."

Ezra zog seine Tochter in die Arme und strich ihr beruhigend über das Haar. „Der Medikus wird ihr helfen. Wir müssen auf ihn und auf Jehova vertrauen."

Es war schon früher Abend, als der Arzt endlich kam. Samuel ben-Chabib, ein Mann mit arabischen Wurzeln, hatte dichtes schwarzes Haar und eine dunkle Gesichtsfarbe. Er war seit vielen Jahren mit der Familie Bensinior bekannt und hatte auch Ezras Frau Esther bis zu ihrem Tod behandelt.

Der Tuchhändler führte ihn in Saras Zimmer, wo Lea neben dem Bett ihrer Schwester stand. Der Medikus legte seinen Umhang ab und stellte seine Ledertasche auf einen kleinen Tisch. Dann setzte er sich auf den Rand des Bettes und begann unverzüglich mit der Untersuchung.

Als erstes legte er seine Hand auf Saras glühende Stirn und fühlte ihren Puls. Er schlug viel zu schnell. Noch bevor er das Mädchen bitten konnte, zu husten, wurde sie bereits wieder von einem Anfall geschüttelt.

„Es tut so weh hier drinnen", wimmerte sie und hielt sich die Hand vor die Brust. Erneut musste sie husten und spuckte in ein sauberes Leinentüchlein.

„Ich weiß, meine Kleine." Der Medikus strich ihr beruhigend über den Rücken. „Ich werde dir etwas geben, was den Schmerz lindert und dir dabei helfen wird, den Schleim loszuwerden, der sich in deiner Lunge festgesetzt hat." Er nahm Sara das Tuch aus der Hand und betrachtete nachdenklich den blutigen Auswurf. „Wie lange hast du diesen Husten schon?", fragte er.

„Seit ein paar Wochen."

„Und wie fühlst du dich ansonsten? Bist du oft müde? Hat dein Appetit nachgelassen?"

Sara beantwortete die beiden letzten Fragen mit einem Nicken.

„Wir müssen sie regelrecht dazu zwingen, etwas zu essen", mischte sich nun Lea ein. „Alle ihre Kleider sind ihr zu weit geworden."

„Setz dich bitte einmal auf", bat *Señor* ben-Chabib das Mädchen und klopfte mit Zeige- und Mittelfinger ihre Brust und ihren Rücken ab. Dann tastete er mit beiden Händen ihren Hals bis zu den Ohren hinauf ab. „Etwas angeschwollen", murmelte er. „Ich würde gerne noch eine Harnschau durchführen." Er stand auf und holte eine *Matula,* ein kolbenartiges Glasgefäß, aus seiner Tasche. „Allerdings ist es jetzt schon zu dunkel. Ich muss das Ergebnis bei Tageslicht betrachten. Lea, bitte sorgt dafür, dass sich Eure Schwester morgen früh hier hinein erleichtert. Ich werde dann noch einmal nach Sara schauen und mir die Flüssigkeit ansehen. Es ist sehr wichtig, denn die Beschaffenheit des Urins gibt viel Aufschluss über die jeweiligen Krankheiten. Ich werde mich jetzt mit Eurem Vater einen Moment draußen unterhalten."

Auf dem Flur erläuterte er dem Tuchhändler seine Vermutung. „Es deutet alles auf das sogenannte *Schwinden* hin, wodurch Saras Gewichtsverlust, ihr mangelnder Appetit, das abendliche Fieber und der Nachtschweiß zu erklären wären. Die Lunge und die Bronchien sind entzündet und von einem zähflüssigen Schleim belegt, daher stammen ihre Schmerzen beim Atmen und die schlimmen Hustenanfälle."

„Könnt Ihr sie heilen?" Die Angst um seine Tochter sprach dem Tuchhändler aus den Augen.

„Zunächst muss das Fieber heruntergehen." *Señor* ben-Chabibs angespannte Miene verriet den Ernst der Lage.

„Hierzu empfehle ich kalte Waschungen und die Einnahme von Theriak. Das Mittel enthält neben Wein, Honig und vielen Kräutern, Baldrian und sogar Opium. Das wird Eure Tochter ruhigstellen und wirkt gleichzeitig schmerzstillend."

Als Antwort auf Ezras Frage, wo man die Arznei bekäme, nannte der Medikus ihm den Namen eines Apothekers außerhalb der *judería,* von dem er sicher wüsste, dass er immer eine gewisse Menge vorrätig hätte.

„Außerdem ist ein Aderlass unabdinglich", fuhr er fort. „Die vier Säfte im Körper Eurer Tochter, also Blut, gelbe und schwarze Galle und der Schleim, sind nicht mehr im Gleichgewicht. Durch das Ausleiten ihres Blutes kommt das Verhältnis wieder ins Lot. Ich gebe Euch noch eine Kampfersalbe, mit der ihre Brust eingerieben werden muss und schreibe Euch ein paar Kräuter auf. Daraus müsst Ihr dem Mädchen einen Aufguss kochen. Die Dämpfe soll sie einatmen."

„Besprecht das am besten mit Lea oder Inés. Die beiden werden alles zubereiten und es Sara verabreichen", sagte Ezra.

„Gut. Das werde ich tun. Eure Tochter darf sich auf gar keinen Fall anstrengen und sollte eine nahrhafte, aber leichte Kost zu sich nehmen. Ich werde jetzt den Aderlass durchführen und komme dann morgen Vormittag wieder, um mir den Harn anzuschauen."

Der Arzt kehrte in das Zimmer der Kranken zurück und fing an, die nötigen Vorbereitungen zu treffen. Er bat Lea um eine Schüssel zum Auffangen des Blutes und um Wein und Weißbrot, damit sich Sara danach wieder stärken konnte. Dann entnahm er seiner Tasche eine *Flie-*

te, ein spezielles Messer, mit dem er den Schnitt vornehmen würde, und einen schmalen Stoffstreifen, um den Arm der Patientin abzubinden.

Als Lea mit dem Gewünschten zurückkam, betteten sie Kissen in Saras Rücken, sodass die Kranke bequem und aufrecht sitzen konnte. Der Medikus nahm auf einem Schemel neben dem Bett Platz und ergriff ihren linken Arm. Rasch befestigte er den Stoffstreifen oberhalb des Ellbogens und zog die beiden Enden fest zusammen.

Sara verfolgte den Vorgang mit entsetztem Gesichtsausdruck. „Was habt Ihr mit mir vor?", fragte sie ängstlich. „Was ist das? Nein, ich will das nicht!" Sie hatte soeben die *Fliete* entdeckt, die der Arzt nun an ihren Unterarm führte.

„Du brauchst dich nicht zu fürchten, Sara", versuchte er sie zu beruhigen. „Ich muss etwas von deinem Blut ablassen, damit du bald wieder gesund wirst. Es ist nur ein kleiner Schnitt, du wirst es kaum merken. Schließe einfach solange deine Augen!"

Lea setzte sich auf die Bettkante hinter ihre Schwester und legte die Arme um deren Oberkörper. Mit einer Hand drückte sie sanft Saras Kopf gegen ihre Brust. „Hab keine Angst! Es ist gleich vorbei!", flüsterte sie. „Denk an etwas Schönes, an Medina del Campo im nächsten Jahr, wenn du uns zum Jahrmarkt begleiten wirst. Ich werde dir alles zeigen. Du wirst schon sehen, wir werden viel Spaß haben."

Sie spürte, wie Sara zusammenzuckte, als *Señor* ben-Chabib mit einem länglichen Schnitt deren Mittelader anritzte. Während Lea verfolgte, wie das dunkelrote Blut ihrer Schwester in die Schüssel tropfte, hatte sie mit den Tränen zu kämpfen.

Als es vorbei war, sank Sara matt in die Kissen. Der Arzt löste die Staubinde und drückte ein Stück Stoff auf die Wunde. Dann säuberte er das Messer und steckte es wieder in seine Tasche.

„Schlaf jetzt, mein Kind! Es wird dir bald besser gehen." Er nickte Sara noch einmal freundlich zu und griff nach seinem Umhang.

In der Wohnstube erklärte er Lea genau, welche Kräuter sie zubereiten sollte. Er gab ihr die Kampfersalbe, schrieb den Namen des Apothekers auf, der den Theriak verkaufte, und erinnerte sie an die Urinprobe, die er am nächsten Morgen anzuschauen gedachte.

Zusammen mit ihrem Vater geleitete die junge Frau den Medikus hinaus.

„Vielen Dank für Eure Hilfe." Der Tuchhändler reichte dem Arzt die Hand.

„Wenn es Sara schlechter gehen sollte, schickt nach mir! Ansonsten sehen wir uns morgen Vormittag."

Als *Señor* ben-Chabib in der dunklen Gasse verschwunden war, blieben Ezra und Lea noch einen Moment vor dem Haus stehen und umarmten sich. Sie hatten das alles schon einmal erlebt: die Angst, einen geliebten Menschen zu verlieren, die Zuversicht, die bei jeder noch so kleinen Besserung wieder aufkeimte, und schließlich der Fall in ein bodenloses, dunkles Loch, als alle Hoffnung umsonst gewesen war. Tränen lösten sich aus Leas Augenwinkeln und benetzten die Schulter ihres Vaters – Tränen für Sara, aber auch für Alvaro, dessen Bild nicht aus ihrem Herzen verschwinden wollte.

Seit ein paar Tagen saßen Mendoza und Carrillo mit Alvaro zusammen und tüftelten die einzelnen Punkte der Schlichtungsvereinbarung aus, in der die genaue Handhabung Isabels und Fernandos gemeinsamer Regierung festgelegt werden sollte. Im Wesentlichen bestätigten die beiden Kirchenfürsten den Inhalt des Ehevertrags, den die Könige im Jahre 1469 unterschrieben hatten, fügten jedoch einige Klauseln hinzu, um den Thronerben von Aragon zufrieden zu stellen. Das neue Abkommen sollte jedoch nicht nur als Pakt zwischen den Eheleuten dienen, sondern auch die beiden gegnerischen Parteien und die Adeligen ruhigstellen.

Sobald die Rohfassung der Vereinbarung fertig war, machte sich Alvaro daran, die neun Artikel fein säuberlich zu Papier zu bringen. Nachdem er die letzten Worte geschrieben hatte, legte er die Feder beiseite, verschloss das Tintenfass und las sich noch einmal in Ruhe durch, was Carrillo und Mendoza ausgearbeitet hatten. Fernando konnte mit dem Ergebnis zufrieden sein, dachte der Sekretär bei sich. Die Privilegien, die demselbigen in dem Dokument zugesprochen wurden, sollten sein aufgewühltes Gemüt beruhigen, sodass am königlichen Ehehimmel an Stelle dunkler Wolken wieder heller Sonnenschein herrschen würde.

Isabels Gemahl durfte, wie diese ihm versprochen hatte, den Titel eines Königs annehmen. Auf allen wichtigen Dokumenten, bei öffentlichen Aufrufen, auf Münzen und Siegeln sollten die Bildnisse und Embleme beider Monarchen vereinigt erscheinen, wobei der Name des

Königs sogar als erster erwähnt werden würde, auch wenn das Wappen Kastiliens immer dem Aragons voranzustehen hätte. Während es allein Isabel zukam, Befehlshaber in den Festungen einzustellen und geistliche Ämter zu verleihen, würde die Justizverwaltung - vorausgesetzt König und Königin waren beisammen - von beiden gemeinsam durchgeführt werden. Weilten sie an verschiedenen Orten, so hielt jeder von ihnen die gleichen Befugnisse inne. Schließlich wurde Fernando ebenso wie seiner Gemahlin das Recht zugesprochen, selbstständig *corregidores* - Land- oder Stadtrichter zu ernennen.

Alvaro war froh, dass sich Isabel mit ihrem Gemahl versöhnt hatte und dieser nicht nach Aragon zurückgereist war.

Am nächsten Morgen, am 15. Januar 1475, versammelte sich der Hof in der Sala del Trono. Hier stand seit einigen Tagen auf dem erhöhten Holzpodium ein zweiter, mit kostbaren Schnitzereien verzierter Thron, dessen Anfertigung Isabel am Tag nach ihrer Krönung in Auftrag gegeben hatte. So konnten die Herrscher gemeinsam unter dem roten Brokatbaldachin Platz nehmen. Am hinteren Teil des Stoffhimmels war ein bis zum Boden reichender Samtbehang befestigt, auf dem ein Adler das Wappen Kastiliens in seinen Krallen hielt.

Neben den Höflingen, Hofdamen und Adeligen waren auch alle wichtigen Kleriker anwesend, um der Unterzeichnung des Schriftstücks über die endgültigen Regierungsmaßnahmen beizuwohnen. Catalina stand neben ihrer Base und blickte bewundernd zu Alvaro. Der Sekretär trug ein dunkelblaues, von Silberfäden durchwirktes Samtwams über ebenfalls dunkelblauen, enganliegenden Beinkleidern. Sein glattes, dunkles Haar glänzte. Wieder einmal bestaunte das Mädchen die muskulösen Waden ihres Angebeteten und stellte sich in Gedanken vor, wie sie mit ihren Fingerspitzen über seine nackte Haut streicheln würde.

Leonor zupfte Catalina am Ärmel. „Jetzt starr den Sekretär doch nicht so an wie ein liebeskrankes Huhn", wisperte sie. „Oder willst du, dass es auffällt?"

„Die anderen sind mir egal, nur er soll bemerken, dass ich ihn mehr als alles andere begehre", seufzte Catalina.

Ihre Base schüttelte verständnislos den Kopf.

Alvaro hatte in der Zwischenzeit das zu unterzeichnende Schriftstück aus einer ledernen Dokumentenmappe hervorgeholt und stellte sich rechts neben die beiden Throne. Mit lauter Stimme las er das Abkommen Punkt für Punkt vor. Danach breitete er die Charta auf einem links von den Majestäten stehenden Tisch aus. Dort lagen zudem eine Feder, ein Tintenfass, Wachs und ein Stempel.

Zunächst setzte Fernando seine Unterschrift auf das Papier, danach schrieb Isabel mit geschwungenen Lettern *„Yo la reina"* und zuletzt unterzeichnete Alvaro als derjenige, der den Kontrakt auf Geheiß der Monarchen hin zu Papier gebracht hatte. Die Majestäten nahmen wieder auf ihren Herrschersitzen Platz und schauten dabei zu, wie ihr Sekretär das Siegelwachs unter ihre Namen auftrug und abschließend den königlichen Stempel hineindrückte.

Isabel wandte sich ihrem Gemahl zu und lächelte ihn an. Dies war ein erster wichtiger Schritt auf dem Weg zu einer gefestigten Monarchie. Zusammen mit Fernando würde sie den seit vielen Jahrzehnten an blutenden Wunden leidenden Staat heilen und die Wirtschaft wieder zum Erblühen bringen. Dessen war sie sich sicher.

7. Kapitel

Mitte Januar 1475

Segovia

Catalina saß mit den Hofdamen im Kaminzimmer. Während die anderen Frauen an ihren Stickereien arbeiteten und miteinander plauderten, hatte die Nichte des Kardinals ihre Base zu einer Partie Backgammon herausgefordert. Obwohl sie das Spiel liebte und es außerordentlich gut beherrschte, war sie nicht recht bei der Sache. Als sie die zweite Partie hintereinander verloren hatte, schob sie das Holzbrett zur Seite.

„Was ist mit dir, Catalina?" Leonor blickte sie kopfschüttelnd an. „Wo bist du nur mit deinen Gedanken?"

„Ich weiß es nicht."

Die junge Frau erhob sich und ging zum gegenüberliegenden Fenster. Versonnen schaute sie in die Gartenanlage hinunter. Da sah sie plötzlich Alvaro. Der Sekretär ging unter einer Reihe knospender Mandelbäume entlang. An einer der Marmorbänke, die überall zum Verweilen einluden, blieb er stehen und setzte sich.

Zu Catalinas Freude war er alleine. Das musste ein Wink des Schicksals sein, dachte sie.

Ohne den Frauen einen Grund für ihren übereilten Aufbruch zu nennen, raffte sie ihre Röcke und lief aus dem Raum. Leonor und die anderen Hofdamen blieben derweil verwundert zurück.

Kurz darauf eilte Catalina durch den Schlossgarten. Obwohl seit langem einmal die Sonne schien und die Bäume und Sträucher ausschlugen, war es dennoch frisch. Der kühle Wind, der die Burg umwehte, ließ die junge Frau erzittern und sie bereute es, dass sie nicht vorher noch ein wärmendes Tuch oder den pelzgefütterten Umhang aus ihrer Schlafkammer geholt hatte. Zügig ging sie auf dem mit runden Flusssteinen gepflasterten Weg entlang. Kurz bevor sie den Sekretär erreichte, verlangsamte sie ihre Schritte und blieb genau vor ihm stehen.

„Alvaro, wie nett, Euch zu treffen! Wolltet Ihr auch die ersten Sonnenstrahlen in der Natur genießen?", sprach sie ihn an.

Er blickte weiterhin in die Ferne ohne sie zu beachten.

„Alvaro! Ich habe Euch etwas gefragt!" Catalina schüttelte ratlos den Kopf und berührte seinen Arm.

Verwirrt sah er sie schließlich an. „Verzeihung! Ich habe Euch nicht bemerkt. Was habt Ihr gesagt?"

Geduldig wiederholte das Mädchen ihre Worte. „Darf ich mich einen Moment zu Euch setzen?", fügte sie hinzu und nahm, ohne seine Antwort abzuwarten, neben ihm Platz.

„Ihr habt gestern großartig ausgesehen, wie Ihr so souverän vor den Monarchen standet und das Abkommen vorgelesen habt", schmeichelte sie ihm und strich wie unbeabsichtigt über sein Bein. „Noch nicht einmal der König selbst konnte Euch das Wasser reichen."

„Jetzt übertreibt Ihr aber." Alvaro waren Catalinas Komplimente sichtlich unangenehm.

„Nein, die anderen Hofdamen waren der gleichen Ansicht. Allerdings ist uns aufgefallen, dass Ihr oft so traurig seid. Warum?" Sie rückte näher an Alvaro heran. „Ich würde gerne dafür sorgen, dass Ihr mehr lacht."

Der Sekretär wandte sich der Nichte des Kardinals zu und blickte ihr ins Gesicht. Es war ihm nicht entgangen, dass sie seit ihrer ersten Begegnung stetig versuchte, sich ihm zu nähern.

„Ihr seid eine hübsche, junge Frau und jeder andere Mann wäre zweifelsohne mehr als erfreut, Eure ungeteilte Aufmerksamkeit zu erhalten."

Catalinas Wangen nahmen eine zarte Rötung an. Sollte dies ein ernst gemeintes Kompliment sein?

„Ich muss Euch leider sagen, dass Eure Bemühungen mir gegenüber nutzlos sein werden. Ich möchte Euch nicht wehtun, deshalb bitte ich Euch, Euch lieber einem anderen Mann zuzuwenden, jemandem, der Euch das geben kann, was Ihr verdient. Ich kann es nicht."

Damit erhob er sich und ließ sie auf der Bank zurück.

„Alvaro, wo geht Ihr denn hin? So bleibt doch!", rief sie ihm hinterher.

Doch der Sekretär war nicht aufzuhalten. Ohne sich auch nur umzudrehen, ging er zurück zum Alcazar. Catalina blieb noch eine Weile sitzen, obwohl sie fröstelte. Was bedrückte den Sekretär? Jemand musste ihn zutiefst verletzt haben, vermutete sie. Sie würde schon herausfinden, wer oder was ihn quälte und dann würde er in ihren Armen alles vergessen.

Sevilla, Anfang März 1475

Im Hause des Tuchhändlers richtete sich seit Wochen alles nur noch nach Saras Krankheit. Hatte es auch zunächst so ausgesehen, als ob durch die Behandlung und die Medizin des Arztes eine Verbesserung eingetreten wäre, so hatte das Mädchen Tage später umso schlimmer gehustet und das Fieber war zurückgekehrt. Der Medikus hatte sie erneut zur Ader gelassen und nachdem auch das nicht geholfen hatte, wollte er nun die Methode des Purgierens anwenden. Sein Besuch war für den frühen Abend angekündigt, sodass die Kranke sich danach während der Nachtruhe erholen konnte. Bei dieser Art des Heilverfahrens führte der Arzt vorsätzlich ein Erbrechen herbei. Über mehrere Stunden lang mussten sich die Patienten übergeben, was außerordentlich kräftezehrend sein konnte, jedoch für ein Abgehen der vergifteten Säfte oder des Lungenschleimes sorgte.

Lea begleitete den Medikus in die Schlafkammer ihrer Schwester. Das Mädchen schien seit seinem Besuch in der letzten Woche erneut an Gewicht verloren zu haben, dachte er. Auch wirkte ihr Haar immer dünner und ihre Haut war schuppig. Er wünschte sich nichts mehr, als dass endlich eine der Behandlungsanwendungen Erfolg zeigen würde. Wenn auch das Purgieren keine Besserung brachte, dann wusste er sich keinen Rat mehr.

Neben dem Bett stand gemäß seinen Anweisungen ein Kübel, in den sich das Mädchen schon bald erleichtern sollte. Lea hatte ebenfalls dafür gesorgt, dass ihre Schwester eine halbe Stunde vor dem Erscheinen des Arztes Brot und Kräutertee zu sich genommen hatte.

Señor ben-Chabib holte ein verschlossenes Glasgefäß aus seiner Tasche, das eine geringe Menge einer dunklen

Flüssigkeit enthielt. Er öffnete es, gab ein helles Pulver hinzu und rührte es unter. Dann flößte er Sara den zubereiteten Saft ein und hielt sie an, nochmals einen Becher Wasser zu trinken.

„Das Mittel wird bald wirken", erklärte er. „In ungefähr zwei Stunden sollte alles vorüber sein."

Die Stickerin setzte sich neben ihre Schwester auf die Bettkante und streichelte deren Hand bis der Brechreiz einsetzte. Der Medikus hielt den Zuber, während Lea Saras Kopf stützte. Immer wieder wurde das Mädchen von Würgeanfällen geschüttelt und erbrach übelriechenden, zähen Schleim. Lea konnte den Anblick ihrer leidenden Schwester kaum ertragen. Zunächst erduldete das Mädchen stumm Anfall für Anfall, bis ihre Kräfte nachließen.

„Ich will nicht mehr, Lea. Bitte, lasst mich doch sterben!", wimmerte sie, bevor sich ihr Körper erneut verkrampfte.

„Halte durch, *cariño!* Es ist bald vorbei!", machte ihre Schwester ihr Mut, während ihr selbst die Tränen liefen.

Zum Schluss brachte die Kranke nur noch grünliche Gallenflüssigkeit hervor. Die Abstände der Brechanfälle wurden langsam größer, bis es vorbei war. Erschöpft fiel Sara in die Kissen zurück. Ihre Haut war so weiß wie der Schnee auf den Berggipfeln der Sierra Nevada. Die Augen, von dunklen Schatten umgeben, lagen in den tiefen Höhlen ihres schmal gewordenen Antlitzes.

„Sie wird jetzt die Nacht über schlafen. Gebt ihr nach dem Aufwachen ein kräftiges Frühstück. Ich werde im Laufe des morgigen Tages noch einmal vorbeischauen." Der Arzt griff nach seiner Tasche und dem Umhang.

Lea bedankte sich bei ihm, bevor er den Raum verließ. Sie selbst blieb noch eine Weile an Saras Bett sitzen und betrachtete ihre Schwester. Das Mädchen sah so friedlich aus, so unschuldig. Bitte beschütze sie, lass sie wieder gesund werden, flehte sie Gott in Gedanken an. Sie hat doch noch ihr ganzes Leben vor sich.

Sie mochte sich nicht vorstellen, wie es sein würde, auch noch ihre Schwester zu verlieren. Leise schluchzend barg sie ihr Gesicht an Saras Brust. Während ihre Tränen die Bettdecke benetzten, spürte sie eine Hand, die sanft über ihr Haar strich.

Am nächsten Morgen schien es der Kranken tatsächlich besser zu gehen. Sie leerte die Schüssel mit dem warmen Haferbrei und aß sogar eine Scheibe des kalten Bratens, den Inés in kleine Stücke geschnitten hatte. Nur einmal hatte Sara bisher gehustet und auf ihren Wangen war ein Hauch von Farbe zu erkennen.

Ezra, Aaron und Lea waren überglücklich und umarmten sich. Der Tuchhändler schlug vor, Manuel und seinen Vater zum Abendessen einzuladen, um mit ihnen zusammen den Beginn des Sabbats zu feiern. Lea stimmte zu, ohne etwas dagegen einzuwenden. In zwei Wochen sollte ihre Hochzeit mit dem Sohn des Weinhändlers stattfinden, so hatte es Ezra erneut mit Manuel und Jehuda abgemacht.

Nachdem sie Inés geholfen hatte, das Haus zu reinigen, wie es die Tora als Vorbereitung für den Sabbat vorschrieb, zog sie ihr Lieblingskleid an. Es war aus dunkelgrünem Samt gefertigt. Ihr Haar steckte sie an den Seiten zurück und ließ es offen über den Rücken fallen.

Am späten Nachmittag, nachdem sie eine Weile bei Sara gesessen hatte, machte sie sich daran, im Speisezimmer den Tisch festlich zu decken. Ihre Schwester hatte wieder angefangen, Schleim auszuhusten, sodass Lea sich abermals Sorgen machte. Mit ernster Miene nahm sie die weiße Damastdecke aus der Holztruhe, die in der hinteren Ecke des Raumes stand und breitete sie über der langen Tafel aus. Danach verteilte sie das Geschirr darauf und platzierte am Kopfende, dort, wo ihr Vater sitzen würde, die Schale mit den beiden Sabbatbroten. Die *Challot* waren wie immer mit einem bestickten Tuch bedeckt. Daneben hatte der *Kidduschkelch* zu stehen, ein silberziselierter Pokal, der schon seit mehreren Generationen in ihrer Familie weiter vererbt wurde. Zum Schluss stellte sie noch zwei Sabbatleuchter in die Mitte des Tisches. Seit dem Tod ihrer Mutter war es Leas Aufgabe, die Kerzen vor Einbruch der Dunkelheit anzuzünden und den Segen darüber zu sprechen.

Zusammen mit den Toledanos nahmen die Bensiniors an einem Gottesdienst in der Synagoge von Santa Cruz teil. Inés blieb solange bei Sara, damit diese nicht alleine wäre. Die Hausangestellte hatte zuvor den gefüllten Fisch für das Abendbrot zubereitet und seit dem späten Nachmittag ruhte das *Hamin* im geschlossenen Ofen und würde dort bis zum nächsten Tag warmgehalten werden. Da es am Sabbat verboten war, ein Feuer anzuzünden, kochte man das aus Zwiebeln, Kichererbsen und Lammfleisch bestehende, mit Gewürzen verfeinerte Eintopfgericht schon am Vortag.

Manuel wich auf dem Nachhauseweg nicht von Leas Seite. Immer wieder versuchte er ein Gespräch mit seiner Verlobten anzufangen, doch sie blieb wortkarg.

Die Sonne stand kurz vor ihrem Untergang. Es war an der Zeit, mit der Sabbatfeier zu beginnen. Als Gastgeber und Gäste im Hause des Tuchhändlers an der festlichen Tafel Platz genommen hatten, zündete Lea die beiden Kerzen an. Die Flammen, die zunächst unruhig flackerten, leuchteten schon bald still und stet. Die Jüdin bedeckte ihre Augen mit den Händen und sagte die Worte, die schon so viele Male über ihre Lippen gekommen waren: „Gelobt seiest Du, Ewiger, unser Gott, König der Welt, der uns mit seinen Geboten geheiligt und uns befohlen hat, das Sabbatlicht anzuzünden."

Dann setzte sie sich zwischen Manuel und Jehuda, damit ihr Vater die Zeremonie fortführen konnte.

„Und es wurden vollendet die Himmel und die Erde und ihr ganzes Heer. Und Gott vollendete am siebenten Tage seine Werke, die er machte, und ruhte am siebenten Tage von allen seinen Werken, die er machte. Und Gott segnete den siebenten Tag und heiligte ihn, denn an ihm ruhte er von allen seinen Werken, die Gott schuf und machte", zitierte Ezra aus dem ersten Buch Mose.

Danach ergriff er den *Kidduschbecher*, den er zuvor mit Wein gefüllt hatte und segnete ihn mit den Worten: „Gelobt seiest Du, Ewiger, unser Gott, Schöpfer der Früchte des Weinstocks."

Er nahm einen Schluck und reichte den Kelch weiter, bis alle Anwesenden davon getrunken hatten. Auf die gleiche Weise verfuhr er mit den *Challot*. Nachdem er den *Kiddusch* über die Brote gesprochen und selbst ein Stück gegessen hatte, bekamen die anderen ihren Teil.

Lea konnte ihre Aufmerksamkeit nur schwerlich auf die heiligen Rituale lenken, ihre Gedanken waren bei Sara. Sie sehnte das Ende des Essens herbei, um nach ihrer Schwester zu schauen. Obwohl sie wusste, dass Inés bei der Kranken wachte, war sie von einer kaum zu verbergenden Unruhe erfasst. Sie aßen gerade die Nachspeise, als Inés in den Raum stürmte.

„Bitte, Ihr müsst sofort nach oben kommen!", jammerte sie. „Sara geht es wieder schlechter. Sie glüht vor Fieber und hustet ununterbrochen. Sie bekommt kaum noch Luft. Ich habe Angst, sie wird ersticken."

Lea, Ezra und Aaron sprangen von ihren Stühlen auf und liefen hinauf in die Schlafkammer des Mädchens. Bei Saras Anblick schluchzte Lea laut auf. Das Haar ihrer Schwester war schweißnass, ihre Haut glänzte und war so blass, wie die einer Leiche. Sie hustete ununterbrochen Blut - ihr Nachtgewand und die Decke waren schon rot gefärbt. Ezra setzte seine Tochter auf und stützte sie, um ihr das Luftholen zu erleichtern.

„Aaron, lauf so schnell du kannst und hole den Medikus!", wies er seinen Sohn an, woraufhin der Junge aus dem Raum eilte.

Lea stand bewegungslos vor dem Bett. Die keuchenden Geräusche, die aus Saras Brust kamen, klangen furchterregend.

„Wasser!", stöhnte das Mädchen zwischen zwei Anfällen. „Bitte, Wasser!"

Lea griff unverzüglich nach dem Krug, der auf dem kleinen Tisch neben dem Bett stand, doch er war leer.

„Ich hole dir etwas zu trinken, *mi corazón*, ich bin sofort zurück." Sie nahm die Karaffe und lief nach unten, um sie aufzufüllen. Ihre Hände zitterten, während sie das Gefäß in der Küche in das bis zum Rand gefüllte Holzfass tauchte. Als sie kurz darauf in Saras Zimmer zurückkam, ruhte ihre Schwester mit geschlossenen Augen in den Armen ihres Vaters. Erleichtert vermutete Lea, dass sie eingeschlafen war. Doch dann wandte Ezra ihr den Blick zu. Stumm schüttelte er den Kopf und sie verstand. Niemals würde sie diesen gequälten, von Tränen gezeichneten Ausdruck, ihres Vaters vergessen. Der Krug glitt ihr aus der Hand und zerschellte auf dem Steinboden.

„Nein!" Sie stürzte nach vorne und kniete vor Ezra und ihrer leblosen Schwester nieder. „So tu doch etwas Vater!", schrie sie. „Wir müssen ihr helfen!" Sie begann, an den Schultern des Mädchens zu rütteln und gab ihr leichte Schläge auf die Wangen. „Sara, bitte, du darfst uns nicht verlassen!", schluchzte sie. „Nicht auch noch du!"

Ezra ergriff den Arm seiner ältesten Tochter und hielt sie fest. „Kind, hör auf! Es ist zu spät! Sie ist von uns gegangen!"

„Warum Vater, warum?", weinte Lea. „Sie war noch so jung." Verzweifelt barg sie ihr Gesicht in Saras dunklem Haar, dem noch der vertraute Geruch anhaftete.

„Ich weiß, mein Kind. Nur der Ewige und Einzige allein kennt den Grund, warum er sie zu sich geholt hat." Ezra strich ihr über den Kopf.

Da öffnete sich die Tür. Inés, Aaron und der Medikus kamen in den Raum. Als die Hausangestellte begriff, dass die Hilfe zu spät kam, fiel sie auf die Knie und brach in ein lautes Wehgeschrei aus. *Señor* ben-Chabib berührte sanft Ezras Schulter und bat ihn, sich zu erheben. Lea war ebenfalls aufgestanden und hielt sich an ihrem Bruder fest. Nachdem auch der Arzt den Tod des Mädchens bestätigt hatte, mussten sie sich dem Schicksal fügen: Sie hatten abermals einen geliebten Menschen verloren.

Ezra bat Lea, ihren Gästen die traurige Nachricht mitzuteilen. Manuel und sein Vater warteten bereits vor der Tür. Es erforderte keinerlei Worte, der Weinhändler und sein Sohn wussten sofort, was geschehen war. Diesmal ließ Lea es zu, dass Manuel sie in seine Arme zog. Hemmungslos schluchzte sie an seiner Schulter. Mit einem Mal verspürte sie neben der Trauer um ihre Schwester ein Gefühl der Wut auf Alvaro, der sie so enttäuscht hatte. Es hätten seine Hände sein sollen, die ihr beruhigend über den Rücken strichen, seine Stimme, die ihr Trost ins Ohr flüsterte. Doch der Sohn des Marqués hatte sie vergessen und sein Versprechen gebrochen, das hatte sie sich endgültig einzugestehen.

Saras Leichnam musste für die Beisetzung hergerichtet werden. Da am Sabbat keine Beerdigungen stattfinden durften, würde der Körper des toten Mädchens länger als gewöhnlich im Hause ihrer Familie verbleiben. Ezra und Aaron hatten die Verstorbene auf den Boden gelegt, sodass ihre Füße zu der Tür zeigten, durch die man sie später hinaustragen würde. Inés breitete ein schwarzes Stück Stoff über sie und stellte eine brennende Kerze daneben.

Dann warteten sie auf die Angehörigen der *Chewra Kaddischa*, einer heiligen Bruderschaft, die den Familienangehörigen dabei half, die notwendigen Vorkehrungen für die Beerdigung zu treffen.

Lea verhängte währenddessen die Spiegel im Haus und entleerte den gesamten Wasservorrat auf der Gasse. Auf diese Weise gab sie den Nachbarn zu verstehen, dass im Haus jemand gestorben war, und man sich gemäß des Brauches, des Wassers entledigte, in dem der Todesengel sein blutiges Schwert gespült hatte.

Bald darauf erschienen die Frauen der *Chewra* in der *Calle del Agua*. In der *judería* von Sevilla gab es auch eine Vereinigung, der nur Frauen angehörten und den Hinterbliebenen weiblicher Toten beistanden. Die Helferinnen hatten das *Tachrichin*, das Grabgewand mitgebracht. Sie wuschen Sara nach vorgeschriebener Weise mit lauwarmem Wasser, zogen ihr das aus einfachem, weißem Linnen gefertigte Kleid an und versuchten danach der Familie Trost zu spenden. Eine der Frauen war eine *Schomeret* – eine Wächterin. Sie würde bis zur Beerdigung die Totenwache übernehmen, um die Verstorbene vor bösen Geistern zu schützen.

Als die Angehörigen der *Chewra* schließlich gegangen waren und wieder Ruhe im Haus einkehrte, begaben sich Ezra, Lea, Aaron und Inés in die Wohnstube, wo Sara aufgebahrt war. Die Totenwächterin erhob sich leise und zog sich taktvoll zurück.

„Sie sieht aus, als ob sie nur schlafen würde", flüsterte Aaron und strich behutsam über die kühlen, blassen Wangen seiner Schwester.

Lea blickte stumm auf das entspannt wirkende Gesicht des Mädchens, während ihr in einem fort die Tränen liefen. Niemals mehr würde sie Saras Stimme hören können, nie mehr würde ihr glockenhelles Lachen durch das Haus schallen. Warum nur hatte Jehova sie schon so früh zu sich genommen?, fragte Lea sich immer wieder.

Der qualvolle Aufschrei ihres Vaters ließ sie aus ihren Gedanken hochschrecken. Ezra warf sich auf seine tote Tochter und begann laut zu schluchzen. „*Mi niña.* Warum hast du mich verlassen? *Mi pobre niña.*"

Nun brach auch Inés in lautes Wehklagen aus. Lea schaute ihren Bruder an und in stummer Absprache ergriffen sie die Arme ihres Vaters und zogen ihn sanft von ihrer toten Schwester weg.

„Du musst dich jetzt ausruhen", beharrte Lea. „Komm, wir bringen dich in deine Schlafkammer. Doña Ana", wandte sie sich an die *Shomeret,* die in auf einem Stuhl in der hinteren Ecke des Raumes saß, „würdet Ihr Euch bitte um Inés kümmern?"

Zusammen mit ihrem Bruder begleitete die junge Frau Ezra nach oben in sein Zimmer. Sie streiften ihm die Schuhe von den Füssen, betteten ihn auf seine Schlafstätte und deckten ihn zu. Lea zog sich einen Schemel heran und ließ sich darauf nieder.

„Ich bleibe solange bei Vater, bis er eingeschlafen ist", sagte sie leise zu Aaron. „Geh du auch zu Bett. Die nächsten beiden Tage werden wir all unsere Kraft brauchen."

Der Junge nickte und umarmte seine Schwester. Dann ging er leise aus dem Raum und schloss die Tür hinter sich zu.

Lea blickte auf ihren Vater. Der Tuchhändler hatte zwar die Augen geschlossen, doch das unstete Heben und Senken seiner Brust verriet ihr, dass er noch nicht eingeschlafen war. Er wirkte erschöpft und Lea kam es so vor, als wäre er innerhalb kürzester Zeit um Jahre gealtert. Nun hatten sie bereits zwei geliebte Menschen verloren. Was würde ihnen Jehova noch alles aufbürden?, fragte sie sich und seufzte verzweifelt.

Als ihr Vater endlich fest schlief, küsste sie ihn sanft auf die Stirn und ließ ihn alleine. Doch anstatt ihre eigene Kammer aufzusuchen, begab sie sich in Saras Zimmer. Die Frauen der *Chewra* hatten es wieder hergerichtet, sodass nichts darauf hindeutete, dass hier vor kurzem ein Mensch gestorben war. Lea öffnete die große Holztruhe, die neben dem Bett stand und in der Sara ihre Kleider aufbewahrt hatte. Als ihr der vertraute Geruch ihrer Schwester, der den Gewändern noch anhaftete, entgegenströmte, war es mit ihrer Fassung vorbei. Sie sank auf die Knie und begann hemmungslos zu weinen. Irgendwann brachte sie die Kraft auf, sich wieder zu erheben und ließ sich auf Saras Bett sinken. Erst, als ein zarter, rosafarbener Schein am Horizont den baldigen Aufgang der Sonne ankündigte, fiel sie in einen unruhigen Schlaf.

Am 19. des Monats *Adar,* im Jahre 5235 nach der Schöpfung der Welt, dem Tag, der auf den Sabbat folgte, wurde Sara Bensinior zu Grabe getragen.

Es war ein trüber Morgen, die Sonne hatte sich hinter einer dunklen Wolkenwand versteckt, als sich der Trauerzug von der Synagoge in *Santa Cruz* zum Friedhof aufmachte. Ezra, Aaron, Manuel und Jehuda trugen den Leichnam des Mädchens, dahinter schritten Lea und Inés, die sich weinend im Arm hielten, gefolgt von den übrigen Mitgliedern der jüdischen Gemeinde Sevillas. Es gehörte zu den *Mitzwot,* den Pflichten eines jeden Gläubigen, den Verstorbenen die letzte Ehre zu erweisen.

Das sogenannte Haus der Ewigkeit lag in Höhe der *Puerta de la judería,* außerhalb der Stadtmauern. Bereits am frühen Morgen hatten einige Männer der *Chewra Kaddischa* neben der letzten Ruhestätte von Saras Mutter ein Grab ausgehoben. Dorthinein legten sie das Mädchen nun und bewarfen den Leichnam mit Erde. Lea konnte den Anblick der mit weißem Leinenstoff umwickelten, sterblichen Überreste ihrer geliebten Schwester kaum ertragen. Zitternd stand sie zwischen Ezra und Aaron. Sie hielten sich in den Armen und stützten sich gegenseitig. Als der Körper der Verstorbenen gänzlich mit Erde bedeckt war, traten der Tuchhändler und sein Sohn an den Rand der Grube und beteten gemeinsam das *Kaddisch.* Leise weinend lauschte Lea den Worten, die Jehova lobpreisten.

Nach Beendigung des Trauergebetes sprachen die Anwesenden der Familie das Beileid aus. Dann wuschen sie sich, wie es die Tradition erforderte, am Ausgang die Hände und verließen den Friedhof. Lea wollte noch eine Weile alleine am Grabe ihrer Schwester verbringen. Ezra zeigte Verständnis und machte sich mit Aaron, Inés und den anderen Trauergästen auf den Rückweg in die *judería.*

Schweigend starrte Lea auf den Grabstein ihrer Mutter, neben dem man bald einen weiteren aufstellen würde.

Warum nur nahm ihr Gott die Menschen, die sie am meisten liebte?, fragte sie sich verzweifelt. Esther und Sara, die endgültig von ihr gegangen waren und Alvaro, der sie belogen und vergessen hatte. Was hatte ihr Leben noch für einen Sinn, als Eheweib eines Mannes, den sie nicht liebte? Zum Glück bliebe ihrer Schwester nun eine solche Ehe erspart, dachte sie bitter. Saras lächelndes Gesicht mit dem glänzenden, langen Haar tauchte vor ihrem inneren Auge auf und sie verspürte ein Stechen in der Herzgegend. Wie viel Spaß hatten sie miteinander gehabt, hatten gelacht, gestritten, sich wieder versöhnt, gemeinsam am Grabe der Mutter geweint. Diese wertvollen Erinnerungen konnte ihr niemand mehr nehmen. Wiederum wurde sie von einem Weinanfall geschüttelt. Sie sank auf die Knie und bedeckte ihr Gesicht mit den Händen. Sie wusste nicht, wie lange sie so verweilt hatte, als sie spürte, wie jemand ihre Schultern umfasste und sie aufrichtete. Es war Manuel, der sie mit traurigem Blick anschaute.

„Komm, ich begleite dich nach Hause. Es ist kalt."

Widerstandslos ließ sich Lea von ihrem Verlobten wegführen.

„In zwei Wochen werden wir heiraten, dann wirst du dieses furchtbare Ereignis bald vergessen haben", versuchte er sie zu trösten.

Die junge Frau blieb stehen. „Wie kannst du glauben, dass die Hochzeit stattfinden wird?" Sie schüttelte fassungslos den Kopf. „Ich bin in Trauer. Meine Familie braucht mich jetzt mehr denn je. Wir werden nicht heiraten, hörst du, niemals!" Sie befreite sich aus seiner Umarmung. Ohne sich noch einmal umzudrehen, begann sie zu laufen und verschwand in einer Gasse.

Manuel schaute ihr bestürzt nach. Er würde ihr Zeit geben müssen, dachte er bei sich. Genug Zeit, um den Schmerz über den Verlust ihrer Schwester zu verwinden. Doch irgendwann würde sie seine Gemahlin werden, schwor er sich. Möge Jehova sein Zeuge sein!

Valladolid, Anfang April 1475

Alvaro erwachte, noch bevor die ersten Sonnenstrahlen die alten Gemäuer der Stadt rötlich färbten. Sein Nachtgewand war von Schweiß durchtränkt. Er hatte schlecht geschlafen. Wieder einmal war ihm Lea im Traum erschienen. Er sah alles noch genau vor sich, wie er nach Sevilla gereist war und die Stickerin in der *judería* aufgesucht hatte. Er hatte sie im Arm eines anderen vorgefunden. Spöttisch hatte sie ihm ins Gesicht gelacht und den Mann als ihren Gemahl vorgestellt. „Glaubst du, ich warte ewig auf dich?", hatte sie ihn gefragt. „Du hast dein Versprechen gebrochen, nun ist es zu spät."

Immer noch hallten die Worte in seinem Kopf wider.

Es war so viel Zeit verstrichen, seitdem er sie zum letzten Mal gesehen hatte. Was wäre, wenn in dem Brief damals doch die Wahrheit gestanden hatte und sich der nächtliche Alp erfüllte, wenn er sie in Sevilla aufsuchte? Mit einem Male verspürte Alvaro Sehnsucht nach seiner Mutter. Das Bild der zierlichen, dunkelhaarigen Frau mit dem gütigen Blick erschien vor seinen Augen, und er wünschte sich, er könnte ihr von dem Aufruhr seiner Gefühle erzählen. Sie würde ihn gewiss verstehen und ihm einen Rat geben. Der junge Mann hoffte, dass sich die Könige bald einmal mit ihrem Gefolge nach Toledo begeben würden, und er seiner Familie einen Besuch abstatten könnte.

Er fühlte sich erschöpft, als er aus dem Bett stieg und sich ausgiebig streckte. Tag für Tag war er von Sonnenauf- bis Untergang auf den Beinen und erfüllte die ihm auferlegten Pflichten.

Der Hof hielt sich seit nunmehr zwei Wochen in Valladolid auf, in jenem Palast, in dem sich Isabel und Fernando vor sechs Jahren zum ersten Mal gegenübergestanden und ihr Heiratsabkommen unterzeichnet hatten. Das Gebäude war mit seiner hohen Mauer, dem Graben und dem Turm ebenso gut befestigt wie eine Burg. Aus dem Fenster der Schlafkammer, die man Alvaro zugewiesen hatte, konnte er über den Fluss Esgueva hinweg in die weite Ebene blicken.

In wenigen Stunden würde das große Turnier beginnen, an dem sogar der König teilnehmen wollte. Der Sekretär schlüpfte in die neuen Kleider, die ihm für den Anlass auf den Leib geschneidert worden waren, Hosen und Wams aus hellbraunem Samt, dazu eine pelzverbrämte Schecke - einen kurzen Überrock aus Brokatstoff.

Das Turnier würde auf der Plaza del Mercado stattfinden. Der Kampfplatz war schon mit Holzbalustraden abgesteckt. Eine lange Samtstoffbahn verlief genau in der Mitte und teilte ihn in zwei gleich große Hälften. Zu beiden Seiten sowie am Kopfende hatte man Tribünen für die Königin, den Hofstaat und die übrigen Zuschauer errichtet. Die Bewohner Valladolids waren ebenfalls nicht untätig gewesen und hatten die Gassen und Plätze mit Fahnen und Blumengirlanden verschönert. Seit Tagen hielten sich viele Fremde in der Stadt auf: Zuschauer aus den umliegenden Marktflecken, fliegende Händler, Gaukler, Artisten, fahrende Sänger, Bettler, die hofften dem milde gestimmten Volk während des Festtages ein paar *maravedis* zu entlocken und natürlich diejenigen, die im Tross der Ritter angereist waren: Schmiede, Knappen, Pferdeknechte und schließlich die Turnierteilnehmer.

Es herrschte ein buntes Treiben. Überall duftete es verführerisch nach Fleischpasteten und anderen Leckereien, die die Betreiber der auf die Schnelle aufgestellten Garküchen anboten.

Nachdem die Könige einer kurzen Messe in der Kapelle des Festungshauses beigewohnt hatten, begann der feierliche Umzug zum Klang von Schalmeien, Pauken und Trompeten vom Palast bis zur Plaza del Mercado.

Isabel war wunderschön anzusehen. Sie war in ein Gewand aus weißem Brokat gekleidet, das über und über mit Löwen und Burgen bestickt war - den Symbolen Kastiliens und Leons. Darüber trug sie einen langen Hermelinumhang und auf ihrem Haupt die Königskrone. Sie ritt auf einem prächtig aufgezäumten Araberhengst, der mit einem silbernen Kopfputz und einer mit Goldblumen bestickten Decke geschmückt war. Ebenfalls hoch zu Pferde saßen die vierzehn Damen der Herrscherin. Auch sie waren neu eingekleidet worden. Alle trugen sie kostbare Gewänder und darüber Mäntel, die aus grünem Samt und grau- braunem, feinstem Linnen gearbeitet waren, den Farben des Emblems der Königin. Ihre in der Sonne funkelnden Diademe, die in ihren hochgesteckten Haaren befestigt waren, sahen aus wie kleine Kronen.

Die Nichte des Kardinals ritt neben ihrer Base in zweiter Reihe hinter der Monarchin. Sie freute sich besonders auf den Anblick der schmucken Ritter in ihren glänzenden Rüstungen. Während sich der festliche Aufmarsch durch die Gassen der Stadt bis zur Plaza bewegte und die Menschen ihnen gutgelaunt zuwinkten, fühlte sich Catalina beinahe selbst wie eine Königin.

Fanfarenstöße erklangen, als sie den Turnierplatz erreichten. Die Königin und ihr Gefolge nahmen auf der noch freien, mit langen Stoffbahnen überdachten Tribüne Platz, deren Sitze mit Kissen gepolstert waren. Catalina war es gelungen, sich neben Alvaro zu setzen. Ihre Wangen waren vor Aufregung zart gerötet.

Es war ein schöner, sonniger Tag an diesem 2. April anno domini 1475. Die Luft roch nach Frühling und war erfüllt von dem Summen der Insekten, dem Geplauder der Zuschauer und dem vereinzelten Wiehern der Pferde. Catalina bewunderte die im Wind flatternden, bunten Banner und die polierten, silbernen Plattenrüstungen der Ritter, die im Sonnenlicht glänzten. Auch die anderen Hofdamen, die zu ihrer Linken saßen, gerieten ins Schwärmen. Manch Unverheiratete erhoffte sich im Stillen, die Aufmerksamkeit eines schmucken Kämpfers zu erregen.

Fanfarenstöße verkündeten nun den Beginn des Schauspiels. Augenblicklich verstummten die Geräusche und alle Blicke richteten sich auf den Turnierplatz, wo soeben die ersten Teilnehmer einritten. Knappen und Knechte gingen an der Seite ihrer Herren, hielten deren bunt bemalte Schilder und das Zaumzeug der gepanzerten, mit prächtigen Decken ausgestatteten Pferde. Die Helme der Ritter waren mit ausgefallenem Kleinod und Wappensprüchen verziert. Die Helmzier des Königs stellte einen Amboss dar. Mit lauter Stimme verkündete der Herold die Turnierregeln sowie Namen und Geschlechter der *caballeros.* Einer nach dem anderen kamen sie an der königlichen Loge vorbei und begrüßten ihre Monarchin. Applaus erschallte von den Tribünen.

Als Fernando vor seiner Gemahlin anhielt, löste diese ein Band von ihrem Handgelenk und befestigte es an der Lanze des Königs. Wieder erklang tosender Beifall.

Das Spektakel begann mit einem Turneikampf. Hierzu nahmen die Kämpfer an den beiden Enden des Platzes Aufstellung. Da es sich lediglich um ein Schauturnier handelte, verwendeten sie stumpfe Waffen. Die Spitzen der schweren Stichlanzen waren durch gezackte Platten ersetzt und konnten dem Gegner somit keine ernsthaften Verletzungen zufügen.

Nach einem weiteren Fanfarenstoß ritten die beiden Gruppen in vollem Galopp aufeinander zu. Ein lautes Raunen ging durch die Menge, als ihre Lanzen und Schilder in der Mitte des Platzes aufeinander trafen. Bei dieser Runde ging niemand zu Boden, und so kehrten die Männer bis zum jeweiligen Ende des Platzes zurück und ritten erneut aufeinander zu. Feiner Staub wölkte nach allen Seiten.

Aufgeregt sprangen die Zuschauer von ihren Sitzen hoch, als bei dem folgenden Zusammenstoß vier Ritter vom Pferd stürzten und einer der Männer unter die Hufe der anderen Reittiere geriet. Er blieb regungslos auf dem sandigen Untergrund liegen.

Catalina schrie vor Schreck auf und klammerte sich an Alvaros Arm fest.

Bevor die Ritter abermals aufeinander prallten, zogen Knappen den Verletzten hinter die Holzbalustraden. Ein Bader nahm sich des Gestürzten an und versorgte notdürftig die Prellungen und Schürfwunden.

Der Kampf ging unterdessen weiter, bis eine der Mannschaften gewonnen hatte.

Nach dem Turnei begannen die Tjoste, die Einzelkämpfe, bei denen nur jeweils zwei Edelmänner gegeneinander antraten. Sie ritten rechts und links entlang der Abtrennung aufeinander zu, um den Gegner mit einer Lanze vom Pferd zu stoßen. Wenn beide Ritter zu Boden gegangen waren, ging der Kampf dort mit dem Schwert weiter. Nach mehreren Durchgängen waren bis auf den König und Beltrán de la Cueva alle anderen ausgeschieden. Sowohl Fernando als auch der Herzog von Albuquerque waren exzellente Turnierreiter, doch nur einer der beiden würde am Ende die Siegprämie – einen prachtvollen Araberhengst - sein Eigen nennen.

Begleitet vom Applaus der Zuschauer nahmen die Edelmänner Aufstellung. Fernando hielt die Lanze dicht am Körper und fixierte seinen Gegner durch die Sehschlitze des Topfhelmes.

Die Königin verfolgte das Geschehen von ihrer Loge aus. Ihr angespannter Gesichtsausdruck verriet, dass es ihr nicht einerlei war, Fernando dort unten zu sehen. Obwohl auch diesmal mit stumpfen Waffen gekämpft wurde, konnten sich die Teilnehmer gefährliche Knochenbrüche zuziehen, wenn sie vom Pferd stürzten.

Schließlich verkündete der Herold den Beginn dieses letzten Duells. Danach waren nur noch die Hufschläge und das Schnauben der galoppierenden Rosse zu vernehmen.

Auch Catalina und Alvaro verfolgten mit Spannung das Geschehen. Kurz bevor die Reiter aufeinander trafen, konnte die Hofdame ihre Erregung nicht mehr verbergen. Ehe sich der Sekretär versah, lehnte sie ihr Gesicht an seine Brust. Er brachte es nicht übers Herz, sie wegzustoßen, legte sogar beschützend seinen Arm um sie, als die Lanzen und Schilder der Kämpfer mit einem lauten Knall gegeneinander schlugen und Catalina aufschrie. Beruhigend streichelte er ihre Schulter. Die junge Frau lächelte zufrieden und rückte noch ein wenig enger an Alvaro.

Währenddessen ging auf dem Turnierfeld der Kampf weiter. Erst schien es so, als ob sich Beltrán de la Cueva durch den gewaltigen Stoß des Königs nicht hätte im Sattel halten können, doch es gelang ihm, sein Gleichgewicht wiederzuerlangen. Fernandos Lanze war zerbrochen, rasch reichte ihm sein Knappe eine andere. Schon galoppierten die Gegner wieder aufeinander zu und abermals krachten Lanzen und Schilder aufeinander. Ein Raunen ging durch die Menschenmenge. Nachdem sich der aufgewirbelte Staub gelichtet hatte, erkannte Catalina, dass beide Reiter gleichzeitig zu Boden gegangen waren. Sogleich traten die Knappen herbei, halfen ihren Herren auf die Beine und reichten ihnen zwei stumpfe Schwerter. Dann führten sie geschwind die Pferde hinter die Absperrung.

Mit mächtigen Schlägen huben Fernando und Beltrán aufeinander ein. Es war ein mühsames Unterfangen, da die schweren Rüstungen sie ihrer Beweglichkeit beraubten. Ein jeder Schwerthieb wurde vom Volk mit lauten Jubelrufen belohnt. Gerade, als Beltrán wieder ausholte, stolperte der König. Unter den Blicken der fassungslosen Zuschauer stürzte er rücklings zu Boden. Er versuchte noch einige Male, sich aufzurichten, doch der schwerfällige Harnisch machte es ihm unmöglich. Sogleich war der Herzog von Albuquerque über ihm und hielt ihm sein Schwert an die Kehle. Dann stellte er seinen rechten Fuß auf den Brustpanzer des Königs, riss sich den Helm vom Kopf und reckte sein Schwert in Siegerpose in die Höhe. Die Zuschauer beobachteten zunächst zögerlich, wie die Königin sich verhalten würde. Erst, als sie sahen, dass sie sich von ihrem Sitz erhob und applaudierte, taten sie es ihr nach.

Zwei Knechte hatten dem König inzwischen wieder auf die Beine geholfen, und so ging Fernando hinüber zu seinem Gegner und gratulierte ihm. Begeisterte Zurufe und erneuter Beifall erschallten von den Rängen, während der Herold den rassigen Hengst auf den Platz führte und dem Herzog die Zügel überreichte. Rasch ließ sich dieser von seinen Knappen auf den Rücken des edlen Tieres heben und drehte eine Ehrenrunde um den gesamten Platz.

Alvaro hatte derweil Catalina seinen Arm entzogen. „Es ist vorbei, Ihr könnt mich wieder freigeben", bemerkte er belustigt.

Nur widerwillig kam die Hofdame seiner Aufforderung nach. „Ich habe mich äußerst wohl gefühlt in Euren starken Armen. Hoffentlich war es Euch nicht allzu unangenehm."

„Keineswegs. Ich bin jederzeit bereit, einer schönen Dame behilflich zu sein."

Die anderen Zuschauer hatten die Tribüne schon verlassen, die Hofdame und der Sekretär waren alleine zurückgeblieben. Obwohl gewiss weder Zeit noch Ort angebracht waren, beschloss Catalina, ihrem Favoriten endlich ihre Gefühle zu gestehen.

„Alvaro, ich muss Euch etwas beichten", begann sie. „Es ist mir einerlei, was Ihr danach von mir denken werdet." Sie machte eine kurze Pause. „Ich liebe Euch. Schon seit unserer ersten Begegnung, als Ihr die Königin in der Sala de la Chiminea aufsuchtet." Sie befeuchtete ihre Lippen. „Jede Nacht träume ich von Euch. Wenn ich Euch ansehe, überkommt mich ein Schauder, und ich sehne mich danach, Euch zu berühren. Wenn Ihr nur das Geringste für mich empfinden würdet, macht Ihr mich zur glücklichsten Frau der Welt."

Alvaro sah sie sprachlos an. Noch nie zuvor hatte ihm eine Frau mit derartiger Offenheit ihre Liebe gestanden. Er räusperte sich und versuchte, die richtigen Worte zu finden. „Ich bewundere Euren Mut, Catalina, Euch so ehrlich über Eure Gefühle zu äußern. Aber, wie ich Euch bereits in Segovia, im Garten des Alcazars, sagte: Ich bin nicht der Richtige für Euch."

„Doch, das seid Ihr! Gefalle ich Euch nicht? Bin ich Euch zu hässlich?"

„Nein, Ihr wisst genau, dass Ihr eine wunderschöne Frau seid."

„Aber was für einen Grund habt Ihr dann?", gab Catalina nicht auf.

Alvaro seufzte. Es blieb ihm nichts anderes übrig, als ihr die Wahrheit einzugestehen, damit sie ihn verstand und endlich in Ruhe ließ. „Ich liebe eine andere. Sie kann zwar gerade nicht hier sein, aber ich werde sie schon bald zu mir holen. Es tut mir leid." Er konnte sehen, wie Catalina bei seinen Worten erblasste. „Seid nicht traurig! Ihr werdet bei Hofe noch vielen Männern begegnen und Euch irgendwann neu verlieben", versuchte er sie zu trösten.

Damit erhob er sich, strich ihr mit einer zärtlichen Geste über die Wange und verließ die Tribüne.

Catalina rührte sich nicht von der Stelle. Mit düsterer Miene starrte sie auf den nunmehr leeren Turnierplatz. Eben noch hatte sie sich sicher und geborgen in Alvaros Umarmung gewähnt, und dann hatte er sie mit solchen Worten gestraft. Wer mochte diese andere Frau sein?, überlegte sie. Warum weilte sie nicht an Alvaros Seite, wenn er sie doch liebte? Ein zorniger Ausdruck überzog ihr Gesicht. So schnell würde sie nicht aufgeben. Sie würde gegen die unbekannte Rivalin kämpfen und gewinnen. Eine Catalina de Mendoza bekam immer, was sie wollte.

II. Teil

Am Kastilischen Hof
1478 – 1481

1. Kapitel

Juni 1478

Im Alcazar von Sevilla

Die Sonne stand hoch am wolkenlosen Himmel über der andalusischen Stadt und bescherte seinen Bewohnern eine frühsommerliche Hitze, die ab der Mittagszeit jegliche Betriebsamkeit in den *barrios,* den Stadtteilen, zum Erliegen brachte. Erst nach der *siesta* in den späten Nachmittagsstunden begann das Leben wieder zu erwachen, sei es an den Anlegstellen des Guadalquivirs, in den Handelskontoren, auf den Gassen oder in der Königsburg – dem Alcazar.

Sevilla dominierte über eine weitläufige Landschaft, die sich im Westen am Golf von Cadiz bis nach Huelva, im Süden bis Gibraltar ausdehnte und reich an Wollvieh, Rinderzucht, Weizen-, Oliven, Wein- und Obstanbau war. Auf Grund ihrer strategisch günstigen Lage als Verbindungspunkt zwischen dem Mittelmeer und dem Atlantik stellte die Stadt ein Handelsimperium dar. Neben den *sevillanos* lebten hier Genoveser, Florentiner, Bretonen, Engländer, Katalanen sowie Mauren, Juden und portugiesisch sprechende *ladinos* – Schwarze, afrikanischer Herkunft, die von den reichen Adeligen und Klerikern als Sklaven gehalten wurden.

Die Königin liebte die Stadt und hielt sich immer wieder gerne dort auf.

Auch an diesem Tag verweilte sie, wie so oft in den heißesten Stunden des Tages, im Alcazar auf einem Diwan im Patio de las Muñecas. Der kleinste der vielen Innenhöfe des ehemals arabischen Palastes verdankte seinen Namen den winzigen Puppengesichtern, die in die von Kalifkapitellen gekrönten Säulen eingemeißelt waren. Hufeisenbögen, wunderschöne Gipsornamente und Majolikadekore betonten seinen maurischen Charme.

Die Hände der Königin ruhten auf ihrem gewölbten Leib. In Kürze würde sie erneut niederkommen, und sie hoffte von ganzem Herzen, dass sie ihrem Gemahl und Kastilien diesmal den erhofften Thronfolger schenken konnte. Noch immer kamen ihr die Tränen bei dem Gedanken an die Totgeburt, die sie zwei Jahre zuvor erlitten hatte, als sie kurz nach Beginn der feindlichen Auseinandersetzungen mit Portugal unermüdlich von Stadt zu Stadt geritten war, um ihre Untertanen aufzurütteln und auf ihre Seite zu bringen. Der Erbschaftskrieg gegen den portugiesischen König Alfonso, der Enriques Tochter Juana zur Frau genommen hatte, war noch nicht endgültig beendet, obwohl Fernando die Portugiesen in einer gewaltigen Schlacht in der Nähe von Toro besiegt hatte. Sogar Kardinal Mendoza und Erzbischof Carrillo, der sich irgendwann von ihnen abgewandt und in das Lager der Juana-Sympathisanten übergelaufen war, hatten ihr Ornat und ihren Bischofsstab gegen Harnisch und Schwert ausgetauscht und gegeneinander gekämpft. Traurig dachte die Monarchin daran, wie sie und Fernando ihren gesamten Schmuck bei jüdischen Bankhäusern versetzt hatten, um die Summen aufzubringen, die die Feldzüge verschlangen. Sie hatten sogar dem Vorschlag des Kardinals und Bruder Talaveras zustimmen müssen, die silbernen Sakralgefäße der Kirchen und Klöster einzuschmelzen. Dies hatte immerhin die Summe von weiteren dreißig Millionen Maravedis eingebracht.

Jetzt galt es, die Monarchie im Land zu festigen, erwog die Königin. Die außergewöhnliche Selbstständigkeit der Bevölkerung musste eingeschränkt und der Arroganz und Starrköpfigkeit des Adels entgegengewirkt werden. Auf ihrem Weg nach Andalusien hatte Isabel schon in Trujillo und Cáceres für Ordnung gesorgt. Nun hatte sie das Gleiche mit Sevilla vor. Die Stadt und die umliegenden Festungen waren seit langer Zeit Zankapfel zweier mächtiger Adelsfamilien. Enrique de Guzman, der Herzog von Medina-Sidonia und Rodrigo Ponce de Leon, der Marqués von Cadiz, hatten mit ihren fortwährenden Scharmützeln Andalusien in ein Schlachtfeld verwandelt. Doch mit Geduld und intelligentem Vorgehen war es der Königin gelungen, die beiden Streithähne zu versöhnen. Sie hatte sogar erreicht, dass sie der Krone freiwillig die wichtigsten Burgen übergeben hatten.

Über all diesen Gedanken an die Vergangenheit war Isabel eingenickt. Sie erwachte erst, als sie eine Berührung an ihrer Schulter verspürte. Erschrocken schlug sie die Augen auf und sah das Gesicht Catalina de Mendozas über sich.

„Hoheit, wacht auf! Man erwartet Euch im Salón de los Embajadores!"

Die Königin richtete sich auf. „Habt Dank, meine Liebe! Ich komme sofort."

„Kann ich Euch behilflich sein?", fragte die junge Hofdame beflissentlich.

Als Isabel verneinte, knickste sie und entfernte sich wieder.

Die Nichte des Kardinals hielt sich erst seit ein paar Wochen wieder am Hof auf. Als der Krieg gegen Portugal ausgebrochen war, hatte sie eine Nachricht von ihrer Familie erhalten. Ihre Mutter war schwer erkrankt und so war Catalina unverzüglich nach Hause zurückgekehrt. Nach dem Tod der Mutter hatte die Königin sie wieder in den Kreis ihrer Damen aufgenommen.

Die Monarchin seufzte. Die letzten Wochen vor der Niederkunft fielen ihr besonders schwer und durch die Hitze fühlte sie sich stets erschöpft. Ihre Beine waren so stark angeschwollen, dass kaum mehr die Fußknöchel zu sehen waren. Sie griff nach dem Fächer, der auf dem kleinen Tisch neben dem Diwan lag und verschaffte sich ein wenig Kühlung. Kardinal Mendoza hatte sie und Fernando am frühen Morgen um eine Zusammenkunft gebeten, an der zwei weitere Geistliche teilnehmen würden. Er hatte sie ausdrücklich um Ausschluss des übrigen Hofstabes ersucht. Was dies wohl zu bedeuten hatte?, fragte sie sich. Mühsam erhob sie sich und machte sich dann zum Salón de los Embajadores auf.

Alvaro blickte immer wieder ungeduldig zum Eingangsportal des Raumes. Sie warteten jetzt schon eine ganze Weile auf die Königin. Es düngte ihn zu erfahren, aus welchem Grunde die Zusammenkunft zwischen den Majestäten und den drei Klerikern stattfinden sollte. Neben Fernando und Kardinal Mendoza saßen des Weiteren Alonso de Hojeda, der Prior des ortsansässigen Konvents St. Pablo, und Tomás de Torquemada im Saal. Letzterer, ein hagerer, in eine einfache Kutte gekleideter Geistlicher, Vorsteher des Dominikanerklosters Santa Cruz in Segovia, verkehrte seit ein paar Wochen am Hof. Er war in den Kindertagen der Königin ihr Beichtvater gewesen, wie Alvaro erfahren hatte. Der Sekretär mochte den Mann nicht. Es war ihm unangenehm, wie dieser ihn mit zusammengekniffenen Lippen und stechendem Blick aus seinen tiefliegenden Augen musterte.

Kurz darauf betrat Isabel den Saal der Botschafter. Der Raum hatte neben aufwendiger, aus Muscheln, geometrischen Formen und heraldischen Zeichen bestehender Gipsornamentik, eine einzigartige Holzkuppel, die an die Form einer halben Orange erinnerte, weshalb er auch Sala de la media Naranja genannt wurde.

Die fünf Männer erhoben sich sogleich beim Erscheinen der Monarchin und küssten einer nach dem anderen ihre Hand.

„Isabel, meine Liebe, setz dich!" Der König rückte seiner Gemahlin einen gepolsterten Stuhl zurecht, auf dem sie schwer atmend Platz nahm.

Sie trug ein Gewand nach maurische Art aus kühlendem Seidenstoff. Obwohl es weit geschnitten war, spannte es über ihrem vorstehenden Bauch.

„Meine Herren, was ist der Grund für unsere Zusammenkunft?" Neugierig blickte die Königin in die Runde.

„Es geht um die *conversos,* die in unserer Stadt leben", ergriff Hojeda das Wort. Er war ebenso wie sein Glaubensbruder Torquemada von schlanker Gestalt. Ein grauer Haarkranz umrahmte die gut zu erkennende

Tonsur. Seine engstehenden Augen flackerten unruhig, während er die Königin anschaute. „Es sind keine wahren Christen. Sie geben vor, unsere katholischen Glaubensregeln zu befolgen, aber im Verborgenen sind sie immer noch Juden und leben nach den mosaischen Gesetzen."

Nun mischte sich auch Torquemada ein. „Sie besuchen zwar scheinheilig die Messe, feiern aber gleichzeitig den Sabbat, Pessach und all ihre anderen ketzerischen Feste. Sie beschneiden weiterhin ihre Söhne und begraben ihre Toten nach jüdischen Riten."

„Aber das größte Übel", der Prior von San Pablo erhob sich von seinem Stuhl und blickte angeekelt in die Runde, „sind die Scheußlichkeiten, die sie unseren Kindern antun. Sie entreißen christliche Knaben ihren Eltern, um an den armen, unschuldigen Wesen die Leiden Jesu zu vollführen. Sie quälen sie und schlagen sie ans Kreuz." Das Gesicht des Kirchenmannes hatte eine hochrote Farbe angenommen.

„Außerdem vergiften sie unsere Brunnen, um uns zu schaden", fügte Torquemada hinzu. „Das muss aufhören, Eure Majestäten!"

„Gerade hier in Sevilla sind diese *marranos* besonders zahlreich vertreten. Einige haben sogar wichtige Stellungen inne."

„Das sind wirklich beunruhigende Nachrichten", stimmte die Königin zu. „Dagegen muss etwas unternommen werden."

„Ich sehe nur einen Weg, um dieses Übel zu beseitigen, Hoheit, die Einführung der Inquisition!" rief Tomás de Torquemadas inbrünstig.

„Wie heißt es in der Bibel? Verdorrte Reben sollt ihr von den Weinstöcken entfernen und im Feuer verbrennen. Indem wir die Häretiker bei lebendigem Leibe den Flammen übergeben, ermöglichen wir ihnen gleichzeitig die Rettung ihres Seelenheils. Ihr könnt nicht zulassen, dass diese Ketzer weiterhin gegen unsere Mutter Kirche verstoßen. Sie müssen verfolgt und bestraft werden!" Zur Unterstreichung seiner letzten Worte schlug er mit der Faust auf den Tisch.

Danach herrschte einen Augenblick lang Stille. Torquemada erkannte an den Blicken der Könige, dass er mit seinen Worten zu weit gegangen war.

„Verzeiht, Eure Majestäten, dass ich meine Gefühle nicht zügeln konnte", versuchte er sich zu entschuldigen. „Aber es macht mich so wütend, dass ich keine Ruhe mehr finde."

Alvaro hatte dem Wortwechsel bisher stumm gelauscht, während er die wichtigsten Aussagen niederschrieb. Der Fanatismus, der aus den Augen Torquemadas sprühte, war ihm unheimlich.

„Die Einführung einer Inquisition, die sich nur mit dem *Converso-* und Judenproblem befassen würde, halte ich für keine schlechte Idee", äußerte sich nun zum ersten Mal Fernando. „Wir könnten unsere Staatskassen mit den eingezogenen Besitztümern und Geldern der Verurteilten wieder auffüllen, Isabel."

„Ich denke, man muss in dieser Angelegenheit anders verfahren." Die Worte kamen von Mendoza, der bisher ebenfalls geschwiegen hatte. „Die Konvertierten verfallen in ihren alten Glauben zurück, weil es ihnen an Kenntnissen unserer Religion mangelt. Sie müssen in die christlichen Dogmen und Regeln eingewiesen werden, nur dann werden sie sie auch befolgen können."

Alvaro nickte zustimmend, während er die Worte des Kardinals zu Papier brachte. Er gab dem Kirchenfürsten im Stillen Recht. Wie sollten die Neugetauften nach den Regeln Jesus' und der Heiligen Jungfrau leben, wenn ihnen niemand erklärte, was sie zu tun und zu beachten hatten?

Torquemada und Hojeda waren jedoch anderer Meinung. „Es würde nichts ändern", blaffte der Prior von San Pablo. „Man muss ein Exempel an ihnen statuieren. Das Beste wäre, die Neuchristen von den Juden zu trennen, damit sie nicht mehr mit ihnen in Berührung kämen und rückfällig werden könnten."

„Ich bin ganz Eurer Meinung", stimmte Fray Tomás seinem Glaubensbruder zu. „Man müsste die *juderías* mit Mauern einfrieden und seine Bewohner nur zu bestimmten Zeiten herauslassen."

„Ist dies nicht eine zu drastische Vorgehensweise, verehrter Bruder Torquemada?", äußerte Mendoza seine Zweifel.

„Keinesfalls, Eminenz. Ich gehe sogar noch weiter und fordere, man sollte die Juden vollends aus unseren Landen verbannen. Jagt sie alle hinaus, dann hätten wir endlich die Gewissheit, dass nur noch der einzig wahre Glaube in Kastilien vorherrschen würde."

„Und wer ersetzt uns die verlorenen Steuereinnahmen?", ließ sich der König vernehmen.

„Dann müssen eben die anderen Steuern erhöht werden."

„Ich denke, wir haben genug gehört", mischte sich nun Isabel ein. „Es war gut, dass Ihr uns über diese Zustände in Kenntnis gesetzt habt. Es muss auf jeden Fall etwas unternommen werden, wenn mir auch die Vorschläge unseres guten Bruder Torquemadas etwas zu rigoros erscheinen." Sie öffnete ihren *albanique* und fächerte sich Luft zu. „Wir werden uns verstärkt um die Angelegenheit kümmern und das Verhalten der vermeintlichen Scheinchristen beobachten, solange wir uns in Sevilla aufhalten. Wenn wir sehen, dass Ihr Recht hattet, werden wir die entsprechenden Maßnahmen ergreifen."

Alvaro bemerkte, wie sich bei den Worten der Monarchin Torquemadas und Hojedas Mienen verdüsterten. Sie hatten gewiss mit der unverzüglichen Zustimmung der Majestäten zur Einführung der Inquisition gerechnet.

„Aber solltet Ihr nicht trotzdem in Betracht ziehen, dass...", begann Torquemada erneut.

„Habt Ihr die Worte Ihrer Hoheit nicht verstanden?", unterbrach Fernando den Dominikaner. „Wir werden Eure Vorwürfe überprüfen."

„Sehr wohl, Eure Majestäten. Ich bitte, mich zurückziehen zu dürfen." Der Prior von Santa Cruz verbeugte sich und verließ den Saal.

Alonso de Hojeda folgte ihm nach und so blieben die Könige mit Kardinal Mendoza und Alvaro zurück.

„Wir legen die Angelegenheit in Eure Hände, Kardinal", wandte sich Isabel an den Kirchenfürsten. „Entwerft einen Katechismus, der den Neuchristen unseren Glauben näherbringt. Mein Beichtvater, Bruder Talavera, und Alvaro sollen Euch dabei behilflich sein. Gleichzeitig werden wir einen Boten an den Heiligen Vater nach Rom senden und ihn um die Erlaubnis zur Einführung der Inquisition gegen die *conversos* bitten. Dann kann diese neue Institution ihre Arbeit aufnehmen, wann immer wir es für notwendig erachten."

„Ich danke Euch für Euer Vertrauen, Hoheit", freute sich Mendoza. „Ich werde mich gleich zurückziehen." Er verabschiedete sich von den Monarchen und bat Alvaro, sich in zwei Stunden im Erzbischöflichen Palast einzufinden. Dann verließ er den Raum.

„Du siehst erschöpft aus, meine Liebe." Besorgt blickte der König auf seine Gemahlin. „Komm, ich begleite dich in deine Gemächer."

Schwerfällig erhob sich Isabel und ließ sich von Fernando aus dem Saal führen.

Alvaro beschloss, die Notizen, die er sich zuvor gemacht hatte, noch einmal sauber niederzuschreiben, bevor er den Kardinal aufsuchen würde. Auf dem Weg zu dem kleinen Zimmer, das man ihm während des Aufenthaltes des Hofes im *Alcazar* als Arbeitsraum zur Verfügung gestellt hatte, dachte er noch einmal darüber nach, was er soeben gehört hatte. Wenn Torquemada und Hojeda mit ihren Forderungen Erfolg hätten und die Könige tatsächlich veranlassten, die *juderías* in abgeschlossene Gebiete zu verwandeln, so würde dies auch Lea und ihre Familie betreffen. Wieder einmal plagte Alvaro das schlechte Gewissen, wenn er an die schöne Jüdin dachte, in die er sich einst verliebt hatte. Er hatte sein Versprechen gebrochen und das Mädchen niemals aufgesucht. Zunächst war es ihm auf Grund seiner neuen Stellung als Sekretär der Königin nicht möglich gewesen und dann hatte ihn im Laufe der Zeit die Unsicherheit gequält, ob Lea nach wie vor auf ihn warten würde. Ihr damaliges Antwortschreiben auf seine eigene Nachricht hatte seine Zweifel geschürt, obwohl er immer noch nicht glaubte, dass Lea jene enttäuschenden Worte selbst geschrieben hatte. Seitdem sich der Hof nun in Sevilla aufhielt, war er schon mehrere Male bis zum Stadttor von Santa Cruz gelaufen, hinter dem das Judenviertel begann. Doch immer wieder hatte ihn der Mut verlassen und er war unverrichteter Dinge in den Alcazar zurückgekehrt. Auch, wenn inzwischen viel Zeit vergangen war, Leas Bild hatte nach wie vor einen Platz in seinem Herzen. Obschon die Konturen ein wenig verblasst sein mochten, vergessen hatte er die Tochter des Tuchhändlers nie und bisher keiner anderen Frau den Hof gemacht.

Der Sekretär setzte sich an sein Schreibpult und holte einige Bogen Papier aus einem Fach. Er öffnete das Tintenfass, tauchte den Federkiel hinein und fing an, die Aufzeichnungen, die er zuvor gemacht hatte, sauber abzuschreiben und zu überarbeiten.

Da öffnete sich die doppelflügelige, mit Holzschnitzereien verzierte Tür und Catalina kam herein. Alvaro seufzte. Die Nichte des Kardinals wollte nicht verstehen, dass er sich nicht für sie interessierte. Nach ihrer Rückkehr in den Kreis der Hofdamen, hatte sie wiederum begonnen, ihn zu umgarnen. Wie schade, dass man sie während ihrer Abwesenheit nicht mit irgendeinem Adeligen verheiratet hatte, dachte er.

„Doña Catalina, was wollt Ihr? Ich bin sehr beschäftigt", gab Alvaro ihr sofort zu verstehen.

„Die Gesellschaft der anderen Frauen ist ermüdend. Die Stickrahmen und die Brettspiele langweilen mich." Mit einer aufreizenden Bewegung strich sie ihr Kleid glatt. „Ich dachte, wir könnten ein wenig plaudern."

„Es tut mir leid für Euch, dass Euer Leben so eintönig ist." Alvaros Stimme klang spöttisch. „Ich kann mich nicht beklagen, ich weiß vor lauter Arbeit nicht, wo mir der Kopf steht."

„Ihr solltet etwas kürzer treten und auch die schönen Dinge des Lebens genießen." Catalina trat hinter den Stuhl, auf dem der Sekretär saß und machte sich daran, seine Schultern und seinen Rücken zu massieren. „Nehmt eine lockerere Haltung ein!", befahl sie ihm.

„Was tut Ihr da? Hört sofort auf damit!", forderte Alvaro, doch er konnte nicht umhin, sich einzugeschehen, dass die kreisenden Bewegungen, die Catalina mit ihren Fingerspitzen vollführte, ihm gut taten.

„Eine maurische Dienerin im Hause meiner Eltern hat es mir beigebracht", erklärte sie. „Es wäre noch angenehmer für Euch, wenn Ihr Euch dabei hinlegen würdet."

„Niemals könnt Ihr mich dazu überreden."

Trotz seiner Worte spürte Catalina, wie er sich immer mehr entspannte. Zufrieden lächelte sie und strich mit festen Bewegungen über seinen Nacken.

„Da Ihr immer noch nicht verheiratet seid, nehme ich an, diejenige, in die Ihr damals verliebt ward, ist nicht gekommen. Was ist geschehen?"

„Das geht Euch nichts an. Ich will nicht darüber sprechen", wehrte Alvaro ab.
Mit einemmal konnte er ihre Berührungen nicht mehr ertragen und stand unvermittelt auf. „Bitte geht jetzt! Ich habe noch zu arbeiten."
„Warum fasst Ihr kein Vertrauen zu mir, Alvaro?", gab Catalina nicht auf. „Wir würden so gut zueinander passen. Stellt Euch doch nur einmal vor, was für ein herrliches Leben wir hier bei Hofe hätten, wenn wir erst verheiratet wären. Überlegt es Euch und verlobt Euch mit mir!" Sie blickte ihn mit ihren funkelnden, grauen Augen an. „Glaubt mir, Ihr würdet es schnell lernen, mich zu lieben."
„Catalina, könnt Ihr nicht endlich verstehen, dass ich Euch niemals heiraten werde!" Alvaro ergriff den Arm der jungen Frau, legte seine andere Hand auf ihren Rücken und schob sie energisch zur Tür. „Und jetzt geht bitte!"
Catalina drehte sich noch einmal um. „Nur einen Kuss!", flehte sie. „Gebt mir einen Kuss auf den Mund und ich lasse Euch in Ruhe."
Alvaro seufzte und empfand gleichzeitig Bewunderung für soviel Hartnäckigkeit. „Also gut. Aber dann will ich Euch hier nicht mehr sehen!"
Rasch beugte er sich vor und berührte ihre feuchten, warmen Lippen. Obwohl er nur kurz auf ihrem Mund verweilte, konnte er es nicht verhindern, dass ihn ein Schauer überkam. Er spürte, wie ihm das Blut in die Lenden schoss. Die Hofdame strich noch einmal über seine Hand und verließ lächelnd den Raum.

Alvaro atmete tief ein und lehnte sich gegen die gekachelte Wand neben der Tür. Er fühlte sich verunsichert. Warum hatte dieser flüchtige Kuss ihn derartig verwirrt, obwohl ihm die junge Frau doch einerlei war? Er schloss die Augen und sah ihr Gesicht vor sich. Nein, dachte er bei sich. Es hatte nichts zu bedeuten. Er war ein Mann, und Männer hatten ab und zu gewisse Bedürfnisse. Seufzend ging er zu seinem Schreibtisch zurück, verschloss das Tintengefäß und legte die Feder beiseite. Dann machte er sich auf den Weg zum Erzbischöflichen Palast. Während er durch die Puerta de Leones auf den sonnenüberfluteten Vorplatz des Schlosses gelangte, sah er wiederholt zwei glänzende, dichtbewimperte, graue Augen vor sich.

Segovia, 9. Juli im Jahre des Herrn 1478

Wo konnte es nur sein?, überlegte Lea und ließ sich auf dem Bett in ihrer Kammer nieder. Nachdenklich strich sie sich eine Haarsträhne hinter das Ohr. Sie hatte schon überall gesucht. Wenn sie sich nur erinnern könnte, wann und wo sie das Gebende zum letzten Mal getragen hatte? Es war eines der liebsten Erinnerungsstücke an ihre Schwester. Sie selbst hatte ihr die mit feinen Blumenmustern bestickte Kopfbedeckung zum vierzehnten Geburtstag geschenkt. Obwohl schon drei Jahre seit Saras Dahinscheiden vergangen waren, konnte Lea immer noch nicht an sie denken, ohne dass ihr die Tränen kamen. Wieder einmal grübelte sie darüber nach, wie sinnlos der Tod des lebenslustigen Mädchens doch gewesen war. Immerhin hatte sie ihren Vater davon überzeugen können, die Hochzeit mit Manuel zunächst zu verschieben. Sie hatte gehofft, der Sohn des Weinhändlers nähme eine andere zur Frau, doch er war hartnäckig an ihrer Seite geblieben.

Lea beschloss, noch einmal in der Kleidertruhe nach der Haube zu suchen. Vielleicht hatte sie sie zuvor übersehen. Sie durchquerte den Raum und stemmte den schweren Deckel der mit Holzschnitzereien verzierten Kiste in die Höhe. Der süßliche Duft der Lavendelsäckchen, die zwischen den Sachen lagen, strömte ihr entgegen.

„Lea, wo bist du?", hörte sie Aaron rufen. „Wenn wir uns nicht sofort auf den Weg machen, werden wir den Beginn der Prozession verpassen."

„Einen Augenblick noch!", rief sie ungeduldig zurück, und machte sich daran, einzelne Kleidungsstücke herauszuziehen.

Schließlich entdeckte sie, was sie gesucht hatte. Die Haube war zwischen einen gefalteten Umhang gerutscht. Geschwind schichtete sie die auf dem Boden liegenden Sachen wieder in die Truhe.

„Ich warte nicht mehr lange", schallte es ärgerlich von unten herauf.

Mit einem lauten Knall schloss sie den Deckel und griff nach dem Gebende. Während sie die Stufen hinunterlief, band sie es um ihren Kopf.

„Wo bleibst du nur? Jetzt wird der Platz vor der Kathedrale schon überfüllt sein, sodass wir Vater nicht richtig sehen können", rügte Aaron seine Schwester.

Er hatte sich zu einem gut aussehenden, schlanken, jungen Mann entwickelt und bereits weitreichende

Kenntnisse im Tuchhandelgewerbe erlangt. Er unterstützte seinen Vater, der den Tod seiner jüngsten Tochter immer noch nicht verwunden hatte, wo er nur konnte. Ezra hatte das Haus in der Calle del Agua schon kurz nach Sonnenaufgang verlassen. Er würde an diesem Morgen an dem Festumzug teilnehmen, der den neugeborenen Prinzen vom Alcazar zur Kathedrale Santa Maria begleitete, wo das Kind von Kardinal Mendoza getauft werden sollte. Vor neun Tagen hatte die Königin dem langersehnten Thronfolger das Leben geschenkt und ihm den Namen Juan gegeben, nach seinen beiden Großvätern.

Schnell verließen Lea und Aaron das Haus und lenkten ihre Schritte in Richtung des mächtigen, christlichen Gotteshauses, wo die Prozession enden sollte.

Die Frauen Sevillas hatten die Straßen und Balkone der Häuser mit Blumenteppichen und bunten Fahnen geschmückt. In den Gassen, die der Täufling mit seinem Gefolge durchqueren würde, waren helle Stoffbahnen zwischen den Dächern gespannt, damit das Kind vor den heißen Sonnenstrahlen geschützt wäre.

Von der Calle del Agua war es nicht weit bis zum Patio de las Banderas, dem Vorplatz des Alcazars. Sobald die Geschwister die *judería* verlassen hatten, quollen die Straßen über vor Schaulustigen, die alle auf dem Weg zur Kathedrale waren.

Vor dem Gotteshaus wartete ebenfalls schon eine große Menschenmenge. Das Eingangsportal der Kirche war mit Bannern und frischen, grünen Zweigen versehen. Zur Rechten hatte man eine kleine, überdachte Tribüne errichtet, auf der die Gemahlinnen der am Festzug teilnehmenden Aristokraten saßen.

„Siehst du, wie ich gesagt habe. Wir hätten früher hier sein müssen. Und nur, weil du getrödelt hast." Aaron blickte missmutig über den Platz.

Ganz Sevilla schien sich dort versammelt zu haben. Ein fröhliches Geplapper, untermalt von Flöten- und Lautenspielern, erfüllte die Luft. Fliegende Händler, die ihre Waren in Holzkästen vor dem Bauch trugen, gingen einher und priesen lautstark ihre Verkaufsgüter an.

Lea überlegte, wie sie ihren Bruder wieder besänftigen könnte, als sie plötzlich in all dem Getümmel ihren Namen hörte. Suchend schaute sich die junge Frau um.

„Lea, Lea Bensinior! Hier oben bin ich!", ertönte die Stimme aufs Neue.

Da entdeckte die Stickerin auf einem der Balkone des Hauses, vor dem sie standen, eine Frau, die ihr fröhlich zuwinkte. Es war Amanda de la Torre, eine ihrer Kundinnen.

„Wollt Ihr die Prozession mit mir gemeinsam anschauen?", rief die alte Dame.

Aaron zog seine Schwester begeisternd nickend am Arm und so nahmen sie das Angebot an.

Kurz darauf öffnete ihnen eine Dienerin die Tür und geleitete sie auf den Balkon des ersten Stockwerks. Von hier aus konnten sie über die Köpfe der Menschen hinwegblicken. Zudem würde der Festzug genau vor dem Haus entlangführen.

„Siehst du", flüsterte Lea ihrem Bruder ins Ohr. „Alles im Leben hat einen Sinn."

In der Ferne ertönten Fanfarenstöße – sie verkündeten den Beginn des Aufmarsches. Es dauerte nicht lange, und sie vernahmen Klangfetzen von Pikkoloflöten, Schalmeien und Kesselpauken, die sich bald zu einer Melodie vereinten. Wenig später waren die ersten Teilnehmer der Prozession zu erkennen. Den Spielleuten voran lief ein junger Mann mit der Standarte Kastiliens, einer großen Fahne, auf der Türme und Löwen aufgestickt waren. Hinter den Musikanten folgte die Gruppe der einfachen Händler und Handwerker. Sie trugen ein Symbol ihres Berufsstandes vor sich her und boten den Betrachtern ein buntes Bild. Als nächstes kamen die Waffen-, Silber- und Goldschmiede, allesamt in ihre besten Wämser gekleidet. Erstere hatten den Beweis ihres Könnens an den Hüften befestigt – kostbar verzierte Schwerter aus härtestem Toledostahl. Die Silber- und Goldschmiede stellten ihrerseits die schönsten Schmuckstücke zur Schau: Ketten, Armbänder, Broschen und Ringe funkelten in der Sonne.

„Jetzt müsste Vater bald kommen", vermutete Aaron. Er beugte sich über das schmiedeeiserne Geländer des Balkons. Soeben ritt eine Gruppe Soldaten in silbern glänzenden Brustharnischen auf festlich aufgezäumten Zeltern vorbei.

„Dort hinten sind die Woll- und Tuchhändler! Schau, Aaron! Vater geht in der ersten Reihe!" Lea deutete auf die Fußgruppe, die sich zum Rhythmus von Zimbelklängen vorwärts bewegte.

Bald war Ezra deutlich zu sehen. Er trug enganliegende Samthosen und einen hellbraunen, mit Goldfäden durchwirkten Brokatumhang. Sein Haupt schmückte ein

Barett, das aus dem gleichen Stoff wie seine Beinkleider gefertigt war. Aaron rief seinem Vater einen Gruß zu, doch die laute Musik verschluckte seine Worte.

Im Anschluss an eine weitere Kapelle, marschierten die Gewürz- und Weinhändler. Auch diese führten eine Spezialität ihres Gewerbes mit sich.

„Sieh, dort ist Manuel!" Aaron berührte den Arm seiner Schwester und zeigte auf ihren langjährigen Verlobten, der mit wichtiger Miene unten am Haus vorbeischritt.

Lea runzelte die Stirn und nickte. Der Weinhändler hatte sie im Anschluss an die Feierlichkeiten zum Abendessen in sein Haus gebeten. Wie nicht anders zu erwarten gewesen war, hatte Ezra die Einladung in ihrer aller Namen freudig angenommen.

Der erste Teil des Festumzuges war vor dem mächtigen Kirchenportal zum Stehen gekommen. Weiter hinten näherte sich nun der Täufling mit seinem Geleit. Amanda de la Torre bat eine Dienerin, ihnen eine Erfrischung zu servieren. Dankbar löschten Aaron und Lea kurz darauf ihren Durst mit herbem Weißwein, während sie neugierig auf das neue Mitglied der Königsfamilie warteten.

Alvaro wischte sich über die feuchte Stirn. Obwohl sie den größten Teil des Weges vom Alcazar bis zur Kathedrale unter dem Schatten der gespannten Stoffbahnen zurückgelegt hatten, spürte er, wie ihm unter dem schwarzen Samtwams der Schweiß den Rücken hinablief. Kein Lüftchen wehte, um ihnen etwas Kühlung zu verschaffen. Zu seiner Erleichterung hatten sie ihr Ziel bald erreicht. Der Sekretär blickte auf den Boden. Er war über und über mit den Blütenblättern übersäht, welche die, dem Gefolge des Infanten vorangehenden Kinder, verstreut hatten. Die Könige hatten Alvaro die Ehre erwiesen, zusammen mit den Stadträten Sevillas das Brokatbaldachin zu tragen, unter dem die Amme, Maria de Guzman, den schlafenden Thronfolger in ihren Armen wiegte. Vor ihr gingen ein paar Knaben, samtene Kissen in ihren Händen haltend, auf denen die Taufkerze, das Häubchen und die Golddukaten für die Opfergabe lagen. Hinter dem Prinzen ritten Kardinal Mendoza und König Fernando auf prächtig geschmückten Araberhengsten. Isabel war im Alcazar zurückgeblieben, sie hatte das Wochenbett noch nicht verlassen.

Den Schluss des Festzuges bildeten der Adel Sevillas, die Taufpaten und die Granden, die aus allen Teilen des Landes angereist waren und von den kostbar gekleideten Hofdamen der Königin flankiert wurden. Unter ihnen befand sich auch Catalina, die zuvor aufgeregt einige Worte mit Alvaro gewechselt hatte.

Mehr als alles andere sehnte der Sohn des Marqués de Salvatierra das Ende der Prozession herbei. Außer der Hitze, die ihm zu schaffen machte, begannen seine Füße zu schmerzen. Zudem verspürte er kein Gefühl mehr in der Hand, mit der er den schweren Brokatstoff des Traghimmels festhielt. Seufzend betrachtete er die Häuserfronten und die Menschen, die ihnen von den Balkonen aus zujubelten. Plötzlich stutzte er. Die junge Frau dort, nein, das konnte doch nicht... Er schaute noch einmal genau hin: die schwarzen, langen Locken, die Gesichtszüge - es war zweifelsohne Lea. Trotz der Hitze überkam Alvaro ein Zittern. Im gleichen Moment drehte sich das Mädchen in seine Richtung und ihre Blicke trafen sich. Es kam Alvaro so vor, als ob auch in ihrem Antlitz ein kurzer, überraschter Ausdruck zu sehen gewesen wäre. Er war so überwältigt von seinen Gefühlen, dass er unbewusst auf der Stelle verharrte. Erst als sein Hintermann beinahe mit ihm zusammengestoßen wäre, setzte er seinen Weg fort. Das Herz klopfte ihm bis zum Hals. Obwohl all die Jahre vergangen waren, hatte der Anblick der Stickerin ihn vollkommen aufgewühlt. Er sah sie wie einst vor sich und ein tiefer Schmerz durchzog ihn. Warum war er damals nicht nach Sevilla gereist und hatte nach Lea gesucht?, fragte er sich. Sollte dies nun ein Wink des Schicksals sein? Gleich morgen würde er sich auf die Suche nach der Jüdin machen, nahm er sich vor.

Endlich waren sie vor dem Kirchenportal angelangt und konnten den schweren Traghimmel an der Seite abstellen. Der Sekretär rieb sich den schmerzenden Arm, während er hinter den Adeligen das Innere der Kathedrale betrat, wo ihn eine angenehme Kühle empfing.

Erst zwei Tage nach den Tauffeierlichkeiten war es Alvaro möglich, sein Vorhaben wahrzumachen. Er hatte die letzten beiden Nächte schlecht geschlafen und fühlte sich wie gerädert, als er den Alcazar durch die Puerta de Leones verließ. Er hatte sich genau überlegt, wie am besten vorzugehen wäre. Als erstes würde er das Haus aufsuchen, auf dessen Balkon er Lea während der Prozession gesehen hatte. Er war sich sicher, dass die Jüdin dort nicht wohnen konnte, da das Gebäude im christlichen Teil der Stadt stand. Aber vielleicht konnten ihm die Besitzer über sie Auskunft geben. Als er wenig später an die Tür klopfte, zitterten seine Hände. Nachdem er sein Begehr vorgebracht hatte, führte ihn eine Bedienstete in einen Raum im Erdgeschoss und bat ihn, zu warten. Er setzte sich in einen der Sessel und betrachtete ein gesticktes Landschaftsbild. Ob Lea es angefertigt hatte?, überlegte er.

Eine, in ein dunkelgraues Taftgewand gekleidete, alte Frau betrat das Zimmer und unterbrach seinen Gedankengang. Der junge Mann sprang aus dem Sessel hoch und begrüßte die Hausherrin. Hellbraune, von vielen Falten umgebene Augen, musterten ihn neugierig. Unter einer weißen Haube lugten silbergraue Locken hervor und umrahmten das runzelige Gesicht der alten Dame.

„Was ist Euer Begehr, mein Herr?" Sie blickte ihn fragend an. „Nehmt doch wieder Platz!" Mit einer auffordernden Handbewegung wies sie auf den Sessel, in dem Alvaro zuvor gesessen hatte und ließ sich selbst auf einem gepolsterten Stuhl nieder.

„Was kann ich für Euch tun?"

„Mein Name ist Alvaro de Salvatierra", stellte er sich zunächst vor. „Ich bin der Sekretär Ihrer Majestät, der Königin. Vor zwei Tagen nahm ich an der Taufprozession teil, die zu Ehren des kleinen Thronfolgers stattfand. Ich habe Euch auf Eurem Balkon gesehen. Ihr ward nicht alleine. Zwei weitere Personen standen neben Euch."

„Ja, das ist richtig", bestätigte Amanda de la Torre.

Alvaro holte tief Luft. „Ich glaube, die junge Frau wiedererkannt zu haben. Wir sind uns vor ein paar Jahren zum ersten Mal begegnet, haben uns aber dann aus den Augen verloren."

„Und nun wollt Ihr von mir wissen, wer sie war, hab ich Recht?" Lächelnd blickte die alte Frau ihn an.

Alvaro nickte. Da sie ihm vom ersten Moment an vertrauensvoll erschienen war, schüttete er ihr sein Herz aus. Amanda de la Torre hörte geduldig zu, ohne ihn ein einziges Mal zu unterbrechen.

„Das ist eine traurige Geschichte", bekundete sie, als er seine Erzählung beendet hatte. „Aber vielleicht wird sie ein gutes Ende nehmen. Die junge Frau, die Ihr auf meinem Balkon gesehen habt, ist in der Tat die jüdische Stickerin Lea Bensinior. Ich gebe hin und wieder meine Kleider bei ihr in Auftrag. Dieser Wandbehang stammt auch von ihr." Amanda deutete auf das Bild, das Alvaro zuvor betrachtet hatte.

Während er ihren Worten lauschte, wich die Anspannung aus seinem Gesicht und machte einem Strahlen Platz.

„Ich weiß gar nicht, wie ich Euch danken soll." Er griff nach ihrer Hand. „Wisst Ihr vielleicht, wo ich Lea finden kann?"

Zur seiner großen Freude bejahte Amanda auch diese Frage. „Sie wohnt mit ihrem Vater und ihrem Bruder im *barrio* von Santa Cruz, in der Calle del Agua. Ihr müsst dort nach dem Haus des Tuchhändlers Ezra Bensinior fragen."

„Doña Amanda, Ihr seid ein Goldstück!", rief Alvaro fröhlich und umarmte die alte Dame, deren Wangen sich zart röteten. „Wenn ich Euch irgendwann einmal behilflich sein kann, lasst es mich wissen."

Er küsste ihr die Hand und ließ sich von der Dienerin wieder nach draußen begleiten.

Als er sich wenig später auf den Weg nach Santa Cruz machte, hätte er vor Freude am liebsten Luftsprünge gemacht. Jetzt wurde doch noch alles gut. Dass Lea vielleicht verheiratet sein könnte, daran mochte er nicht denken.

Das besagte Viertel begann gleich hinter dem Alcazar. Es dauerte nicht lange, bis Alvaro die Straße, die ihm Amanda de la Torre genannt hatte, erreichte. Es war eine schmale, lange Gasse, in der die Häuser dicht beieinander standen. Aber welches der mehrstöckigen Gebäude gehörte dem Tuchhändler? Suchend blickte sich der Sekretär um. Zwei Frauen mit vollgepackten Körben kamen soeben an ihm vorbei. Als er sie fragte, wo die Familie Bensinior wohnte, gaben sie ihm breitwillig Antwort und wiesen auf ein gelbliches Haus am Ende der Straße. Bunte Hängegeranien rankten von den schmiedeeisernen Balkonen herunter. Alvaro beschloss, den Eingang erst einmal eine Weile zu beobachten und verbarg sich in einer Nische zwischen den gegenüberliegenden Wohnstätten. Eine zeitlang geschah nichts, dann näherten sich zwei, in lange, dunkle Gewänder gekleidete, Männer. Kleine Kappen bedeckten ihre Köpfe. Sie hielten vor dem Haus an und gingen hinein. Alvaro glaubte, in dem Älteren Leas Vater erkannt zu haben. Ob die Stickerin ebenfalls zuhause war?, fragte er sich. Sollte er noch warten oder an die Tür klopfen? Während er überlegte, was das Beste wäre, kam eine Frau die Gasse hinauf. Das Herz des jungen Mannes begann hart in seiner Brust zu pochen, als er sah, dass es Lea war. Er trat aus der Nische und rief nach ihr. Die Stickerin hielt einen Moment inne, dann ging sie weiter. Erneut kam ihr Name über Alvaros Lippen, lauter, forscher. Sie verharrte abermals und drehte sich nun in die Richtung, aus der sie die Stimme vernommen hatte.

„Lea, erkennst du mich nicht?", fragte der Sekretär, nachdem er bemerkt hatte, dass die junge Frau ihn mit ungläubigem Blick anstarrte. „Ich bin es, Alvaro, Alvaro de Salvatierra!"

Lea kam näher. Sie hatte sich nicht verändert. Wie damals war sie von schlanker Gestalt. Die langen, dunklen Locken fielen ihr immer noch bis in die Taille und die grünen Augen hatten nichts von ihrer Leuchtkraft eingebüßt. Sie blieb vor dem Sekretär stehen und stellte den Korb, den sie in den Händen gehalten hatte, auf dem Boden ab.

Es war tatsächlich Alvaro, nach all den Jahren! Dann hatte sie sich also während der Prozession doch nicht geirrt, als sie geglaubt hatte, den Sohn des Marqués dort gesehen zu haben, ging es ihr durch den Kopf. Wie oft hatte sie sich in ihren Träumen das Wiedersehen mit ihm ausgemalt. So viel Zeit war vergangen, so viele Tränen hatte sie vergossen.

Verlegen standen sie einander gegenüber. Keiner wusste, wie er beginnen sollte.

„Lass uns zum Fluss hinunterlaufen!", schlug Alvaro schließlich vor. „Ich habe dir viel zu erklären."

Lea nickte, während er ihr den Korb abnahm.

Auf dem Weg zum Ufer des Guadalquivirs sprachen sie kaum. Erst, als sie sich im Schatten der hohen Schilfgewächse am Rande des Wassers niedergesetzt hatten, ließen sie die Vergangenheit wieder aufleben.

„Warum hast du dein Versprechen nicht gehalten und bist zu mir gekommen?" Traurig blickte Lea Alvaro an. „Ich habe Tag für Tag auf dich gewartet, erst in Medina del Campo und dann hier in Sevilla nach unserer Rückkehr."

„Ich hatte es vor, Lea. Du musst mir glauben! Aber kurz nachdem wir in Segovia angekommen waren, stellte mich Andrés de Cabrera, der Freund meines Vaters, Königin Isabel vor, die damals noch Infantin war. Ich gefiel ihr so gut, dass sie mich auf der Stelle als ihren persönlichen Sekretär einstellte." Alvaro schaute die junge Frau um Verzeihung heischend an. „Es war für mich die beste Gelegenheit, mein Leben nicht in einem Kloster beenden zu müssen, so wie es mein Vater für mich vorgesehen hatte, sondern eine gut besoldete Stellung anzunehmen, um dir etwas bieten zu können. Ich hatte mir fest vorgenommen, dich so bald wie möglich zu mir an den Hof zu holen. Doch am Anfang überhäufte mich Ihre Majestät von morgens bis abends mit Arbeit, sodass ich nicht reisen konnte. Dann starb ihr Bruder Enrique und sie bestieg den Thron. Da konnte ich dich wieder nicht aufsuchen, weil sie mich nicht gehen ließ. Aber all dies stand doch auch in dem Brief, den dir mein Kurier nach Medina gebracht hat."

Lea runzelte die Stirn. „Welcher Brief? Ich habe keinen erhalten."

„Der Bote hat ihn deinem Vater gegeben, da du angeblich krank warst. Am nächsten Tag überreichte er dem Mann ein von dir unterschriebenes Antwortschreiben an mich, in dem ich lesen musste, dass ich dich vergessen sollte, da du dich in einen Juden verliebt hättest, den du bald heiraten würdest."

Fassungslos schüttelte Lea den Kopf. „Ich habe weder deine Nachricht gelesen, noch eine Antwort an dich verfasst." Sie schlug die Hände vor ihr Gesicht. „Warum hat er mir das angetan?"

„Ich konnte mir auch nicht vorstellen, dass das deine eigenen Worte gewesen sein sollten. Aber sie haben mich verunsichert. Sie waren wie ein Stachel, der in meiner Haut steckte und meinen Körper langsam vergiftete."

„Wie oft hat er zu mir gesagt, ich solle dir nicht nachweinen, du hättest mich längst vergessen und dabei war es seine Schuld, dass du nicht gekommen bist." Sie blickte auf. Tränen glänzten in ihren grünen Augen.

Der Sekretär ergriff ihre Hände. „Jetzt bin ich da, *cariño*, jetzt wird alles gut! Es ist noch nicht zu spät."

„Doch, es ist zu spät! Wir sind nicht für einander bestimmt, Alvaro. Du bist ein hochgestellter Beamter am Hof der Könige und ich immer noch die unscheinbare, jüdische Stickerin. Außerdem bin ich verlobt. Ein paar Wochen nach unserer Rückkehr hat mich mein Vater einem jüdischen Weinhändler versprochen. Dann ist kurz darauf meine Schwester gestorben und ich konnte ihn davon überzeugen, die Hochzeit aufzuschieben. Aber jetzt kann ich mich nicht mehr länger sträuben."

An der Art, wie Alvaro sie ansah, wurde ihr klar, dass der Sohn des Marqués sie noch liebte.

„Ich habe schon zu viele mir nahestehende Menschen verloren", fuhr sie leise fort. „Meine Mutter, dann dich, danach meine Schwester. Ich würde es nicht ertragen, dich wieder in mein Herz einzulassen, nur um mich wenig später erneut von dir trennen zu müssen." Sie sprang auf. „Tu mir nicht noch einmal weh!" Ein Aufschluchzen erstickte die letzten Worte. Blind vor Tränen und ohne sich noch einmal umzudrehen, rannte sie davon. Erst, als sie in die Calle del Agua einbog, verlangsamte sie ihre Schritte. Vor dem Haus ihres Vaters strich sie sich über die Haare und wischte sich, so gut es ging, mit dem Ärmel ihres Kleides die Tränen aus dem Gesicht.

Ezra hatte das Öffnen und Schließen der Eingangstür vernommen und rief den Namen seiner Tochter. Obgleich sie nicht die geringste Lust verspürte, ihrem Vater unter die Augen zu treten, folgte sie gehorsam seiner Aufforderung und ging hinaus in den *patio*. Zu allem Unglück war Ezra nicht alleine, sondern saß mit Manuel im Schatten des alten Olivenbaumes. Der Weinhändler erhob sich unverzüglich und begrüßte seine Verlobte.

„Wo warst du solange? Ich habe mir schon Sorgen gemacht." Der Tuchhändler blickte in das verquollene Gesicht seiner Tochter. „Was ist passiert? Hast du geweint?"

Lea schüttelte verneinend den Kopf. „Es ist nichts, Vater. Bitte entschuldige mich! Mir ist nicht wohl, ich möchte mich ausruhen." Ohne eine Antwort abzuwarten, drehte sich die junge Frau um und ging wieder ins Haus.

In ihrer Schlafkammer warf sie sich auf ihr Bett und ließ erneut den Tränen freien Lauf. Warum musste Gott sie so quälen?, fragte sie sich. Nun war der ganze Kummer, den sie tief in ihrem Inneren verschlossen hatte, wieder an die Oberfläche getreten, der Kokon den sie um ihre Liebe zu Alvaro gesponnen hatte, aufgerissen. Hatte sie das Richtige getan, indem sie einfach davongelaufen war? Es war offensichtlich gewesen, dass der Sohn des Marqués noch immer etwas für sie empfand. Doch sie wollte nicht noch einmal verletzt werden. Sie musste Alvaro so schnell wie möglich wieder vergessen.

Da öffnete sich die Kammertür und Manuel kam herein. Er setzte sich auf die Bettkante und streichelte ihr über den Rücken.

„Möchtest du mir nicht sagen, was dich bedrückt, Lea?"

Sie drehte sich um und schüttelte stumm den Kopf. „Ich will darüber nicht sprechen."

„Aber vielleicht kann ich dir helfen? Ich bin doch dein Verlobter."

„Niemand kann mir helfen! Geh und lass mich in Ruhe!" Die Stickerin starrte mit finsterer Miene vor sich hin.

„Ich verstehe, dass du verärgert bist. Ich werde dich nicht länger bedrängen. Ich will nur, dass es dir gut geht."

Lea seufzte. Warum musste Manuel ihr nur stets alles Recht machen wollen? Warum konnte er ihr nicht einmal wie ein richtiger Mann entgegentreten?

„Bitte geh!", forderte sie ihn scharf auf. „Ich will alleine sein!"

Doch Manuel gab nicht auf. „Du solltest endlich meine Frau werden, Lea. Du hast lange genug um deine Schwester getrauert."

Lea richtete sich auf und schaute den devot dreinblickenden Weinhändler einen Moment lang an. „Ja…, vielleicht hast du Recht", murmelte sie. „Vielleicht sollte ich bald mit dir unter das Heiratsbaldachin treten."

Ein Strahlen überzog Manuels Gesicht. Verliebt zog er Lea in seine Arme. Er war zu bewegt, als dass er das Zittern in ihrer Stimme bemerkt hätte.

„Du wirst sehen, wir werden sehr glücklich miteinander werden. Nun ruh dich ein wenig aus!" Er gab ihr einen zärtlichen Kuss.

„Ich werde gleich mit deinem Vater darüber sprechen." Er strich ihr noch einmal sanft über das Haar. Dann erhob er sich und verließ die Kammer.

Lea schloss die Augen. Sollte sie tatsächlich zustimmen, Manuels Frau zu werden, obwohl sie Alvaro wieder getroffen und sofort gespürt hatte, dass sie den Sohn des Marqués nach wie vor liebte?, fragte sie sich. Sie drehte sich auf die Seite und starrte verzweifelt gegen die Wand. Immer wieder sah sie Alvaro vor sich. Es dauerte noch lange, bis sie schließlich erschöpft einschlief.

2. Kapitel

November 1478

Toledo

„*Exigit sincerae devotionis*!" Laut hallte die Stimme Tomás de Torquemadas durch den Saal des Alcazars von Toledo, wohin der Hof vor einigen Wochen zurückgekehrt war. „Es erfordert ehrliche Gottergebenheit", zitierte er die Worte, mit denen die Bulle begann, die ein päpstlicher Eilkurier Isabel und Fernando an diesem Morgen übergeben hatte. Es handelte sich um die offizielle Erlaubnis Sixtus' IV, in Spanien eine neue Form der Inquisition einzuführen, die sich vornehmlich gegen die *conversos* richtete, die in ihren jüdischen Glauben zurückverfallen waren.

„Ehrliche Gottergebenheit, die Befolgung der christlichen Regeln - Eure Majestäten, somit stehen uns Mittel und Wege offen, diejenigen, die sich nicht daran halten wollen, zu bestrafen." Mit geröteten Wangen ging der Prior von Santa Cruz auf die Könige zu, die nebeneinander auf ihren Thronsesseln saßen. Der gesamte Hof sowie einige Kleriker waren seit der Mittagsstunde im Bankettsaal des Schlosses versammelt, um dem feierlichen Akt beizuwohnen, bei dem die Inquisitionsbulle vorgelesen wurde.

Wieder einmal fiel Alvaro, der zur Rechten Isabels stand, der Glaubenseifer auf, der in Torquemadas Augen leuchtete. Es schien dessen größtes Ziel zu sein, alle Ketzer des Landes zu vernichten.

„Nun liegt es an Euch, Hoheiten, Inquisitoren zu ernennen, damit die ersten Häretiker schon bald ihr Seelenheil in den Flammen der Scheiterhaufen zurückerlangen", rief Fray Tomas inbrünstig. „Vergesst nicht, was Ihr mir damals als junge Infantin gelobt habt", wandte er sich geradewegs an die Königin. „Ihr sagtet, wenn Ihr erst den Thron Kastiliens bestiegen hättet, würdet Ihr alles unternehmen, was in Eurer Macht stünde, damit in unserem Land nur noch ein einziger, wahrer Glaube vorherrschen würde – der Glaube an die Heilige Mutter Kirche. Nun ist die Zeit gekommen, dass Ihr Euer Versprechen einlösen könnt, was sage ich ..., einlösen *müsst*! Endlich kann das Unkraut zwischen dem Weizen Gottes vernichtet werden! Und Ihr solltet damit in Sevilla beginnen, wo die Scheinchristen in besonderem Maße ihr Unwesen treiben!"

Alvaro zog hörbar die Luft ein. Wie konnte es der Prior wagen, so mit Isabel zu sprechen?, wunderte er sich. Würde die Königin verärgert reagieren? Doch die Monarchin ließ sich nichts anmerken, als sie dem Kirchenmann mit ruhigen Worten antwortete.

„Euer Eifer in Ehren, Bruder Tomás, aber noch ist die Zeit für solch drastische Maßnahmen nicht gekommen. Zuvor wollen wir noch einen letzten Versuch unternehmen, die *conversos* wieder auf den rechten Weg zu bringen. Eminenz", forderte sie Kardinal Mendoza auf, „würdet Ihr bitte so freundlich sein, Fray Torquemada und den anderen Anwesenden unser Vorhaben zu erläutern."

Der Kardinal trat vor.

„Ich habe zusammen mit Bruder Talavera", er wies auf den Hieronymitenmönch, „einen Katechismus entworfen. Darin werden mit einfachen Worten die Gebote der Kirche erläutert. Er soll eine religiöse Führung für die Neuchristen sein und sie in dem für sie ungewohnten Glauben festigen. Wir werden diesen Hirtenbrief an sämtlichen Kirchenportalen Sevillas anbringen und alle Priester werden ihn von ihren Kanzeln herab predigen."

Ein Raunen machte sich unter den Anwesenden breit.

„Wenn die Konvertierten darin unterrichtet werden, was einen guten Katholiken ausmacht und welche Pflichten er hat, werden sie nicht mehr so schnell in ihre alten jüdischen Bräuche zurückverfallen", fuhr der Kardinal fort. „Sie müssen zum Beispiel wissen, dass in jedem ordentlichen Christenhaus ein Bildnis des gekreuzigten Jesus zu hängen hat und ein weiteres der Mutter Gottes oder eines anderen Heiligen."

Zustimmende Kommentare wurden laut. Alle außer Torquemada, der mit verbissener Miene den Kopf schüttelte, schienen einer Meinung mit Mendoza zu sein.

„Außerdem werden wir Maßnahmen ergreifen, die Neuchristen von ihren alten Glaubensgenossen zu trennen", ergriff die Königin das Wort. „Erhalten die *conversos* von Anfang an eine ausführliche Unterweisung in die christlichen Dogmen und werden gleichzeitig räumlich von den Juden getrennt, sodass sie nicht immer wieder mit ihnen in Berührung kommen, werden sie sich besser in ihrer neuen Religion zurechtfinden und nicht in Versuchung geführt werden, in die alte zurückzuverfallen. Daher haben wir entschieden, die jüdischen

Bewohner Sevillas in ein anderes abgeschlossenes Gebiet umzusiedeln."

Viele der Anwesenden hielten dies für eine gute Idee und nickten zustimmend. Nur Torquemada war noch nicht zufrieden.

„Dadurch wird sich nichts ändern, Hoheit. Wenn Ihr die Konvertierten von den Juden absondern wollt, gibt es nur eines: Ihr müsst die Anhänger des mosaischen Gesetzes des Landes verweisen!" Er ergriff das hölzerne Kreuz, das an einer Kette auf seiner Brust ruhte und küsste es. „Jawohl, jagt die Christusmörder aus Kastilien und Aragon und gleichzeitig die maurischen Hunde aus Granada, für ein Spanien, in dem nur ein Glaube vorherrscht – der einzig wahre, reine Glaube an die Dreifaltigkeit!" Torquemadas Gesicht hatte eine ungesunde Farbe angenommen. In seinen Augen loderte gefährliche Leidenschaft.

Nun mischte sich der König ein.

„Bruder Tomás, was glaubt Ihr, was geschehen würde, wenn wir sämtliche Juden des Landes verwiesen? Wie würde sich dies auf den Handel auswirken?" Fernando, dem das Wohl der Staatskasse stets sehr am Herzen lag, dachte hierbei offensichtlich auch wieder daran, wie viele Steuereinnahmen verloren gingen, wenn die Hebräer Spanien verlassen müssten. Sie zahlten sogar noch höhere Abgaben als die Christen.

„Ihr habt doch gehört, was meine Gemahlin gesagt hat. Die Zeit ist noch nicht gekommen, um solch drastische Maßnahmen einzuführen. Wenn Kardinal Mendozas Evangelisierungskampagne nichts ausrichten wird, ist es immer noch früh genug, auf die Bulle des Papstes zurückzugreifen. Ihr dürft Euch nun zurückziehen!"

„Gut, wie Ihr meint, Majestät. Doch Ihr werdet noch an meine Worte denken." Der Prior von Santa Cruz deutete eine Verbeugung vor den Königen an und verließ den Saal.

Alvaro blickte dem hageren Mann nach. Hoffentlich kommt es nicht zur Einführung der Inquisition, dachte er, denn würde man diesen Fanatiker gar zum Inquisitor ernennen, dann gäbe es keine Gnade für die Andersgläubigen.

Als der Sekretär am Abend in seinem Bett lag, gingen ihm erneut die Worte, die er während der Verkündung der Papstbulle gehört hatte, durch den Kopf. Die Umsiedlung der Juden Sevillas in ein neues, abgeschlossenes Gebiet betraf auch Lea und ihre Familie. Obwohl die Stickerin ihm bei ihrem Wiedersehen im Sommer unmissverständlich zu verstehen gegeben hatte, dass sie niemals eine gemeinsame Zukunft hätten, wollte Alvaro es nicht wahrhaben. Er hatte während seines Aufenthaltes in der Stadt am Guadalquivir die *judería* noch einige Male aufgesucht, doch die junge Frau war jeglichem Kontakt ausgewichen, und so hatte er es schließlich aufgegeben. Das hieß jedoch nicht, dass er sie gänzlich aus seinem Herzen verdrängt hätte. Er liebte sie immer noch und so würde es bis an sein Lebensende sein.

Das neue Wohnviertel, das die Könige für die Juden vorgesehen hatten, lag südlich des alten Alcazars, in einem Gebiet, das Corral de Jerez genannt wurde. Voller Mitleid dachte Alvaro daran, was dies für die jüdischen

Familien bedeutete: Sie mussten ihre jetzigen Häuser verkaufen oder vermieten und von der Krone das entsprechende Grundstück in dem ihnen zugewiesenen Bereich erwerben, um dort eine neue Wohnstätte zu errichten. Zweifelsohne würden viele Christen die missliche Lage der Juden ausnutzen und ihnen nur einen Spottpreis für ihre Besitztümer bieten.

Über diesen Gedanken musste Alvaro irgendwann eingeschlafen sein. Er schreckte hoch, als er plötzlich ein Klopfen vernahm. Wer konnte um diese Zeit noch etwas von ihm wollen?, überlegte er. Schlaftrunken erhob er sich, zündete einen Kienspan an und tappte zur Tür. Erstaunen machte sich auf seinem Gesicht breit, als er sich nach dem Öffnen Catalina gegenüber sah, die nur mit einem leichten Nachthemd bekleidet war. Ohne es zu wollen, verweilten seine Augen länger als beabsichtigt auf ihren Brüsten, die sich unter dem dünnen Stoff deutlich abzeichneten. Verlegen räusperte er sich.

„Was wollt Ihr so spät hier und noch dazu in Eurem Schlafgewand?" Verärgert über die nächtliche Störung, blickte er der jungen Frau in deren verschreckt wirkendes Gesicht.

„Es tut mir leid, Alvaro, aber ich wusste nicht, an wen ich mich wenden sollte. In meiner Kammer geht irgendetwas nicht mit rechten Dingen zu. Ich höre eigenartige Geräusche, die mir Angst machen. Könnt Ihr nicht mit mir kommen und nachschauen? Bitte!" Sie strich sich die wild abstehenden Locken hinter die Ohren und schaute ihn flehend an.

Alvaro zuckte mit den Schultern, schickte sich aber dennoch an, seine Hausschuhe anzuziehen. „Hättet Ihr nicht einen Diener holen können? Also gut, ich werde nachsehen, obwohl ich mir sicher bin, dass dort nichts sein wird", brummte er, nahm den Kienspan und schloss hinter der Hofdame die Tür. „Wahrscheinlich knackt es nur im Gebälk oder irgendwo läuft eine Maus entlang."

Nebeneinander gingen sie über den langen Flur und stiegen eine Treppe hinauf. Gleich zu Anfang eines weiteren Ganges befand sich das Zimmer, das Catalina während des Aufenthaltes des Hofes in Toledo bewohnte. Im Inneren des Raumes brannte ein Talglicht. Der rußige Geruch der dünnen Rauchfahne stieg Alvaro sogleich in die Nase.

„Wie könnt Ihr nur bei solch einem Gestank schlafen?", rief er und öffnete ein Fenster, um die frische, kühle Nachtluft hereinzulassen.

Dann lauschte er angestrengt, ob er eines der von Catalina erwähnten Geräusche vernähme. Aber es waren nur der nächtlichen Schrei eines Käuzchens zu hören und das Rauschen des Windes, der spielerisch durch die Blätter der Bäume im Burggarten fuhr.

„Es ist nichts! Ihr könnt Euch wieder in Euer Bett legen!", beruhigte er die Hofdame.

„Da, da war es wieder." Catalina stieß einen spitzen Schrei aus und presste sich Schutz suchend an Alvaros Oberkörper. Tränen funkelten in ihren grauen Augen, als sie ängstlich seinen Blick suchte.

Durch den dünnen Stoff ihres Nachtgewands spürte er die Rundungen ihrer Brüste. Er fasste sie an den Schultern und zog sie von sich weg.

„Es war nur ein Knackgeräusch in den Deckenbalken. Damit Ihr beruhigt seid, werde ich überall nachschauen." Er beugte sich hinunter und sah unter das Bett. „Nichts."

In einer Ecke des Raumes stand eine große Holztruhe. Auch diese öffnete er und fuhr mit seinen Händen zwischen die Kleidungsstücke, die sich darin befanden.

„Auch nichts! Seid Ihr nun beruhigt?" Seine Stimme klang ungeduldig.

Kleinlaut nickte das Mädchen. „Es tut mir leid. Ihr müsst mich für ein dummes, ängstliches Ding halten. Aber seit im Hause meines Vaters vor ein paar Jahren tatsächlich einmal ein Schurke nachts eindrang und vor meinem Bett stand, schrecke ich bei jedem noch so kleinen Geräusch auf und kann nicht mehr einschlafen." Sie ließ sich auf ihrem Bett nieder. „Ach, Alvaro! Wie oft stelle ich mir vor, wir wären verheiratet und ich läge nachts in Euren starken Armen und bräuchte mich nicht mehr zu fürchten. Ich wäre die glücklichste…"

„Catalina! Darüber haben wir schon oft genug gesprochen", unterbrach der Sekretär die Hofdame. „Legt Euch hin und schlaft! Hier ist nichts, wovor Ihr Angst haben müsstet." Er drückte der jungen Frau einen flüchtigen Kuss auf die Locken und verließ den Raum. Auf dem Rückweg zu seiner eigenen Kammer, kam er zu der Ansicht, dass Catalina ihm nur etwas vorgemacht haben musste, um ihm einmal mehr ihre Reize vor Augen zu führen. Die Nichte des Kardinals war eine gute Schauspielerin. Sie kam ihm wie eine Spinne vor, die langsam ihre klebrigen Fäden um ihr Opfer spann, bis dieses nicht mehr in der Lage wäre, sich zu bewegen und sie es nach und nach aussaugen konnte.

Mit einem tiefen Seufzer schlüpfte er in seinem Zimmer wieder unter die Bettdecke und löschte das Licht. Wäre nicht alles viel einfacher, wenn er Lea vergessen könnte und Catalina heiratete?, fragte er sich. Doch so sehr er sich auch bemühte, er konnte die jüdische Stickerin nicht aus seinem Kopf und seinem Herzen verbannen.

Sevilla, 6. Dezember im Jahre des Herrn 1478

„Und daher ist es unser aller Pflicht, unsere neugetauften Schwestern und Brüder zu unterstützen und ihnen zu helfen, sich in dem für sie ungewohnten Glauben zurechtzufinden, damit sie nicht in ihre ketzerischen Bräuche zurückverfallen." Kardinal Mendoza schaute von der Kanzel in Santa Maria auf die Menschen hinab, die zahlreich zur Frühmesse in der Kathedrale erschienen waren. Aufmerksam lauschten die sevillanischen Christen der Predigt ihres Erzbischofs.

„Diejenigen unter Euch, die von der falschen Religion abgelassen haben, um den einzig wahren Glauben anzunehmen, müssen gewillt sein, bis an das Ende ihrer Tage die Dogmen zu befolgen. In allen Gotteshäusern der Stadt wird man Euch den Katechismus verkünden. An jedem Kirchenportal sind von jetzt an die für Euch neuen Glaubensregeln angeschlagen und alle, die des Lesens nicht kundig sind, sollen einen ihrer christlichen Brüder, der diese Fähigkeit besitzt, bitten, ihnen den Inhalt der Tafeln vorzulesen, damit sich niemand mehr auf seine Unwissenheit berufen kann."

Diego de Susán, der vor vielen Jahren zum Christentum konvertiert und im Frühling sogar von der Königin in den Rat berufen worden war, lauschte den Worten des Kardinals. Die Familie de Susán gehörte zu den reichsten der Stadt. Sie wohnten nach wie vor im Santa Cruz-Viertel, inmitten ihrer ehemaligen Glaubensgenossen, nicht weit entfernt vom Haus der Bensiniors. Der wohlhabende Bankier kannte den jüdischen Tuchhändler gut und hatte schon des Öfteren mit Ezra Geschäfte getätigt. Seine Tochter ließ ihre Kleidung von Lea mit Stickereien verzieren.

Die Worte des Erzbischofs von Sevilla beeindruckten den *converso* in keiner Weise. Er wusste, wie er sich als Christ zu verhalten hatte und stellte nach außen hin das Bild eines braven, getauften Katholiken dar, der stets die Messe besuchte und zur Beichte ging. Doch tief in seinem Herzen war er ein Jude geblieben und lebte hinter den dicken Mauern seines Hauses gemäß den Bestimmungen der Tora und des Talmuds. Stolz betrachtete er seine Tochter Susona, die ihn zum Gottesdienst begleitet hatte. Mit ihrem glänzenden, schwarzen Haar, den braunen, mandelförmigen Augen unter den geschwungenen Brauen, den schwellenden roten Lippen und der schlanken, wohl proportionierten Figur, war sie eine außerordentliche Schönheit. Sie hatte im letzten Monat ihr sechzehntes Lebensjahr vollendet - dies bedeutete für Diego de Susán, dass es an der Zeit war, einen geeigneten Ehemann für das Mädchen zu finden. Schon viele *Sevillanos* hatten Susona den Hof gemacht. Doch nur derjenige würde sie zur Gemahlin bekommen, in dessen

Haus man außer den christlichen auch die mosaischen Gesetze achtete.

Das Hochamt war beendet. Kardinal Mendoza zog zusammen mit seinen assistierenden Priestern aus der Kathedrale. Dabei segnete er die anwesenden Gläubigen und besprenkelte sie mit heiligem Weihwasser aus dem Aspergillum, das er vor sich herschwenkte. Ein paar Tropfen trafen auch Diegos Hand. Unauffällig wischte er sie sogleich an seinem Gewand ab. Er war froh, als sie die düstere Kirche wieder verlassen konnten.

Während die Helfer Mendozas begannen, an sämtlichen Kirchenportalen der Stadt den Katechismus des Kardinals anzubringen, verfolgten Ezra, Aaron und Lea wie gewohnt mit ungeteilter Aufmerksamkeit am Montagmorgen den Gottesdienst in der Synagoge von Santa Cruz. Der Tuchhändler war zur Tora gerufen worden, um eine Stelle aus der heiligen Schriftrolle vorzulesen. Nachdem das letzte Gebet – das *Alenu* – gesprochen worden war, traten die Juden aus dem kühlen Dämmerlicht des Bethauses auf den sonnenüberfluteten Platz von Santa Cruz hinaus. Wie immer, bevor ein jeder wieder seiner Arbeit nachgehen würde, verweilte man noch ein wenig auf der Plaza und unterhielt sich über geschehene oder bevorstehende Ereignisse. Neben einigen anderen Geschäftsleuten hatten sich auch an diesem Tag Manuel und sein Vater zu den Bensiniors gesellt. Gerade, als die Gruppe sich wieder voneinander verabschieden wollte, ertönte ein Fanfarenstoß.

Ein Trupp berittener Männer preschte auf den Platz und hielt vor dem Eingang der Synagoge an. Lea musste durch den aufgewirbelten Staub husten und hielt sich schnell ein Stück Stoff ihres Umhangs vor den Mund. Es handelte sich um Herolde der Krone, wie die Juden an den mit Löwen und Türmen bestickten Tuniken der Reiter erkennen konnten. Die Männer stiegen von den Pferden ab. Erst jetzt sahen Ezra und die anderen, dass sie bewaffnet waren. Ängstlich blickte Lea auf die Schwerter, die in der Sonne funkelten und ließ es zu, dass Manuel sie an sich zog und mit einer beschützenden Geste seinen Arm um sie legte. Die Bewohner des Judenviertels blickten einander ratlos an. Einer der Herolde holte ein Schriftstück hervor und rollte es auseinander.

Dann begann er mit lauter Stimme zu lesen: „*Jüdische Bürger und Bürgerinnen Sevillas! Wir, der König und die Königin von Kastilien und Leon verkünden wie folgt: Alle Juden der Stadt haben ihre Behausungen zu verlassen und müssen in ein neues Gebiet jenseits des Alcazars umziehen, das Corral de Jerez genannt wird. Dieser Bereich wird von Mauern umfriedet sein, mit einem Tor, das zur Abendstunde verschlossen wird. Kein Jude darf zwischen Sonnenuntergang und Aufgang die neue judería verlassen. Euch wird gestattet, Eure jetzigen Häuser zu verkaufen oder zu vermieten. Das entsprechende Grundstück, das man Euch zuweisen wird, müsst Ihr von der Krone käuflich erwerben und dort eine neue Wohnstätte errichten.*

Nur diejenigen unter Euch, die bereit sind, von ihrem jüdischen Irrglauben abzulassen und zum einzigen wahren Glauben der Heiligen Mutter Kirche zu konvertieren, dürfen in ihren Häusern wohnen bleiben. Der Stadthalter von Sevilla, Don Diego de Merlo, ist für die Einhaltung dieses Ediktes und die Zuteilung der neuen Grundstücke zuständig.

Gezeichnet am königlichen Hof zu Toledo, am 10. des Monats Dezember, anno domini 1478.
Yo, el Rey Yo, la Reyna

Die Juden hatten der Verkündigung zunächst schweigend zugehört. Doch kaum hatte der königliche Ausrufer die letzten Worte vorgelesen, ertönten die ersten empörten Rufe. Immer mehr jüdische Bewohner waren während der Bekanntmachung des Erlasses aus den umliegenden Gebäuden auf den Platz geströmt und äußerten nun ihren Unmut. Der Herold befestigte derweil das Dokument mit Nägeln am Eingangsportal der Synagoge. Danach saßen die Männer der Krone wieder auf ihren Pferden auf und verließen nach einem letzten Trompetenstoß die Plaza.

Ezra schüttelte verständnislos den Kopf. „Sie wollen uns wie Gefangene in einem Getto halten. Das dürfen wir uns nicht gefallen lassen."

„Meine Familie wohnt seit vielen Generationen in unserem Haus", jammerte ein anderer. „Mein Geschäft befindet sich auch dort. Ich kann doch nicht alles aufgeben."

„An wen sollen wir überhaupt vermieten oder verkaufen? An die Christen? Sie werden unsere Lage ausnutzen und uns so gut wie nichts dafür bieten." Jehuda Toledano fasste sich an sein Herz, das wieder einmal zu schmerzen angefangen hatte.

„Du darfst dich nicht aufregen!", versuchte Manuel seinen Vater zu beruhigen. „Uns wird schon etwas einfallen!"

„Man muss eine Nachricht an Abraham Seneor schicken", rief jemand. „Vielleicht kann er ein gutes Wort bei den Königen für uns einlegen." Abraham Seneor, der Oberrabbiner der Juden Spaniens, stand hoch in der Gunst der Monarchin. Bei deren Versöhnung mit dem verstorbenen Enrique hatte er neben den Cabreras eine entscheidende Rolle gespielt. Des Weiteren hatte er dafür gesorgt, dass die Juden Isabel und Fernando bei der Finanzierung ihrer Hochzeit und des Erbschaftskrieges mit Portugal unterstützt hatten. Die Monarchin hatte ihn als Dank zum obersten Steuereinzieher der Krone ernannt.

„Wir haben die Majestäten nie im Stich gelassen. Wisst Ihr noch, wie die Königin ihren Schmuck bei uns versetzt hat? Wie kann sie uns jetzt so etwas antun und uns unser Heim nehmen?" Ezras Stimme klang aufgebracht. „Lasst uns heute Abend eine Versammlung in der Synagoge abhalten. Dort können wir in Ruhe besprechen, wie wir am besten vorgehen sollten."

Der Vorschlag des Tuchhändlers fand allgemeine Zustimmung bei den übrigen Juden und so trennte man sich, um in ein paar Stunden abermals zusammenzukommen.

Manuel und Jehuda begleiteten die Bensiniors in die Calle del Agua. Ezra hatte ihnen angeboten, gemeinsam eine Stärkung zu sich zu nehmen und noch einmal über dieses unglaubliche Ereignis zu sprechen.

Im Hause führte Lea die Gäste in die Wohnstube. Inés eilte sogleich in die Küche, um Wein, Käse und Schinken herbeizuholen.

„Ich kann nicht glauben, was gerade passiert ist. Wie können die Könige so etwas von uns verlangen?", brachte Manuel erneut sein Missfallen zum Ausdruck.
Auch Ezra hatte seine Fassungslosigkeit noch nicht verwunden. „Ob die Majestäten verstehen, was sie uns antun? Was wird aus unseren Geschäften? Müssen wir die auch verlegen?"
Manuel zuckte hilflos mit den Schultern. „Ich weiß mir keinen Rat mehr."
„Das Gleiche gilt für die Kontore." Jehuda kratzte sich am Kinn. „Unsere Kunden wissen seit vielen Jahren, wo sie uns finden können. Und nun sollen wir alles aufgeben und irgendwo anders von Neuem beginnen?"
„Wer weiß, ob wir überhaupt noch Geschäfte mit Christen tätigen dürfen", gab Aaron zu bedenken.
Die Männer blickten mit finsteren Mienen vor sich hin. Lea war ebenfalls besorgt. Durch die Umsiedlung würde auch sie gewiss viele ihrer Kundinnen verlieren.
„Eine Möglichkeit gibt es, um allen Schwierigkeiten aus dem Weg zu gehen", bemerkte Ezra schließlich und rieb sich müde über die Augen. „Sie wurde sogar in dem Erlass erwähnt."
Die anderen sahen ihn fragend an.
„Wir konvertieren zum Christentum!"
„Niemals!", rief Jehuda Toledano empört und sprang von seinem Stuhl auf. „Eher sterbe ich, als mich zu der Religion dieser Edomiter zu bekennen!"
Manuel legte seine Hand beruhigend auf dessen Schulter und drückte ihn wieder sanft nach unten. „Du darfst dich nicht aufregen, Vater!", ermahnte er ihn. „Denk an dein Herz!"

„Wir müssten den jüdischen Glauben nicht aufgeben! Nach außen hin wären wir Christen und in unseren Häusern, dort wo es keiner sieht, leben wir nach unseren alten Regeln", erklärte der Tuchhändler.

„Don Ezra hat Recht!", stimmte Manuel seinem zukünftigen Schwiegervater zu. „Gerade in Santa Cruz gibt es viele ehemalige Juden, die den Sabbat feiern und Fleisch bei unseren Schlachtern kaufen."

„Es gefällt mir nicht!" Jehuda schüttelte immer noch missbilligend den Kopf. „Ich glaube nicht, dass dies der richtige Ausweg ist."

Lea dachte blitzschnell über den Vorschlag ihres Vaters nach. Obwohl es ihr nicht zusagte, eine Christin zu werden, so könnte sie die Konvertierung als Grund vorbringen, die bevorstehende Hochzeit mit Manuel noch einmal zu verschieben.

„Wenn wir unsere Häuser und Geschäfte behalten wollen, wird uns nichts anderes übrigbleiben, als uns taufen zu lassen", bekräftigte Ezra seinen Vorschlag. „Was bedeutet es schon, ab und zu ihre Messe zu besuchen, wenn wir wissen, dass wir in unseren Herzen die Kinder Israels bleiben werden. Denkt in Ruhe darüber nach, Jehuda", forderte er den Weinhändler auf. „Wir werden das Thema am heutigen Abend bei der Versammlung noch einmal ansprechen."

„Gut." Manuel erhob sich. „Ich werde meinen Vater jetzt nach Hause bringen. Er soll sich noch ein wenig ausruhen, bis zum Beginn der Besprechung."

Ezra begleitete die beiden Männer zur Tür.

„Überlegt es Euch, Manuel. Es wäre gewiss das Beste für uns alle."

Manuel nickte und reichte seinem zukünftigen Schwiegervater die Hand zum Abschied. „Wir sehen uns später."

Der Tuchhändler schloss hinter ihnen die Tür und ging zurück in die Wohnstube. Dort saß er noch eine Weile mit seinen Kindern beisammen und sie berieten, was das Beste für sie wäre. Noch bevor sich Vater und Sohn am Abend zu der Zusammenkunft in der Synagoge aufmachten, hatten sie eine Entscheidung getroffen: Sie würden sich taufen lassen.

Sevilla, Kathedrale Santa Maria

Das Geläut der wuchtigen Glocken hoch oben im Kirchturm *la Giralda,* der einst das Minarett der ehemaligen Moschee gewesen war, wollte kein Ende nehmen. Lea, Aaron, Ezra, Inés und Manuel warteten zusammen mit einigen anderen Juden vor der Kathedrale. An diesem Tage nun, dem 23. Februar anno domini 1479, sollten sie in den Schoß der Katholischen Kirche aufgenommen werden und das Heilige Sakrament der Taufe erhalten. Sie trugen ihre besten Gewänder und hielten eine Kerze in den Händen. Lea hatte ihr langes Haar hochgesteckt und unter einer hellen Haube verborgen. Sie war angespannt und trat nervös von einem Fuß auf den anderen. Auch Inés, Ezra und Aaron erging es nicht anders. Obwohl die Familie des Tuchhändlers beschlossen hatte, sich taufen zu lassen, um ihr Haus mit dem Geschäft in der Calle del Agua nicht aufgeben zu müssen, lastete die Entscheidung schwer auf ihnen. Sie kamen sich wie Verräter an ihren jüdischen Glaubensgenossen und ihren verstorbenen Familienmitgliedern vor. Am Tag zuvor hatten Vater und Kinder noch bittere Tränen an Esthers und Saras Gräbern vergossen. Nur der Gedanke daran, dass sie in ihrem Herzen weiterhin Juden bleiben würden, ließ sie diese schwere Stunde überstehen. Da Inés nach all den Jahren ihren Dienstherrn nicht verlassen wollte, war sie ebenfalls zu dem Entschluss gelangt, den neuen Glauben anzunehmen. Manuel hatte seinen Vater nicht überzeugen können, zu konvertieren. So musste der Sohn des Weinhändlers diesen Schritt ohne Jehuda wagen, da es nach wie vor seine Absicht war, Lea zu heiraten. Wenn sie erst einmal eine Christin geworden und er aber Jude geblieben wäre, hätte er sie nicht zur Frau nehmen können.

Da erschien ein Geistlicher und forderte die Wartenden auf, die Kathe-drale durch die Portada del Bautismo zu betreten. Feuchte, Weihrauch geschwängerte Luft schlug ihnen entgegen und nahm ihnen fast den Atem. Lea ging zwischen ihrem Vater und ihrem Bruder. Nach der strahlenden Lichtflut, die sie vor der Kirche umgeben hatte, dauerte es eine Weile, bis sie im schummrigen Inneren des Gotteshauses etwas erkennen konnten. Es war von gewaltiger Größe. Über einem rechteckigen Grundriss erhob sich das mächtige Deckengewölbe, das von zweiunddreißig Marmorsäulen getragen wurde. Durch die hoch liegenden, bunten Glasfenster brach sich das Licht der Sonnenstrahlen und erhellte das Szenarium an gewissen Stellen, so als ob ein Maler mit vereinzelten Pinselstrichen Akzente auf seine Leinwand gesetzt hätte.

Das Taufbecken befand sich in einem Seitenschiff der Kathedrale. Dorthin geleitete der Priester die Juden. Der Prior von San Pablo, Alonso de Hojeda, würde die Taufzeremonie durchführen. Erwartungsvoll blickte er in die Gesichter der Täuflinge, die sich im Kreis um das Becken aufstellten. Dahinter hatten sich die Paten versammelt, die als Zeugen der Sakrementenspendung benannt worden waren.

Lea griff nach der Hand ihres Bruders, als Hojeda mit lauter Stimme zu sprechen begann. Während der Prior über die Freuden predigte, die die zukünftigen Christen nach der Erleuchtung durch ihre Taufe erfahren würden, schweiften die Gedanken der jungen Frau ab. Von nun an durften sie nie mehr die Synagoge betreten und mussten stattdessen die Messe der Katholiken besuchen und zu diesem falschen Messias und seiner Mutter, der Jungfrau Maria, beten. Sie mochte gar nicht daran denken. Allerdings würde sie von nun an derselben Religion angehören wie Alvaro, sodass die größte Hürde, die einst gegen ihre Verbindung gesprochen hatte, vom jetzigen Tag an nicht mehr existierte. Sollte sie es wagen und ihm eine Nachricht schicken, obwohl sie weiterhin ihre unterschiedliche Stellung trennte?, überlegte sie. Sie liebte ihn nach wie vor, auch wenn sie ihm damals, als er in die *judería* gekommen war, etwas anderes zu verstehen gegeben hatte.

Aaron drückte die Hand seiner Schwester. Hojeda hatte soeben den Segen über das Taufwasser gesprochen und als erstes Ezra und seine zwei Paten aufgefordert, vorzutreten. Im Gesicht des Tuchhändlers war nicht die geringste Regung zu erkennen.

„Ezra Bensinior, Sohn des Samuels und seines Weibes Raquel, von jetzt an soll dein neuer Name Hernando Calderón lauten." Der Prior tauchte eine silberne Schale in das Becken und füllte sie mit dem Wasser. „Ich taufe dich auf den Namen des Vaters, des Sohnes, und des Heiligen Geistes." Während er die Worte sprach, benetzte er dreimal den Kopf des Täuflings.

Lea atmete tief ein. Nun war es geschehen, es gab kein Zurück mehr. Einer nach dem anderen mussten die Juden ihr Haupt beugen, um das geheiligte Wasser zu empfangen, durch das sie nach dem neuen Glauben ein Teil des Leibes Jesu wurden und ihr Leben von nun an als Christ fortführen würden. Lea fühlte, wie die kühle Flüssigkeit zwischen ihren Haaren entlangrann. Es kam ihr so vor, als ob ihre Kopfhaut brennen würde. Sie hieß jetzt Lea Calderón, durfte ihren Vornamen behalten, ebenso wie Manuel, der lediglich Toledano gegen Torregrosa ersetzen musste. Aaron würde fortan Miguel gerufen werden.

Als nächstes salbte Hojeda die Stirn der neuen Christen mit einem wohlriechenden Öl, das vom Bischof selbst geweiht worden war. Auf diese Weise wurde ihnen der Heilige Geist geschenkt, so wie es ihnen ein paar Tage zuvor ein Gehilfe Kardinal Mendozas erklärt hatte. Danach erhielten sie ihre erste Heilige Kommunion. Widerwillig öffnete Lea den Mund und empfing aus der Hand des Priors die Hostie, die angeblich den Leib des Messias versinnbildlichte. Tapfer schluckte sie die klebrige Oblate hinunter, obwohl sie diese viel lieber wieder ausgespuckt hätte. Nach einem letzten feierlichen Segen, sprachen alle zusammen das *Pater noster.* Wie zähflüssiger Honig kamen Lea die Worte über die Lippen, während in ihrem Inneren das *Schm'a Jisrael erklang.*

Nach der Messe traten die Bensiniors, Inés und Manuel schweigend den Rückweg nach Santa Cruz an. Ab jetzt würde nichts mehr so sein, wie zuvor. Dem Sohn des Weinhändlers stand ein weiteres trauriges Ereignis bevor: Der Umzug seines Vaters in die neue *judería.* Hatte Manuel auch mit Engelszungen auf Jehuda eingeredet, ihm versprochen, weiterhin die jüdischen Gesetze im Verborgenen zu achten – es war umsonst gewesen, der alte Mann hatte sich nicht davon überzeugen lassen, zu konvertieren. So hatte Leas Verlobter ein Grundstück im Corral de Jerez erworben und den Bau eines kleinen Hauses in Auftrag gegeben. Seinem Vater sollte es schließlich auf seine alten Tage an nichts fehlen.

Vor dem nachbarlichen Anwesen des Tuchhändlers in der Calle del Agua hatte sich eine Menschentraube versammelt. Schon von weitem war zu erkennen, wie die Leute aufgeregt gestikulierten. Als Ezra und die Seinen vor ihrem eigenen Haus ankamen, fragten sie, ob irgendetwas geschehen wäre.

„Wir haben gerade erfahren, dass wir unsere Wohnstätten bis zum Ende des Monats verlassen müssen, auch wenn die neuen Gebäude im Corral noch nicht fertig gestellt sind", berichtete Ezras Nachbar Jona.

„Was sollen wir nur tun? Wir können doch nicht im Freien übernachten", erklang die weinerliche Stimme einer Frau. „Unsere Kinder sind noch so klein."

„Warum bittet ihr nicht um Aufschub? Die Könige können doch nicht derart herzlos sein", schlug Ezra vor.

„Was mischt Ihr Euch überhaupt ein?" Eine alte Frau drängte sich nach vorne und zeigte mit dem Finger auf den Tuchhändler. „Euch geht unser Schicksal doch nichts mehr an. Die feinen Herrschaften haben ihren jüdischen Glauben verraten. Christen sind sie jetzt, und verehren diesen falschen Messias." Sie spuckte vor den Bensiniors auf den Boden.

„Judith, hört auf! Ezra hat die Entscheidung getroffen, die er als die beste für seine Familie erachtete", nahm Jona Leas Vater in Schutz. „Es ist ihm gewiss nicht leicht gefallen!"

Der Tuchhändler nickte. „Wenn wir Euch irgendwie helfen können, sagt es uns! Ihr wisst, wo Ihr uns finden könnt." Seine Stimme klang müde. „Lasst uns ins Haus gehen! Ich muss mich ein wenig ausruhen", forderte er seine Kinder und Inés auf.

Erschöpft ließ er sich kurz darauf in einem Sessel nieder und bedeckte sein Gesicht mit den Händen.

„Geht es dir nicht gut, Vater?", fragte Lea und reichte ihm einen Becher mit kühlem Wein.

„Wer sind wir jetzt?", murmelte er und schüttelte mutlos den Kopf. „Unsere ehemaligen, jüdischen Glaubensgenossen verachten uns nun und die Altchristen bezeichnen uns als *marranos.* Wir sind weder Fisch noch Fleisch, weder Ross noch Maultier."

„Trotzdem geht es uns nicht schlecht. Wir haben uns! Wir können in unserem Haus bleiben und das Geschäft weiterführen! Nur das zählt, Vater!" Die Stickerin kniete vor Ezra nieder, schlang die Arme um seinen Körper und legte ihren Kopf auf seinen Schoß. „Das Leben geht weiter. Ob wir nun Christen sind oder Juden geblieben wären."

„Du hast ja Recht, mein Kind." Ezra seufzte tief und strich über die weichen Locken seiner Tochter.

3. Kapitel

Ende April 1479

Toledo

Isabel saß im Beisein ihrer Hofdamen in einem der zahlreichen Säle des Alcazars. Der Raum war von überschaubarer Größe und strahlte durch die mit Samt bezogenen Wandpaneelen sowie die Teppiche, die den gefliesten Boden bedeckten, Behaglichkeit aus. In einem Marmorkamin brannte ein Feuer. Es war zwar draußen schon milder geworden, doch an Tagen wie diesen, wo sich die Sonne hinter grauen Wolken versteckt hatte, herrschte in den Zimmern eine Kälte, die nur durch die Wärme lodernder Flammen oder glühender Kohlebecken vertrieben werden konnte.

Die Kinderfrau hatte vor einer Weile die beiden Infanten gebracht. Der kleine Juan ruhte schlafend in den Armen der Königin und Isabelita, die im Oktober schon neun Jahre alt wurde, versuchte sich an einer Stickerei. Die Prinzessin sah mit der porzellanfarbenen Haut und dem blonden Haar ihrer Mutter immer ähnlicher.

Juanito zuckte im Schlaf mit den Lidern. Zärtlich strich Isabel über dessen eifrig sprießendes, dunkles Haupthaar. Sie konnte sich noch nicht vorstellen, dass dieses kleine, unschuldige Wesen einmal der Herrscher über Kastilien und Aragon sein würde. Sein Großvater, Juan II., hatte im Januar das Zeitliche gesegnet, und so hatte Fernando den aragonesischen Thron bestiegen. Seither weilte er noch öfter als sonst in Zaragoza. Eine Woche zuvor war er erneut abgereist. Somit hatte ihm Isabel nicht einmal mehr persönlich sagen können, dass die Vermutung, die sie seit kurzem gehegt hatte, zur süßen Gewissheit geworden war - sie erwartete wieder ein Kind. Bislang wusste es noch niemand. Mit ungewohnt sanftem Blick betrachtete sie ihren Sohn, der soeben die Augen öffnete und herzhaft gähnte. Isabelita führte weiterhin voller Eifer und mit geröteten Wangen ihre Stickerei aus. Ab und zu blitzte ihre rote Zunge zwischen den Lippen hervor und wanderte zwischen ihren Mundwinkeln hin und her.

Der Königin wurde es schwer ums Herz, wenn sie daran dachte, dass ihre Tochter schon bald Kastilien verlassen musste, um Alfonsos Sohn, den Thronfolger von Portugal, zu heiraten. So hatte sie es im letzten Monat während der Zusammenkunft mit ihrer Tante, der portugiesischen Infantin Beatríz de Braganza, ausgemacht, um endlich Frieden zwischen den beiden Ländern zu schließen. Ihre Widersacherin Juana hingegen, sollte entweder für immer ins Kloster eintreten oder den kleinen Juan heiraten, sobald dieser das vierzehnte Lebensjahr erreicht hätte. Bis dahin würde die Beltraneja, wie sie in Kastilien von jedermann genannt wurde, unter Vormundschaft der Infantin Beatríz in Portugal leben. Isabel war froh, dass sie eine freie Entscheidungsgewalt für ihren Sohn hatte erwirken können. Sollte Juan die vermeintliche Tochter des verstorbenen Königs nicht ehelichen wollen, so konnte er es verweigern, und Juana würde als Entschädigung hunderttausend Golddukaten erhalten. Die Monarchin seufzte. Was für ein Schicksal würde wohl das neue Wesen erwarten, das sie unter dem Herzen trug?, fragte sie sich.

Da gesellte sich Beatríz de Bobadilla an ihre Seite und unterbrach ihren Gedankengang.

„Ihr habt so hübsche Kinder, Hoheit. Gewiss seid Ihr sehr stolz auf sie."

„Das bin ich, meine Liebe", erwiderte die Königin mit einem Lächeln. „Ihr alle sollt die ersten sein, die es erfahren: Ich bin wieder guter Hoffnung!"

Freudige Rufe erklangen. Die Hofdamen erhoben sich von ihren Stühlen und umringten die Monarchin, um sie zu der guten Nachricht zu beglückwünschen.

„Ich denke, Euer Gemahl wird außer sich vor Freude darüber sein, Hoheit", vermutete Catalina.

„Er weiß es noch nicht. Ich habe es selbst erst erfahren, als er schon abgereist war."

„Hoffentlich wird es ein Mädchen, Mutter", rief die Infantin. „Ich hätte lieber eine Schwester, als noch einen Bruder."

„Das wird nur Gott alleine entscheiden, mein Kind."

„Darf ich den kleinen Prinzen einen Augenblick halten?", fragte Beatríz und ließ das Baby nach Isabels Zustimmung auf ihren Knien reiten.

Mit seinen runden, dunklen Augen, blickte es die Vertraute der Monarchin an und krähte vor Freude. Dann legte die Hofdame den Kleinen in die Arme seiner Schwester, die ihn stolz hin und her wiegte. Was für ein friedliches Bild, dachte Isabel. Man müsste es für die Nachwelt festhalten. Vielleicht in Öl gemalt oder noch besser, damit die Farben mit der Zeit nicht verblassten, als gesticktes Motiv auf einem lebensgroßen Wandteppich. Zudem konnte man es auf diese Weise auch besser transportieren, wenn der Hof seinen Standort wechselte. Je länger sie darüber nachdachte, desto besser gefiel ihr diese Idee, und so fragte sie ihre Damen um deren Meinung. Sie waren allesamt begeistert von dem Plan und redeten aufgeregt durcheinander.

„Ihr müsst die beste Stickerin des Landes ausfindig machen, Hoheit", riet Leonor.

„Unter ihrer Anleitung könnten wir alle helfen. Stellt euch nur vor, was für einen Spaß wir hätten."

„Ihr könntet den Wandbehang Eurem Gemahl als Überraschung schenken", schlug Catalina vor.

„Das ist ein guter Einfall", lobte Isabel die junge Frau. „Jetzt müssen wir nur noch herausfinden, wer die beste Stickerin ist."

„Das sollte nicht schwer sein, Hoheit", tat sich Catalina abermals hervor. „Veranstaltet einen Stickwettbewerb in den wichtigsten Städten Eures Landes! Wer dort als Siegerin hervorgeht, ist die Beste."

„Das ist eine ausgezeichnete Idee, Euer Hoheit, und wir alle werden die Arbeiten der Teilnehmerinnen beurteilen", warfen die anderen ein.

Die Königin schmunzelte ob der Begeisterung der Hofdamen. Doch sie musste ihnen zustimmen, ein Wettbewerb wäre in der Tat eine hervorragende Gelegenheit, die talentierteste Stickerin ausfindig zu machen.

Somit war es beschlossene Sache – es würde eine Ausschreibung in der Kunst der Stickerei geben und der Gewinnerin würde die Ehre zuteil kommen, gegen ein angemessenes Honorar die königlichen Infanten auf einem Wandbehang zu verewigen.

Am nächsten Tag erläuterte Isabel im Beisein Catalinas, Alvaro den Plan. Zunächst blickte der Sekretär zweiflerisch drein, aber dann wurde ihm klar, was dies für ihn bedeuten könnte. Hätte die Monarchin ihm genau ins Gesicht geschaut, so wäre ihr das Aufleuchten in seinen Augen nicht entgangen. Es gab nur eine Stickerin, die diese Aufgabe zur vollsten Zufriedenheit der Königin ausführen konnte und das war Lea. Er hatte ihre Arbeiten damals gesehen, und obwohl er von derlei Handwerk nichts verstand, waren ihm sofort die naturgetreue Auswahl der Farben und die genaue Ausführung aufgefallen. Er war sich sicher, dass sie alle Konkurrentinnen ausstechen würde. Wäre es nicht großartig, wenn die Frau, nach der er sich nach wie vor verzehrte, hierher an den Hof käme und er sie jeden Tag sehen könnte? Ein warmes Gefühl durchströmte ihn, während er sich vorstellte, wie sie ihre Liebe wieder aufleben lassen würden.

„Alvaro, habt Ihr gehört, was ich gesagt habe?" Die Worte der Königin rissen ihn aus seinen Gedanken.

„Verzeiht bitte, Hoheit! Ich war unaufmerksam."

„Ihr werdet Euch zusammen mit Catalina, von der die Idee des Stickwettbewerbs stammt, um die Ausführung kümmern", ordnete Isabel an.

Alvaro runzelte die Stirn. Die Nichte des Kardinals hingegen strahlte ob der Aussicht, auf königlichen Befehl hin, Zeit mit ihrem Favoriten verbringen zu dürfen.

„Ihr müsst zunächst fünf Orte bestimmen!", fuhr die Monarchin fort. „Setzt ein Schreiben auf und schickt es an die entsprechenden Räte. „Ich denke, es sollten jeweils drei Frauen pro Stadt in die Endausscheidung gelangen. Die Städte werden ihre Teilnehmerinnen selbst benennen. Die Auserwählten werden nach Toledo reisen und hier am Hof eine Woche lang bestimmte Aufgaben erfüllen, die ich mir zusammen mit den Hofdamen ausdenken werde. Danach beurteilen wir die Arbeiten und küren die Beste zur Siegerin. Ich denke, so sollte es gehen!" Zufrieden lächelnd blickte die Königin auf Catalina und Alvaro.

Der Sekretär nickte zustimmend. Eine Sache lag ihm jedoch noch am Herzen. „Dürfen an dem Wettbewerb auch jüdische Frauen teilnehmen?", wagte er es zu fragen.

Isabel schien einen Moment nachzudenken, dann schüttelte sie den Kopf. „Nein, keine Jüdinnen! Die Gewinnerin muss immerhin eine zeitlang am Hof leben."

Er hatte es geahnt. Alvaro konnte seine Enttäuschung nur schwer verbergen. Damit war die Aussicht, Lea vielleicht wieder zu sehen, zunichte gemacht.

„Was ist mit Euch, Alvaro? Ihr seht so unzufrieden aus. Gibt es etwas an der Sache zu bemängeln?"

„Nein, Hoheit", beeilte sich der junge Mann zu versichern.

„Gut, dann fangt am besten sofort mit der Planung an!" Die Königin erhob sich und strich ihr dunkelbraunes Kleid glatt.

Nachdem sich der Sekretär verbeugt und Catalina geknickst hatte, verließ die Monarchin den Raum.

„Lasst uns sofort anfangen, Alvaro!", sagte die Nichte des Kardinals mit schmeichelnder Stimme. „Ganz so, wie es die Königin angeordnet hat." Sie strich über den Arm des Sekretärs.

Der junge Mann ignorierte die Berührung. Stattdessen holte er einen Bogen Papier, eine Feder und das Tintenfass aus einem Fach seines Schreibpults.

„Wir sollten zunächst festlegen, in welchen Städten sich die Teilnehmerinnen bewerben dürfen." Sein Ton klang unpersönlich und kühl. „Ich schlage Sevilla, Segovia, Valladolid, Madrid und Toledo vor."

„Einverstanden!", stimmte Catalina zu und blickte Alvaro tief in die Augen.

„Hört auf damit!"

„Was meint Ihr?"

„Seht mich nicht auf solche Weise an!"

Die Nichte des Kardinals stützte sich mit den Händen auf dem Schreibtisch ab und kam noch näher mit ihrem Gesicht. „Macht es Euch nervös?"

„Ja… ich… nein! Lasst uns weitermachen. Ihre Majestät will Ergebnisse sehen!"

Während der nächsten Stunde setzten sie das Schreiben auf, das sie in die fünf ausgewählten Städte schicken wollten. Da sich Catalina nun beherrschte, arbeiteten sie zügig miteinander und Alvaro war erstaunt über die guten Vorschläge, die hin und wieder aus ihrem Munde kamen.

Nachdem sie die Zustimmung der Königin erhalten hatten, sorgte der Sekretär dafür, dass Boten die Bedingungen der Ausschreibung so schnell wie möglich nach Sevilla, Madrid, Segovia und Valladolid brachten. Außerdem veranlasste er die Verkündigung derselbigen durch Herolde in den verschiedenen Stadtvierteln Toledos.

„Gute Arbeit!", lobte die Königin. „Jetzt müssen wir abwarten, bis die einzelnen Städte ihre ausgewählten Teilnehmerinnen schicken."

Sevilla, 6. Mai, im Jahre des Herrn 1479

Inés wuchtete die vollgepackten Körbe auf den Holztisch in der Küche und legte die Haube ab, unter der ihr braunes, von grauen Strähnen durchzogenes, Haar zum Vorschein kam. Durch die Hitze, die draußen herrschte, klebte es ihr feucht am Kopf. Sie war auf dem Markt gewesen und hatte Obst und Gemüse für die nächsten Tage eingekauft. Seit dem Edikt der Könige, auf Grund dessen die Juden, die nicht hatten konvertieren wollen, in den Corral de Jerez umgezogen waren, fühlte sich die Hausangestellte des Tuchhändlers nicht mehr wohl. Viele ihrer Freunde hatten unter Tränen ihre Häuser verlassen. Sie vermisste sie schmerzlich, ebenso wie die Besuche in der Synagoge. Das ehemals jüdische Gotteshaus war jetzt in eine christliche Kirche umgewandelt worden. Inés nahm einen Becher und füllte ihn mit Wasser aus dem großen Holzbottich. Der Anblick des gekreuzigten Jesus', der an der Wand darüber hing, stieß ihr bitter auf. Sie verabscheute die Regeln der neuen Religion. Niemals würde sie sie reinen Herzens befolgen. Viel lieber wäre sie eine Jüdin geblieben. Sie wusste jedoch, dass man sie dann ebenfalls gezwungen hätte, in die neue *judería* umzuziehen, wäre sie nicht zusammen mit Ezra und seinen Kindern zum Christentum übergetreten. Da sie keine Angehörigen mehr hatte und schon seit vielen Jahren im Haushalt der Bensiniors lebte, betrachtete sie diese nun als ihre Familie. Inés seufzte tief, während sie die Körbe ausleerte. Zum Glück war der Tuchhändler kein Christ aus voller Überzeugung geworden. Auch wenn sich alle nach außen hin so verhielten, wie man es von Katholiken erwartete, so lebten sie zu Inés' Freude hinter den Mauern des Hauses, so gut es ging, nach den Gesetzen Moses. Der jüdische Schlachter, bei dem sie früher eingekauft hatte, hatte zwar ebenfalls seinen Glauben gewechselt, doch er versorgte die *conversos*, denen er vertraute, auch weiterhin heimlich mit koscherem Fleisch. Hierzu suchte Inés sein Geschäft nach Einbruch der Dunkelheit auf und betrat es durch die Hintertür.

Bei all den trübseligen Gedanken, die sie wieder einmal heimsuchten, hätte sie fast die Neuigkeiten vergessen, die sie Lea erzählen wollte. Geschwind verstaute sie die leeren Körbe in einem Regal und machte sich auf die Suche nach der Stickerin. Die junge Frau saß im *patio* unter dem alten Olivenbaum und verzierte den Saum eines Kleides mit einem Blumenmuster.

„Komm, setz dich zu mir und leiste mir Gesellschaft", rief Lea, als sie Inés erblickte.

Die Hausangestellte nahm neben ihr Platz und bewunderte die feinen Stiche, die einmal eine Borte zweier ineinander verschlungener Rosenzweige darstellen würden.

„Was für ein hübsches Motiv!", lobte sie. „Du bist eine wunderbare Künstlerin! Ich habe noch keine gesehen, die so sorgsam mit der Nadel umgeht wie du."

„Ach, es gibt wahrscheinlich noch andere, die es besser können als ich", entgegnete Lea bescheiden.

„Ich wüsste, wie es herauszufinden wäre", verkündete Inés und erzählte dem Mädchen mit glänzenden Augen, was sie am Morgen in der Stadt erfahren hatte.

„Ein von der Königin angeordneter Stickwettbewerb?" Lea schüttelte ungläubig den Kopf.

„Ja, so ist es. Ich war selbst dabei, als der Herold es auf dem Markt bekanntgab. Diejenigen, die hier in Sevilla auserwählt werden, müssen nach Toledo reisen und sich dort in einer weiteren Ausscheidung mit anderen Stickerinnen aus dem ganzen Land bewähren."

„Und die Siegerin darf am Hof wohnen und einen Wandbehang mit den Bildnissen der Infanten anfertigen", wiederholte die junge Frau versonnen, was die Hausangestellte zuvor erklärt hatte. Am Hof, dort, wo sich auch Alvaro befand!, dachte sie. „Weißt du, was ich tun muss, um daran teilzunehmen?", fragte sie.

„Nein." Inés zog die Schultern hoch. „Aber der Herold hat ein Papier an der Tür unserer ehemaligen Synagoge befestigt. Dort steht bestimmt alles geschrieben", vermutete sie.

„Ich werde gleich hingehen und nachschauen. Begleitest du mich?" Lea legte die Stickerei beiseite und stand auf.

„Ich wüsste nicht, was ich lieber täte", freute sich Inés.

„Und kein Wort zu meinem Vater, hörst du?", befahl die junge Frau, während sie das Haus verließen. „Falls ich tatsächlich gewinnen sollte und seine Erlaubnis bräuchte, um nach Toledo zu reisen, wäre es noch früh genug, es ihm zu erzählen."

„Du kannst dich auf mich verlassen, Lea!"

Wenig später erreichten sie das Gebäude des ehemaligen jüdischen Gotteshauses. Der Anschlag am Eingangsportal sprang Lea sofort ins Auge. Wort für Wort las sie, was dort geschrieben stand.

Die Teilnehmerinnen hatten sich in zwei Tagen im Ratsgebäude am Corral de los Olmos einzufinden. Des Weiteren mussten sie drei Arbeitsproben mitbringen, die man begutachten würde.

Lea spürte, wie ihr das Herz bis zum Halse schlug. Sollte sie sich tatsächlich zu dem Wettstreit anmelden?, sinnierte sie. Würde ihr Vater sie nach Toledo reisen lassen, wenn man sie auserwählte? Es wäre wohl die letzte Gelegenheit, der Hochzeit mit Manuel, die nun bald stattfinden sollte, zu entgehen und gleichzeitig Alvaro wiederzusehen.

Während sie zurück in die Calle del Agua liefen, fasste sie den Entschluss, an der Ausschreibung teilzunehmen.

Zuhause angekommen, machte sich Lea eilends daran, die schönsten ihrer Arbeiten herauszusuchen. Schon bald war der Tisch im *patio* mit Wandbildern, Kleidungsstücken und Stoffen übersäht. Zusammen mit Inés traf sie ihre Auswahl, sodass zum Schluss noch fünf Teile übrigblieben: Zwei Wandteppiche, ein Kleid, ein Wams und ein Umhang.

„Dieses Bild hier, auf dem du Sevilla und den Guadalquivir verewigt hast, ist großartig. Es wird den Leuten gefallen", schwärmte Inés und fuhr mit den Fingerspitzen über die feine Stickerei. „Nimm auch den anderen Behang mit, den mit der jungen Frau am Flussufer. Du wirst sehen, schon bald reist du nach Toledo."

Lea drückte der alten Frau einen Kuss auf die Wange. „Ich danke dir, Inés, dass du so ein Vertrauen in meine Fähigkeiten setzt."

Nach einer Weile war die Auswahl getroffen. Sie hatten sich für ein Kleid entschieden, dessen Saum mit bunten Blumenranken und Vögeln bestickt war, einen Umhang, den Lea in der Kunst der Schwarzstickerei gearbeitet hatte und schließlich für den Wandbehang, auf dem die Frau am Fluss dargestellt war.

Zwei Tage später fand sich Lea im Corral de los Olmos ein, wo das Rathaus in der Nähe des Giralda-Turms, hinter der Kathedrale stand. Beim Anblick der mächtigen Kirche, in deren Inneren sie vor nicht allzu langer Zeit ihren jüdischen Glauben abgeschworen hatte, überkam sie ein Schaudern. Schnellen Schrittes lief sie um das Gebäude herum. In einem geschnürten Bündel trug sie die drei verlangten Proben ihres Könnens mit sich. In der Nacht zuvor war sie erst spät zur Ruhe gekommen. Immer wieder hatte sie sich vorgestellt, wie sie am Hof in Toledo Alvaro wiedersehen würde.

Nervös wischte sie sich die Schweißtropfen von der Stirn, bevor sie die Halle des Gebäudes betrat. Sie hatte ihre dunklen Locken zu zwei geflochtenen Schnecken gedreht und oberhalb der Ohren festgesteckt. Am Morgen hatte sie lange überlegt, was sie am besten anzöge und sich schließlich für ein dunkelblaues Taftkleid entschieden, das am Saum und am Ausschnitt Silberstickereien aufwies.

Rechter Hand neben dem Eingang saß ein Mann hinter einem Schreibtisch und sortierte einen Stapel Papiere.

An der Wand darüber hing ein Ölgemälde, auf dem eine Gruppe Adeliger bei der Falkenjagd dargestellt war.

Da sie sonst niemanden sah, fragte sie höflich, wo sie sich zu der Ausschreibung des Stickereiwettbewerbs anmelden könnte. Der Mann erhob sich und führte sie in einen angrenzenden Raum. Dort waren lange Holztafeln aufgebaut, auf denen schon Stickereiarbeiten ausgebreitet waren. Ein weiterer Bediensteter der Stadt saß hinter einem Tisch und sprach mit einer Dame. Drei andere standen an der Seite und unterhielten sich.

„Wartet einen Moment, bis ihr an der Reihe seid", forderte sie derjenige auf, der sie in das Zimmer begleitet hatte. „Man wird dann Euren Namen notieren und Eure Musterstücke entgegennehmen."

Lea bedankte sich und schaute sich neugierig um. Die Wände des Raumes waren mit dunklem Holz vertäfelt. Sie erkannte den verstorbenen König Enrique auf einem der vielen Gemälde, auf einem anderen Isabel und ihren Gemahl. Auch hier blickte ihr Jesus am Kreuz entgegen. Obwohl das Fenster offen stand, war es heiß und stickig in dem Raum. Lea holte ihren Fächer hervor und verschaffte sich ein wenig Kühlung.

Während sie wartete, betrachtete sie die ausliegenden Stickereien. Es waren ein paar schöne Arbeiten darunter, doch nichts, wie sie fand, was sie mit den ihrigen nicht hätte übertreffen können.

Endlich war sie an der Reihe und verriet dem Schreiber, wie sie hieß. „Lea Bensi…, Calderon." Fast hätte sie ihren alten Namen genannt.

Der Mann blickte von seinen Papieren auf und schaute sie misstrauisch an. Die Stickerin spürte, wie ihr der

Schweiß den Rücken hinunterlief. Als sie ihm erklärte wo sie wohnte, schien sie seinen Argwohn endgültig geweckt zu haben.

„In Santa Cruz? Ist das nicht das ehemalige Judenviertel? Ihr seid doch nicht etwa eine von diesen Hebräerinnen?"

„Nein, nein!", beeilte sich Lea zu versichern. „Ich bin Christin. Mein Vater hat das Haus von einem der Juden gekauft, die in den Corral de Jerez umziehen mussten", log sie. Sie hielt es für besser, nicht zu erwähnen, dass sie erst vor nicht allzu langer Zeit konvertiert hatten.

„Jüdinnen dürfen nämlich nicht an dem Wettbewerb teilnehmen", fuhr der Schreiber mit ernster Miene fort. „Eben war doch tatsächlich eine von denen hier, um sich anzumelden." Er gab ein paar Zischlaute von sich und schüttelte den Kopf. „Die glaubte, man würde sie an den königlichen Hof reisen lassen!" Er lachte spöttisch auf.

Lea presste die Lippen fest aufeinander. Sie musste sich zusammenreißen, damit sie die Worte, die sie dem Mann gerne entgegengeschleudert hätte, für sich behielt.

Er befestigte ein Stück Papier, auf den er ihren Namen vermerkt hatte, an ihren Stickarbeiten. „Legt Eure Mustersachen dort drüben ab!" Er wies mit dem Kopf auf die Holztische. „In einer Woche müsst Ihr wiederkommen, dann werden wir das Ergebnis verkünden."

Lea war froh, als sie wenig später das Ratsgebäude verlassen konnte. Die abfällige Bemerkung, die der Schreiber über die Jüdin gemacht hatte, ging ihr nicht aus dem Kopf. Traurig musste sie sich eingestehen, dass sie solcherlei Kommentare wohl in Zukunft noch öfter zu hören bekäme.

Die Woche schien kein Ende zu nehmen. Als die sieben Tage vorüber waren, machte sich Lea abermals klopfenden Herzens zum Corral de los Olmos auf. Diesmal führte sie der Mann vom Empfang in einen Saal im ersten Stockwerk. Große, bis zum Boden reichende, von Samtvorhängen eingerahmte Fenster, sorgten für genug Helligkeit, ließen aber auch zum Leidwesen der im Raum verweilenden Personen, die frühsommerliche Hitze hinein. Frauen jeglicher Altersklassen saßen mit gezückten Fächern auf den gepolsterten Stühlen oder standen in kleinen Gruppen entlang der mit Stoff bezogenen Wände. Ihr aufgeregtes Geplapper war schon auf dem Flur zu vernehmen.

Als Lea hereinkam, richteten sie nur kurz ihre Aufmerksamkeit zur Tür, um gleich darauf in ihrer Unterhaltung fortzufahren. Die Tochter des Tuchhändlers gesellte sich zu einer jungen Schwarzhaarigen, die etwas abseits von den anderen stand. Bevor sie das Wort an die Frau richten konnte, öffnete sich eine Tür am anderen Ende des Saales. Zwei Männer und eine geschmackvoll gekleidete Dame kamen herein. Sogleich verstummten die Gespräche und die Blicke der Stickerinnen wandten sich auf die Ankömmlinge.

Lea war aufgeregt. Würde sie zu den Auserwählten gehören?, fragte sie sich. Wenn dem so wäre, wie könnte sie Ezra dazu überreden, ihr die Erlaubnis zu erteilen, nach Toledo zu reisen?

Einer der beiden Männer, der sich als der Statthalter Diego de Merlo vorstellte, ergriff das Wort und bedankte sich für das Erscheinen der Stickerinnen. „Es ist nicht leicht gewesen, zu bestimmen, wer Sevilla bei der Endausscheidung in Toledo vertreten wird", fuhr er fort. „Ich will Euch nicht länger im Ungewissen lassen und jetzt die Namen verkünden!"

Lea konnte ihre Anspannung kaum mehr verbergen. Sie spürte, wie ihr Puls in den Schläfen pochte und ihre Handflächen feucht wurden. Auch die Schwarzhaarige neben ihr war nervös. Deren Blick war starr auf Diego de Merlo gerichtet, während sie zwischen ihren Fingern ein Tüchlein knetete.

„Die erste Stickerin, die nach Toledo reisen darf, ist Ana Sanchez-Rubio."

Die Genannte jubelte und nahm die Glückwünsche der neben ihr stehenden Frauen entgegen.

Lea holte tief Luft und lauschte angestrengt der Stimme des Statthalters.

„Der Name der zweiten Person lautet: Le.... Verzeihung!" Hier brach er plötzlich ab. Ein Ratsdiener war an ihn herangetreten und flüsterte ihm etwas ins Ohr.

„Bitte vergebt mir diese kurze Unterbrechung, meine Damen! Ich bin gleich wieder zurück."

Ohne eine weitere Erklärung abzugeben, verließ er mit dem Bediensteten den Raum. Ein aufgeregtes Getuschel machte sich unter den Frauen breit.

Leas Angespanntheit wuchs ins Unermessliche. Wenn sie richtig gehört hatte, dann waren soeben die ersten beiden Buchstaben ihres eigenen Vornamens über die Lippen des Statthalters gekommen.

Die junge Frau neben ihr tat einen tiefen Seufzer.

„Wie können sie uns nur so etwas antun?", versuchte Lea eine Unterhaltung anzufangen. „Hätte er nicht zunächst alle Namen nennen können?"

Die Angesprochene zuckte mit den Schultern. „Da habt Ihr Recht. Ich wünsche mir nichts sehnlicher, als unter den Auserwählten zu sein."

„Das möchten wir alle, die wir hier sind." Lea streckte dem Mädchen die Hand hin und stellte sich vor. Sie erfuhr gerade noch, dass die junge Frau Manuela hieß, bevor Diego de Merlo zurückkam und sich nochmals für die Störung entschuldigte. Unverzüglich herrschte wieder Stille im Saal und alle Augen waren auf den Statthalter gerichtet.

„Der Name der zweiten Person lautet: Leticia de Montecastel", fuhr er mit der Verkündung fort.

Manuela gab einen Zischlaut von sich, Lea blickte enttäuscht zu Boden.

Und dann fiel doch noch ihr eigener Name.

„Als letzte wird Lea Calderón nach Toledo reisen."

Ein Jubelschrei entfuhr ihrer Kehle und zugleich durchströmte sie ein warmes Glücksgefühl. Sie schloss die Augen und dankte Gott dafür, dass er ihre Bitte erhört hatte. Sie würde an den königlichen Hof fahren, dort, wo Alvaro lebte.

„Warum habt Ihr Glück gehabt und ich nicht?", vernahm sie die Stimme Manuelas neben sich.

„Mein Traum ist zerplatzt!" Das Mädchen schüttelte traurig den Kopf. Tränen schimmerten in ihren dunklen Augen. „Jetzt muss ich in das Haus meines Vaters zurückkehren und wieder die Demütigungen meiner Stiefmutter ertragen." Sie schluchzte laut auf.

Bevor Lea ihr ein paar tröstende Worte schenken konnte, lief das Mädchen aus dem Saal.

„Ich bitte die drei Gewinnerinnen noch einen Moment lang hierzubleiben", übertönte die Stimme des Statthalters das allgemeine Durcheinander, „damit wir Euch mitteilen können, wie es weitergehen wird. Alle anderen können ihre Musterstücke wieder dort abholen, wo sie sie abgegeben haben."

Sobald Diego de Merlo zu Ende gesprochen hatte, erklang eine keifende Stimme. „Meine Arbeiten waren auch hervorragend. Wer weiß, mit welchen besonderen Begabungen diese drei Metzen den Statthalter während der letzten Woche überzeugt haben", giftete eine ältere Frau mit wutverzerrtem Gesicht.

„Schweig still, du neidisches Weib!", rief eine andere. „Du kannst es nur nicht verknausern, dass du nicht zu den Auserwählten gehörst!"

Unter dem Gelächter der Stickerinnen floh die Alte aus dem Saal.

Nach und nach leerte er sich, bis nur noch die drei Siegerinnen vor Diego de Merlo standen. Er eröffnete ihnen, dass die Reise in zwei Tagen erfolgen würde und sie sich bei Sonnenaufgang wieder hier einzufinden hätten.

Zusammen mit den beiden anderen Stickerinnen verließ Lea das Rathaus. Ihre Mitstreiterinnen machten einen netten Eindruck, befand sie. Leticia mochte ungefähr das gleiche Alter haben wie sie selbst, Ana schien hingegen doppelt so viele Lenze zu zählen.

Die erste Hürde wäre überwunden, dachte Lea glücklich, als sie bald darauf zurück nach Santa Cruz lief.

Doch das Schwerste stand ihr noch bevor. Sie musste Ezra dazu bringen, ihr zu erlauben, nach Toledo zu reisen, und Manuel davon überzeugen, der erneuten Verschiebung der Hochzeit zuzustimmen. Sie suchte ihren Vater sogleich auf, um mit ihm zu sprechen.

Ezra saß in seinem Arbeitszimmer über den Rechnungsbüchern. Er trug einen luftigen Kaftan. Durch die weitgeöffneten Fenster, die auf den *patio* hinausgingen, strömte der Duft der Jasminblüten in den Raum. Als der Tuchhändler seine Tochter erblickte, ging ein Strahlen über sein Gesicht. „Nimm Platz, Lea!", forderte er sie auf. „Ich muss nur noch diese Listen vervollständigen."

Die junge Frau wartete geduldig, bis er seine Aufzeichnungen beendet hatte.

„Ich habe dir etwas zu beichten, Vater", begann sie. „Die Königin sucht eine Stickerin, die einen lebensgroßen Wandbehang mit den Bildnissen ihrer beiden Kinder anfertigen soll. Um herauszufinden, wer die Beste im Lande ist, hat sie Wettbewerbe in den wichtigen Städten veranstalten lassen, auch bei uns in Sevilla."

„Du hast doch nicht etwa ohne mein Wissen daran teilgenommen?", polterte Ezra. Er schaute so zornig, wie er es immer getan hatte, wenn Lea als kleines Mädchen etwas Unartiges angestellt hatte.

Sie nickte kleinlaut. „Doch, und ich gehöre zu den drei Stickerinnen, die man auserwählt hat, um zur Endausscheidung nach Toledo an den Hof zu reisen. Bitte, lieber Vater, sei nicht verärgert!"

Der Tuchhändler schüttelte verständnislos den Kopf.

„Wie stellst du dir das vor? Du wirst in Kürze heiraten!"

„Ich weiß, Vater, aber denk nur, was es bedeuten würde, wenn ich tatsächlich gewänne!" Begeisterung sprühte aus Leas Augen. „Deiner Tochter obläge die Ehre, die Portraits der königlichen Infanten in einer Stickerei zu verewigen. Der Behang könnte auch in hundert Jahren noch eine Wand am Hof der kastilischen Herrscher schmücken", schwärmte sie. „Und ich werde dieses Kunstwerk erschaffen haben." Lea war nun nicht mehr aufzuhalten und redete in einem fort. „Gewiss wird es sich auch auf dein Geschäft auswirken, wenn es sich erst einmal herumgesprochen hat, dass Lea Calderon einen Wandbehang für die Königin von Kastilien anfertigt. Ich bedaure, dass ich unseren jüdischen Namen nicht mehr benutzen kann."

Ezra räusperte sich und überlegte rasch, wie er sich nun verhalten sollte. Er hatte seine Tochter schon lange nicht mehr so glücklich gesehen.

„Nun gut!", gab er sich schließlich geschlagen. „Du sollst meinen Segen haben!"

Lea umrundete den Schreibtisch und schlang die Arme um ihren Vater. Dieser fasste sie an den Handgelenken und zog sie wieder von sich fort.

„Nicht so hastig, meine Liebe!" Er blickte sie eindringlich an. „Ich erlaube es dir nur unter einer Bedingung: Dein Verlobter muss bereit sein, eure Hochzeit ein weiteres Mal zu verschieben! Wenn Manuel nein sagt, dann fährst du nicht."

Lea nickte. „Einverstanden, Vater!"

Geschwind gab sie Ezra noch zwei Küsse auf die Wangen und ging hinaus.

Sie beschloss, sofort zum Haus des Weinhändlers zu laufen und Manuel ihr Vorhaben zu unterbreiten. Sie fürchtete die Unterredung mit ihm nicht, denn sie hatte gelernt, wie sie es anstellen musste, damit er ihr jeden Wunsch erfüllte. Nur wenig später traf sie den jungen Mann in seinem Arbeitszimmer an.

„Lea, wie schön dich zu sehen", rief er und sprang von seinem Stuhl auf.

Nachdem er sie zur Begrüßung geküsst hatte, rückte er ihr einen gepolsterten Sessel zurecht. Er selbst nahm wieder hinter seinem Schreibtisch Platz.

„Du kommst gerade richtig, ich habe die Gästeliste für unsere Hochzeit fertig. Hier, lies!" Er reichte Ihr ein Blatt Papier.

Lea nahm es und legte es, ohne einen Blick darauf zu werfen, wieder auf den Tisch.

„Willst du sie dir nicht wenigstens einmal anschauen?", fragte Manuel und konnte seine Enttäuschung über ihre Gleichgültigkeit nicht verbergen.

„Später, erst muss ich mit dir reden."

„Was hast du auf dem Herzen, *mi corazón*?" Der Weinhändler blickte seine Verlobte neugierig an.

„Ich hoffe, du willst mich nicht darum bitten, unsere Hochzeit noch einmal zu verschieben."

„Doch, leider muss ich genau das tun", sagte Lea kleinlaut. „Aber höre zunächst den Grund und du wirst mich verstehen." Sie sah ihn flehend an.

Dann erzählte sie ihm von dem Stickwettbewerb, den die Königin veranstaltete und dass sie unter den drei Auserwählten war, die nach Toledo reisen sollten.

Er hatte zunächst aufbegehren wollen, doch Lea verstand es, ihm nahezubringen, dass sie sich nichts mehr erträumte, als an der Endausscheidung teilzunehmen und wie stolz er auf seine Braut sein könnte, wenn sie gewinnen würde.

„Lea, du weißt, dass ich dir keinen Wunsch abschlagen kann", sagte er schließlich, stand auf und ergriff ihre Hände. „Aber eins musst du mir versprechen: Gewinnst du und gehst nach Toledo, dann heiraten wir, sobald der Wandbehang fertig ist."

Sein trauriger Blick aus den hängenden Augenlidern rührte ihr Herz, und so versprach sie es ihm.

„Ich werde dich vermissen. Vielleicht gewinnt eine andere. Dann bist du schnell wieder bei mir. Wann wirst du abreisen?"

„In zwei Tagen."

Manuel seufzte, zog sie in seine Arme und drückte sie an sich. Lea ließ es wortlos geschehen. Nach einer Weile schob sie ihn sanft von sich und strich ihr Kleid glatt.

„Lass uns morgen in meinem Haus noch einmal zusammen den Sabbat begehen", bat der Weinhändler sie. „Bringe auch deinen Vater und deinen Bruder mit."

Lea nahm die Einladung dankend an. Ein Glücksgefühl durchströmte sie, nun hatte sie auch noch diese letzte Hürde genommen und einem Wiedersehen mit Alvaro stand nichts mehr im Weg.

Am nächsten Abend suchte sie in Ezras und Aarons Begleitung wie versprochen Manuels Haus auf. Der Weinhändler führte seine festlich gekleideten Gäste in den Keller hinab, wo er sich eine geheime Kammer eingerichtet hatte, ein fensterloser, feuchter Raum, in den man durch eine hinter Weinfässern verborgene Tür gelangte. Dort hatte Manuel einen Tisch und einige Stühle aufgestellt.

Im Schein der Kerzen und mit feierlichen Minen begingen sie den Sabbat. Wie jedes Mal empfand Lea ein Gefühl des Friedens, als die vertrauten Worte des *Schma' Jisraels* über ihre Lippen kamen.

Toledo, Anfang Juni, im Jahre des Herrn 1479

Alvaro saß im königlichen Schreibzimmer. Er konnte sich nicht recht auf die Arbeit konzentrieren. Nachdenklich strich er sich über den Spitzbart, den er seit kurzem trug, und mit dem er sich reifer und männlicher fühlte. Er hatte am Morgen einen Blick auf die Liste der Teilnehmerinnen des Stickwettbewerbs geworfen. Als er den Namen „Lea" gelesen hatte, war ihm ein Schauer übergelaufen. Doch so schnell, wie der Hoffnungsschimmer aufgeglimmt war, so rasch war er auch wieder erloschen – die besagte Stickerin trug einen anderen Nachnamen als diejenige, die immer noch einen Platz in seinem Herzen innehatte.

Alvaro lehnte sich zurück und verschränkte die Arme hinter seinem Kopf. Er musste die Jüdin vergessen und sie ein für alle Mal aus seinen Gedanken verbannen, wenn er irgendwann einmal glücklich werden wollte. Vielleicht sollte er doch Catalina de Mendozas Drängen nachgeben und die Nichte des Kardinals heiraten. Es war nicht so, dass er sie nicht mochte. Er bewunderte sie sogar aufrichtig für ihre Hartnäckigkeit, ihn zu umwerben. Sie war keine Schönheit im klassischen Sinne, doch mit ihren langen, roten Locken und den funkelnden, grauen Augen strahlte sie einen gewissen Liebreiz aus und ihre üppigen, weiblichen Formen ließen auch ihn nicht kalt. Wenn er sie erst einmal zu seiner Gemahlin genommen hätte, dachte er, würde er es zweifelsohne auch irgendwann lernen, sie zu lieben.

Er versuchte, sich wieder auf die vor ihm ausgebreiteten Papiere zu konzentrieren. Nachdem er sie durchgesehen und geordnet hatte, legte er sie in die ledernde Dokumentenmappe der Königin. Er machte sich auf, um Isabel zu suchen und fand sie schließlich im Beisein ihrer Hofdamen. So, wie es ihr gefiel, sich bei offiziellen Anlässen prunkvoll herzurichten, so sehr bevorzugte sie im Alltag einfache Kleidung. Auch heute trug sie ein schlichtes, dunkelgraues Gewand, dessen einziger Schmuck ein mit Rubinen besetztes Kreuz war, das die unter ihrer Haube hervorkommenden Enden eines Gazetuches oberhalb ihrer Brust zusammenhielt.

Im Gegensatz zu ihrer Herrin, liebten es die Hofdamen sich mit bunten Kleidern und allerlei funkelndem Zierrat aufzuputzen.

Nachdem Alvaro der Königin die Papiere übergeben hatte, suchte sein Blick Catalina. Er entdeckte sie vor einem der Fenster, durch das sie über die Dächer Toledos schaute. Das in den Raum hineinflutende Sonnenlicht ließ ihre langen Locken wie flüssiges Kupfer glänzen. Unbemerkt trat Alvaro hinter sie und legte seinen Arm um ihre Taille. Unter seinen Fingern spürte er den weichen Samt ihres dunkelblauen Kleides. Mit der anderen Hand strich er ihre Haare zurück.

„Ihr seht heute wieder ganz bezaubernd aus, Catalina", flüsterte er ihr ins Ohr, während er den süßlichen Veilchenduft einatmete, den sie stets verströmte.

Bevor die Nichte des Kardinals etwas entgegnen konnte, hatte sich Alvaro schon wieder von ihr entfernt. An der Tür drehte er sich noch einmal um und warf ihr eine Kusshand zu.

Catalina lächelte triumphierend. Hatte Alvaros harter Panzer der Unnahbarkeit gar erste Risse bekommen? Sie hoffte, dass es so wäre, und ihre Bemühungen, das Herz des Sekretärs zu erobern, endlich Erfolg zeigten.

Die drei Stickerinnen aus Sevilla erreichten Toledo am 6. Juni. Lea war schon des Öfteren mit ihrem Vater in der Stadt am Tajo gewesen. Auf ihren Fahrten zum Jahrmarkt nach Medina del Campo hielten sie sich dort stets einige Tage auf.

Unterwegs hatten die Frauen genug Zeit gehabt, einander näher kennenzulernen und sich anzufreunden. Leticia de Montecastel lebte mit ihrer Familie außerhalb von Sevilla. Sie war ein mageres, blasses Ding und sprach nur, wenn jemand das Wort an sie richtete. Ihr stumpf wirkendes, hellbraunes Haar fiel ihr in das spitze Gesicht, aus dem ihre großen, dunklen Augen mit den unruhig flatternden Lidern hervorstachen.

Ana Torregrosa war mit ihrer fülligen, matronenhaften Figur das genaue Gegenteil von Leticia. Sie trug ihr Haar streng nach hinten gekämmt und zu einem Knoten aufgesteckt. Die vielen Fältchen um Augen und Mund zeugten davon, dass sie oft und gerne lachte. Sie war seit einigen Jahren Witwe und führte eine Stickereistube im

Norden Sevillas. Viele Adelige gehörten zu ihren Kunden, so auch die Gemahlin des Herzogs von Medina-Sidonia.

Wie verschieden die drei Frauen auch sein mochten, eines hatten sie gemeinsam: Sie beherrschten auf hervorragende Weise die Kunst des Umgangs mit der Sticknadel.

Am Tag nach ihrer Ankunft in Toledo trafen sie zum ersten Mal auf die Wettbewerbsgewinnerinnen der anderen Städte. Alle zusammen sollten sie nun der Königin vorgestellt werden. Ein Hofdiener führte die Frauen in den Thronsaal.

Staunend bewunderte Lea die mit Holzbalken ausgestattete hohe Decke und die Wände, die zahlreiche Malereien aufwiesen. Mannshohe, schmiedeeiserne Kandelaber mit Kerzen so dick wie die Stämme junger Bäume, standen im Raum verteilt, um diesen in den Abendstunden in warmes Licht zu tauchen. Am Ende des Saales, auf einem erhöhten Podium, saß die Königin in einem kostbar verzierten Thronsessel, umringt von ihrem Hofstab. Während der Bedienstete die Frauen eine nach der anderen namentlich aufrief, hielt Lea immer wieder heimlich nach Alvaro Ausschau. Aber zu ihrer großen Enttäuschung konnte sie den Sohn des Marqués de Salvatierra nirgendwo entdecken.

Bald war sie an der Reihe, vor dem Thron in einen tiefen Hofknicks zu versinken. Als sie sich wieder aufrichtete, blickte sie in das lächelnde Gesicht der Königin. Die junge Frau war erstaunt, wie zart, ja fast schon durchscheinend deren Haut war, und wie hell das Blond ihrer Haare. Die Augen der Monarchin waren von einem unbeschreiblichen Türkiston und erinnerten Lea an die Farbe des Ozeans, wohin Ezra sie während ihrer Kindheit einmal geführt hatte. Obwohl sie es der Königin zu verdanken hatte, dass sie ihren jüdischen Glauben hatte verraten müssen, konnte sie keinen Groll empfinden.

Nachdem die Monarchin ein paar Worte an die Stickerinnen gerichtet hatte, führte der Hoflakai die Teilnehmerinnen der Endausscheidung in einen anderen Raum im Erdgeschoss des Schlosses. Helle Bodenfliesen, weiß getünchte Wände und große Fenster sorgten für genügend Licht. Für jede gab es einen Stuhl und einen Tisch, auf dem schon die erforderlichen Hilfsmittel lagen: ein auf einen Holzrahmen gespanntes Stück Leinenstoff sowie Nadeln, Schere und Kohlestifte. Im hinteren Bereich des Zimmers stand eine Staffelei mit einem Gemälde, auf dem ein junges Mädchen vor einem flackernden Kaminfeuer dargestellt war. Daneben, auf einer langen Tafel, waren - nach Farben sortiert - die Garnstränge ausgebreitet. Es dauerte eine Weile, bis die aufgeregt schwatzenden Frauen an den Tischen Platz genommen hatten. Lea setzte sich in die erste Reihe, damit sie einen guten Blick auf das Ölbild hatte, dass ihnen als Motiv dienen sollte.

Kurz darauf kamen zwei Damen in den Raum. Die ältere stellte sich als Beatríz de Bobadilla vor. Der Name der jüngeren war Catalina de Mendoza. Sie hießen die Stickerinnen willkommen und begannen ausführlich zu erläutern, was diese in der folgenden Woche erwarten würde. Wie Lea schon richtig angenommen hatte, sollte das Gemälde als Vorlage dienen. Das darauf abgebildete

Mädchen war die Monarchin, als junge Infantin am Hof ihres verstorbenen Halbbruders Enrique.

„Ihr habt sieben Tage Zeit für Eure Arbeiten", erklärte Beatríz. „Danach werden wir sie zusammen mit der Königin und den anderen Hofdamen beurteilen. Entscheidend für die Bewertung sind Farbauswahl, Ähnlichkeit mit dem Motiv, Sorgfältigkeit und Schnelligkeit. Habt Ihr noch Fragen?"

Die Stickerinnen verneinten.

„Wenn Ihr mehr Garne oder andere Farben braucht, könnt Ihr Euch jederzeit an uns wenden", sagte Catalina abschließend.

Lea begann sofort mit der Arbeit und studierte die Vorlage auf das Genauste. Da diese um ein mehrfaches größer war als der Stoff, auf dem das Bild entstehen sollte, musste sie sorgfältig überlegen, welchen Ausschnitt sie darstellen wollte, damit Isabels Züge später noch gut zu erkennen sein würden. Sie beschloss, nur deren Gesicht und den Oberkörper zu veranschaulichen, mit dem Kamin im Hintergrund, in dem die Flammen des brennenden Feuers zu sehen sein würden. Zufrieden machte sie sich daran, das Motiv mit einer Zeichenkohle auf den Stoff aufzutragen.

Die Stickerinnen verbrachten die nächsten Tage von Sonnenauf- bis Untergang in dem Arbeitsraum. Sie verließen ihn nur zu den kurzen Malzeiten, und wenn sie einmal zwischendurch gewissen Bedürfnissen nachgehen mussten.

Lea kam gut voran mit ihrem Wandbild. Die Übertragung der Vorlage war ihr untadelig gelungen. Sie hatte bereits begonnen, das Gesicht der Infantin mit dem Plattstich auszufüllen und hierzu sorgfältig die erforderliche Farbauswahl getroffen.

Am zweiten Tag hatte es einen unschönen Zwischenfall gegeben. Eine der Frauen, die offensichtlich mit der Aufgabe überfordert gewesen war, hatte schon beim Aufzeichnen versagt. Wütend waren unflätige Schimpfwörter über ihre Lippen gekommen. Sie hatte sich an einem zweiten Entwurf versucht, und als ihr auch dieser nicht gelang, den Stoff tränenüberströmt mit der Schere zerfetzt. Danach war sie aus dem Raum gelaufen und seither nicht zurückgekehrt. Abgesehen von diesem hässlichen Ereignis, herrschte eine freundliche Stimmung unter den Frauen. Obwohl sie Konkurrentinnen waren, halfen sie sich sogar gegenseitig.

Am vorletzten Tag hatte die Tochter des Tuchhändlers ihr Bild fast vollendet. Sie musste nur noch ein paar unsaubere Ränder mit der Rückstichtechnik umsticken. Lea war sehr zufrieden mit dem Ergebnis ihrer Arbeit. Sie hatte, wie sie fand, ihr Bestes gegeben. Nun hing alles davon ab, wie die Beurteilung der Königin und der Hofdamen ausfallen würde. Sie gehörte zu den wenigen Stickerinnen, die es überhaupt geschafft hatten, das Wandbild innerhalb der vorgegebenen Zeit zu beenden.

Immer wieder hatte sie während der Woche gehofft, Alvaro zu sehen, doch sie war ihm nicht begegnet. Nachdem sie Beatríz de Bobadilla ihre Stickerei überreicht hatte und alle Anspannung zunächst einmal von ihr abgefallen war, fasste sie Mut und fragte einen der Diener nach Alvaro. Der Mann erklärte ihr, der Sekretär ihrer Majestät befände sich gerade auf Reisen. Erleichtert atmete Lea auf. Zumindest hatte sie nun die Gewissheit, dass der Sohn des Marqués sich meistens am Hof aufhielt. Sie musste nur noch die Ausscheidung gewinnen – dann stand ihrem Wiedersehen nichts mehr im Wege.

Zwei Tage später war es soweit. Die Stickerinnen hatten sich wiederum im Thronsaal vor der Königin einzufinden. Lea zitterte vor Aufregung und wischte ihre kalten, feuchten Handflächen an ihrem Kleid ab. Sogleich würden sie erfahren, wen Ihre Majestät zur Siegerin auserkoren hatte. Bei dem Gedanken daran, was sie in Sevilla erwartete, falls man sie nicht auserwählte, krampfte sich ihr Magen zusammen. Sie wäre gezwungen, einen Mann zu heiraten, für den sie nichts empfand und der ihr das, was sie neben ihrer Familie und Alvaro am meisten liebte, verbieten würde: die Stickerei.

Nachdem die Königin noch einmal einige dankende Worte an die Teilnehmerinnen gerichtet hatte, war es soweit. In wenigen Augenblicken würde der Name derjenigen fallen, die den Wettbewerb gewonnen hatte. Wie schon in Sevilla, wuchs Leas Anspannung ins Unermessliche. Sie zwang sich, ihre Hände ruhig zu halten.

„Wir haben alle Arbeiten sehr sorgfältig begutachtet", verkündete die Monarchin. „Aber nur einer von Euch ist es gelungen, all unseren Anforderungen gerecht zu werden. Diejenige hat den Wandbehang in der vorgegebenen Zeit fertig gestellt, die Farben sorgfältig ausgewählt und sauber und genau gearbeitet. Die Stickerin, für die wir uns entschieden haben, ist...", Isabel hielt einen Moment inne, während Lea die Augen geschlossen hielt, „Doña Lea Calderon."

Die Tochter des Tuchhändlers klatschte vor Glück in die Hände. Die Erleichterung stand ihr ins Gesicht geschrieben. Ich habe es geschafft!, jubelte sie innerlich. Ihr würde die Ehre obliegen, die Portraits der königlichen Infanten in einem gestickten Wandbehang zu verewigen. Freudentränen liefen über ihre Wangen, während sie die Gratulationen der anderen Frauen entgegennahm.

Sie würde noch einmal nach Hause fahren, um ihre Sachen zu packen. Danach würde sie an den Hof zurückkehren, um das Kunstwerk ihres Lebens zu schaffen und zudem den Mann wiedersehen, den sie außer ihrem Vater und ihrem Bruder je geliebt hatte.

4. Kapitel

Anfang Juli 1479

Toledo

Catalina war es gelungen, Alvaro zu einem Spaziergang zu überreden. Wie selbstverständlich hakte sie sich bei ihm ein, als sie über die Plaza Zocodover bis zur Puente de Alcántara liefen. Sie überquerten den Tajo und ließen sich nebeneinander an einer seichten Uferstelle nieder, von wo aus man über den Fluss auf das Stadttor blickte, das den gleichen Namen wie die Brücke trug. Darüber reckte stolz der Alcazar seine vier Türme gegen den wolkenlosen, blauen Himmel. Hinter ihnen lag auf einer felsigen Anhöhe die Burg San Servando.

Die Nichte des Kardinals war bester Laune. Sie strahlte und plapperte in einem fort, sodass Alvaro es bald bereute, sich auf diesen kleinen Ausflug eingelassen zu haben. Er hätte viel lieber nur ruhig dagesessen und sich entspannt, dem Summen der Insekten und dem Plätschern des dahin fließenden Wassers gelauscht. Doch Catalina richtete wiederholt das Wort an ihn und bemerkte offensichtlich den gereizten Tonfall seiner Antworten nicht.

„Könnt Ihr nicht einmal für eine Weile schweigen und nur die Stille der Natur genießen", unterbrach er irgendwann ihren Redefluss.

Die Hofdame hielt verdutzt inne. „Verzeiht, Alvaro! Wie dumm von mir! Aber ich bin so glücklich, mit Euch zusammen zu sein."

Während sie ihm tief in die Augen schaute, legte sie besitzergreifend ihre linke Hand auf seinen Oberschenkel. Sie rückte ein Stück näher und lehnte sich an ihn, sodass Alvaro schließlich seinen Arm um sie legte. Catalina seufzte wohlig und schmiegte ihren Kopf an seine Brust. Der süßliche Veilchenduft, der sie stets umgab, stieg ihm in die Nase. Tatsächlich kam kein weiteres Wort mehr über ihre Lippen und so verweilten sie stumm, ein jeder in seine Gedanken vertieft.

Wie sollte er sich verhalten? überlegte der Sekretär. Er war hin und her gerissen. Auch wenn es ihm nicht unangenehm war, Catalina in seinem Arm zu spüren, so hielten ihn doch andere Dinge immer wieder ab, ernsthaft in Erwägung zu ziehen, sie zu seiner Gemahlin zu machen. Eine Ehe einzugehen, war überdies ein Schritt, der genau überlegt werden musste. Könnte er sich tatsächlich vorstellen, für immer Tisch und Bett mit der Nichte des Kardinals zu teilen?, fragte er sich. Ein liebliches Gesicht mit grünen Augen, von dunkler Haarflut umgeben, schob sich in seinem Inneren vor Catalinas Antlitz. Er tat einen tiefen Seufzer.

Als ein Mückenschwarm sie hartnäckig zu umkreisen begann, erhoben sie sich wieder und traten den Rückweg zum Alcazar an.

In dem weitläufigen Innenhof stand ein Gespann. Ein älterer Mann reichte gerade der noch obenauf sitzenden jungen Frau seine Hand, um ihr beim Absteigen behilflich zu sein.

„Das wird wahrscheinlich die Siegerin des Stickwettbewerbs sein", vermutete die Hofdame. „Ihre Majestät erwartet sie dieser Tage. Ja, ich glaube, das ist sie!"

Als sie näher kamen, zögerte Alvaro. Die Frau sah aus wie…, nein, das konnte nicht…, doch, sie war es zweifelsohne – Lea, seine Lea.
Der Sekretär schüttelte Catalinas Arm ab und lief auf die beiden Ankömmlinge zu.
„Don Ezra! Lea! Ich kann kaum glauben, was meine Augen sehen. Was führt Euch hierher?"
Beim Klang der Stimme, die sie nie vergessen hatte, drehte sich die Stickerin sogleich um. Ihr Herz machte einen Sprung, als sie den Sohn des Marqués erkannte.
„Alvaro!" Sie errötete bis unter die Haarwurzel. Wie fabelhaft er aussah!, bewunderte sie ihn ihm Stillen. Den Bart hatte er bei ihrer letzten Begegnung in Sevilla noch nicht getragen. Er stand ihm gut zu Gesicht.
Auch Ezra gewahrte schließlich, wer ihnen gegenüber stand - der christliche Edelmann, in den sich seine Tochter einst verliebt hatte. Er runzelte die Stirn und bedachte Lea mit einem verärgerten Blick. Ob sie davon gewusst hatte?
„Wie war noch gleich Euer Nachname?," bewahrte der Tuchhändler die Höflichkeit. „Ich erinnere mich leider nicht mehr."
„Alvaro de Salvatierra", antwortete der Sekretär. „Mein Vater ist der Marqués de Salvatierra."
Catalina hatte sich derweil zu den dreien gesellt und umfasste mit beiden Händen Alvaros Arm. „Ihr kennt Euch?", fragte sie neugierig.
„Ja, Don Alvaro und sein Vater haben uns vor ein paar Jahren einmal geholfen, als uns Banditen auf einer Reise überfielen", kam Ezra dem jungen Mann zuvor. „Gestat-

ten, dass ich mich vorstelle: Hernando Calderon, Tuchhändler aus Sevilla. Dies ist meine Tochter Lea."

„Ich kenne Eure Tochter bereits! Ich bin eine derjenigen, die das Vergnügen hatten, ihre Stickerei zu bewerten, Catalina de Mendoza, Hofdame ihrer Majestät." Sie nickte Vater und Tochter gnädig zu. „Kardinal Pedro Gonzalez de Mendoza, der Erzbischof von Sevilla, ist mein Onkel", tat sie sich zudem hervor.

Alvaro war einen Augenblick lang verwundert. Hatte sich Leas Vater Catalina soeben als Hernando Calderon vorgestellt? Was hatte das zu bedeuten? Dann fiel es ihm ein. Diesen Namen hatte er auch auf der Liste der am Wettbewerb teilnehmenden Frauen gelesen – Lea Calderón. Die Familie musste ihren *apellido* geändert haben, aber aus welchem Grund?, wunderte er sich. Der Sekretär war klug genug, nicht weiter darauf einzugehen und beschloss, Lea später danach zu fragen. Wenn sie die Siegerin des Wettbewerbs war, so würde sie für eine lange Zeit am Hof bleiben. Ein Glücksgefühl überkam den jungen Mann. Wie gut, dass er Catalina noch keinen Antrag gemacht hatte.

Die Hofdame bot an, Vater und Tochter in den Alcazar zu begleiten und der Stickerin ihre Schlafkammer zu zeigen, was die beiden dankend annahmen.

Alvaro verabschiedete sich, da er zu arbeiten hatte. Er warf Lea noch ein vielversprechendes Lächeln zu, bevor er durch das große Eingangsportal ins Innere des Schlosses hineinging.

Während Catalina mit den beiden Ankömmlingen durch die langen Gänge schritt, dachte sie noch einmal über Alvaros Verhalten bei der Begegnung mit dem Tuchhändler und seiner Tochter nach. Ihr war weder die zarte Rötung auf Leas Wangen noch das Strahlen ihres Favoriten entgangen. Mit dem Gespür einer verliebten Frau witterte sie die Gefahr, die von der Stickerin auszugehen schien und nahm sich vor, sie im Auge zu behalten.

„Du wusstest, dass du dem Sohn des Marqués hier begegnen würdest. Hab ich Recht?", stellte Ezra wenig später seine Tochter zur Rede, als sie sich alleine in Leas zukünftiger Unterkunft befanden. „Wage es nicht, mich anzulügen!"

Das Mädchen lehnte mit dem Rücken an dem einzigen Fenster des Raumes, das Aussicht auf einen weiteren kleinen Innenhof bot.

Sie blickte ihren Vater starrköpfig an. „Ich wusste nur, dass Alvaro damals zum Sekretär der Königin ernannt worden war. Ich hatte aber keine Ahnung, ob er tatsächlich noch bei Hofe ist. Als ich bei der Ausscheidung in Toledo war, habe ich ihn nicht gesehen," antwortete sie wahrheitsgemäß.

Ezra ließ sich auf dem Bett nieder und schüttelte müde den Kopf. „Ich hätte selbst darauf kommen müssen! Er hatte es ja damals in dem Brief an dich erwähnt", murmelte er. „Wie soll ich dich jetzt ruhigen Gewissens zurücklassen, wenn ich weiß, dass dieser Edelmann hier lebt? Woher hast du überhaupt von seiner Stellung als königlicher Sekretär erfahren?"

„Er hat mich im letzten Sommer aufgesucht, als sich der Hof in Sevilla aufhielt", beichtete Lea.

„Beim Gott unserer Väter! Was verschweigst du mir noch?" Ezra raufte sich die Haare.

„Nichts! Ich habe ihm schon damals gesagt, dass es für uns keine gemeinsame Zukunft geben würde und ich verlobt wäre." Sie entfernte sich vom Fenster und setzte sich auf einen neben dem Bett stehenden Stuhl. „Er hat mir im Übrigen auch von seinem Brief an mich erzählt, den du in Medina abgefangen hast und mir nicht gezeigt hast. Du hast ihn beantwortet, ohne mir etwas davon zu sagen. Du solltest dich schämen Vater, mich so hintergangen zu haben!" Zorn sprühte aus Leas grünen Augen. Sie hatte eigentlich vorgehabt, die Sache zu vergessen und Ezra nicht mehr darauf anzusprechen.

Ihr Vater blickte peinlich berührt auf seine gefalteten Hände. „Es war nur zu deinem Besten!", verteidigte er sich. „Wie du selbst eingesehen hast, eure Verbindung hätte niemals eine Zukunft gehabt, also warum sollte ich zulassen, dass eine Nachricht des jungen Edelmannes wieder Hoffnung in dir geweckt hätte."

„Lassen wir die alten Geschichten ruhen!", gab sich Lea versöhnlich. „Ich bin jetzt hier bei Hofe und werde mein Bestes geben, damit du stolz auf mich sein kannst."

Der Tuchhändler umarmte seine Tochter. Obwohl er ihr zustimmte, wollte ihn das ungute Gefühl, das er in seinem Inneren verspürte, nicht verlassen.

Kurz darauf klopfte es an der Tür. Es war Catalina, die kam, um Lea zu den anderen Hofdamen zu führen.

Die Stickerin gab ihrem Vater noch schnell einen Kuss. „Mach dir keine Sorgen! Es ist alles gut", flüsterte sie ihm zu.

Auf dem Flur hakte sich die Nichte des Kardinals freundschaftlich bei Lea unter und schwatzte munter drauf los. „Die anderen Damen warten schon darauf,

Euch wiederzusehen. Wenn Ihr irgendetwas braucht oder wissen wollt, dann fragt mich nur!"

Lea bedankte sich höflich für diesen netten Empfang. Es schien so, als ob sie schon an ihrem ersten Tag in Toledo eine Freundin gefunden hatte, freute sie sich.

Erst, nachdem ihr Vater wieder abgereist war, ergab sich für Lea und Alvaro die Gelegenheit, ein paar Worte unter vier Augen zu wechseln. Die Stickerin saß in dem Raum, den man ihr für ihre Arbeit zugewiesen hatte. Es handelte sich um denselbigen, in dem sie noch vor wenigen Wochen mit den anderen Wettbewerbsteilnehmerinnen gesessen hatte. Die Tische und Stühle waren verschwunden. Stattdessen hatte sie das zwei Ellen breite und drei Ellen lange Stück festen, ungebleichten Leinenstoff vorgefunden, auf dem ein Maler das Motiv der beiden Infanten vorgezeichnet hatte. So hatte sie es mit der Königin vereinbart, bevor sie noch einmal nach Sevilla zurückgefahren war.

Die Zeichnung gefiel Lea sehr gut. Isabelita saß auf einem gepolsterten Stuhl, dessen hohe Lehne mit Holzschnitzereien versehen war. Sie hielt ihren Bruder auf dem Schoß. Beide Kinder trugen kleine Kronen auf ihren Häuptern. Im Hintergrund war das kastilische Wappen zu sehen. Rechts und links zu Füßen der beiden Infanten ruhten zwei schlanke Windhunde.

Wie sollte sie am besten vorgehen?, überlegte Lea. Der Stoff war zu lang, um ihn im Ganzen zu besticken. Sie würde ihn in drei gleich große Teile schneiden müssen, die sie danach wieder fein säuberlich zusammennähen würde. Sie hatte dies schon des Öfteren bei Behängen von größeren Ausmaßen getan. Man würde die Naht später nicht mehr erkennen. Während sie mit solcherlei Gedanken beschäftigt war, bemerkte sie nicht, wie Alvaro das Zimmer betrat. Erst, als er sie sanft am Arm berührte, schreckte sie hoch.

„Lea, ich freue mich so, dich hier zu sehen. Wie kann es sein, dass du an dem Wettbewerb teilnehmen konntest? Es waren doch keine jüdischen Stickerinnen zugelassen. Und wieso habt ihr einen anderen Namen angenommen?", überfiel er sie mit Fragen.

Lächelnd blickte Lea in Alvaros Gesicht und zupfte an seinem Bart. „Der steht dir gut!", lobte sie. „Ich bin jetzt eine Christin." Mit knappen Worten erzählte sie ihm, wie es zu ihrer Konvertierung gekommen war und wie sie sich dazu entschlossen hatte, an dem Wettbewerb teilzunehmen und diesen schließlich gewonnen hatte.

„Das muss eine schwere Zeit für euch gewesen sein." Alvaro griff nach Leas Hand und drückte sie zärtlich. „Hast du inzwischen geheiratet?", fragte er zögerlich und atmete erleichtert auf, als sie den Kopf schüttelte.

„Nein, noch nicht! Aber ich werde es tun, sobald der Wandbehang fertig ist und ich wieder zu Hause in Sevilla bin", erklärte sie.

„Bis dahin kann noch viel geschehen", bemerkte der Sekretär lächelnd. „Ich bin sehr froh, dass du hier bist. Ich hoffe, wir werden uns oft sehen. Weißt du, ich habe in all den Jahren nie aufgehört, an dich zu denken." Er legte seine Arme auf ihre Schultern. „Warum glaubst du, habe ich bislang noch keine andere zur Frau genommen?"

„Weil du mich nicht vergessen konntest?", flüsterte Lea und schaute in seine dunkelblauen Augen.

„Ja, und es gibt einen weiteren Grund."
„Weil du mich... noch liebst?", wagte sie zu hoffen.
„So ist es, Lea. Tief in meinem Herzen habe ich immer gespürt, dass wir uns eines Tages wiedersehen." Seine Hände streichelten ihren Nacken. „Und du? Empfindest du auch noch etwas für mich?"
Die junge Frau nickte. „Darum habe ich auch immer wieder Gründe vorgeschoben, meine Hochzeit hinauszuzögern, obwohl es wohl für dich und mich niemals eine gemeinsame Zukunft geben wird."
„Aber du bist doch jetzt keine Jüdin mehr, wir gehören ein und derselben Religion an. Wer oder was sollte uns jetzt noch daran hindern, zu heiraten." Begeisterung schwang in Alvaros Tonfall mit.
„Deine Stellung!", gab Lea zu bedenken. „Du musst dir eine Frau suchen, die dir in Rang und Namen in nichts nachsteht. Und nicht die Tochter eines ehemalig jüdischen Tuchhändlers." Sie tat einen tiefen Seufzer.
Alvaro zog sie fest in seine Arme. „Das lass nur meine Sorge sein!"
Plötzlich ertönte eine Stimme: „Ach hier seid Ihr! Ich habe Euch überall gesucht!".
Erschreckt fuhren der Sekretär und die Stickerin auseinander und sahen sich Catalina gegenüber. Verlegen strich Lea über ihr Kleid.
„Ihre Majestät schickt nach Euch, Alvaro!" Misstrauisch blickte die Hofdame die beiden an.
„Wir hatten uns viel zu erzählen, weil wir uns solange nicht gesehen haben", versuchte Alvaro sich zu entschuldigen. „Kommt, Catalina, begleitet mich ein Stück!" Er nahm die Hand der Hofdame. „*Adios*, Lea! Ich wün-

sche Euch noch einen schönen Tag", verabschiedete er sich förmlich, nicht ohne ihr noch einmal heimlich zu zuzwinkern.

Catalina kochte vor Wut. Auch wenn der Sekretär versucht hatte, alles zu verharmlosen – sie hatte genug gesehen. Auf solche Weise umarmten sich nur Liebende.

„Wo sagtet Ihr, hättet Ihr die Stickerin kennengelernt?", fragte sie scheinheilig, während sie nebeneinander den langen Gang hinuntergingen.

„Ich habe dem Tuchhändler und seiner Tochter einmal zusammen mit meinem Vater auf einer Reise geholfen, als die Gruppe, mit der sie unterwegs waren, von Banditen angegriffen wurde", erklärte er. „Unsere Familien freundeten sich damals an. Allerdings haben wir uns seltener gesehen, seitdem ich Sekretär der Königin bin."

Dies entsprach zwar so nicht der Wahrheit, doch Alvaro hoffte, folglich die Neugierde der Hofdame fürs Erste befriedigt zu haben.

„Wie kommt es, dass Leas Vater bei ihrer Ankunft noch nicht einmal Euren Namen wusste", fuhr Catalina mit ihrem Verhör fort. „Und Ihr nanntet ihn Ezra, obwohl er Hernando heißt."

Der junge Mann fluchte innerlich. „Da müsst Ihr Euch verhört haben! Wisst Ihr, Hernando Calderon ist auch nicht mehr der Jüngste, vermutlich ist ihm mein Name nur entfallen."

Catalina erwiderte nichts mehr auf seine Antwort, doch sie war sich sicher, dass Alvaro irgendetwas vor ihr geheim hielt. Sie würde schon herausfinden, was es war. Als erstes musste sie jedoch das Vertrauen der Stickerin gewinnen.

Vor dem Arbeitszimmer der Königin blieben sie stehen und verabschiedeten sich voneinander.

„Ich hoffe, wir unternehmen bald wieder einmal gemeinsam einen Spaziergang zum Fluss hinunter, Alvaro", sagte Catalina. „Es war wunderschön mit Euch beim letzten Mal."

„Wir werden sehen. Ich bin zurzeit sehr beschäftigt." Er nickte der Hofdame noch einmal zu, teilte dem vor der Tür stehenden Wachsoldaten mit, dass Ihre Majestät ihn erwartete und verschwand im Inneren des Raumes.

Catalina gab einen wütenden Laut von sich und lief aufgebracht den Gang hinunter.

„Ich bin beschäftigt", äffte sie Alvaro nach. „Ich weiß auch mit wem. Aber wartet nur! Ich werde schon herausfinden, wie ihr zueinander steht."

Einige Tage später besuchte Alvaro wieder einmal seine Eltern. Nach dem Essen unternahm er mit seiner Mutter einen Spaziergang. Hand in Hand schlenderten sie unter den schattenspendenden Ästen der Mandelbäume entlang, die ein weitläufiges Stück des Landes einnahmen. Zum Familienbesitz der Salvatierras gehörten zudem Olivenplantagen und Weinfelder. Der Marqués stellte seinen eigenen guten Tropfen her, den er sogar an den königlichen Hof lieferte. Außerdem unterhielt er eine prachtvolle Pferdezucht, auf die er sehr stolz war.

Alvaros Mutter war eine kleine, zierliche Person und reichte ihrem jüngsten Sohn gerade bis zu dessen Brust. Die einst dunkle Farbe ihres glatten, hochgesteckten Haares war schon seit einigen Jahren einem Silberton gewichen, der ihr aber gut zu Gesicht stand. Es hatten sich nur einige wenige Falten um die braunen Augen und oberhalb des feingezeichneten Mundes gebildet, die auffielen, wenn sie lachte.

Alvaro liebte seine Mutter sehr. Sie war seit jeher die wichtigste Person in seinem Leben gewesen und hatte stets gespürt, wenn er Schwierigkeiten hatte. So war ihr auch damals bewusst gewesen, wie sehr ihr jüngster Sohn unter dem Vorhaben seines Vaters gelitten hatte, ihn nach Beendigung des Studiums in ein Kloster zu schicken. Sie war sehr glücklich gewesen, als die Königin Alvaro die Stellung als Sekretär angeboten hatte.

Von seinen Gefühlen zu Lea hatte Alvaro Maria allerdings nie etwas erzählt.

„Du kommst mir viel entspannter vor, als bei deinem letzten Besuch", bemerkte die *Marquésa*. Sie fühlte, dass irgendeine Veränderung an ihrem Jüngsten erfolgt war.

Alvaro lächelte. „Mir geht es sehr gut."

„Man könnte fast annehmen, du wärst verliebt. Hast du mir etwas zu beichten, mein Sohn?" Maria zog ihn scherzhaft am Ohr.

Er pflückte eine Mandel ab. Sie war noch von einer grünen, sich wie weicher Samt anfühlenden, Schale umgeben. Sollte er sich seiner Mutter anvertrauen?, überlegte er. Vielleicht konnte sie ihm einen Rat geben.

„Komm, wir setzen uns einen Augenblick hin!", forderte er Maria auf. „Dann sollst du alles erfahren."

Sie ließen sich im Schatten der Mandelbäume auf dem erdigen Boden nieder. Alvaro entledigte sich vorher seines Wamses und breitete es als Unterlage für seine Mutter aus. Dann erzählte er ihr alles, wie er der Tochter des jüdischen Tuchhändlers zum ersten Mal begegnet war, wie sie sich sofort ineinander verliebt hatten und sein eigener sowie Leas Vater strikt dagegen gewesen waren. Er erwähnte den Schmerz, den er empfunden hatte, als sie wieder getrennt waren, den Brief den er ihr geschickt hatte und die Enttäuschung über den Inhalt des Antwortschreibens; seine Freude, als er Lea in Sevilla während der Prozession erkannt hatte und wiederum Enttäuschung und Schmerz, nachdem sie ihm bei seinem Besuch in der *judería* eröffnet hatte, sie wäre verlobt und ihre Beziehung hätte niemals eine Zukunft.

„Ich habe versucht, sie zu vergessen und mich neu zu verlieben, Mutter. Aber ich schaffe es nicht. Eine der Hofdamen, die Nichte des Kardinal Mendozas, gibt mir schon seit langem zu verstehen, wie gerne sie meine Frau werden würde. Jedes Mal, wenn ich mir vorstelle, sie zu heiraten, sehe ich wieder Lea vor mir."

Er hatte die ganze Zeit über auf seine Hände geblickt, die immer noch mit der Mandel spielten. Nun schaute er seiner Mutter ins Gesicht und sie sah die Traurigkeit, die sich in seinen Augen spiegelte.

„Alvaro, du hättest viel eher mit mir darüber sprechen sollen!" Sie strich zärtlich über seine Wange. „Du weißt doch, dass du mir vertrauen kannst."

Der junge Mann nickte. „Du kennst das Ende der Geschichte noch nicht, Mutter! Lea ist die Gewinnerin des Stickwettbewerbs, den ich im Namen der Königin ausgerichtet habe. Sie kam vor ein paar Tagen am Hof an und wird solange bleiben, bis sie den Wandbehang beendet hat." Ein glückliches Strahlen hatte jetzt Alvaros traurigen Ausdruck verdrängt. „Ihre Familie musste Anfang des Jahres konvertieren. Sie ist keine Jüdin mehr und – sie hat mir gesagt, dass sie mich auch noch liebt."

Maria schmunzelte ob der Begeisterung ihres Sohnes, doch sie wusste auch, dass sie dieser mit ihrem nächsten Satz Einhalt gebieten würde.

„Alvaro, *cariño,* du kennst deinen Vater gut genug. Auch, wenn Lea jetzt eine Christin ist, ist sie immer noch keine Adelige, das heißt, dein Vater wird einer Heirat niemals zustimmen. Aber, glaube mir, ich verstehe dich nur allzu gut. Mir ist es einmal ähnlich ergangen." Sie seufzte. „Das ist schon lange her."

Sie schaute nachdenklich zwischen den Stämmen der Mandelbäume hindurch und kehrte für einen kurzen Augenblick in die Vergangenheit zurück. Sie sah sich wieder in Valencia an der Seite jenes Mannes, den sie seither niemals vergessen hatte. Sie war damals schon verheiratet gewesen und hatte ihrem Gemahl bereits zwei Söhne geschenkt, als sie ihn kennenlernte. Auch er war nicht frei gewesen, sein Leben war der Kirche geweiht und doch waren sie in leidenschaftlicher Liebe zueinander entbrannt. Sie hatten gewusst, dass es nicht für immer sein konnte und jeden Moment, den sie gemeinsam verbrachten, genossen. Maria hütete das Geheimnis der Erinnerungen seither wie einen kostbaren Schatz in ihrem Herzen und hatte niemals jemandem davon erzählt.

„Was soll ich dir raten, *mi corazón*? Die Vernunft sagt, du musst sie vergessen. Als deine Mutter, die deine Gefühle versteht, empfehle ich dir, auf dein Herz zu hören. Ich werde immer zu dir halten, egal, was du tust." Ihr Blick ruhte hingebungsvoll auf ihrem Sohn.

Alvaro zog sie gerührt in die Arme und küsste sie auf die Wangen. „Ich danke dir, *mamita*! *Te quiero mucho*!", flüsterte er. „Dein Verständnis bedeutet mir sehr viel!"

Sie blieben noch eine Weile engumschlungen sitzen, ein jeder in seine Gedanken versunken, bevor sie wieder zum Haus gingen.

Alvaro war froh, dass er sich seiner Mutter anvertraut hatte. Es war ihm viel leichter ums Herz, als er am frühen Abend wieder in den Alcazar zurückkehrte.

Lea saß nun jeden Tag in dem Stickzimmer im Erdgeschoss des Schlosses. Sie hatte den Stoff mit dem aufgetragenen Motiv in drei gleiche Teile geschnitten und denjenigen, mit dem sie beginnen wollte, auf einem Rahmen festgezurrt. Er lag auf Holzböcken auf, sodass sie bequem davor sitzen konnte. Sie hatte beschlossen, dem Bild noch eine gestickte Bordüre aus Blumenranken hinzuzufügen und diese auf allen drei Stoffstücken aufgezeichnet. Das Ausfüllen der großen, glatten Flächen des Hintergrundes sowie einzelne Umrandungen bestimmter Motive würde sie den Hofdamen überlassen. Sobald sie die Feinarbeiten des ersten Teils abgeschlossen hatte, konnten die Frauen daran weitersticken, während sie sich der zweiten Stoffbahn widmen würde.

All dies erklärte sie der Königin, Beatríz de Bobadilla und Catalina, die Lea an einem Nachmittag aufsuchten. Ebenso erläuterte sie ihnen die verschiedenen Stiche, die sie anzuwenden gedachte, und welche Farben sie benutzen würde. Isabel, der man inzwischen ansah, dass sie wieder ein Kind erwartete, war angetan von den Plänen der Stickerin und bewunderte die bereits aufgestickten Blumenranken, die Lea im Plattstich vollführt hatte.

„Ich bin sehr zufrieden mit deiner bisherigen Arbeit", lobte sie. „Ich werde ab und zu vorbeischauen, um mich von deinen Fortschritten zu überzeugen."

„Ich danke Euch, Hoheit." Lea versank in einen tiefen Hofknicks.

Isabel und ihre Vertraute verabschiedeten sich. Catalina blieb, um Lea Gesellschaft zu leisten.

„Ich glaube, wir haben genau die richtige Wahl getroffen", hörten sie Beatríz sagen, während sie zusammen mit der Monarchin den Raum verließ.

Die Nichte des Kardinals zog sich einen Stuhl heran und nahm Platz. „Der Meinung bin ich auch. Ich freue mich schon darauf, wenn ich dir bei der Arbeit helfen darf."

Während Lea mit der Stickerei fortfuhr, plauderte die Hofdame über dieses und jenes.

„Wie gefällt dir der Sekretär Ihrer Majestät?", fragte sie heuchlerisch. „Er ist einer der gut aussehendsten Männer, die ich kenne. Hatte ich es richtig verstanden, dass ihr euch schon kanntet?", fuhr sie fort, ohne Lea die Gelegenheit zu geben, ihre erste Frage zu beantworten.

„Ja, wir sind uns vor ein paar Jahren schon einmal begegnet", entgegnete Lea und erzählte ihrer neuen Gefährtin, wie und wo sie Alvaro zum ersten Mal gesehen hatte. Sie verschwieg jedoch, dass sie sich sofort ineinander verliebt hatten.

„Und seither sind eure Familien gut befreundet, nehme ich an", bemerkte die Hofdame.

„Nein", erwiderte Lea. „Man darf nicht vergessen, dass die Salvatierras dem Hochadel angehören und mein Vater ist nur ein einfacher Tuchhändler. Ich habe Alvaro später noch einmal in Sevilla getroffen, dann erst wieder hier am Hof."

Da sie ihren Blick erneut auf die Stickerei richtete, entging ihr der Ausdruck auf Catalinas Gesicht, der zunächst Erstaunen ausdrückte und dann in ein triumphierendes Lächeln überging.

„Ich will dich nicht länger von der Arbeit abhalten", verabschiedete sich die Hofdame. „Ich werde dich morgen wieder besuchen."

Lea sah nachdenklich aus dem Fenster, nachdem Catalina gegangen war. Hätte sie ihr von ihren Gefühlen für den Sekretär erzählen sollen? Es wäre schön, wenn sie eine Vertraute am Hof hätte. Sie beschloss, noch eine Weile zu warten, damit sie sich sicher sein konnte, in der Nichte des Kardinals eine verschwiegene Kameradin gefunden zu haben.

Während sie fortfuhr Stich um Stich auf den hellen Stoff zu setzten und dabei ihre Gedanken in die Vergangenheit schweifen ließ, betrat der nächste Besucher das Stickzimmer: Es war Alvaro. Ein wohliger Schauer überzog Leas Körper, als sie den jungen Mann erblickte. Sie legte die Nadel beiseite und erhob sich.

Mit wenigen Schritten war der Sekretär bei ihr und zog sie in seine Arme. Ihre Lippen fanden sich zu einem innigen Kuss.

„Alvaro, wir müssen vorsichtig sein", mahnte Lea, nachdem sie wieder zu Atem gekommen war. „Wenn uns jemand sieht..."

Wiederum küsste er sie. „Ich habe keinen gesehen", versuchte er sie zu beruhigen.

„Vorhin waren Ihre Majestät, Beatríz de Bobadilla und Catalina de Mendoza hier. Die Nichte des Kardinals kommt oft vorbei", gab Lea zu bedenken.

„Dann müssen wir einen Ort finden, wo wir uns ungestört sehen können und nicht ständig befürchten müssen, dass uns jemand entdeckt." Alvaro strich mit einer zärtlichen Geste über Leas schimmernde Locken. „Allerdings werden wir uns jetzt eine zeitlang nicht sehen können."

„Warum nicht? Musst du fort?" Ängstlich blickte sie in seine braunen Augen.

Er nickte. „Ich soll im Auftrag der Königin nach Alcáçovas reisen und dort als ihr Bevollmächtigter einen Friedensvertrag mit dem König von Portugal aushandeln. Es wird eine Weile dauern, bis ich wieder zurückkomme." Er seufzte. „Warum muss Ihre Majestät ausgerechnet jetzt wieder guter Hoffnung sein? Sonst wäre Sie bestimmt selbst nach Portugal gefahren."

„Der Wandbehang ist noch lange nicht fertig, da werden wir auch nach deiner Rückkehr noch viel Zeit füreinander haben. Ich werde jeden Stich besonders genau und sorgfältig setzen." Sie lächelte verschmitzt, obwohl sie in ihrem Inneren der Trennung mit Besorgnis entgegensah. „Wann brichst du auf?"

„In zwei Tagen." Er umfasste ihr Gesicht mit seinen Händen und schaute ihr eindringlich in die Augen. „Du musst mir etwas versprechen, Lea. Nimm dich vor Catalina in Acht."

„Was hast du gegen sie?", fragte die junge Frau verwundert. „Sie ist bisher sehr nett zu mir gewesen."

„Ich habe nichts gegen sie. Sei nur nicht zu vertrauensselig ihr gegenüber. Und vor allen Dingen erzähle ihr nichts von uns.″ Alvaro löste seine Hände von Leas Gesicht und zog sie in seine Arme. Wie oft hatte er sich das in seinen Träumen vorgestellt. Nun war es Wirklichkeit geworden und er hätte sie am liebsten nie wieder freigegeben.

5. Kapitel

September 1479

Toledo

Endlich tauchten im Dunst des frühmorgendlichen Nebels wieder die Silhouetten der Gebäude Toledos vor Alvaro und seinen Begleitern auf. Sie waren die letzte Strecke ohne Pause geritten. Die Reise war erfolgreich verlaufen. Der Sekretär hatte im Hause von Isabels Tante Beatríz de Breganza mit dem Vertreter des portugiesischen Herrschers Verhandlungen über den Friedensvertrag zwischen den beiden Ländern geführt und diesen schließlich am 4. September im Namen der kastilischen Majestäten unterschrieben. Danach war er am Hof Alfonsos V. vorstellig geworden, wo der portugiesische König zusammen mit seinem Sohn Juan den Kontrakt ratifiziert hatte. Jetzt lag es nur noch an Isabel und Fernando ebenso zu verfahren, damit die Vereinbarung Gültigkeit hatte. Der Vertrag bestand aus mehreren Unterpunkten. Im ersten Teil wurde festgehalten, dass Kastilien keinerlei Ansprüche mehr auf Guinea, Mina de Oro, Madeira, die Kapverdischen Inseln, die Azoren und die afrikanische Atlantikküste erheben würde noch auf Inseln und Gebiete, die in Zukunft zwischen den Kanaren und Guinea entdeckt werden würden. Dafür verblieben die Kanarischen Inseln unter der Herrschaft der kastilischen Krone. Des Weiteren einigte man sich, die Kriegsgefangenen auf beiden Seiten freizulassen, die besetzten Gebiete zurückzugeben und den kastilischen Adeligen, die Portugal unterstützt hatten, Amnestie zu gewähren.

Der zweite Teil beinhaltete das Schicksal Juanas und im dritten waren die Klauseln der Heiratsvereinbarung zwischen der Infantin Isabelita und Alfonso, dem Sohn des portugiesischen Thronfolgers Juan aufgeführt.

So hatte der Sekretär die Rückreise im Beisein des Bevollmächtigten des Königs von Portugal – Juan Silveira - und einiger anderer portugiesischer Adeliger angetreten, damit diese bei der Ratifizierung durch die kastilische Monarchin als Zeugen anwesend wären.

Alvaro konnte es kaum erwarten, Lea wiederzusehen.

Von nun an wollte er so viel Zeit wie möglich mit ihr verbringen. Allerdings hatte sich dies bereits vor seiner Abreise nach Portugal als schwierig erwiesen, da Catalina ihm ständig nachstellte und ihn nicht aus den Augen ließ, sodass er Lea nicht so oft hatte sehen können, wie es ihm lieb gewesen wäre. Die Nichte des Kardinals durfte unter keinen Umständen von ihrer Liebe erfahren. Zudem gefiel ihm nicht, wie Catalina sich bei Lea einzuschmeicheln versuchte. Sein Gefühl sagte ihm, dass Mendozas Verwandte mit Vorsicht zu genießen war.

Nachdem er für die Unterbringung der illustren portugiesischen Gäste gesorgt hatte, machte er sich zu Lea auf. Doch das Stickzimmer war leer. Als er einen Bediensteten fragte, teilte dieser ihm mit, er hätte gesehen, wie die junge Frau in den Innenhof gegangen wäre. Alvaro dankte dem Mann.

Der weitläufige, wie bei einem Kloster von einem Säulengang umgebene, *patio* war mit blühenden Sträuchern und Bäumen begrünt. Der Sekretär hielt nach seiner

Liebsten Ausschau und entdeckte sie schließlich auf einer Bank neben einem Springbrunnen. Ihre dunklen Locken fielen glänzend über ihren Rücken. Sie hatte ihr Gesicht den wärmenden Sonnenstrahlen zugewandt. Alvaro verweilte einen Moment und betrachtete dies friedvolle Bild. Es lag ein schwacher Duft nach Oleanderblüten in der Luft, und außer dem vereinzelten Zirpen der letzten Sommerzikaden, herrschte eine göttliche Stille. Mit leisen Schritten trat er hinter Lea und legte vorsichtig seine Hände über ihre geschlossenen Augen.

„Ratet, wer ich bin!", forderte er mit verstellter Stimme.

Die junge Frau zuckte zusammen. „Der König?", vermutete sie.

Alvaro verneinte.

„Dann vielleicht Pedro García oder Alonso Paredes? Julian Manrique?"

„Wer sind diese Männer?", rief der Sekretär empört, gab Leas Augen frei und setzte sich neben sie auf die Bank.

„Ach du bist es Alvaro! Ich habe dich gar nicht erkannt!", gab sie lachend vor, obwohl sie es bereits bei den ersten Worten gewusst hatte.

Sie umarmten sich und gaben sich einen langen Kuss.

„Endlich bist du wieder da", flüsterte Lea. „Ich habe dich so vermisst."

„Und ich dich." Alvaro streichelte zärtlich über ihre Wangen. „Ich habe jede Nacht von dir geträumt."

Lea rückte wieder ein Stück von dem jungen Mann ab. „Wir müssen vorsichtig sein, es wäre nicht gut, wenn uns jemand so zusammen sieht", gab sie zu bedenken.

„Dann erlaube mir, dass ich morgen Nacht in deine Kammer komme! Ich möchte dich in meinen Armen spüren, ohne ständig befürchten zu müssen, dass uns jemand entdeckt." Der Sekretär blickte sie bittend an. „Die Gelegenheit wäre günstig, weil im Anschluss an die Ratifizierung des Friedensvertrages mit Portugal ein festliches Bankett stattfindet. Da wird es nicht auffallen, wenn ich die Feier irgendwann im Laufe des Abends verlasse."

Lea zögerte einen Moment. Sollte sie seinem Vorschlag zustimmen?, fragte sie sich. Sie ahnte, was dies bedeuten würde. Doch wäre sie schon bereit, sich ihm ganz hinzugeben? Dann sah sie die bedingungslose Liebe, die in seinem Gesicht zu lesen war und wusste, dass es nicht falsch sein konnte.

„Gut, ich lasse meine Kammertür morgen Nacht unverschlossen", hauchte sie kaum hörbar. Die zarte Rötung ihrer Wangen verriet ihre Verlegenheit. „Jetzt geh, bevor uns doch noch jemand hier entdeckt!"

Alvaro sprang auf und warf ihr noch eine Kusshand zu. „*Te quiero, mi corazón*!", formten seine Lippen, während Lea ihm nachsah.

Mit einemmal kam es ihr vor, als ob sie am Fenster oberhalb des Säulenganges eine Bewegung wahrgenommen hätte. Sie schaute genauer hin, konnte jedoch nichts entdecken. Dennoch vermochte sie sich des unguten Gefühls nicht zu erwehren, dass irgendjemand sie und Alvaro soeben beobachtet hatte.

Sie blieb noch eine Weile sitzen und betrachtete nachdenklich den der Bank gegenüber stehenden Granatapfelbaum, der nur noch einige wenige, bereits aufgeplatzte Früchte trug. Dann erhob sie sich und ging zurück ins Stickzimmer, um mit ihrer Arbeit fortzufahren.

Am darauffolgenden Abend bestätigte und beeidigte die Königin im festlich geschmückten Thronsaal im Beisein der Portugiesen das Abkommen. Sie war nunmehr im siebten Monat schwanger und verbarg ihren kugelrunden Bauch unter einem weitgeschnittenen, mit Goldstickerei verzierten, Gewand. Auch diesmal hatte sie die bevorstehende Mutterschaft noch schöner werden lassen. Ihre Gesichtshaut war rosig durchblutet und ihre blaugrünen Augen strahlten den besonderen Glanz aus, wie er nur bei Frauen zu finden war, die guter Hoffnung waren. Neben den wichtigen Klerikern, unter ihnen selbstredend Kardinal Mendoza, Isabels Beichtvater, Bruder Talavera und Tomás de Torquemada, war der gesamte Adel Toledos anwesend. Alvaro bedauerte, dass seine Eltern nicht an den Hof gekommen waren. Sie befanden sich gerade in Andalusien, wo Pedro de Salvatierra einige neue Pferde erwerben wollte.

Der junge Mann konnte es kaum abwarten, sich von der Feier davonzuschleichen, um Lea aufzusuchen. Doch zunächst musste er sich gedulden, bis das offizielle Zeremoniell beendet war. Es war seine Aufgabe, den Inhalt des Vertrages laut vor allen Anwesenden vorzulesen. Nach jedem der drei Abschnitte legte die Königin ihre rechte Hand auf Kreuz und Evangelienbuch und schwor laut und deutlich, bei Gott und der Heiligen Jungfrau Maria den jeweiligen Inhalt anzuerkennen und für seine Ausführung zu sorgen. Alvaro wusste bereits, dass er am nächsten Morgen Nachrichten in alle wichtigen Städte zu schicken hatte und auch den König in Aragon unterrichten musste.

Während des Festmahls, bei dem die Bediensteten eine Köstlichkeit nach der anderen aus der Schlossküche herbeischafften, wanderten seine Gedanken fortwährend zu Lea. Eine freudige Erregung erfasste seinen Körper. Er konnte es nicht abwarten, sie bald in den Armen zu halten.

Catalina, die dem Sekretär gegenüber saß, bemerkte dessen Unruhe und fragte sich, was wohl in ihrem Angebeteten vorginge. Ob er wieder an die Stickerin dachte?

Nach dem Essen spielten die Musikanten zum Tanz auf. Alvaro nutzte das allgemeine Durcheinander, das jedes Mal herrschte, wenn die Höflinge die Tafeln ab- und beiseite räumten, um Platz für die Tanzenden zu schaffen. Rasch verließ er den Saal und lief den langen Flur entlang in Richtung des Traktes, in dem die Bediensteten untergebracht waren. Wäre es ihm in den Sinn gekommen, sich einmal umzudrehen, so hätte er die Gestalt bemerkt, die ihm heimlich folgte.

Lea lag im Bett und lauschte angespannt auf jedes Geräusch. Ihre Finger spielten nervös mit dem Stoff der Bettdecke. Sie trug ihr schönstes Nachtgewand aus feinstem Batist. Zuvor hatte sie sich sorgfältig frisch gemacht, das Haar gewaschen und ihren Körper mit einem wohlriechenden Puder bestäubt.

War es richtig, was sie tat?, ging es ihr zum wiederholten Male durch den Kopf. Würde Gott es gutheißen, wenn sie sich einem Mann hingab, mit dem sie nicht verheiratet war? Doch, wie konnte es falsch sein, wenn sie sich liebten? Obwohl sich Lea darauf freute, Alvaro ganz nah zu spüren, hatte sie dennoch Angst. Sie wusste nicht viel über die Vereinigung von Mann und Frau. Ihre Mutter hatte nur einmal, kurz bevor sie gestorben war, mit ihr darüber gesprochen und Inés konnte sich auch nur auf Vermutungen berufen, da sie noch nie mit einem Mann das Bett geteilt hatte. Lea seufzte. Sie erhob sich und öffnete das Fenster. Der Mond stand rund und gelb am Himmel, es war eine sternenklare Nacht. Im unteren, gegenüberliegenden Stockwerk waren die Fenster noch hell erleuchtet und Lea vermeinte leise Musik zu vernehmen.

Da öffnete sich ihre Kammertür und Alvaro betrat den Raum. Sie sah sein lächelndes Gesicht und das funkelnde Brokatwams, während er auf sie zukam. Ohne etwas zu sagen, zog er sie in seine Arme und ihre Lippen fanden sich zu einem leidenschaftlichen Kuss. Behutsam fuhr seine Hand über ihre Wange, ihren Hals und wanderte noch tiefer. Sie erzitterte, als er ihre Brust umfasste und zu liebkosen begann. Ein warmes Gefühl durchströmte ihren Körper und schien sich in ihrem Unterleib zu sammeln. Alvaro löste sich aus der Umarmung und zog an den Bändern ihres Nachthemdes. Sie ließ es zu, dass er es über ihre Schultern streifte. Im fahlen Schein des Mondes, der nach wie vor die einzige Lichtquelle im Raum war, glänzte ihre Haut wie Alabaster. Wieder strich Alvaro mit seinen Fingerspitzen von ihrem Gesicht bis hinunter zu ihrem Bauchnabel.

„Du bist wunderschön!", flüsterte er und betrachtete ihren schlanken Körper, die festen, runden Brüste mit den aufgerichteten, rosa Knospen, die langen, dunklen Locken, die sie wie ein schimmernder Vorhang umgaben.

Lea gelang es nicht, irgendetwas zu sagen. Sie begann nun ihrerseits, ihn zu entkleiden. Als Alvaro sah, wie sehr ihre Hände zitterten, half er ihr dabei, die Knöpfe seines Wamses zu öffnen und dieses sowie das helle Seidenhemd, das er darunter trug, auszuziehen. Zwischendurch tauschten sie immer wieder Küsse aus. Die Stickerin hielt den Atem an, als er sich schließlich der dunkelbraunen Beinkleider entledigte und nackt vor ihr stand. Sie konnte den Blick nicht von seinem Gemächt abwenden, das sich ihr groß und stark entgegenreckte. Alvaro war das ängstliche Aufflackern in ihren Augen nicht entgangen. Er hob sie behutsam hoch und trug sie zu der Schlafstätte, wo er sie sanft auf die Kissen bettete. Seine Hände fuhren fort, ihren Körper zu erkunden. Als er ihre empfindsamste Stelle berührte, tat sie einen wohligen Seufzer. Vorsichtig drangen Alvaros Finger tiefer, während sie selbst allen Mut zusammen nahm und ihre Hand dorthin gleiten ließ, wo sie selbst in ihren kühnsten Träumen noch nie einen Mann berührt hatte. Alvaro stöhnte auf. Mit seiner eigenen Hand führte er die ihrige und zeigte ihr, was sie zu tun hatte. Seine Rechte liebkoste nach wie vor Leas Scham. Das Mädchen spürte, wie ihr Blut in den Schläfen pochte.

„Bist du dir sicher, *cariño*?", vernahm sie Alvaros Stimme an ihrem Ohr.

„Ja", flüsterte sie. „Ich könnte mir nichts Schöneres vorstellen."

Während Alvaro nicht aufhörte sie zu küssen, glitt er über sie und drückte mit sanften Bewegungen ihre Schenkel auseinander. Sie spürte sein hartes pulsierendes Glied an ihrem Unterleib.

„Du brauchst dich nicht zu fürchten! Ich werde vorsichtig sein!" Liebevoll blickte er sie an.

Dann drang er in sie ein. Der stechende Schmerz, der ihren Körper durchzuckte, wich schon bald einem unbeschreiblichen Gefühl, das immer stärker wurde. Sie schlang die Beine um seine Hüften und passte sich seinen harmonischen Bewegungen an. Dann vergaßen sie alles um sich herum. Es gab nur noch sie beide und diesen nicht enden wollenden Strudel, der sie in eine unbekannte Tiefe mit sich riss, die irgendwann von einem explosionsartigen Feuerwerk erhellt wurde.

Später lagen sie erschöpft, aber glücklich nebeneinander. Alvaro strich eine feuchte Haarsträhne hinter Leas Ohr und gab ihr einen Kuss auf die Nasenspitze.

„Jetzt bin ich dir auf ewig verfallen", flüsterte sie. „Ich werde niemals mehr ohne dich leben können!"

„Das hoffe ich!", erwiderte der junge Mann. „Wir werden für immer zusammenbleiben."

Mit grimmiger Miene richtete sich die Gestalt wieder auf. Sie hatte die ganze Zeit über ihr Ohr an die Kammertür der Stickerin gehalten und gelauscht, nachdem sie gesehen hatte, dass der Sekretär Ihrer Majestät das Zimmer betreten hatte. Diese Metze! Wie konnte sie es nur wagen, Alvaro zu verführen, dachte Catalina wütend. Das würde die Stickerin ihr büßen. Als sie Schritte vernahm, schlüpfte sie gerade noch rechtzeitig in eine gegenüberliegende Nische. Die Tür öffnete sich, und sie sah, wie Lea und Alvaro sich noch einmal innig umarmten. Dann lösten sie sich voneinander und Alvaro warf seiner Angebeteten eine letzte Kusshand zu, bevor er sich eiligen Schrittes entfernte.

Catalina ballte ihre Hände zu Fäusten. Der zornige Ausdruck auf ihrem Gesicht wich einem bösartigen Lächeln. „Alvaro gehört mir!", flüsterte sie. „Du wirst ihn nicht bekommen, Lea, das schwöre ich bei Gott!"

Am nächsten Morgen suchte die Hofdame die Stickerin nach dem Morgenmahl auf. Lea arbeitete gerade an dem Gesicht der Infantin.

„Das ist dir wunderbar gelungen!", rief Catalina mit ehrlicher Begeisterung, nachdem sie die junge Frau mit zwei Wangenküssen begrüßt hatte. „Du hast Isabelitas Züge ganz genau getroffen. Die Königin wird hingerissen sein!" Vorsichtig fuhr sie mit ihren Fingern über die gestickte Fläche. „Du siehst etwas müde aus, meine Liebe!", täuschte sie scheinheilig Besorgnis vor. „Hast du schlecht geschlafen?"

Lea verneinte. Ein Lächeln huschte über ihr Gesicht, ein Lächeln, das die Hofdame sehr wohl zu deuten wusste und somit alle Mühe hatte, ihre Wut zu verbergen.

„Vielleicht bist du von einem bösen Traum heimgesucht worden?", gab sie nicht auf.

Erneut schüttelte die Stickerin den Kopf. Wieder dieses Lächeln.

Jetzt ging die Nichte des Kardinals zum Angriff über. „Du bist verliebt. Sag mir, wer es ist. Kenn ich ihn?" Catalina schob eine paar Garnstränge beiseite und setzte sich auf den Tisch, der an der gegenüberliegenden Wand stand.

Die Stickerin schmunzelte. „Wie kommst du darauf?"

„Ich sehe es an dem verräterischen Glanz in deinen Augen." Die Hofdame stützte sich mit ihren Handflächen auf der Tischplatte ab und schlug die Beine übereinander. „Ich habe Recht, nicht wahr? Also, wer ist es?"

„Wenn ich es dir sage, dann musst du mir versprechen, es niemandem zu verraten, hörst du?"

„Bei mir ist dein Geheimnis sicher. Ich werde schweigen wie ein Grab." Eine innere Anspannung überkam Catalina. Gleich würde sie seinen Namen aus Leas eigenem Munde vernehmen.

Die Stickerin zögerte weiterhin. Konnte sie der Hofdame vertrauen? Außer Beatríz de Bobadilla war die Nichte des Kardinals bisher die Einzige gewesen, mit der sie mehr als nur ein paar höfliche Worte gewechselt hatte. Obwohl Alvaro sie gewarnt hatte, entschied sie, sich Catalina anzuvertrauen. „Es ist Alvaro de Salvatierra."

„Der Sekretär ihrer Majestät?", tat Mendozas Verwandte erstaunt. „Keine schlechte Wahl! Er ist ein gut aussehender Mann. Und er? Erwidert er deine Gefühle?", fragte sie weiter.

Lea nickte. „Wir haben uns schon vor vielen Jahren ineinander verliebt."

„Als er euch damals vor den Banditen rettete?"

Wieder bejahte die Stickerin. Sie legte die Nadel beiseite und erzählte Catalina ausführlich, wie sich alles zugetragen hatte. Nur ihre jüdische Vergangenheit verschwieg sie.

„Wie romantisch, Lea! Dann habt ihr euch bestimmt auch schon geküsst", schwärmte die Hofdame. „Ich freue mich für dich. Werdet ihr bald heiraten?"

„Wohl kaum. Alvaros Vater wird seinem Sohn niemals erlauben, die Tochter eines einfachen Tuchhändlers zur Frau zu nehmen. Ach, Catalina, ich könnte es nicht ertragen, jemals wieder von ihm getrennt zu sein." Tränen schimmerten in Leas Augen.

Die Nichte des Kardinals ließ sich von der Tischplatte gleiten und nahm die Stickerin in die Arme.

„Es wird schon alles gut werden! Du kannst auf mich zählen, ich werde immer für dich da sein!" Wie leicht ihr die falschen Worte über die Lippen kamen.

Lea schmiegte sich eng an die vermeintliche Freundin. „Ich bin froh, dass ich mit jemandem über meine Gefühle für Alvaro sprechen konnte."

Ich auch, mein Engel. Ich auch, dachte Catalina schadenfroh. Du wirst es nicht bereuen. Während sich ihre Mundwinkel zu einem Grinsen verzogen, streichelte sie über den Rücken ihrer Rivalin.

6. Kapitel

Februar 1480

Lea lebte nunmehr seit neun Monaten am Hof. Sie verspürte zwar kein Heimweh, doch es gab Momente, da verzehrte sie sich danach, ihre Familie wiederzusehen. Außerdem vermisste sie die Riten ihrer alten Religion, die sie in ihrem Elternhaus trotz ihrer Konvertierung in Sevilla heimlich so gut es ging gepflegt hatten. Ab und zu erhielt die junge Frau Briefe aus der Heimat von Ezra oder Manuel. Ihr Vater schrieb von den Geschäften, die er getätigt hatte und der Weinhändler, wie sehr er sich nach ihr sehnte und darauf wartete, sie baldmöglichst zu heiraten. Um so mehr genoss sie die innigen Stunden, die sie mit Alvaro verbrachte. Immer wieder versprach der Sekretär ihr eine gemeinsame Zukunft. Es war schön, sich diesen Träumen hinzugeben, auch wenn sie nicht wusste, wie sie sich jemals erfüllen sollten. In den kommenden Wochen würde ihr Liebster allerdings weniger Zeit mit ihr verbringen können, da die Könige die *cortes* – den Reichstag - in Toledo einberufen hatten und Alvaro von morgens bis spät in die Nacht beschäftigt sein würde.

Die Arbeit an dem Wandbehang ging gut voran. In der Zwischenzeit war er so weit fortgeschritten, dass jetzt auch einige der Hofdamen fleißig mitstickten. Catalina befand sich unter den Helferinnen, zudem ihre Cousine Leonor und an manchen Tagen Beatríz de Bobadilla. Für Lea bedeutete es eine angenehme Abwechslung, Gesellschaft zu haben. Oft war das Lachen der Frauen bis in den langen Flur hinaus zu hören. Die Nichte des Kardinals wich der Stickerin nicht von der Seite. Manchmal war Lea die Art und Weise, wie Catalina sie über ihre Beziehung zu Alvaro ausfragte, ein wenig lästig und sie bedauerte, sich ihr je anvertraut zu haben. Doch wiederum war es schön, eine Gefährtin bei Hofe zu haben.

Im November des vergangenen Jahres hatte die Königin einer weiteren Tochter das Leben geschenkt. Die kleine Juana gedieh prächtig. Isabels Widersacherin, die Beltraneja war im selben Monat für immer in ein Kloster in Portugal eingetreten.

Als der Februar sich dem Ende entgegenneigte, überkam Lea ein trauriges Gefühl. Im März stand das Pessachfest bevor. Wie gerne würde sie es zusammen mit ihrer Familie begehen. Ob die Königin ihr wohl erlauben würde, nach Sevilla zu reisen? An einem Nachmittag fasste sie Mut und sprach bei der Monarchin vor. Sie konnte jedoch nicht den wahren Grund ihres Vorhabens erwähnen, sondern betonte lediglich, wie sehr sie ihren Vater und Bruder vermisste. Da Isabel mit Leas Arbeit an dem Wandbehang mehr als zufrieden war und ohnedies vorgehabt hatte, die Stickerin zu belohnen, erlaubte sie ihr, einen Monat in Sevilla zu verbringen.

So hatte sich Lea bald darauf nach einem tränenreichen Abschied von Alvaro einer Gruppe Kaufleute angeschlossen.

Ihr Herz raste, als sie schließlich Mitte März vor dem Haus in der Calle del Agua stand. Gerade als sie an die Tür klopfen wollte, öffnete sie sich und sie sah sich Inés gegenüber, die, zwei leere Körbe in den Händen haltend, gerade zum Markt gehen wollte. Die alte Frau ließ alles fallen und schlug die Hände vor dem Gesicht zusammen.

„Lea! Beim Gott unserer Väter, du bist es tatsächlich!" Tränen liefen ihre faltigen Wangen hinab, während sie die so schmerzlich Entbehrte an ihren Busen zog. „Don Ezra, Aaron! Kommt schnell! Seht nur, wer hier ist!", rief sie ins Innere des Hauses.

„Was schreist du denn so?", ertönte Ezras tiefe Stimme.

Die Überraschung stand ihm ins Gesicht geschrieben, als er sah, wen Inés im Arm hielt. Die junge Frau löste sich von der Hausangestellten und schmiegte sich an ihren Vater, der sich verstohlen über die Augen wischte.

„Lea!" Aaron, der soeben erschienen war, riss das Mädchen an sich und wirbelte es lachend im Kreis herum. „Wie habe ich dich vermisst!"

„Ist der Wandbehang fertig?" Der Tuchhändler blickte seine Tochter neugierig an.

„Nein, noch lange nicht. Er misst zwei Mal drei *varas*. Ich musste ihn in drei Teile schneiden, um daran arbeiten zu können."

„Dann bist du also nur zu Besuch?" Enttäuschung schwang in Aarons Stimme mit.

Lea nickte.

„Manuel wird außer sich sein vor Freude, wenn er dich sieht. Wir nehmen heute Abend bei ihm gemeinsam das Sedermahl ein. Wie du gewiss nicht vergessen hast, beginnt morgen Pessach. Kommt, lasst uns ins Haus gehen!" Ezra legte einen Arm um die Schulter seiner Tochter. „Du bist bestimmt erschöpft und möchtest dich noch ein wenig ausruhen. Was für eine Freude, dich wieder bei uns zu haben, Lea." Der Tuchhändler herzte die junge Frau erneut.

Später, als die letzten Sonnenstrahlen einen rötlichen Schimmer auf dem Wasser des Guadalquivirs zurückgelassen hatten, machten sie sich zu Fuß zu Manuels Haus auf, um dort in dessen geheimer Kammer im Keller das jüdische Passahfest einzuläuten. Wie gerne hätten sie wie früher erst gemeinsam an einem Gottesdienst in der Synagoge teilgenommen. Doch seit man die *judería* zwangsverlegt hatte und die ehemaligen jüdischen Gotteshäuser in ihrem Viertel in christliche Kirchen umgewandelt worden waren, hatten sie keine Synagoge mehr betreten. Der Prior von San Pablo, Alonso de Hojeda, hatte seine Spitzel überall und wachte streng über die Neuchristen.

Manuel war überglücklich, als er sah, wen seine Gäste mitbrachten. Zufrieden betrachtete Ezra, wie der Weinhändler seine Verlobte in die Arme zog. Da Lea ihrem Vater den Rücken zukehrte, entging ihm der gleichgültige Ausdruck in ihrem Gesicht.

Wie es der Brauch verlangte, hatten sie im Laufe des Tages ein Bad genommen und sich in saubere, weiße Gewänder gekleidet. Bevor sie in den Keller hinabstiegen, setzten sie sich noch eine Weile in die Wohnstube.

„Warum feiern wir nicht hier?", wandte sich Lea an ihren Verlobten. „Wenn du die Fensterläden schließt, kann doch niemand hereinschauen."

„Man merkt, dass du lange aus Sevilla fort warst." Manuel betrachtete die junge Frau mit einem liebevollen Blick. „Es ist nicht mehr so wie es einmal war. Man beobachtet uns ganz genau, ob wir uns wie fromme Katholiken verhalten. Hojedas' Spitzel klettern sogar am Samstag auf den Giralda-Turm, um zu sehen, ob Rauch aus unseren Kaminen steigt. Falls dem nicht so wäre, würden sie uns verdächtigen, den Sabbat zu begehen."

„Das ist wahr, Lea!", stimmte Ezra zu. „Es kamen sogar schon ein paar Mönche in unser Haus und haben überprüft, ob an unseren Wänden, wie sie es verlangen, Bilder des gekreuzigten Messias und ihrer Heiligen hängen."

Lea schüttelte ungläubig den Kopf.

„Es sind unsichere Zeiten", seufzte der Tuchhändler. „Vorsicht ist das oberste Gebot. Ich habe jedes Mal Angst, wenn Inés koscheres Fleisch kaufen muss."

„Lasst uns nach unten gehen und unsere Sorgen für eine Weile vergessen!", forderte Manuel seine Gäste auf. „Es ist alles für unser gemeinsames Sedermahl angerichtet!"

Kurz darauf zündete er die Talglichter in der geheimen Kammer an. Der Eingang im Keller war hinter ein paar Fässern verborgen. Der Raum mit den moosbewachsenen Steinwänden war nicht sehr groß. Es war kühl und die Luft roch, wie beim letzten Mal, als sie kurz vor Leas Abreise dort den Sabbat begangen hatten, feucht und muffig. Fröstelnd zog sich die junge Frau den wollweißen Umhang enger um ihre Schultern. Der lange Holztisch in der Mitte des Raumes war schon vorbereitet. Obwohl Manuels Vater Jehuda vor einem halben Jahr gestorben war, hatte sein Sohn auch für ihn ein Gedeck aufgelegt. Vor jedem Platz standen ein Teller und ein Weinkelch, des Weiteren die Sederschüsseln mit den symbolischen

Gerichten, die in einer bestimmten Ordnung eingenommen werden mussten, damit die Juden dem Auszug ihres Volkes aus Ägypten mittels dieser Speisen und Getränken in jedem Jahr neu gedenken konnten. In der ersten Schale waren drei Laibe ungesäuertes Brot - die *Mazzot* - angeordnet. Sie sollten daran erinnern, dass die Israeliten, als Gott sie aus der Gefangenschaft führte, keine Zeit mehr gehabt hatten, den Brotteig gären zu lassen, und ihn sogleich gebacken hatten. In einer anderen Schüssel lag eine gebratene Lammkeule. Sie stellte die sinnbildliche Opferung des Pessachlammes dar, mit dessen Blut die Juden ihre Türen gekennzeichnet hatten, damit der Todesengel ihre Erstgeborenen verschonte. Bittere Kräuter sollten an die Leiden erinnern, die die Ägypter ihnen zugefügt hatten und Essig an die Tränen, die das gequälte Volk vergossen hatte. Schließlich befand sich noch eine Schale mit einem lehmfarbenen, weingetränkten Nussbrei auf dem Tisch. Dieser diente dazu, die von den Juden während ihrer Knechtschaft hergestellten Tonziegel zu versinnbildlichen.

Als alle Platz genommen hatten, zündete Manuel die Kerzen des siebenarmigen Leuchters, der *Menora,* an und sprach einen Segen über die Anwesenden.

Sie verbrachten einen geruhsamen Abend und genossen den Ablauf der vertrauten Bräuche, die sie nur noch im Verborgenen ausführen konnten. Andächtig lauschten sie den Texten aus der *Haggada* über den Auszug des israelischen Volkes aus Ägypten, sangen gemeinsam Lieder in aramäischer Sprache und nahmen in der vorgeschriebenen Reihenfolge die Speisen und vier Becher Wein zu sich.

Als der Tuchhändler und seine Familie gegen Mitternacht wieder aufbrachen, begleitete Manuel seine Gäste bis zum Eingang. Vor der Tür drückte er seine Verlobte noch einmal fest an sich.

„Ich kann es kaum erwarten, bis du endlich wieder für immer nach Sevilla zurückkommst und meine Frau wirst", flüsterte er ihr ins Ohr.

Schweigend ertrug sie seine Umarmung und den feuchten Kuss, den er ihr auf die Lippen drückte. Sie war froh, als der Weinhändler kurz darauf wieder im Inneren seines Hauses verschwand und die Tür hinter ihm ins Schloss fiel. Rasch machten sie sich auf den Heimweg. Die frische Nachtluft, die sie umwehte, tat ihnen gut, nachdem sie zuvor Stunden in der muffigen, geheimen Kammer zugebracht hatten.

Während der Zeit, die Lea in Sevilla verbrachte, besuchte sie der Weinhändler jeden Tag in der *calle del Agua*. Er wollte genau wissen, wie lange sie noch an dem Wandbehang zu arbeiten hätte, um alsbald mit den Hochzeitsvorbereitungen zu beginnen. Seine Ungeduld war kaum zu zügeln. Wieder musste Lea ihm versprechen, unverzüglich nach der Fertigstellung des Stickbildes zurück nach Sevilla zu kommen. So war sie froh, als sie Mitte April wieder in Richtung Toledo aufbrechen konnte. Sie sehnte sich nach Alvaro, nach seinen starken Armen, in denen sie die himmlischsten Wonnen erfuhr. Obwohl sie jedes Mal, wenn sie beieinander lagen, die Angst nicht losließ, ein Kind empfangen zu haben, brachte sie es nicht über sich, ihren Geliebten abzuweisen. Zudem versicherte ihr Alvaro stets, sie bräuchte sich nicht zu sorgen, da er sehr vorsichtig wäre.

Ezra hatte seine Tochter seit ihrer Ankunft ein einziges Mal nach dem Sohn des Marqués gefragt und Lea war es gelungen, ihm mit gleichmütiger Miene darauf zu antworten, auch, wenn sie innerlich gezittert hatte, sich in irgendeiner Weise zu verraten.

Der Tuchhändler, Aaron und Manuel begleiteten die junge Frau am Tage ihrer Abreise bis zum nördlichen Stadttor. Von dort aus würde sie die Fahrt nach Sevilla abermals in Begleitung einer Gruppe Kaufleute antreten.

Während Aaron dafür sorgte, dass Leas Gepäck auf einen der Wagen aufgeladen wurde, verabschiedete sich das Mädchen von ihrem Vater. Dem Tuchhändler fiel es sichtlich schwer, seine älteste Tochter wieder alleine auf Reisen zu schicken. Er wollte sie gar nicht mehr aus seinen Armen lassen.

Auch Manuel war traurig. „Komm bald wieder!", bat er sie mit weinerlicher Stimme. „Ich werde dir jeden Tag schreiben!"

Die Stickerin nickte und küsste ihn rechts und links auf die Wangen.

Dann war es soweit. Lea stieg in die Kutsche ein. Als sich der Tross in Bewegung setzte, steckte sie noch einmal den Kopf zum Fenster hinaus und warf den drei Zurückgebliebenen eine Kusshand zu. Dann lehnte sie sich entspannt zurück, schloss die Augen und mahlte sich das bevorstehende Wiedersehen mit Alvaro aus.

Segovia, 15. April im Jahre des Herrn 1480

Tomás de Torquemada kniete in seiner spartanisch eingerichteten Zelle im Konvent von Santa Cruz vor der hölzernen Bettpritsche. Das Licht der Kerze, die auf dem Nachttisch stand, warf das Schattenbild des Klosterbruders mit den scharfgeschnittenen Gesichtskonturen an die gegenüberliegende weißgetünchte Wand. Unter der groben Wollkutte trug der Mönch anstelle von Leinenunterwäsche ein härenes Hemd. Schon seit er dem Orden der Dominikaner beigetreten war, führte er diese Art der Kasteiung durch. Zunächst hatte das unangenehme Gefühl, welches das kratzige Hemd auf seiner Haut verursachte, seinen Durst nach Selbstbestrafung gestillt. Doch inzwischen war er daran gewöhnt und trug zur weiteren Kasteiung einen Bußgürtel, dessen Dornen bei jedem Schritt tief in seinen Oberschenkel einschnitten. Erst, wenn das warme Blut an seinem Bein hinablief, verspürte er eine innere Befriedigung. Obwohl er Prior des Klosters war, nahm er mit einem kargen Raum vorlieb, dessen Mobiliar aus einer einfachen Pritsche, einem Schemel und einem Tisch bestand. An der Wand hing ein schmuckloses Kreuz.

Schon seit geraumer Zeit verharrte Torquemada kniend vor der Bettstatt. Er hatte die Unterarme auf dem Holzgestell abgestützt, sein Kopf ruhte auf den gefalteten Händen. Mit geradezu fanatischem Eifer verbrachte er zuweilen Stunde um Stunde meditierend und betend in dieser unbequemen Haltung. Er war davon überzeugt, dass ihm Gott und die Jungfrau Maria eher seine Sünden vergäben und seine Gebete erhörten, wenn er diese demütige Stellung einnähme. Zurzeit lag ihm das Seelenheil Kastiliens am Herzen.

„Vater im Himmel", rief er Gott an, „ich bitte dich, nein, ich flehe dich an: Befreie unser Land von dem Unkraut, das zwischen dem Weizen wuchert, von all den Ungläubigen, den Juden und *marranos* – denjenigen, die vorgeben, Christen zu sein, im Verborgenen jedoch ihren heidnischen Bräuchen nachgehen! Es darf nur einen Glauben geben, den einzig wahren Glauben an die Heilige Katholische Kirche!" Der Prior umfasste das hölzerne Kruzifix, das an einer Schnur auf seiner Brust ruhte und küsste es. „Die verdorrten Reben müssen im Feuer verbrennen!", zitierte er inbrünstig den Apostel Johannes, während in seinen Augen die Besessenheit loderte.

Er wusste, dass er seinem Ziel immer näher kam. Während der Versammlung der *cortes* waren weitere wichtige Maßnahmen zur Bekämpfung der *converso*-Plage getroffen worden. Innerhalb der folgenden zwei Jahre mussten die Juden sämtlicher Städte und Dörfer Kastiliens, wie es bereits in Sevilla geschehen war, in abgeschlossene, von den Christen abgeschottete, Gebiete umziehen, die mit Mauern umfriedet und nur durch einige wenige verschließbare Tore zu betreten waren. Nach Sonnenuntergang würde es ihnen unter Androhung höchster Strafen verboten sein, sich außerhalb der neuen *juderías* aufzuhalten. Auf diese Weise sollte verhindert werden, dass die Neuchristen durch den Kontakt mit ihren alten Glaubensgenossen wieder in ihre vorherigen Gewohnheiten zurückverfallen würden. Des Weiteren waren die Kleidervorschriften verschärft worden, besser gesagt wurden die Regeln, die bereits in anderen Versammlungen der *Cortes* aufgestellt, aber von den Juden nie eingehalten worden waren, erneut bestätigt. So sollte es ihnen von nun an verboten sein, kostbare Stoffe für die Anfertigung ihrer Gewänder zu verwenden. Außerdem mussten sie künftig eine runde, scharlachrote Stoffscheibe an der rechten Schulter befestigen, damit jeder brave Christ sogleich erkannte, wen er vor sich hatte. Zu guter Letzt war es den Befolgern der mosaischen Gesetze fortan untersagt, während der Beerdigungen ihrer Toten, laut singend durch die Gassen zu ziehen.

Tomas de Torquemada blickte nachdenklich auf das schlichte Holzkreuz über seinem Bett. Auch, wenn all diese Vorschriften tatsächlich zur Ausführung kämen – nur die Einführung der Inquisition würde das Übel beseitigen. Er konnte nicht verstehen, warum die Könige immer noch zögerten, obwohl sie schon seit einiger Zeit im Besitz einer entsprechenden päpstlichen Bulle waren. Erst vor ein paar Tagen hatte er eine Nachricht von seinem Glaubensgenossen Alonso de Hojeda erhalten, in der der Prior von San Pablo ihm mitteilte, dass die Evangelisierungskampagne des Kardinals Mendoza erfolglos gewesen sei, und viele *conversos* mehr denn je ihren jüdischen Bräuchen nachgingen. Hojeda bezeichnete Torquemada als seinen einzigen Verschwörer im Kampf gegen die Beseitigung der Ketzer und bat ihn um Unterstützung bei den Majestäten. Selbstredend konnte der Sevillaner auf ihn zählen, dachte Tomás. Er war sich sicher, dass die Königin das Versprechen einlösen würde, das sie ihm, ihrem ehemaligen Beichtvater, einst als junge Infantin gegeben hatte, und dann wäre Kastilien endlich ein christliches Land, in dem es nur einen wahren, den katholischen Glauben, gäbe.

Der Prior von Santa Cruz erhob sich aus seiner unbequemen Haltung. Dabei drückten die Dornen des Bußgürtels noch fester in seinen Oberschenkel. Der stechende Schmerz ließ ihn zusammenzucken, doch er bedachte ihn lediglich mit einem zufriedenen Lächeln. Bald würden diese Christusmörder und *marranos* keine ruhige Minute mehr haben, dafür würde er, Tomás de Torquemada, Sohn der Heiligen Katholischen Kirche, sorgen. Nie würde sich der Dominikanermönch eingestehen, was hinter vorgehaltener Hand über ihn gemunkelt wurde: Auch in seinen Adern würde jüdisches Blut fließen, da sein Großvater einst eine getaufte Jüdin geheiratet hatte.

Toledo, Anfang Mai im Jahre des Herrn 1480

Lea saß mit Catalina im Stickzimmer über dem Wandbehang. Sie hatten die Fenster weit geöffnet. Warme Frühlingsluft und der fröhliche Gesang der Vögel, drang zu ihnen herein.

Obwohl sie bereits seit zwei Tagen wieder in Toledo weilte, hatte Lea Alvaro noch nicht gesehen. Der Sekretär hielt sich derzeit im Konvent San Pedro Mártir auf, wo die Versammlung der *cortes* sich langsam dem Ende zuneigte.

Während sie eifrig stickten, wollte die Hofdame alles über die Reise ihrer vermeintlichen Rivalin nach Sevilla wissen.

„Hast du deinen Verlobten getroffen?", fragte sie als erstes.

Lea hatte ihr irgendwann einmal von Manuel erzählt.

„Ja", seufzte die Stickerin. „Gleich zu Anfang meines Aufenthaltes hat er uns zum Pessach…." Erschrocken hielt die junge Frau inne. „Er hat uns zum Abendessen eingeladen", verbesserte sie sich geschwind.

Doch Catalina war der Versprecher nicht entgangen. „Erwähntest du nicht soeben das Wort Pessach? Verschweigst du mir etwas? Bist du etwa eine Jüdin?" Mit angewidertem Gesichtsausdruck legte die Nichte des Kardinals die Nadel beiseite und schaute die Stickerin abwartend an.

Lea hatte ihren Blick nach unten gerichtet. Ihre Nasenflügel zitterten.

„Nein, ich…, also gut, ich werde es dir sagen. Aber nur, weil ich Vertrauen zu dir habe und auf deine Verschwiegenheit zähle." Sie hoffte, dass sie keinen Fehler begehen würde. „Unsere Familie konvertierte vor zwei Jahren. Seitdem bin ich eine Christin und befolge eure Regeln."

„Und warum hast du dann offensichtlich mit deinem Verlobten Pessach gefeiert?" Catalina war nicht so rasch zu überzeugen.

„Wir haben zusammen das Osterfest begangen. Mir ist nur aus Versehen der alte jüdische Begriff über die Lippen gekommen. Manuel ist auch zum Christentum übergetreten."

„Nun gut, dann will ich es dir glauben."

Lea atmete erleichtert auf. „Manuel hat wieder nur von unserer Hochzeit gesprochen. Was soll nur werden, Catalina? Ich kann ihm doch nicht sagen, dass ich einen anderen liebe. Müsste er es denn nicht spüren?", überlegte sie. „Aber er will mich unbedingt zu seiner Frau machen.

„Es wird schwierig sein, dieser Heirat zu entgehen, zumal dein Vater auf der Seite deines Verlobten steht", gab die Hofdame zu bedenken.

Sollte sie sich etwa gar mit Manuel in Verbindung setzen und ihm berichten, wie sehr ihn seine Verlobte vermisste, dachte sie höhnisch, während sie versuchte, einen neuen Faden durch das Nadelöhr zu ziehen. Gewiss wäre es das Beste, wenn Lea nach der Fertigstellung des Wandbehangs nach Sevilla zurückkehrte und diesen Weinhändler heiratete. Dann würde sie unverzüglich tröstend zur Stelle sein und Alvaro in seinem Kummer beistehen. Die Nichte des Kardinals lehnte sich zufrieden zurück. Ein schadenfrohes Lächeln zeigte sich auf ihrem Gesicht. Das Gespräch mit der Stickerin war sehr aufschlussreich gewesen. Sie würde Lea in dem Glauben lassen, dass ihr Geheimnis bei ihr, Catalina, in sicheren Händen wäre.

Doch gerade dies war der Grund für die erste augenfällige Unstimmigkeit zwischen Lea und Alvaro, als sie sich ein paar Tage später schließlich wiedersahen. Im Beisein anderer hatten sie sich zunächst förmlich begrüßt, sodass es keinerlei Verdacht erregte. Erst am Abend, als der Sekretär seine Geliebte in ihrer Kammer aufsuchte, fielen sie sich in die Arme. Später, als sie erschöpft und glücklich nebeneinander lagen, unterhielten sie sich noch eine Weile und sprachen dabei auch wieder über ihre Zukunft.

„Wenn du den Wandbehang beendet hast, gehen wir weg von hier. Wir beginnen ein neues Leben, da, wo uns keiner kennt." Alvaro drehte sich auf die Seite, stützte seinen Kopf mit der Hand ab und blickte auf Leas schwarze Locken, die ihr Gesicht umrahmten. „Wir müssen vorsichtig sein, damit niemand von unseren Plänen erfährt."

Die junge Frau seufzte tief und blickte nachdenklich an die Decke.

„Was ist mit dir, *cariño*? Willst du nicht mehr mit mir zusammenleben? Hat dich dieser Weinhändler etwa überredet, ihn doch zu heiraten?" Eifersucht schwang in Alvaros Stimme mit.

Lea setzte sich auf und schlang ihre Arme um die angezogenen Beine.

„Nein! Du weißt, ich liebe nur dich!"

„Aber, was ist es dann?"

Die Stickerin strich sich die Haare hinter ihre Ohren und schaute Alvaro an. „Ich muss dir etwas beichten", begann sie. „Ich habe jemandem von uns erzählt!"

„Warum, Lea? Wir hatten doch beschlossen, mit niemandem darüber zu sprechen!" Alvaro schüttelte missbilligend den Kopf. „Wem hast du es gesagt?"

„Catalina de Mendoza", kam es leise über ihre Lippen.

Der Sekretär richtete sich nun ebenfalls auf. „Der Nichte des Kardinals? Ausgerechnet dieser Klatschbase? Ich hatte dich doch gewarnt, ihr nichts über uns anzuvertrauen." Wie immer, wenn Alvaro wütend war, bildete sich die steile Falte zwischen seinen Augenbrauen.

„Sie ist mir eine treue Gefährtin geworden!", verteidigte Lea sich. „Sie hat mir versprochen, darüber zu schweigen."

„Das bedeutet gar nichts! Catalina ist schon seit langem in mich verliebt. Sie wird sich an uns rächen wollen."

Nun konnte auch Lea ihren Ärger nicht mehr verbergen. „Nein, das wird sie nicht! Sie ist nicht so. Sie erzählte mir, dass sie sich damals verlobte, als sie nach Manzanares el Real zurückging, um ihre kranke Mutter zu pflegen.

Kurz bevor die Hochzeit stattfinden sollte, starb ihr Bräutigam und so ist sie an den Hof zurückgekehrt."

„Das sind nur Lügenmärchen, die sie dir aufgetischt hat, um dein Vertrauen zu gewinnen. Glaube mir, Catalina ist mit Vorsicht zu genießen", versuchte er seine Liebste zu warnen.

„Sie ist die Einzige hier bei Hofe, die mir ihre Freundschaft angeboten hat", beharrte Lea starrsinnig und konnte nicht verhindern, dass sich ihre Augen mit Tränen füllten. „Ich werde sie auf keinen Fall abweisen."

Alvaro zog sie in seine Arme. „Ich möchte nur, dass du achtsam bist und dir genau überlegst, was du ihr erzählst." Er küsste ihr die Tränen weg. „Es geht mir nur um uns und unsere gemeinsame Zukunft, *cariño*!"

Während sie noch eine Weile eng aneinander geschmiegt lagen, ging Lea ihre Auseinandersetzung nicht aus dem Kopf. Alvaro hatte mit seinen Worten einen leisen Argwohn gesät. Auf einmal fühlte sie sich gar nicht mehr wohl bei dem Gedanken daran, dass Catalina nun auch von ihrer jüdischen Vergangenheit wusste. Sie beschloss, sich Alvaros Bitte zu Herzen zu nehmen und der Hofdame mit mehr Vorsicht zu begegnen.

Für eine Weile gelang es ihrem Geliebten, ihre furchtsamen Gedanken zu verscheuchen, als er durch sein Streicheln ihre Lust entfachte und sie sich abermals den Freuden der Liebe hingaben.

7. Kapitel

September 1481

Königlicher Palast in Medina del Campo

Anfang September entschied die Königin, dass es wieder einmal an der Zeit wäre, den Standort des Hofes zu verlegen. Zu Leas Freude wählte Isabel Medina del Campo aus. Da im folgenden Monat dort wie in jedem Jahr der Jahrmarkt stattfinden würde, böte sich der Stickerin die Möglichkeit, ihren Vater zu treffen.

Schon bald herrschte ein emsiges Treiben im *Alcazar* von Toledo. Kleider und Geschirr wurden erst in Kisten verpackt, danach auf Wagen geladen. Teppiche wurden eingerollt, Bilder abgehangen und sorgfältig in Stoffbahnen eingewickelt, damit sie auf der Reise keinen Schaden nähmen. Leas Aufgabe war es, dafür zu sorgen, dass der Wandbehang und die notwendigen Stickutensilien ordnungsgemäß an ihrem neuen Ziel ankämen. Auch Alvaro war von morgens bis abends mit dem Verstauen wichtiger Papiere und Dokumente beschäftigt.

Dann war es soweit: Der königliche Tross verließ Toledo an einem sonnigen Morgen Anfang September zum Klang von Schalmeien durch das nördliche Stadttor. Lang war der Zug, der aus zahlreichen, das königliche Hab und Gut transportierenden, Wagen bestand sowie aus den Kutschen, in denen die Monarchin, ihre Kinder und die Hofdamen saßen. Dahinter schlossen sich die Geistlichen und Hofbeamten hoch zu Pferde an, und schließlich die Hofangestellten – unter ihnen auch Lea -, die entweder auf Maultieren ritten oder zu Fuß gingen. Eine zweihundert Soldaten starke, bewaffnete Eskorte sorgte für den nötigen Schutz.

Lea war froh, als sie Mitte September ihr neues Quartier im königlichen Palast von Medina del Campo beziehen konnte. Der Palacio Real lag zwischen der Plaza Mayor und der Calle del Admiral. Die Fenster, die nach vorne hinaus gingen, boten Sicht auf den großräumigen Platz, der schon in wenigen Tagen von vielfältigen Marktständen bevölkert sein würde. Hinter dem Gebäude breiteten sich Gärten und Felder aus.

Ein paar Tage später verlief der königliche Alltag wieder seinen gewohnten Gang und auch die Stickerin arbeitete wie zuvor fleißig an dem Wandbehang. Ab und zu suchte sie in der Rúa Nova-Gasse das Haus auf, das ihr Vater zu mieten pflegte, wenn er in Medina weilte. Doch der Tuchhändler war noch nicht angekommen.

Neben den Vorbereitungen des bevorstehenden Jahrmarktes hielt ein weiteres Ereignis die Bewohner der Stadt und bald darauf sämtliche Untertanen des Landes in Atem. Ein Ereignis, dessen Folgen auch Leas Leben auf drastische Weise verändern sollte.

Am frühen Abend des 27. Septembers versammelten sich der Hofstab und alle wichtigen Persönlichkeiten der Stadt im großen Saal des Palacio Reals. Isabel und Fernando, der einige Tage zuvor ebenfalls nach Medina gekommen war, saßen kostbar angetan nebeneinander in ihren Thronsesseln. Die Königin trug ein bordeauxfarbenes Samtkleid, dessen Besätze und Ärmel über und über mit kleinen Perlen bestickt waren. Neben der Krone auf dem Haupt funkelte an ihrem Hals die Kette, die ihr Gemahl ihr einst zur Verlobung geschenkt hatte.

Fernando stand seiner Gattin in nichts nach. Das braune, golddurchwirkte Wams, durch dessen geschlitzte Ärmel der helle Seidenstoff seines Hemdes durchschimmerte, stand ihm hervorragend. Sein braunes, glattes Haar glänzte seidig.

Neben einigen, sich in der Stadt aufhaltenden Granden, waren die wichtigsten Kleriker des Landes anwesend. Hernando Talavera, der Beichtvater der Könige und Kardinal Mendoza weilten ohnehin zumeist am Hof. Alonso de Hojeda war aus Sevilla angereist, Tomás de Torquemada aus Segovia. Für Letzteren war dieser Tag ein ganz besonderer – hatte er doch lange darauf gewartet, und so verspürte er bereits seit dem frühen Morgen eine freudige Erregung.

Alvaro stand neben den Hofdamen, die ebenfalls prächtig herausgeputzt waren. In Catalinas roten Locken schimmerte ein silbernes Haarnetz. Ihr Kleid war aus schwerer, moosgrüner Seide und betonte mit einem tiefen Ausschnitt ihren üppigen Busen. Belustigt hatte Alvaro festgestellt, wie die Blicke der anwesenden Herren immer wieder in ihre Richtung schweiften. Weder die Kirchenmänner noch der König selbst waren gegen solcherlei Reize gefeit.

Dann ergriff die Monarchin das Wort.

„Wir, der König und die Königin von Kastilien, Leon, Aragon und Sizilien heißen alle Anwesenden willkommen. Wir haben uns an diesem Tage hier versammelt, um weitere Schritte im Kampf gegen die Ungläubigen zu unternehmen. Wie uns unser Bruder in Christo, Alonso de Hojeda, zugetragen hat, ist die Evangelisierungskampagne des Kardinals Mendoza leider fehlgeschlagen. Sevilla ist immer noch überschwemmt von den sogenannten Scheinchristen, die das heilige Sakrament unserer Taufe empfangen haben, im Verborgenen aber ihren heidnischen Bräuchen frönen. Trotzdem sei dem Kardinal an dieser Stelle für seine Arbeit gedankt."

Der Erzbischof von Sevilla erhob sich und verbeugte sich in Richtung der Könige.

„Da wir bereits seit zwei Jahren im Besitz einer päpstlichen Bulle sind, die uns ermächtigt, die Inquisition in Kastilien einzuführen", fuhr Isabel fort, „halten wir den Zeitpunkt für gekommen, diese Einrichtung ins Leben zu rufen. Nach ausführlicher Beratung mit Kardinal Mendoza, den Brüdern Torquemada, Hojeda und Talavera haben wir uns auf zwei Angehörige des Dominikanerordens geeinigt, die unverzüglich ihre Arbeit in Sevilla aufnehmen werden. Bruder Torquemada, würdet Ihr bitte die Bulle Sixtus' V. noch einmal vorlesen und im Anschluss daran die neuen Inquisitoren nennen", wandte sich Isabel an den Prior von Santa Cruz.

Der trat mit vor Aufregung gerötetem Gesicht vor die Anwesenden, nahm das Dokument, das ihm die Königin reichte, und tat, wie ihm geheißen. Mit lauter Stimme verkündete er anschließend die Namen der beiden Auserwählten. Juan de San Martín, Prior des Dominikanerkonvents San Pablo in Burgos, war gleichzeitig Vikar der *Observanten*, der Reformkongregation des Ordens in Kastilien. Miguel de Morillo war erst im Vorjahr in Aragon zum Provinzial der Anhänger des Heiligen Dominikus ernannt worden. Des Weiteren stünde ihnen Dr. Juan Ruiz de Medina, ein Mitglied des kastilischen geheimen Kronrats, als Rechtsbestand zur Seite. Alle drei Männer waren Geistliche, die, wie es die Bulle vorschrieb, einen Abschluss in Kanonischem Recht vorweisen konnten und das vierzigste Lebensjahr bereits überschritten hatten.

Nur allzu gerne wäre Torquemada selbst zum Inquisitor ernannt worden. Er sah bereits die brennenden Scheiterhaufen vor sich, vermeinte die verzweifelten Schreie der Büßer zu vernehmen, deren sündiges Fleisch von den Flammen verzehrt wurde. Alvaro hatte der Verkündung mit gemischten Gefühlen gelauscht. Seine Gedanken weilten bei Lea und ihrer Familie, die, wie er wusste, obgleich sie konvertiert hatten, noch jüdischen Bräuchen nachgingen. Er würde Lea eindringlich warnen müssen, in Zukunft noch mehr Vorsicht walten zu lassen. Sein Blick fiel auf Catalina, die ein zufriedenes Lächeln zur Schau trug. Besorgt überlegte er, was die Hofdame wohl im Schilde führte. Hoffentlich hatte seine Liebste ihr nicht auch noch von ihren jüdischen Wurzeln erzählt!

Alvaro war froh, als die Könige die Zusammenkunft beendeten, und er sich in die friedliche Stille seiner Schlafkammer zurückziehen konnte.

Einige Tage nach der feierlichen Einführung der Inquisition waren Leas Gänge in die Rúa Nova-*Gasse* von Erfolg gekrönt und sie traf ihren Vater dort an. Alvaro hatte ihr zuvor von der besorgniserregenden Neuigkeit berichtet, die ein banges Gefühl in ihrem Inneren hinterlassen hatte. Sie brannte darauf, mit Ezra darüber zu sprechen und ihn zu warnen. Glücklich fielen sich Vater und Tochter in die Arme.

„Mein Kind, lass dich anschauen! Wie froh bin ich, dich zu sehen!" Immer wieder zog der Tuchhändler die junge Frau an sich.

Lea strahlte. „Mir geht es gut. Die Arbeit schreitet zügig voran und die Königin ist sehr zufrieden mit deiner Tochter!" Stolz lächelte sie ihren Vater an.

„Das ist schön! Ich soll dich von allen ganz herzlich grüssen, besonders von Manuel. Dein Verlobter hat mir einen Brief für dich mitgegeben. Warte, ich hole ihn gleich." Er verließ den Raum und kehrte kurz darauf mit dem versiegelten Schriftstück zurück.

„Er vermisst dich sehr!"

Ohne auf die Bemerkung einzugehen, ergriff Lea Ezras Hände und blickte ihm eindringlich in die Augen. „Vater, hast du schon gehört, dass die Inquisition offiziell in Kastilien eingeführt worden ist? Vor ein paar Tagen haben die Könige die Bulle des Papstes in einem feierlichen Akt verlesen lassen und zwei Inquisitoren ernannt. Sie sollen so schnell wie möglich ihre Arbeit in Sevilla aufnehmen."

Der Tuchhändler schüttelte den Kopf. „Nein, mein Kind, davon weiß ich nichts. Unterwegs hat niemand darüber gesprochen."

„Sie werden mit aller Stärke gegen die Neuchristen vorgehen! Ihr werdet keine ruhige Minute mehr haben! Ihr müsst euch vorsehen, Vater! Nicht auszudenken, wenn sie wohlmöglich herausfinden würden, dass Inés koscheres Fleisch kauft oder ihr den Sabbat begeht. Ich habe Angst um euch! Bitte, verspreche mir, dass ihr vorsichtig sein werdet!" Leas Stimme zitterte und ihre grünen Augen schimmerten feucht.

„Mach dir keine Sorgen, *corazón*! Wir werden uns in Acht nehmen. Hast du noch etwas Zeit? Du könntest mich zu unserem Stand begleiten."

Die junge Frau bejahte und so begaben sie sich gemeinsam, wie in alten Zeiten, in die Gasse der Woll- und Tuchhändler.

Solange ihr Vater in der Stadt weilte, besuchte ihn Lea so oft es ihr möglich war. Wie sie erwartet hatte, fragte Ezra sie auch nach Alvaro. Sie gab sich alle Mühe, so unbefangen wie möglich zu antworten. Doch der Tuchhändler kannte seine Tochter gut genug, um zu spüren, dass sie sich anders verhielt, als sonst. Er würde erst wieder beruhigt sein, wenn Lea den Wandbehang fertig gestellt hatte und endlich nach Hause zurückkommen würde, dachte er bei sich.

Sevilla

Anfang Oktober machten sich die drei neu ernannten Vertreter der Inquisition nach Sevilla auf, um das erste Tribunal der neuen Institution zu gründen. Im Gepäck führten sie eine königliche Verfügung mit sich, in der die Städte und Dörfer, die sie auf ihrer Reise passierten, aufgefordert wurden, ihnen freie Kost und Logis zu gewähren.

In Sevilla bereitete man ihnen einen großartigen Empfang. Am Sonntag nach ihrer Ankunft zogen sie, begleitet vom Stadtrat und sämtlichen Klerikern, in festlicher

Prozession durch die Stadt bis zur Kathedrale, damit das Volk Kenntnis ihrer Anwesenheit erhielte. In einer Messe wurde noch einmal Wort für Wort verkündet, gegen wen die neue Institution vorzugehen gedachte: Gegen Neuchristen, die hinter dem verschwiegenen Mantel des katholischen Glaubens heimlich nach den mosaischen Gesetzen lebten, also weiterhin ihre Kinder beschnitten, koschere Speisen verzehrten und jüdische Feste feierten.

Die Inquisitoren richteten sich zunächst in Alonso Hojedas Kloster San Pablo ein. Von dort aus begannen sie im Dezember mit ihrem furchterregenden Werk. Morillo und San Juan rekrutierten eine Anzahl von Helfern, die sogenannten *familiares,* die in der Stadt umherzogen und Befragungen durchführten. An jedem Samstag stieg wie zuvor einer der Gehilfen in die Spitze des Giralda-Turms hinauf und beobachtete die Kamine der Häuser. Dort, wo den ganzen Tag über kein Rauch aufstieg, verdächtigte man die Bewohner, den Sabbat zu begehen und nahm sie auf der Stelle fest. Die *conversos,* die freiwillig bereit waren, sich mit der Kirche auszusöhnen, kamen mit einer Buße davon. Allerdings sah es in Wahrheit so aus, dass diese Rückkehr in den Schoß der Heiligen Mutter Kirche ein demütigendes, öffentlich stattfindendes Verfahren war. Des Weiteren durften die Büßer bestimmte Ämter und Berufe, wie Rent- und Münzmeister, Chirurg, Bader, Apotheker, Steuereintreiber, Makler oder Eichmeister hernach nicht mehr ausüben. Auch war es ihnen für eine lange Zeit verboten, prächtige Gewänder und Schmuck zu tragen.

Diejenigen, die sich nicht freiwillig meldeten, jedoch unter Verdacht standen, wurden sofort festgenommen, ihr Besitz konfisziert. Die *rebeldes,* wie die Inquisitoren sie nannten, wurden in provisorische Gefängniszellen in den Kellergewölben des Klosters eingesperrt.

Angst und Misstrauen breitete sich unter den *conversos* aus. Sie fürchteten sich davor, angezeigt zu werden und ihren Besitz zu verlieren und so begann eine Massenflucht aus der Stadt. Viele suchten Unterschlupf auf den Ländereien des Grafen von Medina Sidonia, andere gingen nach Granada oder verließen das Land in Richtung Portugal. Einige gelangten sogar bis nach Rom. Schließlich sahen sich die Inquisitoren gezwungen, sämtliche Stadttore zu bewachen und zu kontrollieren.

Nun gab es in Sevilla eine ganze Reihe angesehener, wohlhabender Neuchristen, unter ihnen reiche Kaufleute, Studierte, Anwälte, Schöffen, ja sogar Ratsherren, die sich das Vorgehen der Inquisitoren nicht gefallen lassen und etwas dagegen unternehmen wollten. Zu diesem Kreise gehörten auch Ezra und Aaron. Der Tuchhändler hatte nach seiner Rückkehr aus Medina mit Schrecken feststellen müssen, dass Lea mit ihren Vermutungen bezüglich des Vorgehens der Inquisitoren, Recht gehabt hatte.

Die unzufriedenen Neuchristen fingen an, sich in regelmäßigen Abständen im Hause des Bankiers Diego de Susán zu treffen, dessen Vermögen auf zehn Millionen *maravedis* geschätzt wurde.

Auch an diesem Abend machten sich der Tuchhändler und sein Sohn zu der Versammlung auf. Die Wohnstätte des *conversos,* der dort mit seiner Tochter Susona lebte, befand sich ganz in der Nähe der Calle del Agua. Die beiden Familien waren schon seit langer Zeit bekannt.

Als ein Diener die Ankömmlinge in die Wohnstube führte, saßen dort an einem großen, runden Tisch neben dem Hausherrn schon Bartolomé de Torralba und Manuel Sauli, die zusammen mit Diego die Verschwörung anführten sowie einige andere wichtige Persönlichkeiten der sevillanischen *converso*-Gemeinde. Ezra und Aaron legten ihre Umhänge ab und nahmen auf den noch freien Stühlen Platz. Mehrere Weinkrüge, Schüsseln mit Oliven, Käse und Schinken standen zur Stärkung der Gäste bereit.

„Ich glaube, jetzt sind wir vollzählig", ergriff Diego de Susán das Wort. Er war ein großer, kräftiger Mann. Sein bordeauxfarbenes Wams spannte über dem Bauch und verriet seinen Hang zu reichhaltigem Essen und gutem Wein.

„Ich begrüße Euch alle zu dieser wichtigen Zusammenkunft. Wir wollen heute genau planen, wie wir gegen die Inquisitoren und die Altchristen vorgehen werden."

„Wir dürfen uns das nicht länger gefallen lassen", ereiferte sich Juan de Benadeva, ein Mann jenseits der Sechzig, dessen Sohn sogar Kanonikus einer Kirche war. „Wir leben seit vielen Jahren als Christen in dieser Stadt. Wir sind angesehene Bürger und haben wichtige Stellungen inne. Wie können sie es wagen, uns auf diese Weise anzugreifen?" Er fuhr sich erregt durch das schüttere, graue Haar.

„Und Ihr, Diego, seid sogar von der Königin höchstpersönlich in den Rat berufen worden", fügte Ezra hinzu.

Die anderen nickten zustimmend.

„Wir müssen gut vorbereitet sein. Sobald sie gegen uns vorgehen, sollten wir alle wissen, was wir zu tun haben." Diego öffnete eine lederne Mappe und holte einen Bogen Papier hervor. „Ich habe einmal aufgeschrieben, wie wir vorgehen könnten und glaubt mir, ich für meinen Teil bin bereit, bis zum Äußersten zu gehen. Ich würde sogar zur Waffe greifen."

Während die Verschwörer in der Wohnstube des Bankiers einen Plan entwarfen, saß Diegos Tochter Susona im ersten Stock in ihrer Schlafkammer auf dem Bett und knetete ungeduldig mit den Fingern den Stoff der Überdecke. Sie wartete darauf, dass die Gäste das Haus wieder verließen und ihr Vater sich zur Nachtruhe niederlegen würde, damit sie sich noch einmal unbemerkt davon schleichen konnte. Seit einigen Wochen unterhielt sie eine Liebesbeziehung zu dem Sohn einer der wichtigsten altchristlichen Adelsfamilien. Wann immer es ihr möglich war, suchte sie Antonio spät in der Nacht auf, um einige vergnügliche Stunden in seinen Armen zu verbringen. So wartete sie auch an diesem Abend ungeduldig darauf, sich endlich zu ihrem Geliebten begeben zu können. Sie beschloss, nach unten zu gehen und nachzuschauen, ob die Gäste ihres Vaters noch immer dort waren. Vorher warf sie einen kurzen Blick in den Spiegel, der an der Wand über dem mahagonifarbenen Toilettentisch hing. Ihre Wangen waren zart gerötet und in den dunklen, mandelförmigen, von dichten Wimpernkränzen umrandeten, Augen leuchtete der Glanz der Vorfreude. Sie steckte ihr Haar mit einem Kamm am Hinterkopf fest. Danach tupfte sie sich ein paar Tropfen des teuren Duftwassers, das ihr Vater von seiner letzten Reise aus Granada mitgebracht hatte, hinter die Ohrläppchen und zwischen die Brüste. Keck lächelte sie ihr Spiegelbild an und spitzte die vollen Lippen zu einem Kussmund. Zufrieden mit ihrem Aussehen, verließ sie die Kammer und stieg leise die Treppe hinunter. Die Tür der Wohnstube war nur angelehnt. Stimmen waren zu hören. Verärgert runzelte Susona die Stirn. Die Männer waren also noch nicht gegangen. Sie konnte es nicht wagen, das Haus zu verlassen, bevor ihr Vater nicht zu Bett gegangen wäre, da er die Angewohnheit hatte, vorher noch einmal in ihr Zimmer zu kommen, um ihr einen Gutenachtkuss zu geben. Seufzend lehnte sich das Mädchen an die Wand neben der Tür. Sie wollte sich soeben wieder nach oben in ihre Kammer begeben, als sie plötzlich Worte vernahm, die sie erblassen ließen. Angespannt lauschte sie, was im Raum gesprochen wurde.

„Also, ich fasse noch einmal zusammen", war die gedämpfte Stimme ihres Vaters zu hören. „Jeder von uns lagert eine Anzahl an Waffen in seinem Haus. Zu gegebenem Zeitpunkt werden sie an alle, die an der Verschwörung teilnehmen, verteilt und wir überwältigen diese christlichen Schurken. Wir werden ihnen ein für alle Mal den Garaus bereiten, sei es nun den Inquisitoren oder den hochnäsigen Altchristen, die sich einbilden, etwas Besseres zu sein, als wir."

Applaus und Jubelrufe ertönten.

Susona lief ein kalter Schauer über den Rücken. Antonio gehörte einem alten christlichen Adelsgeschlecht an, das hieße, dass die Verschwörer auch gegen ihren Geliebten vorgehen würden. Was sollte sie tun?, überlegte sie. Sie musste ihn warnen, am Besten jetzt sofort. Ohne weiter darüber nachzudenken, ob ihr Vater bemerkten würde, dass sie das Haus verließe, machte sie sich eilig auf den Weg zu ihrem Liebsten. Sie holte noch nicht einmal den warmen Umhang aus ihrem Zimmer.

„*Cariño!* Endlich bist du da!", begrüßte Antonio sie wenig später und zog sie in seine Arme. „Was hast du? Du zitterst ja!"

„Ich habe etwas Schreckliches erfahren! Du bist in Gefahr!" Angst sprach aus Susonas schönen Augen.

„Komm erst einmal herein!" Der junge Mann legte seinen Arm um das Mädchen und führte es in seine Schlafkammer. Dort setzten sie sich nebeneinander auf das Bett. Antonio füllte einen Becher mit Wein und reichte ihn Susona, die ihn sofort in einem Zug ausleerte.

„So, und jetzt erzähle, was geschehen ist!", forderte er sie auf.

Die junge Frau holte noch einmal tief Luft und berichtete unter Tränen von dem geplanten Aufstand der *conversos* gegen die Altchristen.

Antonios Gesicht nahm währenddessen einen ernsten Ausdruck an. „Du hast genau richtig gehandelt, es mir zu sagen, *mi corazón*", lobte der christliche Edelmann. „So bleibt noch Zeit, die Verschwörung aufzudecken und dagegen vorzugehen."

„Ich könnte es nicht ertragen, wenn dir etwas zustieße." Sie schaute Antonio mit tränenumflorten Blick an.

Der junge Mann zog sie in seine Arme und gab ihr einen Kuss. „Weine nicht mehr, *amor*! Es wird alles gut werden", versuchte er sie zu beruhigen und streichelte ihren Rücken.

Susona schmiegte den Kopf in seine Halsbeuge. Während sie Antonios Zärtlichkeiten genoss, wuchs tief in ihrem Inneren ein ungutes Gefühl. War es richtig gewesen, ihn zu warnen?, zweifelte sie. Hatte sie vielleicht zu voreilig gehandelt und mit der gewollten Rettung der einen geliebten Person, den Untergang der anderen heraufbeschworen? Doch nun war es zu spät für solcherlei Gedanken. Das Schicksal würde unwiderruflich seinen Lauf nehmen.

Zwei Tage später saß Ezra in seinem Arbeitszimmer und ging eine Liste mit Bestellungen durch. Aaron befand sich außer Hause, er besuchte einen Kunden. Kurz darauf hörte der Tuchhändler, wie es an der Tür klopfte. Dann erklang eine tiefe Stimme: „Im Namen der Heiligen Inquisition! Öffnet die Tür!"

Ezra zuckte zusammen und legte die Schreibfeder beiseite. Hatte er sich verhört? Nein, erneutes Klopfen, dieselbe Stimme – die gleichen Worte. Inés kam aufgeregt ins Zimmer gelaufen.

„Don Ezra! Die Inquisitoren! Sie stehen vor dem Eingang. Beim Gott unserer Väter! Ob sie mich beobachtet haben, wie ich koscheres Fleisch gekauft habe?", jammerte sie. „Was sollen wir tun?"

„Beruhige dich, Inés! Ich werde selbst aufmachen. Vielleicht wollen sie auch nur überprüfen, ob wir uns an die christlichen Glaubensregeln halten."

Er erhob sich und nachdem er die Tür geöffnet hatte, sah er sich zwei Klosterbrüdern und vier bewaffneten

Bütteln gegenüber. Beunruhigt dachte er an die Waffen, die er seit dem vorherigen Tag im Keller versteckt hatte.

„Seid Ihr der konvertierte Tuchhändler Hernando Calderón?", fragte einer der Geistlichen mit strenger Miene. Er war hoch gewachsen und hager. Seine Kutte, um die er in Taillenhöhe einen Strick gebunden hatte, warf viele Falten.

Ezra bejahte. „Was kann ich für Euch tun?"

„Im Namen der Heiligen Inquisition, Ihr und Euer Sohn, Miguel Calderón, seid festgenommen!"

Ezra bemühte sich, seine Haltung zu bewahren, obwohl er innerlich erzitterte. „Warum? Was haben wir verbrochen? Wir sind fromme Neuchristen und beachten die katholischen Glaubensregeln." Glücklicherweise gelang es ihm, seiner Stimme einen festen Klang zu geben.

„Es ist nicht üblich, den Verdächtigen über den Grund ihrer Verhaftung Auskunft zu geben", warf der zweite Mönch ein. „Bei Eurem Verhör wird man Euch aufklären." Er gab den Schergen ein Zeichen. „Beginnt mit der Durchsuchung des Hauses!"

Zwei der Männer machten sich sofort daran, den Befehl auszuführen, die beiden anderen blieben bei den *familiares,* um einzugreifen, falls der Festzunehmende einen Fluchtversuch wagen sollte.

Ezra konnte seine Nervosität kaum mehr verbergen. Er spürte, wie ihm ungeachtet der Kälte, die an dem offenen Eingang herrschte, der Schweiß den Rücken hinunterrann. Hoffentlich bemerkten die Inquisitionshelfer die kleinen Tropfen nicht, die sich auch auf seiner Stirn bildeten. Bitte, Gott, lass sie die Waffen nicht finden!, flehte er in Gedanken und bitte lass Aaron nicht gerade jetzt zurückkommen!

„Wo ist Euer Sohn?", fragte der zweite Mönch kurz angebunden.

„Er ist nicht hier. Er liefert eine Bestellung in Cordoba aus."

„Wann wird er wieder hier sein?"

„Nicht vor einer Woche!", beeilte sich der Tuchhändler zu versichern.

Poltergeräusche erklangen im Inneren des Hauses. Offensichtlich ließen die Büttel nichts aus bei ihrer Durchsuchung. Inés, die sich bisweilen im Hintergrund gehalten hatte, fing leise zu schluchzen an.

„Wer ist das, Euer Weib?" Einer der Inquisitionshelfer ergriff die Hand der Frau und zog sie nach draußen.

„Nein, unsere Hausangestellte", antwortete Ezra. „Sie ist schon seit vielen Jahren bei uns und gehört gewissermaßen zur Familie. Bitte, erlaubt, dass ich mich von Ihr verabschiede!"

Die Geistlichen nickten zustimmend.

Ezra drückte Inés an sich. „Warne Aaron!", flüsterte er ihr rasch ins Ohr. „Er darf auf keinen Fall ins Haus zurückkehren!"

„Das reicht!" Grob wurde der Tuchhändler zurückgerissen.

Während die verbliebenen Büttel seine Hände auf dem Rücken fesselten, kamen die beiden anderen wieder von der Hausdurchsuchung zurück. Erleichtert stellte Ezra fest, dass sie nichts bei sich trugen.

„Habt Ihr etwas gefunden?"

Der Tuchhändler hielt seinen Blick auf den Boden gerichtet und biss sich auf die Lippen. Sein Herz klopfte hart in seiner Brust. Dann vernahm er die erlösende Antwort des Schergen: „Nein! Wir haben überall nachgeschaut!"

Ezra entspannte sich. Sie hatten die Waffen nicht entdeckt, also würden sie auch nichts gegen ihn in der Hand haben! Alles würde gut werden. Zweifelsohne wäre er in ein paar Tagen schon wieder auf freiem Fuß.

Die Büttel nahmen ihn in die Mitte und zogen ihn auf die Straße.

„Keine Sorge, Inés!", rief er und drehte sich noch einmal um. „Es wird nur ein Irrtum sein. Ich komme bald wieder nach Hause."

Die Hausangestellte stand in sich zusammengesunken am Eingang und weinte.

Aaron stieß einen leisen Fluch aus, als er sah, wie die Männer seinen Vater wie einen gemeinen Verbrecher abführten. Am liebsten wäre er vor deren Füße gesprungen, um Ezra zu helfen, doch sein Verstand sagte ihm, es nicht zu tun. Er hatte sofort gespürt, dass etwas nicht stimmte, als er ihn in Mitten dieser Leute vor dem Haus gesehen hatte, nachdem er in die Calle del Agua eingebogen war. Vorsichtshalber hatte er sich zwischen zwei gegenüberliegenden Gebäuden versteckt und das Geschehen erst einmal aus der Ferne beobachtet. Er drückte sich tiefer in die Nische, als die Männer mit seinem Vater an ihm vorbeizogen. Deutlich konnte er dessen besorgten Gesichtsausdruck erkennen. Voller Schrecken stellte der junge Mann fest, dass sich auch zwei Mönche in der Gruppe befanden. Er wartete, bis der Trupp nicht mehr zu sehen war und trat dann in die Gasse hinaus. Inés stand immer noch verloren an der Eingangstür. Als sie Aaron erkannte, sackte sie noch mehr in sich zusammen und hätte der Sohn des Tuchhändlers sie nicht aufgefangen, so wäre sie zu Boden gesunken. Er stützte die alte Frau und geleitete sie in die Wohnstube.

„Inés, was ist geschehen? Wer waren diese Männer? Was haben sie mit Vater gemacht?", fragte er, während er der Hausangestellten einen Becher mit Wasser einschenkte. Sie nahm einen kräftigen Schluck und presste die Hand an ihre linke Brust.

„Ach, Aaron, es ist so schrecklich! Es waren Inquisitionshelfer, sie haben Don Ezra verhaftet und mitgenommen. Den Grund haben sie nicht genannt." Sie ergriff den Arm des jungen Mannes. „Sie wollen dich auch festnehmen!", warnte sie ihn. „Du musst von hier fortgehen. Sie kommen bestimmt bald wieder. Dein Vater hat ihnen gesagt, du wärst in Cordoba und würdest erst in einer Woche zurückkehren. Geh, Aaron und versteck dich irgendwo! Mach dir um mich keine Sorgen, ich komme schon zurecht." Sie strich ihm mit einer zärtlichen Geste über die Wange.

Der Sohn des Tuchhändlers umarmte sie noch einmal. Inés war ihm nach dem Tod seiner Mutter sehr ans Herz gewachsen. „Ich werde zu Manuel gehen! Wenn du etwas erfährst oder etwas brauchst, schicke jemanden mit einer Nachricht, bleibe aber selbst dem Haus des Weinhändlers fern! Vielleicht werden sie dich bespitzeln."

Die alte Frau nickte, während ihr schon wieder Tränen über die faltigen Wangen rannen.

Aaron packte geschwind ein paar Sachen zusammen. Er nahm auch die Geldbörse an sich, die sein Vater stets gut gefüllt in seinem Arbeitszimmer verborgen hatte. Was warf man ihnen vor?, überlegte er. Ob die Verschwörung aufgedeckt worden war? Er mochte nicht darüber nachdenken, was dies für sie alle bedeuten würde.

Nachdem er Inés noch ein letztes Mal umarmt und geküsst hatte, ging er. Als ob er ahnte, dass er sein Zuhause nicht mehr betreten sollte, drehte er sich noch einmal um und warf einen wehmütigen Blick auf das gelbliche Haus. Dann eilte er, ohne nochmals anzuhalten, davon.

Manuel schüttelte fassungslos den Kopf, als ihm Aaron wenig später berichtete, was sich zugetragen hatte, und dass er vermutete, es hinge mit der geplanten Konspiration gegen die Altchristen zusammen.

„Das ist ja furchtbar! Was wird jetzt mit deinem Vater geschehen?" Mit seinem stets traurig wirkenden Blick musterte er den Bruder seiner Verlobten. „Selbstverständlich kannst du hier bleiben. Wir werden dir eine Schlafpritsche in der geheimen Kammer im Keller aufstellen. Da wird dich niemand finden." Wieder schüttelte der Weinhändler bestürzt den Kopf, so als ob er nicht glauben wollte, was sich zugetragen hatte.

Aaron drückte ihm dankbar den Arm. „Das werde ich dir niemals vergessen, Manuel. Darf ich dich noch um einen weiteren Gefallen bitten?"

Der junge Mann nickte.

„Du musst herausfinden, wohin sie meinen Vater gebracht haben und was mit ihm geschehen wird. Das Inquisitionstribunal befindet sich im Kloster San Pablo. Bitte geh so schnell wie möglich dorthin und erkundige dich nach Ezra, das heißt, nach Hernando Calderón."

„Oh nein, das wage ich nicht!" Manuel hob abwehrend beide Hände hoch. „Sie könnten mich ebenfalls verdächtigen." Angst und Abneigung war in seinen Augen zu lesen.

„Du warst doch bei den Versammlungen in Diego de Susans Haus gar nicht dabei", erwiderte Aaron ungeduldig. „Also wird dein Name auch nicht genannt worden sein. Bitte, ich selbst kann nicht dorthin gehen. Du musst es tun!" Er hätte nicht damit gerechnet, dass Leas Verlobter ein solcher Feigling wäre.

Der Weinhändler blickte mit gerunzelter Stirn zu Boden und knetete nervös seine Fingerspitzen.

„Manuel, bitte!", versuchte es der Sohn des Tuchhändlers noch einmal und bemühte sich, seine Stimme sanft klingen zu lassen. „Denk an Lea! Tue es für sie! Es ist auch ihr Vater!"

Manuel schaute hoch und seufzte tief. „Also gut, ich werde nach San Pablo gehen. Aber verlange nicht noch andere Dinge von mir!"

Aaron atmete erleichtert auf. Dem Gott und allen Propheten sei gedankt! Mehr konnte er fürs Erste nicht ausrichten.

Die Männer brachten Ezra derweil zum Kloster San Pablo, das im nördlichen Teil der Stadt lag. Ein Schreiber, der mit ernstem Gesichtsausdruck hinter einem Pult im Empfangssaal saß, fragte ihn nach Namen, Beruf und Adresse. Als der Tuchhändler auch hier den Grund seiner Verhaftung wissen wollte, bekam er wiederum nur zur Antwort, er würde es noch früh genug erfahren. Gerade, als ihn erneut zwei Schergen ergriffen und von dem Tisch fortzerrten, sah er aus den Augenwinkeln heraus, wie ein leichenblasser Diego de Susan hereingeführt wurde. Mit einem Schlag zerplatzte Ezras Traum von einer raschen Freilassung. Wenn sie auch den Bankier festgenommen hatten, konnte dies nur bedeuten, dass ihr Plan aufgeflogen war, vermutete er. Mit hängenden Schultern, den Blick nach unten gerichtet, folgte der Tuchhändler den Bütteln. Sie durchquerten einen langen Flur, an dessen Ende sie eine grobe, in einem düsteren Kellergewölbe endende Steintreppe, hinunterstiegen. Einer der Männer entzündete eine Fackel. Es war kalt und die Luft roch modrig. Die Wand, an der sich Ezra abstützte, damit er auf dem glitschigen Steinboden nicht ausrutschte, war ebenfalls feucht und fühlte sich an manchen Stellen moosig an. Sie gingen immer weiter, der Gang verlief leicht abschüssig, sodass es dem Tuchhändler vorkam, als führte man ihn geradewegs bis in das Innere der Erde. Die Steinwände wurden in gleichmäßigen Abständen von schweren Holztüren unterbrochen. Da blieben die Schergen vor einer solchen stehen und öffneten sie. Ehe sich Ezra versah, hatten sie ihm einen Stoß versetzt. Er stolperte in das Verließ hinein und hatte alle Mühe, nicht zu stürzen. Sogleich knallte die Tür ins Schloss und der Tuchhändler blieb alleine zurück. Im fahlen Lichtschein, der durch eine winzige, sich kurz unter der Decke befindenden, Luke einfiel, versuchte er sich zu orientieren. Der Raum war nicht groß. Stinkende, feuchte Binsen bedeckten den Boden. Vor der hinteren Wand lag eine Strohmatte, von der ebenfalls übelriechende Ausdünstungen aufstiegen. Daneben stand ein Eimer, der offensichtlich für bestimmte menschliche Bedürfnisse vorgesehen war. Obwohl Ezra vor Kälte zitterte, entledigte er sich seines Wamses und breitete es auf der Matratze aus. Lieber würde er frieren, als sich ohne eine Unterlage darauf niederzulassen.

„Ist jemand in der Nähe?" Er hielt einen Moment inne und lauschte, doch außer einem raschelnden Geräusch, das aus der hinteren Ecke der Gefängniszelle zu kommen schien, vernahm Ezra nichts. Entmutigt streckte der Tuchhändler seinen Körper auf der Matte aus und starrte in die Dunkelheit. Wie ginge es nun weiter? Würde er seine Familie und sein Haus jemals wieder sehen?, fragte er sich bange. Ob Aaron schon wusste, dass man ihn festgenommen hatte? Die Gedanken überschlugen sich in Ezras Kopf und er verspürte einen dumpfen, pochenden Schmerz in seinen Schläfen, der in den kommenden Tagen sein ständiger Begleiter sein sollte.

Mit klopfendem Herzen stand Manuel bald vor dem Eingangsportal von San Pablo. Zweifel überkamen ihn. Sollte er tatsächlich hineingehen? Könnte er nicht bei Aaron später behaupten, er wäre dort gewesen, aber man hätte ihm keine Auskunft erteilt? Nein, er hatte sein Wort gegeben. Also nahm er all seinen Mut zusammen und betätigte den mächtigen, kupferfarbenen Türklopfer. Ein Pförtner öffnete ihm und fragte nach seinem Begehr. Stotternd erkundigte er sich nach dem verhafteten Tuchhändler Hernando Calderón. Der Dominikanermönch bat ihn einzutreten und führte ihn in eine der Räumlichkeiten, die der Prior den Inquisitoren zur Verfügung gestellt hatte.

„Dieser Mann fragte nach einem der Inhaftierten, Eminenz", brachte der Mönch als Erklärung vor, bevor er den Raum wieder verließ.

Miguel de Morillo blickte von einem Stapel Papiere auf, die vor ihm auf dem wuchtigen, mahagonifarbenen Schreibtisch ausgebreitet lagen. Seine Miene verriet keinerlei Gefühlsausdruck. Zwei tiefe Falten verliefen zu beiden Seiten der imposanten Nase bis hinunter zu seinem schmallippigen Mund. Ein grauer Haarkranz zog sich unterhalb der großflächigen Tonsur um seinen Kopf.

„Welchen Gefangenen meint Ihr?", wandte er sich an den vor ihm Stehenden.

Manuel rieb seine verschwitzten Handflächen an seinem Mantel trocken. „Es handelt sich um den Tuchhändler Ez… eh, Hernando Calderon", antwortete er, während ihm das Blut in den Kopf schoss.

Miguel de Morillo zog eine Liste unter dem Papierstapel hervor und blickte angestrengt darauf. „Ja, hier haben wir ihn. Er wurde gestern festgenommen. Warum erkundigt Ihr Euch nach ihm? Seid ihr etwa sein Sohn?", fragte er argwöhnisch.

„Nein, nein. Ich eh…, ich bin der Verlobte seiner Tochter." Auf die Schnelle fiel ihm nur die Wahrheit ein. „Sie macht sich Sorgen um ihren Vater. Sie möchte wissen, was man…"

„Wisst Ihr, wo sich der Sohn des Tuchhändlers aufhält?", fiel ihm der Dominikaner ins Wort.

„Soweit mir bekannt ist, befindet er sich auf Reisen." Manuel verschränkte seine Hände hinter dem Rücken, damit dem Inquisitor nicht auffiele, wie sehr sie zitterten.

„Hernando Calderón steht im Verdacht, an widrigen Handlungen gegen die Heilige Römisch-Katholische Kirche beteiligt gewesen zu sein. Man wird ihm den Prozess machen und ihn, wenn er schuldig ist, verurteilen und bestrafen. Mehr kann ich Euch nicht sagen."

„Darf ich ihn sehen?", wagte es sich Manuel zu fragen.

Der Dominikanermönch schüttelte den Kopf.

„Könnt Ihr mir wenigstens mitteilen, wann die Gerichtsverhandlung stattfinden wird?"

Wieder verneinte der Inquisitor. „Ihr werdet es noch früh genug erfahren. Mann wird Eurer Verlobten eine Benachrichtigung schicken, da der Besitz ihres Vaters nach seiner Verurteilung konfisziert wird." Morillos Stimme klang mit jedem Wort ungeduldiger."

„Und jetzt muss ich Euch bitten, zu gehen, da meine Zeit knapp bemessen ist", forderte er Manuel auf und widmete sich wieder den Dokumenten auf seinem Schreibtisch.

„Wie lange wird es dauern, bis ihm der Prozess gemacht wird?", gab der Weinhändler nicht auf.

„Ihr bekommt von mir keinerlei Auskunft mehr!" Miguel de Morillo war nun sichtlich entzürnt. „Und wenn Ihr Euch nicht gleich entfernt, werde ich einen Büttel rufen, der Euch nach Hause begleiten wird."

Jetzt bereute Manuel seinen Mut und bekam es mit der Angst zu tun. „Bitte vergebt mir! Ich wollte Euch nicht verärgern", versuchte er den Inquisitor milde zu stimmen. „Vielen Dank für Eure Geduld! Einen schönen Tag noch!" Ohne eine weitere Reaktion des Dominikaners abzuwarten, verließ Leas Verlobter rasch den Raum. Er verlangsamte seine Schritte erst wieder, als er die Mauern San Pablos weit hinter sich gelassen hatte. Atemlos lehnte er sich an eine Hauswand. Ob dem Tuchhändler noch zu helfen war?, fragte er sich ängstlich. Sorgen bereitete Manuel auch die Tatsache, dass nach Aaron ebenfalls gesucht wurde. Er mochte sich nicht vorstellen, was geschehen würde, wenn man den jungen Mann in seinem Haus fände.

Medina del Campo, 6. Dezember, im Jahre des Herrn 1480

Der Winter hatte mit frostiger Kälte und den ersten Schneefällen in Medina Einzug gehalten. Lea arbeitete im Stickzimmer an dem Wandteppich. Obwohl ein Feuer im Kamin brannte, rieb sie sich immer wieder die klammen Finger, die nicht warm werden wollten. Da betrat ein Bote den Raum und überreichte ihr einen versiegelten Brief. Sogleich erkannte die junge Frau die enggesetzte Schrift ihres Verlobten. Gewiss wollte er zum hundertsten Male wissen, wann sie endlich mit dem Behang fertig wäre, damit sie heiraten konnten. Sie legte das Schreiben auf den Tisch neben das Stickgarn, sie würde es später lesen. Kurz darauf kam Catalina, um ihr ein wenig bei der Arbeit behilflich zu sein. Während die Nichte des Kardinals Lea über den neusten Hofklatsch informierte, verging die Zeit wie im Flug. Am Abend hatte die Stickerin Manuels Brief längst vergessen. Erst am nächsten Tag, als sie erneut mit Catalina über dem

Wandbehang saß, und die Hofdame ein Garn in einer anderen Farbe benötigte, entdeckte diese den Umschlag.

„Hier liegt ein Brief für dich", sagte sie, reichte Lea das versiegelte Papier und nahm wieder vor dem Stickrahmen Platz.

„Richtig, er wurde bereits gestern gebracht. Ich hatte ihn ganz vergessen. Er ist von Manuel."

Sie nahm Catalina das Schreiben aus der Hand und öffnete es. Während sie die Worte überflog, wurde sie bleich. Sie ließ das Blatt auf ihren Schoß sinken. Es war, als ob eine eiserne Hand nach ihrem Herzen griff und es umklammerte.

„Lea, was ist mit dir?" Die Hofdame legte die Nadel beiseite. „Gibt es schlechte Nachrichten?"

Die Stickerin nickte, während sich ihre Augen mit Tränen füllten. Ohne darüber nachzudenken, ob es klug war, sich der Nichte des Kardinals anzuvertrauen, erzählte sie ihr, was Manuel geschrieben hatte. Ezra war im Auftrag der Inquisition festgenommen worden. Aaron, nachdem ebenfalls gesucht wurde, hielt sich bei ihrem Verlobten versteckt.

„Wie furchtbar!", heuchelte Catalina Mitleid. „Was sie wohl deinem Vater vorwerfen? Die Inquisitoren nehmen doch nur Personen fest, die jüdischen Bräuchen nachgegangen sind." Sie blickte Lea ernst an. „Ich hoffe, dein Vater und dein Bruder gehören nicht zu diesen schrecklichen *marranos*."

„Es sind gute Christen", verteidigte die Stickerin ihre Familienangehörigen. „*Dios mio*. Was soll ich nur tun, Catalina? Ich muss nach Sevilla fahren."

„Gewiss musst du das", stimmte ihr die Hofdame zu.

„Und wenn mir Ihre Majestät die Erlaubnis verweigert? Was ist, wenn es bereits zu spät ist?" Lea schluchzte laut auf und bedeckte ihr Gesicht mit den Händen.

„Die Königin muss dich fahren lassen! Sie wird es verstehen! Ich werde dich begleiten wenn du sie fragst."

Lea schaute auf. „Das würdest du tun?"

Catalina nickte.

Die Stickerin schlang die Arme um die Nichte des Kardinals. „Ich bin so froh, dich als Vertraute zu haben!"

Die Hofdame lächelte scheinheilig. Wenn Lea sich nach Sevilla begäbe, würde sie zweifelsohne für mehrere Wochen fort sein, freute sie sich. Wer weiß, ob sie überhaupt zurückkäme. Und dann wäre sie, Catalina, zur Stelle, um Alvaro liebevoll über den Verlust hinweg zu trösten.

Am Abend, als Lea Alvaro von dem Unglück erzählte, brach der ganze Kummer und die Anspannung, die sie den Tag über unterdrückt hatte, aus ihr heraus. Hemmungslos weinte sie in den Armen ihres Geliebten, der sie kaum zu beruhigen vermochte.

„Es wird alles gut, *amor*! Du wirst schon sehen. Sie werden deinen Vater wieder freilassen."

„Ich habe solche Angst um ihn. Ich werde erst wieder zur Ruhe kommen, wenn ich in Sevilla bin und mich selbst davon überzeugen kann, dass es ihm gut geht. Man hört so schreckliche Dinge über die Inquisitionsgefängnisse." Abermals liefen Tränen über Leas Wangen. „Vielleicht werden sie ihn der Folter unterziehen."

„Daran darfst du nicht einmal denken!" Der Sekretär zog sie in seine Arme und fing an, ihr Gesicht mit Küssen zu bedecken. „Ich werde dafür sorgen, dass du deinen Kummer für eine Weile vergisst!", flüsterte er.

Dann gaben sie sich ihren Empfindungen hin und liebten sich mit einer solchen Inbrunst, wie sie es noch nie zuvor erlebt hatten. Lea klammerte sich an Alvaro. Bei ihm fühlte sie sich sicher und geborgen. Doch wie gerne sie auch seinen Schutz genoss, sie wusste, dass sie jetzt für ihre Familie da sein musste. Ezra und Aaron brauchten sie und sie war es ihnen schuldig, sie mit all ihrer Kraft zu unterstützten.

Am Nachmittag hatte sie im Beisein Catalinas mit der Monarchin gesprochen und die Erlaubnis erhalten, nach Sevilla zu fahren. Isabel hatte ihr sogar ein Begleitschreiben ausgestellt, das besagte, dass Lea unter königlichem Schutz stand.

Zum ersten Mal freute sich die Stickerin nicht darauf, nach Hause zurückzukehren, als sie ein paar Tage später mit einer Händlergruppe Medina verließ. Wieder stand ihr eine lange Reise bevor. Doch diesmal wusste sie nicht, was sie an deren Ziel erwarten würde.

8. Kapitel

Januar 1481

Sevilla

Rasch breitete das Kreuz der Heiligen Inquisition seinen Schatten über Sevilla und Cadiz aus. Es erfolgten so viele Verhaftungen, dass die behelfsmäßigen Gefängniszellen des Klosters San Pablo bald hoffnungslos überfüllt waren. Auch Ezra musste seinen Kerker mit weiteren Gefangenen teilen. Nun hatte er zwar Gesellschaft und konnte sich unterhalten, doch die Enge, der Gestank der Extremitäten und die Ungewissheit, was mit ihm geschehen würde, zerrten sehr an seinen Nerven.

Da offerierte der Statthalter Diego de Merlo den Inquisitoren das Schloss San Jorge, dem er als Burgvogt vorstand, und das sich am anderen Ufer des Guadalquivirs im Stadtviertel Triana befand. Nachdem man in aller Eile zusätzliche Kerkerzellen gebaut hatte, zog das Inquisitionstribunal Anfang Januar des Jahres 1481 auf die Burg und fuhr von dort aus mit seiner furchterregenden Arbeit fort. Immer noch gelang es vielen *conversos* aus der Stadt zu fliehen, sodass sich dies schon bald auf das alltägliche Leben und den Handel Sevillas auswirkte. Schließlich mussten sich die Könige höchstpersönlich an die Adeligen wenden, die Landsitze außerhalb der Stadt besaßen. Sie befahlen ihnen unter Androhung härtester Strafen, die sofortige Auslieferung der *marranos*.

Etwa zur gleichen Zeit erreichte Lea Sevilla. Das Haus ihres Vaters in der Calle del Agua sah aus wie immer. Nur die Geranien, die vom Balkon des ersten Stockwerks rankten, ließen ein wenig die Köpfe hängen. Als Lea die Klinke der Eingangstür hinunterdrückte, musste sie feststellen, dass sie verschlossen war und so klopfte sie an. Erst beim dritten Mal vernahm sie schlurfende Schritte.

„Ich bin's!", rief die junge Frau. „Lass mich bitte herein!"

Da wurde die Tür mit einem Schwung von innen aufgerissen und die Stickerin sah sich Inés gegenüber. Bei Leas Anblick brach die Hausangestellte in Tränen aus. Sie schien um Jahre gealtert. Ihr Haar, das beim letzten Mal noch bis auf wenige graue Strähnen dunkel gewesen war, war nun schlohweiß und hing ihr strähnig um das Gesicht. Ihre Augen blickten leer und hatten jeglichen Glanz verloren. Lea schlang die Arme um die Alte und drückte sie an sich.

„Es wird alles gut! Hab keine Angst mehr!", versuchte sie sie zu trösten.

Sie gingen in die Wohnstube und setzten sich an den Tisch. Nachdem sich die Heimkehrerin mit Brot und Wein gestärkt hatte, erzählte ihr Inés noch einmal in allen Einzelheiten, wie die Inquisitionshelfer das Haus durchsucht und den Tuchhändler abgeführt hatten. Sie erwähnte auch, wie Ezra ihr geschwind zugeflüstert hatte, Aaron zu warnen.

„Manuel schrieb mir, mein Bruder wäre jetzt bei ihm. Ich werde später dorthin gehen", entschied die Stickerin.

Die Hausangestellte erhob sich und holte ein versiegeltes Dokument.

„Das ist heute Morgen gebracht worden." Sie reichte Lea das Schreiben.

Die junge Frau brach das Siegel und las den Inhalt. „Es ist vom Tribunal der Heiligen Inquisition Kastiliens ausgestellt", sagte sie und runzelte die Stirn. „Sie schreiben, dass der gesamte Besitz meines Vaters mit unverzüglicher Wirkung konfisziert ist. Es dürfen keine Geschäfte mehr in seinem Namen abgewickelt, keinerlei Dinge veräußert werden. Das Haus ist einen Tag nach der Vollstreckung des Gerichtsurteils zu räumen. Wie können sie es wagen? Vater hat nichts verbrochen!" Zornig zerknüllte sie das Papier und warf es auf den Tisch. „Inés, ich muss sofort mit Manuel und meinem Bruder reden. Du bleibst hier im Haus! Am besten, du machst niemandem die Tür auf. Wenn ich zurückkomme, werde ich zweimal kurz und dreimal lang klopfen. Dann weißt du, dass ich es bin." Sie drückte der alten Frau einen Kuss auf die Stirn, steckte das zerknitterte Schreiben ein und trat auf die Gasse hinaus.

Kurz darauf saß sie nach einer tränenreichen Begrüßung ihrem Verlobten und Aaron gegenüber. Auch an ihrem Bruder waren die Ereignisse nicht spurlos vorübergegangen. Es kam Lea so vor, als ob er an Gewicht verloren hätte. Sein Gesicht war blass. Der sonst immer verschmitzt wirkende Ausdruck war einer ernsten Miene gewichen. Mit knappen Worten berichtete er seiner Schwester darüber, wie Manuel sich im Kloster San Pablo bei dem Inquisitor erkundigt, jedoch keine Auskunft erhalten hatte.

„In der Zwischenzeit ist das Tribunal samt der Gefangenen in das Castillo San Jorge nach Triana umgezogen. Wir haben keine Ahnung, wie es unserem Vater geht. Ich hatte Manuel vorgeschlagen, einen der Wächter zu bestechen, damit wir Ezra mit Essen und Kerzen versorgen könnten, aber deinem Verlobten fehlt der Mut und ich selbst kann auf keinen Fall dorthin gehen, da sie mich auch festnehmen wollen." Er konnte die unterschwellige Kritik gegenüber seinem zukünftigen Schwager, die aus seinen Worten herauszuhören war, nicht vermeiden.

„Ich werde gehen!", verkündete Lea. „Gegen mich liegt nichts vor und außerdem stehe ich unter dem Schutz der Königin."

Sie holte das zerknüllte Schriftstück aus der Tasche ihres Kleides und strich es glatt. „Das ist heute Morgen bei Inés abgegeben worden. Vaters gesamter Besitz ist konfisziert!" Ihre Stimme klang bitter. „Aaron, nun sage mir bitte ehrlich, gibt es irgendetwas, was man euch vorwerfen könnte? Hat man euch bei der Ausübung eines jüdischen Brauches gesehen?"

Aaron blickte auf seine gefalteten Hände, deren Daumen er nervös aneinander rieb. „Nein, das nicht, aber, es kann sein, dass man uns verraten hat." Zögerlich erzählte er seiner Schwester von den schrecklichen Zuständen, die in der Stadt herrschten und dem Entschluss der Konvertierten, sich dagegen zu wehren.

„Ihr habt Waffen in unserem Haus versteckt?", rief Lea empört aus. „Sind sie immer noch dort?"

Aaron nickte kleinlaut. „Ich konnte es doch nicht wagen, nach Hause zurückzukehren. Außerdem haben die

Büttel bereits alles durchsucht und nichts gefunden, als sie Vater festgenommen haben", verteidigte er sich.

Die Stickerin schüttelte fassungslos den Kopf. „Wo sind sie? Sie müssen fortgeschafft werden. Die *familiares* könnten zurückkommen. Wenn sie doch noch etwas entdecken, ist unser Vater endgültig verloren. Manuel, du musst mir dabei helfen, die Waffen zu entsorgen!"

Der Weinhändler blickte sie entsetzt an.

„Bist du nun mein Verlobter oder nicht?", fuhr Lea ihn ungeduldig an. „Ich erwarte von dir, dass du mir hilfst."

„Also gut!", stimmte Manuel zu. „Aber wir müssen es in der Nacht machen, wenn alles schläft."

„Wohin wollt ihr sie denn bringen?", mischte sich nun Aaron ein. „Am besten wäre es, sie in den Fluss zu werfen, aber nachts sind die Tore verschlossen, das bedeutet, ihr kommt nicht aus der Stadt heraus."

„Wir werden sie in der Fäkaliengrube hinter dem öffentlichen Badehaus verschwinden lassen", bestimmte Lea. „Dort wird niemand danach suchen."

So war es beschlossene Sache, als Lea sich wenig später wieder auf den Rückweg in ihr Elternhaus machte. Sie würde in der Nacht auf Manuel warten und mit ihm zusammen die lästigen Beweisstücke vernichten.

Der Weinhändler fuhr pünktlich zur verabredeten Stunde vor dem Haus in der Calle del Agua vor.

Aaron hatte seiner Schwester den Ort des Verstecks genau beschrieben. Mit klopfendem Herzen stieg Lea kurz darauf, gefolgt von Manuel, in den Keller hinunter. Im Licht der Fackel, die der junge Mann angezündet hatte, dauerte es nicht lange, bis sie fanden, wonach sie suchten. Manuel schob ein paar Kisten beiseite und entfernte, wie Aaron es erklärt hatte, mehrere lockere Steine aus der Wand. Dahinter war eine tiefe Nische, in der Leas Vater die in hellen Leinenstoff eingewickelten Hellebarden, Armbrüste und Schwerter versteckt hatte. Der Weinhändler musste sich tief in das dunkle Loch hineinbeugen, währenddessen Lea so gut es ging mit der Fackel leuchtete. Nacheinander zog er drei schwere Bündel heraus und legte sie neben sich auf den Boden. Der Schweiß stand ihm schon bald auf der Stirn und er wischte sich wiederholt mit dem Ärmel über das Gesicht. Lea half ihm dabei, die Stoffpakete nach oben zu tragen. Einmal wäre sie fast gestolpert und konnte nur mit Mühe und Not das Gleichgewicht halten. Manuel hatte sein Gespann vor dem Haus abgestellt. Geschwind verstauten sie die Waffen zwischen Weinfässern und deckten eine Plane darüber.

Dann fuhren sie los. Die beiden Maultiere, die das Fuhrwerk zogen, trabten zügig voran. Es war eine kalte, sternenklare Nacht. Lea kuschelte sich fest in ihren Umhang. Zwischen den ausgekragten Obergeschossen der Häuser blitzte ab und zu der Mond am Himmel.

Das Badehaus lag am nördlichen Rand von Santa Cruz, sodass sie nicht allzu weit fahren mussten. Außer dem vereinzelten Schreien einiger brunftiger Kater, hörten sie nur das Geratter der Wagenräder und die Hufschläge der Zugtiere. Ein entfernter Geruch nach Urin und Abfall, stieg von den Gossen zu ihnen auf.

Lea schloss die Augen und lehnte ihren Kopf an Manuels Schultern. Sie war müde, da sie in den letzten Nächten nicht gut geschlafen hatte. Auf einmal zog ihr Verlobter mit einem Ruck die Zügel an und die Maultiere scheuten. Erschrocken fuhr Lea hoch. Ein Betrunkener war ihnen vor den Wagen gelaufen. Er protestierte lauthals, während er sich aufrappelte und dem Weinhändler drohend die Faust entgegenstreckte.

„Aus dem Weg, du versoffener Kerl!", rief Manuel. „Sonst hole ich die Stadtwache."

Glücklicherweise torkelte der Mann wieder in die entgegengesetzte Richtung davon, und so setzten sie ihre Fahrt fort. Ohne weitere Zwischenfälle erreichten sie ihr Ziel.

Hinter dem Badehaus befand sich die tiefe Grube, in der Abwasser und Fäkalien gesammelt wurden. Ein bestialischer Gestank stieg aus dem Loch empor. Lea bemühte sich, nur durch den Mund zu atmen, damit ihr nicht übel wurde. Nachdem Manuel einen Kienspan angezündet hatte, wuchteten sie die drei Stoffbündel vom Wagen herunter und ließen sie eins nach dem anderen in der dunklen, stinkenden Brühe versinken.

„Nun haben sie nichts mehr gegen meinen Vater und Aaron in der Hand." Erleichtert schaute Lea zu, wie auch das letzte Paket auf Nimmerwiedersehen verschwand. „Jetzt müssen sie ihn wieder freilassen, oder?"

Manuel legte seinen Arm um ihre Schulter. „Ja, meine Liebe. Komm, wir wollen diesen ekelerregenden Ort so schnell wie möglich wieder verlassen." Er half ihr, auf den Wagen aufzusteigen und schwang sich danach neben sie.

Ungesehen erreichten sie kurz darauf wieder das Haus des Tuchhändlers. Als Lea später in ihrer Kammer im Bett lag, dachte sie noch einmal über alles nach. Jetzt, da die Waffen beseitigt waren, würde es schwer sein, ihrem Vater die Beteiligung an dem Komplott nachzuweisen, hoffte sie. Wie es ihm wohl ginge? Ob er genug zu Essen bekäme? Sie beschloss, am nächsten Morgen zum Castillo San Jorge in Triana zu gehen. Vielleicht würde man sie zu ihrem Vater vorlassen, wenn sie das Begleitschreiben der Königin vorzeigte, in dem stand, dass sie unter deren Schutz stand. Ihre Gedanken weilten bei Ezra, als sie schließlich einschlief.

Am nächsten Morgen machte sie sich schon früh auf den Weg zum neuen Inquisitionsgefängnis. Es versprach ein schöner Tag zu werden, obwohl die Sonnenstrahlen es noch nicht vermochten, die Kälte der Nacht gänzlich zu vertreiben. Auf dem Guadalquivir, der bis zum Atlantik floss, herrschte reger Schiffsverkehr. Kleine Fischerboote, maurische Daus und sogar große Karavellen schaukelten auf der in der Sonne glitzernden Wasseroberfläche. Möwen zogen laut kreischend ihre Kreise am Himmel. Von der Brücke, Puente de Barcos, aus, die Lea überqueren musste, konnte sie den Unrat erkennen, der an den Rändern des Ufers trieb.

Bald lag die Burg vor ihr. Mit klopfendem Herzen bat sie um Einlass. Doch schon nach kurzer Zeit stand sie wieder außerhalb des Gemäuers. Weder ihr Bitten und Flehen noch das Schreiben der Königin hatten den Inquisitor erweichen können. Er war nicht bereit gewesen, der jungen Frau zu erlauben, ihren Vater zu besuchen. Er hatte ihr allerdings gesagt, dass der Prozess in Kürze beginnen würde. Was sollte sie nun tun?, fragte sie sich. Missmutig schaute sie an den dicken Mauern der Burg empor. Irgendwo dort drinnen fristete Ezra ein trauriges, ungewisses Dasein. Lea wischte sich eine Träne aus dem Augenwinkel. Als sie sich vor ihrer Abreise aus Medina von Alvaro verabschiedet hatte, hatte er ihr noch die Adresse eines guten Freundes gegeben, der ebenfalls in Sevilla lebte und ihm einen Gefallen schuldete. Pedro Espinosa war ein Advokat und führte eine Kanzlei im Norden der Stadt. Der Sekretär hatte ihr eingeschärft, wenn sie Schwierigkeiten hätte, den Juristen unbedingt aufzusuchen. Er hatte ihr sogar einen Brief mitgegeben, in dem er ein paar erklärende Worte an seinen Freund richtete.

Abermals überquerte Lea die Brücke, um wieder auf die andere Seite des Flusses zu gelangen. Die Glocken läuteten bereits zur Non, als die Stickerin schließlich in die Gasse einbog, in der sich die Kanzlei von Alvaros Freund befinden sollte. Sie musste nicht lange suchen, gleich auf den zweiten Blick entdeckte sie das Schild mit der Aufschrift: *Pedro Espinosa – Advokat*. Ohne zu zögern betrat sie das Ladenlokal. Ein junger Mann saß hinter einem Schreibtisch und schrieb etwas in ein Buch. Der Raum war geschmackvoll eingerichtet. An den Wänden hingen Landschaftsbilder, den gefliesten Boden bedeckte ein weicher Teppich. Zwei kleine Kanapees standen nebeneinander, dazwischen ein niedriger Tisch, auf dem sich ein Tonkrug und zwei Becher befanden.

Der Anwaltsgehilfe schaute von seiner Arbeit auf, als Lea hereinkam. Unverzüglich legte er die Feder beiseite und erhob sich.

„Buenas tardes señorita", grüßte er. „Was kann ich für Euch tun?"

„*Buenas tardes, señor*. Ich möchte gerne den *abogado* Pedro Espinosa sprechen."

„Bitte nehmt einen Moment Platz!", forderte er sie auf. „Wen darf ich melden?"

„Lea Calderón. Ich bringe Nachricht von Alvaro de Salvatierra", antwortete sie, während sie sich auf eines der Sofas setzte.

Der junge Mann verschwand hinter einer doppelflügeligen Holztür. Kurz darauf kam er zurück und bat die Besucherin, ihm zu folgen. Er führte sie in den angrenzenden Raum, wo hinter einem wuchtigen, dunklen Schreibtisch Pedro Espinosa saß. Der Anwalt war von mittlerer Größe und korpulenter Gestalt. Obwohl er so alt wie Alvaro war – die beiden Männer hatten an der gleichen Universität studiert - begann sein braunes, glattes Haar bereits an den Schläfen schütter zu werden. Das Faszinierendste an ihm waren seine Augen, die von einer unbeschreiblichen hellen Farbe waren. Viele kleine Fältchen zeugten davon, dass er oft und gerne lachte.

Das Arbeitszimmer des Advokaten war bedeutend geräumiger als der Empfangsbereich. In einem mit Marmor eingefassten Kamin brannte ein Feuer, sodass eine angenehme Wärme im Raum herrschte. Der Anwalt erhob sich und kam auf Lea zu.

„Ihr bringt Neuigkeiten von meinem guten Freund?" Lächelnd blickte er die junge Frau an.

Diese nickte und zog den Brief hervor, den der Sekretär ihr mitgegeben hatte. „Der ist für Euch."

Sie nahmen an einem Tisch aus Eichenholz Platz.

Pedro öffnete das Schreiben und las den Inhalt.

„Ich freue mich für Alvaro. Er scheint in Euch die Richtige gefunden zu haben. Aus seinen Worten ist herauszuhören, wie viel er für Euch empfindet."

Lea errötete. „Ich liebe ihn auch sehr", sagte sie leise.

„Es ist schlimm, was mit Eurem Vater geschehen ist. Ihr könnt Euch auf meine Verschwiegenheit diesbezüglich verlassen", versprach der Advokat. „Aber ich glaube nicht, dass ich Euch helfen kann. Die Inquisition hat ihre eigenen strengen Statuten, die einzuhalten sind. Habt Ihr versucht, Euren Vater zu sehen?"

Die Stickerin nickte. „Zunächst hat es mein Verlobter versucht. Man hat ihn abgewiesen. Heute Morgen bin ich selbst zum Castillo San Jorge gegangen. Mich wollten sie auch nicht zu ihm lassen."

Während Leas Worten hatte Pedro gestutzt. „Euer Verlobter? Ist Alvaro denn auch hier?"

Die junge Frau schüttelte den Kopf. „Nein! Ach es ist alles so verzwickt." Sie schlug die Hände vor das Gesicht und brach in Tränen aus.

Der Anwalt strich über ihre Schulter und versuchte sie zu trösten. „Was bedrückt Euch? Ihr könnt Euch mir ruhig anvertrauen. Vielleicht kann ich Euch einen Rat geben."

Lea blickte auf und seufzte tief. Dann schüttete sie Alvaros Freund ihr Herz aus. Sie ließ nichts aus und als sie ihren Bericht beendet hatte, fühlte sie sich ein wenig besser. Pedro hatte ihr, ohne sie zu unterbrechen, zugehört.

„Die Lage, in der Ihr Euch befindet ist zwar schwierig, aber nicht aussichtslos", kommentierte er. „Das Wichtigste ist nun, eine Möglichkeit zu finden, wie Eurem

Vater zu helfen ist." Er überlegte einen Moment, bevor er weiter sprach. „Ich kenne einen der Wächter des Inquisitionsgefängnisses. Ich habe ihm einmal bei einer Rechtsangelegenheit geholfen, er schuldet mir noch einen Gefallen. Vielleicht könnte ich ihn dazu bringen, Eurem Vater eine Nachricht und Nahrungsmittel in die Kerkerzelle zu schmuggeln."

Leas Gesicht hellte sich auf. „Das wäre großartig. Ich habe auch schon daran gedacht, aber ich wusste nicht, wie ich es anstellen sollte."

„Überlasst es mir, ich will sehen, was ich tun kann. Sobald ich etwas erreicht habe, schicke ich meinen Gehilfen zu Euch. Wo sagtet Ihr, befindet sich Euer Haus?"

Die Stickerin nannte Pedro die Adresse. Sie verspürte Erleichterung. Mit Nichten bereute sie, dem Advokaten von ihren Schwierigkeiten berichtet zu haben. Ihr Instinkt sagte ihr, dass sie es hier mit einem vertrauenswürdigen Menschen zu tun hatte, der zudem ein guter Freund Alvaros war.

Ihr war schon ein wenig leichter ums Herz, als sie sich bald darauf wieder auf den Heimweg machte.

Medina del Campo

Catalina blickte aus dem Fenster ihres Schlafgemachs über die verschneiten Felder. Ein kalter Wind wehte von Norden her, sodass die Nichte des Kardinals sich kaum mehr nach draußen begab. Sie saß tagsüber mit den anderen Hofdamen im Stickzimmer, in dem es glücklicherweise durch Kaminfeuer und Kohlebecken angenehm warm war und arbeitete an dem Wandbehang. Er war fast fertig. Nur hier und da mussten noch ein paar Stellen des Hintergrundes ausgestickt werden.

Lea war vor nunmehr fünf Wochen in Richtung Sevilla abgereist. Die Nichte des Kardinals hatte seither nichts mehr von der Stickerin gehört. Wann immer es ihr möglich war, suchte Catalina Alvaros Nähe. Der Sekretär verhielt sich ihr gegenüber jedoch abweisend und kühl. Wie sollte sie endlich ihr Ziel erreichen und seine Gemahlin werden?, fragte sie sich zum wiederholten Male. Vielleicht bräuchte sie einen Verbündeten, jemanden, der Macht und Einfluss hatte und sie bei ihrem Vorhaben unterstützte.

Es hatte wieder zu schneien angefangen. Ein Lämmergeier zog seine Kreise am hellgrauen, wolkenverhangenen Himmel. Dann blieb er plötzlich hoch oben in der Luft auf einer Stelle stehen, bevor er sich im Steilflug nach unten stürzte. Vermutlich hatte er irgendein Tier im Schnee entdeckt.

Könnte etwa ihr Onkel die helfende Person sein?, überlegte Catalina. Sein Einfluss bei der Königin war groß. Im Volksmund bezeichnete man ihn sogar schon als dritten König von Kastilien. Wenn sie ihn dazu bringen könnte, in Alvaro de Salvatierra den perfekten Gemahl für seine Nichte zu sehen, würde es ihm zweifelsohne auch gelingen, Ihre Majestät davon zu überzeugen, die dann ihrerseits auf Alvaro Einfluss nehmen könnte. Je weiter Catalina diesen Gedanken spann, desto besser gefiel er ihr. Warum war ihr diese Idee nicht schon eher eingefallen? Sie wollte ihren Verwandten sogleich aufzusuchen. Doch sie hatte Pech. Der Kardinal war in Begleitung der Königin zum Castillo La Mota geritten, das etwas außerhalb der Stadt auf einer Anhöhe lag, um zu überprüfen, ob die Erweiterungsarbeiten, welche die Majestäten an der Festung in Auftrag gegeben hatten, auch zügig voranschritten.

Erst am nächsten Tag ergab sich für die Hofdame die Gelegenheit, mit ihrem Onkel unter vier Augen zu sprechen.

Nach dem Morgengottesdienst, den der Erzbischof von Sevilla für die Königin und ihren Hofstaat zu halten pflegte, begab sich Catalina in dessen Arbeitszimmer. Der Kardinal legte soeben die *Mozetta* und das weiße, mit Spitzen verzierte Chorhemd, das *Rochett,* ab, nachdem er auf das Klopfen an der Tür mit einem lauten: *„adelante"* geantwortet hatte.

„Catalina, meine Liebe, komm ruhig näher!". Er bedachte seine Nichte, die zögerlich hereinkam, mit einem freundlichen Lächeln. „Du siehst wieder einmal reizend aus!"

Die junge Frau trug ein dunkelblaues, glänzendes Seidentaftkleid, dessen Ausschnitt wie immer einen großzügigen Blick auf die Wölbung ihres Busens freigab.

„Was führt dich zu mir, mein Kind?", fragte Mendoza. Er malte mit seinem Daumen das Kreuzzeichen auf die Stirn des Mädchens, nachdem sie seinen Kardinalsring geküsst hatte.

„Wenn Ihr einen Moment Zeit hättet, würde ich gerne etwas mit Euch besprechen."

„Gut, *cariño*! Wir wollen uns dort drüben hinsetzen", forderte er seine Nichte auf und zeigte auf zwei mit rotem Samt überzogene Sessel. Er konnte nicht umhin, für einen kurzen Moment den herrlichen Anblick zu genießen, den Catalina ihm bot, als sie sich kurz nach vorne beugte, um ihr Kleid glatt zu streichen.

„Was liegt dir auf dem Herzen, Kind?" Neugierig betrachtete der Kirchenfürst seine Verwandte.

„Ich weiß gar nicht, wie ich anfangen soll, Onkel." Verlegenheit vorspielend, schaute sie auf ihre gefalteten Hände.

„Nur Mut, du kannst mir alles sagen."

Catalina sah wieder auf. „Ich bin jetzt zweiundzwanzig Jahre alt. Ich denke, es wäre an der Zeit, mich zu vermählen, da ich nicht als alte Jungfer enden möchte."

Mendoza schmunzelte. „Keine Sorge, du wirst nicht als alte Jungfer enden." Er ließ seinen Blick über ihren Körper gleiten. „Gott hat dir alles geschenkt, was du brauchst, um einen Mann glücklich zu machen. Zufällig habe ich gerade vor ein paar Tagen einen Brief von deinem Vater erhalten, in dem er die Angelegenheit ebenfalls ansprach. Hab keine Sorge! Wir werden schon bald einen geeigneten Gemahl für dich finden!"

Catalina räusperte sich und rutschte auf dem Sessel hin und her. „Kann ich Euch noch etwas anvertrauen, Onkel?", fragte sie.

„Gewiss, nur zu!"

„Ich wüsste bereits jemanden, den ich heiraten könnte."

„So?" Der Kardinal zog zweiflerisch die rechte Augenbraue nach oben. „Wen meinst du denn?"

Catalina holte noch einmal tief Luft. „Alvaro de Salvatierra, der Sekretär Ihrer Majestät."

Nun war es heraus!

„Der Sohn des *Marqués* de Salvatierra? Wie kommst du ausgerechnet auf ihn?" Mendoza blickte seine Nichte fragend an. „Die Familie steht in der Hierarchie unter den Mendozas. Nein, *cariño*, du kannst eine weitaus bessere Partie machen."

Aufgeregt sprang Catalina von dem Sessel auf.

„Aber ich liebe ihn, Onkel! Ich liebe ihn, seit ich an den Hof gekommen bin und ihn das erste Mal gesehen habe! Er ist genau der Mann, mit dem ich glücklich werden könnte. Und Ihr wollt doch auch, dass ich glücklich bin, oder?" Ihre Augen glitzerten verdächtig feucht.

Der Erzbischof ergriff die Hände der jungen Frau und zog sie wieder hinunter auf den Sessel.

„Beruhige dich, Catalina! Du bist für mich stets wie eine Tochter gewesen, also möchte ich auch, dass du zufrieden bist." Er wischte dem Mädchen eine Träne von der Wange. „Obwohl die Mendozas aus einer Verbindung mit den Salvatierras keinen Nutzen ziehen können, muss ich zugeben, dass Alvaro immerhin ein rechtschaffener, junger Mann ist, der eine wichtige Stellung bei Hofe innehat. Von daher wäre er schon geeignet, dein Gemahl zu werden. Außerdem ist er meinem Wissen nach, weder verlobt noch verheiratet."

Die Hofdame triumphierte innerlich.

„Ich sollte mich allerdings erst mit deinem Vater besprechen und auch die Königin muss ihre Zustimmung geben."

Abermals sprang Catalina auf, diesmal jedoch, um ihrem Onkel um den Hals zu fallen.

„Ich danke Euch! Ihr macht mich zur glücklichsten Frau der Erde."

Dann ließ sie plötzlich wieder von dem Kardinal ab und sank zurück auf ihren Sessel. Sie schlug die Hände vor ihr Gesicht und fing an zu schluchzen.

„Catalina, *mi corazón*! Was hast du? Ich habe dir doch gerade versprochen, dich bei deinen Heiratsplänen zu unterstützen." Hilflos blickte Mendoza seine Nichte an.

„Was ist, wenn Alvaro mich nicht zu seiner Gemahlin nehmen will?", rief sie verzweifelt. „Glaubt mir, dann würde ich mich aus dem erstbesten Fenster stürzen!"

„Rede nicht solchen Unsinn, Kind! Verlass dich auf deinen Onkel! Ich werde schon dafür sorgen, dass du in Kürze deinen Favoriten ehelichen wirst."

Das Mädchen zückte ein Spitzentüchlein aus ihrem Ausschnitt und tupfte sich über ihre Augen.

„Danke", hauchte sie mit einem Strahlen, das Mendozas Herz mit Freude erfüllte.

Sie beugte sich vor und küsste ihren Onkel auf den Mund.

Sevilla

Pedro Espinosa gelang es tatsächlich, ein Abkommen mit dem Gefängniswärter zu treffen. Er wollte Lea nicht verraten, ob es ihn außer guten Worten auch noch Geldstücke gekostet hatte. So traf sich die Stickerin ein paar Tage später mit dem Mann kurz nach Sonnenaufgang an einem Seitenportal der Burg. Wie es Pedro ihr aufgetragen hatte, überreichte sie dem Wärter wortlos das gut verschnürte Päckchen, das etwas zu Essen, Kerzen, Schwefelhölzer und eine aufmunternde Nachricht für ihren Vater enthielt. Rasch nahm es der Mann entgegen und versteckte es unter seinem weiten Umhang. Er blickte ihr noch einmal kurz in die Augen und verschwand dann durch die Holztür im Inneren des Gebäudes. Lea lehnte sich noch einen Moment lang an die Außenmauer und berührte die kalten Steine. Irgendwo dort drinnen fristete ihr Vater ein trauriges, hoffnungsloses Dasein. Wenigstens würde ihm nun der Inhalt des Päckchens ein wenig Ablenkung verschaffen, dachte sie.

Ezra wusste nicht, wie lange er schon in dem stinkenden, düsteren Kerker zugebracht hatte. Ihm war jegliches Zeitgefühl abhanden gekommen. Er konnte sich nur daran erinnern, dass man ihn irgendwann in ein anderes Gebäude geschafft hatte, wo er wieder alleine in einer Zelle war. Die meiste Zeit über verbrachte der Tuchhändler liegend oder sitzend auf einer feuchten Strohmatte. Nur anhand der schießschachtähnlichen Luke, die sich auch hier kurz unter der Decke des Gewölbes befand, und durch die ab und zu ein spärlicher Lichtschein einfiel, konnte er zwischen Tag und Nacht unterscheiden. Seit einiger Zeit verspürte er ein Kratzen im Hals und einen Hustenreiz, der immerfort stärker wurde. Zweimal am Tag bekam er etwas zu essen, hartes Brot und einen übelriechenden, wässrigen Mus. Doch er zwang sich, alles hinunterzuwürgen. Wenn er das Verlies jemals wieder lebend verlassen wollte, musste er bei Kräften bleiben. Manchmal, des Nachts, wenn er auf seinem Lager weilte, vernahm er raschelnde Geräusche, und ab und zu spürte er sogar, wie etwas über seine Beine huschte. Sicherlich waren es Ratten oder Mäuse. Obwohl er die Nagetiere verabscheute, gefiel ihm der Gedanke, nicht gänzlich alleine zu sein. Schon bald lernte er seinen Zellengenossen kennen, es war in der Tat eine Ratte. Sie hatte ein schneeweißes, pelziges Fell, so wie Ezra es noch nie zuvor gesehen hatte. Er begann, dem Tier kleine Brotstückchen hinzuwerfen. Schon bald verlor die Ratte ihre Scheu und kam immer näher, bis der Tuchhändler sogar ihr weiches Fell streicheln konnte. Er nannte sie Kiko und fing an, mit ihr zu reden. Er erzählte ihr von seinen Kindern, seinem Geschäft und von Jehova. Kiko schaute ihn mit ihren runden, dunklen Augen an und kratzte sich ab und zu mit ihren kleinen Pfötchen das spitze Schnäuzchen.

Dann, an einem Tag, wurde die Kerkertür nicht wie sonst nur einen Spalt breit geöffnet, um die Schale mit der Suppe hineinzuschieben, sondern sie öffnete sich ganz. Ein Mann betrat die Zelle und warf dem Gefangenen wortlos ein in Stoff eingewickeltes Päckchen zu.

„Was bringt Ihr mir da? Wann werde ich freigelassen? Sagt mir doch endlich, was mir vorgeworfen wird?", überschüttete Ezra den Wärter mit Fragen. Doch dieser drehte sich wortlos um und trat wieder auf den düsteren Gang hinaus. Der Tuchhändler sprang auf und stürzte nach vorne. Noch bevor er den Mann an seinem Wams festhalten konnte, schloss sich die schwere Holztür wieder knarrend. Verzweifelt hämmerte Ezra mit seinen Fäusten dagegen.

„Lasst mich hier raus!", brüllte er. „Ich will endlich wissen, warum ich hier bin. Lasst mich doch hier…", seine Stimme versagte. Langsam sank er an der Tür hinab. Er schlug die Hände vor das Gesicht und begann hemmungslos zu schluchzen. Lange würde er es hier drinnen nicht mehr aushalten. Die quälende Ungewissheit drohte, ihn zu zerbrechen. Regungslos, mit geschlossenen Augen, blieb er sitzen. Als er spürte, wie Kiko an seinem kleinen Finger knabberte, erhob er sich und legte sich auf die Strohmatte.

Erst am nächsten Morgen fiel ihm wieder ein, dass der Gefängniswächter ihm etwas zugeworfen hatte. Suchend blickte er sich um und entdeckte das Päckchen, das neben seiner Bettstatt in den dreckigen Binsen lag. Neugierig griff er danach, löste die Schnur und faltete den Stoff auseinander.

Er traute seinen Augen kaum, als er sah, was zum Vorschein kam: Schinken, Käse, ein Stück herrliches, weiches Weißbrot, Dörrfleisch und zu seiner Entzückung Talgkerzen und Schwefelhölzchen. Ganz zu unterst lag ein mehrfach geknicktes Stück Papier. Es war etwas darauf geschrieben, doch Ezra konnte die Worte im Dämmerlicht nicht entziffern. Erst, als er eine der Kerzen angezündet hatte, gelang es ihm, die Nachricht zu lesen. Sie stammte von Lea – seine Tochter war hier, in Sevilla. Die Augen des Tuchhändlers wurden feucht. Sie bat ihn, auszuhalten und nicht aufzugeben. Alles würde sich aufklären, er sollte den Mut nicht verlieren. Aaron ginge es gut.

Ezra drückte das Blatt an seine Brust, während weiterhin die Tränen über seine Wangen liefen. Noch einmal las er die Worte und prägte sie sich genau ein, bevor er, wie Lea es gefordert hatte, den Brief vernichtete. Er hielt eine Ecke über die brennende Kerze und schaute dabei zu, wie sich die Flamme voran fraß, solange bis nur noch ein paar Ascheflocken zu Boden rieselten.

Dann hielt er zusammen mit Kiko ein Festessen ab. Er genoss jeden Bissen des köstlichen Mahls und versteckte danach die Reste sorgfältig mit den Kerzen und den Schwefelhölzchen unter der Strohmatte.

Von nun an brachte der Wärter die verschnürten Bündel in regelmäßigen Abständen. Zumindest musste Ezra jetzt keinen Hunger mehr leiden und die Mut machenden Botschaften seiner Tochter ließen ihn wieder Hoffnung schöpfen.

Ein paar Tage darauf betraten zwei Mönche die Zelle des Tuchhändlers. Der eine trug ein Leinentuch und eine Schüssel mit Wasser, die er auf dem Boden abstellte, der andere warf ihm ein sackähnliches Gewand vor die Füße.

„Wasch dich und zieh das über!", befahlen sie ihm barsch.

Ezra spritzte sich das kühle Nass ins Gesicht und über seine Arme. Danach rieb er sich mit dem Tuch trocken. Seine Haut, die seit man ihn ins Gefängnis geworfen hatte, weder mit Wasser noch mit Seife in Berührung gekommen war, war mit roten, juckenden Flecken und Stichen übersäht. Er entledigte sich seines Hemdes sowie der Beinkleider und zog das bräunliche Leinengewand über den Kopf. Obwohl der grobe Stoff auf seiner wunden Haut kratzte, war er froh, seine eigene stinkende Kleidung, die er während der ganzen Zeit nicht mehr gewechselt hatte, ablegen zu können.

„Folge uns!", forderten die Klosterbrüder Ezra auf. „Man wird dich nun verhören!"

Endlich, dachte der Tuchhändler, endlich erfahre ich, was man mir vorwirft und wie es weitergehen wird.

Zusammen mit den beiden Mönchen verließ er den Kerker. Da er sich kaum mehr bewegt hatte, fühlte er sich schwach und zittrig auf den Beinen und musste sich beim Gehen an der Wand abstützen.

Sie führten ihn einen langen Gang entlang und stiegen mit ihm eine Treppe hinauf. Dann machten sie vor einem hohen Holzportal halt.

Zur gleichen Zeit, als er dort ankam, öffnete sich die Tür und zwei Inquisitionshelfer schleppten einen Mann heraus, dessen Haar wirr um seinen Kopf hing. Seine Füße, oder vielmehr die beiden blutigen Fleischklumpen am Ende seiner Beine, schleiften über den Boden. Als Ezra in die leeren, starr nach vorne blickenden Augen des Gequälten schaute, konnte er einen Aufschrei nicht unterdrücken. Es war kein Geringerer als Diego de Susan.

„*Cabrones!* Was habt ihr mit ihm gemacht?" Ezra wollte umdrehen und seinem Freund zu Hilfe eilen. Doch die beiden Mönche, die den Tuchhändler hergebracht hatten, ergriffen ihn am Arm und stießen ihn in den Raum hinein.

Die Decke des Saales bestand aus einem hohen Gewölbe, das von steinernen Säulen gestützt wurde. Sämtliche Wände waren mit schwarzen Tüchern verhangen. An der Stirnseite befand sich auf einem Podest ein mit einem dunkelviolettfarbenen Samtstoff bedeckter Tisch. Hinter diesem saßen auf drei hohen Lehnstühlen, ein aufgeschlagenes Evangelienbuch vor sich liegend, die Richter der Inquisition, Miguel de Morillo, Martín de

San Juan und der rechtliche Beistand, Dr. Juan Ruiz de Medina. Des Weiteren hatten Sekretäre und Schreiber dort Platz genommen. Zu beiden Seiten neben dem Tisch waren Bänke aufgestellt, auf denen ebenfalls Männer saßen. An der Wand hinter den Inquisitoren hing ein Bild des Erlösers, von einem kostbaren, goldbestickten Baldachin überspannt. Mehrere silberne Kandelaber, mit dicken Kerzen aus grünlichem Wachs bestückt, waren im Raum verteilt. Sie verbreiteten mit ihrem schummrigen Licht eine unheilvolle Stimmung.

Die beiden Mönche führten den Tuchhändler zu einer weiteren Bank, einem unbequem aussehenden, einfachen Balken, der mitten im Raum stand, und befahlen ihm, sich niederzusetzen. Ezra nahm Platz und blickte auf die Richter. Mit ihrer schwarzen Kleidung und den strengen Mienen in ihren grünlich beleuchteten Gesichtern, strahlten sie Respekt aus und verbreiteten gleichzeitig Furcht. Der Tuchhändler rutschte unruhig auf der Bank hin und her.

Da richtete einer der Inquisitoren das Wort an ihn. „Angeklagter Hernando Calderón", begann er mit barschem Tonfall, „tretet vor und schwört auf das Evangelium, die Wahrheit zu sagen!"

Ezra erhob sich, stieg die Stufe zum Podest empor und legte eine Hand auf das heilige Buch. Dann sprach er mit fester Stimme: „Im Namen Jesus Christus´ und der Jungfrau Maria schwöre ich, die Wahrheit zu sagen."

„Wisst Ihr, warum Ihr Euch an diesem Ort befindet?"

„Nein, das weiß ich nicht", beantwortete der Tuchhändler Miguel de Morillos Frage.

Der Geistliche schaute ihn mit seinen kleinen, tiefliegende Augen an.
„Ich bin ein Mitglied der Heiligen Katholischen Kirche, befolge stets die christlichen Regeln und besuche jeden Sonntag die Messe."
„Es liegen aber schwerwiegende Anklagen gegen Euch vor." Der stechende Blick des Inquisitors schien Ezra zu durchbohren.
„Was für Anklagen, und wer hat sie vorgebracht?" Er vermutete zwar, dass es um die geplante Verschwörung ging, doch er wollte es aus Morillos eigenem Mund hören.
„Wer Euch beschuldigt hat, tut hier nichts zur Sache", mischte sich nun Martin de San Juan ein. „Einzig und allein die Tatsache, dass etwas gegen Euch vorliegt, ist von Belang. Und ich rate Euch, gesteht Eure Vergehen freiwillig, sonst könnte es Euch schlimm ergehen."
„Ihr droht mir?"
„Ich gebe Euch lediglich einen freundschaftlich gemeinten Rat." Obwohl seine Stimme sanft klang, war der Ausdruck in den Augen des Inquisitors hart.
„Ich bin mir keinerlei Schuld bewusst, also kann ich auch nichts zugeben", beharrte der Tuchhändler. Niemals würde er vor diesen gefühlslosen Menschen, die glaubten, über andere richten zu können, freiwillig zugeben, dass er an dem Aufstand gegen die Altchristen hatte teilnehmen wollen. Und schon gar nicht würde er ihnen eingestehen, dass er seit seiner Konversion zum christlichen Glauben in seinem Herzen stets ein Jude geblieben war.

„Ich fordere Euch zum letzten Mal auf: Bekennt Eure Vergehen und kehrt reumütig in den Schoß der Heiligen Mutter Kirche zurück!", donnerte Miguel de Morillo.

„Ich habe nichts Unrechtes verbrochen, also kann ich auch nichts zugeben!", wiederholte Ezra. Seine Stimme klang ruhig, obwohl er innerlich vor Angst und Aufregung zitterte.

„Nun gut, Ihr habt es so gewollt!" San Juan blickte seine beiden Kollegen an, die beide zustimmend nickten. „Man wird Euch der peinlichen Befragung unterziehen. Dann werden wir sehen, ob sich Eure Zunge lockern wird."

Ezra wurde bleich. Die Worte bedeuteten nichts anderes, als dass man ihn foltern wollte. Würde er diesen Qualen gewachsen sein?, fragte er sich zweifelnd.

Schon ergriffen ihn zwei Büttel und zerrten ihn aus dem Saal. Sie brachten ihn zurück in den unteren Bereich. Zunächst dachte der Tuchhändler, sie würden ihn wieder in seine Kerkerzelle sperren, doch sie betraten ein von schummerigem Licht beleuchtetes Gewölbe. In einer der hinteren Ecken brannte ein Feuer. An den Wänden hingen allerlei seltsame Gerätschaften und von der Decke baumelte eine Seilwinde. Mit Schrecken erkannte Ezra, dass man ihn tatsächlich geradewegs in die Folterkammer geschafft hatte.

Kurz darauf drängten sich die beiden Inquisitoren, ihr Sekretär, ein Schreiber, der die zu erwartende Aussage des Ketzers schriftlich niederlegen würde, und etliche Mönche in den Raum. Die Büttel übergaben den Gefangenen an die Folterknechte, zwei schmuddelige Kerle, die Kittel aus Leder über ihren Hemden trugen. Ezras

Knie wurden weich. Er war froh, dass die Männer ihn unter den Armen festhielten, da er sich sonst nicht mehr hätte auf seinen Beinen halten können. Ein Gefühl der Angst, wie er es noch nie zuvor in seinem Leben gespürt hatte, ergriff von ihm Besitz. Sollte er tun, was die Männer von ihm verlangten? Sollte er alles gestehen, um diesen Raum wieder gesund zu verlassen?, ging es ihm durch den Kopf. Nein, diese Blöße würde er sich nicht geben. Er war stark, er würde aushalten, was auszuhalten wäre.

„Habt Ihr uns noch irgendetwas mitzuteilen, Hernando Calderón?", fragte Miguel de Morillo.

Der Tuchhändler schüttelte den Kopf. „Alles ist bereits gesagt worden", antwortete er mit belegter Stimme.

„Gut, Ihr habt es nicht anders gewollt." Der Inquisitor nickte den beiden Folterknechten zu. „Waltet Eures Amtes!"

Die Angesprochenen führten den vermeintlichen Ketzer in den hinteren Teil des Kellergewölbes und banden seine Arme an die von der Decke herunterhängende Seilwinde. An seinen Füssen befestigten sie zusätzlich schwere Gewichte. Ezra ließ alles schweigend über sich ergehen, doch die Furcht vor dem, was ihn erwartete, verursachte ein Würgegefühl in seinem Hals. Gleichzeitig bemerkte er, wie eine warme Flüssigkeit an seinen Beinen hinunterlief – er hatte die Beherrschung über seine Blase verloren.

Die Foltergehilfen, die nun begannen, den Tuchhändler an der Winde bis hinauf unter die Decke zu befördern, verzogen keine Miene. Sie waren solcherlei Anblicke gewohnt. Das Seil straffte sich unter Ezras Gewicht und er spürte, wie sich seine Muskeln und Sehnen anspannten. Mit einem Ruck lockerten die Knechte nun die Winde und er schnellte nach unten. Kurz bevor er aber den Boden berührte, stoppten sie seinen Fall, demzufolge sein volles Gewicht sowie das zusätzliche, das man ihm zuvor an den Füssen befestigt hatte, von seinen Armen und Schultern aufgefangen werden musste. Ein markerschütternder Schrei ertönte aus seinem Mund. Doch die Foltergehilfen zeigten kein Erbarmen. Immer wieder zogen sie das Seil nach oben und ließen den *converso* nach unten fallen. Muskelstränge und Sehnen rissen, Knochen brachen. Ezras Arme schienen nur noch durch Haut und Fleisch an seinem Körper befestigt zu sein. Der Schmerz war unerträglich, doch die ersehnte Ohnmacht blieb aus. Da gaben die Inquisitoren den Marterknechten das Zeichen, von dem Gequälten abzulassen. Dessen Beine knickten ein, als sie die schmutzigen Binsen berührten. Mit einem lauten Schmerzensschrei fiel er auf einen der geschundenen Arme und rollte sich mit letzter Kraft auf den Rücken. Dann überkam ihn endlich die erlösende Bewusstlosigkeit. Doch diese war nur von kurzer Dauer. Ein kalter Wasserstrahl und Schläge auf die Wangen holten den Tuchhändler in die grausame Wirklichkeit zurück. Sogleich übermannte ihn aufs Neue der reißende Schmerz in seinen Gliedmaßen. Er schlug die Augen auf und sah das hagere Gesicht Miguel de Morillos über sich.

„Wollt Ihr nun gestehen?", vernahm er weit weg die Stimme des Inquisitors, dessen Umrisse schon wieder zu verschwimmen begannen. Ohne auf die Frage zu antworten, schloss Ezra die Augen. Ein weiterer Wasserstrahl, noch mehr Schläge – er nahm alles wie durch eine Nebelschicht war.

„Schafft ihn zurück in den Kerker, wir werden morgen fortfahren", hörte er jemanden sagen.

Dann fiel er erneut in Ohnmacht.

Als Ezra erwachte, lag er in seiner Zelle auf der Strohmatte. Sein Hals war so trocken, dass er kaum schlucken konnte, er hatte einen pelzigen Geschmack im Mund. Vorsichtig versuchte er sich zu bewegen, doch sogleich schoss ein stechender Schmerz durch seinen geschundenen Körper. Seine Augen brannten und er spürte eine innere Hitze. Neben seinem Kopf saß Kiko und wusch sich. Der Tuchhändler war froh, seinen kleinen Freund zu sehen, während er darüber nachdachte, wie es nun weitergehen sollte. Auf keinen Fall konnte er eine neuerliche Folterprozedur aushalten. Er musste der Wahrheit ins Auge sehen: Sein Leben ging dem Ende zu. Entweder würde er bei einer weiteren peinlichen Befragung sterben oder, wenn er gestand, was die Inquisitoren hören wollten, würde man ihn ebenso zum Tode verurteilen. Eines wusste er ganz gewiss, er würde keineswegs als Christ vor seinen Schöpfer treten sondern als Jude. Ab heute wollte er wieder Ezra Bensinior sein, ein Sohn des Volkes Israel.

Als man ihn im Laufe des Tages abermals unter großen Schmerzen vor das Tribunal zerrte, legte er ein vollständiges Geständnis ab. Er gab zu, an der bevorstehenden Verschwörung gegen die Altchristen beteiligt gewesen und nach seiner Konvertierung im Verborgenen stets ein Jude geblieben zu sein. Mit geradezu unheimlicher Ruhe nahm er die Worte Juan de San Martins entgegen, der ihn auf Grund seiner Vergehen gegen die Heilige Mutter Kirche zum Tod auf dem Scheiterhaufen verurteilte. Lächelnd dachte Ezra an seine verstorbene Frau und an Sara. Bald würde er wieder mit ihnen vereint sein.

9. Kapitel

Februar 1481

Sevilla

Es war noch früh am Morgen. Die Stadt am Guadalquivir erwachte langsam zum Leben. Wolken überzogen den Himmel und verdeckten die ersten Strahlen der aufgehenden Sonne. Es war ein besonderer Tag für Sevilla, ein Festtag für die einen, ein Anlass zum Trauern für die anderen. An diesem 6. Februar, anno domini 1481 sollten die ersten Scheiterhaufen entzündet werden, damit die Ketzer Kastiliens ihr Seelenheil durch die Flammen wiedererlangen konnten. Die Inquisition veranstaltete ihr erstes Autodafé. Alle Bürger Sevillas waren aufgefordert, an diesem besonderen Ereignis teilzunehmen. Seit Tagen war eine merkwürdige Stimmung unter den Bewohnern zu verspüren. Obwohl die Gassen wie zu einem freudigen Feiertag mit Fahnen und Blumengirlanden geschmückt waren, schwebte eine Aura der Ungewissheit und Furcht, aber auch der Neugierde über der Stadt.

Etwa zur dritten Stunde des angebrochenen Tages brach eine schaurig anzusehende Prozession vom Castillo San Jorge in Richtung des Konvents *San Pablo* auf, wo in der Klosterkapelle als erster Teil der Zeremonie eine Messe stattfinden sollte.

Vorneweg gingen Angehörige der in der Stadt ansässigen Laienbruderschaften. Sie trugen ein großes, mit dunkelviolettem Trauerflor verhangenes, Kreuz. Dahinter folgte eine Gruppe Dominikanermönche mit der Standarte der Inquisition, eine aus fleischfarbenen Damast gefertigte Fahne, auf deren Vorderseite ein Schwert, ein Lorbeerkranz sowie die Wappen Kastiliens und Aragons abgebildet waren und auf der Rückseite auf schwarzem Untergrund ein grünes Kreuz, eingerahmt von einem weiteren Schwert und einem Olivenzweig. Darunter stand der Leitspruch der Inquisition in goldenen Buchstaben gestickt: *Exurge domine et judica causam tuam!* – Stehe auf, oh Herr, und richte deine Sache!

In der Mitte des seltsamen Zuges gingen die angeklagten Ketzer, von Klosterbrüdern begleitet, erloschene Kerzen in den Händen haltend. Neben den verurteilten Verschwörern, Diego de Susan, Manuel Sauli, Bartolomé Torralba, Juan de Benadeva und Hernando Calderón sollten noch sechs Frauen hingerichtet werden. Einige der Verurteilten, wie Susan, um dessen Füße dreckige, blutverschmierte Lumpen gewickelt waren, mussten gestützt werden, da sie sich auf Grund der Verletzungen durch die Folter nicht mehr alleine auf den Beinen halten konnten. Alle Ketzer trugen gelbe, sackartige Gewänder, die sogenannten *sambenitos,* die mit grellen Flammen und Teufelsfratzen bemalt waren. Auf ihren Köpfen thronten hohe Papiermützen – die *carozas*.

Ezra blickte erhobenen Hauptes auf die Menschenmenge, die die Straßen säumte und die vorbeiziehenden Todeskandidaten mit Schmähwörtern beschimpfte. Der Tuchhändler konnte zwar alleine laufen, doch der Schmerz in seinen Armen und Schultern war nach wie vor kaum auszuhalten, obgleich einen Tag, nachdem man bei ihm die *garrucha* angewandt hatte, ein Bader in seine Kerkerzelle gekommen war. Der Mann hatte nichts ausrichten können, die Folter hatte zuviel Schaden angerichtet. Leas Vater war erstaunlich ruhig und gefasst, er hatte während der Nacht Trost in Gebeten zu Jehova gesucht und gefunden.

Ein Mädchen, das am Straßenrand stand, fing beim Anblick der gruselig bemalten Gewänder an zu weinen. Ezra sah, wie seine Mutter es auf den Arm nahm und beruhigend über seinen Kopf streichelte. Es erinnerte ihn an seine eigenen Kinder, als diese noch klein gewesen waren. Der plötzliche Gedanke an Lea und Aaron, die er nun nie wieder sehen würde, ließ ihn für einen kurzen Moment lang straucheln, und er drohte die Fassung zu verlieren. Einer der Mönche, die neben den Verurteilten gingen, stieß ihn grob vorwärts, sodass er beinahe das Gleichgewicht verloren hätte und zu Boden gestürzt wäre. Ein stechender Schmerz fuhr durch seinen Körper. Er biss sich auf die Lippen und konnte nicht verhindern, dass sich seine Augen mit Tränen füllten. Auch, wenn er seinen Sohn und seine Tochter gerne noch einmal in die Arme geschlossen hätte, so hoffte er doch, sie blieben dem Spektakel fern. Er wollte nicht, dass sie Zeugen dieses unwürdigen Endes wären.

Den Abschluss des Umzugs bildete eine Gruppe von Gerichtsdienern und *familiares,* angeführt vom Statthalter Diego de Merlo sowie Soldaten der *Santa Hermandad,* die zum Klang von Paukenschlägen vorwärts marschierten.

Bald darauf erreichten sie San Pablo. Das Portal der Klosterkirche stand weit offen. Im Inneren der Kapelle warteten neben einer großen Anzahl von Schaulustigen bereits die Inquisitoren. Miguel de Morillo, Juan de San Martin und Dr. Juan Lopez de Medina saßen im vorderen Chorraum an einem großen, runden Tisch. Um diesen herum gruppierten sich die Bänke, für die Schreiber, Mönche, Adeligen und geladenen Gäste. Über dem Altar, auf dem sechs gelbliche Kerzen brannten, hing ein silberner Leuchter an einer dicken Seidenschnur von der Kuppel herunter.

Dann zog die Prozession in die Kirche ein. Diego de Merlo nahm neben den Inquisitoren Platz, die Verurteilten blieben, von ein paar Soldaten bewacht, vor dem Tribunal stehen. Es herrschte eine angespannte und zugleich geheimnisvolle Stimmung in dem vom Schein der Kerzen schwach beleuchteten Gotteshaus, mit seinen länglichen Schiffen und den von Halbschatten eingehüllten Altären. Der Geruch von Feuchtigkeit, Weihrauch und dem säuerlichen Angstschweiß der Gefangenen lag in der Luft.

Der Prior von San Pablo, Alfonso de Hojeda, in feierliche Pontifikalgewänder gekleidet, trat hinter den Altar und begann mit der Messe. Außer seiner klaren, lauten Stimme, die das Innere der Kirche ausfüllte, waren hin und wieder tiefe Seufzer und Wimmergeräusche der Verurteilten zu vernehmen, die nun niederknieten.

Als der Prior das Hochamt beendet hatte, wurden die Vergehen und Strafen der Sünder verkündet. Ezra hielt den Blick stumm nach unten gerichtet. Kein Laut kam über seine zusammengepressten Lippen. Nicht so bei manch anderen Angeklagten: Insbesondere einige der Frauen rauften sich die Haare und brachen in lautes Wehklagen aus. Sie verfluchten ihr Schicksal, sodass sie die Richter streng zur Ruhe ermahnten.

Schließlich war das Prozedere abgeschlossen, die Verurteilten dem weltlichen Arm übergeben. Während sich die Inquisitoren auf den Rückweg zum Castillo San Jorge machten, formten die Todeskandidaten erneut eine Prozession und begaben sich in Richtung Süden, nach Tablada, wo sich der erst vor kurzem errichtete Hinrichtungsplatz befand. Eine große Anzahl Schaulustiger begleitete den traurig anzusehenden Zug, und als sie in der Ebene ankamen, war auch dort bereits eine ansehnliche Menschenmenge versammelt. Musikanten spielten und Händler trugen in Bauchläden allerhand Leckereien vor sich her, um den Wartenden die Zeit zu versüßen.

Schon von Weitem sah Ezra das aus Ziegelsteinen gemauerte Plateau. Vier riesige Gipsfiguren, welche die Propheten Daniel, Ezechiel, Jeremia und Jesaja verkörpern sollte, krönten die Ecken. In der Mitte ragten in zwei Reihen elf lange Pfähle aus aufgeschichteten Holzstapeln in die Höhe – die Scheiterhaufen, die in wenigen Minuten in Flammen aufgehen würden. Zwei der verurteilten Frauen brachen beim Anblick des *quemaderos* laut schreiend zusammen. Sie waren nicht mehr in der Lage sich alleine fortzubewegen und mussten von Soldaten getragen werden.

Die Menschen begannen fanatisch zu brüllen, als die Angeklagten vor der Plattform ankamen. Einige hatten sogar faules Obst und Gemüse mitgebracht und warfen damit nach den Ketzern. Eine matschige Kartoffel traf den Tuchhändler an der Stirn. Stinkender Saft rann ihm über die Wange. Bevor man sie auf das Podest führte, rissen ihnen ein paar Büttel die *sambenitos* herunter. Ungeschützt waren ihre nackten, geschundenen Leiber nun der gaffenden Menge ausgeliefert, während man sie auf das Plateau hinaufzerrte. Ezra verzog nicht eine Miene, als einer der Henker ihn gegen den Holzpfahl stieß, seine verletzten Arme nach hinten bog und zusammenband. Einen weiteren Strick befestigte der Mann um seinen Hals. Der Tuchhändler hatte jegliches Schmerzgefühl aus seinem Kopf verdrängt. Ruhig, fast so, als ob er bereits dieser Erden entrückt wäre, harrte er der Dinge, die ihn erwarteten. Er vertraute fest auf Jehovas Kraft, wusste, dass diese ihn den schrecklichen Augenblick würdig überstehen ließe. Während die Henker damit beschäftigt waren, alle Ketzer auf den Scheiterhaufen festzubinden, gingen ein paar Priester von Pfahl zu Pfahl, besprengten die auf den Tod Wartenden mit Weihwasser. Sie forderten sie auf, von ihrem Irrglauben abzulassen und als Christen vor ihren Schöpfer zu treten.

Ezras Blick schweifte über die weite Ebene, die sich hier im Süden ausbreitete. Ein Vogelschwarm zog hoch oben am Himmel vorbei. Unten schichteten die Kohlenbrenner weiteres Holz auf die *braseros.*

Dann zündeten sie die ersten Scheiterhaufen an. Die Flammen brannten sogleich lichterloh. Ihr Knistern konnte die Schmerzensschreie der Ketzer nicht übertönen. Ezra spürte die immense Hitze, die sich langsam von allen Seiten her ausbreitete. Seine Augen waren geöffnet. Doch er nahm die teils mitleidigen, teils lüsternen

Blicke der Menschen nicht wahr. Der Tuchhändler sah sich selbst im Kreise seiner Familie. Da waren Lea und Aaron, seine Gemahlin Ester und seine Tochter Sara in festlichen Kleidern und mit lachenden Gesichtern. Sie hatten sich alle an den Händen gefasst und tanzten unter blühenden Mandelbäumen. Der Jude hörte die Klänge der Zimbeln und spürte die wehenden Haare seiner Töchter, die über seine Arme strichen. Immer schneller und schneller drehten sie sich herum. Schon bald konnte er die Gesichter nicht mehr erkennen, sie verblassten in dem Strudel der kreisenden Bewegungen, oder waren es tanzende Flammen? Irgendwo tief in seinem Inneren nahm er einen verschmorten Geruch wahr, doch er merkte nicht mehr, dass dieser von seiner eigenen Haut und Haaren herrührte, die nun von der lodernden Glut eingeschlossen waren.

Schließlich tat Ezra seinen letzten Atemzug, bevor das Feuer seinen geschundenen Körper vollends verzehrte.

Und während seine Seele von dichten Rauchschwaden umhüllt, zum Himmel emporstieg, hielten sich in der Zuschauermenge eine verschleierte Frau und ein junger Mann eng umschlungen und stützten sich gegenseitig. Eine weitere Person stand bei ihnen und blickte hilflos auf die Tränen, die über Leas und Aarons Wangen liefen, Tränen die sie um ihren Vater, den Tuchhändler Ezra Bensinior vergossen. Manuel versuchte, seiner Verlobten Trost zuzusprechen, doch sie starrte nur regungslos in das langsam herunterbrennende Feuer, das soeben das Kostbarste, was sie neben ihrer Liebe zu Alvaro und Aaron besessen hatte, vernichtet hatte.

„Du musst mit der Menschenmenge zurück in die Stadt gehen!", wandte sie sich schließlich an ihren Bruder, „damit du wieder unentdeckt zu Manuels Haus gelangst. Ich bleibe solange hier, bis die Flammen endgültig erloschen sind. Vielleicht gelingt es mir, etwas von Vaters Asche zu retten."

„Ich lasse dich hier nicht alleine!", wandte Aaron ein.

„Willst du die Büttel auf dich aufmerksam machen? Geh mit Manuel zurück in die Stadt", forderte sie ihn energisch auf. „Um mich brauchst du dir keine Sorgen zu machen."

Dem Weinhändler schien es nur Recht zu sein, diesen schrecklichen Ort so schnell wie möglich zu verlassen. Ohne seiner Verlobten auch nur anzubieten, bei ihr zu verweilen, schloss er sich zusammen mit Aaron dem Strom der in die Stadt zurückpilgernden Menschen an.

Rasch lichteten sich die Reihen der Schaulustigen und es blieben außer den Henkersknechten und Kohlenbrennern nur einige wenige Personen zurück. Lea erkannte in einer der Frauen, die immer noch wie gelähmt auf die nurmehr schwach glimmenden Holzhaufen starrten, Susona, die Tochter Diego de Susans. Die Stickerin ging zu ihr hin, damit sie einander Trost spenden konnten. Doch das Mädchen reagierte weder auf ihren Namen, noch auf die Berührung ihres Armes. Sie starrte unbeirrt auf den *brasero,* auf dem ihr Vater den Tod gefunden hatte und murmelte in einem fort: „Es tut mir so leid! Ich habe es nicht gewollt! Ich habe es doch nicht gewollt!"

Dann richtete sie mit einemmal ihren gequälten Blick auf Lea und rannte, ohne ein weiteres Wort zu verlieren, wie gehetzt davon. Diese schüttelte bestürzt den Kopf. Dann war es also doch wahr, was man sich erzählte: Diego de Susans Tochter hatte die *conversos* bei ihrem Geliebten, einem Altchristen, angeschwärzt und somit ungewollt ihren eigenen und auch Leas Vater auf den Scheiterhaufen gebracht. Einen Moment lang konnte sie nur Hass für die junge Frau empfinden. Warum hatte diese so unbesonnen gehandelt?, fragte sich Lea verzweifelt. Doch dann dachte sie daran, dass Susona nun bis ans Ende ihrer Tage mit dem Wissen leben musste, die Schuld am Tod des eigenen Vaters zu tragen.

Die Sonne war längst hinter dem Horizont verschwunden, als Lea die Stufen des Steinpodestes erklomm. Sie hatte solange gewartet, bis sich auch die Büttel und Kohlenbrenner auf den Rückweg in die Stadt gemacht hatten. Sie kniete vor der Brandstelle und legte ihre Hand auf die noch warmen Überreste des verbrannten Holzes, die sich mit der Asche ihre Vaters vermischt hatten. Tränen traten in ihre Augen, als sie Ezras bärtiges Gesicht vor sich sah. Nun war sie eine Waise, hatte weder Mutter noch Vater. Sie zog den Schleier vom Kopf und breitete ihn neben sich aus. Dann füllte sie einige Male ihre hohlen Hände mit Asche und leerte sie auf das Stück schwarzen Stoff, um dieses danach an den vier Ecken zusammenzunehmen und die Enden zu verknoten. Wie einen kostbaren Schatz drückte sie das kleine, weiche Bündel an ihr Herz. Irgendwann erhob sie sich wieder und trat den Rückweg in die Calle del Agua an. Ein letztes Mal wollte sie in ihrem Elternhaus schlafen, bevor es am nächsten Morgen von der Inquisition endgültig konfisziert werden würde.

Toledo, 15. Februar, im Jahre des Herrn 1481

„Worüber wolltet Ihr noch gleich mit uns reden, Kardinal?" Die Königin blickte Pedro Gonzalez de Mendoza erwartungsvoll an.

Sie saß zusammen mit Fernando und dem Kirchenfürsten in ihrem Arbeitszimmer im Alcazar, wo sie soeben die Belange, welche die Kirche betrafen, geklärt hatten. Sie hatten ebenfalls über die Nachricht gesprochen, die vor ein paar Tagen eingetroffen war: Das erste Autodafé der Inquisition war erfolgreich durchgeführt worden. Mit Bestürzung hatte Isabel festgestellt, dass sich auch der Vater ihrer Hofstickerin auf der Namensliste der hingerichteten Ketzer befunden hatte.

„Es geht um meine Nichte Catalina, Majestäten", begann Mendoza. „Es ist an der Zeit, einen Gemahl für sie zu finden."

„Da muss ich Euch Recht geben, mein lieber Kardinal", stimmte die Monarchin ihm zu. „Einen Ehemann, der sie fest unter seine Fittiche nimmt. Habt Ihr schon eine bestimmte Person ausgewählt?"

Mendoza räusperte sich. „Nun ja, also, ich habe an Euren Sekretär gedacht, Hoheit."

„Alvaro?", rief die Königin erstaunt und blickte zu Fernando, der dem Gespräch bisher schmunzelnd gelauscht hatte. „Warum gerade er?"

„Wie es aussieht, hat sich das Kind unsterblich in den jungen Mann verliebt. Da die Salvatierras eine rechtschaffene, adelige Familie sind, befand ich den Gedanken gar nicht so abwegig. Selbstredend wollte ich erst die Meinung Eurer Majestäten hierzu anhören."

„Mir gefällt die Idee." Fernando lehnte sich entspannt zurück. „Auf diese Weise bleiben sie dir beide erhalten, Isabel. Catalina kann weiterhin zu deinen Hofdamen gehören und Alvaro als dein Sekretär arbeiten. Der einzige Unterschied wird sein, dass sie sich nach ihrer Hochzeit ein Schlafgemach teilen."

Der Kardinal strahlte. „So ist es Eure Hoheiten! Und ich kann meine Nichte weiterhin sehen, wenn ich am Hof bin."

„Aber die Salvatierras sind von niedrigerem Adel als Eure Familie, Eminenz", gab die Königin zu bedenken.

„Das ist richtig, aber es ist ein alteingesessenes, toledanisches Grafengeschlecht, Majestät. Mein Bruder, Catalinas Vater, wäre auch einverstanden."

„Gut, dann sollen sie meinen Segen ebenfalls bekommen. Habt Ihr schon mit Alvaro gesprochen?"

Der Kardinal verneinte.

„Dann werden wir das gleich tun." Isabel beauftragte einen Bediensteten, ihren Sekretär und Catalina de Mendoza herbeizuholen.

Die Hofdame betrat als erste den Raum. Erstaunt blickte sie in die Gesichter der Anwesenden und als sie sah, wie ihr Onkel ihr beruhigend zunickte, da begann ihr Herz vor Aufregung schneller zu schlagen. Kurz darauf erschien auch Alvaro, nicht minder verwundert und neugierig, was man von ihm wollte. Isabel bat die jungen Leute, Platz zu nehmen. Dann erklärte sie ihnen, warum man sie hergebeten hatte.

Alvaro hatte große Mühe, seinen Ärger zu verbergen. „Majestät, Euer Vorschlag in allen Ehren, aber ich habe nicht vor, so bald eine Ehe einzugehen. Es richtet sich nicht gegen Catalina, sie ist eine schöne, junge Frau und ihr zukünftiger Gemahl kann sich glücklich schätzen. Ich ziehe es vor, all meine Aufmerksamkeit auf meine Arbeit hier bei Hofe zu richten."

„Das eine schließt das andere nicht aus", befand die Königin. „Ihr könnt auch als verheirateter Mann Euren Pflichten nachkommen. Und Ihr, Catalina?", wandte sie sich an die Hofdame. „Würdet Ihr gerne Alvaro zum Gemahl nehmen?"

Das Mädchen täuschte Verlegenheit vor. Sie wollte nicht, dass Alvaro bemerkte, dass sie die ganze Sache angestiftet hatte. „Ich weiß es nicht. Das kommt alles sehr überraschend, Hoheit. Ich muss es mir erst genau durch den Kopf gehen lassen."

Die Königin runzelte die Stirn und blickte verwundert zu Mendoza. Dieser zog die Schultern hoch. Auch Alvaro war über Catalinas Antwort erstaunt. Hätte er doch eher vermutet, dass sie ihm sogleich vor Freude um den Hals fallen würde.

„Ich mag Euch sehr gerne, Alvaro", fuhr die junge Frau fort. „Aber solch ein heiliger Bund sollte etwas für die Ewigkeit sein. Es muss daher gut überlegt sein. Allerdings denke ich, Ihr wärt bestimmt keine schlechte Wahl."

Der Kardinal verschluckte sich an seinem eigenen Speichel und bekam einen Hustenanfall. Fernando, der neben ihm saß, klopfte ihm auf den Rücken.

„Also gut, falls Ihr Euch füreinander entscheiden solltet, lasst es mich wissen", brachte die Königin das Gespräch zum Abschluss. „Eurer Hochzeit soll nichts im Wege stehen."

Mendoza blickte mit verkniffener Miene auf seine Nichte. Er würde sie später noch zur Rede stellen, nahm er sich vor, während er das Zimmer verließ. Auch Alvaro ging wieder an die Arbeit. Da der König ebenfalls noch etwas zu erledigen hatte, blieb die Hofdame alleine zurück.

„Ich war etwas befremdet über Eure Worte, Catalina. Euer Onkel hatte mir zu verstehen gegeben, dass Ihr unsterblich in meinen Sekretär verliebt wärt." Fragend schaute die Königin die junge Frau an.

„Es ist richtig, ich liebe Alvaro von ganzem Herzen. Mein Verhalten gerade war beabsichtigt. Ich wollte nicht, dass er glaubte, ich selbst hätte das Gespräch in die Wege geleitet. Euer Sekretär ist sehr stolz, Hoheit."

Die Königin schmunzelte.

„Ich wäre Euch dankbar, wenn Ihr mich dabei unterstützen würdet, Alvaros Gemahlin zu werden, Hoheit." Tränen glitzerten in Catalinas Augen.

„Ich werde noch einmal mit ihm darüber reden und ihm nahelegen, Euch zu heiraten", versprach Isabel.

„Ich danke Euch, Majestät!" Die Hofdame erhob sich, ergriff die Hand der der Monarchin und versank in einen tiefen Hofknicks.

Als sie sich kurz darauf wieder erhob, blieb sie jedoch vor der Königin stehen. Sie wollte die Gelegenheit ergreifen und es wagen, diese auf Lea anzusprechen.

„Bedrückt Euch sonst noch etwas?", fragte Isabel.

Catalina nickte. „Ja, da ist etwas, was mir sehr am Herzen liegt, Majestät! Es geht um die Stickerin, um Lea Calderón. Ich habe erfahren, dass ihr Vater ein judaisierender *converso* war, der an einer Verschwörung gegen die Altchristen teilnehmen wollte und auf dem Scheiterhaufen verbrannt worden ist." Empörung war aus Catalinas Stimme herauszuhören.

„Woher wisst Ihr das?"

„Mein Onkel hat es mir heute Morgen erzählt. Hoheit, Ihr werdet doch nicht zulassen, dass die Tochter eines verurteilten Ketzers weiterhin mit uns am Hofe lebt", echauffierte sich Catalina.

Die Königin blickte sie mit ihren eisblauen Augen prüfend an. „Ich dachte, du wärst gut Freund mit ihr."

„Das ist richtig, Majestät, aber da wusste ich noch nicht, dass sie einmal eine Jüdin war und ihr Vater ein *marrano*", log die Hofdame, die sehr wohl über Leas jüdische Vergangenheit im Bilde war.

„Wie weit ist der Wandbehang fortgeschritten?", fragte Isabel. „Könntet Ihr zusammen mit den anderen Damen die Arbeit alleine zu Ende führen?"

Catalina nickte beflissen. „Ja, Majestät. Dazu benötigen wir Lea nicht mehr. Ich glaube auch kaum, dass die anderen Frauen bereit wären, Seite an Seite mit so einer Person zu sitzen. Wir sind alle fromme Christinnen. Bitte, Hoheit, die Stickerin darf nicht zurück an den Hof kommen!"

„Überlasst die Angelegenheit mir! Ich werde schon die richtige Entscheidung treffen." Die Königin erhob sich von ihrem Stuhl. „Ihr könnt Euch nun entfernen!"

Catalina versank erneut in einen Hofknicks und ging aus dem Raum.

Seufzend setzte sich Isabel wieder hinter ihren Schreibtisch und dachte über das soeben geführte Gespräch nach. Die Nichte des Kardinals hatte Recht: Die Stickerin konnte auf keinen Fall an den Hof zurückkehren. Also würde sie den Bann über Lea aussprechen müssen. Die junge Frau tat ihr leid, sie hatte sie gerne gemocht. Aber sie konnten niemanden bei Hofe dulden, dessen Vater als Ketzer verurteilt und hingerichtet worden war. Vielleicht war die junge Frau ebenfalls in ihren alten Glauben zurückverfallen. Neben dem Dokument, das der Stickerin die Nachricht ihrer königlichen Ungnade vermitteln sollte, entschied Isabel, noch eine Mitteilung an Miguel de Morillo und Juan de San Martin zu schicken, damit diese Lea genau im Auge behielten.

Sevilla, Ende Februar 1481

Lea und Inés wohnten nunmehr seit drei Wochen bei Manuel. Am Tag nach der Hinrichtung waren die Inquisitionshelfer in die Calle del Agua gekommen und hatten Ezras Haus beschlagnahmt. Die Stickerin hatte schon in den Tagen vor dem Autodafé heimlich ihre persönlichen Sachen sowie die Gegenstände, die man später noch veräußern konnte, in das Haus des Weinhändlers geschafft. Auch Aaron hielt sich weiterhin dort auf. Sobald es an der Tür klopfte, verschwand der junge Mann in der geheimen Kammer im Keller. Lea wusste, dass sie tief in der Schuld ihres Verlobten stand und er sie jederzeit erpressen konnte, ihn endlich zu heiraten. Oft lag sie nachts wach und grübelte, wie es weitergehen sollte. Sie wollte endlich zurück an den Hof, um den Wandbehang fertig zu stellen. Zudem konnte sie es kaum abwarten, Alvaro wiederzusehen. Mit jeder Faser ihres Körpers sehnte sie sich nach ihrem Geliebten. Sie hatte ihm kurz nach dem Tod ihres Vaters durch Pedro Espinosa eine Nachricht geschickt. Ab und zu hatte sie sich mit dem Anwalt getroffen, der ihr nach wie vor seine Hilfe anbot. Dafür war sie ihm sehr dankbar.

Lea nahm sich vor, am nächsten Morgen mit Manuel zu sprechen. Sie hoffte, er würde verstehen, dass sie zunächst einmal an den Hof zurückkehren und den Auftrag der Königin beenden musste. Ihr sehnlichster Wunsch war es, dass Alvaro sein Versprechen wahrmachte, und sie irgendwohin gingen, wo sie für immer beisammen sein konnten.

Am folgenden Tag, als sie in Manuels Küche beim Morgenmahl saßen, klopfte es an der Eingangstür. Aaron fiel vor Schreck der hölzerne Löffel in die Haferbreischale. Er erhob sich sogleich und stieg geschwind die Stiegen zum Keller hinunter, um sich in der Kammer zu verstecken. Inés nahm die Schüssel und den Becher mit der Milch fort, damit nichts mehr darauf hindeutete, dass hier zuvor noch jemand gesessen hatte.

„Wer kann so früh etwas von mir wollen?" Manuel stand auf und ging zur Tür. Als er sie öffnete, sah er sich einem Klosterbruder gegenüber, der sich in Begleitung zweier bewaffneter Büttel befand.

„Wohnt hier die Stickerin Lea Calderón?", wollte der *familiar* mit erster Miene wissen. Er war von mittlerer

Größe. Die dunkle Kutte spannte in seiner wohlgeformten Leibesmitte.
„Ja, aber nur vo… vorübergehend!", brachte Manuel stotternd hervor und ärgerte sich gleichzeitig über seine eigene Unsicherheit.
„Könnt Ihr sie rufen?"
Der Weinhändler nickte und begab sich in die Küche, wo ihn seine Verlobte und Inés neugierig anschauten.
„Da draußen stehen ein Mönch und ein paar Schergen. Ich glaube, sie kommen im Auftrag der Inquisition. Sie wollen dich sprechen, Lea."
Die junge Frau folgte ihrem Verlobten mit klopfendem Herzen. Ob sie sich erneut nach dem Verbleib ihres Bruders erkundigen würden? Mit erhobenem Haupte trat sie vor die Männer hin.
„Seid Ihr die Stickerin Lea Calderón, Tochter des hingerichteten Tuchhändlers Hernando Calderón?", fragte der Geistliche. Ein säuerlicher Schweißgeruch ging von ihm aus.
Sie bejahte.
„Gegen Euren Bruder, Miguel Calderón, besteht nach wie vor eine Anklage durch die Heilige Inquisition. Wisst Ihr, wo er sich aufhält?"
Lea schüttelte den Kopf und wich wieder einen Schritt von dem übelriechenden Mönch zurück.
„Ich mache Euch darauf aufmerksam, dass es Eure unabdingliche Pflicht ist, dieser Institution den Aufenthaltsort des Gesuchten mitzuteilen, sofern er Euch bekannt ist", fuhr der *familiar* mit streng klingender Stimme fort. „Wenn Ihr etwas verschweigt, macht Ihr Euch ebenfalls strafbar."

„Ich weiß nicht, wo sich mein Bruder aufhält. Er ist verschwunden, seitdem man meinen Vater damals verhaftet hatte."

„Wir werden trotzdem das Haus durchsuchen und uns selbst davon überzeugen, dass sich der Verdächtige nicht hier versteckt hält."

„Das ist mein Besitz", mischte sich nun Manuel ein, „und ich kann Euch versichern: Der Bruder meiner Verlobten ist nicht hier."

„Dann habt Ihr ja nichts zu befürchten", erwiderte der Mönch und wies die Büttel an, mit der Durchsuchung zu beginnen.

Manuel hatte seine Arme von hinten um Lea geschlungen. Er spürte, wie sie zitterte. In der Tat konnte diese ihre Angespanntheit kaum verbergen. Was wäre, wenn Aaron gerade jetzt aus der geheimen Kammer käme?, befürchtete sie. Oder er würde irgendein Geräusch hinter der verborgenen Tür verursachen, das den Männern auffiele, wenn sie in den Keller hinabstiegen.

Zusammen mit Manuel und dem *familiar* wartete sie auf die Rückkehr der Büttel. Nervös strich sie immer wieder den Stoff ihres Kleides glatt.

Da erschienen die Schergen wieder am Eingang und gaben dem Inquisitionshelfer mit einem Kopfschütteln zu verstehen, dass sie nichts entdeckt hatten. Erleichtert atmete Lea auf.

„Wie wir Euch gesagt haben, mein Bruder ist nicht hier", verkündete sie nun wieder ganz mutig.

„Diesmal haben wir nichts gefunden. Aber wir werden dieses Haus im Auge behalten!", drohte der Mönch. „Ich habe hier noch ein Dokument von Ihrer Majestät, der

Königin Isabel von Kastilien, das ich Euch übergeben soll."

Er holte ein versiegeltes Schriftstück aus einer Ledertasche und reichte es der jungen Frau. Ohne ein weiteres Wort der Erklärung oder der Verabschiedung zu verlieren, drehten sich die Männer um und verließen das Haus.

Lea und Manuel gingen zurück in die Küche und nahmen wieder am Tisch Platz, wo Inés mit furchtsamer Miene auf sie wartete.

„Ich dachte, ich sterbe vor Angst", rief sie. „Überall haben diese Kerle herumgeschnüffelt. Sie haben sogar in das Kaminrohr geschaut. Soll ich Aaron sagen, dass er wieder heraufkommen kann?"

„Nein, noch nicht", bestimmte Manuel. „Diese Meute ist in der Lage und versteckt sich in irgendeiner Häusernische, um danach erneut an unsere Tür zu klopfen."

„Aber geh bitte kurz hinunter und erzähle meinem Bruder, was geschehen ist und sag ihm, er soll zur Sicherheit noch eine Weile in der Kammer bleiben", bat Lea die Hausangestellte. „Wahrscheinlich macht er sich schon Sorgen."

Sie griff nach dem Brief, den der Inquisitionshelfer ihr überreicht hatte und brach das Siegel. Ob Ihre Majestät sie aufforderte, nach Toledo zurückzukommen? Während sie den Inhalt des Schreibens las, verließ sie jeglicher Mut. Sie wollte nicht glauben, was dort geschrieben stand.

„Die Königin verbannt mich für immer vom Hof!", rief sie empört. „Da mein Vater ein überführter und hingerichteter Ketzer ist, bin ich auch in Ungnade gefallen."

Lea warf den Papierbogen auf den Tisch. Tränen der Wut und der Enttäuschung schossen ihr in die Augen. Mit einer fahrigen Handbewegung wischte sie sie fort. „Ich darf noch nicht einmal den Wandbehang beenden", schluchzte sie. „Was habe ich nur verbrochen, dass Gott mich so bestraft?"

Manuel legte einen Arm um seine Verlobte und versuchte, sie zu trösten. „Dann bleibst du eben hier und musst nicht noch einmal die beschwerliche Reise nach Toledo auf dich nehmen. Wir können endlich heiraten!"

„Heiraten – du denkst immer nur daran." Lea sah den Weinhändler wütend an. „Ich habe meinen Vater und mein Zuhause verloren. Mein Bruder wird von der Inquisition gesucht und ich selbst bin bei der Königin in Ungnade gefallen. Wie kann ich da an eine Hochzeit denken, Manuel. Das musst du doch verstehen!"

„Ich habe schon sehr viel Verständnis aufgebracht, Lea. Immer wieder habe ich zugestimmt, den Zeitpunkt unserer Heirat zu verschieben. Ich habe deinem Bruder Unterschlupf gewährt und nun auch dir und eurer Hausangestellten. Irgendwann ist auch meine Geduld zu Ende."

Erstaunt blickte Lea auf. Solch ernste Töne hatte sie aus Manuels Munde noch nicht vernommen.

„Du wirst so schnell wie möglich meine Frau werden!", fuhr der Weinhändler fort. „Du weißt, ich liebe dich über alles und Aaron ist mir auch sehr ans Herz gewachsen, also lass es bitte nicht dazu kommen, dass ich etwas tun werde, was ich bereuen könnte."

Dies war eine versteckte Drohung, die die Stickerin auch als solche verstand. Wenn sie ihn nicht bald heiratete, würde er ihren Bruder an die Inquisition verraten.

„Bitte, lass mir noch ein wenig Zeit, damit ich um meinen Vater trauern kann", bat sie mit leiser Stimme. „Wenn ich deine Frau werde, soll mein Herz frei von Kummer und Leid sein."

„Gut, das verstehe ich. Aber ich warte nicht mehr lange." Der Weinhändler beugte sich vor und gab seiner Verlobten einen Kuss. Dann verließ er den Raum, um sich seinen Geschäften zu widmen, die er aufgrund der vorangegangenen Ereignisse hatte vernachlässigen müssen.

Lea blieb noch eine Weile am Tisch sitzen. Sie seufzte tief und verbarg das Gesicht in ihren Händen. Was hatte das Schicksal noch für sie vorgesehen?, grübelte sie. Würde sie Alvaro jemals wiedersehen, geschweige denn, irgendwo mit ihm zusammenleben können, ohne dass sie das Leben ihres Bruders gefährdete?

III. Teil

Die Flucht (1482 – 1483)

1. Kapitel

April 1482

Toledo

„Schön, dass du uns besuchen kommst, mein Junge. Endlich sind wir wieder einmal alle beisammen." Pedro de Salvatierra blickte stolz auf seinen jüngsten Sohn.

Die Familie hatte sich im Esszimmer zum Mittagsmahl versammelt. Neben Alvaros Eltern saßen noch seine Brüder Pedro-Luis und Pablo mit ihren Frauen und Kindern an der reichlich bestückten Tafel. Es war eine lustige Runde, in der viel gelacht wurde. Seit jeher wurde es so gehalten, dass auch der Nachwuchs an den gemeinsamen Festmahlen teilnahm. Die Sprösslinge der Salvatierras mussten nicht, wie anderorts üblich, getrennt von den Erwachsenen mit ihren Kinderfrauen in einem separaten Raum speisen.

„Wann wirst du uns endlich eine Ehefrau vorstellen, Alvaro?", wollte Pablos Gattin wissen und zwinkerte ihrem Schwager zu. „Ist es immer noch keiner gelungen, dein Herz zu erobern?"

„Sei nicht so neugierig, Dolores!", wies der Angesprochene seine Verwandte zurecht. „Wenn es soweit ist, werdet ihr alle es als erste erfahren."

„Erlaubt dir die Königin etwa nicht, zu heiraten, Onkel?", rief Pedro-Luis´ ältester Sohn, woraufhin ihm seine Mutter einen Klaps mit der flachen Hand auf den Mund gab und ihn aufforderte, bei Tisch nicht so vorlaut zu sein.

„Oh doch, Ihre Majestät möchte sehr gerne, dass ich vor den Traualtar trete, und zwar mit einer ihrer Hofdamen!", beantwortete der Sekretär die Frage seines Neffen.

„Ach, ja? Wer ist es denn?" Pablo schaute seinen Bruder neugierig an.

„Catalina de Mendoza, die Nichte des Kardinals."

„Keine schlechte Wahl, Bruder. Du solltest dich dem Willen der Königin fügen."

Alvaro machte eine abweisende Handbewegung.

„Wie lange werden sich die Hoheiten diesmal in Toledo aufhalten?", fragte Maria. „Ich hoffe, wir werden dich noch öfter zu Gesicht bekommen."

„Ich weiß es nicht", gab Alvaro zur Antwort und nahm sich noch ein Stück von dem Braten, den ein Bediensteter zuvor auf einer silbernen Platte hereingetragen und auf dem langen Tisch abgestellt hatte. „Der König ist schon vor einiger Zeit nach Süden aufgebrochen, um den Adeligen Andalusiens im Kampf gegen die Mauren beizustehen."

„Wie es aussieht, befinden wir uns jetzt im Krieg mit diesen ungläubigen Heiden von Granada", bemerkte Pedro-Luis. „Dem Herrn sei Dank, immerhin konnten die Unsrigen Alhama halten."

Seit jeher war es an den Grenzen zwischen dem maurischen Emirat und dem christlichen Teil Andalusiens zu beiderseitigen Überfällen gekommen, denen man aber keine große Bedeutung beigemessen hatte. Als jedoch in der dunklen, stürmischen Weihnachtsnacht des vergangenen Jahres maurische Truppen die christliche Stadt Zahara erobert und die Bewohner niedergemetzelt hatten, hatte Rodrigo Ponce de Leon, der *Marqués de Cadiz,* einen Rachefeldzug gegen Alhama durchgeführt, einer strategisch wichtigen, maurischen Stadt, die auf einer steilen Anhöhe liegend, von einem Fluss umgeben, nur ein paar *leguas* von Granada entfernt war. Den christlichen Soldaten war es gelungen, die Stadt einzunehmen und gegen die Männer des Emirs Mulay Hasan zu verteidigen. Isabel und Fernando hatten dies zum Anlass genommen, ihr lang gehegtes Ziel zu erreichen: Die endgültige Vertreibung aller Heiden aus Spanien, sodass nur noch ein einziger Glaube im Lande vorherrschte - der wahre Glaube an die Heilige Mutter Kirche. Allerdings war die Monarchin wieder guter Hoffnung und konnte daher nicht selbst am Kriegsgeschehen teilnehmen.

„Hoffentlich werdet ihr Männer nicht zum Dienst im königlichen Heer eingezogen." Pablos Gemahlin Dolores konnte eine gewisse Furcht in ihrer Stimme nicht verbergen.

„Das glaube ich schon. Ich freue mich darauf, gegen diese maurischen Hunde zu kämpfen", gab ihr Gemahl zurück. „Ich kann es kaum erwarten, sie zu vernichten."

Seine Frau runzelte die Stirn. „Denkst du denn gar nicht an mich und die Kinder? Was würde mit uns geschehen, wenn man dich töten würde?"

„Ich kann hervorragend mit dem Schwert umgehen, du brauchst dich nicht um mich zu sorgen." Er drückte Dolores' Hand. „Es ist die Pflicht eines jeden Untertanen, seine Herrscher bei der Verteidigung des Landes zu unterstützen und ich gedenke nicht, mich davor zu drücken. Da wir gerade alle hier beisammensitzen, kann ich es euch gleich erzählen: Ich habe mich bereits beim königlichen Heer verpflichtet. In ein paar Tagen marschieren wir nach Süden."

Ein lautes „Nein" erklang. Dolores sprang von ihrem Stuhl auf und lief aus dem Zimmer.

„Hättest du es ihr nicht schonender beibringen können?" Vorwurfsvoll schüttelte Maria den Kopf. Auch ihr war nicht wohl bei dem Gedanken, dass einer ihrer Söhne bald in den Krieg zöge. „Jetzt gehe zu ihr und rede noch einmal in Ruhe mit ihr!", forderte sie Pablo auf.

Der junge Mann kam der Bitte seiner Mutter nach und verließ den Raum.

Bald darauf verabschiedete sich auch Pedro-Luis. Seine Frau nahm sich der zurückgebliebenen Kinder ihres Schwagers an, um dafür zu sorgen, dass sie sich gemeinsam mit den ihrigen zur *siesta* niederlegten. Einen Mittagsschlaf halten wollte auch der *Marqués,* und so blieben nur noch Alvaro und seine Mutter an der Tafel zurück.

Zärtlich schaute Maria ihren Sohn an. „Wie ist es dir in letzter Zeit ergangen, *mi corazón*? Ist es tatsächlich so, dass Ihre Majestät dich mit der Nichte des Kardinals verheiraten möchte?"

Alvaro nickte. „Catalina ist in mich verliebt. Sie will unbedingt meine Frau werden. Jetzt hat sie sogar ihren Onkel und die Königin zu ihren Verbündeten gemacht. Ihrer Majestät hat angeordnet, dass wir innerhalb des nächsten halben Jahres heiraten sollen. Drei Monate sind schon vergangen, das heißt mir bleibt nicht mehr viel Zeit, eine Möglichkeit zu finden, mich vor der Hochzeit zu drücken. "

„Du liebst immer noch diese Stickerin, nicht wahr? Ist sie noch am Hof?"
„Nein, sie ist im letzten Jahr zurück nach Sevilla gegangen." Traurig blickte Alvaro seine Mutter an. „Ihr Vater ist beim ersten Autodafé der Inquisition hingerichtet worden."
„Wie furchtbar!" In Marias Gesicht war echte Bestürzung zu lesen. „Warum? Was hatte er verbrochen?"
„Er soll an einer Verschwörung gegen die sevillanischen Altchristen beteiligt gewesen sein", berichtete der junge Mann. „Daraufhin hat die Königin einen Bann über Lea verhängt. Sie ist jetzt dadurch, dass ihr Vater ein verurteilter Ketzer ist, in Ungnade gefallen und darf nie wieder an den Hof kommen. Ich verstehe das nicht." Die Zornesfalte zwischen Alvaros Brauen war nun klar und deutliche zu erkennen. „Lea kann doch nicht für die Taten ihres Vaters verantwortlich gemacht werden. Sie ist durch seinen Tod bereits genug gestraft."
„Oh ja, du liebst sie immer noch." Maria lächelte ihren Sohn an. „Ich spüre es genau. Hast du sie seitdem nicht mehr gesehen?"
Alvaro schüttelte missmutig den Kopf. „Nein, wir haben uns nur ab und zu geschrieben. Mein Freund, Pedro Espinosa, hat uns geholfen. Vielleicht erinnerst du dich an ihn, wir haben damals zusammen die Universität besucht. Er ist Advokat und führt eine Kanzlei in Sevilla. Wir haben uns durch einen seiner Boten Nachrichten geschickt." Der junge Mann tat einen tiefen Seufzer. „Ach, Mutter, es ist alles so schwierig. Lea hat in Sevilla einen Verlobten, den ihr Vater noch für sie bestimmt hatte. Sie lebt seit der Hinrichtung zusammen mit ihrem Bruder in

dessen Haus, da ihr eigenes konfisziert worden ist. Aaron hält sich in einer geheimen Kammer versteckt, weil er auch von der Inquisition verfolgt wird. Jetzt fühlt sich Lea dem Weinhändler..." Alvaro hielt mitten im Satz inne, als zwei Diener den Raum betraten, um die Tafel abzudecken.

„Bitte kommt später wieder!", forderte die Hausherrin die Angestellten auf. „Wir möchten noch eine Weile ungestört sein."

„Sehr wohl, *Marquésa*!" Die beiden Männer entfernten sich wieder.

„Was wolltest du sagen, *cariño*?", fragte Maria.

„Lea fühlt sich ihrem Verlobten verpflichtet, weil er ihren Bruder versteckt hält", fuhr Alvaro fort. „Sie wird ihn früher oder später heiraten müssen. Und mir wird nichts anderes übrig bleiben, als der Aufforderung der Königin nachzukommen und die Nichte des Kardinals zur Frau zu nehmen", fügte er bitter hinzu. „Dann sind wir beide bis an unser Lebensende in einer unglücklichen Ehe gefangen."

Maria tat es in der Seele weh, ihren Sohn so leiden zu sehen. Sie hatte es einmal am eigenen Leibe erfahren, was es hieß, zu lieben und geliebt zu werden und gleichwohl zu wissen, dass es niemals eine gemeinsame Zukunft mit diesem Menschen geben würde. Sie wollte nicht, dass es Alvaro ebenso erginge.

„Du musst auf dein Herz hören", riet sie ihm, wie sie es schon einmal getan hatte und ergriff seine Hände. „Wenn du das Mädchen liebst, dann kämpfe um sie. Und wenn es bedeutet, dass ihr Spanien verlassen müsst, dann soll es eben so sein."

Der Sohn des *Marqués* sah die Tränen, die in den Augen seiner Mutter schimmerten. Auch er war sichtlich gerührt.

„Ihr könntet nach Italien gehen und dort neu anfangen. Ich weiß nicht, ob ich es dir irgendwann einmal erzählt habe, aber der Bruder meines Vaters ist damals nach Rom gegangen. Er ist zwar vor einigen Jahren verstorben, aber seine beiden Söhne leben noch da. Sie würden Euch bestimmt helfen." Lächelnd sah Maria, wie sich Alvaros Miene aufhellte.

Der junge Mann umarmte sie. „Womit habe ich nur eine solche Mutter verdient", flüsterte er ihr ins Ohr und küsste sie auf die Wange. „Ich werde deinen Rat annehmen", verkündete er überglücklich. „Gleich morgen fahre ich nach Sevilla und schmiede mit Lea Pläne. Du wirst doch mit niemandem darüber reden, nicht wahr?"

„Natürlich nicht, *bobo*!" gab sich Maria empört. Alvaro lachte verschmitzt und erhob sich. „Ich muss mich jetzt leider von dir verabschieden, Mutter. Ich werde gleich bei Ihrer Majestät vorsprechen, damit sie mich nach Sevilla reisen lässt."

Abermals zog der Sekretär die zierliche Frau, die ihm einst das Leben geschenkt hatte, in die Arme und küsste sie herzhaft auf den Mund. „Ich danke dir, *mamá. Te quiero mucho*!" Er löste sich von Maria und ging hinaus.

Die *marquesa* blieb ein wenig nachdenklich zurück. Hatte sie ihrem Sohn das Richtige geraten? Sollte er wirklich auf sein Herz hören und wider alle Vernunft seine sichere Stellung bei Hofe für die Liebe einer Frau aufgeben? Dann sah sie wieder Alvaros glücklichen Gesichtsausdruck vor Augen und alle Zweifel verflüchtigten sich. Es blieb nur ein wenig Wehmut zurück, wenn sie daran dachte, dass sie ihren Sohn nun für eine lange Zeit nicht mehr sehen würde.

Catalina stürmte den langen Gang entlang, der zu ihrer Schlafkammer führte. Mit einem Ruck riss sie die Tür auf und warf sich quer über ihre Bettstatt. Wütend schlug sie mit den Fäusten auf die Kissen ein. Er war weggefahren, ohne ihr etwas zu sagen. Nach Sevilla. Auch, wenn er bei der Königin vorgegeben hatte, er müsste einem Freund helfen, der in Not wäre, sie wusste, wen Alvaro dort besuchen würde: Lea. Zornestränen schossen ihr in die Augen. Wie konnte er ihr das antun, nachdem sie in nunmehr drei Monaten heiraten würden? Laut schluchzend verbarg sie ihr Gesicht in der weichen Decke. Sie bemerkte nicht, wie jemand den Raum betrat. Erst als sie eine sanfte Berührung an ihren Haaren verspürte, hob sie den Kopf und sah ihre Base über sich.

„Was ist passiert? Warum bist du weggelaufen?", Besorgt setzte sich Leonor auf den Rand des Bettes.

„Es ist so schrecklich!" Catalina drehte sich auf den Rücken und schob sich ein Kissen unter ihren Kopf.

„Erzähl mir, was dich bedrückt! Vielleicht kann ich dir helfen."

„Es geht um Alvaro. Er ist nach Sevilla gefahren, ohne mir etwas zu sagen." Die Weinende griff nach einem Tüchlein und wischte sich über die Augen.

„Und darüber regst du dich so auf?" Leonor blickte ihre Verwandte kopfschüttelnd an. „Wahrscheinlich hatte er keine Gelegenheit mehr, dir Lebewohl zu sagen."

„Du verstehst nicht, worauf ich hinaus will. Er ist in Sevilla. Wer wohnt da ebenfalls?"

Leonor dachte einen Augenblick nach, dann schien sie zu begreifen. „Du denkst, er ist nach Sevilla gefahren, um sich mit Lea zu treffen?" Ihre Verwandte hatte ihr vor einiger Zeit im Vertrauen von der heimlichen Liebe ihres Favoriten zu der Stickerin erzählt.

Catalina nickte. „Was sollte er sonst dort wollen? Der Königin hat er gesagt, er müsste einem Freund helfen. Das glaube ich ihm nicht." Wütend zerknüllte sie das Tuch in ihrer Hand. „Was mache ich, wenn er bei ihr bleibt und nicht zurückkommt? Das könnte ich nicht ertragen!" Wieder liefen Tränen über ihr Gesicht.

„Vielleicht will er ihr auch nur von Angesicht zu Angesicht sagen, dass er nun dich heiraten wird", vermutete Leonor.

Ein kurzer Hoffnungsschimmer überzog Catalinas Gesicht. „Schön, wenn es so wäre!"

„Du kannst nur das Beste annehmen und versuchen, anderweitig Zerstreuung zu finden, bis er zurückkommt. Lass uns mit den Hochzeitsvorbereitungen beginnen! Das wird dich auf andere Gedanken bringen! Wir stellen die Gästeliste auf und suchen einen Stoff für dein Kleid aus. Was hältst du davon?" Begeistert schaute Leonor ihre Base an.

Diese lächelte. „Das ist eine gute Idee!"

Schon etwas beruhigter erhob sie sich von der Schlafstätte und ging zu dem kleinen Tisch, auf dem eine Schüssel und ein Wasserkrug standen. Sie füllte etwas von dem kühlen Nass in die Schale und wusch sich die Tränen aus dem Gesicht.

„Kann ich mich so unter die Leute wagen?", wandte sie sich an ihre Cousine.

„Du siehst wie immer wunderschön aus", schmeichelte Leonor und gab Catalina einen Kuss auf die Stirn.

Arm in Arm verließen die beiden Frauen den Raum.

Während der nächsten Tage waren sie voll und ganz damit beschäftigt, die bevorstehende Hochzeit zu planen. Das Fest sollte am Hof stattfinden. Für die Kosten würden Catalinas Vater, Diego Hurtado de Mendoza, und ihr Onkel, der Kardinal, aufkommen.

Die Frauen diktierten einem Schreiber die Namensliste derjenigen, die eingeladen werden mussten, besprachen mit dem Koch das Menü und widmeten sich danach dem Entwurf des Hochzeitskleides und der Gewänder, die die Brautjungfern tragen sollten. Tag für Tag kamen Tuchhändler und Goldschmiede ins Schloss und boten Catalina die herrlichsten Stoffe und Geschmeide dar. Die junge Frau hatte schon eine genaue Vorstellung von der Robe, mit der sie an dem schönsten und wichtigsten Tag ihres bisherigen Lebens glänzen wollte. Aus einem schimmernden Material sollte es gefertigt werden, mit Goldfäden durchwirkt sowie mit Perlen und Edelsteinen verziert. Es würde einen tiefen Ausschnitt haben und einen weitfallenden geschlitzten Rock, die Ärmel eine Manschette aus weichem Zobel. Nur was die Farbe anbetraf, war sie sich noch unsicher. Sie musste auffällig sein und gleichzeitig zu dem Rot ihrer Haare passen. Doch schon bald war auch diese Entscheidung getroffen, sodass die Hofschneider mit ihrer Arbeit beginnen konnten. Während sie bei Catalina Maß nahmen, schritt diese bereits in

Gedanken in ihrem wunderschönen, blauen Hochzeitskleid am Arm ihres zukünftigen Gemahls vor den Traualtar, vernahm die Jubelrufe der Gäste, sah Alvaros lächelndes Gesicht, seine Lippen, die lautlos *„te quiero, mi corazón"*, formten.

Sevilla

Während in Toledo die Arbeit an Catalinas Brautgewand voranschritt, kam Alvaro in Sevilla an. Hier unten im Süden hatte die Sonne Mitte April schon weit mehr Kraft als im Norden. Erbarmungslos schien sie auf sein Haupt und er spürte, wie ihm Schweißperlen über seinen Nacken in den Kragen rannen. Er hatte vergessen, wie heiß es in Andalusien um diese Jahreszeit bereits war und fühlte sich in seinem dicken Wams äußerst unwohl. Es war Mittagszeit. Die Gassen, über denen der Gestank nach Unrat und Fäkalien lag, waren menschenleer. Die *sevillanos* hatten sich zum Essen und anschließender *siesta* in ihre Häuser zurückgezogen. Bald darauf bog Alvaro in die Straße ein, in der sich die Kanzlei und darüber die Wohnung seines Freundes Pedro Espinosa befanden. In Gedanken malte er sich aus, wie er in Kürze seine geliebte Lea wieder in die Arme schließen, mit den Fingern durch die Flut ihrer schwarzen Locken fahren, den Duft ihrer Haut atmen und die Süße ihrer Lippen schmecken würde.

Vor dem Haus des Anwalts stieg er von seinem Pferd ab, band dieses im Schatten neben dem Eingang fest und klopfte an die Tür.

Wenig später saß er in Pedros Wohnstube und trank aus einem Becher kühlen Weißwein. Der Advokat hatte unverzüglich einen Boten zu Manuels Haus geschickt, mit der Nachricht, dass er selbst die Stickerin in einer dringenden Angelegenheit sprechen müsste. Die Mitteilung sollte so unverfänglich wie möglich klingen, falls sie in Manuels Hände geriete. Während sie auf Leas Ankunft warteten, erzählten die Freunde einander, was sie seit ihrer letzten Begegnung erlebt hatten. Schmunzelnd beobachtete Pedro Alvaro, der immer nervöser wurde. Er konnte den Sekretär gut verstehen, die Stickerin war eine Schönheit und noch dazu von angenehmem Wesen. Endlich meldete der Bedienstete des Anwalts die Ankunft der so schmerzlich Herbeigesehnten. Als Lea den Raum betrat und ihr erster Blick auf Alvaro fiel, schlug sie die Hände vor das Gesicht. Der junge Mann eilte ihr entgegen und schloss sie in seine Arme. Sie streichelten einander zärtlich über die Gesichter, so als ob sie es nicht glauben konnten, den anderen wahrhaftig vor sich zu haben. Lea liefen Tränen über die Wangen. Nicht ohne einen gewissen Neid zu verspüren, musste sich Pedro eingestehen, dass sich hier in der Tat zwei Menschen gegenüber standen, die einander aufrichtig liebten. Taktvoll zog er sich zurück und ließ die beiden alleine.

„Alvaro, wir oft habe ich mir diesen Augenblick herbeigesehnt", flüsterte die Stickerin. Sie traute sich nicht, sich zu bewegen, aus Angst, es wäre nur ein Traum, aus dem sie jeden Moment wieder erwachen würde.

„Mir ging es ebenso, *cariño*." Der Sekretär zog sie noch enger an sich.

Ihre Lippen fanden sich zu einem langen Kuss, der kein Ende nehmen wollte.

„Ich habe dich so vermisst!" Alvaro strich mit einer zärtlichen Geste eine Lockesträhne, die sich aus Leas hochgestecktem Haar gelöst hatte, hinter ihr Ohr. „Es tut mir leid, was sie deinem Vater angetan haben. Hätte ich doch nur bei dir sein können!"

Lea zog traurig die Schultern hoch. Die Erinnerung an jenen schrecklichen Tag, trieb ihr die Tränen in die Augen. „Der Anblick der hochschlagenden Flammen, die seinen Körper einschlossen, bis nichts mehr von ihm übrig war, wird für immer in meinem Inneren eingebrannt sein", sagte sie mit leiser Stimme. „Es vergeht keine Nacht, in der ich nicht davon träume."

„Schon bald werde ich dich für immer beschützen können. Komm, wir wollen uns setzen, dann erzähle ich dir, was ich geplant habe."

Sie nahmen auf einem Sofa Platz, das an der hinteren Wand unter einem großen Ölportrait stand.

Die junge Frau erzählte zunächst noch einmal ausführlich, was seit ihrer Abreise vom Hof geschehen war. Als sie abermals von der Hinrichtung ihres Vaters berichtete, wurde sie erneut von heftigen Gemütsbewegungen erfasst. Sanft wiegte der Sekretär sie in seinen Armen und strich beruhigend über ihren Rücken, bis sie sich wieder gefasst hatte und fortfahren konnte. Es überkam ihn wiederum ein Gefühl der Eifersucht auf den Weinhändler, das ihn schon in Toledo geplagt hatte.

„Die Ersparnisse meines Vaters, die Aaron zum Glück an sich genommen hat, bevor er sich vor den Inquisitoren verstecken musste, sind bald aufgebraucht", sagte sie abschließend. „Dann werde ich noch mehr in Manuels Schuld stehen."

„Mach dir keine Sorgen, *mi corazón*! Das wird alles bald ein Ende haben." Alvaro war voller Zuversicht. „Wir werden nach Italien gehen, nach Rom", eröffnete er ihr. „Ich habe dort einige weitläufige Verwandte. Sie werden uns bestimmt am Anfang behilflich sein, bis wir uns eingelebt haben."

Lea nickte, hielt jedoch ihren Blick nach unten auf ihre gefalteten Hände gerichtet und knetete nervös die Finger.

„Was ist mit dir? Freust du dich nicht?", fragte er erstaunt.

Lea schaute in sein Gesicht. In seinen dunkelblauen Augen war Besorgnis zu lesen. „Doch, aber… ich…"

„Was bedrückt dich? Du weißt, du kannst mir alles sagen. Hast du Angst?"

„Nein, es ist nur, was soll mit Aaron geschehen? Die Inquisition verfolgt ihn immer noch. Er kann sich doch nicht sein Leben lang bei Manuel verstecken." Ihre Stimme klang tränenumflort.

„Dein Bruder kommt mit uns mit, ich weiß doch, wie viel er dir bedeutet." Lächelnd sah Alvaro, wie sich die Miene seiner Geliebten bei seinen Worten aufhellte.

Lea schmiegte sich an ihn. Nun würde alles gut werden, freute sie sich. Sie würden für immer zusammen sein. Aaron könnte den Fängen der Inquisition entgehen und sie brauchte Manuel nicht zu heiraten.

„Wann?", flüsterte sie „Wann werden wir Kastilien verlassen?"

„Schon bald, *mi amor*! Unsere Flucht muss gut vorbereitet sein!"

Sie verweilten noch eine zeitlang engumschlungen, bis Lea sich wieder auf den Weg zum Haus des Weinhändlers machen musste, damit dieser keine unnötigen Fragen über ihren Verbleib stellte. Sie verabredeten sich für den nächsten Nachmittag am Ufer des Guadalquivirs, an einer Stelle, die etwas abseits lag und wo ein kleines Pinienwäldchen für Schatten sorgen würde. Lea wusste, dass Manuel an diesem Tag nach der *siesta* einen neuen Kunden außerhalb der Stadt aufsuchen musste und daher erst am späten Abend zurückkommen würde.

Nach einem weiteren innigen Kuss verließ sie Alvaro. Der Gedanke daran, ihn am folgenden Tag erneut in die die Arme schließen zu können, machte sie so glücklich wie nie zuvor. Endlich schien Jehova ihre Gebete erhört zu haben. Sie freute sich schon darauf, Aaron zu erzählen, dass die Zeit der Heimlichkeiten und des Versteckens bald ein Ende haben würde.

Als Pedro von seiner Kanzlei aus sah, wie die Stickerin aus dem Haus hinaustrat, ging er nach oben in die Wohnstube. Alvaro saß immer noch auf dem Sofa und blickte nachdenklich aus dem Fenster. Auf seinen Lippen lag ein verträumtes Lächeln.

„Ich danke dir für dein Taktgefühl, Pedro. Es war nett von dir, dass du uns alleine gelassen hast."

Der Advokat grinste verschmitzt und zwinkerte seinem Freund zu. „Ihr hattet Euch bestimmt nach einer so langen Zeit viel zu erzählen."

„Ja, das hatten wir. Morgen treffen wir uns wieder." Alvaros Augen strahlten.

„Komm, wir wollen zu Abend essen."

Zusammen gingen sie in das nebenan liegende Speisezimmer, wo sie ein reich gedeckter Tisch erwartete.

Am nächsten Nachmittag erreichten Lea und Alvaro kurz hintereinander ihren geheimen Treffpunkt. Es war wieder ein warmer, sonniger Tag. Am Himmel war nicht eine Wolke zu sehen. Lea hatte eine Decke mitgebracht, die sie im Schatten der Pinien auf dem Waldboden ausbreitete. Ohne viele Worte zu verlieren, begannen sie das zu tun, wonach sie sich so viele Monate gesehnt hatten. Eng umschlungen sanken sie zu Boden und küssten sich. Mit fahrigen, ungeduldigen Bewegungen halfen sie einander, die Kleider abzulegen. Lea schmiegte sich eng an Alvaro, wollte ihm noch näher sein. Die Berührung ihrer Lippen, das zärtliche Spiel ihrer Zungen, das Streicheln ihrer Hände – all das entfachte eine unbeschreibliche Leidenschaft in ihnen. Lea beugte sich über ihren Geliebten und küsste sein Kinn, danach liebkoste sie die Stelle unterhalb seines Halses, wo sein Puls heftig schlug, um kurz darauf mit ihrer Zungenspitze den roten Leberfleck an seiner linken Brust zu umkreisen. Alvaro stöhnte leise auf, als sie immer tiefer wanderte und schließlich ihr Ziel erreichte. Er ließ sie eine Weile gewähren, bevor er all seine Kraft aufbrachte, um sie sanft hinfort zu ziehen. Dann ging er selbst mit seinen Händen auf Erkundungsreise, verbarg sein Gesicht zwischen ihren herrlichen Brüsten und strich mit den Fingerspitzen zärtlich an der Innenseite ihrer Schenkel entlang. Als er den weichen Flaum ihres Venushügels berührte, fühlte er, wie sie erzitterte. Schnell fand er heraus, dass sie mehr als bereit war, ihn in sich aufzunehmen. Er glitt über sie zwischen ihre gespreizten Beine und blickte ihr ins Gesicht. Noch nie war sie ihm so schön und begehrenswert erschienen wie in jenem Moment. Ihr Haar war wie ein schwarzer Fächer ausgebreitet und umrahmte ihr gerötetes Gesicht mit den vor Begierde noch dunkler wirkenden Augen und den von seinen Küssen geschwollenen Lippen. Während er in sie eindrang, verschloss er ihren Mund mit einem weiteren, leidenschaftlichen Kuss. Ein Lustschrei drang aus Leas Kehle. Sie zog die Knie an und schlang ihre Beine um seinen Körper, drückte ihn ganz fest an sich, so als ob sie ihn für immer an sich fesseln wollte. Alvaro stöhnte laut auf. Schweißperlen bildeten sich auf seiner Stirn. Seine Bewegungen wurden immer heftiger, bis sie schließlich nach einem letzten tiefen Seufzer gemeinsam die langersehnte Erfüllung all ihrer Sehnsüchte fanden. Atemlos, mit verschwitzten, glänzenden Körpern lagen sie noch eine Weile nebeneinander. Stumm hielten sie sich an den Händen und lauschten den Geräuschen der Natur. Ein leichter Wind war aufgekommen und fuhr raschelnd durch die Äste der Pinien. Irgendwo weit weg erklang das Bellen eines Hundes. Die gelblichen Blüten der Ginsterbüsche, die entlang des Flussufers wuchsen, verbreiteten einen süßlichen Duft.

„Ich habe deine Nähe so vermisst", flüsterte Alvaro Lea ins Ohr. „Ich kann es kaum erwarten, dass wir endlich für immer zusammen sein werden."

„Mir geht es genau so." Ein Schauer überzog sie. Die Sonne war tiefer gesunken und die leichte Brise trug feuchte, kühle Luft vom Wasser heran.

Lea griff nach ihrem Kleid und deckte ihren nackten Körper damit zu.

„Hast du dir schon überlegt, wann und wie unsere Flucht erfolgen soll?", fragte sie und strich zärtlich eine Haarsträhne aus Alvaros Gesicht.

Er nickte. „Im Juli, spätestens im August, müssen wir uns auf den Weg machen. Im September soll nämlich meine Hochzeit mit Catalina stattfinden."

„Deine was?" Lea fuhr hoch und blickte ihren Geliebten ungläubig an.

„Ich musste der Königin versprechen, die Nichte des Kardinals innerhalb eines halben Jahres zu heiraten.

Der Stickerin fehlten die Worte. Sie schüttelte nur ungläubig den Kopf.

„Sei nicht wütend, *cariño*! Ich konnte mit leichtem Herzen zustimmen, weil ich wusste, dass ich vorher mit dir das Land verlassen werde."

Die Sonne war nun vollkommen hinter dem Horizont verschwunden. Lea erhob sich, schlüpfte in ihr Kleid und setzte sich wieder neben Alvaro, der ebenfalls Hose und Wams anzog.

„Hast du sie geküsst?", fragte sie und konnte das Gefühl der in ihr nagenden Eifersucht nicht verdrängen.

„Ein einziges Mal", antwortete der Sekretär ehrlich und bevor Lea zu einem weiteren empörten Ausruf ansetzen konnte, fuhr er rasch fort: „Aber das war, bevor du nach Toledo gekommen bist."

„Ist der Wandbehang fertig?", wollte Lea neugierig wissen. „Als ich den Hof verließ, fehlte nur noch ein kleines Stück."

„Ja. Eine wundervolle Arbeit! Sie haben ihn ihm Thronsaal aufgehängt."

Wehmütig dachte die junge Frau an die Zeit, die sie im Stickzimmer verbracht hatte. Sie hätte zu gerne das Werk – ihr Werk - in seiner vollkommenen Schönheit bewundert. Doch dann kehrten ihre Gedanken zu Catalina zurück. Abermals schüttelte sie fassungslos den Kopf. „Und ich habe ihr von meinen Gefühlen für dich erzählt, dabei war sie die ganze Zeit selbst in dich verliebt. Ich weiß, du hast mich vor ihr gewarnt, aber sie war immer so nett zu mir. Ich wollte nicht wahrhaben, dass ihre Freundlichkeit nur gespielt war."

„Jetzt vergiss Catalina. Ich werde auch nicht daran denken, dass du versprochen bist und sogar im Haus deines Verlobten lebst. Hör zu, ich will dir erzählen, wie unsere Flucht von Statten gehen soll."

Mit glänzenden Augen begann Alvaro ihr zu erläutern, was er sich am Abend zuvor mit Pedro ausgedacht hatte. Er hatte vor, irgendwann im Juli oder August, sobald sich ihm die Gelegenheit böte, erneut nach Sevilla zu kommen. Von dort aus würden sie sich schnellstmöglich nach Malaga begeben. Die Stadt lag zwar im Emirat von Granada und war somit in maurischer Hand, doch vom Hafen aus segelten regelmäßig große Karavellen nach Italien. Sobald sie sich auf einem Schiff nach Genua befänden, wären sie in Sicherheit. Dann läge es in Gottes Hand, sie ohne Piratenüberfälle und Stürme in ihre neue Heimat zu geleiten.

„Von Genua aus werden wir dann nach Rom gehen, wo die Verwandten meiner Mutter leben. Dann können wir endlich für immer zusammen sein."

Lea nickte glücklich.

„Hast du schon mit deinem Bruder gesprochen? Kommt er mit?", wollte Alvaro wissen.
Wieder nickte sie. „Er kann es auch kaum erwarten, das Land zu verlassen, damit er sich nicht mehr verstecken muss. Ich glaube, wir sollten uns langsam auf den Rückweg machen. Ich weiß nicht, wann Manuel nach Hause kommt. Ich habe keine Lust, ihm Rede und Antwort stehen zu müssen."
Sie küssten sich noch einmal. Dann erhoben sie sich. Lea griff nach der Decke, schüttelte sie kräftig aus und faltete sie mit Alvaros Hilfe zusammen.
Der Sekretär begleitete sie noch ein Stück. Kurz vor dem Tor, das ins *barrio* von Santa Cruz hineinführte, sagten sie einander Lebewohl.
Diesmal fiel ihnen der Abschied nicht so schwer, da sie wussten, dass sie bald für immer beisammen sein würden und nichts und niemand sie je wieder trennen konnte.

Später am Abend saß Lea noch eine Weile vor dem Kamin in Manuels Wohnstube. Obwohl die Sonne tagsüber schon sehr viel Kraft hatte, waren die Nächte immer noch kühl. Sie hörte, wie der Weinhändler von seinem Kundenbesuch nach Hause zurückkehrte. Kurz darauf kam er in den Raum und stellte erfreut fest, dass seine Verlobte noch nicht zu Bett gegangen war. Er gab ihr einen Kuss auf die Stirn und rückte sich ebenfalls einen Stuhl vor das Feuer.
„Hattest du einen schönen Tag?", fragte er, während er sich die Lederstiefel auszog.

Lea bejahte. Ein unbewusstes Strahlen überzog ihr Gesicht.

„Man sieht es dir an, meine Liebe, du siehst zufrieden aus." Manuel rückte mit seinem Stuhl ein wenig näher an seine Verlobte und ergriff deren Hände. „Ich würde dich gerne noch glücklicher machen! Heirate mich endlich, du sollst es nicht bereuen."

„Du weißt, ich war noch in Trauer um meinen Vater", gab Lea zurück.

„Sein Tod liegt jetzt schon über ein Jahr zurück. Außerdem möchte ich dich daran erinnern, es war auch sein Wunsch, dass wir heiraten. Glaubst du nicht, nach allem, was ich für dich und deinen Bruder getan habe, bist du es mir schuldig?" Er blickte ihr eindringlich in die Augen.

„Ich bin dir sehr dankbar für deine Hilfe", entgegnete die junge Frau. „Aber es ist zuviel passiert, mir stand nicht der Kopf danach, an eine Hochzeit zu denken."

„Lea, ich verstehe dich und ich habe bisher immer Rücksicht auf deine Gefühle genommen", versuchte es der Weinhändler aufs Neue, „daher mache ich dir folgenden Vorschlag: Es wird keine Vermählungsfeier im großen Stil geben, sondern eine einfache Zeremonie im Kreise der engsten Familie und ein paar guter Freunde. Würde dir das gefallen?" Um Zustimmung flehend schaute er sie an.

Lea konnte nicht umhin, Mitleid für ihren Verlobten zu empfinden, wie er ihr dort erwartungsvoll gegenübersaß, mit seinen traurig blickenden Augen. Er hatte ihr in der Vergangenheit zweifelsohne viel Verständnis entgegengebracht und eine Hartnäckigkeit an den Tag gelegt, die ihresgleichen suchte. Gewiss hätte sie in Manuel einen liebenden, treusorgenden Ehemann gefunden, vermutete sie. Doch das Schicksal hatte es anders gewollt, sie war für Alvaro bestimmt. Es gab nur einen Ausweg, sie musste es mit Manuel ebenso halten, wie es ihr Geliebter mit Catalina getan hatte: Sie würde einer baldigen Hochzeit mit dem Weinhändler zustimmen, wohlwissend, dass sie sich dann bereits auf der Flucht nach Italien befände. Tief in ihrem Inneren wusste sie: Der junge Mann hatte eine solche Täuschung nicht verdient, doch sie musste auf ihr Herz hören.

„Das ist ein guter Vorschlag, Manuel, eine kleine Feier im Kreise der Menschen, die uns wichtig sind."

Es tat ihr in der Seele weh, als sie sah, wie sich bei ihren Worten ein Strahlen auf dem Gesicht ihres Verlobten ausbreitete. Er stand von seinem Stuhl auf und riss sie in seine Arme. „Du bist also einverstanden?"

Lea nickte.

„Du weißt gar nicht, wie glücklich du mich machst." Er gab ihr einen Kuss auf den Mund und drückte sie abermals an sich.

Eine Träne rollte an Leas Wange hinab. Warum musste das Glück des einen auf dem Unglück des anderen aufbauen?, dachte sie verzweifelt. Sie wünschte sich von ganzem Herzen, dass Manuel irgendwann eine Frau fände, die seine Liebe erwidern würde und mit der er sich seinen Traum von einer großen Familie erfüllen konnte.

2. Kapitel

Juli 1482

Granada

Das mächtige, maurische Königreich Granada, das sich einst bis weit in den Norden erstreckt hatte, war im Laufe der seit einigen Jahrhunderten andauernden Reconquista der Christen auf ein kleines Gebiet im Süden der spanischen Halbinsel zusammengeschrumpft. Es wurde auf der einen Seite von der Bergkette der Sierra Nevada und auf der anderen vom Mittelmeer begrenzt. Seine Einwohner verteilten sich auf vierzehn große Städte und vielleicht hundert befestigte Marktflecken. Die Perle unter all diesen Orten war Granada, die gleichnamige Hauptstadt des muslimischen Emirats, die im Herzen des Kalifats, am Fuße der Sierra Nevada lag. Umgeben von einer rosafarbenen Granitmauer mit tausenddreißig Türmen und siebenunddreißig befestigten Toren bot die Stadt seinen Bewohnern ausreichend Schutz. Die Häuser, mit Innenhöfen und blühenden Gärten versehen, säumten schmale Gassen und kleine Plätze. Stufenförmig zogen sie sich an den beiden sanft ansteigenden Hügeln hinauf, auf deren Kuppeln sich zwei prächtige Palastanlagen befanden. Auf der einen Anhöhe erstreckte sich die Alhambra, Sitz der maurischen Könige und auf der gegenüberliegenden das Albaicín-Viertel mit der gleichnamigen Festung.

Die Alhambra selbst war mehr als eine Burganlage, sie beherbergte neben den Palastgebäuden sämtliche Bauten und Einrichtungen, die in jeder muslimischen Stadt zu finden waren, als da wären: eine *mezquita*, Schulen, Werkstätte, ein *suq*, Silos, Ställe, Lagerräume, ein *hammam*, ein Friedhof und Waffenschmieden, zudem die Wohnstätten der Höflinge und hohen königlichen Beamten.

Auf Grund der erhöhten Lage der Stadt und ihrer Nähe zu den schneebedeckten Berggipfeln der Sierra Nevada, herrschte das ganze Jahr über ein angenehmes, reines Klima. Die Landschaft um Granada, die sogenannte *Vega* war so, wie man sich den Garten Eden vorstellte. Die Pflanzen verdankten ihr sattes Grün den Wassern des Genils und des Darros, die sich gemächlich durch die Täler schlängelten, bevor sie sich mit dem Guadalquivir vereinten. Die Anhöhen krönten Olivenbäume und Wein, in den Ebenen waren Gemüse- und Ziergärten angelegt sowie üppige Kornfelder, die golden im Licht der Sonne glänzten. Von den Blättern der unzähligen Maulbeerbäume, die dort wuchsen, ernährten sich die Seidenspinnerraupen, aus deren Kokons in den Werkstätten Granadas die kostbarsten Seidenstoffe hergestellt wurden. Außerdem konnte sich das Auge des Betrachters am Anblick der Orangen- und Zitronenbäume, der Granatapfel- und Feigenbäume erfreuen. Kurz und gut, die Landschaft war so lieblich, die Luft so rein und mild, das Firmament so klar, dass sich die Mauren einbildeten, das Paradies ihres Propheten müsste sich genau in dem Teil des Himmels befinden, der Granada überspannte.

Über dieses von Allah so begünstigte Land herrschte Abu Al-Hasan Ali ben Saad, kurz Mulay Hasan gerufen, der seinen eigenen Vater im Jahre 1466 vom Thron gestürzt hatte. Der Nassridenfürst war ein Tyrann und erfreute sich wenig Beliebtheit bei seinem Volke. Er stand zudem auf Kriegsfuß mit seinem Bruder, Abu Abdallah, genannt El-Zagal, und musste sich mit Konspirationen und Intrigen in seinem eigenen Harem herumplagen. Seine erste Frau Aischa, die gleichzeitig seine Base war, und den Beiname „*La horra* – die Ehrwürdige" trug, hatte ihm zwei Söhne geschenkt. Der ältere, Abu Abdallah Muhammad ben Ali, den die Christen Boabdil nannten, galt als Thronfolger des Reiches. Bei seiner Geburt war ihm, wie es bei den Mauren üblich war, sein Horoskop vorausgesagt worden. Dort hatte es geheißen, dass er noch zu Lebzeiten seines Vaters Thron besteigen würde, jedoch das Reich der Nassriden während seiner Herrscherzeit endgültig unterginge. So hatte Mulay Hasan seinen erstgeborenen Sohn auf Grund dieser Prophezeiungen seit jeher mit Argwohn betrachtet. Schon bald nahm er sich eine weitere Frau: die als kleines Mädchen von den Christen entführte und später zum Islam konvertierte Isabel de Solis, Tochter des kastilischen Adeligen Sancho Jimenez de Solis. Soraya, wie sie seit ihrem Glaubenswechsel hieß, gebar dem Herrscher ebenfalls zwei Söhne und pochte darauf, dass ihr Erstgeborener als einziger Anspruch auf den Thron des Emirats hätte. Im Laufe der Jahre konnte sie ihren Gebieter von der Gefahr überzeugen, die angeblich von Aischa und ihren Kindern ausginge, sodass dieser seine erste Gemahlin und deren beiden Söhne im Comaresturm, einem Gebäudeteil der Alhambra, gefangen hielt.

Während Muhammad langsam zum Manne heranreifte, kam seinem Vater die Vorhersage der Sterndeuter wieder in den Sinn, und er wollte den damals Fünfzehnjährigen dem Schwerte des Henkers überlassen, um somit die Falschheit des Horoskops zu beweisen. Aischa, die in der Alhambra viele Verbündete hatte, wurde des grausamen Planes ihres Gemahls Gott sei Dank rechtzeitig gewahr. So gelang es ihr, Muhammad zu einer abenteuerlichen Flucht aus seinem Gefängnis zu verhelfen. Sie beauftragte einen Knaben ihres Vertrauens, in einer bestimmten Nacht mit einem Araberhengst am Ufer des Darros auf ihren Sohn zu warten. Und während sich Dunkelheit und Stille wie ein Seidenstoff über den Palast legten, banden Aischa und ihre Dienerinnen ihre Schleier und Tücher aneinander, sodass der Thronfolger aus dem Fenster klettern und sich an der geknüpften Schnur hinunterlassen konnte. Wie seine Mutter es ihm aufgetragen hatte, lief er zum Fluss, schwang sich auf den Rücken des Pferdes und ritt nach Guadix, einer Stadt im Alpurraja-Gebirge. Von dort aus hatte er Freunde und Verbündete um sich geschart, bereit, seinem Vater den Thron streitig zu machen. Immer mehr Männer hohen Geblütes hatten sich auf seine Seite gestellt. Das Reich war seitdem in zwei Parteien geteilt: auf der einen Seite der alte Sultan mit seiner Favoritin Soraya, die von den *Zegris* unterstützt wurden und auf der anderen Seite Muhammad und seine Mutter Aischa, die auf die Hilfe der *Abencerrages* zählen konnten, einer noblen Linie, von denen viele Opfer der Politik und Racheakte Mulay Hasans geworden waren und sich ein für alle Mal von dem Tyrannen befreien wollten.

So war die Lage im Königshaus, als sich der Emir Mitte Juli des Jahres 1482 von seiner gescheiterten Mission in Alhama auf dem Rückweg zur Alhambra befand. Nachdem der Marqués von Cadiz, Rodrigo Ponce de Leon, die Stadt im Februar als Vergeltungsakt für den zwei Monate zurückliegenden muslimischen Angriff auf Zahara eingenommen und seither besetzt hielt, war Mulay Hasan unverzüglich mit dreitausend Reitern und fünfzigtausend Infanteristen nach Alhama aufgebrochen. Jedoch hatte er weder Artillerie noch sonstige zur Rückeroberung der Stadt notwendigen Gerätschaften mitgeführt, sodass seine Angriffsversuche jedes Mal von den Christen erfolgreich abgeschlagen worden waren. Schließlich hatte er eine List angewandt und den Lauf des Darros, der die Stadt mit Wasser versorgte, verändert, sodass die Brunnen und Quellen versiegten und die ersten Eroberer qualvoll verdursteten. Doch schon bald kamen den Belagerten ihre christlichen Brüder zur Hilfe. Don Alonso de Cordoba war mit einem gewaltigen Heer in die Ebene vorgerückt, bei dessen Anblick sich der Emir endgültig geschlagen gegeben und den Rückzug angetreten hatte.

In den Mittagsstunden des 15. Julis erreichte er schließlich mit den Überresten seines Heeres das Haupttor Granadas. Stolz ragten die Türme der Alhambra aus dem satten Grün der Landschaft. Mulay Hasan verweilte einen Moment und genoss den Anblick seiner geliebten Stadt. Eine Reitergruppe war vorausgeritten, um die

Ankunft des Herrschers zu verkünden. Kurz darauf kehrte einer der Bediensteten wieder zurück. Er sprang vom Pferd und kniete vor dem Emir nieder. Obwohl von den Kampfhandlungen und Entbehrungen der letzten Wochen gezeichnet, war der Maurenfürst immer noch eine furchterregende Erscheinung. Er war von großer, stämmiger Gestalt. Seine Haut war dunkel und sah aus wie gegerbtes Leder. Ein schwarzer Vollbart bedeckte die Hälfte seines grobporigen Gesichtes. Das blauschwarze Haar trug er unter einem Turban verborgen. Kaftan und Pluderhosen waren von Schmutz und getrocknetem Blut überzogen.

„Die Tore sind verschlossen, oh erlauchter Fürst", berichtete der Diener. „Auf unser Rufen hat niemand geantwortet."

„Was hat das zu bedeuten?", rief Mulay Hasan. „Wenn du die Unwahrheit sprichst, wirst du das Licht des Morgens nicht mehr erblicken."

Der Diener hockte immer noch im Staub vor seinem Gebieter. „Es ist so, Ihr könnt Euch selbst davon überzeugen!"

Unverzüglich ergriff der Emir die Zügel seines Hengstes und preschte in Richtung des Eingangsportals. Dort warteten die restlichen Männer der Vorhut.

„Warum lässt man uns nicht eintreten?" Zornesröte überzog das Gesicht des Maurenfürsten.

„Wir wissen es nicht, ehrwürdiger Sultan."

„Diejenigen, die hierfür verantwortlich sind, sollen den Löwen zum Fraß vorgeworfen werden!"

Er blickte nach oben zu den Zinnen der Mauer. „Im Namen Allahs und seines Propheten, ich, Abu Al-Hasan

Ali ben Saad, Emir von Granada, befehle Euch, das Portal zu öffnen!" Die Worte klangen wie knallende Peitschenhiebe in der Stille, die ansonsten herrschte.

Bald darauf war eine Stimme zu vernehmen: „*Allah u Akbar*, Gott ist groß. Im Namen unseres neuen Sultans Abu Abdallah Muhammad bleiben die Tore Granadas für Euch und die Euren ein für alle Mal verschlossen."

Mulay Hasan stieß einen wilden Schrei aus, der wie das Brüllen eines verletzten Tigers klang.

„Dieser Hundsfott! Dieser Sohn einer dreibeinigen Kröte. Er hat meine Abwesenheit genutzt und sich die Stadt zu Eigen gemacht. Dafür soll er mir büßen, er und seine Mutter, diese falsche Schlange. Sagt Eurem neuen Herrscher, er wird mich schon bald wiedersehen und dann wird er sich wünschen, niemals geboren worden zu sein." Der alte Sultan stieß einen erneuten, furchterregenden Laut aus und zusammen mit seinen Männern ritt er zurück zu seinen Soldaten, die ihm nach den blutigen Kämpfen vor Alhama noch geblieben waren.

Im Schatten eines Pinienhaines schlugen sie ihr Lager auf. Der Emir ließ sich bald darauf in seinem Zelt auf den Kissen nieder, die ein Bediensteter auf dem Boden ausgelegt hatte. Ein weiterer stand hinter ihm und fächerte ihm mit einem großen Palmenwedel Luft zu.

Mulay Hasan fühlte sich müde und erschöpft. Nicht nur, dass er Alhama an die ungläubigen Christenhunde verloren hatte, nun war ihm auch noch der Thron von seinem eigenen Sohn streitig gemacht worden. Sollte sich wahrhaftig erfüllen, was die Sterne vorhergesagt hatten und müsste er, der rechtmäßige Herrscher über Granada, dies bedingungslos hinnehmen?, fragte er sich.

Die Antwort darauf war ein klares Nein. Er würde kämpfen und Aischa und ihre missratene Brut wieder aus der Alhambra jagen, das schwor er sich hier und jetzt bei Allah und seinem Propheten. Er begann sich ein wenig besser zu fühlen. Als erstes würde er sich mit seinen Leuten nach Baza begeben, beschloss er. Von dort aus würde er einen genauen Angriffsplan schmieden.

Der Thron und die Stadt werden bald wieder mein sein, war sein letzter Gedanke, bevor er in einen tiefen Schlaf sank.

Sevilla

In der Stadt am Guadalquivir war Manuel damit beschäftigt, seine Hochzeit mit Lea vorzubereiten, die zu Beginn des nächsten Monats stattfinden sollte. Wie er ihr versprochen hatte, würde es nur eine einfache Zeremonie im engsten Kreise geben. Es erschien ihm seltsam, denn üblicherweise liebten Frauen prächtige Feste, bei denen sie sich hübsch herausputzen konnten. Aber Lea war eben nicht wie die anderen Weibsbilder, für ihn war sie etwas ganz Besonderes. Er war froh, dass das Gerede der Nachbarn nun ein Ende haben würde. Schließlich lebte die Tochter des verstorbenen Tuchhändlers jetzt schon eine ganze Weile unter seinem Dach, ohne rechtmäßig mit ihm verheiratet zu sein. Er betonte zwar immer wieder, dass sie verlobt wären, und er das arme Mädchen nicht auf der Straße hätte sitzen lassen können, doch er merkte genau, wie die Leute hinter seinem Rücken tuschelten.

Eine weitere Schwierigkeit stellte Leas Bruder dar. Obgleich Aaron nur nachts aus dem Haus ging und sich, wann immer der Weinhändler Kundschaft oder Besuch im Haus empfing, in der Kammer im Keller versteckte, hatte Manuel die Anwesenheit des jungen Mannes dennoch nicht vollkommen geheim halten können. Obwohl er den Mitwissern Vertrauen entgegen brachte, plagte ihn stets ein ungutes Gefühl. Zumal die *familiares* der Inquisition nach wie vor durch die Stadt zogen, um Neuchristen zu überführen.

Im Februar waren auf Grund einer Bulle des Papstes sieben weitere Inquisitoren ernannt worden, unter anderem auch Tomás de Torquemada, der ehemalige Beichtvater der Königin, der die Untersuchungen noch verschärft hatte. Es schwebte eine Aura der Angst und des Misstrauens über der Stadt. Niemand wusste, ob nicht am nächsten Tag die Inquisitionshelfer an der eigenen Türe klopften, weil ein Nachbar, Freund oder sogar ein Familienmitglied eine Anzeige erstattet hatte. Seit einiger Zeit verkündeten die *familiares* überall, dass sich diejenigen, die sich innerhalb der Gnadenfrist selbst denunzierten, ihre Sünden zugaben und wieder reumütig in den Schoß der Heiligen Mutter Kirche zurückkehrten, mit einer geringen Geldstrafe davonkämen. Mehr als einmal hatte Manuel in den letzten Tagen darüber nachgedacht, ob auch er zugeben sollte, heimlich die Gesetze Moses befolgt zu haben. Die Frist lief in ein paar Tagen ab. Wenn er sich einmal selbst angezeigt und die Geldbuße geleistet hätte, würde er gewiss vor weiteren Verdächtigungen gefeit sein. Nach der Hochzeit würde er zudem darauf bestehen, dass Aaron das Haus verließe.

Vielleicht könnte der Bruder seiner Verlobten sich sogar der Selbstdenunzierung anschließen.

Manuel nahm sich vor, sein Vorhaben Lea zu unterbreiten. Am frühen Abend suchte er die junge Frau in ihrer Kammer auf, wo sie an einer Stickerei arbeitete. Auch das gedachte er zu unterbinden, sobald sie seine Frau geworden war. Er würde es ihr nicht mehr gestatten, für andere Leute Arbeiten zu verrichten.

„Meine Liebe, hast du einen Moment Zeit für mich? Ich möchte etwas mit dir besprechen." Der Weinhändler zog sich einen Schemel heran und setzte sich neben seine Verlobte. Obwohl das Fenster weit offen stand, war es stickig und schwül in dem Raum. Nicht ein Lufthauch kam von draußen herein, nur die Hitze, welche die Mauern der Häuser während des Tages aufgenommen hatten und nun wieder abstrahlten.

Leas Gesicht war gerötet und auf ihrer Stirn glänzten unzählige Schweißperlen. Neben ihr auf der Fensterbank lag ein Fächer, den sie ab und zu benutzte, um sich etwas Kühlung zu verschaffen.

Sie seufzte innerlich. Gewiss ging es wieder um die Hochzeitsvorbereitungen. Sie legte den Umhang beiseite, den sie gerade mit einer Blumenborte verzierte und versuchte Interesse zu bekunden.

„Wie du ja weißt, leben wir in schwierigen Zeiten", begann Manuel. „Die Spitzel der Inquisition sind überall zugegen. Man muss jeden Tag damit rechnen, dass sie wieder an unsere Tür klopfen werden. Zumal sie ja immer noch nach deinem Bruder suchen. Vor einigen Wochen ist eine neue Gnadenfrist in Sevilla verkündet worden. Alle, die sich innerhalb dieser Zeit freiwillig melden und bereit sind, zu bereuen, werden nur mit einer geringen Geldstrafe belegt."

Lea ahnte, was Manuel ihr als nächstes mitteilen würde und atmete tief ein.

„Ich habe beschlossen, mich bei der Inquisition selbst anzeigen, in unseren alten Glauben zurückverfallen zu sein. Wahrscheinlich werde ich mein Vergehen öffentlich eingestehen und bereuen müssen. Aber dann werden sie uns in Ruhe lassen." Manuel blickte seine Verlobte um Zustimmung heischend an.

„Was ist, wenn du nicht nur mit einer Geldbuße davonkommst? Was ist, wenn sie dich foltern? Man hat schon so viele schreckliche Dinge gehört." Die Stickerin konnte nicht glauben, was der junge Mann vorhatte.

„Keine Sorge, *mi corazón*! Es wird schon gut gehen! Ich mache es für uns, damit wir in Ruhe leben können." Er strich mit einer zärtlichen Geste über ihre Wangen. „Dein Bruder sollte sich mir anschließen. Dann könnte er sich auch endlich wieder frei fühlen."

„Niemals!" Lea sprang auf und blickte Manuel zornig an. „Bei Aaron ist es etwas ganz anderes! Er wird gesucht, weil er damals an der Verschwörung gegen die Altchristen teilgenommen hat. Wie kannst du da annehmen, er würde ebenfalls nur leicht bestraft werden?" Verständnislos schüttelte sie den Kopf. „Wenn sie meinen Bruder in ihre Fänge bekommen, dann wird er sterben, so wie mein Vater!"

„Beruhige dich, *corazón*!" Der Weinhändler ergriff die Hände seiner Verlobten und zog sie wieder auf den Stuhl. „Vielleicht hast du Recht und Aaron sollte sich nicht freiwillig stellen. Aber ich werde es tun. Gleich morgen früh gehe ich zum Schloss San Jorge."

Lea schwieg. Sie wusste, sie würde Manuel nicht von seinem Vorhaben abbringen können. Doch in ihrem Inneren machte sich ein ungutes Gefühl breit. Wenn doch nur die erlösende Nachricht von Alvaro mit dem genauen Tag ihrer bevorstehenden Flucht einträfe, hoffte sie. Dann wüsste sie, dass sie bald in Sicherheit und für immer zusammen wären, Aaron, Alvaro, sie selbst... und das Kind, das sie unter ihrem Herzen trug. Zuerst war es nur eine wage Vermutung gewesen, doch seit ein paar Tagen hatte sie die Gewissheit: Sie war guter Hoffnung. Es musste passiert sein, als sie sich bei Alvaros letztem Besuch in Sevilla am Ufer des Guadalquivirs geliebt hatten. Während der vielen Male, die sie bei Hofe das Bett geteilt hatten, war nichts geschehen und jetzt, da ihre anstrengende Flucht bevorstand, hatte Gott ihre Verbindung auf diese Weise gesegnet. So war das Glücksgefühl, das Lea als werdende Mutter eigentlich hätte empfinden sollen, ein wenig getrübt. Sie hatte Alvaro noch nichts von der Neuigkeit erzählt, sie wollte ihn nicht unnötig beunruhigen.

Manuel erhob sich und drückte ihr einen Kuss auf die Locken. „Ich gehe schlafen. Der Tag war anstrengend. Du solltest das gleiche tun."

„Ich will nur noch das hier beenden", sagte Lea und griff nach dem Umhang, an dem sie zuvor gearbeitet hatte.

Der Weinhändler schüttelte missbilligend den Kopf, erwiderte aber nichts hierauf und verließ das Zimmer.

Lea blickte eine Weile nachdenklich zum Fenster hinaus, bevor sie die Nadel wieder zur Hand nahm und mit ihrer Stickerei fortfuhr.

Am nächsten Vormittag machte sich Manuel zum Inquisitionstribunal in San Jorge auf. Während er gemeinsam mit Lea das Morgenmahl eingenommen hatte, hatte diese noch einmal versucht, ihn von seinem Vorhaben abzubringen. Doch der Weinhändler war entschlossen, die Selbstanzeige durchzuführen, in der festen Überzeugung, es wäre zu ihrer allen Wohls, sodass sie danach von weiteren Belästigungen durch die *familiares* verschont blieben. Er konnte jedoch die nervöse Anspannung nicht verhindern, die in seinem Inneren an Stärke gewann, je näher er seinem Ziel kam. Als er vor dem mächtigen Eingangsportal stand, befielen ihn weitere Zweifel. Tat er das Richtige? Noch konnte er wieder nach Hause zurückkehren. Nein, einmal in seinem Leben wollte er Mut beweisen und nicht wie sonst, vor unangenehmen Sachen zurückschrecken, entschied er. Er straffte die Schultern, atmete noch einmal tief durch und betätigte den eisernen Türklopfer.

Kurz darauf, nachdem er sein Begehr vorgetragen hatte, wurde er in den mit schwarzen Tüchern verhangenen Raum geführt. Man forderte ihn auf, vor dem Tisch der Inquisitoren Platz zu nehmen und zu warten. Eingeschüchtert leistete er der Anordnung Folge. Als der Mann, der ihn in den Raum geleitet hatte, wieder gegangen war, schaute sich der Weinhändler um. Es herrschte eine kühle, bedrohliche Atmosphäre in dem Saal. Außer den Wänden waren auch die Fenster mit dunklen Stoffen verhangen, sodass die rußenden Flammen der grünlichen, dicken Kerzen, die in wuchtigen Kandelabern steckten, die einzige Lichtquelle darstellten. Es roch feucht und nach ranzigem Talg. An der hinteren Wand unter einem Baldachin blickte ihn der Erlöser der Christen mit schmerzverzehrtem Gesicht an.

Das knarrende Geräusch der sich öffnenden Türflügel ließ ihn zusammenzucken. Eine Gruppe Klosterbrüder betrat den Raum. Zwei der Kuttenträger nahmen auf dem Podium an dem erhöht stehenden Tisch Platz, die beiden anderen setzten sich hinter zwei kleine Pulte. Sie schienen die Schreiber zu sein.

Manuels Hände begannen zu zittern. Er spürte, wie ihm der Angstschweiß den Rücken hinunterlief. Der Inquisitor, der in der Mitte saß, richtete als erster das Wort an ihn. Der Mann hatte ein hageres Gesicht mit tiefliegenden, dunklen Augen, und einer gebogenen Nase. Er trug ein helles, einfaches Habit, darüber ein schwarzes Skalupier, einen Überwurf, der aus vier langen, schwarzen Stoffstreifen bestand, die durch eine Kapuze miteinander verbunden waren.

Streng musterte Tomás de Torquemada den vor ihm Sitzenden. „Wie ist Euer Name und von wo kommt Ihr?"

„Ich heiße Manuel Torregrosa, Eminenz. Ich bin Weinhändler und habe mein Geschäft im Santa Cruz-Viertel", antwortete der junge Mann mit leiser Stimme.

„Redet lauter! Man kann Euch kaum verstehen!"

Rasch wiederholte Manuel seine Worte.

„Was habt Ihr uns mitzuteilen?", fragte nun Juan de Morillo, der zur Rechten Torquemadas saß. Auch aus seinem Blick sprach keine Freundlichkeit.

„Ich bekenne mich schuldig, heimlich nach den Gesetzen Moses gelebt zu haben, Eure Eminenzen, obwohl ich vor drei Jahren zum Christentum konvertiert bin." Manuel schaute immer noch nach unten auf seine gefalteten Hände. Nun gab es kein Zurück mehr.

„Was genau habt ihr getan?", hallten Torquemadas Worte im Saal.

Hätte der Weinhändler ihm ins Gesicht geblickt, so wäre ihm das fanatische Aufblitzen nicht entgangen. Manuel hatte sich bereits genau überlegt, was er auf diese zu erwartende Frage antworten würde und so begann er schonungslos aufzuzählen, welche Sünden er in den Augen der Inquisitoren begangen hatte. Er ließ nichts aus, erwähnte, wie er weiterhin koscheres Essen zu sich genommen, heimlich den Sabbat und andere jüdische Feste gefeiert sowie es niemals unterlassen hatte, auf das Kommen des Messias´ zu hoffen.

Während er sprach war Manuel von der Bank aufgestanden und hatte sich vor dem Podest niedergekniet.

„Ich bereue meine Sünden zutiefst. Ich weiß jetzt, dass es nur einen wahren Glauben an die Heilige Mutter Kirche gibt." Mit seinen hängenden Lidern sah der Weinhändler in der Tat aus wie ein reuiger Sünder. „Eminenzen, bitte erteilt mir Absolution und nehmt mich wieder in den Schoß der Kirche auf!"

In demütiger Haltung erwartete Manuel die Antwort der Inquisitoren. Gewiss würden sie ihm nun die Höhe der Geldstrafe verkünden.

„Manuel Torregrosa, erhebt Euch und setzt Euch wieder hin!", forderte Tomás de Torquemada den freiwilligen Büßer auf. Dieser nahm erfreut zur Kenntnis, dass die Stimme des Tribunalsvorsitzenden bereits weniger scharf klang.

„Es ist sehr lobenswert, dass Ihr freiwillig Eure Verfehlungen angezeigt habt", fuhr Torquemada fort. „Ihr werdet eine angemessene Strafe erhalten, nachdem Ihr wieder in die Gemeinschaft der gläubigen Christen aufgenommen worden seid. Wir werden Eure Sünden beim nächsten Autodafé öffentlich verkünden. Dabei müsst Ihr das *sambenito* tragen, auf das man Eure Zuwiderhandlungen schreiben wird, damit sie für jedermann sichtbar sein werden. Außerdem wird Euch die Zahlung einer noch festzulegenden Summe auferlegt werden."

Der Weinhändler nickte zerknirscht. Nicht mehr lange und er hatte es geschafft, frohlockte er innerlich. Dann konnte er diesen Ort des Grauens endlich wieder verlassen und nach Hause zu Lea zurückkehren.

„Manuel Torregrosa!" Der Angesprochene zuckte zusammen. „Ihr habt doch gewiss noch Kenntnis von anderen Neuchristen, die gegen unsere Glaubensregeln verstoßen haben. Im Namen Gottes ist es Eure Pflicht, uns diejenigen zu nennen, damit sie auch genau wie Ihr, das Glück haben werden, ihre Sünden zu bekennen und zu bereuen, sodass Ihnen vergeben werden kann!"

Was hatte das zu bedeuten? Wieso verlangten sie von ihm, andere anzuschwärzen? Was sollte er nun antworten? Die Gedanken überschlugen sich in Manuels Innerem.

Er räusperte sich. „Ich kann nur für mich selbst sprechen, Eminenzen! Mir sind keine anderen *conversos* bekannt, die judaisiert haben."

Torquemada erhob sich von dem hohen, gepolsterten Lehnstuhl. Er stützte sich mit seinen Händen auf dem Tisch ab und schaute drohend auf Manuel herab. Das an einer Kette befestigte, hölzerne Kreuz, baumelte vor seiner Brust. Dann wurde der Blick des Inquisitors wieder milder und seine Stimme klang sanft, als er die nächsten Worte sprach. „Überlegt es Euch gut! Es ist nur zu Eurem Besten, wenn Ihr uns die Namen nennt."

Was sollte er nun tun? Manuel brachte es nicht über das Herz, Aaron oder gar Lea zu denunzieren. Hätte er doch nur auf seine Verlobte gehört! Es kam ihm so vor, als ob dies nur ein böser Traum wäre, aus dem er jeden Moment erwachen müsste. Doch es war die grausame Wirklichkeit und noch immer wartete der Inquisitor auf eine Antwort. Ungeduldig begann Torquemada mit seinen Fingerspitzen auf dem Buchdeckel der vor ihm liegenden Bibel zu trommeln.

„Ich kenne keine anderen Neuchristen, die in ihren alten Glauben zurück verfallen sind", wiederholte der Weinhändler. Mit dem Ärmel seines Hemdes wischte er sich die Schweißperlen von der Stirn.

„Gut, wie Ihr meint." Die beiden Inquisitoren erhoben sich. „Bruder Juan, ich denke, wir sollten *señor* Torregrosa vor Augen führen, wohin ihn seine Sturheit führen könnte."

Der Angesprochene grinste hämisch.

Zwei herbeigerufene *familiares* ergriffen den Weinhändler grob am Arm. „Los, vorwärts!"

Sie verließen den Saal und durchquerten einen langen dunklen Gang, bevor sie über schlüpfrige, in den Felsen gehauene Treppenstufen in eine tiefere Ebene gelangten. Die Luft war feucht und roch moderig. Schließlich waren sie am Ziel angelangt, und als einer der Inquisitionshelfer zwei Talglichter anzündete, stockte Manuel der Atem. Er verstand auf Anhieb, wohin man ihn geführt hatte – in die Folterkammer der Inquisition.

„Schaut Euch nur in aller Ruhe um", forderte Torquemada den *converso* auf. „Ihr werdet diesen Raum schon bald wiedersehen und mit seinen verschiedenen Einrichtungen Bekanntschaft machen, wenn Ihr Euch weiterhin als so verstockt erweisen solltet. Bruder Eugenio wird Euch nun die Funktion seiner Spielzeuge genau erklären", er deutete auf einen weiteren Mönch, der soeben hinzugekommen war. „Bitte Bruder!"

Der Angesprochene ging als Erstes auf ein schräg nach unten reichendes, auf zwei Holzpflöcken befestigtes Brett zu.

„Hier führen wir die *toca,* die Wasserfolter durch", begann er. Auf Grund einer hässlichen Hasenscharte, die sein Gesicht verunstaltete, war seine näselnde Stimme nur schwer zu verstehen.

„Wir werden Euch auf diesem Brett festbinden, so dass Euer Kopf nach unten geneigt ist. Dann legen wir Euch ein Tuch über das Gesicht, das Eure Nase bedeckt und soweit in Euren Mund hineingeschoben wird, bis es Eure Kehle erreicht. Wir werden langsam Wasser auf das Tuch gießen – kühles, frisches Wasser. Zunächst werdet Ihr Erleichterung verspüren, da Euer Mund wie ausgetrocknet war, doch schon bald könnt Ihr die Mengen an

Flüssigkeit, die unaufhörlich in Euren Rachen rinnen werden, nicht mehr schlucken. Ihr werdet versuchen, den Mund zu schließen, doch wir ziehen Eure Zähne mit eisernen Zangen auseinander. Euer Magen wird immer mehr anschwellen. Da Euer Kopf nach unten hängt, wird das Wasser von alleine in Euren Hals zurücklaufen und Ihr werdet meinen, ersticken zu müssen."

Der Weinhändler war bei den Erklärungen des Folterknechtes blass geworden und hatte angefangen zu zittern. Doch erbarmungslos fuhr der Mönch mit seinen Unterweisungen fort. Er zeigte auf das nächste Foltergerät, die *garrucha,* die an der Decke befestigte Seilrolle, an welcher man den Gefangenen mit gefesselten Händen aufhängte, bis zur Decke hochzog und mit einem blitzschnellen Ruck wieder fallen ließ, nachdem man vorher an seinen Füssen schwere Gewichte befestigt hatte. Der Klosterbruder beschrieb Manuel ausführlich, wie die Arme der auf diese Weise Gequälten ausgekugelt wurden und ihre Muskeln und Sehnen reißen würden.

„Am Schlimmsten sind die Schmerzensschreie der Gemarterten", näselte der Mönch. „Wir müssen uns oftmals die Ohren ausstopfen, um sie zu ertragen. Und dann dieser furchtbare Gestank nach ihren Exkrementen, sobald sie die Beherrschung über Blase und Darm verloren haben." Bruder Eugenio schüttelte sich, Ekel vortäuschend.

Ein dumpfes Geräusch veranlasste ihn, sich abermals nach seinem Gast umzudrehen, nachdem er bereits vor dem nächsten Gerät stand. Grinsend blickte er auf den am Boden Liegenden. Manuel hatte die Schmach nicht mehr ertragen können und war ohnmächtig zusammengebrochen.

„Ich wollte den *converso* eigentlich bei der Anwendung einer Folter zuschauen lassen", bemerkte Tomas de Torquemada trocken, „doch ich glaube, alleine die Erklärungen waren schon zuviel für den armseligen Wurm. Schafft ihn zurück nach oben! Ich bin sicher, seine Zunge wird sich nun gelockert haben." Torquemada lachte höhnisch und verließ zusammen mit Morillo den Raum.

Die beiden *familiares* gossen einen Eimer mit eiskaltem Wasser über Manuel, sodass er zu sich kam. Sie ergriffen ihn unter den Armen und schleppten ihn zurück in den schwarz verhangenen Saal. Dort hatten die Inquisitoren wieder auf dem Podest Platz genommen. Der Weinhändler sank auf die Bank.

„Nun, *señor* Torregrosa. Habt Ihr uns jetzt etwas mitzuteilen?", schreckte ihn die laute Stimme Torquemadas auf.

Manuel schüttelte hartnäckig den Kopf.

„Nein? Überlegt es Euch gut! Ich sage es Euch zum letzten Mal: Nennt uns freiwillig diejenigen in Eurer Umgebung, die ebenfalls in den jüdischen Glauben zurückverfallen sind. Ansonsten werden wir Euch wieder in die Folterkammer bringen. Doch dann werden wir es nicht nur bei Erklärungen belassen." Die Blicke aus den tiefliegenden Augen des Inquisitors trafen den Weinhändler wie Messerstiche. Er zitterte am ganzen Körper. Vor lauter Angst konnte er keinen klaren Gedanken mehr fassen. Er wusste, er würde es nicht ertragen, gefoltert zu werden. Lieber wollte er sofort an Ort und Stelle sterben.

„Nennt uns jetzt die Namen, Manuel Torregrosa. Die Namen. Nennt uns die Namen!" Torquemadas Worte donnerten wie Hammerschläge in seinem Gehirn. „Die Namen..., die Namen...!"

Der junge Mann hielt sich verzweifelt den Kopf. Aufhören! Es sollte aufhören! „Lea und Aaron Calderón!", schrie er mit letzter Kraft heraus. „Meine Verlobte und ihr Bruder. Sie wohnen beide in meinem Haus. Aaron hält sich in einer geheimen Kammer im Keller versteckt." Seine Stimme war mit jedem Wort leiser geworden. Schluchzend sank er schließlich in sich zusammen.

Ein zufriedenes Lächeln umspielte die schmalen Lippen Tomás de Torquemadas. Wieder einmal hatte er erreicht, was er wollte.

„Bringt ihn in eine Zelle! Dort soll er bis zum nächsten Autodafé bleiben!", befahl der Inquisitor.

Zwei Mönche ergriffen den Weinhändler und zogen ihn von der Bank empor.

„Ich habe es nicht gewollt. Was hätte ich denn sagen sollen? Verzeih mir Lea!", schluchzte Manuel in einem fort, während die Inquisitionshelfer ihn aus dem Saal zerrten.

Juan de Morillo lehnte sich entspannt zurück und schlug Torquemada lächelnd auf die Schulter. Die beiden Dominikanermönche wussten, was nun zu tun war. Sie hatten einen neuen Auftrag für ihre *familiares.*

Im Haus des Weinhändlers blickte Lea aus dem Fenster. Eine innere Unruhe hatte sie befallen. Die Sonne war schon untergegangen und Manuel noch immer nicht zurückgekehrt. Sie versuchte sich zu beruhigen. Gewiss hatte er noch einen Kunden aufgesucht und würde sich daher verspäten. Mit einer unbewussten Geste strich sie über ihren Bauch. Er wies bereits eine sanfte Wölbung auf. Sie zündete die Kerzen an und griff nach der Stickarbeit, die sie am Nachmittag begonnen hatte. Während sie ihre Gedanken in die Vergangenheit schweifen ließ, verging Stunde um Stunde. Aber Manuel kam nicht nach Hause. Was wäre, wenn man ihn verhaftet hätte?, überlegte sie. Warum hatte er nicht auf sie gehört und von dieser irrsinnigen Idee, sich selbst anzeigen zu wollen, abgelassen? Obwohl es schon weit nach Mitternacht war, und ihr vor Müdigkeit die Augen zufallen wollten, blieb sie in der Wohnstube sitzen. Sie lenkte ihre Aufmerksamkeit auf die Geräusche der Nacht. Vom Patio her war das Zirpen der Zikaden zu vernehmen, die in dem großen Affenbrotbaum saßen, in der Ferne heulte ein Hund. Ein wenig später hörte sie die keifende Stimme der Nachbarin, die ihren betrunken nach Hause kommenden Gatten beschimpfte.

Irgendwann musste Lea doch noch eingeschlafen sein. Sie erwachte erst, als die ersten Sonnenstrahlen zum Fenster hereinschienen und sie ein lautes Klopfen vernahm. Im ersten Moment wusste sie nicht, ob sie noch träumte oder ob wahrhaftig jemand an die Tür pochte. Doch das energische Geräusch hielt an. Das musste Manuel sein!, vermutete sie. Sie erhob sich und strich ihr zerknittertes Kleid glatt. Dann ging sie zur Tür.

„Wo warst du denn so la…" Die Worte blieben ihr im Halse stecken, als sie sich nach dem Öffnen nicht wie erwartet dem Weinhändler gegenübersah, sondern einer Gruppe fremder Männer. Es waren zwei Mönche und drei finster blickende, bewaffnete Büttel. Aus einem inneren Gespür heraus wollte Lea versuchen, ihnen die Tür wieder vor der Nase zuzuschlagen, doch der Versuch misslang.

„Seid Ihr die Stickerin Lea Calderón?", fragte einer der *familiares* mit strenger Miene.

Die Angesprochene nickte.

„Im Namen der Heiligen Inquisition, Ihr seid verhaftet!"

„Warum? Ich habe nichts verbrochen. Wo ist mein Verlobter, Manuel Torregrosa?" Lea konnte nicht glauben, was sie soeben gehört hatte.

Die Männer gingen nicht auf ihre Fragen ein, sondern wollten ihrerseits wissen: „Wo befindet sich Euer Bruder Miguel Calderón? Wir haben Kenntnis darüber, dass er ebenfalls hier lebt."

Lea wusste nicht, woher sie die Kraft nahm, doch es gelang ihr, mit ruhiger, fester Stimme zu antworten: „Mein Bruder wohnt nicht in diesem Haus. Er hat Kastilien vor einigen Monaten verlassen."

„Spart Euch Eure Lügen. Es ist vorbei, Ihr seid überführt!"

Während die beiden Inquisitionshelfer und einer der Bewaffneten bei Lea blieben, gingen die beiden anderen ins Innere des Hauses.

Das Herz der jungen Frau klopfte wie wild. Hoffentlich schlief Aaron noch in der geheimen Kammer, betete sie stumm. Die *familiares* hatten Manuels Haus schon einmal durchsucht und nichts gefunden. Hoffentlich würde es auch diesmal so sein! Doch ihr Wunsch wurde nicht erfüllt. Nur wenig später kamen die beiden Büttel mit ihrem verwirrt aussehenden Bruder wieder nach draußen.

„Wir haben den Verschlag genau dort gefunden, wo er sich gemäß der Beschreibung des *marranos* befinden sollte. Haben den Burschen im Schlaf überrascht."

„Lea, was hat das zu bedeuten?" Aaron versuchte sich aus dem Griff der Büttel zu befreien, doch diese hielten ihn weiterhin fest.

„Es ist die Inquisition. Wir sind verhaftet!",

„Ihr Schweine, lasst mich los! Ich habe nichts getan!" Aaron begann wild um sich zu treten, sodass ihn einer der Büttel schließlich ins Gesicht schlug. Lea schrie auf, als sie sah, wie Blut aus der aufgeplatzten Lippe ihres Bruders tropfte.

Der junge Mann musste einsehen, dass er nichts ausrichten konnte, und so ließen sich die Geschwister willenlos von den Inquisitionshelfern abführen.

Jetzt war alles vorbei. Wenn sie sich einmal in den Fängen der Inquisition befänden, würde dies zweifelsohne ihr Ende bedeuten, befürchtete Lea. Sie würde Alvaro nie wieder sehen, ihr ungeborenes Kind niemals das Licht der Welt erblicken. Ob Manuel sie verraten hatte? Wer sollte es sonst gewesen sein? Außer Inés, Alvaro und seinem Freund Pedro Espinosa wusste niemand mehr von Aarons Versteck in der geheimen Kammer im Keller, und diese drei hatten gewiss Stillschweigen über ihr Wissen bewahrt.

Eine unbändige Wut auf den wankelmütigen Weinhändler erfasste sie und lieferte sich einen erbarmungslosen Kampf mit dem Kummer und der Angst, die bereits in ihrem Inneren herrschten. Erst als man sie viel später in eine dunkle Kerkerzelle hineinstieß, und sie mutterseelenallein auf einer stinkenden, feuchten Strohmatte niedersank, brach sie zusammen und ließ ihren Tränen freien Lauf.

Am Nachmittag klopfte Pedro Espinosa an die Haustür des Weinhändlers. Er hatte einen Brief von Alvaro für Lea. Da er wusste, wie sehnsüchtig die Stickerin auf eine Nachricht ihres Geliebten gewartet hatte, wollte er ihr diese so schnell wie möglich bringen. Er wunderte sich, dass ihm niemand aufmachte. Waren etwa alle ausgegangen? Gerade, als er beschlossen hatte, es am nächsten Morgen noch einmal zu versuchen, trat eine Frau aus dem Nachbarhaus.

„Wenn Ihr zu dem Weinhändler wollt, werdet Ihr dort niemanden antreffen", rief sie. „Ich bin Mariecarmen, ich wohne im Haus nebenan."

„Wisst Ihr, ob seine Verlobte am Abend zurück sein wird?", fragte Pedro die Nachbarin, die nun zu ihm herüberkam.

Erst als sie genau vor ihm stand, wisperte sie mit wichtiger Miene: „Heute morgen waren die Inquisitoren hier." Sie zeigte auf das Haus. „Ich kam gerade zur Tür heraus, um zum Markt zu gehen, da führten sie die Verlobte des *señors* und eine weitere Person ab. Den Weinhändler habe ich seit gestern früh nicht mehr gesehen."

Der Advokat erschauderte. Sollte dies etwa bedeuten, dass Lea verhaftet worden war? Wenn es wahrhaftig Inquisitionshelfer gewesen waren, wie die Frau behauptete, dann hatte man die Festgenommenen nach Triana geschafft.

„Soll ich irgendetwas ausrichten, falls sie doch zurückkommen sollten?", fragte Mariecarmen beflissentlich. Man sah ihr an, dass sie ihre Neugierde nur schwerlich verbergen konnte.

„Nein, danke, das ist nicht nötig", winkte Pedro ab und nickte ihr freundlich zu. *„Adios, señora."* Er lüftete sein Barett zum Gruße und ging zügig wieder die Gasse hinunter, um auf direktem Wege zu seiner Kanzlei zurückzukehren. Von dort aus würde er sein Pferd vor den Wagen spannen und zum Schloss San Jorge in Triana fahren, beschloss er. Er musste herausfinden, was mit Lea, ihrem Bruder und dem Weinhändler geschehen war und gegebenenfalls Alvaro mit einem Eilboten eine Nachricht schicken.

Toledo

Die Königin saß in ihrem Arbeitszimmer und wartete auf ihren Sekretär. Sie fühlte sich immer noch ein wenig schwach nach der Geburt ihrer dritten Tochter. Es waren sogar Zwillinge gewesen, doch nur eines der Mädchen hatte überlebt. Isabel hatte die Kleine auf den Namen Maria getauft.

Sie blickte an sich hinunter. Ihr Bauch war immer noch geschwollen, daher versuchte sie ihn so gut es ging, unter weiten Gewändern zu verbergen. Sie hatte das Gefühl, dass es mit jedem Kind länger dauerte, bis sie ihre alte Figur wieder zurückerlangte, allerdings, so schlank, wie vor der Geburt Isabelitas war sie nie wieder geworden.

Am Tag zuvor hatte sie von dem in Granada weilenden königlichen Spion eine vielversprechende Nachricht erhalten: Im Emirat hatte es einen Machtwechsel gegeben. Der Sohn des Sultans hatte seinen Vater, Mulay Hasan, vom Thron gestoßen und dessen daraufhin erfolgten Rückeroberungsversuch erfolgreich abgeschlagen. Boabdil war nun der neue Herrscher über Granada.

Schon vernahm sie Alvaros forsch klingende Schritte auf dem Gang. Kurz darauf betrat der Sekretär den Raum. Er hatte sich kaum verändert, seit er in ihre Dienste getreten war. Er nannte noch immer dieselbe schlanke, muskulöse Figur sein Eigen, die in den engen, dunkelblauen Beinkleidern und dem tadellos sitzenden Wams der gleichen Farbe hervorragend zur Geltung kam. Der Spitzbart den er seit einiger Zeit trug, stand ihm gut und ließ ihn noch männlicher wirken.

„Hoheit, Ihr habt mich rufen lassen!" Der junge Mann fiel vor der Monarchin auf die Knie und küsste ihre Hand.

Sie forderte ihn auf, sich wieder zu erheben. „Setzt Euch! Ich habe einen Auftrag für Euch!"

Mit knappen Worten berichtete sie ihrem Sekretär, was sich in Granada zugetragen hatte und was sie von ihm erwartete. „Die Aufgabe wird nicht einfach sein und erfordert viel Fingerspitzengefühl. Ich möchte, dass Ihr bei dem neuen Emir in Granada vorsprecht und ihn dazu bringt, mit den Tributzahlungen an Kastilien, die sein Vater nicht mehr entrichten wollte, fortzufahren", erklärte Isabel. „Vielleicht sollte ich ihm sogar einen neuen Friedensvertrag anbieten."

Alvaro triumphierte innerlich. Auf solch eine Gelegenheit hatte er seit langem gewartet. Nun konnte er auf königlichen Befehl hin den Hof verlassen. Er würde den Auftrag der Königin ausführen und danach von Granada aus nach Sevilla zu Lea reisen, um mit ihr für immer das Land zu verlassen. Er hatte erst kurz zuvor eine Nachricht für seine Liebste an seinen Freund Pedro Espinosa gesendet. Jetzt würde er Lea unverzüglich eine weitere Botschaft übermitteln.

„Catalina wird nicht erfreut darüber sein, dass ich ihren Bräutigam so kurz vor der Hochzeit noch einmal auf Reisen schicke", unterbrach die Königin Alvaros Gedankengänge, „aber es muss sein. Sobald Ihr aus Granada zurückgekehrt seid, wird Eure Trauung stattfinden."

Alvaro nickte. „So soll es sein, Hoheit!"

„Gut, dann nehmt bitte Platz!", forderte Isabel Alvaro auf. „Ich will ein Schreiben an den neuen Sultan aufsetzen. Dann werde ich Euch noch einen Passierschein ausstellen, der Euch freies Geleit und Eintritt in Granada garantieren wird."

Der Sekretär musste sich alle Mühe geben, seine gesamte Aufmerksamkeit auf die Worte der Königin zu lenken, während sie zu arbeiten begannen. Immer wieder schweiften seine Gedanken zu seinem baldigen Wiedersehen mit Lea ab.

Dann war es vollbracht – Brief und Passierschein waren aufgesetzt, von der Monarchin unterschrieben und mit dem königlichen Siegel versehen. In zwei Tagen sollte sich Alvaro auf den Weg machen. Er hätte sich gerne noch einmal von seinen Eltern verabschiedet, doch dazu blieb ihm keine Zeit, Isabel nahm ihn gänzlich in Beschlag. Zum Glück gelang es ihm, eine Nachricht an Lea zu verfassen und diese mit einem Eilboten an Pedro Espinosa zu schicken.

Catalina war wenig erbaut, als sie vom königlichen Auftrag ihres Bräutigams erfuhr. Sie brach in wildes Schluchzen aus und klammerte sich an ihm fest. Alvaro versuchte, sie zu beruhigen, indem er ihr versicherte, dass sofort nach seiner Rückkehr ihre Hochzeit stattfände. Er wunderte sich, wie leicht ihm die Lüge über die Lippen kam.

Am Abend vor seiner Abreise saß er in seiner Kammer. Er wollte am nächsten Morgen bei Sonnenaufgang aufbrechen. Während er sich noch einmal sein Wiedersehen mit Lea ausmalte, klopfte es an die Tür. Hoffentlich ist es nicht Catalina, dachte er und erhob sich seufzend. Es war jedoch nur ein Diener, der ihm ein versiegeltes Schreiben überbrachte. Ein ungutes Gefühl beschlich ihn, als er das Papier aufriss und erkannte, dass die Nachricht von Pedro stammte. Noch während er las, fing seine Hand, die das Blatt hielt, zu zittern an. Hart klopfte sein Herz gegen die Brust. Lea und ihr Bruder waren von der Inquisition festgenommen worden. Man würde ihnen in wenigen Tagen den Prozess machen. Fassungslos ließ er sich auf seine Bettstatt sinken. Was konnte er tun? Wie sollte er seiner Liebsten helfen?, fragte er sich verzweifelt. Er musste unverzüglich nach Sevilla aufbrechen. Gewiss hatte man sie in der Zwischenzeit bereits verurteilt.

Als die ersten Sterne am Himmel aufleuchteten, schlich er sich in den Stall. Der Araberhengst, den er bei Hofe zu reiten pflegte, erkannte ihn am Geruch und gab ein erfreutes Wiehern von sich. Rasch sattelte Alvaro das Tier und führte es an den Zügeln auf den Innenhof hinaus. Dann schwang er sich auf dessen Rücken und galoppierte in die Nacht hinein. Er hatte den königlichen Brief und den Passagierschein in sein Wams gesteckt. Letzterer würde ihm auf seinem Weg sämtliche Türen und Tore öffnen, hoffte er. Beflügelt von dem einzigen Gedanken, seine geliebte Lea zu retten, begann er den uneinschätzbaren Wettlauf gegen die Zeit.

Er gönnte sich keine Pause und ritt in einem fort. Nur, wenn er einzuschlafen drohte, hielt er an, band sein Pferd an einem Oliven- oder Mandelbaum fest und legte sich für eine Stunde darunter. Während er in vollem Galopp in Richtung Sevilla preschte, dachte er immer wieder darüber nach, was ihn wohl dort erwartete. Käme er rechtzeitig an und wie sollte er Lea befreien? Er konnte schließlich nicht in das Inquisitionsgefängnis hineinspazieren und es mit Lea und Aaron wieder verlassen.

Soeben erreichte er die Kuppel eines Hügels. Die Landschaft, die sich vor ihm ausbreitete, war atemberaubend schön. Olivenbäume, in Reih und Glied gesetzt, zogen sich, soweit das Auge reichte, bis zum Horizont, wie ein großes Stück braune Leinwand, auf die ein Maler in gleichmäßigen Abständen grüne Farbtupfer gesetzt hatte. Doch Alvaro nahm von all dem nichts wahr, stur legte er *legua* um *legua* zurück und verringerte somit den Abstand zu Lea.

Irgendwann überkam ihn abermals eine unbändige Müdigkeit und er beschloss, sich ein wenig auszuruhen. Die Sonne war schon untergegangen und die Feuchtigkeit der Nacht breitete sich wie ein Schleier über der Landschaft aus. Er würde wieder unter freiem Himmel nächtigen, obgleich er seine müden Glieder viel lieber auf eine trockene, saubere Pritsche gebettet hätte. Da jedoch weit und breit keine Herberge in Sicht war, nahm Alvaro mit dem vorlieb, was die Natur ihm bot. Er legte sich in einem kleinen Pinienhain nieder und benutzte seine zusammengefaltete Jacke als Kopfstütze. Sein Pferd hatte er zuvor an einem der Bäume festgebunden. Da der Boden mit einer dicken Nadelschicht bedeckt war, fand er es noch nicht einmal unbequem und war alsbald weggetreten. Er schlief tief und traumlos, nicht das geringste Geräusch konnte ihn aufwecken – weder die Schreie der Käuzchen oder das Rascheln der umherlaufenden Ratten und Mäuse noch die Schritte der beiden sich nähernden, düsteren Gestalten. Einzig und alleine Alvaros Pferd bemerkte die herannahende Gefahr. Es fing an, unruhig zu tänzeln und die Nüstern zu blähen, als zwei in Lumpen gehüllte Männer vor dem Sekretär auftauchten.

„Was haben wir denn da?", wisperte der eine. „Heute meint es der liebe Herrgott aber besonders gut mit uns."

Sie beugten sich zu dem schlafenden Alvaro hinunter und tasteten ihn vorsichtig ab. Schon bald hatten sie das Ledersäckchen gefunden, in dem der Sekretär sein Geld aufbewahrte. Einer der beiden Schurken zückte ein Messer und schnitt den Beutel, den Alvaro von innen an seinem Wams befestigt hatte, los. Der andere zog derweil den Brief der Königin und den Passierschein hervor. Da beide Männer des Lesens nicht kundig waren, warfen sie die Papiere achtlos beiseite.

„Soll ich ihm die Kehle durchschneiden?", raunte derjenige, der noch immer das Messer in seiner Hand hielt.

„Nein, lass ihn am Leben!", bestimmte der andere. „Er kann sowieso nichts mehr ausrichten."

Sie zogen Alvaro noch seine Lederstiefel von den Füßen, bevor sie sich auf sein Pferd schwangen und davon galoppierten.

3. Kapitel

Ende Juli 1482

Inquisitionsgefängnis Castillo San Jorge

Lea starrte gegen die Felswand und überlegte, wie viele Tage sie schon in der feuchten, düsteren Zelle zugebracht hatte. Drei, vier oder waren es gar noch mehr? Sie vermochte es nicht zu sagen, die Stunden rannen dahin wie zähflüssiger Sirup. Sie lag auf der Strohpritsche oder saß auf dem Holzschemel, den einzigen Möbelstücken in ihrer kargen Behausung. Gleich zu Anfang hatte sie bei dem Gefängniswärter eine goldene Kette, die sie unter ihrem Gewand verborgen trug, gegen ein paar Kerzen und Schwefelhölzchen eingetauscht.

Der Mann war ein unangenehmer, schmutziger Kerl, mit dem es die Natur nicht gut gemeint hatte. Strähnige Zotteln umrahmten sein großflächiges Gesicht mit der knubbeligen, von roten Adern durchsetzten Nase und den eng zusammenstehenden, kleinen Augen. Fauliger Atem kam aus seinem Mund, in dem vorne nur noch zwei gelbliche Zahnstummel zu sehen waren. Sein rechtes Bein schien um einiges kürzer zu sein als das linke, denn er hinkte stark. Er war Lea nicht geheuer, sodass sie sich jedes Mal in die hinterste Ecke verkroch, wenn er die Zelle betrat, um ihr den Holznapf mit dem Essen zu bringen. Es war ungenießbar, doch Lea zwang sich, es hinunterzuwürgen, da sie an das ungeborene Kind denken musste, das in ihrem Bauch heranwuchs. Ihr war oft am Morgen übel und von Zeit zu Zeit übergab sie sich in den Holzbottich, in den sie sich auch anderweitig erleichterte.

An einem Morgen, als der Wärter ihr die Schale mit dem schleimigen Brei hingestellt hatte, blieb er mitten in dem düsteren Raum stehen.

„Wenn du lieb zu mir bist, dann bringe ich dir mehr Kerzen und ein Stück Fleisch", sagte er und schlurfte auf die Gefangene zu. Er kniete sich vor ihr nieder und blies ihr seinen schlechten Atem ins Gesicht. „Na komm schon, wir könnten viel Spaß miteinander haben, und dein Nachteil soll es nicht sein." Er strich mit seinen schmutzigen Fingern über ihre Locken.

„Geh weg, lass mich in Ruhe!", schrie Lea angstvoll. „Lieber will ich hier drinnen verrecken, als mich von dir anfassen zu lassen."

Die ohnehin schon kleinen Augen des Wächters verengten sich nunmehr zu Schlitzen. „Du jüdische Schlampe, jetzt werde ich dir einmal zeigen, wie es dir ein gut gebauter Christ besorgt."

Er grinste hämisch und versuchte Lea, die an der Felswand hockte, in eine liegende Stellung hinunterzuziehen, indem er sie grob an den Armen packte. Doch sie ließ flugs ihr Knie hochschnellen und traf den Mann mitten in seine empfindlichsten Körperteile.

Er heulte auf und fasste sich an den Hosenbeutel.

„Das wirst du mir büßen, elende Hure!", presste er mit schmerzverzogenem Gesicht hervor. Er taumelte aus der Kerkerzelle und ließ die Tür mit einem lauten Knall hinter sich zugeschlagen.

Lea schluchzte vor Erleichterung laut auf. Ihre Hände zitterten immer noch, als sie sich durch die Haare fuhr. Dieses Mal war sie gerettet, doch was würde morgen sein?, fragte sie sich ängstlich. Wieso hatte Gott sie verlassen? War dies die Strafe, weil sie einst ihren Glauben verraten hatte? Wie mochte es wohl Aaron ergehen? Sie hatte ihn seit ihrer Festnahme nicht mehr gesehen. Und Manuel? Ob man auch ihn verhaftet hatte?

Viel später vernahm sie erneut Schritte. Jemand machte sich von außen am Riegel der schweren Holztür zu schaffen. Würde es abermals der schreckliche Wärter sein? Angstschweiß bildete sich auf ihrer Stirn, sie fühlte ihren Pulsschlag in den Schläfen pochen.

Es waren jedoch zwei Dominikanermönche, die den Raum betraten. Mit ernsten Mienen blickten die beiden, in schwarze Kutten gekleideten Ordensmänner, auf die Gefangene.

„Lea Calderón, du wirst nun vor das Gericht der Heiligen Inquisition geführt", verkündete der ältere, „damit du deine Sünden gestehst und dafür büßest! Bruder Antonio, beginnt mit den Vorbereitungen!"

Der Angesprochene riss Lea die Kleidung vom Leib und warf ihr ein Gewand aus grobem Sackleinen vor die Füße. „Hier, zieh das an!", befahl er barsch.

Froh, ihre Nacktheit vor den lüsternen Blicken der Mönche verbergen zu können, ergriff sie das kratzige Hemd und streifte es über. Mochte der Gott Israels ihr beistehen!

Die Klosterbrüder führten sie in einen düsteren Saal. Dort sah sie ihren Bruder wieder. Der junge Mann saß auf einer schmalen Bank und hatte den Blick nach unten gerichtet. Er schaute erst auf, als Lea neben ihm Platz nahm und ihn am Arm berührte. Erschreckt stellte seine Schwester fest, dass aus seinen Augen jeglicher Lebensfunke gewichen zu sein schien. Sie lächelte ihm zaghaft zu. Da zogen sich auch Aarons Mundwinkel nach oben. Sie rutschten dicht zusammen und versuchten einander Halt zu geben.

Kurz darauf erschienen die Inquisitoren mit ihrem Vorsitzenden, Tomás de Torquemada sowie die Sekretäre. Die Männer Gottes fingen an, die beiden Angeklagten mit Fragen zu überhäufen, immer wieder dieselben Fragen. Torquemada kannte keine Gnade. Doch weder Lea noch ihr Bruder konnten die Dominikanermönche mit ihren Antworten zufriedenstellen. Die beiden Geschwister beteuerten wiederholt ihre Unschuld. So führten sie die *familiares* schließlich nach unten in die Folterkammer.

Außer dem Prior von Santa Cruz, der den Folterakt selbst überwachen würde, waren noch etliche Mönche zugegen, der Sekretär des Inquisitors, die Marterknechte und ein Schreiber, der die zu erwartende Aussage der Ketzer schriftlich festhalten würde. Die Talglichter, die an den Felswänden befestigt waren, tauchten den Raum in ein dämmriges Licht und ließen die weiße Kutte Torquemadas geradezu gespenstisch leuchten.

Lea konnte sich vor Angst kaum auf den Beinen halten, Aaron hielt sie fest umklammert und stützte sie, obwohl auch er befangen die seltsamen Gerätschaften betrachtete. Lea dachte wieder an ihr Kind. Sie würde nicht zulassen, dass ihm etwas geschähe.

Torquemada triumphierte innerlich. Er wusste bereits, wie die Zungen der Häretiker zu lockern wären: Würde der Bruder vor den Augen der Schwester gefoltert werden, so würde das Mädchen alles gestehen, was man von ihr verlangte. Er flüsterte den Marterknechten etwas ins Ohr, woraufhin diese mit einem Grinsen nickten.

Sie gingen auf Aaron zu und rissen ihn grob von Lea fort. Die junge Frau schrie erschreckt auf. Einer der *familiares* musste sie mit Gewalt halten, während die Männer ihren Bruder zu einem langen Holztisch schleiften, der an einem Ende zwei Lederriemen aufwies, mit denen, wie Aaron sogleich erfahren sollte, die Füße des Opfers festgeschnallt wurden. Am anderen Ende befand sich eine ähnliche Vorrichtung für die Hände. Die Marterknechte zogen dem Sohn des Tuchhändlers das sackähnliche Gewand vom Leib und hoben ihn, nackt, wie er nun war, auf den Tisch. Ehe sich Aaron versah, hatten sie seine Füße und die ausgestreckten Arme festgebunden, sodass er sich nicht mehr bewegen konnte.

Der junge Mann gab keinen Ton von sich, doch aus seinen Augen leuchtete Panik. Lea wollte es schier das Herz brechen, als sie ihren Bruder dort so hilflos und verletzlich liegen sah, obwohl sie noch nicht ahnen konnte, welches Maß an Schmerz er sogleich würde ertragen müssen. Die Inquisitionsgehilfen schauten zu Torquemada hinüber, der ihnen ein Zeichen gab. Am Kopfende der Streckbank zogen sie nun mit einem Handhebelrad das Seil an und begannen die Gelenke des Gepeinigten somit langsam zu dehnen.

Lea sah, wie Aarons Gesicht sich vor Schmerz verzerrte. Er gab jedoch keinen Laut von sich. Tränen liefen über ihre Wangen. Sie rief den Namen ihres Bruders und versuchte, sich aus dem Griff des *familiares* herauszuwinden. Aber der Mann hatte ihre Arme nach hinten gebogen, und so war es ihr unmöglich, sich zu befreien. Immer weiter drehten die Folterknechte an dem Rad und zogen Aarons Körper auseinander. Lea blickte zu Torquemada hinüber, den der Anblick des Leidenden zu erfreuen schien. Auf den Lippen des Inquisitors lag ein Lächeln, während seine Finger zärtlich über das hölzerne Kreuz auf seiner Brust strichen.

Nun drangen auch aus Aarons Mund qualvolle Schreie. Lea konnte den Anblick ihres leidenden Bruders nicht mehr ertragen.

„Hört auf!", schrie sie. „Hört in Gottes Namen auf! Wir sagen alles, was ihr wollt!"

Sofort gab Torquemada den Männern den Befehl, einzuhalten.

Die Stickerin riss sich los und stürzte zu ihrem Bruder. Sie streichelte über sein Gesicht. „Du musst sagen, was sie hören wollen, Aaron!", flehte sie unter Tränen. „Ich kann es nicht mehr mit ansehen, wie sie dich quälen."

Der Inquisitor trat auf die andere Seite der Streckbank und beugte sich zu dem Gefolterten hinunter. „Miguel Calderón, bist du bereit, deine Vergehen zu bekennen?"

Ängstlich schaute Lea ihrem Bruder ins Gesicht und atmete erleichtert auf, als dieser nickte.

„Bruder Eugenio", wandte sich der Inquisitor an den Sekretär, „schreibt nieder: Der Angeklagte und seine Schwester haben nach der Anwendung des *potros* zugestimmt, ihre an der Heiligen Katholischen Kirche begangenen Verbrechen zu bekennen."

Die Knechte lösten die Seile und zogen Aaron von der Streckbank herunter. Er konnte sich jedoch nicht auf seinen Beinen halten, sie knickten sogleich unter seinem Gewicht ein. Geschwind packten die Männer ihn rechts und links unter den Armen und schleppten ihn zurück in den dunklen Saal. Lea ahnte, dass ihr Bruder starke Schmerzen haben musste, obwohl sich in seinem Gesicht nichts regte. Im schummrigen Licht der grünlichen Kerzen, unter den gestrengen Blicken Torquemadas, standen die Kinder des Tuchhändlers abermals Rede und Antwort. Aaron gab seine damalige Teilnahme an der Verschwörung gegen die Altchristen zu und Lea sagte aus, dass sie den Aufenthaltsort ihres Bruders verschwiegen zu haben, als die *familiares* nach ihm gesucht hatten. Des Weiteren bekannten sich die Geschwister schuldig, im Verborgenen nach den mosaischen Regeln gelebt zu haben.

Nachdem das Verhör beendet war und Lea wieder in ihrer Kerkerzelle weilte, war es, als ob jemand eine große Last von ihren Schultern genommen hatte, obgleich sie ahnte, dass sie soeben durch ihre Geständnisse ihr Todesurteil heraufbeschworen hatten. Sie sorgte sich um ihren Bruder, der nun gewiss unter den Verletzungen litt, die man ihm auf der Folter zugefügt hatte.

Auch jetzt noch kamen ihr bei dem Gedanken an seine Schmerzensschreie die Tränen. Sie hatte ihm nicht einmal mehr ein paar Worte des Trostes schenken können, so rasch hatte man sie wieder von einander getrennt.

Mit einer zärtlichen Geste strich Lea über ihren Bauch. Warum nur hatte alles so kommen müssen?, dachte sie verzweifelt. Sie sehnte sich nach Alvaro, nach seinen starken Armen, die ihr Halt gaben, nach seine Händen, die ihren Körper innig liebkosten, nach seinen Lippen, die ihr süße Worte ins Ohr flüsterten. Schluchzend sank sie auf ihr Lager. Sie rollte sich zusammen und umfasste ihre Knie. So verharrte sie, bis sie endlich nach Stunden in einen unruhigen Schlaf fiel.

Am nächsten Tag verkündete Tomás de Torquemada den Geschwistern das Urteil: Man würde sie auf dem Scheiterhaufen verbrennen. Blass, aber gefasst, standen sie nebeneinander in dem schwarz verhangenen Raum. Lea hatte in der Nacht zum ersten Mal das Kind in ihrem Bauch gespürt. Ein sanftes Flattern nur, aber sie hatte sofort gewusst, was es bedeutete. Unbändige Freude hatte sie erfasst, die gleich darauf die traurige Gewissheit erdrückte, dieses Kind niemals in den Armen halten zu können.

„Beim nächsten Autodafé wird das Urteil vollstreckt werden", riss Torquemadas Stimme Lea aus ihren Gedanken. „Ihr habt Glück, es wird schon in zwei Tagen stattfinden. Solange habt Ihr in Euren Kerkerzellen auszuharren."

Mit diesen Worten erhob sich der Inquisitor und blickte drohend auf die Geschwister herab. „Nutzt die Zeit, um über Eure Sünden nachzudenken und zu bereuen."

Er winkte zwei *familiares* heran und forderte sie auf, die beiden jungen Leute zurück in ihre Verliese zu bringen.

„Vielleicht hat Alvaro von unserer Verhaftung erfahren und ist schon auf dem Weg hierher", flüsterte Aaron seiner Schwester zu.

Sie drückte zustimmend die Hand ihres Bruders, bevor ein Inquisitionshelfer die Geschwister grob auseinander riss und man sie wieder in die Kerkerzellen sperrte.

Irgendwo zwischen Toledo und Sevilla

Als eine erste rosafarbene Verfärbung am Horizont den baldigen Aufgang der Sonne ankündigte, wachte Alvaro auf. Erschreckt bemerkte er, dass er viel zu lange geschlafen hatte. Er streckte sich ausgiebig und spürte, wie etwas in seinen rechten Fuß stach. Er fuhr hoch und stellte fest, dass es eine Distel gewesen war. Wie konnte dies möglich sein, er hatte doch Stiefel an - er war sich sicher, sie am vorigen Abend angelassen zu haben. Jetzt waren sie nicht mehr da. Das Pferd! Wo war das Pferd? Er sprang auf und blickte sich suchend um, aber er konnte das Tier nirgendwo entdecken. Rasch tastete er unter seinem Wams nach dem Lederbeutel: Er war nicht mehr da und auch die Schriftstücke der Königin befanden sich nicht mehr an der Stelle, wo er sie hingesteckt hatte. Sein Herz krampfte sich zusammen, nachdem ihm klar geworden war, dass man ihn überfallen hatte. Er stieß einen lauten Fluch aus. Wie hatte er nur so fest schlafen können? Und viel schlimmer, wie sollte er jetzt noch rechtzeitig nach Sevilla gelangen? Verzweiflung überkam ihn für einen kurzen Augenblick, doch dann schöpfte er wieder Mut. Er musste versuchen, irgendwo ein anderes Pferd aufzutreiben. Wenn es erforderlich wäre, würde er sogar eines stehlen. Er ließ seinen Blick noch einmal dorthin schweifen, wo er soeben noch nichts ahnend geschlafen hatte. Was leuchtete dort inmitten des Dornenbusches?

Alvaro bückte sich und entdeckte zu seiner Freude den Brief der Königin und den Passierschein. Beide Schriftstücke waren unversehrt. Er steckte sie wieder in die Innentasche seines Wamses und machte sich entschlossen auf den Weg.

Die ersten Schritte taten ihm noch weh, doch schon bald hatten sich seine Füße an die neuen Gegebenheiten gewöhnt.

Nachdem er ungefähr zwei Stunden gelaufen war, begegnete er einem Bauern mit einem Gespann. Der Alte hielt an, und als Alvaro ihm berichtete, was ihm zugestoßen war, durfte er auf den Wagen aufsteigen. Der Bauer bot ihm sogar Brot, Käse und Wein an. Dankbar griff Alvaro zu und merkte erst jetzt, wie hungrig er gewesen war.

„Ich hab zwar kein zusätzliches Paar Schuhe für Euch", sagte der Mann – er hieß Paco -, „aber hinten auf dem Wagen liegen zwei alte Leinensäcke und Stricke. Damit könnt Ihr Eure Füße umwickeln."

„Wie soll ich Euch nur danken? Gott segne Euch für Eure Freundlichkeit!" Alvaro schenkte dem Alten ein Lächeln.

Gegen Abend musste der Fuhrmann in eine andere Richtung abbiegen. Er hielt an, stieg vom Wagen hinunter und reichte seinem Mitfahrer wie versprochen den Leinenstoff und die Stricke.

Der Sekretär dankte ihm abermals und verabschiedete sich von seinem Gönner. Dann setzte er seinen Weg fort. Dies ging nun dank Pacos freundlicher Gabe um einiges leichter als zuvor. Es durfte nicht mehr allzu weit bis Sevilla sein. Wenn er die Nacht durchlief, müsste er die Stadt am nächsten Tag erreichen. Könnte er nur irgendwo ein Pferd ergattern!

Der rötliche Schein, den die untergehende Sonne am Himmel zurückgelassen hatte, verblasste langsam. Die ersten Sterne wurden sichtbar. Glücklicherweise verdeckten keine Wolken den Mond. Sein Licht beleuchtete daher die Straße ausreichend.

Rechter Hand tauchte auf einmal ein großes, dunkles Gemäuer vor Alvaro auf. Ein Glockenturm ragte im Hintergrund schemenhaft in die Höhe – es musste sich um ein Kloster handeln. Zu einem Konvent gehörten zumeist auch Stallungen.

Alvaro hatte noch nie in seinem Leben etwas gestohlen, doch jetzt war er zu allem bereit. Nur, wie sollte er in das Gebäude hineingelangen?, fragte er sich besorgt. Gewiss würde so spät in der Nacht alles verriegelt sein. Er schlich sich zum Haupteingangstor. Wie er geahnt hatte, war es verschlossen. Rasch lief er an der Mauer entlang, in der Hoffnung einen weiteren Eingang zu finden, der vielleicht offen wäre. Aber alle Tore waren zugesperrt. Einen Moment lang verließ ihn der Mut.

Du darfst nicht aufgeben, mahnte ihn eine innere Stimme. Denk an Lea!

Es musste ihm auf irgendeine Weise gelingen, in das Kloster hineinzugelangen. Suchend blickte er sich um und entdeckte einen umgestürzten Baumstamm. Er zog ihn heran und stellte ihn gegen die Mauer. Dann stieg er vorsichtig auf den vorspringenden Aststümpfen nach oben und schaute über den Rand. Auf der anderen Seite befand sich ein Blumenbeet. Ohne zu zögern sprang der Sekretär hinunter. Er hielt einen Moment inne und lauschte. Außer dem Ruf eines Kauzes und dem leisen Wiehern eines Pferdes war nichts zu vernehmen. Niemand schien sein Eindringen bemerkt zu haben.

Alvaro beschloss, auch noch eine Mönchstracht zu entwenden, eine solche Verkleidung würde ihm in Sevilla von Nutzen sein.

Kurz darauf erreichte er den Bereich der Klausur, der an die Kirche angrenzte und in dem neben Sakristei, Refektorium, Küche, Vorratskeller, Dormitorium, Kapitelsaal, Schreibstube und Bibliothek auch die Kleiderkammer der Mönche untergebracht war. Dort wurde Alvaro schnell fündig. Er zog eine der weißen Kutten über seine Hosen und sein Wams, band einen Lederstrick um die Hüften und streifte ein Skalupier über. Schließlich fand er noch Sandalen, in die er rasch schlüpfte, bevor er wieder auf den Kreuzgang hinaustrat.

Da vernahm er Schritte und einen leisen Singsang. Im letzten Augenblick gelang es ihm, sich hinter einer Säule zu verstecken. Eine gespenstisch anzusehende Prozession, brennende Kerzen vor sich her tragender Mönche, zog vorbei. Sie waren auf dem Weg zur Vigilienmesse, die um zwei Uhr verlesen wurde.

Mit klopfendem Herzen begab sich Alvaro zu den Stallungen. Sie lagen hinter dem Gästehaus. Der Zeitpunkt war günstig, denn die Klosterbrüder würden während der nächsten Stunde in der Kapelle verweilen. Vier Pferde zählte Alvaro bald darauf. Nervös legten die Tiere die Ohren an. Der Sekretär wählte einen braunen Hengst aus und führte ihn an den Zügeln nach draußen.

Jetzt musste es ihm nur noch gelingen, aus der Klosteranlage herauszugelangen. Er orientierte sich kurz und stand schon bald darauf vor einem schmiedeeisernen Tor am anderen Ende der Klosteranlage. Rasch begutachtete er das Schloss und stellte erleichtert fest, dass es nur ein Riegel war, den man von innen öffnen konnte. Er schickte ein Dankesgebet zum Himmel und versprach Gott, für die Sünden, die er soeben begangen hatte, Buße zu tun. Dann schwang er sich auf den Rücken des Pferdes und galoppierte in die Nacht.

Sevilla, 26. Juli im Jahre des Herrn 1482

Der Tag des Autodafés war gekommen. In den Kerkern des Inquisitionsgefängnisses wartete eine angemessene Anzahl zum Tode verurteilter Häretiker, sodass sich die Kosten auch rechneten, die ein solches Spektakel verursachte. Bereits eine Stunde vor Beginn der Veranstaltung war der Platz vor der Kathedrale, wo der erste Teil der Hinrichtungszeremonie stattfinden sollte, von Menschen übersäht, die geduldig auf die Prozession der Sünder warteten.

Lea hatte eine unruhige Nacht verbracht. Mal war sie schweißüberströmt gewesen, mal hatte sie vor Kälte am ganzen Körper gezittert. Sie hatte kaum geschlafen, das Warten zehrte an ihren Nerven. Irgendjemand machte sich an dem Riegel der schweren Holztür zu schaffen. Knarrend öffnete sie sich, und ein Mönch erschien in der Zelle. Den hinkenden Wärter hatte Lea seit einiger Zeit nicht mehr gesehen.

„Es ist soweit, meine Tochter! Heute wird dein Seelenheil gerettet werden", verkündete der Kirchenbruder mit scheinheiliger Stimme.

„Mach dich bereit und zieh dies hier über!"

Er warf ihr ein Gewand vor die Füße, das *sambenito,* auf dem Flammen und hässliche Dämonen aufgemalt waren. Die Stickerin drehte sich zur Wand und tauschte ihr grobes Leinenkleid gegen den gelben Büßerkittel. Dann folgte sie dem Mönch auf den düsteren Gang hinaus. Aaron wurde ebenfalls gerade aus seiner Zelle geführt. Der Junge war blass und schaute abwesend vor sich hin. Noch nie war Lea die Ähnlichkeit mit ihrem Vater so sehr aufgefallen wie heute, ihr Herz krampfte sich vor Kummer zusammen.

Zum ersten Mal seit langer Zeit erblickten die Geschwister wieder das Tageslicht. Sie traten ins Freie hinaus und mussten sich an der langen, aus massigen Steinquadern bestehenden Burgmauer aufstellen. Neben Lea und Aaron sollten noch sieben weitere Sünder zum Ruhme Gottes verbrannt werden, zwei von ihnen *in effigie.* Die beiden Ketzer waren nämlich vor ihrer Festnahme geflohen, deswegen sollte nur ihr Bildnis in die Flammen geworfen werden. An der Mauer aufgereiht standen schon diejenigen, die lediglich mit einer leichten Strafe zu rechnen hatten. Auch sie trugen *sambenitos,* die aber nur mit ihren Vergehen beschrieben waren.

Da entdeckte Lea Manuel. Rasch stieß sie ihren Bruder an und deutete auf den Weinhändler. Dieser hatte seine Verlobte ebenfalls bemerkt. Sie hörte, wie er ihren Namen rief, sah, wie er aus der Reihe ausbrechen wollte, um zu ihr zu gelangen. Doch unverzüglich stieß ihn einer der Inquisitionshelfer wieder zurück.

„Lea, es tut mir leid!", schrie er. „Ich habe das nicht gewollt. Ich liebe dich."

Ein Büttel versetzte ihm einen Schlag ins Gesicht und brachte ihn zum Schweigen. So sehr sie sich auch bemühte, der Stickerin gelang es nicht, Mitleid für Manuel zu empfinden. Warum hatte er nicht auf sie gehört?, dachte sie zornig. Durch seine Schuld mussten Aaron und sie nun ihr Leben lassen, würde ihr ungeborenes Kind niemals das Licht der Welt erblicken. Sie beobachtete, wie der Weinhändler weinend zusammenbrach und von zwei *familiares* wieder auf die Beine gezogen wurde. Mit starrer Miene wandte sie ihren Blick ab.

Die Büttel legten den Gefangenen Fesseln um die Hände und stülpten ihnen die *caroza* über, eine hohe Papiermütze, die wie das gelbe Büßergewand mit Flammen und dämonischen Fratzen bemalt war. Lea blickte in den Himmel, der die Stadt wie ein blaues Zeltdach überspannte. Nur im äußersten Norden türmten sich einige Wolken. Eine hatte die Form eines Gesichtes und erinnerte sie an Ezra. Nicht mehr lange und ich werde bei dir sein, Vater, sprach sie in Gedanken. Sie fühlte keine Furcht, sondern war ruhig und gefasst. Während ihrer letzten Nacht im Inquisitionsgefängnis hatte sie nach einem langen Zwiegespräch mit Gott ihren inneren Frieden gefunden. Auch wenn ihr Leben auf dieser Erde in kurzer Zeit beendet sein sollte, so war sie doch dankbar für die Zeit, die sie mit Alvaro hatte verbringen dürfen.

Die Prozession setzte sich in Bewegung. Als Erstes gingen die Kohlenbrenner, die in Kürze die alles verzehrenden Feuer schüren würden. Danach trugen zwei Klosterbrüder das grüne Banner der Inquisition. Es folgten die Vertreter der in der Stadt lebenden Mönchsorden mit dem mächtigen Kreuz, das zum Zeichen des lebendigen Glaubens mit grünen Zweigen geschmückt war. Dahinter mussten sich die Verurteilten aufstellen. Sie waren barfuss und trugen erloschene Kerzen in den Händen. Büttel flankierten sie zu beiden Seiten. Die letzte Gruppe bildeten die Inquisitoren. Allen voran Tomás de Torquemada, der auf einem schwarz verhüllten Esel ritt.

Langsam setzte sich der schaurige Zug in Bewegung und überquerte die Brücke, die das Triana-Viertel mit dem restlichen Teil der Stadt verband. Die Mönche sangen Psalme, zu dessen Rhythmen die Teilnehmer voranschritten. Die Sonne gewann immer mehr an Stärke und schien erbarmungslos auf die Häupter der Büßer.

Lea merkte, wie ihre Kräfte sie verließen. Sie würde sich nicht mehr lange auf den Beinen halten können. Die Ruhe, die sie zuvor wie ein unsichtbarer Schutzschild umgeben hatte, wich einer Angespanntheit, die stetig zunahm, je näher sie dem Kathedralenplatz kamen. Das Kind in ihrem Bauch spürte ihre Nervosität, sie fühlte unentwegt das zarte Flattern in ihrem Unterleib. Bei dem Gedanken daran, auf welch qualvolle Weise das Ungeborene nun gleich sein Quäntchen Leben aushauchen sollte, ergriff sie eine unbändige Wut. Sie übersah einen spitzen Stein auf dem Weg und stolperte. Da ihre Hände gefesselt waren, konnte sie das Gleichgewicht nicht mehr halten und stürzte schwer zu Boden. Sofort waren zwei Büttel zur Stelle und zogen sie hoch. Dreck und Staub vermischte sich mit dem Blut, das aus einer Schnittwunde an ihrem Knie sickerte. Ich bitte dich, Gott unserer Väter, lass uns nicht länger leiden!, flehte Lea. Wieder richtete sie ihren Blick in den Himmel, wo immer mehr Wolken aufzogen, kleine weiße Fetzen, die sich im lauen Wind vereinten.

Bald erreichte der Zug der Häretiker die Plaza Virgen de los Reyes. Fanfarenstöße erklangen. Der Ort war schwarz vor Menschen. Sogar die Balkone der umliegenden Häuser waren von Zuschauern belagert. Neben einer überdachten Tribüne für die Obrigkeiten war noch ein großes Holzpodest aufgebaut, auf dem ein einfacher Altar sowie mehrere Holzkäfige standen. Hunderte Schaulustiger gafften die Ankömmlinge mit offenen Mündern an.

Lea lehnte sich an Aaron. Genauso musste es auch ihrem Vater damals ergangen sein. Was er wohl in diesem Augenblick empfunden hatte?, fragte sie sich. Einige Büttel packten die zum Tode verurteilten Ketzer an den Armen, zogen sie auf das Podest hinauf und stießen sie in die Holzkäfige. Die restlichen Häretiker mussten sich daneben aufstellen. Dann begann die Messe und nach dieser die Verkündung der Vergehen und des Strafmaßes eines jeden Angeklagten.

So verging Stunde um Stunde, während die Sonne langsam gen Westen wanderte. Immer mehr Wolken zogen auf. Jetzt waren es keine weißen Schäfchenwolken mehr, sondern große Gebilde, von seltsamer gelblicher Farbe. Doch niemand nahm dies zur Kenntnis, alle waren viel zu sehr in das Schauspiel vertieft, das vor ihren Augen stattfand. Als die Inquisitoren die Urteile vorgelesen hatten, übergab Torquemada die Todgeweihten dem gesetzlichen Arm. Jetzt unterlag es den weltlichen Richtern den letzten Teil dieses grässlichen Spektakels zu vollenden. Die Kirche durfte die Todesstrafen zwar verhängen, jedoch nicht selbst ausführen.

Einige *familiares* brachten die übrigen Häretiker wieder zurück in das Gefängnis, wo man in Kürze mit der Ausführung der zuvor verhängten Strafen beginnen würde. Die sieben Todeskandidaten hingegen legten ihren vorerst letzten Weg auf Erden zurück, hinaus vor die Tore der Stadt zur Ebene von Tablada, wo die Kohlenbrenner und Henkersknechte bereits auf sie warteten.

Alvaro ritt, als wäre der Leibhaftige persönlich hinter ihm her. Er würde sein Ziel bald erreicht haben. Immer wieder schlug er dem Pferd in die Flanken, um es zu noch größerer Geschwindigkeit anzutreiben. Der Rücken des Tieres war schweißnass, Schaum tropfte aus seinem Maul. Je weiter der Sekretär vorankam, umso düsterer wurde der Himmel. Da endlich konnte er die Umrisse Sevillas am Horizont erkennen. Eine riesige, bedrohlich aussehende Wolkenwand hing über der Stadt. Ab und zu zuckten grelle Blitze über sie hinweg. Das hatte ihm gerade noch gefehlt – ein Unwetter, das ihn daran hindern würde, seinen Weg fortzusetzen.

Doch die Natur nahm keine Rücksicht. Schon bald bedeckten die schwarzen Wolken den gesamten Himmel. Zu den Blitzen gesellten sich kräftige Donnerschläge und zu allem Unglück begann es auch noch zu schütten.

Es regnete und stürmte so stark, dass Alvaro seine Hand nicht mehr vor Augen sehen konnte. Er zügelte das Tempo und ritt jetzt nur noch Schritt. Der Weg verwandelte sich in kürzester Zeit in eine Schlammhalde, sodass sein Pferd Schwierigkeiten hatte, nicht wegzurutschen. Es wieherte vor Schreck und versuchte sich aufzubäumen, als vor ihnen ein Blitz in eine Pinie einschlug.

Nur mit Mühe gelang es Alvaro, den Hengst zu beruhigen. Es hatte keinen Zweck. Er saß ab und führte das Tier abseits der Straße unter eine große Korkeiche, deren ausladende Äste ihnen ein wenig Schutz boten. Ungeduldig verharrte er, bis der Regen nachließ und in ein beständiges Nieseln überging. Blitze und Donnerschläge wurden ebenfalls weniger - das Unwetter schien langsam weiter zu ziehen.

Rasch schwang sich Alvaro wieder auf sein Pferd und ritt so schnell, wie es die Beschaffenheit der Straße erlaubte, Sevilla entgegen. Als er durch das nördliche Tor in die Stadt gelangte, begegnete ihm keine Menschenseele. Die Gassen waren wie ausgestorben. Überall standen Wasserlachen, die sich durch die sinnflutartigen Regenfälle gebildet hatten. Abgerissene Fensterläden, Holzlatten, zersplitterte Fässer und jeglicher Unrat lagen in den Straßen verteilt. Alvaro kam an eingestürzten Mauern und abgedeckten Dächern vorbei. Sogar einem toten Schaf, das von irgendeinem Gegenstand erschlagen worden war, wich er aus. Der Sturm musste zuvor mit aller Kraft in der Stadt gewütet haben.

Der Sekretär suchte als erstes die Kanzlei seines Freundes Pedro Espinosa auf. Dieser würde ihm gewiss sagen können, wie es um Lea stand. Dreimal musste er an die

Tür klopfen, bis sie geöffnet wurde. Ein Mann fragte nach Alvaros Begehr. Als dieser nach Pedro verlangte, teilte ihm der Anwaltsgehilfe mit, dass der Advokat sich zur Ebene La Tablada begeben hätte, wo an diesem Tag ein Autodafé stattfinden sollte. Er wäre ein wenig in Sorge, weil Don Pedro noch nicht zurückgekommen war.

Alvaro sank bei den Worten des Mannes in sich zusammen. War er zu spät gekommen? War seine Geliebte bereits ein Opfer der Flammen geworden? Die Ungewissheit quälte ihn. Rasch dankte er dem Angestellten für die Auskunft und schwang sich wieder auf sein Pferd. Vielleicht waren die Feuer noch nicht entfacht worden, bevor das Unwetter begonnen hatte. Vielleicht war Lea noch am Leben. Doch die Hoffnung zerplatzte wie eine Seifenblase im Wind, als er die Ebene erreichte. Schon von weitem war das breite Holzpodest mit den vier Gipsfiguren zu erkennen – und in dessen Mitte die Scheiterhaufen mit den herausragenden Pfählen. Von den Holzstapeln stiegen schwache Rauchsäulen auf, was bedeutete, dass sie zuvor gebrannt hatten. Verzweiflung machte sich in Alvaro breit. Wie sollte er nur ohne Lea weiterleben?

Die Zuschauertribüne lag verlassen da, das Baldachin, das sie überspannt hatte, war zur Hälfte abgerissen. Nur einige wenige Personen, die dem Unwetter getrotzt hatten – offensichtlich Angehörige der Verurteilten – befanden sich auf dem Podest. Der Sekretär erklomm rasch die Stufen und ging von einem Scheiterhaufen zum nächsten. Bei den ersten war nicht mehr zu erkennen, ob sich überhaupt jemand darauf befunden hatte, man konnte nur noch schwelende Holzstücke zwischen der Asche erkennen. Beim fünften machte Alvaro die verkohlten Reste eines Menschen aus. Eine Frau kniete davor und schluchzte herzzerreißend. Schaudernd wandte er sich ab und bemühte sich, die bittere Galle, die ihm aufgestoßen war, wieder hinunterzuschlucken. Plötzlich vernahm er seinen Namen. „Alvaro, bist du das? Komm schnell, Lea ist hier, sie ist nicht tot! Sie lebt!"

Die Stimme gehörte Pedro. Der Sekretär entdeckte seinen Freund am hinteren Ende des Podestes, neben dem letzten Scheiterhaufen in der Reihe. Dort kniete er und hielt Lea in den Armen. Sie war nackt. Das Gesicht und ihr Körper waren rußgeschwärzt, die Beine gerötet und von Brandblasen überzogen.

„Lea, Lea, ich bin hier. Es wird alles gut!" Alvaro nahm Pedro das Mädchen ab. Zärtlich strich er über ihre Wangen und küsste ihre geschlossenen Lider. Dabei schämte er sich der Tränen nicht, die ihm in die Augen schossen.

„Wir müssen sie von hier fortschaffen. Die Büttel und die Henker können jeden Moment zurückkehren." Der Anwalt sprang auf und musste husten. Der Qualm brannte in seinem Hals. „Reite mit Lea voraus. Ich werde mich noch um ihren Bruder kümmern und dann mit meinem Wagen nachkommen. Wenn du weit genug von der Stadt entfernt bist, wartest du, bis ich euch eingeholt habe."

Alvaro nickte und richtete seine Aufmerksamkeit wieder auf die Verletzte. Sie war immer noch ohnmächtig, aber sie lebte. Er schickte ein Dankesgebet zum Himmel. Es würde alles gut werden! Schnell zog er seine Kutte aus und bedeckte damit ihre Blöße.

Während er das Mädchen zu seinem Pferd trug, stieg Pedro über glühende Holz- und Aschereste, um zu Aaron zu gelangen. Die Arm- und Beinfesseln, mit denen man den jungen Mann an den Pfahl gebunden hatte, waren schon zuvor in den Flammen zerfallen. Lediglich das Seil um seinen Hals war noch unversehrt, sodass der junge Mann nach unten gerutscht war und in sich zusammengesunken mit dem Rücken gegen den Pfosten lehnte. Der Anblick seines von unzähligen Brandwunden verunstalteten Körpers verursachte Pedro Übelkeit. Von Aarons üppiger, dunkler Lockenpracht waren nur noch einige verkohlte Haarstoppel übriggeblieben. Der Advokat ahnte, dass er gewiss nicht mehr viel ausrichten konnte. Vorsichtig löste er das geschwärzte Seil, während er die Hitze der heißen Asche unter den dünnen Ledersohlen seiner Schuhe spürte. Danach hielt er sein Ohr an die Brust des Jungen. Er spürte keinen Herzschlag. Es war zu spät für Aaron, er konnte nichts mehr für ihn tun. Mit einem tiefen Seufzer strich er noch einmal über die rußgeschwärzte Wange des Jungen. Dann erhob sich und sprang von dem Podest hinunter.

Mittlerweile hatten sich wieder einige Schaulustige und weitere Angehörige in der Ebene eingefunden. Gewiss würden auch die Büttel nicht mehr lange auf sich warten lassen.

Der Wagen mit dem Gespann stand zum Glück immer noch an der Stelle, an der ihn der Anwalt vor Beginn der Hinrichtung zurückgelassen hatte.

Er stieg auf und machte sich ebenfalls auf den Weg zur Stadt hinaus.

Nachdem Alvaro ungefähr eine halbe Stunde lang sein Reittier unermüdlich vorangetrieben hatte, glaubte er, der Vorsprung wäre nun groß genug. Er brachte das Pferd zum Stehen und legte Lea auf den noch feuchten Boden. Hier wollte er auf seinen Freund warten. Die junge Frau hatte das Bewusstsein noch immer nicht wiedererlangt. Er ließ sich neben ihr nieder. Ihre Stirn glühte vor Hitze, sie schien hohes Fieber zu haben. Hoffentlich würde Pedro sie bald eingeholt haben, dachte Alvaro. Leas Verletzungen mussten dringend versorgt werden. Wenn er doch nur irgendwo Wasser auftreiben könnte, um ihre Brandwunden zu kühlen! Er erhob sich leise und lief ein Stück zwischen den Bäumen entlang. Es war ihm, als ob er irgendwo etwas plätschern hörte.

Rasch kletterte er einen kleinen Abhang hinunter und siehe da! Tatsächlich floss dort ein Bach. Er zog sein Hemd aus und tauchte es in das kühle Nass. Dann lief er zu Lea zurück und legte den feuchten Stoff über ihre Beine. Mehr konnte er im Augenblick nicht für sie tun.

Die Abenddämmerung war bereits angebrochen. Die Wolken hatten sich verzogen. Nur am Horizont waren noch ein paar dunkle Gebilde zu erkennen, die von dem Inferno zeugten, das Sevilla und seine Umgebung zuvor heimgesucht hatte.

Bald darauf vernahm der Sekretär das Rattern eines herannahenden Fuhrwerks. Dem Himmel sei Dank – es war Pedro.

Der Advokat sprang hinunter. „Ich konnte Aaron nicht mehr helfen. Der Herr hat ihn zu sich genommen", erwiderte er auf Alvaros fragenden Blick hin. „Wie geht es Lea?"

„Sie braucht dringend einen Arzt. Aber ich weiß nicht einmal, wie weit der nächste Ort entfernt liegt." Der Sekretär schaute seinen Freund ratlos an.

Zusammen hoben sie die Verletzte hinten auf den Wagen.

„Wir müssen Sevilla soweit wie möglich hinter uns lassen. Je größer der Vorsprung ist, bevor sie bemerken, dass Lea verschwunden ist, umso besser", meinte Pedro.

„Dann lass uns keine Zeit verlieren! Hast du irgendetwas, worin man Wasser abfüllen könnte? Da unten ist ein kleiner Fluss." Alvaro zeigte zu den Bäumen.

Pedro kletterte auf den Wagen und brachte einen Lederschlauch zum Vorschein. Schnell griff der Sekretär danach und lief noch einmal zu dem Bach hinunter. Dann band er sein Pferd hinten an den Karren und setzte sich neben Lea. Pedro stieg vorne auf und trieb die beiden Maultiere an.

Sie fuhren die ganze Nacht hindurch. Die Sonne war gerade hinter einer Bergkette aufgetaucht, da schlug Lea zum ersten Mal die Augen auf. Alvaro war neben ihr eingeschlafen. Erst, als sie sich bewegte und ein Stöhnen von sich gab, erwachte er. Sogleich beugte er sich über sie.

„Lea, *cariño*, ich bin da. Du bist gerettet!"

Ein kurzes Lächeln erschien auf ihrem Gesicht, bevor ihr erneut die Augen zufielen. Ihre Füße und die Unterschenkel sahen schlimm aus. Die Haut war stark gerötet und von unzähligen Brandblasen überzogen. Es war gut, dass sie sofort wieder einschlief, dachte Alvaro. So würde sie die starken Schmerzen nicht spüren, die sie zweifellos plagen mussten.

Kurz darauf erreichten sie einen Ort namens El Arahal, die erste größere Ansiedlung, seitdem sie Sevilla verlassen hatten. Sie beschlossen, hier Vorräte und vor allen Dingen Medizin und Verbandsmaterial zu kaufen. Pedro lenkte das Fuhrwerk durch die engen Gassen. Einmal wäre fast der Inhalt eines Nachttopfes, den eine mürrisch dreinblickende Frau aus einem Fenster auf die Straße ausgoss, auf ihren Köpfen gelandet.

Sie erreichten derweil den Marktplatz, der das Zentrum der kleinen Stadt darstellte und von Häusern und einer Kirche umgeben war. Unter den schattenspendenden Ästen einiger hoher Pappeln hatten die Bauern und Händler ihre Stände aufgebaut. Da es noch früh am Morgen war, waren erst wenige Kauflustige unterwegs. Stattdessen bevölkerte ein Schwarm Tauben den Platz und pickte in den Resten faulen Gemüses, die vom Vortag herumlagen. Einer der Marktbetreiber versuchte vergeblich, die hartnäckigen Vögel wegzuscheuchen. Auf einer Steinbank unter einem der Bäume unterhielten sich zwei alte Männer.

Neben der Kirche zog Pedro die Zügel an, sodass die Maultiere sofort stehenblieben. Alvaro stieg vom Wagen hinunter. Er wollte sich sogleich auf den Weg machen, um ein paar Dinge zu besorgen, die sie für die Weiterfahrt und für die Behandlung von Leas Wunden benötigen würden. Da man ihm bei dem Überfall im Wald sein Geld gestohlen hatte, musste er seinen Freund erneut um einen Gefallen bitten. Dieser zückte, ohne zu zögern, seine Geldkatze und reichte sie ihm.

„Hier, nimm! Viel ist es nicht, aber es wird euch eine Weile von Nutzen sein."

Alvaro nahm das Ledersäckchen und umarmte den Anwalt stumm. „Bleib du bei Lea, es dauert nicht lange."

Als Erstes suchte der junge Mann einen Stand auf, an dem Wein verkauft wurde. Diesen würden sie zur Säuberung von Leas Wunden benötigen. Da er kein Gefäß besaß, musste er zunächst bei einer Marktfrau einen Tonkrug erstehen, den er sich danach von dem Weinhändler füllen ließ. Dann kaufte er noch ein einfaches Gewand für seine Geliebte, etwas Obst, Trockenfleisch, Käse, Schinken und einen Laib Brot sowie einen Kessel, falls sie irgendetwas erhitzen müssten.

Er brachte die Sachen zu Pedro, der sie auf dem Wagen verstaute, und machte sich zum Haus des Apothekers auf, das sich, wie er zuvor erfahren hatte, ganz in der Nähe des Marktplatzes befand. Dennoch dauerte es eine Weile, bis er den Laden gefunden hatte. Zum Glück war er bereits geöffnet. Das Läuten einer kleinen Glocke ertönte, als die Tür aufschwang. Alvaro trat ein und ging vor bis zur breiten Theke im hinteren Teil des Raumes. An der Wand waren bis zur Decke reichende Regale angebracht, in denen Glas- oder Tongefässe und allerhand verschlossene Leinensäcke lagerten. Ein herber Kräuterduft hing in der Luft. Kurz darauf kam ein Mann hinter einem Vorhang hervor. Er war in ein dunkles Gewand gekleidet und fragte den Sekretär lächelnd nach seinem Begehr.

„Meine Gemahlin ist gestürzt und in ein Lagerfeuer gefallen", log Alvaro ungeniert. „Sie hat schlimme Brandwunden an den Beinen und hohes Fieber."

Der Apotheker strich sich eine Strähne seines ergrauten Haares zurück. „Gegen das Fieber empfehle ich Euch getrocknete Weidenrinde, als Tee aufgebrüht. Und für die Brandwunden… haben sich Blasen gebildet?"

Alvaro nickte. „Ja, die Haut ist außerdem stark gerötet. An manchen Stellen sieht sie aus, als ob sie jeden Moment aufplatzen würde."

Der Apotheker kratzte sich am Kopf. „Ich hoffe, Ihr habt die Wunden gleich gekühlt."

„Ich habe feuchte Stofflappen darüber gelegt."

„Das ist gut. Ich werde Euch eine Salbe geben. Sie wird aus Wacholder, ungesalzenem Schweineschmalz und Ei hergestellt. Sie hilft meistens sehr gut. Dann braucht sie noch etwas gegen die Schmerzen. Ich empfehle Euch Theriak. Die Mixtur ist aber nicht billig."

„Wieviel kostet sie?" Alvaro zog Pedros Geldkatze aus seinem Wams. Hoffentlich würde ihr Inhalt ausreichen, dachte er nervös. Er konnte jedoch gleich darauf erleichtert aufatmen, als der Apotheker ihm den Preis nannte.

„Ihr solltet trotzdem mit Eurer Gemahlin einen Arzt aufsuchen", riet er. „Hier in El Arahal gibt es einen sehr fähigen Mann. Wohnt Ihr in einer der Herbergen? Ich könnte *Señor* Muñoz benachrichtigen, damit er sich Eure Frau einmal ansieht."

„Nein, nein, danke, aber das ist nicht nötig", beeilte sich Alvaro zu versichern. „Wir haben unser Lager draußen vor den Toren aufgeschlagen und müssen heute noch weiterreisen. Mit Eurer Medizin wird es meiner Gemahlin bestimmt bald besser gehen." Der Sekretär wollte es zunächst vermeiden, Lea zu einem Bader oder einem

Medikus zu bringen, da er nicht wusste, ob ihnen die Häscher der Inquisition bereits auf den Fersen wären.

„Wenn Ihr mir dann bitte noch Leinentücher für die Verbände geben könntet und mir sagtet, wie viel ich Euch für alles zusammen schulde?"

Der Apotheker füllte etwas von der Weidenrinde in ein Leinensäckchen und von dem Theriak in eine kleine braune Glasflasche. Aus dem Nebenraum holte er die Salbe und einen Stapel Leinenstoffstreifen. Geduldig erklärte er Alvaro, wie oft und in welcher Menge er der Verwundeten die Medizin zu verabreichen hätte. Als er ihm schließlich den Gesamtpreis nannte, musste der junge Mann schlucken. Die Ausgabe würde ein gewaltiges Loch in den Betrag reißen, den Pedro ihm geliehen hatte. Doch Lea musste wieder gesund werden, koste es, was es wolle.

Der Sekretär bezahlte die geforderte Summe und bedankte sich. Dann machte er sich schnellen Schrittes wieder zum Marktplatz auf. Dort herrschte nun ein reges Treiben. Die Stände erfreuten sich schon vieler Käufer. Pedro saß auf dem hinteren Teil des Wagens neben Lea. Deren Gesicht war gerötet. Unruhig warf sie ihren Kopf hin und her.

„Wo bleibst du denn!", rief der Advokat vorwurfsvoll. „Hast du alles bekommen?"

Alvaro nickte. Der Anblick seiner leidenden Geliebten tat ihm in der Seele weh. Er wünschte sich von ganzem Herzen, dass sie mit Hilfe der Arzneien schnell wieder gesund werden würde.

„Lass uns rasch aus der Stadt hinausfahren, um Leas Wunden zu versorgen!", forderte er Pedro auf. „Ich habe auch etwas gegen das Fieber und die Schmerzen bekommen."

Ungefähr eine halbe Stunde später hielten sie unter einem großen Johannisbrotbaum an, dessen dichtes Astwerk wohltuenden Schatten spendete. Sie entfachten ein kleines Feuer. Während Pedro in dem Kessel, den Alvaro zuvor auf dem Markt erstanden hatte, den Aufguss aus der Weidenrinde zubereitete, trug der Sekretär vorsichtig die Salbe auf die Beine seiner Liebsten auf und verband die Wunden mit einem Teil der Leinenstreifen. Als der Weidenrindensud lange genug gezogen hatte, flößten sie Lea diesen sowie die vom Apotheker vorgeschriebene Menge des Theriaks ein und betteten sie danach wieder hinten auf den Wagen. Mehr konnten sie im Augenblick nicht tun.

Schon bald setzten sie ihre Fahrt fort. Da Lea nun ruhig schlief, nahm der Sekretär vorne neben seinem Freund Platz. Ab und zu drehte er sich um und warf einen Blick auf die Verletzte.

Sie durchquerten eine weite Ebene. Korkeichen und Johannisbrotbäume wuchsen dort soweit das Auge reichte. Rechts über ihnen entdeckte Alvaro einen Raubvogel, der hoch am Himmel seine Kreise zog.

„Wie lange wirst du uns noch begleiten?", fragte er seinen Freund. „Musst du nicht bald umkehren?"

„Ja, es weiß ja niemand wo ich bin. Mein Kanzleigehilfe wird sich schon um mich sorgen. Ich möchte allerdings die Gewissheit haben, dass es Lea besser geht."

„Wie soll ich dir nur jemals für alles danken, Pedro? Du bist ein wahrer Freund." Alvaro drückte den Arm des Anwalts.

„Ich bin mir sicher, du hättest für mich genau das Gleiche getan", sagte dieser und stieß im Anschluss daran einen lauten Fluch aus.

Er hatte ein tiefes Loch auf dem unebenen Weg übersehen, dem er nun nicht mehr ausweichen konnte. Es tat erst einen, dann einen zweiten lauten Schlag, als die Wagenräder hindurchratterten. Pedro hielt sofort an.

„Verdammt, hoffentlich ist die Achse nicht gebrochen", rief er ärgerlich.

Während er den Wagen untersuchte, schaute Alvaro nach Lea. Die junge Frau warf sich auf dem behelfsmäßigen Lager unruhig hin und her. Das Fieber schien immer noch nicht gesunken zu sein. Er legte ihr ein feuchtes Tuch auf die Stirn. Warum wirkte die Medizin nicht? Verzweifelt blickte er auf seine stöhnende Geliebte.

„Wir haben Glück gehabt, ist alles heile geblieben," rief Pedro und kam zum hinteren Teil des Wagens. „Geht es Lea besser?" Er hielt ein Tuch in den Händen und wischte sich seine Finger daran ab.

„Ich fürchte nein", antwortete Alvaro mit besorgter Stimme. „Ihre Stirn glüht immer noch vor Hitze. Wir sollten irgendwo Unterschlupf suchen. Die ständigen Erschütterungen auf dem Wagen sind bestimmt nicht gut für sie."

„Dann lass uns weiterfahren! Wir müssen doch irgendwann einmal in dieser gottverlassenen Gegend auf eine Herberge oder ein Dorf stoßen."

Die beiden Männer stiegen wieder auf. Pedro ergriff die Zügel und nach seinem gewohnten Kommando, setzten sich die beiden Maultiere in Bewegung.

Bald darauf erstreckten sich Weinfelder zu beiden Seiten des Weges.

„Schau, da vorne ist ein Gehöft! Dort könnten wir fragen, ob sie uns aufnehmen." Pedro zeigte auf einen inmitten der *viñas* liegenden Bauernhof.

Er lenkte den Wagen auf die Zufahrt und hielt vor dem Haus an. Der Sekretär stieg ab und klopfte an die Tür. Kurz darauf vernahm er schlurfende Schritte und eine Stimme rief: „Wer ist da?"

„Wir sind aus Sevilla und brauchen eine Unterkunft", antwortete Alvaro. „Meine Gemahlin ist verletzt. Sie hat hohes Fieber." Wie selbstverständlich gab er Lea erneut als seine Frau aus.

Da öffnete sich die Tür und ein alter Mann erschien. Graues, schütteres Haar umgab ein runzeliges, sonnengegerbtes Gesicht. Die Kleidung des Bauern war einfach, aber sauber. Auf der rechten Seite war in Schulterhöhe ein roter Kreis auf seinem Hemd aufgenäht, was ihn, wie der Sekretär sofort erkannte, als Juden auswies.

„*Buenas tardes*", grüsste Pedro, der sich unterdessen neben seinen Freund gestellt hatte. „Mein Name ist Pedro Espinosa, ich bin ein Advokat aus Sevilla. Dies ist Alvaro de Salvatierra. Als wir vor zwei Tagen unser Nachtlager aufgeschlagen haben und ein Feuer anzündeten, ist die Gemahlin meines Gefährten gestolpert und mit den Beinen in die Flammen gestürzt. Sie hat sich schlimme Verbrennungen zugezogen und hat hohes Fieber."

„Wir dachten, dass Ihr mir und meiner Frau vielleicht für ein paar Tage Unterkunft gewähren könntet", fuhr Alvaro fort, „solange, bis es ihr wieder besser geht. Es soll Euer Schaden nicht sein."

„Kommt erst einmal herein!", forderte der Alte die beiden Ankömmlinge auf. „Wir haben noch niemandem unsere Gastfreundschaft versagt. Mein Name ist Isaak Abramino. Ich wohne hier zusammen mit meinem Weib. Miriam, wir haben Gäste!", rief er in das Innere des Hauses.

Eine Frau von hagerer Gestalt, deren Gesicht ebenfalls von Falten überzogen war, erschien und blickte ihren Mann neugierig an. Auch sie trug das Judenabzeichen.

„Die Herrschaften benötigen eine Unterkunft, die Gemahlin dieses *hombres* ist verletzt", erklärte Isaak.

„*Buenas tardes, señores*", grüsste die Frau. „Wo befindet sich die Kranke?"

„Sie liegt draußen auf dem Wagen. Dürfen wir sie hereinbringen?", fragte Alvaro.

Das Bauernpaar nickte. „Die Kammer unseres Sohnes ist unbewohnt. Dort könnt Ihr sie auf die Bettstatt legen." Miriam strich sich eine Strähne ihres grauen, zum Knoten aufgesteckten Haares hinter das Ohr.

Alvaro ging nach draußen und kam wenig später mit Lea auf den Armen wieder zurück.

„Hier entlang!" Die Bäuerin führte ihn durch eine Stube in einen angrenzenden Raum, in dem eine mit einer Strohmatratze ausgestattete, einfache Holzpritsche stand. Vorsichtig legte er seine Liebste darauf nieder.

„Meine Frau versteht etwas von Krankenpflege", verkündete Isaak stolz. „Soll sie sich die Wunden einmal ansehen?"

Alvaro nickte und griff nach dem Leinensack, den er vom Wagen mit ins Haus gebracht hatte und in dem er die Arzneien des Apothekers aufbewahrte. Rasch erzählte er Miriam von Leas Sturz und erklärte ihr, welche Mittel er ihr verabreicht hatte.

Die Bäuerin erkannte sogleich den Ernst der Lage.

„Würdet Ihr bitte so freundlich sein und draußen warten, während ich mir die Verletzungen genau anschaue", forderte sie die Männer auf, die unverzüglich ihrem liebevoll formulierten Befehl nachkamen.

„Macht Euch keine Sorgen, Eure Frau ist bei Miriam in guten Händen! Sie kann ihr gewiss helfen." Isaak klopfte Alvaro beruhigend auf die Schulter.

Draußen erklärte er ihm, dass sich die Frauen in Miriams Familie seit jeher mit Heilkräutern auskannten und auf dem Land als Wehenmütter tätig waren.

„Wisst Ihr, es gibt hier weit und breit keinen Arzt", erklärte er. „Erst in der nächsten Stadt und die ist weit entfernt, da ist es von Nutzen, solche Kenntnisse zu besitzen."

Alvaro nickte. Trotzdem machte er sich nach wie vor große Sorgen um Lea.

Miriam legte ihre Hand auf Leas Stirn. Sie fühlte sich heiß an. Schweißperlen glitzerten auf dem Gesicht der jungen Frau. Die Verbrennungen sahen schlimm aus. Füße und Unterschenkel waren stärker betroffen, als der obere Teil ihrer Beine. Die Bäuerin bezweifelte, dass all dies lediglich von einem Sturz in ein Lagerfeuer herrühren sollte. Diese Brandwunden ließen darauf schließen, dass die entsprechenden Körperteile viel länger den Flammen ausgesetzt gewesen waren. Miriam beschlich eine Ahnung und sie empfand tiefes Mitleid mit dem Schicksal der vor ihr Liegenden. Während sie Leas Gewand hochschob, um sie nach weiteren Verletzungen zu untersuchen, fiel ihr die Wölbung des Unterleibes des ansonsten schlanken Mädchens auf. Vorsichtig tastete sie deren Bauch ab und schlug die Hände vor den Mund. Die Frau war eindeutig guter Hoffnung. Beim Gott ihrer Väter, hoffentlich hatte das Ungeborene überstanden, was seine Mutter zuvor hatte über sich ergehen lassen müssen.

Unruhig warf Lea ihren Kopf hin und her. Schließlich erwachte sie und blickte in das Gesicht der Alten. „Wo bin ich? Wo ist Alvaro?" Sie versuchte, sich aufzurichten, doch die Schmerzen in ihren Beinen ließen sie wieder auf das Lager sinken.

Miriam legte ihr beruhigend die Hände auf die Schultern. „Habt keine Sorge! Euer Gemahl ist draußen in der Stube. Er hat Euch zu uns ins Haus gebracht, weil es Euch so schlecht ging. Ich bin Miriam, die Frau von Isaak Abramino."

Beim Klang der jüdischen Namen ging ein Leuchten über Leas Gesicht.

„Ihr habt sehr schlimme Verbrennungen an Euren Beinen", fuhr die Bäuerin fort. „Die Wunden haben sich entzündet und dadurch habt ihr hohes Fieber."

Die junge Frau schien sich des furchtbaren Erlebnisses zu erinnern, ihre Züge verdüsterten sich und Miriam vermeinte, sogar Angst in ihrem Blick zu lesen.

„Lea, ich darf Euch doch bei Eurem Vornamen nennen, erwartet Ihr ein Kind?"

Die Verletzte nickte, um gleich darauf mit panischer Stimme danach zu fragen, ob dem Ungeborenen etwas zugestoßen sein könnte.

„Das weiß ich noch nicht", erwiderte Miriam. „Habt ihr schon vor Eurem Unfall Kindsbewegungen gespürt?"

Wieder nickte Lea.

„Dann müsst Ihr jetzt ganz genau darauf achten, ob ihr sie weiterhin fühlt."

Tränen schossen in die Augen der Schwangeren und liefen über ihr Gesicht.

„Beruhigt Euch! Jede weitere Aufregung könnte Euch noch mehr schaden. Es wird schon alles gut gehen." Die Bäuerin tätschelte ihre Wangen.

„Meine Beine tun so weh", schluchzte die junge Frau.

Miriam versuchte alles, um sie zu besänftigen. Sie gab ihr von den Heilmitteln, die Alvaro mit sich führte und tupfte danach vorsichtig von der Salbe auf die geschundenen Beine, bevor sie diese erneut mit sauberen Leinentüchern verband.

Da erhellte sich plötzlich Leas Miene. „Ich habe etwas gespürt. Es hat sich bewegt." Abermals brach sie in Tränen aus.

Miriam atmete erleichtert auf, obgleich dies noch nicht bedeutete, dass das Kind gesund wäre. Lächelnd strich sie ihr über die feuchte Stirn. Dann blieb sie neben der Pritsche sitzen, bis Lea wieder eingeschlafen war.

Leise verließ die Alte danach die Kammer. Alvaro sprang sofort von der Holzbank auf, als er die Bäuerin erblickte.
„Wie geht es ihr? Glaubt Ihr, sie wird wieder gesund?"
Miriam nahm ebenfalls an dem Tisch Platz.
„Es wird eine Weile dauern. Eure Gemahlin kann keinesfalls weiterreisen. Ihr müsst solange hierbleiben, bis es ihr besser geht." Sie blickte den jungen Mann ernst an. „Wusstet Ihr, dass Eure Frau in anderen Umständen ist?"
Alvaro runzelte die Stirn. „Wie? Was meint Ihr?"
„Sie erwartet ein Kind!", entgegnete Miriam ungeduldig.
„Herr im Himmel, nein, das habe ich nicht gewusst.
Aber das Kind… ist es… ich meine, geht es ihm gut?", stotterte er aufgeregt.
„Es hat sich bewegt, also lebt es", antwortete Miriam.
Alvaro schüttelte immer wieder den Kopf, so als ob er nicht glauben wollte, was er soeben gehört hatte. „Kann ich zu ihr?"
„Ja, aber nicht lange. Eure Gemahlin braucht sehr viel Ruhe."
Der Sekretär betrat auf Zehenspitzen die Kammer. Lea lag mit geschlossenen Augen auf dem Rücken. Vorsichtig zog sich Alvaro einen Schemel heran und setzte sich neben das Bett. Er griff nach der immer noch heißen Hand seiner Liebsten und begann, sie zu streicheln. Sie bekamen ein Kind. Er konnte sein Glück kaum fassen. Als ob Lea seine liebevollen Blicke gespürt hätte, schlug sie plötzlich die Augen auf.

„*Cariño,* alles wird gut!" Alvaro beugte sich hinunter und küsste sie zärtlich auf den Mund. „Die Bäuerin hat mir erzählt, dass du ein Kind erwartest. Du machst mich zum glücklichsten Menschen auf Erden."

Lea lächelte.

„Warum hast du es mir nicht eher gesagt."

„Ich wollte nicht, dass du dir Sorgen machst, weil doch unsere Flucht bevorstand", flüsterte die junge Frau. „Alvaro, was ist mit meinem Bruder?"

Der Sekretär senkte den Blick.

„Ich will es wissen. Ist er… ist er tot?"

„Pedro hat nach ihm geschaut." Der Sekretär holte tief Luft und sagte dann mit leiser Stimme: „Unsere Hilfe kam zu spät für Aaron. Er atmete nicht mehr. Da wir den Platz so schnell wie möglich wieder verlassen mussten, weil wir jeden Moment mit der Rückkehr der Büttel rechneten, konnten wir ihn nicht mitnehmen. Es tut mir leid, Lea."

Die Stickerin drehte ihren Kopf zur Wand und fing an, leise zu weinen. „Jetzt habe ich niemanden mehr, alle sind tot."

„Du hast mich! Und bald unser Kind! Wir werden deine Familie sein."

Lea nickte unter Tränen. Ja, dachte sie, eine neue Familie und eine neue Zukunft.

Alvaro blieb noch eine Weile neben dem Bett sitzen, bis Lea eingeschlafen war. Dann verließ er auf Zehenspitzen die Kammer.

In der Wohnstube bereitete Miriam gerade das Abendbrot zu. Der Herd – ein gemauertes Viereck in dem ein

Feuer brannte- befand sich in der Mitte des Raumes. Darüber hing ein großer Kessel aus dem es verführerisch duftete.

„Das Essen ist gleich fertig", verkündete die Alte. „Viel ist es nicht, aber wir teilen es gerne mit Euch."

„Ihr seid sehr freundlich", bedankte sich der Sekretär und schaute neugierig in den Kochtopf. „Es riecht vorzüglich."

„Würdet Ihr bitte meinen Mann und Euren Freund hereinrufen?", bat Miriam, während sie mit flinken Handgriffen ein paar hölzerne Teller und Löffel auf dem Tisch verteilte.

Kurz darauf ließen sich die Bauern und ihre Gäste den deftigen Bohneneintopf schmecken. Lammfleisch und Kräuter aus Miriams Garten gaben ihm eine besondere Note. Dazu aßen sie frisches Weizenbrot und tranken herben Rotwein. Als Abschluss dieses einfachen, aber köstlichen Mahls servierte die Gastgeberin einen gut gereiften, in Scheiben geschnittenen Ziegenkäse.

Nach dem Essen setzten sich Alvaro und Pedro draußen vors Haus. Eine Weile blickten sie beide gedankenverloren über die Weinfelder. Am Horizont zeugte ein schwacher, rötlicher Schein von dem noch nicht lange zurückliegenden Sonnenuntergang. Schon waren die ersten Sterne am wolkenlosen Himmel zu sehen.

„Ich werde mich morgen früh auf den Rückweg nach Sevilla machen", brach Pedro schließlich das Schweigen. „Du kannst meinen Wagen behalten. Ich werde dein Pferd nehmen."

„Ich danke dir von ganzem Herzen. Das alles werde ich dir niemals vergessen."

Der Anwalt machte eine abweisende Handbewegung. „Schon gut. Ein Freund sollte einem anderen in der Not beistehen. Ich glaube, die beiden Juden sind gute Menschen. Sie werden euch bestimmt aufnehmen, bis es Lea wieder besser geht. Hast du noch etwas von dem Geld übrig, das ich dir gegeben habe?"

Alvaro holte den kleinen, ledernen Beutel aus seinem Wams hervor und schüttete den Inhalt in seine linke Handfläche.

„Viel ist es nicht mehr", sagte er, nachdem er die Münzen gezählt und wieder in dem Säckchen verstaut hatte. „Aber ich bin ein gesunder, kräftiger Mann. Ich kann Isaak auf dem Feld zur Hand gehen. Er wird über eine zusätzliche Hilfskraft froh sein."

„Ja, er ist ja auch nicht mehr der Jüngste."

„Pedro", Alvaro blickte seinem Freund ins Gesicht. „Da wäre noch etwas, um das ich dich bitten möchte."

„Nur zu, heraus damit!"

„Könntest du einen Boten deines Vertrauens mit einer Nachricht zu meinen Eltern schicken? Sie denken doch, dass ich im Auftrag der Königin nach Granada gereist bin. Ich bin sicher, du wirst Ihnen mit den richtigen Worten meine Lage und mein Vorhaben erklären."

„Das mache ich!" Der Anwalt tätschelte beruhigend Alvaros Arm. „Vielleicht werde ich sie sogar persönlich in Toledo aufsuchen. Ich wollte mich schon seit längerem dort mit einem Geschäftsfreund treffen."

Erleichtert bedankte sich Alvaro erneut bei Pedro und umarmte ihn. Der Anwalt wollte zudem Nachforschungen anstellen, ob man nach ihnen suchen würde.

Sie blieben noch eine Weile sitzen, ein jeder in seine Gedanken vertieft. Dann legten sie sich im Stall zur Ruhe, wo ihnen Miriam zuvor ein Lager im Stroh bereitet hatte.

Am nächsten Morgen, kurz nach Sonnenaufgang, machte sich der Anwalt auf den Rückweg nach Sevilla. Vorher suchte er noch zusammen mit Alvaro Lea in ihrer Kammer auf. Die junge Frau war bereits erwacht. Mit Tränen in den Augen bedankte sie sich bei ihrem Helfer.

Auch Pedro schien der Abschied von seinen Freunden schwer zu fallen. Vor dem Haus umarmten sich die beiden Männer ein letztes Mal. Dann stieg der Anwalt auf das Pferd und galoppierte los. Alvaro blickte ihm noch lange nach. Niemand wusste wann und ob sie sich jemals wiedersehen würden.

4. Kapitel

Mitte August 1482

Toledo

Der Lateinunterricht zog sich bereits seit einer Stunde hin. Gelangweilt blickte Catalina aus dem Fenster in die Gartenanlage des Alcazars hinaus. Zweimal pro Woche unterrichtete Beatríz Galindo die Königin und einige der Hofdamen. Isabel hatte zwar während ihrer Kindheit eine umfassenden Ausbildung erhalten, unter anderem auch die Grundkenntnisse der lateinischen Sprache erlernt, doch sie wollte dieselbige so gut beherrschen, dass sie auch selbst Bücher und Dokumente lesen und verstehen konnte.

Die Nichte des Kardinals war weder des Lesens noch des Schreibens mächtig, in ihrer Familie war es nicht üblich, weiblichen Mitgliedern solcherlei Kenntnisse zu vermitteln, und so saß Catalina zwar im selben Raum wie die Schülerinnen, dem eigentlichen Unterricht aber folgte sie nicht. Beatríz weilte seit einigen Wochen am Hof. Sie war erst siebzehn Jahre alt, die Tochter eines Adeligen aus Zamora. Sogleich am ersten Tag ihrer Ankunft hatte sie ihnen erzählt, warum sie über solch hervorragende Lateinkenntnisse verfügte und man ihr sogar den Beinamen *la Latina* gegeben hatte. Ihr Vater hatte zunächst ein Leben im Kloster für sie vorgesehen, doch dann erlaubte er ihr dennoch, auf der Universität von Salamanca Grammatik zu studieren. Dort entdeckte sie bald ihre Liebe zu der alten Sprache. Bereits mit fünfzehn Jahren beherrschte sie das Latein einwandfrei und gab seither ihr Wissen an andere weiter.

Während die Lerneifrigen damit beschäftigt waren, einen Text zu übersetzen, dachte Catalina an ihre bevorstehende Hochzeit. Seitdem Alvaro den Hof verlassen hatte, um in Granada einen Auftrag für die Königin auszuführen, hatte sie nichts mehr von ihrem Bräutigam gehört. Sie hoffte auf sein baldiges Wiederkommen, damit sie endlich seine Gemahlin werden konnte. Verträumt spielte sie mit einer Strähne ihrer kupferfarbenen Haare und drehte sie immer wieder um ihren Zeigefinger. Noch einmal hörte sie in ihrem Inneren die Worte ihres Onkels: Die Stickerin ist in Sevilla auf dem Scheiterhaufen verbrannt worden.

Endlich war ihre Widersacherin aus dem Weg geräumt und sie, Catalina würde ein herrliches Leben mit Alvaro bei Hofe führen. Wenn Gott es wollte, würde sie ihm auch Kinder schenken. Nur zwei sollten es sein, einen Sohn und eine Tochter, damit sie sich ihre schlanke Figur erhalten konnte.

Ein lautes Klopfgeräusch riss die Hofdame aus ihren Gedanken. Die Köpfe aller Anwesenden wandten sich zur Tür. Ein Bediensteter kam herein. Er brachte einen Brief für die Königin.

Sie nahm das versiegelte Schreiben entgegen, öffnete es und las seinen Inhalt. Gespannt betrachteten die Frauen das Mienenspiel der Monarchin. Nachdem Isabel den Papierbogen vor sich abgelegt hatte, schüttelte sie ratlos den Kopf. „Das ist merkwürdig", murmelte sie.

„Hoheit, habt Ihr schlechte Nachrichten erhalten?", fragte Beatríz de Bobadilla. Sie war seit jeher die engste Vertraute der Königin.

Die Angesprochene schaute auf. „Ich würde sagen, weder schlecht noch gut, sondern seltsam. Es geht um die Hinrichtung der Lea Calderón. Sie sollte beim letzten Autodafé in Sevilla verbrannt werden. Es gab anscheinend ein gewaltiges Unwetter, sodass ein Tumult ausbrach und die Anwesenden flüchteten. Als die Büttel später zurückkamen, bemerkten sie, dass zwei der Leichen verschwunden waren - diejenigen der Stickerin und ihres Bruders."

Ein aufgeregtes Geplapper machte sich unter den Hofdamen breit. Wer konnte den Körper der Stickerin fortgeschafft haben? Ob sie möglicherweise noch gelebt hatte?

Catalina war bei den Worten der Königin zusammengezuckt. Es gab nur einen Namen, der ihr sogleich in den Sinn kam: Alvaro. Er musste zuvor von Leas Verurteilung erfahren haben. Jetzt wurde der jungen Frau auch klar, warum der Sekretär schon in der Nacht vor seiner geplanten Abreise aufgebrochen war und nicht bis zum Morgen gewartet hatte. Gewiss hatte er zu diesem Zeitpunkt schon von der bevorstehenden Hinrichtung gewusst. Nervös fuhr sie sich mit beiden Händen durch ihre Locken. Sie musste mit Ihrer Majestät unter vier Augen reden und ihr von ihrem Verdacht erzählen. Ungeduldig wartete sie auf das Ende der Lateinstunde. Bevor Isabel den Raum verließ, bat Catalina sie um ein Gespräch. So blieben die beiden Frauen alleine zurück und

die Nichte des Kardinals vertraute der Königin ihre Vermutung an.
„Ich denke, sie war gar nicht tot und Alvaro ist mit ihr geflohen, um sie in Sicherheit zu bringen", schloss sie ihren Bericht ab.
Isabel strich sich nachdenklich über ihr Gesicht. „Ich bin überrascht, was für Dinge sich zuweilen an meinem Hof abspielen, ohne dass ich davon Kenntnis habe." Sie schaute Catalina an. „Ich stimme Euch zu. So könnte es gewesen sein. Zunächst muss also in Erfahrung gebracht werden, ob Alvaro sich noch in Granada aufhält und ob er überhaupt dort gewesen ist. Er müsste längst wieder zurück sein."
Die Hofdame nickte beipflichtend.
„Ich werde einen Boten dorthin schicken", fuhr die Königin fort. „Gleichzeitig soll sich einer meiner Leute nach Sevilla begeben, um dort weitere Nachforschungen anzustellen."
„Bitte Hoheit, erlaubt, dass ich denjenigen begleite. Ich muss wissen, was geschehen ist." Flehend blickte Catalina die Monarchin an.
„Nein, ich brauche deine Dienste hier", winkte Isabel ab. „Der Spion wird uns durch einen Boten berichten, was er herausgefunden hat!"
„Aber es geht um meinen Bräutigam, meine Zukunft steht auf dem Spiel. Ich bitte Euch, Hoheit! Mein Onkel hält sich doch gerade in seinem Bistum auf, ich würde ihn sofort aufsuchen und bei ihm wohnen", gab die Verwandte des Kardinals nicht auf. Tränen schimmerten in ihren grauen Augen.

Isabel, die selbst eine resolute Frau war und eine kämpferische Ader hatte, imponierte der Mut ihrer Hofdame. So willigte sie schließlich ein.
Catalina fiel vor der Monarchin auf die Knie und küsste ihre Hand. „Ich danke Euch, Hoheit! Ich werde sofort Reisevorbereitungen treffen." Sie erhob sich wieder und lief nach einem weiteren Hofknicks aus dem Raum. Draußen lehnte sie sich einen Moment an die Wand und atmete tief durch.
Ich werde herausfinden, was geschehen ist, so wahr mir Gott helfe, schwor sie sich. Ich werde euch finden und dann wirst du mich heiraten, Alvaro de Salvatierra!

Sevilla, 5. September im Jahre des Herrn 1482

Catalina saß in einem kleinen Raum im Erzbischöflichen Palast und wartete schon seit geraumer Zeit darauf, dass man sie zu ihrem Onkel, vorlassen würde. Die Erschöpfung der Reise stand der jungen Frau noch ins Gesicht geschrieben, da sie sich unverzüglich nach ihrer Ankunft zur Wohn- und Arbeitsstätte des Kardinals begeben hatte.
Sie hoffte von ganzem Herzen, dass Ihr Verwandter ihr dabei helfen konnte, herauszufinden, wo sich Alvaro aufhielt. Verzweifelt blickte sie auf das in dunklen Farben gehaltene Gemälde, das an der gegenüberliegenden Wand hing und die Jungfrau Maria mit dem Jesuskind darstellte.
Heilige Mutter Gottes, flehte Catalina in Gedanken, bitte, lass Alvaro zu mir zurückkommen, damit ich seine Frau werden kann.

Sie spürte, wie ihre Augen feucht wurden. So nah war sie ihrem Ziel gewesen, hatte geglaubt, ihre Rivalin wäre ein für alle Mal beseitigt. Unbewusst drückte sie ihre auf dem Schoß ruhenden, gefalteten Hände so fest aneinander, dass die Fingerknöchel weiß hervortraten.

Da erschien derselbe Bedienstete, der sie zuvor in das Empfangszimmer geführt hatte.

„Ihre Eminenz erwartet Euch nun", verkündete er. „Bitte folgt mir!"

Die Hofdame erhob sich und strich ihr Kleid glatt, während der Lakai am anderen Ende des Raumes eine doppelflügelige, bis zur Decke reichende, Holztür öffnete. Der Erzbischof saß hinter einem wuchtigen Schreibtisch. Da er sich in seinen Privatgemächern aufhielt, trug er nur eine einfache schwarze Soutane. Als er seine Nichte erblickte, stand er auf und ging ihr mit ausgestreckten Armen entgegen.

„Catalina, mein Kind, was führt dich hierher? Ist etwas geschehen?" Seine großen, braunen Augen ruhten besorgt auf der jungen Frau.

Sie versank in einen Knicks und wollte seinen Ring küssen.

„Na, na, nicht so förmlich! Komm her, lass dich umarmen! Ich bekomme nicht jeden Tag so hübschen Besuch." Er zog das Mädchen an seine Brust.

Danach führte er sie zu zwei gepolsterten Stühlen, die unter der Fensterflucht standen und forderte seine Nichte auf, ihm den Grund ihres Erscheinens zu verraten.

Catalina räusperte sich kurz und begann dann theatralisch von den Ereignissen der vergangenen Wochen und ihren Vermutungen zu erzählen. Dabei vergaß sie auch nicht, ein paar Tränen aus den Augenwinkeln zu pressen.

Der Kardinal reichte ihr ein Spitzentüchlein. „Man hat mir von dem Verschwinden der beiden Leichen berichtet, oder sagen wir, der Personen, da man ja nicht genau weiß, ob die Stickerin und ihr Bruder noch lebten. Ich war selbst Zeuge der Hinrichtung, bis das Unwetter losbrach." Er ergriff die Hände der Hofdame. „Catalina, ich dachte tatsächlich, der jüngste Tag wäre angebrochen. Es schüttete, es hagelte, es stürmte. Blitze zuckten über den Himmel, begleitet von furchterregenden Donnerschlägen. Der Baldachin, der unsere Tribüne überspannte, stürzte auf uns herab. Ich konnte mich nur mit großer Mühe befreien."

„Wie furchtbar, Onkel!" Die Hofdame blickte ihren Verwandten mitleidig an. „Ich bin froh, dass Euch nichts geschehen ist."

Der Erzbischof lächelte sie dankbar an.

„Und jetzt glaubst du, der Sekretär Ihrer Majestät hätte etwas mit dem Verschwinden der Ketzer zu tun?"

„Ja. Lea vertraute mir damals das Geheimnis der verbotenen Liebe zwischen ihr und Alvaro an."

„Warum willst du ihn dann unbedingt heiraten, wenn du doch weißt, dass er einer anderen zugetan ist?"

„Weil ich mir keinen anderen Gemahl vorstellen kann. Wenn wir erst einmal verheiratet sind, wird er die andere schnell vergessen, dafür werde ich sorgen."

Der Kardinal ließ seinen Blick einen Moment lang auf dem Dekolleté seiner Nichte verweilen und gab ihr insgeheim Recht.

„Ich will unbedingt wissen, wo Alvaro ist. Bitte, Onkel, Ihr müsst mir nochmals in dieser Sache helfen!"

„Wie stellst du dir meine Unterstützung vor?"

„Die Stickerin erzählte mir einmal, dass sie mit einem konvertierten Weinhändler verlobt wäre, den sie auf Wunsch ihres Vaters heiraten sollte", erklärte Catalina. „Er wohnt im Santa Cruz-Viertel und heißt Manuel. Könntet Ihr nicht versuchen, durch Eure Beziehungen diesen Mann ausfindig zu machen und ihn verhaften zu lassen? Man könnte ihm vielleicht vorwerfen, heimlich jüdische Bräuche verübte zu haben. Ich bin sicher, Onkel, Ihr kennt die entsprechenden Mittel und Wege, um Leas Verlobten gesprächig zu machen." Sie blickte den Kardinal mit flehendem Blick an. Einmal wieder gelang es ihr, ein paar Tränen in ihren Augen glitzern zu lassen.

„Nun gut, ich werde sehen, was ich tun kann", ließ sich Mendoza schließlich erweichen. „Du bleibst solange hier im Palast wohnen. Ich will nicht, dass du auf eigene Faust irgendetwas unternimmst!"

„Ja, Onkel. Ich werde mich ganz auf Euch verlassen." Die junge Frau ergriff die Hand ihres Oheims und küsste sie.

Der Kardinal erhob sich und rief einen Bediensteten herbei. Er befahl dem jungen Mann, sich um das Gepäck seiner Nichte zu kümmern und ihr ein Zimmer zuzuweisen. Zufrieden folgte Catalina dem Lakaien auf den Gang hinaus. Fürs Erste hatte sie erreicht, was sie sich vorgenommen hatte.

Seit Stunden saß Manuel schon am Ufer des Guadalquivirs und starrte in die dunklen Fluten, die an dieser Stelle

Gischt sprühend über die aus dem Wasser herausragenden Felsbrocken schossen. Zwei Tage zuvor hatte man ihn aus dem Inquisitionsgefängnis entlassen, nachdem er zur Zahlung einer beachtlichen Geldstrafe verurteilt worden war. Zudem musste er ein Jahr lang an jedem Sonntag in dem Büßergewand, das er während des Autodafés getragen hatte, an der Messe teilnehmen. All dies war ihm jedoch gleichgültig. Wenn er nur das Rad der Zeit hätte zurückdrehen können und sich nicht freiwillig angezeigt hätte. Nun hatte man ihm das Liebste genommen, das er je besessen hatte: Lea. Doch die Tochter des Tuchhändlers lebte nicht mehr. Immer noch glaubte Manuel, dass sie und Aaron durch seine eigene Dummheit diesen qualvollen Tod hatten erleiden müssen. Wie sollte er mit dieser Schuld weiter leben? War er es überhaupt wert, weiter zu leben?, quälte er sich in Gedanken. Dabei hatte er doch mit seiner Selbstanzeige nur bezwecken wollen, dass sie danach ein ruhiges, angstfreies Leben hätten führen können. Wie hätte er denn wissen sollen, dass man von ihm weitere Namen verlangen würde? Warum war er nicht stark geblieben und hatte geschwiegen?, fragte er sich verzweifelt. Wenn man ihn gefoltert hätte, dann wäre er vielleicht gestorben und man hätte Lea verschont. Aber er hatte versagt, so wie immer in seinem Leben. Er war eine schwache, erbärmliche, nichtsnutzige Kreatur. Jetzt aber würde er einmal Mut beweisen, einmal nicht vor einer Sache zurückschrecken, entschied er.

Mit zusammengekniffenen Augen blickte er auf die dahinströmenden Fluten. Seine Züge entspannten sich, Entschlossenheit sprach aus seinem Blick. Dann erhob er sich. Ohne sich noch einmal umzudrehen, kletterte er die leicht abschüssige Böschung hinunter und watete in den Fluss hinein. Das Wasser war kühl, aber er spürte nichts. Am Uferrand war es ruhiger, erst zur Mitte hin befanden sich die Stromschnellen. Als ihm das Wasser bis zur Brust reichte, konnte er sich nicht mehr auf den Beinen halten und wurde von den Fluten hinweggerissen. Er konnte nicht schwimmen, hatte es nie gelernt. Die schäumende Gischt schlug über ihm zusammen. Dunkelheit und das Rauschen der Wasserwirbel umhüllten ihn, als er von denselbigen davongetragen wurde. Zwei-, dreimal tauchte sein Oberkörper noch auf, bevor sein Kopf mit voller Wucht gegen einen Felsen stieß und er das Bewusstsein verlor.

Catalina wartete in der Zwischenzeit ungeduldig auf eine Nachricht ihres Onkels. Man hatte ihr ein Schlafgemach im zweiten Stock des Palastes zugewiesen. Dort harrte sie seit einer Woche aus, ohne dass ihr Verwandter sie über den Stand der Dinge in Kenntnis gesetzt hätte. Als sie den ganzen Morgen über wieder nichts gehört hatte, hielt sie es nicht mehr aus und verließ das Zimmer, um ihn aufzusuchen. Wieder musste sie eine Weile in dem Empfangsraum verweilen – der Kirchenfürst war ein viel beschäftigter Mann. Schließlich wurde sie zu ihm vorgelassen.

„Catalina, ich hätte dich heute noch aufgesucht", begann Mendoza. „Es tut mir leid, mein Kind, aber ich habe schlechte Nachrichten."

Die junge Frau rieb sich nervös die Hände.

„Bitte, so redet doch, Onkel. Was habt Ihr herausgefunden?"

„Der Weinhändler zeigte sich selbst bei der Inquisition an, weil er in den jüdischen Glauben zurückverfallen sei. Da er sich als bußfertig erwies, verurteilte man ihn während des Autodafés, bei dem auch die Stickerin und ihr Bruder verbrannt wurden, lediglich zu einer Geldstrafe. Vor ein paar Tagen ist er bereits wieder aus dem Gefängnis entlassen worden."

„Und wo ist er jetzt? Habt Ihr ihn erneut verhaftet?", unterbrach Catalina ihren Verwandten ungeduldig.

Der Kardinal schüttelte den Kopf. „Das ist nicht möglich. Die Inquisition darf niemanden ein weiteres Mal verurteilen. Doch höre, was ich noch erfahren habe: Wie es bei solchen Verfahren üblich ist, forderten die Inquisitoren Manuel auf, ihnen die Namen anderer Personen zu nennen, die ebenfalls ketzerische Taten begangen hätten. Unter Androhung der Folter verriet der Weinhändler seine Verlobte und ihren Bruder. Man sperrte die Geschwister sofort in das Inquisitionsgefängnis ein und verurteilte sie zum Tod auf dem Scheiterhaufen, nachdem man sie verhört und den jungen Mann gefoltert hatte."

Catalina begann zu ahnen, dass sie von Leas Verlobten nicht erfahren würde, wo sich Alvaro aufhielte. Die nächsten Worte ihres Onkels brachten die traurige Gewissheit.

„Die Bediensteten des Weinhändlers berichteten meinen Männern, dass ihr Herr kurz in sein Haus zurückgekehrt wäre, um es bald darauf wieder zu verlassen. Eine Nachbarin will gesehen haben, wie er zum Fluss hinuntergegangen wäre. Diesen Hinweis haben wir weiterverfolgt. Zwei Tage später entdeckte ein Bauer eine Leiche, die sich im Schilf verfangen hatte. Es war der Verlobte der Stickerin - seine Diener haben ihn eindeutig erkannt, obwohl sein Körper durch das Wasser fürchterlich aufgedunsen gewesen sein soll. Er wies keinerlei Stichwunden auf, nur eine Verletzung am Kopf. Er hat wohl die Schmach, seine Verlobte verraten zu haben, nicht verkraftet und sich umgebracht."

Catalina sprang auf. „Dieser elende Feigling!"

„*Cariño*, beruhige dich!" Mendoza blickte seine Nichte zurechtweisend an. „Wir wissen doch gar nicht, ob wir überhaupt etwas durch ihn erfahren hätten. Bestimmt hat die Stickerin ihrem Verlobten nicht erzählt, dass sie mit einem anderen Mann das Land verlassen wollte."

Die Hofdame ließ sich wieder auf den Stuhl sinken. „Ihr habt Recht, Onkel! Doch wie soll ich nun herausfinden, wohin Alvaro gegangen ist? Er muss mich doch heiraten. Es ist schon alles für die Hochzeit vorbereitet." Sie brach in Tränen aus.

Der Kardinal erhob sich. Er zog sich einen Stuhl heran und setzte sich seiner Nichte gegenüber auf die andere Seite des Schreibtisches.

„Nehmen wir einmal an, dass die Stickerin das Feuer überlebt hat. Das kann man in der Tat nicht ausschließen, da ihr Scheiterhaufen der letzte war, den die Henker entfacht hatten und kurz darauf brach bereits das Unwetter los. Der Regen wird die Flammen schnell gelöscht haben. Wie du vermutet hast, erreichte Alvaro vielleicht kurz darauf die Hinrichtungsstelle. Er wird seine bewusstlose

Geliebte sofort von dem glühenden Holzhaufen heruntergezogen und mit sich fortgenommen haben."

Catalina nickte, obwohl ihr das Wort Geliebte überhaupt nicht gefiel.

„Was für einen Ausweg gäbe es für die beiden?", überlegte der Kardinal. „In Kastilien können sie sich nicht aufhalten. Lea ist und bleibt eine zum Tode verurteilte Ketzerin und Alvaro wird durch sein Handeln bei der Königin in Ungnade gefallen sein. Also müssen sie das Land verlassen. Hierzu könnten sie sich entweder gen Norden halten, um nach Frankreich zu gelangen, was bedeuten würde, dass sie quer durch Kastilien und Aragon reisen müssten, oder aber sie bestiegen in einem nahen Hafen ein Schiff, das sie, nehmen wir an, nach Italien bringen könnte. Dies scheint mir die einfachste Lösung zu sein."

„Alvaro hat weitläufige Verwandte in Rom", stieß Catalina aufgeregt hervor. „Er hat es mir einmal erzählt, als ich ihn fragte, wohin unsere Hochzeitsreise führen könnte."

„Dann wird es so sein, mein Kind. Alvaro und die Stickerin werden nach Malaga gegangen sein, um von dort aus mit einem Schiff in Richtung Italien zu segeln."

„Dann werde ich auch dorthin reisen", verkündete Catalina entschlossen. „Ich muss ihn davon abhalten, mit Lea das Land zu verlassen!"

„Wie willst du ihn denn davon abbringen?"

„Indem ich in Malaga wieder die Inquisition auf die Stickerin hetze. Sie wird erneut festgenommen und hingerichtet werden", freute sich die Hofdame.

„Du vergisst nur eines", bremste der Kardinal ihre Begeisterung. „Malaga gehört zum Emirat von Granada, es ist maurisch. Dort gibt es keine Inquisition."

Enttäuscht zog sie die Mundwinkel nach unten. Daran hatte sie nicht gedacht. „Irgendetwas wird mir schon einfallen", wiegelte sie trotzdem die Bedenken ihres Verwandten ab. „Ich werde nach Malaga aufbrechen und zwar gleich morgen."

„Das wirst du nicht! Ich verbiete es dir, es wäre viel zu..."

„Ihr habt mir gar nichts zu verbieten", schnitt die junge Frau dem Kardinal das Wort ab. „Ihr seid nicht mein Vater!"

„Aber dein Onkel und für diese freche Bemerkung hätte ich wohl oder übel Lust, dich über das Knie zu legen und dir eine Tracht Prügel zu verpassen, was dein Vater, wie mir scheint, versäumt hat."

Catalina erkannte, dass sie auf diese Weise nichts erreichen würde und schlug wieder sanftere Töne an.

„Bitte, Onkel, nicht böse sein! Ich weiß, Ihr seid ein Mann der Kirche und könnt gewiss nicht verstehen, was es bedeutet, mit der ganzen Kraft seines Herzens jemanden zu lieben. Ich will und kann mein Leben nur mit Alvaro verbringen. Er gehört mir und keine andere soll ihn haben!"

Der Kardinal musste über die Worte seiner Nichte schmunzeln. Natürlich wusste er, was es hieß, zu lieben. Obwohl er sein Leben Gott geweiht hatte, hatte er niemals auf die irdische Liebe zwischen Mann und Frau verzichtet.

„Ich verstehe deine Gefühle sehr wohl, Catalina. Aber du kannst nicht alleine nach Malaga reisen, ohne überhaupt zu wissen, ob Alvaro und die Stickerin auch tatsächlich dorthin gegangen sind. Außerdem sind seit dem Tag des Autodafés schon einige Wochen verstrichen, vielleicht haben sie das Land längst verlassen."

„Ich muss es versuchen, Onkel", beharrte die junge Frau stur.

„Geh jetzt wieder in dein Gemach. Wir werden morgen noch einmal darüber reden. Du darfst nicht vergessen, dass du hier in Sevilla unter meinem Schutz stehst. Wenn ich dich gehen lasse und dir unterwegs etwas zustößt, dann wird mich dein Vater zur Rechenschaft ziehen."

Er atmete erleichtert auf, als seine Nichte schließlich den Raum verließ. Sofort läutete er nach einem Diener und erklärte diesem, er solle Catalinas Zimmer von außen verriegeln und davor eine Wache aufstellen.

Er würde auf keinen Fall zulassen, dass sich Catalina nach Malaga begab! Vielmehr wäre es das Beste, wenn sie zurück an den Hof ginge. Da er ein paar Tage zuvor eine Nachricht der Königin erhalten hatte, in der sie ihn über die Verlegung des Hofes nach Cordoba unterrichtete – sie wollte näher am Kriegsgeschehen sein, damit sie ihrem Gemahl und dem kastilischen Heer beistehen konnte - würde er zusammen mit seiner Nichte dorthin reisen. Er musste so schnell wie möglich für Catalina einen neuen geeigneten Ehemann finden, damit er endlich von der Verantwortung für die junge Rebellin entbunden wäre.

19. November im Jahre des Herrn 1482

Alvaro hielt einen Moment inne und wischte sich mit dem Ärmel seines Hemdes den Schweiß von der Stirn. Er arbeitete seit den frühen Morgenstunden auf dem Feld. Obwohl ein kräftiger Ochse vor den Pflug gespannt war, war es ein mühsames Unterfangen, denn die Erde war knüppelhart.

Sie wohnten nun schon mehrere Monate bei dem jüdischen Bauernpaar. Zu Anfang hatte Alvaro Isaak das restliche Geld aus Pedros Geldkatze gegeben, um für ihre Unterkunft und Verpflegung zu zahlen, doch als dieses aufgebraucht war, fühlte sich der Sekretär verpflichtet, dem Alten auf andere Art zu helfen. So hatte er gelernt, wie man mit dem Pflug umging, hatte sich bei der Weinlese nützlich gemacht und allerlei andere Pflichten übernommen, die dem betagten Bauern auf Grund seines Alters schwer fielen. Alvaro hatte bisher nie harte körperliche Arbeit verrichten müssen, dennoch freute er sich schon bald, wenn er am Abend sah, was er während des Tages geschafft hatte.

Lea ging es dank Miriams hingebungsvoller Pflege immer besser. Die Brandwunden verheilten gut, auch wenn die Bäuerin nicht verhindern konnte, dass an den Füssen und Beinen der Stickerin tiefe Narben zurückbleiben würden. Langsam kam die junge Frau wieder zu Kräften, obwohl sie am vorherigen Abend über Leibschmerzen geklagt und sich unwohl gefühlt hatte. Auch am Morgen war sie Alvaro noch blass erschienen.

Auf Drängen des Bauernpaares hin, hatten sie beschlossen, solange auf dem Hof zu bleiben, bis der neue Erdenbürger auf die Welt gekommen wäre. Die alte Jüdin verstand nämlich ebenfalls etwas von Geburtshilfe. Zudem fühlten sie sich auf dem einsam gelegenen Gehöft sicher. Das Kind sollte laut Miriams Schätzung in ungefähr einem Monat geboren werden. Wenn alles gut verlief, würde Alvaro Mutter und Kind noch einige Wochen Erholung gönnen, bevor sie endgültig nach Malaga aufbrechen würden.

Durch einen leichten Klaps mit der Gerte forderte er den Ochsen zum Weitergehen auf und verspürte unverzüglich wieder den Spannungsschmerz in seinen Oberarmen, als der Pflug sich vorwärts bewegte. Während der Sekretär Fuß um Fuß vorankam, kehrten seine Gedanken in die Vergangenheit zurück. Wie mochte wohl die Königin auf sein Verschwinden reagiert haben? Mittlerweile wusste sie gewiss, dass er nie in Granada gewesen war. Ob sie ihm irgendwann verzeihen würde? Und Catalina? Die anspruchsvolle Hofdame hatte sich bestimmt enttäuscht und gedemütigt gefühlt, als sie erkennen musste, dass es nie eine Hochzeit geben würde. Am meisten aber schmerzte Alvaro die Tatsache, sich nicht von seiner Mutter verabschiedet zu haben. Das gütige Gesicht Marias erschien vor seinem inneren Auge. Sie hatte ihm immer Verständnis entgegengebracht und ihm weise Ratschläge gegeben. Sie hätte auch Lea in ihr Herz geschlossen. Hoffentlich war es Pedro gelungen, seine Eltern in Toledo aufzusuchen oder einen vertrauenswürdigen Boten dorthin zu schicken.

Plötzlich kam ihm der Bauer aufgeregt winkend entgegengelaufen und rief laut seinen Namen.

„Isaak, was ist passiert? Gütiger Himmel, du bist ja völlig außer Atem."

„Lea, sie... Miriam... schickt... mich", brachte der Jude stockend hervor.

„Was ist mit Lea? Sag schon! Ist etwas mit dem Kind?" Der Sekretär ergriff die beiden Arme des Mannes.

„Miriam benötigt deine Hilfe, Alvaro. Lea hat ihr Wasser verloren, die Wehen haben schon eingesetzt."

„Aber es ist noch viel zu früh! Das Kind soll doch erst in einem Monat kommen!" Voller Sorge runzelte der Sekretär die Stirn.

„Geh, mein Junge! Ich bringe den Ochsen in den Stall." Isaak klopfte ihm beruhigend auf die Schulter.

Der Sekretär lief über das Feld zurück zum Haus. In der Stube traf er auf Miriam, die mit ernster Miene Wasser in einem Kessel über dem Herdfeuer erhitzte.

„Wie geht es Lea?", fragte er aufgeregt. „Ich dachte, das Kind soll erst in einem Monat geboren werden."

„Gottes Wege sind manchmal unerklärlich, mein Sohn. Das Kleine möchte jetzt schon das Licht der Welt erblicken."

„Aber wird es überleben, wenn es früher kommt?" Ängstlich blickte der Sekretär die Bäuerin an.

„Es wäre besser, wenn es noch eine Zeit lang in seiner warmen Behausung ausgehalten hätte. Aber da das Wasser schon abgegangen ist, muss das Kind geboren werden, der Vorgang kann nicht mehr aufgehalten werden. Wir können nur auf Gottes Beistand hoffen, Alvaro."

In dem Kessel begann es zu brodeln.

„Da ist noch etwas, was du wissen solltest." Die Alte griff nach einem Tuch, um damit den heißen Topf vom Herd zu ziehen.

„Warte, ich mache das!" Der junge Mann nahm der Hausfrau das Kochgefäß ab.

„Das Kind hat nicht die richtige Lage. Es liegt mit den Füssen nach unten. Ich hatte gehofft, dass es sich in den letzten Wochen von alleine drehen würde. Aber nun, da es zu früh kommt…"

„Was bedeutet das? So rede, ich verstehe nichts davon!", forderte Alvaro die Bäuerin ungeduldig auf.

„Die Neugeborenen gleiten mit dem Kopf voran aus dem Schoß ihrer Mutter. Bei deiner Frau liegt das Kindlein mit den Füssen nach unten. Hier wird die Geburt sehr viel schwieriger. Lea wird wieder einmal sehr leiden, denn es wird mir nichts anderes übrigbleiben, als das Kind in ihrem Leib zu wenden. Dazu brauche ich deine Hilfe. Du musst sie stützen."

Ein lauter, qualvoller Schrei unterbrach das Gespräch. Miriam kehrte sofort in die Kammer zurück. Alvaro folgte ihr mit dem Kessel. Lea lag mit angezogenen Beinen auf dem Bett. Ihr Gesicht war gerötet, Schweißperlen glänzen auf ihrer Stirn.

„*Mi corazón!*" Alvaro stellte den Topf ab und kniete nieder. „Es wird alles gut. Du wirst sehen, schon bald hältst du unser Kind in deinen Armen."

Lea lächelte tapfer. Dann verzog sie plötzlich das Gesicht, ihr Körper verkrampfte sich.

„Beim Gott meiner Väter, diese Schmerzen!" Sie krallte sich mit ihren Fingern am Bettlaken fest. „Ich halte das nicht mehr länger aus", schluchzte sie.

Alvaro blickte hilflos zu Miriam.
„Du wirst dich noch eine Weile gedulden müssen, *cariño.*" Die Bäuerin legte der Kreißenden ein feuchtes Tuch auf die Stirn. „Wir haben noch ein bisschen Arbeit vor uns."
Hin und wieder überprüfte Miriam, ob sich das Kind vielleicht schon von alleine gedreht hätte. Hierzu befühlte sie behutsam den aufgetriebenen Leib und führte ihre Hand unter Leas Hemd zwischen deren Beine, wo sie die Scham ertastete und weiter drinnen den Muttermund. Doch jedes Mal musste sie Alvaros fragenden Blick mit einem Kopfschütteln beantworten.
„Du solltest aufstehen und etwas umherlaufen", forderte die Bäuerin die Gebärende auf. „Vielleicht erreichen wir dadurch, dass das Kindlein in die richtige Lage gelangt."
Mit Alvaros Hilfe schaffte es die Stickerin sich zu erheben und zwischen Bett und Tür hin und her zu gehen. Kam eine Wehe, klammerte sie sich an seinem Arm fest.
„Wenn der Schmerz beginnt, versuch durch die Nase einzuatmen und die Luft durch den Mund wieder auszustoßen", erklärte Miriam. „Etwa so." Sie machte es der jungen Frau vor.
„Ich kann nicht", stöhnte Lea. „Es tut so weh!"
„In ein paar Stunden hast du alles vergessen", versuchte Miriam sie aufzumuntern.
Ein weiterer Schmerzenslaut kam über die Lippen der Stickerin. „Wäre ich doch nur in den Flammen umgekommen, dann müsste ich jetzt nicht so leiden", schluchzte sie.

„Versündige dich nicht!", ermahnte sie die alte Jüdin. „Du bist nicht die erste und wirst auch nicht die letzte sein, die den Geburtsschmerz aushalten muss."

Lea hatte ihrer Glaubensgenossin im Laufe der Monate die Ereignisse ihrer Vergangenheit anvertraut.

So verging Stunde um Stunde, in denen die Wehen kamen und gingen und an Häufigkeit und Stärke zunahmen. Die junge Frau hatte sich nach einiger Zeit wieder auf das Bett gelegt. Sie wurde immer ungeduldiger und spürte, wie ihre Kräfte nachließen. Alvaro kniete an der Kopfseite der Pritsche und streichelte sanft über ihre Stirn, während Miriam sie noch einmal untersuchte.

„Das Kind liegt immer noch falsch. Ich muss versuchen es in deinem Leib zu drehen", erklärte die Alte. „Denn, wenn seine Füßchen bereits zu weit nach unten gerutscht ist, geht es nicht mehr." Sie sah, wie sich Leas Augen angstvoll weiteten. „Keine Sorge! Du wirst kaum etwas spüren, ich versuche es während einer Wehe. Alvaro, knie dich bitte hinter deine Frau und stütze sie."

Der Sekretär kam der Aufforderung sogleich nach.

Als Leas das Gesicht kurz darauf wieder qualvoll verzog, führte Miriam ihre Hand in deren Schoß ein. Der Muttermund war schon um einiges geweitet. Vorsichtig ertastete sie einen Fuß, daneben den zweiten. Sie versuchte die Beinchen wieder ein Stück in die Gebärmutter zurückzuschieben. Es gelang ihr nicht, sie glitten immer wieder zurück. Schweiß bildete sich auf Miriams Stirn. Sie konnte nichts ausrichten, der Geburtsvorgang hatte schon eingesetzt, das kleine Geschöpf würde mit den Füßen voraus auf die Welt kommen. Behutsam zog sie ihre Hand aus Leas Scham. Ein Schwall hellrotes Blut folgte und rann zwischen den Beinen der jungen Frau auf das Laken. Leas lauter Schrei ging in ein Wimmern über.

Besorgt schaute Alvaro zu Miriam, als er das viele Blut sah.

„Ich kann es nicht mehr drehen", beantwortete sie seine unausgesprochene Frage. „Wir müssen auf Gott vertrauen." Dann wandte sie sich an die Stickerin: „Du bist jetzt weit genug geöffnet. Bei der nächsten Wehe musst du pressen, so fest du kannst. Setz dich auf diesen Schemel! Dein Gemahl wird dich von hinten stützen. Es tut mir leid, Alvaro, das ist kein schöner Anblick für einen Mann, aber leider ist keine weitere Frau anwesend, also musst du mir helfen. Allein schaffe ich es nicht."

Alvaro nickte stumm. Er saß auf der Pritsche und hielt die vor ihm auf dem Schemel hockende Lea fest. Ein erneuter Schrei kündete den Beginn einer weiteren Wehe an. Die junge Frau krallte sich so heftig am Arm ihres Geliebten fest, dass kurz darauf ein paar Blutstropfen aus den Kratzspuren traten. Alvaro ertrug es lautlos.

„Press, Lea, press so fest du kannst!", feuerte Miriam die Gebärende an. „Ja, gut so, ich sehe bereits die Füßchen."

„Ich kann nicht mehr, ich habe keine Kraft mehr", jammerte Lea.

Da wurde sie auch schon von der nächsten Schmerzwelle überrollt. Die Bäuerin massierte und drückte mit einer Hand auf den Bauch der Schwangeren, um die Frucht weiter nach unten zu schieben. Mit der anderen zog sie sanft an den kleinen Füßen, die bereits die dunkle Höhle verlassen hatten. Mit der nächsten Wehe traten die Schultern in den Muttermund ein. Rasch löste Miriam die beiden Ärmchen und zog sie hervor.

„Komm, Lea, du hast es bald geschafft. Noch zwei- oder dreimal pressen, dann ist das Kind geboren."

Miriam kniete vor den gespreizten Beinen der Niederkommenden und wartete auf die nächste Wehe. Sie hoffte von ganzem Herzen, dass sich durch die falsche Lage des Kindes nicht die Nabelschnur um seinen Hals gelegt hatte. Auf diese Weise hatte sie schon einige Todgeburten miterleben müssen. Plötzlich spürte sie, wie der Körper der Gebärenden erschlaffte. Die Wehen hatten schlagartig aufgehört. Lea war am Ende ihrer Kräfte. Die alte Frau fluchte, da der Kopf noch im Inneren festsaß. Sie musste ihn so rasch wie möglich aus dem Leib der werdenden Mutter herauszuziehen, sonst würde das Kind darin ersticken. Sie hatte vorsichtshalber zuvor schon etwas Mutterkorn in einem Becher mit Wasser untergerührt. Dies Unterfangen war nicht ungefährlich, denn nahm man zuviel, konnte es schlimme Folgen haben. Richtig dosiert, sorgte es jedoch dafür, dass die Wehen wieder einsetzten.

„Schnell, gib Lea davon zu trinken", forderte die Bäuerin Alvaro auf und wies auf den Becher.

Der Sekretär drückte den Kopf der Kreißenden sanft nach hinten und flößte ihr die Tinktur ein. Kurz darauf krampfte sich ihr Leib wieder zusammen. Miriam atmete erleichtert auf. Jetzt ging alles ganz schnell. Nach zwei weiteren Wehen und einem markerschütternden Schrei Leas gelang es der Bäuerin, den Kopf des Kindes aus ihrem Schoß zu ziehen. Ein Schwall Blut kam hinterher.

„Es ist ein Mädchen", rief sie freudestrahlend. Geschwind trennte sie mit einem Messer die Nabelschnur durch und drückte ein Leinentüchlein auf die Schnittstelle. Noch immer hatte das blutverschmierte winzige Wesen keinen Ton von sich gegeben. Miriam griff es an den Füßen und hielt es mit dem Kopf nach unten, während sie ihm ein paar sanfte Schläge auf sein Hinterteil gab.

„Was ist mit meiner Tochter? Warum schreit sie nicht?" Angstvoll beobachtete Lea das Vorgehen der Bäuerin. Auch Alvaro stockte der Atem.

Miriam legte das Neugeborene auf die Pritsche und wischte ihm mit einem Tüchlein den Schleim aus Mund und Nase. Danach hielt sie es nochmals nach unten und klopfte auf seinen Rücken.

Komm schon, bitte, du musst atmen! flehte sie innerlich. Sie wusste, dass es für das kleine Mädchen auf Grund seiner verfrühten Geburt nicht einfach sein würde.

Da endlich öffnete das Kind den Mund und ein erster zaghafter Schrei kam aus den Tiefen seiner Lungen. Dann ein zweiter, ein dritter, bis es endlich kräftig greinte. Dies war das schönste Geräusch, das die jungen Eltern jemals in ihrem Leben gehört hatten. Lea schluchzte hemmungslos und auch Alvaro schämte sich seiner Tränen nicht. Miriam reinigte das Neugeborene notdürftig mit einem Leinentuch und reichte es der Mutter, die sich inzwischen wieder auf das Bett gelegt hatte.

Einen Moment lang blickte das Kleine Lea mit seinen großen, dunkelblauen Augen an, bevor es sein Köpfchen zur Seite drehte und, wie es die Natur vorgesehen hatte, die Warze der mütterlichen Brust fand und zu saugen begann.

„Sie sieht aus wie du", flüsterte Alvaro Lea glücklich ins Ohr und streichelte über den weichen, dunklen Flaum, der auf dem Kopf des Kindes spross. „Ich liebe euch beide mehr als mein Leben. Ich danke dir, dass du mir eine so wunderschöne Tochter geschenkt hast."

Lea lächelte erschöpft. „Du bist nicht enttäuscht, dass es kein Sohn ist?", fragte sie.

„Nein, einen Stammhalter werden wir auch noch irgendwann bekommen."

Es klopfte an der Tür und nach Miriams Aufforderung, trat Isaak in den Raum. Er lächelte, als er die junge Familie erblickte. „Ich gratuliere euch von ganzem Herzen", sagte er und legte einen Arm um seine Frau. Stolz drückte er ihr einen Kuss auf die Stirn. Wieder einmal war dank ihrer Hilfe ein Kind gesund zur Welt gekommen. „Wie soll eure kleine Tochter denn heißen?"

Lea und Alvaro schauten sich an.

„Alejandra", antwortete die junge Mutter schließlich. „Sie soll Alejandra heißen."

„Ein schöner Name!", meinte Miriam. „Und nun hinaus mit euch", forderte sie den stolzen Vater und ihren eigenen Ehemann auf. „Lea und ich haben noch ein Stückchen Arbeit vor uns."

Damit meinte sie die Nachgeburt, welche die Wöchnerin noch ausscheiden musste. Nachdem das Kind genug getrunken hatte, legte es Miriam in den Weidenkorb, den die beiden Frauen schon vor einiger Zeit vorbereitet hatten. Bald darauf verspürte die junge Mutter nochmals leichte Krämpfe. Die Bäuerin massierte derweil ihren Unterleib und ehe sich Lea versah, war der Rest des Mutterkuchens abgegangen. Abermals spürte sie, wie ihr danach eine warme Flüssigkeit an den Beinen hinunterlief. Als sie die Decke hochhob, war das Laken blutrot gefärbt. Erschrocken rief sie nach Miriam, die gerade die Nachgeburt entsorgte.

„Es hört nicht auf zu bluten", stellte sie ängstlich fest.

„Es wird noch eine Zeit lang anhalten. Das ist nicht schlimm und wird irgendwann aufhören!"

Sie verschwieg jedoch, dass die Menge der Körperflüssigkeit, die unaufhörlich aus dem Leib der Niedergekommenen austrat, keineswegs üblich war. Sie hoffte, dass es ihr mit ihren Heilmitteln bald gelingen würde, den Fluss zu stoppen.

Zu Miriams großer Freude hielt Jehova seine Hand schützend über Lea. Durch den großen Blutverlust, den sie erlitten hatte, kam sie nur langsam wieder zu Kräften, aber die Angst der alten Jüdin, die junge Mutter doch noch zu verlieren, hatte sich zum Glück als unbegründet erwiesen. Das von ihr befürchtete Kindbettfieber war ausgeblieben.

Nach gut einer Woche ritt Alvaro nach Osuna und beauftragte dort einen Kurier, ein Schreiben zu Pedro Espinosa nach Sevilla zu bringen. Ende November tauchte der Anwalt überraschend auf dem Hof der Bauern auf. Er wollte das kleine Mädchen persönlich kennenlernen. Alejandra war kräftig gewachsen. Ein Hauch von Neid überkam Pedro, als er seinen Freund betrachtete, der voller Stolz sein Kind in den Armen wiegte.

Nachdem Lea die Kleine genährt und sie zum Schlafen niedergelegt hatte, gesellte sie sich zu den beiden Männern, die inzwischen draußen im Schatten eines Olivenbaumes saßen und sich unterhielten.

„Lea, Pedro war bei meinen Eltern in Toledo", sagte Alvaro und zog die junge Frau neben sich auf die Holzbank. „Schau nur, meine Mutter hat mir Geld geschickt." Er hielt ihr ein prall gefülltes Ledersäckchen entgegen. „Jetzt haben wir genug, um die Schiffspassagen nach Italien zu bezahlen."

„Das ist schön", freute sich auch Lea, die sich schon Gedanken darüber gemacht hatte, woher sie die erforderlichen *maravedis* hätten nehmen sollen.

Alvaro öffnete die Geldkatze und wollte die Summe abzählen, die Pedro ihm am Anfang ihrer Flucht überlassen hatte. Doch der Anwalt wehrte empört ab.

„Wann wollt ihr nach Malaga aufbrechen?", fragte er.

„Ich habe beschlossen, den Winter über hier zu verbringen, wenn Miriam und Isaak nichts dagegen haben", antwortete der Sekretär. „Dann hat Lea noch ein wenig Zeit, sich auszuruhen und Alejandra wird kräftig genug sein, um die Strapazen der Reise zu überstehen." Er drückte zärtlich die Hand der jungen Mutter. „Ich denke, Anfang März werden wir uns auf den Weg machen."

„Ich wünsche euch von ganzem Herzen Glück für euer neues Leben", sagte Pedro und lächelte seine Freunde an. Dann wurde sein Ausdruck wieder ernst und bei seinen nächsten Worten überkam Lea ein kalter Schauer.

„Es gibt leider auch ein paar traurige Neuigkeiten. Man hat deinen ehemaligen Verlobten tot aus dem Guadalquivir gezogen, Lea. Er soll seinem Leben selbst ein Ende gesetzt haben."

Die Stickerin schlug die Hände vor das Gesicht.

„Manuel hat sich umgebracht?" Fassungslos schüttelte sie den Kopf. „Das habe ich nicht gewollt. Beim Gott meiner Väter, er war so ein gutmütiger Mensch. Er hat mich geliebt." Ihre Augen füllten sich mit Tränen.

Alvaro legte tröstend den Arm um sie. „Du trägst keine Schuld an seinem Tod."

„Hätte er doch nur eine andere zur Frau genommen und nicht all die Jahre darauf gewartet, mich zu heiraten", schluchzte sie.

„Es war seine Entscheidung, nicht deine", versuchte nun auch Pedro Lea zu beruhigen.

Sie nickte und wischte sich die Tränen von den Wangen. Dann legte sie den Kopf an Alvaros Schulter und während sie schweigend über das vor ihnen liegende Weinfeld blickte, betete sie in Gedanken das *Schm'a Jisrael* für ihren ehemaligen Verlobten.

Später saßen sie alle zusammen in der Stube und genossen ein festliches Mal. Isaak hatte zur Feier des Tages ein Lamm geschlachtet und es vor dem Haus auf einem Spieß über offenem Feuer gebraten. Es war köstlich. Nach dem Essen fragte Alvaro das Bauernpaar, ob er, Lea und das Neugeborene noch bis zum Frühjahr auf dem Hof verweilen dürften, da er seiner jungen Familie eine Reise in den beschwerlichen Wintermonaten ersparen wollte. Die alten Juden sagten mit Freuden zu. Sie waren froh über den verlängerten Aufenthalt ihrer Gäste und dachten schon mit Schrecken an den Tag, an dem sie sich wieder von dem jungen Paar und der kleinen Alejandra trennen mussten.

5. Kapitel

März 1483

Auf dem Hof der jüdischen Bauern

Der gefürchtete Tag des Abschieds kam für alle viel zu schnell. Der Frühling hatte Einzug gehalten, er würde mit seinen milden Temperaturen für eine unbeschwerte Reise sorgen. Lea hatte die Strapazen der schweren Geburt gut überstanden und war wieder vollkommen gesund. Nur die Narben an ihren Füssen und Beinen zeugten von dem schrecklichen Ereignis in Sevilla, dem sie nur knapp entronnen war.

Obwohl die Stickerin sich darauf freute, fern der Heimat mit Alvaro und ihrer kleinen Tochter ein neues Leben zu beginnen, fiel es ihr trotzdem schwer, den Hof der jüdischen Bauern zu verlassen. Das alte Ehepaar war ihr während der Monate, die sie in deren Haus verbracht hatten, sehr ans Herz gewachsen und sie wusste auch, dass sie ohne Miriams aufopferungsvolle Pflege wahrscheinlich nicht mehr leben würde. Außerdem hatte sie bei ihnen wieder die Gesetze Moses befolgen dürfen.

Am Morgen des 15. Märzes, standen die jungen Leute und das Bauernpaar kurz vor Sonnenaufgang auf. Miriam hatte am Abend zuvor einen dunklen Kaftan für Alvaro und ein einfaches Leinenkleid für Lea zurechtgelegt. An beiden Gewändern war eine rote Stoffscheibe befestigt, mit der die Juden seit dem Beschluss der letzten *Cortes*-Versammlung ihre Kleidung kennzeichnen mussten. Alvaro und Lea wollten die Reise als Juden durchführen, da diese auch auf maurischem Gebiet geduldet waren, und es somit für sie am sichersten wäre. Isaak hatte ihnen in Osuna einen Passierschein besorgt. Er lautete auf den Namen des Bauern, da dieser in Malaga Verwandte hatte. Als Alvaro Zweifel äußerte, versicherte Isaak ihm, er bräuchte sich keine Sorgen zu machen, man würde ihnen damit freien Eintritt in die Stadt gewähren. Alvaro bedankte sich bei ihm und steckte den Schein zu den Papieren der Königin, die er aufbewahrt hatte.

Sie würden mit Pedros Wagen aufbrechen. Der Bauer hatte ihnen ein zweites Maultier geschenkt, damit sie schneller vorankämen. Während die jungen Leute die letzten Vorbereitungen trafen, saß Miriam auf der Bank vor dem Haus und wiegte Alejandra in ihren Armen. Tränen schimmerten in ihren Augen, während sie die weichen Wangen der Kleinen mit ihren rauen Fingern streichelte. Das Kind hatte ihr soviel Freude bereitet. Sie wusste nicht, wie sie die Leere, die nun wieder in ihrem Leben herrschen würde, ertragen sollte. Dennoch dankte sie Jehova in ihren Gebeten, dass er das junge Paar zu ihnen auf den Hof geführt hatte. Sie selbst waren nur mit einem einzigen Kind gesegnet worden – mit einem Sohn, der den elterlichen Hof schon viele Jahre zuvor verlassen hatte, um sein Glück in einer großen Stadt zu suchen. Sie hatten seitdem nie wieder etwas von ihm gehört.

„Wir können los, es ist alles fertig!" Alvaro zurrte noch einmal die Plane auf dem Wagen fest. Darunter befanden sich die Vorräte, die ihnen Miriam zusammengestellt hatte.

Isaak trat neben seine Frau, zog sie behutsam von der Bank hoch und führte sie zu dem Fuhrwerk. Er wusste, dass es für sie besonders schwer sein würde.

„Ich weiß nicht, wie wir euch jemals für alles danken sollen." Der Sekretär räusperte sich, bevor er weiter sprach. „Ihr werdet für immer einen Platz in unseren Herzen haben. Wenn wir uns in unserer neuen Heimat niedergelassen haben, werde ich euch einen Brief schicken und ihr kommt uns besuchen."

„Das ist nett gemeint, mein Sohn. Aber ich glaube kaum, dass wir auf unsere alten Tage noch solch eine weite Reise unternehmen können", erwiderte Isaak. „Aber wir würden uns freuen, zu wissen, dass es euch gut geht."

Alvaro zog den Alten an sich und drückte ihn fest. Er spürte, wie dieser zitterte.

Miriam konnte ihre Tränen nicht mehr zurückhalten und fing an zu schluchzen. Ein letztes Mal herzte und küsste sie die kleine Alejandra, bevor Alvaro ihr das Kind abnahm.

Auch Lea bemühte sich nicht, ihre Traurigkeit zu verbergen. Weinend umarmten sich die beiden Frauen.

„Vergiss nicht, deine Narben jeden Abend mit Johanniskrautöl einzureiben!", mahnte Miriam.

Die Stickerin lächelte unter Tränen. „Nein, das werde ich nicht." Sie strich über das faltige Gesicht der alten Frau und gab ihr einen Kuss.

Nachdem sie auch Isaak umarmt hatte, stieg sie auf den Wagen. Alvaro reichte ihr das in ein Tuch eingewickelte Kind und kletterte selbst hinauf.

„*Bon viaje* – gute Reise. Passt auf euch auf!", rief der Bauer.

„Das werden wir!" Lea warf den alten Juden noch eine Kusshand zu.

Dann trabten die beiden Maultiere los, der Wagen setzte sich in Bewegung. Während Alvaro nach vorne auf den Weg schaute, blickte die Stickerin zurück auf das Paar. Obwohl Miriam und Isaak engumschlungen vor dem Haus standen und einander Halt gaben, wirkten sie verloren. Lea winkte ihnen noch ein letztes Mal zu. Sie würde die Erinnerung an sie für immer in ihrem Herzen bewahren und sie von nun an in jedem ihrer Gebete mit einschließen.

Sie kamen gut voran, denn die Landschaft war zunächst bis auf ein paar sanft ansteigende Hügel eben. Außer einer Gruppe Mönche begegnete ihnen am ersten Tag der Reise niemand. Am Abend schlugen sie ihr Lager am Ufer eines Baches auf, um am nächsten Morgen die Fahrt gleich fortzusetzen.

Je weiter sie gen Süden fuhren, umso hügeliger wurde die Gegend. Alvaro wusste, dass sie, ehe sie Malaga erreichten, noch einige Ansteigungen zu bewältigen hatten. Das Gebiet vor der Hafenstadt, die Axarquía, war ein unwegsames, von Schluchten durchzogenes Gelände.

Am vierten Tag erreichten sie Antequera, die erste größere Ansiedlung. Die Grenzstadt war erst seit einigen

Jahrzehnten wieder in christlicher Hand. Auf einer Anhöhe befand sich die Alcazaba, die einstige maurische Festung. Am Horizont erhob sich ein Berg, der an das Gesicht eines liegenden Mannes erinnerte. Lea und Alvaro ergriffen die Gelegenheit, um auf dem Markt ihre Vorräte zu ergänzen, die merklich geschrumpft waren. An einem der Obstständе bediente sie ein geschwätziger Verkäufer. Er erkundigte sich nach ihrer Herkunft und fragte, wohin sie ihre weitere Reise führen würde. Alvaro gab dem Mann nur einsilbig Antwort.

„Nicht, dass Ihr mich für neugierig haltet. Aber mein Interesse hat einen besonderen Grund", erklärte dieser. „Wenn Ihr Euch nämlich in Richtung Malaga aufmacht, könnte es sein, dass Ihr in ein Kriegsgemetzel zwischen unseren christlichen Truppen und den Soldaten der Ungläubigen geratet."

Alvaro runzelte die Stirn. Diese Worte gefielen ihm gar nicht.

„Erst gestern sind die edlen Ritter - der Marqués de Cadiz, Don Alfonso de Cardenas und der Conde de Cifuentes - von hier aus mit ihren Heerscharen nach Süden aufgebrochen", fuhr der Markthändler fort. „Es war ein überwältigender Anblick, das kann ich Euch versichern. Tausende von Soldaten zu Pferde und noch einmal ungefähr die Hälfte zu Fuß. Ihr könnt von Glück sagen, dass es heute überhaupt noch etwas in der Stadt zu kaufen gibt, weil dem königlichen Heer unzählige Wagen mit Verpflegung für die Kämpfer gefolgt sind."

„Ja, dem Herrn sei gedankt, dass Ihr nicht vollkommen ausverkauft seid", bemerkte Alvaro mit einem spöttischen Unterton. Er reichte dem redseligen Mann das

Geld. „Wisst Ihr, wie weit es von hier aus bis zum maurischen Gebiet ist?"

„Nur noch ein paar *leguas*", antwortete der Verkäufer. „Aber wenn ich an Eurer Stelle wäre, würde ich nicht in diese Richtung gehen. Zumal Ihr Frau und Kind mit Euch führt. Es könnte..."

„Danke für Eure Auskunft!", unterbrach der Sekretär den Redefluss des Mannes. „Ich wünsche Euch noch einen schönen Tag."

Rasch entfernten sie sich von dem Marktstand und setzten sich am Ende des Platzes auf eine Bank, um sich zu beraten. Lea blickte auf die in ihren Armen friedlich schlafende Alejandra.

„Wir werden noch eine Nacht hier in der Stadt bleiben", entschied Alvaro. „Dann sollten die Soldaten genug Vorsprung haben."

„Gut, wenn du meinst...", stimmte Lea zu. „Könnten wir uns vielleicht eine Unterkunft suchen? Ich würde gerne in einem richtigen Bett schlafen." Bittend schaute sie ihren Geliebten an.

„Ja, heute Nacht können wir es uns leisten. Dann aber nicht mehr. Ich weiß nicht, wie viel Geld wir noch für die Schiffspassage benötigen werden."

Die junge Frau lehnte sich seufzend an die Schulter des Sekretärs. „Ich wünschte, wir wären schon in Italien. Was wird uns noch alles bevorstehen?"

Sie verbrachten die Nacht in einer einfachen, aber überraschend sauberen Herberge und machten sich am nächsten Morgen gut ausgeruht wieder auf den Weg.

Die Maultiere hatten sie in einem dem Gasthaus angrenzenden Stall untergestellt.

Ohne es bemerkt zu haben, gelangten sie auf maurischen Boden. Es fiel ihnen erst auf, als ihnen ein Mann auf einem Esel entgegenkam, der ein langes Gewand und einen Turban trug. Mit klopfendem Herzen betrachteten sie den Muslimen, der, ohne sie zu beachten, eilig an ihnen vorbeiritt.

Die Landschaft wurde immer bergiger. Das Gebiet der Axarquía konnte nicht mehr weit sein. Am Abend des zwanzigsten März schlugen sie ihr Lager erneut im Freien auf. Alejandra wollte nicht zur Ruhe kommen, sie war schon den ganzen Tag über weinerlich gewesen. Lea vermutete, dass sie zahnte. Über dem Feuer erhitzte sie Wasser und übergoss damit eine Handvoll getrockneter Kamillenblüten, die ihr Miriam mitgegeben hatte. Als der Sud erkaltet war, tauchte sie ein Stück Stoff hinein und befeuchtete das Zahnfleisch des Kindes damit. Es dauerte ein Weilchen, doch dann schienen die Kräuter ihre beruhigende Wirkung zu entfalten - Alejandra schlief ein. Lea legte die Kleine in ihren Korb, zog noch einmal die Decke zurecht und gab ihrer Tochter einen Kuss auf das dunkle, weiche Haar, das jetzt kräftig wuchs. Dann schlüpfte sie neben Alvaro und kuschelte sich in dessen Arme. Zärtlich strich der Sekretär über ihren Rücken.

Plötzlich vernahmen sie in unregelmäßigen Abständen dumpfe Geräusche.

„Was ist das?", flüsterte Lea

„Ich bin mir nicht sicher, aber es könnten Kanonenschüsse sein", erklärte Alvaro besorgt.

Die junge Frau setzte sich auf. „Dann hatte der Marktverkäufer doch Recht, wir geraten vielleicht in das Scharmützel einer Schlacht hinein."

Im Schein des Lagerfeuers, das sie hatten brennen lassen, sah der Sekretär den furchtsamen Ausdruck im Gesicht seiner Liebsten. „Hab keine Angst, *cariño*!", versuchte er sie zu beruhigen. „Die Böllerschüsse sind zu weit entfernt, als dass sie uns gefährlich werden könnten. Schlaf jetzt! Ich passe gut auf uns auf. Morgen früh werden wir weiter sehen."

Lea legte sich wieder nieder. Doch trotz Alvaros tröstender Worte blieb sie noch lange wach. Die Furcht, dass Alvaro oder Alejandra etwas geschehen könnte, ließ sie nicht mehr los.

Irgendwann übermannte sie dennoch der Schlaf. Als Alvaro sie am nächsten Morgen weckte, waren die Kanonengeräusche verstummt. Nachdem Lea Alejandra versorgt hatte, brachen sie wieder auf. Am Horizont war die Bergkette der Montes de Malaga zu erkennen. Sie fuhren einen langen Hügel hinauf. Als sie endlich den Gipfel erreicht hatten, bot sich ihnen ein schreckliches Bild. Die Landschaft im Tal war verwüstet, die Felder zertrampelt und teilweise niedergebrannt. An manchen Stellen stiegen noch Rauchsäulen auf.

„Das müssen die christlichen Truppen gewesen sein." Alvaro starrte fassungslos auf die zerstörte Natur.

Lea drückte Alejandra fest an ihre Brust. „Was haben diese armen Bauern dort unten verbrochen? Warum müssen sie auch in Mitleidenschaft gezogen werden?"

„Das sind leider die Begleiterscheinungen eines Krieges, Lea. Es ist schon immer so gewesen. Das feindliche

Gebiet wird dem Erdboden gleichgemacht und die Soldaten versuchen außerdem, eine ordentliche Kriegsbeute zu ergattern."

Nach einer Weile fuhren sie den Abhang hinunter. Es trieb Lea die Tränen in die Augen, als sie das gesamte Ausmaß der Zerstörung von Nahem sahen. Die Ernte der Getreidefelder, die sich hier unten erstreckten, war vernichtet, das gleiche galt für die Maulbeerbaumplantagen. Sie bestanden nur noch aus rauchenden, rußgeschwärzten Gerippen, die wie schaurige Mahnmale in den Himmel ragten.

Wenig später passierten sie eine abgeschlachtete Schafherde. Eine Horde wilder Hunde zog und zerrte an dem kalten Fleisch der verendeten Tiere. Lea wandte ihr Gesicht voller Entsetzen ab. Alvaro trieb die Maultiere mit Schnalzgeräuschen an. Was blieb ihnen anderes übrig, als ihren Weg fortzusetzen? Sie mussten Malaga so schnell wie möglich erreichen. Erst, wenn sie am Hafen angelangt wären und ein Schiff bestiegen hätten, wären sie in Sicherheit.

„Ich habe Angst, Alvaro." Lea blickte zu ihrem Geliebten hinüber. „Was wäre, wenn wir den Soldaten in die Arme laufen?"

„Sie sind uns weit voraus. Du musst Gottvertrauen haben. Uns wird schon nichts geschehen." Doch auch der Sekretär konnte das ungute Gefühl in seinem Inneren nicht verleugnen.

Gegen Mittag stand die Sonne hoch am wolkenlosen Himmel. Es war so heiß, das Alvaro den Wagen im Schatten einiger Bäume, die nicht der Zerstörungswut der Soldaten zum Opfer gefallen waren, anhielt. Er holte den mit Wasser gefüllten Lederschlauch hervor und reichte ihn Lea. Nachdem diese ihren Durst gestillt hatte, trank auch der Sekretär davon.

Im selben Augenblick vernahmen sie Hufgetrappel.

„Rasch, hinter die Büsche dort", zischte Alvaro und zog Lea, die Alejandra auf den Arm nahm, hinter sich her.

Kurz darauf war ein sich langsam nähernder Zug von Reitern und Fußgängern zu erkennen. Es war ein Trupp christlicher Soldaten. Sie wirkten erschöpft und abgekämpft. Ihre Waffenröcke und Harnische waren verdreckt, zerkratzt und mit Blut bespritzt. Einige der Männer waren verwundet und konnten kaum laufen. Sie wurden von ihren Kameraden gestützt. In ihren Gesichtern spiegelten sich die Schrecken des zuvor Erlebten. Am Anfang der Kolonne ritt ein in eine staubige Rüstung gekleideter Soldat. Der Zierrat des zerbeulten Helmes deutete darauf hin, dass es sich um den Heerführer handelte. Als der Sekretär in die finstere, verschlossene Miene des Mannes blickte, erkannte er den Marqués de Cadiz. Er war ihm in der Vergangenheit einige Male am Hof der Könige begegnet.

„Die Überreste des christlichen Heeres", flüsterte Alvaro Lea zu. „Sie sehen nicht so aus, als ob sie die Schlacht gewonnen hätten. Sicherlich sind sie auf dem Rückweg nach Antequera."

Zum Glück beachteten die Soldaten den einsam am Wegesrand stehenden Wagen nicht. Dennoch klopfte Lea das Herz bis zum Hals und sie betete zu Jehova, dass Alejandra nicht zu schreien anfangen möge.

Als von dem Zug der Vorbeiziehenden nur noch eine Staubwolke am Horizont zu sehen war, wagten sich Alvaro und Lea wieder hinter den Sträuchern hervor. Schnell stiegen sie auf den Wagen und fuhren weiter. Der Sekretär befürchtete, dass ihnen außer den verwundeten, erschöpften Kämpfern noch weitaus schlimmere Anblicke bevorstünden. Er täuschte sich nicht.

Gegen Abend, kurz vor Einbruch der Dämmerung, erreichten sie das eigentliche Schlachtfeld. Schon von weitem sahen sie die vielen Toten, die kreuz und quer übereinander lagen. Lea schluchzte laut auf. Hoch oben in der Luft zogen die Aasgeier ihre Kreise und stürzten sich dann und wann auf die Leichen, um ihre spitzen Schnäbel in das weiche Fleisch zu hacken.

Soweit man schauen konnte, war die Erde mit den leblosen Körpern der christlichen und maurischen Krieger übersäht. Dazwischen lagen verendete Pferde, Helme, Schilder, Schwerter, Krummsäbel, Armbrüste und Hakenbüchsen. Einige der Toten hatten ihre Augen weit aufgerissen, anderen fehlten wiederum Arme, Beine oder gar der Kopf. Der Gestank nach geronnenem Blut, Fäkalien und einsetzender Verwesung war kaum auszuhalten. Lea zog den Stoff, in den sie Alejandra eingewickelt hatte, bis über die Nase des Kindes. Sie selbst verbarg ihr Gesicht in den Falten des Tuches, das ihren Kopf bedeckte. Alvaro fuhr sich müde über die Augen. „Wir dürfen uns nicht zulange an diesem Ort des Grauens aufhalten."

Lea nickte zustimmend. „Was geschieht nun mit all diesen Toten?", fragte sie. „Lässt man sie hier liegen, bis nur noch ihre Knochen übrig geblieben sind?" Angeekelt verzog sie das Gesicht.

„Das glaube ich nicht", antwortete der Sekretär. „Bestimmt werden bald ein paar Christen und Mauren zurückkehren, um die Gefallenen zu begraben."

Da kam ihm plötzlich eine Idee. Was wäre, wenn er die Papiere der Königin in den Waffenrock eines der getöteten, christlichen Soldaten steckte? Dann würde man diese vielleicht finden und ihn für den Toten halten. Rasch berichtete er Lea von seinem Vorhaben.

„Versuche es!", stimmte sie zu. „Vielleicht haben wir Glück. Dann müsste die Nachricht deines angeblichen Todes nur noch die Königin erreichen und du wärst für immer frei."

Alvaro stieg vom Wagen, zog die Papiere unter seinem Gewand hervor und hielt nach einem geeigneten Körper Ausschau. Gleich in der Nähe lag die Leiche eines Mannes, der ungefähr sein Alter und seine Größe hatte. Eine klaffende Wunde zog sich über die Brust des Soldaten. An seinem Schwertgürtel war eine kleine lederne Tasche befestigt, dorthinein steckte Alvaro den Passierschein und den Brief, der ursprünglich an den neuen Emir von Granada gerichtet war. Die Dokumente schauten zur Hälfte oben heraus, sodass sie sofort auffielen. Die Augen des Christen waren geöffnet. Vorsichtig fuhr Alvaro mit seiner Hand über dessen Lider. Ruhe in Frieden, mein Freund! Möge Gott deine Seele in seinem Reich aufnehmen!, betete er stumm.

Alcazar von Cordoba, Ende März 1483

Catalina lehnte am Fenster ihres Schlafgemachs im Alcazar von Cordoba und schaute auf das träge dahinfliesende Wasser des Guadalquivirs. Seitdem sie ihr Onkel gezwungen hatte, mit ihm an den Hof zurückzukehren, hatte sie jeglichen Antrieb verloren. Lustlos ließ sie die Tage an sich vorbeiplätschern. Nichts vermochte ihre Laune zu verbessern. Zu Anfang hatten die anderen Hofdamen, insbesondere ihre Base Leonor, alles versucht, um sie aufzuheitern, doch als sie sahen, dass ihre Bemühungen nicht fruchteten, hatten sie aufgegeben.

Die Nichte des Kardinals wusste immer noch nichts vom Verbleib ihres Verlobten. Sie hatte lediglich von der Königin erfahren, was der Agent herausgefunden hatte: Alvaro war nie in Granada angekommen. Dies bestärkte sie nur in ihrer Annahme, dass der Sekretär die Stickerin vor dem Tod auf dem Scheiterhaufen gerettet hatte und mit ihr geflüchtet war. Gewiss hatten die beiden das Land von Malaga aus längst verlassen. Einmal mehr verfluchte die junge Frau ihren Verwandten, der sie daran gehindert hatte, in die maurische Hafenstadt zu reisen. Auch jetzt noch konnte sie keinen Schritt tun, ohne dass sie einer der Bediensteten des Kardinals beobachtete.

Catalina lehnte ihr Gesicht an die kühle Glasscheibe und beobachtete, wie sich das große Schaufelrad drehte. Einer der ehemaligen Maurenfürsten hatte es errichten lassen, sodass auf diese Weise Flusswasser in die Gärten der Festung gelangte, um die Pflanzen zu bewässern und die vielen Springbrunnen zu speisen. Sie seufzte. Ihr Onkel wollte sie so rasch wie möglich mit einem anderen verheiraten, aber sie bestand darauf, noch immer mit Alvaro verlobt zu sein. Solange dieser das Heiratsversprechen nicht aufheben würde, wollte sie niemals die Gemahlin eines anderen werden. Sie wusste, dass ihre Familie dies nicht verstand. Doch sie konnte es sich nicht vorstellen, einen anderen Mann zu ehelichen. Wenn sie daran dachte, dass nun vielleicht Lea an Alvaros Seite das Leben führte, das ihr gebührt hätte, erfasste sie eine unbändige Wut. Sie begriff nicht, warum der Sekretär die Stickerin vorgezogen hatte. Sie konnte keinen noblen Familienstammbaum aufweisen wie die Mendozas. Im Gegenteil, ihr Vater war ein hingerichteter Ketzer.

Missmutig schlug die Hofdame mit der Faust gegen die Fensterscheibe.

Es klopfte an der Tür. Ein Hofdiener erschien und teilte ihr mit, dass die Königin und der Kardinal sie unverzüglich im Torre de Homenaje zu sprechen wünschten. Catalina schaute an sich hinunter. Obwohl der Morgen schon weit vorangeschritten war, trug sie immer noch ihr Nachtgewand und ein um die Schultern geschlungenes wollenes Tuch.

„Ich muss mich rasch ankleiden", teilte sie dem Lakai mit. „Bitte, sagt Ihrer Majestät und meinem Onkel, dass ich gleich zu ihnen kommen werde."

Sobald der Diener die Kammer verlassen hatte, stieg sie aus dem Nachthemd und nahm das erstbeste Gewand aus der Holztruhe, in der sie ihre Kleider aufbewahrte. Dann befeuchtete sie ihre Wangen mit Wasser aus der Waschschüssel und fuhr sich mit der Bürste durch die Haare. Ein kurzer Blick in den Spiegel zeigte ihr eine junge Frau mit glänzenden Augen und geröteten Wangen. Sie raffte die Röcke und verließ ihr Schlafgemach.

Der Torre de Homenaje lag im nördlichen Bereich des Alcazars, der insgesamt vier Türme aufwies, sodass sie zunächst einen langen Mauergang passieren musste, bevor sie den Hauptsaal erreichte, in dem die Könige ihre Besucher empfingen. Der Raum hatte einen achteckigen Grundriss und ein hohes, von Säulen getragenes Deckengewölbe.

Die Königin saß auf ihrem Thron am hinteren Ende des Saals. Der Platz ihres Gemahls war leer. Fernando war damit beschäftigt, einen neuen Angriff gegen die Mauren zu planen, um die Niederlage von Axarquía zu rächen. Catalina versank in einem tiefen Hofknicks vor der Monarchin, küsste deren Hand und danach den Bischofsring ihres Onkels. Der Kardinal strich ihr über das Haar und zeichnete mit dem Daumen ein Kreuzzeichen auf ihre Stirn.

„Wir haben Nachricht vom Verbleib Eures Verlobten", begann die Königin.

Endlich! Auf diese Worte hatte Catalina so lange gewartet. Ein Strahlen machte sich auf ihrem Gesicht breit, während ein Schauer ihren Körper durchfuhr.

„Man hat Alvaros Leiche gefunden", fuhr Isabel fort. „Er ist bei der Schlacht von Axarquía getötet worden."

Das Lächeln der Hofdame erstarb. Ungläubig blickte sie die Monarchin an. „Nein", rief sie. „Nein, das kann nicht sein! Alvaro ist nicht tot! Ich weiß es! Ich spüre es hier drinnen!" Sie klopfte mit der flachen Hand auf ihre linke Brust.

„*Cariño,* Ihre Majestät hat Recht. Dein Verlobter ist von uns gegangen." Der Kardinal versuchte das Mädchen an sich zu ziehen, doch diese ließ es nicht zu.

„Woher wollt Ihr so genau wissen, dass der Tote tatsächlich Alvaro war? Es könnte doch auch ein anderer gewesen sein, der ihm ähnlich sah."

„Als die Unsrigen die gefallenen Soldaten begruben, fanden sie bei einer der Leichen den auf seinen Namen ausgestellten Passierschein und den Brief an den Emir, die ich ihm damals vor seiner Abreise gab", erklärte die Königin.

„Das hat gar nichts zu bedeuten! Jemand könnte ihm zuvor die Papiere entwendet haben." Ein Hoffnungsschimmer war in Catalinas Blick zu erkennen.

„Ihr wisst genau, wie pflichtbewusst mein Sekretär stets gewesen ist", erwiderte Isabel. „Er hätte diese Papiere mit seinem Leben verteidigt."

„So pflichtbewusst, dass er erst gar nicht in Granada aufgetaucht ist, wie Ihr ihm zuvor aufgetragen hattet", spottete die Hofdame.

„Catalina! Mäßige deinen Ton!" Der Kardinal griff erneut nach dem Arm seiner Nichte.

Isabel zog die Stirn kraus, schwieg aber zu der aufsässigen Bemerkung der jungen Frau.

„Und wo ist die Stickerin? Ist Ihre Leiche ebenfalls gefunden worden?", gab Catalina nicht auf.

„Nein, von Lea Calderón gibt es keine Spur. Es steht ja auch nicht eindeutig fest, ob es Alvaro gewesen ist, der sie damals vom Scheiterhaufen fortgeschafft hat." Die Königin schien jetzt die Geduld zu verlieren. „Niemand hat es gesehen. Es könnten genauso gut ihre Verwandten gewesen sein, die ihr und ihrem Bruder ein ordentliches Begräbnis geben wollten."

Die Nichte des Kardinals sank in sich zusammen. Ihrem Onkel gelang es nun endlich, sie widerstandslos in seine Arme zu ziehen.

„Du wirst bald darüber hinweg sein, *mi corazón*", versuchte er sie zu trösten. „Das Leben geht weiter und du wirst dich wieder neu verlieben!"

„Niemals!" Catalina riss sich los. „Alvaro ist nicht tot!" Ohne jegliche Etikette zu beachten, rannte sie aus dem Saal.

Die Königin räusperte sich. „Eure Nichte scheint den jungen Salvatierra tatsächlich geliebt zu haben. Das Beste wäre, sie so schnell wie möglich zu verheiraten, damit sie eine strenge Hand führt."

„Dem stimme ich zu, Majestät. Ich habe bereits jemanden im Auge, nämlich den Herzog von Torralba. Er ist kein junger Spund mehr und wird daher in der Lage sein, den ungestümen Charakter meiner Nichte zu bändigen. Ich habe schon mit Catalinas Vater und dem Herzog selbst darüber gesprochen. Torralba wäre mit einer solchen Verbindung einverstanden."

„Das freut mich!", sagte Isabel. „Dann sollten wir keine Zeit verlieren, die Hochzeit kann hier am Hof stattfinden."

Mendoza nickte zufrieden. Er konnte es kaum erwarten, endlich der Verantwortung, die er an Stelle seines Bruders für dessen Tochter übernommen hatte, wieder entbunden zu werden.

So kam es, dass Catalina zwei Wochen später in ihrem blauen Hochzeitskleid am Arm ihres aus Manzanares El Real angereisten Vaters mit ernster, verbitterter Miene in der Kathedrale von Cordoba auf den Altar zuschritt, wo der ihr aufgezwungene Bräutigam neben dem Kardinal auf sie wartete. Der Herzog von Torralba gehörte einem alten andalusischen Adelsgeschlecht an. Er war eine gute Partie, jedoch hätte er auch ihr Großvater sein können. All ihr Bitten und Flehen hatte nichts genutzt, um die Hochzeit doch noch zu verhindern. Ihre Hand zitterte, als sie sie auf den Arm ihres zukünftigen Gemahls legte und mit diesem zusammen vor dem Altar niederkniete. Die Königin höchstpersönlich sowie viele hochrangige Adelige waren in der Kirche anwesend, um der Trauung beizuwohnen.

Leonor hatte ihrer Base am Morgen geholfen, das Brautkleid anzuziehen. Dabei hatten die beiden jungen Frauen sich daran erinnert, wie sie noch vor nicht allzu langer Zeit den Stoff ausgesucht und Pläne für Catalinas Hochzeit mit Alvaro geschmiedet hatten. Sie waren beide von ihren Gefühlen überwältigt in Tränen ausgebrochen. Er hätte sie in der festlichen Robe bewundern, vor dem Altar mit glänzenden Augen auf sie warten sollen. Catalina blickte auf die Steinfliesen vor der Bank, auf der sie kniete. Sie fühlte, wie ihr abermals die Tränen in die Augen traten. Nun war es zu spät. Sie würde die Gemahlin eines anderen werden.

Während sie dem Herzog den Treueid leistete, verhärtete sich ihr Blick. Sie schwor sich in Gedanken, herauszufinden, was es mit Alvaros angeblichem Tod und dem Verschwinden der Stickerin auf sich hatte. Sie würde nicht eher ruhen, bis sie Rache genommen hätte, für all die Leiden, die sie bereits erduldet hatte und noch würde erdulden müssen. Stumm ertrug sie den Kuss ihres neuen Gemahls.

Malaga, Ende März im Jahre des Herrn 1483

Endlich sahen sie Malaga vor sich liegen. Dahinter glitzerte die Weite des blauen Mittelmeeres im Sonnenlicht. Alvaro hoffte, dass man sie mit Hilfe von Isaaks Passierschein ohne Schwierigkeiten in die Stadt einlassen würde. Als sie das nördliche Tor erreichten, bemerkten sie sogleich die bewaffneten, turbantragenden Soldaten, die zu beiden Seiten des Eingangs und entlang der Mauer standen. Offensichtlich befürchteten die Mauren, dass die Christen die Stadt angreifen könnten, um sich für die verlorene Schlacht in der Axarquía zu rächen.

Es herrschte ein reger Andrang vor dem Stadttor, eine lange Menschenschlange hatte sich gebildet. Neben *campesinos,* die Getreidesäcke und Früchte auf ihre Karren geladen hatten, fielen Lea und Alvaro zu ihrem Erstaunen auch viele Juden ins Auge, die vor dem Portal warteten. Männer, Frauen und Kinder, die ihr Hab und Gut auf Packeseln oder auf dem eigenen Rücken mit sich führten. Nach einer Weile waren sie bis zu der Torwache vorgedrungen, wo ein bewaffneter Mann sie in Arabisch ansprach.

Alvaro zuckte hilflos mit den Schultern. „Ich verstehe Euch nicht." Er hielt ihm Isaaks Passagierschein hin. „Wir wollen unsere Verwandten in der Stadt besuchen", erklärte er, so wie es ihm der jüdische Bauer gesagt hatte.

Der Muslime nahm das Papier entgegen und überflog es. Er war groß gewachsen, seine Haut von der Sonne dunkel gefärbt. Ein schwarzer Bart zog sich über die untere Gesichtshälfte. Seinen Kopf bedeckte ein heller Turban. Um die bis zum Boden reichende *chilaba* hatte er einen ledernen Gürtel gebunden, an dem sein Krummsäbel befestigt war. Mit schwarzen, stechenden Augen musterte er das junge Paar.

„Ihr seid Isaak Abramino?", fragte er schließlich in Spanisch.

„Ja", log der Sekretär. „Dies ist meine Frau, Miriam. Wir möchten ein paar Tage in der Stadt bleiben."

Wieder blickte der Maure auf das Papier. Lea spürte, wie ihr das Blut in den Adern rauschte. Warum dauerte es solange?, fragte sie sich ängstlich.

Schließlich nickte der Maure und reichte Alvaro das Schreiben zurück. „Ihr könnt passieren!"

Erleichtert atmete die junge Frau auf, während sich ihr Liebster bedankte und den Wagen durch das Tor hindurch lenkte.

„Das wäre geschafft!" Der Sekretär küsste Lea und herzte danach seine Tochter. „Nun müssen wir nur noch ein Schiff finden, das nach Italien segelt und uns mitnimmt."

Auf ihrem Weg zum Hafen fuhren sie durch die engen Gassen der Medina, vorbei am *suq,* der *mezquita* sowie dem *hammam,* dem öffentlichen Badehaus. Über der Stadt, auf dem Hügel Gibralfaro, lag die Alcazaba, die Königsburg, in der der maurische Gouverneur Malagas residierte. Sie war durch eine Mauer mit dem nach dem

Berg benannten *castillo* verbunden. Bevor sie in den eigentlichen Hafenbezirk gelangten, mussten sie noch das Viertel der Genoveser durchqueren, eine Kolonie italienischer Kaufleute, die seit der Unterzeichnung eines Handelsabkommens zwischen der Republik Genua und Sultan Mohamed I. im Jahre 1248 dort entstanden war.

An den Molen herrschte ein geschäftiges Treiben. Lea hatte bisher nur den Hafen von Sevilla gesehen, doch der war nicht am Meer. Eine wuchtige, dreimastige, portugiesische Nao hatte soeben angelegt und wurde entladen. Daneben schaukelten eine kleinere Karavelle und einige Dhaus. Weiter draußen im Hafenbecken ankerten die *Quâribs,* die in der Nacht wieder zum Fischen hinausfahren würden. Rechter Hand befand sich eine Werft. Ein paar Männer führten Ausbesserungsarbeiten an einem Zweimaster durch.

Alvaro fuhr den Wagen vor ein weiß gekalktes Gebäude und stieg ab. Wie sich herausstellte, war es die Handelsbörse. Daneben lagen Speicher, in denen die gelöschten Schiffsladungen zwischengelagert wurden. Der Sekretär forderte seine Geliebte auf, auf dem Wagen zu bleiben, während er herausfinden wollte, wann das nächste Schiff nach Italien auslief.

Lea betrachtete in der Zwischenzeit staunend die vielen Menschen, die am Kai und an den Molen hin und her liefen. Matrosen hingen in schwindelerregender Höhe in den Takelagen der Schiffe und riefen sich Kommentare zu. Möwen schrien, drehten ihre Runden über dem Wasser und stürzten sich dann und wann kopfüber in das dunkle Meer. Geschäftsleute, sowohl in maurischer als auch in christlicher Kleidung, eilten einzeln oder in

Gruppen, mit wichtiger Miene umher. Einige hielten Papiere in den Händen. Eine Gruppe Seeleute kam am Wagen vorbei. Sie unterhielten sich laut lachend in einer Sprache, die Lea nicht verstand. In all dem Getümmel fehlten weder die Straßenverkäufer und die Bettler noch die leichtbekleideten Dirnen, die den von langen Seereisen zurückgekehrten Matrosen ihre Dienste anboten.

Wieder fiel der Stickerin die große Anzahl an Juden auf, die sich ebenfalls hier am Hafen aufhielten. Sie beschloss, einen ihrer Glaubensgenossen anzusprechen. Sie musste nicht lange warten. Ein in einen langen, dunklen Kaftan gekleideter Jude gab ihr bereitwillig Auskunft. Doch es waren keine guten Nachrichten, die er Lea mitteilte. Die Könige hatten vor kurzem ein neues Dekret herausgegeben. Es besagte, dass von nun an in ganz Andalusien keine Juden mehr geduldet werden würden. Wer nicht zum Christentum konvertierte, hatte das Land binnen Monaten zu verlassen.

„Viele suchen im Emirat von Granada Schutz oder wollen von hier aus die iberische Halbinsel ein für alle Mal verlassen", erklärte der Fremde. „Wieso wisst Ihr nichts davon? Ihr seid doch selbst Jüdin", wunderte er sich.

„Wir haben lange Zeit in einer abgelegenen Gegend gewohnt", erklärte Lea rasch.

Der Mann hob seine Hand zum Gruß und ging weiter seiner Wege. Sie schüttelte fassungslos den Kopf. Was würde man ihrem Volke noch alles antun?

Als Alvaro zurückkehrte, fand er sie in ernster, nachdenklicher Stimmung vor.

„Das portugiesische Schiff dort drüben", er zeigte auf die große Karavelle, deren Ladung nun fast gelöscht war, „es läuft in zwei Tagen nach Genua aus. Bald sind wir am Ziel, *cariño*!"

Lea nickte stumm und zog ihre Mundwinkel zu einem gequälten Lächeln nach oben.

„Was ist mit dir? Freust du dich nicht?" Er konnte das Verhalten seiner Geliebten nicht verstehen.

„Doch, aber ich habe gerade traurige Nachrichten erfahren." Schnell erzählte sie, was ihr der fremde Jude berichtet hatte.

„Das ist schlimm." Auch der Sekretär blickte nun ernst. „Es bedeutet wohl, dass Miriam und Isaak jetzt auch ihre Heimat verlassen müssen. Vielleicht entscheiden sie sich ja zu konvertieren, so wie du und deine Familie es damals getan habt", überlegte Alvaro. „Es wäre das Beste für sie."

Sie gedachten einen Moment lang des alten Bauernpaares, dem sie soviel zu verdanken hatten.

„Hätten wir doch nur eher von dem Dekret gewusst, dann hätten sie mit uns kommen können." Lea seufzte. „Zumindest bis hierher, nach Malaga zu ihren Verwandten. Vielleicht sollten wir zurück..."

„Lea, deine Hilfsbereitschaft in allen Ehren", unterbrach der Sekretär die junge Frau, „aber wir müssen jetzt an uns und an unsere Tochter denken. Die beiden Alten werden schon wissen, was sie zu tun haben."

„Du hast Recht", stimmte sie ihm zu. „Gibt es Plätze für uns auf dem Schiff?"

„Ich muss mit dem Kapitän der Karavelle sprechen. Er heißt Alfonso da Silva. Du wartest noch einmal hier. Ich will sehen, ob ich den Mann antreffe." Er drückte Lea einen Kuss auf den Mund und lief zur Mole.

Nach einer Weile kam er freudestrahlend zurück. „Das Glück hat uns nicht verlassen! Wir haben die letzten beiden Plätze bekommen und das Geld hat auch gereicht, um die Fahrt zu bezahlen!"

Jetzt endlich erhellte sich auch Leas Gesicht. Es war, als ob die gesamte Last, die sie in den letzten Monaten auf ihren Schultern getragen hatte, von ihr abfiele.

„Señor da Silva hat mir auch die Adresse eines Händlers gegeben, der uns vielleicht den Wagen und die Maultiere abkauft. Mit dem Geld können wir dann die Unterkunft für die zwei Nächte bezahlen, bis das Schiff ausläuft."

„Sollen wir Miriams und Isaaks Verwandte aufsuchen?", schlug Lea vor.

„Nein, wir müssen in der Nähe des Hafens bleiben, damit wir jederzeit zur Abreise bereit sind."

Das sah die junge Frau ein.

Alvaro stieg auf den Wagen auf. Sie würden noch eine letzte kurze Fahrt zu dem Händler unternehmen, der laut des *capitáns* sein Geschäft ganz in der Nähe hatte.

Anfang April 1483

Lea stand an der Reling des Ruderdecks und blickte über die Weite des Meeres zum Horizont, wo die Sonne wie ein feuerroter Ball in den Fluten versank. Die Nao glitt in ruhiger Fahrt durch die Wellen. Die riesigen Lateinsegel flatterten im Wind. Alejandra schlummerte schon seit einiger Zeit selig unter Deck in ihrem Weidenkorb, der ihr seit ihrer Geburt als Bettchen diente. Sie war ein braves Kind, das nur selten weinte. Während sie weiterhin über die Weiten des Meeres blickte, versuchte sie vergeblich, ihre Haare zu bändigen. Immer wieder wehten sie ihr vor das Gesicht. Auf ihren Lippen schmeckte sie die salzige Gischt.

Ob sie in Italien endlich zur Ruhe kämen? Würden sie dort in Frieden leben können? Es war ihr größter Wunsch. Und doch stimmte es sie traurig, ihre Heimat zurückzulassen, das Land, in dem sie geboren und in dessen Erde ihre Familie die letzte Ruhe gefunden hatte: Ihre Mutter, Sara, ihr Vater und Aaron. Tränen traten in ihre Augen, als sie an ihren Bruder dachte. Gewiss hatte man seine sterblichen Überreste irgendwo in ungeweihter Erde verscharrt. Rasch sprach Lea in Gedanken ein Gebet.

Da spürte sie, wie sich von hinten zwei Arme um ihre Taille legten.

„*Te quiero, mi corazón!*" Alvaros warmer Atem streifte ihr Ohr.

Sie schmiegte sich an ihn und drehte ihren Kopf zu ihm hin, um ihm einen Kuss zu geben.

Der Sekretär bemerkte sogleich ihre Tränen. „Was ist mit dir? Hast du geweint?"

„Es ist nichts. Ich habe nur an meinen Bruder gedacht."

„Wir müssen mit der Vergangenheit abschließen, Lea, so schwer es uns auch fällt." Der junge Mann ergriff ihre Arme und drehte sie zu sich herum, sodass er sie anschauen konnte. „Ich lasse genau wie du Menschen in Kastilien zurück, die mir viel bedeuten. Ich konnte mich noch nicht einmal von meiner Mutter verabschieden." Er hob traurig die Schultern.

Lea wusste, wie sehr er an ihr hing. Zärtlich umfasste sie mit beiden Händen sein Gesicht und küsste ihn sanft auf den Mund. „Dafür haben wir uns und unsere kleine Tochter. Sie soll einmal ein sorgenfreies Leben führen."

„Das wird sie. Sie, ihr Brüderchen und alle ihre Geschwister." Der Sekretär lächelte verschmitzt.

„Brüderchen? Geschwister? Darüber müssen wir noch sprechen."

„Wir werden noch ganz oft darüber reden, *mi corazón*. Und unseren Worten werden wundervolle Taten folgen", prophezeite er. „Da ist noch etwas, was ich dich schon lange fragen wollte", fuhr er fort und blickte ihr in die Augen.

Leas Herz klopfte wie wild. Sie ahnte, was nun folgen würde.

„Willst du mich heiraten?"

Sie nickte. „Ja, es gibt nichts auf der Welt, was ich mir mehr wünsche."

Glücklich zog Alvaro sie in seine Arme. Ihre Lippen trafen sich zu einem innigen Kuss. Vergessen war all die Angst und das Leid, das Lea hatte erdulden müssen. Sie waren nun für immer zusammen, so wie sie es sich damals bei ihrer ersten Begegnung erträumt hatten. Nichts und niemand sollte sie in ihrer neuen Heimat je wieder trennen.

Anmerkungen der Autorin

1485 schenkte Königin Isabel einer weiteren Tochter das Leben. Catarina wurde mit dem englischen Thronfolger Arthur Tudor vermählt und heiratete nach dessen frühen Tod seinen Bruder, den berühmt berüchtigten König Heinrich VIII.

Der Krieg um Granada zog sich noch bis zum Jahre 1492 hin. Am zweiten Januar überreichte Boabdil, der letzte Maurenfürst, den Katholischen Königen die Schlüssel zum Stadttor, sodass auf der Alhambra anstelle des Halbmondes die Fahne mit dem christlichen Kreuz wehte.

Darüber hinaus wurde 1492 unwiderruflich das Schicksal der Juden besiegelt. Im Jahr zuvor warf man einer Gruppe von *conversos* und Juden in dem kleinen Ort La Guardia vor, ein Kind geraubt, an diesem die Leiden Christi vollzogen und es sogar gekreuzigt zu haben. Man verbrannte die Häretiker am sechzehnten November in Avila. Torquemada, der inzwischen Generalinquisitor von ganz Spanien war, konnte die Könige durch den Fall des sogenannten *Heiligen Kindes von La Guardia* überzeugen, die Juden endgültig aus Spanien zu vertreiben. Er forderte Isabel und Fernando auf, ein dementsprechendes Edikt zu unterzeichnen.

Das Königspaar sträubte sich zunächst dagegen, zumal ihnen die Juden während des Granadakrieges immer wieder Geldmittel zur Verfügung gestellt hatten. Abraham Senior und Isaac Abrabanel boten den Monarchen sogar die Summe von dreißigtausend Golddukaten an,

um ihr Volk freizukaufen. Besonders Fernando, der immer darauf bedacht gewesen war, dass die königlichen Schatztruhen gut gefüllt waren, zeigte sich nicht abgeneigt. Eine Anekdote besagt, Torquemada wäre, als er davon erfuhr, in die Gemächer der Könige gestürzt und hätte laut gerufen: „Judas hat Jesus für dreißig Silberlinge verraten, Ihr tut es für dreißigtausend."
Isabel und Fernando unterschrieben das Edikt am 31. März 1492. Sie gaben den Juden drei Monate Zeit, um entweder zum Christentum überzutreten oder Spanien zu verlassen. Da die Kinder Israels weder Gold noch sonstige Wertgegenstände außer Landes bringen durften, ging mancher Besitz gegen die Bezahlung eines Esels oder ein paar lumpiger Kleidungsstücke in andere Hände über. Karawanen ausgezehrter, erschöpfter Juden säumten die Straßen nach Portugal und in Richtung der Küste, von wo aus die Vertriebenen nach Italien oder Afrika segelten.
Am dritten August des Jahres 1492 brach schließlich auch Christoph Kolumbus zu seiner ersten Entdeckungsfahrt auf, um den westlichen Seeweg nach Indien zu finden. Es war für den aus Genua stammenden Sohn eines Wollwebers nicht einfach gewesen, Isabel und Fernando davon zu überzeugen, seine Fahrten zu finanzieren. Kolumbus kam jedoch letztendlich nicht in Indien an, sondern erreichte als erstes Land am elften Oktober eine Insel der Bahamas und galt somit als Entdecker Amerikas.

Dem aufmerksamen Leser mag vielleicht aufgefallen sein, dass nicht nur Leas Körper, sondern auch derjenige ihres Bruders Aaron vom Scheiterhaufen verschwand und das, obwohl Pedro Espinosa doch dessen Tod festgestellt hatte. An dieser Stelle sei nur soviel verraten: Es wird sich alles in der Fortsetzung aufklären, die den Titel: „Im Schatten des roten Stieres" trägt.

Begriffserklärungen in alphabetischer Reihenfolge

Abogado, span.	Anwalt
Adelante, span.	Herein!
Albanique, span.	Fächer
Aljama, span.	jüdische Gemeinde
Alcazar, arab.	Burg, Festung
Algarobo, span.	Johannisbrotbaum
Allah, arab.	Gott
Amor, span.	Liebe, Liebes
Apellido, span.	Nachname
Aspergillum	silbernes Weihwassergefäß
Autodafé	Akt des Glaubens
Bader	mittelalterlicher Barbier, Heilgehilfe
Bar-Mitzwa, hebr.	„Sohn der Pflichten", Feier, wenn Jungen mit dreizehn religionsmündig werden
Barrio, span.	Stadtviertel
Barett	Mittelalterliche Kopfbedeckung
Belleza, span.	Schönheit
Bima, hebr.	erhöhtes Holzpodest, auf dem während des jüdischen Gottesdienstes die Thoratexte vorgelesen werden
Bobo, span.	Dummkopf
Bon viaje, span.	Gute Reise
Brasero, span.	Kohlebecken, Scheiterhaufen
Buenos días, span.	Guten Tag
Buenas tardes, span.	Guten Abend
Caballero, span.	Ritter, Edelmann
Cabrones, span.	Halunken(Schimpfwort)
Cariño, span.	Liebling
Caroza	Spitze Papiermütze, mit Dämonen und Höllenflammen bemalt, die die zum Tode ver-

	urteilten Ketzer bei ihrer Hinrichtung trugen
Calle, span.	Straße
Campesino, span.	Bauer
Capitán, span.	Kapitän
Cementerio, span.	Friedhof
Challot, hebr.	speziell für den jüdischen Sabbat zubereitete Brote
Chilaba, arab.	langes Gewand der Mauren
Chewra Kaddischa	Heilige jüdische Bruderschaft
Conversos, span.	ehemalige, zum Christentum übergetretene Juden, die meist noch ihre alten Glaubensregeln im Verborgenen ausüben
Corazón, span.	Herz
Corregidor, span.	Vogt
Cortes, span.	Ständeversammlungen
Dormitorium	Schlafsaal in einem Kloster
Familiares, span.	Gehilfen der Inquisition, Spitzel
Feria, span.	Messe, Volksfest
Fliete	Spezielles Messer zum Aufritzen der Adern beim Aderlass
Fray	(Kloster-) Bruder
Garotte	Tötungsinstrument, mit dem zum Tode verurteilte Ketzer, vor dem Verbrennen erwürgt wurden
Garrucha	Foltergerät
Gebende	Mittelalterliche Frauenkopfbedeckung (Haube)
Haftara, hebr.	Abschnitt aus den Propheten, der auf die Thoralesung folgt
Hammam, arab.	Bad
Hidalgo, span.	Edelmann von niedrigem Adel
Hola, span.	Hallo
Hombre, span.	Mann

Infant/in	leitet sich aus dem lateinischen „infans" Kind ab und ist eine Bezeichnung für die Kinder der spanischen Monarchen
Joder, span.	Spanisches Schimpfwort
Jad, hebr.	„Hand", Zeigestab, der bei der Thoralesung verwendet wird
Judaisieren	Zum Christentum konvertierte Juden, die wieder in ihren jüdischen Glauben zurückfallen, also judaisieren
Judería, span.	Teil einer Stadt, in dem die jüdischen Einwohner leben
Kaddisch, hebr.	Jüdisches Trauergebet
Kiddusch, hebr.	„Heiligung" Segensspruch über Wein und Brot
Kienspan	mittelalterliche Fackel
koscher	rituell rein
Lanzen	bestimmte Anzahl an Kämpfern
Leguas, span.	Spanische Maßeinheit (1legua entspricht ungefähr 5,57 km)
Lex salica, lat.	Salisches Gesetz
Maestra, span.	Lehrerin
Mamita, span.	Verniedlichung von Mama
Maravedi, span.	Zahlungsmittel
Marrano, span.	Schimpfwort für konvertierte Juden
Matula	kolbenartiges Gefäß, das zur Harnschau benutzt wird
Mazza/Mazzot, hebr.	ungesäuertes Brot für das Pessachfest
Menora	siebenarmiger, jüdischer Leuchter
Mesusa	„Türpfosten", Gehäuse, das an den Türpfosten jüdischer Häuser befestigt wird und in dessen Inneren Auszüge aus Bibeltexten aufbewahrt werden
Mezquita, arab.	Moschee
Minjan, hebr.	Zehn religionsmündige Männer, die notwendig sind, um einen Gottesdienst abzuhalten

Mi pobre niña, span.	mein armes Mädchen
Mitra	Kopfbedeckung bei Geistlichen
Mitzwot, hebr.	jüdische Gebote
Mozetta	Schulterumhang bei Geistlichen
Mucho, span.	sehr, viel
Mummerei	mittelalterliches Tanzfest mit Maskeraden
Palacio Real, span.	königlicher Palast
Patio, span.	Innenhof
Peinliche Befragung	Anwendung der Folter
Pisto, span.	geschmortes Gemüse
Plaza, span.	Platz
Plaza del Mercado, span.	Marktplatz
Pluviale	Chormantel
Potro, span.	Streckbank
Puerta, span.	Tor
Quemadero, span.	Verbrennungsplatz
Rabbi	Lehrer, Meister, Ehrentitel für Gesetzesgelehrte
Rebeldes, span.	Verdächtige der Inquisition
Reconquista, span.	Rückeroberung
Rochett	Chorhemd
Santa Hermandad	„Wegepolizei"
Sala de los embajadores	Saal der Gesandten
Sabbat, hebr.	siebenter Wochentag, an dem keinerlei Arbeit verrichtet werden darf
Sambenito, span.	„Saccus benedictus", geweihter Sack, Büßergewand
Sbirren	Spitzel
Schma' Jisrael, hebr.	„Höre Israel", jüdisches Glaubensbekenntnis
Schächter	jüdischer Schlachter,
Seder, hebr.	„Ordnung", Feier am Vorabend des Pessachfestes
Siesta, span.	Mittagsruhe
Suq, arab.	Markt
Synagoge, griech.	„Ort der Versammlung",

	jüdisches Gotteshaus
Tachrichin, hebr.	Totengewand
Tallith/Tallithot, hebr.	Jüdische Gebetsmäntel
Tefillin, hebr.	Gebetsriemen
Te quiero, span.	Ich liebe dich
Toca, span.	Wasserfolter
Torre, span.	Turm
Varas, span.	Mittelalterliche Maßeinheit(1vara=83,5cm)
Venta, span.	Gasthof, der sich an Reisewegen befindet
Yo, la reina, span.	Ich, die Königin
Zizijot, hebr.	Schaufäden (sind am Gebetsmantel befestigt)

Danken

möchte ich zu guter Letzt folgenden Personen:
Herrn Dr. Michael Wenzel und Herrn Dr. Frédéric Weinmann von der Literaturagentur Editio Dialog aus Lille, die mir während der Entstehung des Romans mit viel Geduld und guten Ratschlägen zur Seite gestanden und dem Manuskript den letzten Schliff verpasst haben.
Mercí beaucoup!
Meinen Eltern und meiner Schwiegermutter, den kritischen Erstlesern.
Frank, Dani und Cristina, die meinen Computer wahrscheinlich mehr als einmal verflucht haben, aber trotzdem nie daran zweifelten, dieses Buch irgendwann in den Händen zu halten.
Meinen Freunden Karin und Hansjob sowie meinem Mann, die mit mir geduldig Paläste, Kirchen und Museen in Sevilla, Granada, Segovia und Toledo durchkämmt haben.
Meinem Freund Georg, der meine tolle Autorenwebseite entworfen hat.
Und schließlich meinen Freundinnen Susana und Elke, mit denen ich während unserer gemeinsamen Spaziergänge am Meer von gigantischen Auflagen, überfüllten Lesungen und Autogrammstunden geträumt habe.
¡Os quiero mucho!

AAVAA
VERLAG

www.aavaa-verlag.com